열하일기

中

열하일기

中

박지원 씀
리상호 옮김

보리

겨레고전문학선집을 펴내며

우리 겨레가 갈라진 지 반백 년이 넘어서고 있습니다. 그러나 함께 산 세월은 수천, 수만 년입니다. 겨레가 다시 함께 살 그날을 위해, 우리가 함께 한 세월을 기억해야 합니다.

예부터 우리 겨레가 즐겨 온 노래와 시, 일기, 문집 들은 지난 삶의 알맹이들이 잘 갈무리된 보물단지입니다.

그동안 남과 북 양쪽에서 고전 문학을 되살리려고 줄곧 애써 왔으나, 이제껏 북녘 성과들은 남녘에서 좀처럼 보기 어려웠습니다.

북녘에서는 오래 전부터 우리 고전에 깊은 관심과 사랑을 보여 왔고 연구와 출판도 활발히 해 오고 있습니다. 그 가운데 〈조선고전문학선집〉은 북녘이 이루어 놓은 학문 연구와 출판의 큰 성과입니다. 〈조선고전문학선집〉은 가요, 가사, 한시, 패설, 소설, 기행문, 민간극, 개인 문집 들을 100권으로 묶어 내어, 고전을 연구하는 사람들과 일반 대중 모두 보게 한, 뜻 깊은 책들입니다. 한문으로 된 원문을 현대문으로 옮기거나 옛글을 오늘의 것으로 바꾼 성과도 놀랍고 작품을 고른 눈도 참 좋습니다. 〈조선고전문학선집〉은 남녘에도 잘 알려진 홍기문, 리상호, 김하명, 김찬순, 오희복, 김상훈, 권택무 같은 뛰어난 학자분들이 머리를 맞대고 연구한 성과를 1983년부터 펴내기 시작하여 지금도 이어 가고 있습니다.

4

보리 출판사는, 조선민주주의인민공화국 문예 출판사가 펴낸 〈조선고
전문학선집〉을 〈겨레고전문학선집〉이란 이름으로 다시 펴내면서, 북녘 학
자와 편집진의 뜻을 존중하여 크게 고치지 않고 그대로 내는 것을 원칙으
로 삼았습니다. 다만, 남과 북의 표기법이 얼마쯤 차이가 있어 남녘 사람들
이 읽기 쉽게 조금씩 손질했습니다.

　　이 선집이, 겨레가 하나 되는 밑거름이 되고, 우리 후손들이 민족 문화
유산의 알맹이인 고전 문학이 지니고 있는 아름다움을 제대로 맛보고 이
어받는 징검다리가 되기 바랍니다. 아울러 남과 북의 학자들이 자유롭게
오고 가면서 남북 학문 공동체가 이루어지는 날이 하루라도 앞당겨지기
바랍니다. 그리고 이 자리를 빌려, 어려운 처지에서도 이 선집을 펴내 왔고
지금도 그 작업에 몰두하고 있는 북녘의 학자와 출판 관계자들에게 고마
운 마음을 전합니다.

2004년 11월 15일
보리 출판사

차례

열하일기 中

원문

열하일기 上

열하일기 下

피서록避暑錄

■ 일러두기

1. 이 책은 조선민주주의인민공화국 평양의 문예 출판사에서 펴낸 책을 보리 출판사가 다시 펴내는 것이다. 《열하일기 상》은 1995년 것을 판본으로 했고, 《열하일기 중》과 《열하일기 하》는 1959년 것을 판본으로 했다.

2. 옮긴이와 북 문예 출판사 편집진의 뜻을 존중하는 것을 큰 원칙으로 했다. 다만 지금은 거의 안 쓰는 한자와 옛날 말투들은 독자들이 알아듣기 쉽도록 바꾸었다.
    예 : 거년→지난해, 주사→술집, 사괴다→사귀다

3. 맞춤법과 띄어쓰기는 '한글 맞춤법'을 따랐다.
    ㄱ. 한자어들은 두음법칙을 적용했고, 모음과 ㄴ 받침 뒤에 오는 한자 '렬'은 '열'로 '률'은 '율'로 고쳤다. 단모음으로 적은 '계'나 '폐' 자를 '한글 맞춤법' 대로 했다.
    예 : 리해→이해, 람루하다→남루하다, 리마두→이마두, 군률→군율, 페해→폐해

    ㄴ. 'ㅣ' 모음동화, 사이시옷, 된소리 따위의 표기도 '한글 맞춤법' 대로 했다.
    예 : 참이였다→참이었다, 바다가→바닷가, 날자→날짜

4. 남에서는 흔히 쓰지 않는 표현이지만, 북에서 흔히 쓰는 입말들은 다 살려 두어 우리말의 풍부한 모습을 살필 수 있게 했다.
    예 : 메투리, 날탕패, 저마큼, 헹둥하다, 끊다, 잔주르다, 덩둘하다

5. 저자가 글을 쓸 당시의 나라 이름, 사람 이름은 저자가 표현한 한자식 표기대로 두었다.
    예 : 몽고(몽골), 안남(베트남), 이마두(마테오리치), 야소(예수), 섬라(타이)

태학관에 머물면서[太學留館錄]

전편을 이어서 8월 9일 을묘일부터
8월 14일 경신일까지 6일 간.

▪ 본편은 주로 박지원이 열하에 도착하여 숙소로 정한 태학관에 머물면서 이곳에서 연구 생활을 하고 있는 학자들을 비롯하여 당시 청국의 고관이요, 학자인 몇몇 인물과 만나면서 담화를 통하여 양국의 문물에 관한 견해를 교환하였다. 특히 다음 '곡정필담'에서 상론될 지구와 달을 중심한 천체의 운행에 관한 박지원의 탁월한 견해를 본편에서는 우선 개괄적으로 제기하였다. 이 밖에 목마牧馬에 대한 박지원의 탁월한 이론을 중심으로 열하에서 본 잡관과 감상들을 일기식 배열에서 수필체로 서술하였다. 본편에는 앞으로 '황교문답', '망양록', '곡정필담' 등 각 편에서 전개될 문제의 실마리들을 단편적으로 제기하고 있다.

8월 9일 을묘일 사시[1] 태학에 들어 묵었다.
사시 전까지의 사연은 '북방 여행기'에 썼고,
오후부터의 사연은 '태학관에 머물면서'에 쓴다.
이날은 몹시 더웠다.

말에서 내려 곧장 뒤채 방으로 들어가니 그 방에는 한 노인이 모자를 벗은 채 교의에 걸타고 앉았다가 나를 보고는 자리에서 일어나 "수고들 하시오." 하고 인사를 하면서 맞아 준다. 허리를 굽혀 답례를 하고 자리에 앉았다. 노인이 나의 관직을 묻기에 나는 수재로서 팔촌형 되는 대대인大大人을 따라서 귀국에 구경하러 왔노라고 했다. 중국 사람들은 정사를 '대대인'이라 하고 부사를 '이대인二大人'이라고 한다. 그가 다시 나의 성명을 묻기에 글로 써서 보였더니 또다시 형님의 성명과 관직과 위품을 물었다. 형님의 이름은 아무분이고 위품은 1품 부마 내대신內大臣이라고 대답해 주었다.

"영형 되시는 분은 한림 출신이시오?"

"한림 출신은 아니외다."

노인은 붉은 종이 쪽지 한 장을 내보이면서,

"저는 이런 사람이외다."

---

1) 오전 열 시경.

했다. 종이 쪽지에는 왼쪽에 가는 글씨로 '통봉대부通奉大夫 대리시 경大理寺卿 벼슬을 지낸 윤가전尹嘉銓'이라고 쓰여 있다.

"귀공은 인퇴하신 몸으로 무슨 일로 이렇게 멀리 새외까지 나와 계시오?"

"황제의 분부이외다."

곁에 또 웬 사람이 있다가,

"저 역시 조선 사람인데, 이름은 기풍액奇豊額이올시다."

하면서, 경인년(1770) 과거에 장원을 하고 귀주안찰사로 임명되었다고 했다. 윤공이 묻는다.

"시방 세상이야 사해가 한집안이요, 대문을 나서면 모두가 동포형제인데 더 말할 것 있소. 그런데 박인량朴寅亮이란 어른은 귀댁 조상 어른이시오?"

"아니외다. 주죽타朱竹坨[2]의 《채풍록採風錄》에 실린 박 모가 바로 우리 5대조이시지요."

기공이 있다가,

"과연 문장의 집안인갑소."

하니, 윤공이,

"어양漁洋 왕사정王士禎의 《지북우담池北偶談》이란 책에 그 어른의 시문들이 실려 있지요. 이른바 '제비와 기러기가 등을 스쳐 날고, 말과 소가 미처 따르지 못하여 서로 어긋난다.'는 말이 있지마는 오늘이야말로 모두들 인연이 공교롭게도 맞아 이토록 먼 곳

---

2) 청나라 강희 시대 대학자로 금석 고증학의 권위인 바, 이름은 '이준彝尊'이요, '죽타'는 별호다.

에서 나그네 처지로 만나고 보니 역시 또 글 속에서 친해진 분의
자손이로구먼요."
하였다. 좌석에 웬 사람이 앉았다가 한숨을 지으면서,
"글도 읽었고 시도 외웠으면 그 글을 지은 사람도 알 수 있지 않
겠소?"
하였다. 기공이 있다가,
"그 사람은 지금 살아 있지 않지만 여기에 후손이 계시는구려."
하면서 잇달아 물었다.
"귀국의 올해 농사는 어떻소?"
"6월에 압록강을 건넜으니 결실은 못 보고 왔지마는 올 적만 해도
비가 알맞게 와서 괜찮을 것 같소이다."
좌석에 또 한 사람이 있었는데 이름은 왕민호王民皡요, 거인擧人
이었다. 그는 나를 보고 물었다.
"조선 지역의 넓이가 얼마나 되는지요?"
"기록에는 5천 리라고 합니다. 그러나 요 임금 시대와 함께 단군
조선이 있었고 기자조선은 주나라 무왕 때 봉한 나라요, 위만조
선은 진나라 시대에 연나라에서 쫓겨난 무리들이 동쪽으로 몰려
왔던 것입니다. 모두들 한쪽 구석에 자리를 잡아 그 지역들은 5천
리에 차지 못했습니다. 전조에 와서는 고구려, 신라, 백제가 통일
되어 고려가 되었으니 동서가 천 리, 남북이 3천 리입니다. 중국
의 역대 사전史傳에 조선의 민정, 물산, 풍속 등을 기록했지마는
실제 사적과는 많이 다릅니다.
  실상 기자조선이나 위만조선은 오늘날의 조선이 아닙니다. 역
사를 쓰는 자가 외국 것은 생략하였기 때문에 옛 기록에만 따르

고 있지마는 풍속과 습관도 각 시대마다 제도를 달리하고 있으니 시방의 우리 나라로 본다면 외곬으로 유교를 숭상하여 예악과 문물이 중국을 본받아 예로부터 '작은 중국'이란 이름까지 듣고 있습니다. 나라를 이룩한 범절이나 식자들의 몸가짐으로 보아 옛날의 조송趙宋[3]과 다를 바 없을 것이오."

왕군이 있다가,

"참말 점잖은 나라이구먼요."

하니, 윤공은 말했다.

"장하고 놀라운 일이외다. 그런데《명시종明詩綜》에는 선생의 선대 되시는 분의 약전이 빠져 있나 보외다."

"그 어른의 자와 호와 관작이 빠졌을 뿐 아니라 약전 몇 줄 있다는 것도 모두 틀렸습디다. 우리 5대조 어른의 휘는 미瀰요, 자는 중연仲淵이요, 호는 분서汾西요, 문집 네 권이 있는데, 국내에서는 알려져 있습지요. 명나라 만력 때 인물인데 소경왕(昭敬王, 선조)의 부마요, 봉호는 금양군錦陽君이요, 시호는 문정공文貞公이외다."

윤공은 내가 쓴 쪽지를 품속에 건사하면서,

"빠진 데를 꼭 보충해야 되겠습니다."

했다. 왕 거인이 있다가,

"다른 잘못된 데도 좀 정정을 해 주셔야 되겠습니다."

하니, 기공은,

"이야말로 참말 좋은 기회인걸요."

---

3) 송 태조 조광윤趙匡胤의 성이 조씨이므로 '조'를 붙여 구별한 것.

했다.

"저는 기억력이 노둔하고 보니 책을 보아야만 손을 대겠습니다."

기공은 왕 거인을 돌아다보고 수군수군하더니 윤공을 보고도 한참 동안 무슨 이야기를 했다. 왕 거인은 이내 '명시종' 석 자를 쓰더니,

"얘들아!"

하고는 사람을 불렀다. 웬 젊은이가 앞으로 와서 손길을 잡고 대령한다. 왕 거인이 글 쓴 쪽지를 그 젊은이에게 내어 주니, 내달아 나가는 것이 책을 빌리러 가는 것 같아 보였다. 그 젊은이는 이내 돌아와 꿇어앉아 아뢰되,

"그런 책이 없사외다."

했다. 기공이 있다가 또다시 사람 하나를 불러 책 제목을 쓴 쪽지를 내주었다. 그 사람은 금방 돌아와서 무어라 무어라고 말을 하니, 왕 거인이,

"이런 변지에 책사인들 있을랴고."

하기에, 나는 말했다.

"우리 나라에 이달李達이란 분이 있는데 별호는 손곡蓀谷입니다. 그런데 이달의 시를 싣고 따로 손곡의 시를 실었으니, 이름과 별호를 딴 사람인 줄로만 알고 두 가지로 실은 것이지요."

이 말을 듣고 세 사람은 한바탕 크게 웃으면서 서로들 쳐다보고는 말했다.

"옳아, 옳아! 치이와 도주는 범려范蠡⁴⁾ 한 사람이니까."

윤공은 갑자기 바쁘게 서두르면서 일어나 붉은 종이 쪽지 명함

---

4) 춘추 시대 월왕 구천句踐의 신하로, 치이鴟夷나 도주陶朱는 그의 다른 이름이다.

석 장과 자기가 지었다는《구여송 九如頌》한 권을 내게 주면서,

"영형 되시는 분을 좀 뵙고 싶은데, 어데 좀 수고를 해 주실 수 없
겠소?"

한다. 다른 사람들도 다들 일어서면서,

"윤 대감께서 방금 대궐로 듭시는 차이니 다음 날 다시 만나기로
합시다."

했다. 윤공은 벌써 의관을 갖추고 염주까지 목에 걸면서 나를 따라
정사가 있는 구들간 앞까지 왔으니 여기는 바로 대문으로 나가는 길
목이다. 나 역시 두서를 잡을 수 없었다. 다른 사람들은 다들 윤공이
입궐을 한다는데 윤씨는 또 명함을 전하면서 정사를 뵙는다고 내 뒤
를 따르고 있으니 이렇게 호락호락하게 사람을 대할 수야 있을까 하
여 나도 영문을 몰랐다.

정사는 밤낮없이 말에 흔들린 나머지 이제야 겨우 몸을 쉬기 위하
여 누웠던 차이며 부사나 서장관이라도 나로서는 연통해 줄 수 없었
다. 또 우리 나라 벼슬하는 양반들이란 타고난 천품이 교를 부려 중
국 사람들을 볼 때는 그가 만족이고 한족이고 간에 언제나 멸시하는
버릇과 마음을 주지 않는 것이 아주 습성으로 굳어져 그가 어떤 청
인인지 또 관직이 무엇인지도 알아줄 리 없이 따뜻하게 맞아 줄 턱
이 없을 터이요, 비록 마주 대면을 시키더라도 사람 대접을 않을 터
이니, 나로서는 실로 딱한 사정이었다. 윤공은 뜨락에 우두커니 섰
고 일이 난처하여 나는 정사에게 들어가 사연을 아뢰었더니 정사는,

"일이 온당치 못하네. 함부로 혼자서야 어찌 만나 볼 것인가?"

했다. 나는 나이 많은 이를 오랫동안 밖에 세워 둔 것이 민망스러워
서 바삐 나와서 사과 인사로,

"대감께서 주야 없이 진펄 길에서 피곤한 나머지라 모셔 뵈옵다
가 혹여 실수나 있을까 하와 날을 바꾸어 찾아가 뵙고 사과를 드
리겠다고 하십더이다."

했더니, 윤공은 즉석에서,

"옳은 말씀이오."

하고는, 허리를 굽신 하고 곧 나간다. 눈치를 보아 좀 어색해하는 기
색이 보였다. 그는 댓바람에 가마를 집어타고 나가는데 가마의 차림
차림은 으리으리하여 참으로 귀인들의 소용 같아 보였다. 십여 명
하인들이 호화로운 복장으로 수놓은 안장에 턱턱 걸앉아 옹위를 하
고 가는데 이야말로 향기로운 바람이 풍기는 듯만 하였다.

통관이 임역任譯에게 당신네 나라에서는 부처를 숭상하는지, 또
국내 사찰은 몇 곳이나 되는지 물어 왔다고 수역이 사신에게 아뢰었
다. 사신이, 이 말은 통관의 뜻이 아니라 필시 까닭이 있으니, 무어
라고 대답해 줘야 좋을지 삼사가 상의하자고 하였다. 그리하여 우리
나라 풍속에는 본래 불교를 숭상하지 않아 사찰은 외읍에나 있고 도
성에는 없다고 대답해 보냈다.

조금 있으려니 군기장경軍機章京 소림素林이 우리 숙소로 달려왔
다. 삼사는 구들간에서 내려 동쪽으로 향하고 앉으니 이것은 집의
좌향이 그렇게 되었던 까닭[5]이다. 소림은 황제의 조서를 입으로 읽
는데 조선 정사는 2품의 끝자리에 서라는 것이니, 이는 참하할 날짜
와 석차를 통고해 온 것으로서 이런 일은 전에 볼 수 없었던 과분한

---

5) 앉는 방향을 이렇게 변명하듯 기술한 것은, 봉건 제왕들은 남쪽이나 동쪽으로 면하고 앉
   는 것이 준례인데, 황제가 보낸 사자를 동면으로 맞는 것이 미안했다는 뜻이다.

처분이라고들 한다. 소림은 조서를 읽고 후다닥 돌아서 가 버렸다.

이와 함께 예부에서도 전갈이 왔는데, 사신을 오른편 반열에 승차시킨 황제의 처분은 지금까지 없었던 융숭한 처분으로 사신은 마땅히 황제에게 감사를 올리는 절차가 있어야 한다고 이 같은 뜻으로 예부에 글을 바치면 예부는 즉시로 황제에게 전해 아뢰겠다고 했다. 여기 대하여 사신이 대답하기를,

"사신으로서는 비록 황제의 칙사를 받들어 황제에게 세상에 없는 특별한 대우를 받았다손 치더라도 사신 자신이 사사로 이런 치사야 감히 할 수 없는 일인즉 이런 예를 어떻게 밟을 것인지요?"

하니, 예부는 다른 걱정할 일은 없다고 하면서 거듭 독촉이 성화 같았다.

대관절 황제는 나이 많고 황제 자리에 앉은 지가 오래며 권세는 한 손에 틀어잡았고 총명은 쇠하지를 않아 혈기는 더욱 왕성하매 세월은 조용해지고 임금의 위세는 날로 더하여 때로는 성정이 난폭하기도 하고 가혹하기도 하여 좋고 나쁜 것을 종잡을 수 없고 보니 조정의 신하들은 무엇이나 눈가림 수로 어물쩍하여 황제의 비위 맞추기 일쑤다. 이번 참에 예부에서 강박하다시피 글을 바치라는 것도 실상은 황제의 뜻을 받은 것이 아니요, 그들이 하는 거조를 가만히 들여다보면 전부 예부가 꾸며 낸 장난임에 틀림없다고 한다. 임역의 말을 들으면 왕년에 심양까지 사행이 있었을 적에도 이런 감사문 사단이 있었는데 이번 일도 그것과 틀림없다고 했다.

이윽고 부사와 서장관이 상의하여 초안을 잡아서 예부로 보내어 즉시 황제의 승인을 받았다. 예부에서는 다시 내일 오경五更[6] 때 대궐로 들어가 삼가 황제의 은혜에 사례할 것을 통지하여 왔다고 하는바,

이것은 2품, 3품으로 반열을 올려 참석시켜 준 은혜를 사례하라는 것이다.

저녁을 먹은 후에 다시 윤공의 숙소로 갔더니, 왕군은 이미 다른 구들간으로 자리를 옮겼고 가운데 방은 기공이 숙소로 삼아 윤공과 마주 이야기를 하고 있었다. 윤공은 낙천적인 좋은 사람이었다.

"아까는 매우 바빠서 이야기를 끝내지 못했소마는 《명시종》에 빠지고 잘못된 데를 말씀해 주신다면 선배들이 소홀히 해 놓은 곳을 보충할까 하오."

"우리 나라 선배들이란 나서 죽는 데라야 기껏해 봤자 바다 한 구석을 떠나지 못하여 반딧불같이 사라지고, 아침 버섯처럼 말라 잦아지는 처지에 얼마 되지 않는 시편들이 귀국 같은 큰 나라에 수록되었다는 것은 다시없는 영광으로 여기는 바이외다. 그러나 '우물에 빠진 모수'가 있는가 하면 '좌중을 놀라게 한 진공'[7]이 있다는 것은 좀 곤란한 일입니다.

우리 나라 옛날 유학자로 이이李珥 선생은 별호가 율곡栗谷이요, 상공相公 이정구李廷龜의 호는 월사月沙인데, 《명시종》에는 이정구의 호를 율곡이라 잘못 기록했고, 월산대군月山大君은 공자公子인데 그 이름이 정婷이라 하여 여자로 의심했고, 허봉許篈의 누이 허씨는 별호가 난설헌蘭雪軒인데 기록된 약력을 보면 여도사女道師로 되어 있습니다. 우리 나라에는 원래 도교의 도장이 없는 터에 여도사란 말은 당찮은 말이요, 또 그의 별호를 경번당

6) 오전 네 시경.
7) 모수毛遂와 진공陳公의 고사는 이름은 같고, 사람은 다른 경우를 말한다.

景樊堂이라고 했지마는 이것은 더구나 어림없이 잘못된 것입니다. 허씨는 김성립金誠立에게 시집을 갔는데 성립의 얼굴이 못생겨 그 친구들이 성립을 조롱하여 그 처를 '경번천景樊川'[8]이라 했답니다. 여염집 여자로서 시를 짓는다는 것도 근본 좋은 일이라고 할 수 없는 터에 경번이란 이름으로 흘러 전하게 되었으니 더구나 원통한 일이 아니겠습니까?"

윤공과 기공 두 사람은 함께 껄껄 웃었다. 문 밖에 있던 하인들도 무슨 영문도 모르고는 와서 쭉 늘어서서 웃었다. 이야말로 남의 웃음소리만 들어도 웃는다더니 하인들이 웃는 것은 무슨 셈으로 웃는지 모를 일로서 나 역시 웃음을 참지 못했다.

영돌이가 와서 부르기에 나는 인사를 하고 일어서니 두 사람은 문 밖까지 따라 나와 전송을 한다. 때마침 달빛은 한마당에 가득 찼는데 담장을 사이에 두고 장군부將軍府에서 초경初更 넉 점[9]을 쳤다. 조두刁斗[10] 소리, 목탁 소리가 사방에서 들렸다.

상방에 올라간즉 하인들이 휘장 밖에서 한잠이 들었는데, 정사도 벌써 잠이 든 모양으로 나지막한 병풍을 중간에 세워 내가 잘 자리를 보아 두었다. 일행은 아래위 할 것 없이 한 닷새 동안을 두고 자지 못하다가 이제야 한꺼번에 잠이 들게 된 것이다. 정사의 베갯머리에 술병 두 개가 놓여 있기에 손으로 흔들어 보았더니 한 병은 빈 병이요, 한 병은 술이 가득 차 있었다. 달이 이토록 좋은 밤에 아니

---

8) 번천은 미남자로 유명한 당나라 시인 두목지杜牧之의 별호인데, 남편이 못생겼다 하여 두목지를 사모했다고 조롱한 의미.

9) 오후 아홉 시경.

10) 옛날 군용 기구로서 징과 같이 치기도 한다.

마시고 무엇하랴. 언뜻 가만히 따라 한 잔 가뜩 부어 마시고는 촛불을 불어 끄고 뛰어 나왔다. 홀로 뜨락에 서서 찢어지듯 밝은 달을 쳐다보고 있노라니 담장 밖으로부터 "낄낄." 하는 무슨 소리가 들렸다. 장군부에서 약대가 우는 소리였다.

이내 명륜당으로 나와 보니 제독과 통관들이 저마끔 탁자를 두 개씩 이어 붙이고 그 위에 누워 자고 있었다. 아무리 청인이라고 해도 무지막지하기 짝이 없구나. 그들이 퍼뜨리고 누운 자리는 그래도 옛 성현들을 위해 모셔 제물을 공대하는 탁자가 아니던가. 어째서 감히 이런 데를 함부로 침상으로 삼아 누워 잘 것인가? 탁자들은 죄다 붉은 칠을 하였는데, 모두 백여 틀은 되어 보였다.

오른편 행랑채로 들어가 보니 역관 세 사람과 비장 네 사람이 한 구들간에 같이 자고 있었다. 고개를 마주 대고 다리들을 포갠 채 아랫도리도 가리지 않고는 코들을 드르렁드르렁 골고 잤다. 한쪽에서는 병 모가지에서 물 따르는 소리가 나는가 하면, 한쪽에서는 잘 들지 않는 톱으로 나무 켜는 소리가 나기도 하고, 더러는 사람을 나무라는 듯 혀 차는 소리를 내는가 하면 한쪽에서는 두덜두덜 누구를 원망하는 소리도 같이 들렸다. 이역만리 길에 고생을 함께 하고 숙식을 같이 하여 정은 응당 골육간이나 다름없어서 생사라도 같이 할 터인데 한자리에 누워서도 저마끔 딴 꿈을 꾸면서 속 배짱들은 초나라, 월나라 사이나 다름없어 보였다.

담배를 한 대 붙여 물고 뛰어나오자니 표범 우는 소리 같은 개 소리가 장군부로부터 들렸다. 밤번을 서는 조두 소리들은 깊은 산중의 두견새 소리인 양, 나는 마당 한복판을 거닐면서 우르르 뛰어 달려 보기도 하고 점잖게 뽐내어 걸어 보기도 하여 달 그림자를 동무 삼

아 한참 놀았다. 명륜당 뒤뜰에 선 늙은 고목은 어두컴컴하게 그늘
이 짙을 대로 짙은데, 찬 이슬은 방울방울 맺혀 잎새마다 구슬을 드
리운 듯 연주 같은 구슬들은 달빛에 비치어 반짝반짝하였다. 때는
삼경 두 점[11]을 쳤다. 애닯다, 좋은 이 밤 밝은 달 아래, 같이 놀 님
이 이토록 없다니. 이럴 녘에 어쩌면 우리 권솔들만 저렇게들 쿨쿨
잘꼬. 도독부 장군님도 잠들었구나, 에라! 나도 방으로 들어가 숫제
베개를 베고 나뒹굴어질거나.

---

11) 밤 열두 시 좀 넘은 시각.

8월 10일 병진일. 날이 맑았다.

영돌이가 와서 잠을 깨운다. 역관들과 통관들은 문 밖에 모여 서서 연송 늦었다고 재촉을 했다. 나는 겨우 눈을 붙이자마자 떠드는 바람에 잠을 깨니 시간을 아뢰는 북소리가 아직도 들렸다. 몸은 파김치가 되고 단잠은 퍼부어 옴짝 못 하겠는데 자릿조반 죽그릇을 벌써 베갯머리에 가져다 두었다. 억지로 일어나 따라나서니 행길에는 광피사표光被四表 패루가 섰고 초롱불 아래로 보이는 좌우의 점방들이 황성보다는 훨씬 못하지마는 심양이나 요동에 비해도 역시 따를 수 없었다.

대궐 밖까지 와도 아직 날이 새지 않았다. 통관은 사신을 인도하여 웬 큼직한 묘당에 들어가 쉬게 하였다. 이 묘당은 지난 해에 새로 지은 관제묘이다. 겹겹이 깊숙하게 지은 전각이며 굽이굽이 틀어 올린 복도들이며 귀신의 솜씨 같은 조각들이며 금벽색 단청들은 사람의 눈알을 뽑을 듯만 같은데 환관들과 중들이 달려와서 둘러싸고 구경을 한다. 묘집 가운데는 방방이 북경서 온 관원들이 묵고 있었는데 황족들도 많이 이곳에서 묵는다고 한다.

임역이 와서 말하기를, 어제 예부의 지시는 다만 정사와 부사만 황제의 은혜에 사례하라고 말했을 따름으로 대체 황제가 정사, 부사를 오른편 반열에 참석토록 분부하였기 때문에 이 은혜에 사례하라는 것이요, 서장관은 이런 거행이 없는 모양이라고 한다. 그리하여 서장관은 이곳에 그대로 남겨 두고 정사와 부사만 대궐로 드는데 나 역시 따라 들어갔다.

전각들은 단청을 올리지 않고 '피서산장避暑山莊'이라는 편액을 붙였다. 오른쪽 행랑에는 예부의 조방朝房[12]이 있어 통관이 조방으로 인도를 한즉 한인 상서尙書 조수선曹秀先은 교의에서 일어나 맞으면서 정사의 손을 붙잡고 깍듯이 인사를 하면서 정사에게 자리를 권했다. 정사는 손을 들어 조 상서더러 먼저 앉으라고 사양하니 조공도 역시 손을 들어 연송 정사더러 먼저 앉으라고 권한다. 정사가 네댓 번이나 굳이 사양을 하니, 조공도 끝내 사양하여 정사와 부사가 할 수 없이 구들간에 올라앉으니, 조공도 그제야 교의에 걸앉는다. 서로 문안 인사를 대강 늘어놓았다.

우리 사신의 의관은 저들의 모자와 복장에 비하면 호사스럽기가 신선 같아 보였으나 말이 통하지 못하니 서로 인사를 치르고 마주 대하는 작태가 어디고 어색하고 서먹서먹하고 뻣뻣하여 저들의 삽삽하고 익숙한 인사성에는 맞비교할 수 없었다. 그러다 보니 서투르고 빡빡한 태도가 절로 점잔만 뽑는 것으로 보였다. 정사가 서장관의 거취에 대하여 문의를 한즉 조공은 이번의 사은 절차에는 빠져도 좋고 다음 날 진하하는 반열에는 참석해도 무방하다고 하면서 말을

---

12) 조회 들어갈 때 대기하는 방.

마치자 이내 일어서 나갔다.

통관이 다시 만인 상서 덕보德甫가 들어온다고 연통을 했다. 사신이 문 밖까지 나가 읍례를 하면서 덕보를 맞아들인다. 덕보도 역시 답례를 하고는 발을 멈추고 서서 객지에서 무탈하냐고 인사를 하고 어제 황제로부터 막중한 분부가 내린 것을 아느냐고 물어서, 사신은 황제의 은혜는 영광스럽기 망극할 뿐이라고 대답하였다. 덕보는 웃으면서 말하는 것이 무엇을 씹은 것이 목구멍 속에 끼어 있듯이 발음이 분명하고 똑똑하지를 못했다. 대체로 만주인들의 말은 이런 버릇이 많다. 말을 마치자 즉시로 발길을 돌려 바쁘게 나가 버렸다.

내옹관內饔官이 황제가 내리는 요리 세 그릇을 가져왔다. 한 그릇은 설고雪糕[13]요, 한 그릇은 돼지고기구이요, 한 그릇은 과일 종류이다. 설고와 과일은 누런 나무 쟁반에 담았고 돼지고기는 은접시에 담았다. 예부 낭중이 곁에 있다가 이것은 황제의 아침 수랏상에서 물려 내린 것이라고 했다.

이윽고 통관은 사신을 인도하여 전각문 밖까지 가서 '세 번 절하고 아홉 번 머리를 조아리는 예[三拜九叩禮]'를 하고 돌아 나왔다. 웬 사람이 앞에 나서 절을 하면서 말하기를, 금번의 황제가 베푼 은혜는 전에 없는 일로 응당 앞으로 귀국에 예단도 더 보낼 것이요, 사신과 따라온 사람들에게도 상급이 더 갈 것이라고 했다. 그 사람인즉 예부우시랑 아숙阿肅인데 만주 사람이다. 사신은 조방으로 다시 돌아왔다.

나는 먼저 대궐 밖으로 나왔다. 말과 수레들은 빽빽이 몰려 섰는

---

13) 카스텔라 같은 백설기 떡.

데 말은 모두 궁장 담을 면하고 쭉 늘어서서 붙잡지도 않고 비끄러매지도 않았어도 목마처럼 움쩍 않고들 서 있었다.

갑자기 사람 물리치는 "쉬이" 소리가 나면서 물을 끼얹듯이 잠잠해지면서 모두들 황자皇子가 온다고 수군거렸다. 말을 탄 사람 하나가 대궐로 들어가는데 따르는 사람들은 모두 말에서 내려 걸어서 따랐다. 여섯째 황자 영용永瑢이라고 한다. 얼굴빛은 희나 빡빡 얽은 곰보다. 콧대는 납작하고 광대뼈가 튀어나와 넓적하고 눈알 흰자위가 크고 눈에 삼시울이 끼고 어깨가 큼직하고 가슴이 떡 벌어져 몸집은 튼튼하게 생겼으나 아무 데도 귀한 티가 없어 보였다. 그러나 글을 잘 짓고 그림도 잘 그려 지금 사고전서四庫全書 총재관으로 인망이 높다고 한다. 내가 얼마 전 강녀묘에 들렀을 때에 벽에 치장해 둔 셋째 황자와 다섯째 황자의 시폭을 보았다. 다섯째 황자의 별호는 등금거사藤琴居士인데, 시는 쌀쌀하고 글씨도 메말라 재주는 있어 보였지마는 황실 자손으로서 부귀스러운 기상이란 찾아볼 수 없었다.

등금거사는 호부시랑 김간金簡의 조카인데, 김간은 김상명金祥明의 종손이다. 김상명의 할아버지 되는 사람은 본디 의주 사람으로 중국에 들어와 예부상서 벼슬까지 지낸 옹정 때 인물이다. 김간의 누이가 귀비貴妃가 되어 건륭의 총애를 받았다. 황제는 귀비의 소생인 다섯째 아들에게 늘 마음을 두다가 그가 연전에 일찍 죽어 시방은 영용이 단벌 귀여움을 받고 있다고 하는바, 작년에는 서장西藏까지 가서 반선班禪을 맞아 왔다고 한다. 죽은 사람의 시를 보면 쌀쌀한 맛뿐이고 산 사람의 외양을 보면 귀티조차 없으니 황제님 집안일도 어찌 된 셈인지 모를 일이로구나.

가산嘉山 사람 득룡이는 마두 구실로 40여 년 동안을 두고 북경 내왕을 한 자로서 한어를 썩 잘한다. 이날은 사람들 틈에 끼어 섰다가 나를 보고는 멀리서 불렀다. 여러 사람들 틈을 헤치고 가 본즉 방금 늙은 몽고 왕 한 사람과 손을 마주 잡고 무슨 이야기를 쑥덕거리고 있었다. 그 몽고 왕은 모자 꼭지에 홍보석을 박고 공작 깃을 달았다. 몽고 왕은 나이 여든한 살이라는데, 키가 거의 열 자나 되어 허리가 구부정하고 얼굴 길이는 자 나마 되는데 살결이 검은 바탕인데다가 거죽은 잿빛처럼 부유스름하고 몸을 덜덜 떨면서 체머리까지 흔드는 것이 방금 넘어지려는 고목나무 같아서 볼품이 없는데도 입심만 남아서 온 몸뚱이의 기운이 입으로만 토해 내는 것만 같았다. 늙어도 이 꼴이라면 비록 묵특冒頓[14]이라도 겁날 일이 없을 것만 같았다. 따르는 수종꾼들이 수십 명이나 되었지마는 아직도 부축을 받지 않았다.

이 외에도 또 엄장이 덜썩 큰 몽고 왕 한 명이 보이는데 득룡이가 달려가 말을 붙이니 내가 쓴 총모자를 보고 묻는 모양이더니 말을 알아들을 수가 없는 모양인지 가마를 집어타고 후닥닥 가 버린다. 득룡이는 그럴듯한 사람은 보는 대로 한 번씩 절을 하고 말을 붙인즉 저마끔 답례를 해 주면서 말대답을 안 해 주는 사람이 없었다. 득룡은 나한테도 이 시늉을 내 보라고 하였으나 처음 배운 노릇이라 어색한 데다 한어조차 모르니 어쩔 수가 없었다. 이내 관제묘에 들르니 사신도 벌써 나와서 옷을 갈아입고 있었다. 함께 숙소로 돌아왔다.

밥을 먹고 후당에 들르니 거인 왕민호가 절을 하면서 맞아 주었

---

14) 한나라 초기 흉노족의 추장으로 세력이 컸던 인물.

다. 왕 거인의 별호는 곡정鵠汀이니, 산동도사山東都事 학성郝成과
같은 구들간에 있었다. 학성의 자는 지정志亭이요, 별호는 장성長城
이다.

곡정이 우리 나라 과거 제도와 시험 치르는 법은 어떠며 글자들
은 어떻게 쓰는지 묻기에 내가 대강 대답해 주었더니, 또다시 혼인
제도를 물었다. 나는,

"관혼상제는 모두들 주자의《가례家禮》를 따릅니다."

하니, 곡정은,

"《가례》는 주자가 지었다지마는 완성시키지 못한 책으로서 중국
에서는 꼭 이《가례》만 따른다고는 볼 수 없지요."

하면서, 다시 묻는다.

"귀국이 자랑할 만한 일을 몇 가지 들어 봅시다."

"우리 나라가 비록 바다 한 구석에 붙어 있지마는 네 가지를 자랑
할 만합니다. 유교를 숭상하는 것이 첫째요, 홍수가 없는 것이 둘
째요, 고기와 소금을 딴 나라에서 가져오지 않는 것이 셋째요, 여
자가 개가를 않는 것이 넷째라 할 수 있을 것입니다."

지정은 곡정을 돌아다보고 무슨 말을 한참 하다가는,

"좋은 나라외다."

한다. 지정이 물었다.

"여자가 개가를 않는 것은 전국에 통하는 풍속인지요?"

"노비나 천인 할 것 없이 온 나라가 통틀어 이 법을 지킨다고는
할 수 없지마는 양반만 놓고 보면 비록 가난뱅이 궁조대라도 삼
종三從이 끊어져도 평생을 혼자 늙어 때로는 천민에 이르기까지
절로 풍속으로 화하여 내려온 지가 4백여 년이랍니다."

"무슨 금법이 있소?"

"이렇다 할 금법은 없습니다."

곡정이 있다가,

"중국에서도 이 풍습이 역시 고질이 되다시피 하여 납폐를 하고도 성례를 않았거나, 성례를 하고도 합궁이 없는 채 잘못 불행이 있을 때는 평생 수절을 하지요. 이것은 또 약과랍니다. 서로 친숙한 집안끼리는 뱃속에 든 아이를 서로 약혼시키기도 하고, 머리에 쇠똥도 안 벗고 이도 갈기 전에 부모들끼리 말이 있다가 한번 사내 편에 불행이 있을 때는 색시는 독약을 마신다, 목을 맨다 하여 순장을 청하니 이런 괴변이 있겠소.

점잖은 사람들은 멀쩡한 처녀가 한 번도 보지 못한 남의 집 총각의 시체를 따라 바람이 났다고 흉을 보기도 하고 '절개 지키는 화냥질〔節淫〕'이라고도 합니다. 국법으로도 엄하게 금하여 부모의 죄로 습속까지 되고 말았으니, 이런 일은 동남 지방이 더 심하답니다. 그러니까 식자의 집안에서는 여자가 성년이 된 뒤에야 비로소 통혼을 하게 되었지마는 이것도 후세에 와서야 시작된 일이랍니다."

하였다. 나는 말하기를,

"《유계외전留溪外傳》이라는 책에 보면, 간을 베어 내어 부모의 병을 고친 효자가 있는가 하면 조희건趙希乾은 가슴을 가르고 염통을 끄집어 내려다가 잘못 창자를 한 자나 베어 내어 삶아서 그 어머니의 병을 고쳤는데, 그의 상처도 씻은 듯이 나았다고 했으니, 이로써 본다면 부모가 죽을 적에 손가락을 끊는다든가 똥을 맛보는 쯤이야 오히려 보통이라고 말할 수 있을 것이요, 눈 속에서 죽

순을 구하고 얼음 구멍에서 고기를 구해 내는 일쯤은 오히려 아
무것도 아닌 바보 놀음이지요."

곡정이,

"그런 일쯤은 많나 보외다."

하니, 지정이,

"요즘 산서 지방 효자 정문의 사적들은 별의별 일이 다 있나 봅니
다."

하니, 곡정은,

"눈 속에서 캔 죽순과 얼음 속에서 뛰어나온 고기는 그야말로 맛
이 좀 싱거울걸요."

하여, 한목 웃었다. 지정이 있다가,

"송나라 충신 육수부陸秀夫가 어린 임금을 등에 업고 바다로 피
난하다가 물에 빠져 죽었고, 장세걸張世傑은 나라를 구하기 위해
배를 끌고 나섰다가 바다에 빠져 죽었고, 방효유方孝孺는 온 집안
사람 처형당하는 것을 기꺼이 견뎠고, 철현鐵鉉[15]은 연왕에게 기
름에 튀겨 죽임을 당하였지마는 뜻을 굴하지 않았으니, 이만큼이
라도 끔찍한 노릇이 없이는 장하다고 쳐주지 않고 보니 후세에 와
서 충신 열사가 되기는 참말 어려웠답니다."

하니, 곡정은,

"세상이 생긴 지도 이제는 오래되고 보니 훨씬 뛰어난 노릇이 없
이는 간대로 이름을 날릴 수 없답니다. 장자가 '어찌 한숨을 지으
면서 효자 이야기를 하랴.' 말한 것도 바로 이 까닭이지요."

---

15) 명나라 초기의 명장.

하여, 나는 말했다.

"아까 왕 선생이 말한 '눈 죽순 '이나 ' 얼음 잉어'가 싱거울 것이란 말은 지당한 말씀 같소. 단술이 소주로까지 변하게 된다면 벌써 술맛이 독하다 말다 말할 터가 못 될 것이요, 담배 맛을 알고 난 뒤는 벌써 쓴맛이란 군소리가 될 것이요, 이런 것을 만약에 일일이 들어 깊이 파고들어 말한다면 세상에는 다시 절개고 의리고 배척하는 이론이 생겨날 것이오."

곡정은 이 말을 듣고 옳은 말이라고 하면서,

"귀국 부녀자의 의관 제도는 어떻소?"

하고 물었다. 나는 위는 저고리, 아래는 치마를 입는다고 하고 머리 쪽 트는 법이며 원삼, 당의 등속을 책상 위에 대강 그림을 그려 보였더니 두 사람은 함께 좋다고 칭찬을 한다.

지정은 마침 다른 사람과 선약이 있어 꼭 일찍 돌아가야 한다며 일어나 인사를 했다. 빨리 돌아와서 다시 한번 선생을 모시겠노라고 하면서 나갔다. 지정은 비록 무인이지마는 요즘 세상에는 드물게 문학 지식에 넉넉하고 시방 4품 무관이라고 곡정은 입에 침이 없이 칭찬을 하면서, 귀국에서도 여자들이 전족을 하느냐고 물었다.

"천만에요, 한인 여자들이 전족한 발은 차마 볼 수 없던데요. 발 뒤꿈치로 걸음을 걷는 모양은 흡사 보리 종자를 심는 것 같기도 하고 이리 기우뚱 저리 기우뚱하여 바람도 없는데 흔들리는 꼴이란 보기 흉합디다."

하니, 곡정이 말했다.

"전족의 내력을 본다면 적국에서 사로잡아 온 여자로부터 시작되었는데 이것도 세상 운수라고 해야 할지 명나라 시절에는 그 부모들까지 벌을 주었고 청조에 와서도 금법이 엄하건마는 필경은 없애지를 못하고 있습니다. 대체로 남자들은 말을 듣는 편이지마는 여자들은 할 수 없습니다."

"보기도 흉하고 걷기도 불편할 텐데 대관절 무슨 까닭일까요?"

"오랑캐 여자들과 분간 없이 섞이기가 부끄럽다 하여 그럴 것입니다."

하고는 글자를 지워 버리면서 다시 말하였다.

"한사코 고치들 않습니다."

"내가 올 적에 삼하三河와 통주通州 사이에서 보았지마는 머리가 허옇게 센 늙은 거지들이 머리에는 꽃을 잔뜩 꽂고 발은 전족을 한 채 말 뒤를 따라오면서 구걸을 하는 꼴이 마치 배부른 오리가 엎어지고 자빠지면서 걷는 듯, 내가 보기에는 도리어 오랑캐 여자들보다도 어림없이 흉해 보이던걸요."

"그렇기에 여기는 세 가지 재액이 있답니다."

"대체 재액이란 무엇을 두고 하는 말인지요?"

"남당南唐[16] 때 포로로 붙들려 온 장소랑張宵娘이 송나라 궁중에 한번 들어오자 송나라 궁녀들은 서로 다투어 가면서 장소랑의 자그마한 발 맵시를 본떠 저마끔 천으로 꽁꽁 동여 외씨 같은 발 맵시가 아주 풍습이 되고 말았지요. 원나라 시절에는 한족 여자들이 작은 발 맵시로 그들의 표적을 삼았고, 명나라 시절에는 이를 법으로 금했으나 시행이 못 되고 보니 오랑캐 여자들이 한족 여자들의 전족을 음탕한 것이라고 비웃는 것은 좀 원통한 일입니

---

16) 오대(907~960) 때 남경에 도읍을 정했던 나라.

다. 이것이 소위 발이 당하는 재액이지요.

홍무 연간에 명나라 첫 황제인 고高 황제가 평복을 입은 채 가만히 신악관神樂觀[17]에 갔을 적에 어떤 도사가 머리에 망건을 써서 흐트러진 머리칼을 건사하는 것이 태조의 마음에 들어 태조는 그 자리에서 망건을 빌려 가지고 머리에 쓰고는 거울을 보고 마음에 흡족하여 바로 전국에 영을 내려 망건을 만들어 쓰도록 했답니다. 그 후로 차차 망건 만드는 가음으로서 말총이 실을 대신하게 되고 골이 터지도록 꽁꽁 동여 이마빡에 망건 자국이 볼꼴 사납게 나게 되었으니, 이것을 소위 '호좌건虎坐巾'이라고도 하였는데 까닭인즉 앞이 들리고 뒤가 처져 흡사 범이 도사리고 앉은 모양 같다는 데서 나온 말입니다. 또 '수건囚巾'이라고도 하였으니 당시 이것을 쓸까스러 말하는 사람들이 천하의 이맛머리란 이맛머리는 죄다 그물 올가미로 결박을 하고 말았다고 하여, 말하자면 머리가 불편스럽단 말씀이지요."

하고는 붓끝으로 내 이마를 가리키면서,

"그것이 바로 머리가 당하는 재액인갑소."

하기에, 나는 웃으면서 곡정의 이마를 가리키면서,

"그 번들번들하는 이마는 무슨 재액일까요?"

했더니, 그는 매우 무안스러운 기색으로 고개를 끄덕이면서 '천하두액天下頭額'이라고 쓴 밑에 글자부터 빡빡 지워 버렸다. 그는 다시 말을 이었다.

"여기 또 담배로 말하자면 만력(萬曆, 1573~1619) 말년에 절강 지

---

17) 도교의 사원 이름.

방에 두루 유행하여 사람으로 하여금 가슴이 막히도록 하고 취해 넘어지도록 만드는, 천하에도 몹쓸 풀이라 할 수 있을 것이오. 입에 맞거나 배를 불릴 음식이 아닌데도 금싸락 같은 곡식과 맞잡아 일등 옥토에서 재배하여 부녀자와 어린아이에 이르기까지 고기보다 더 좋아하고 밥보다도 더 즐겨 쇠붙이와 불로써 입에 처물리는 버릇이 생겼으니, 이것도 역시 세상 운수라고 해야 할지, 변괴라도 이보다 더 클 수 있나요? 선생께서도 이것을 즐기시는지요?"

내가 그렇다고 대답했더니 곡정은 다시 물었다.

"저는 원래 이것을 좋아하들 않습니다. 언젠가 한번 피워 보았더니 앉은자리에서 취해 넘어갈 듯하고 구역과 재채기가 한목 나고 보니, 이것이 소위 입이 당하는 재액이지요. 귀국에서도 누구나 다 피우겠지요?"

"그렇소. 하지만 부형들 앞에서나 어른들 앞에서는 피우지를 못하는 법이오."

"옳소. 독한 연기를 여느 사람 앞에서 내뿜는 것도 불공스러운 일이라고 할 수 있을 터인데 더구나 부형 앞이겠소."

"그뿐이 아닐 것이외다. 입에다가 대꼬챙이를 문 채 어른을 대한다는 것이 벌써 버릇없는 노릇이지요."

"담배는 토종인가요? 그렇잖으면 중국서 무역을 해 가시나요?"

"만력 시대부터 일본에서 들어와 시방 있는 토종이란 것은 중국 것과 다름없습니다. 중국의 황실이 아직 만주에 있을 당시 이 풀이 우리 나라로부터 들어갔는데 종자가 원래 왜종이고 보니 '남초南草'라고 했습니다."

"이 풀이 본디 일본서 난 것이 아니라 원래는 서양서 온 것으로 '아미리샤'[18] 왕이 온갖 풀을 맛보다가 이 풀을 얻어 백성들 입 안에 나는 창을 고쳤답니다. 사람의 비장은 오행으로 치면 토土에 속하여 허하고 냉하고 습하여 벌레가 생길 수 있는데, 입에까지 벌레가 번지면 당장에 죽게 된답니다. 그래서 말하자면 불로써 벌레를 잡는 것으로 대체 불이란 나무를 이기고 흙을 이롭게 하는 이치에 근거하여 토질과 습기를 없애게 되고 앉은자리에서 신효를 보게 되기 때문에 이것을 '영초靈草'라고도 한답니다."

"우리 나라에서도 남령초라고 하지요. 만약에 이렇게도 실효가 있고 또 수백 년 이래로 온 세상이 다 같이 이것을 피우기 좋아하니, 이것도 운수인가 봅니다. 선생이 아까 말씀한 운세론運勢論도 지당한 말씀으로 만일에 이 풀이 아니었더면 만국 백성들이 한목 구창口瘡으로 죽었을는지 누가 알겠소?"

"저는 나이 예순이지마는 담배를 안 피워도 아직 그런 병이 없는걸요. 지정도 담배는 좋아하들 않나 봅니다. 서양 사람들이란 대체 이런 허황되고 흰소리가 많을 뿐 아니라 잇속을 낚는 재주가 용하고 보니 믿을 만한 소린지 알 것이 무엇이겠소?"

이윽고 지정이 돌아와서 '저도 담배는 좋아하지 않고 지정 역시 담배는 안 피운다.' 는 구절에 먹으로 권주를 자꾸만 치고는,

"틀림없이 독이 있나 보외다."

하여, 함께 웃었다.

나는 이내 하직을 하고 일어서 숙소로 돌아오니 군기대신이 황제

---

18) 아메리카를 말한다.

의 분부를 받들고 와서 서번[19]의 성승聖僧을 찾아보지 않겠느냐고
하였다. 사신은 대답하기를,

"황제의 한없는 사랑이야 우리들을 한나라 백성이나 다름없이 생
각하시매 상대가 중국 인사라면 찾아보기에 거리낄 게 없겠지마
는 타국 사람에 이르러서는 마음대로 통래할 수 없는 것이 저희
들 나라의 법입니다."

하였다. 군기대신이 가고 나서 사신들은 모두 얼굴에 수심을 띠고
임역은 선술 깬 놈 모양으로 분주하게 날뛰고 비장들은 드러내 놓고
분을 참지 못하여,

"황제의 처사가 고약한데! 망해 빠지고 말걸. 오랑캐의 버릇이
란! 명나라 적이야 이런 일이 있었을라고!"

하니, 수역이 이 말을 듣고는 그 바쁜 중에도 비장들을 보고,

"아따! 춘추대의도 자리 보아 가면서 내놓소."

하였다.

이윽고 군기대신이 또다시 나는 듯이 말을 달려와서 황제의 말씀
이라고 입으로 반포하기를,

"서번은 중국과 다름없으니 마땅히 가서 보렸다."

하였다. 사신들이 서로 의논하기를, 혹은 만일에 가 보게 된다면 필
경은 난처한 고비가 있을 것이라기도 하고 혹은 예부에 글을 바쳐
이치를 따져 한번 시비를 가려 보자고도 하는데, 역관의 말인즉 어
느 편도 거슬리지 않게 알맞게 발라 맞추어 대답할 뿐이었다. 나는
일없이 따라 놀 양으로 온 처지인지라 사행의 일에 대해서는 아무런

---

19) 서번西蕃은 티베트를 중심한 중앙아시아 지방을 총칭해 부르는 지명.

이해가 없으니 조그만치도 간섭할 일이 없어 아직껏 이런 경우에 한 번 말참견이나 계책을 내본 적이 없었다.

이때를 당하여 나는 뱃속으로 혼자 생각에 '일이 묘한데! 기회가 좋은걸!' 하면서 손가락으로 허공에 대고 권주를 치고는 혼잣말로 '문제는 흥미가 있군!' 했다. 이 기회에 만일 사신이 다시 황제에게 상소라도 한 장 낸다면 놀랍다는 소문이 천하를 흔들 것이요, 우리나라로서도 뽐내게 되렸다. 나는 또다시 혼잣말로 '황제는 골이 나서 군사를 내어 우리 나라를 마구 칠까?' 했다. 아니다. 상소쯤이야 사신의 죄일 터인데 그 분풀이를 나라에 옮겨 풀 턱이야 없겠지! 그러면 이 참에 사신은 운남雲南이나 귀주貴州 같은 먼 곳으로 귀양이라도 보낼 것인가? 이렇다면 나는 차마 의리로 보아 혼자 돌아설 수는 없을 것이니, '촉과 강남땅도 이내 발로 밟으리라. 강남이 가깝구나. 월남과 광동땅은 연경서도 만여 리라.' 어허! 이렇고 보면 내 놀음판이 호화 찬란스럽게 아주 떡 벌어질 판이 아닌가. 나는 속으로 은근히 좋아 못 배겨 한달음에 밖으로 달려 나가 동쪽 행랑채 아래 나서서 건량마두 이동二同이를 불러 말했다.

"빨리 가서 술을 받아 오너라. 돈은 아끼지 말고. 너도 오늘부터는 하직인 줄 알아라."

술을 한잔 먹고 들어가 보니 여럿이들 공론은 아직도 결정을 못 지었는데 예부의 독촉은 성화같이 급하고 보니 비록 하원길夏原吉[20]이가 살았더라도 종종걸음을 치면서 명령대로 좇지 않을 수 없었다. 그래서 떠날 채비를 정돈하기에 절로 시간이 늦어져 날은 벌써 한나

---

20) 명나라 초기의 명관으로 몸집이 유달리 크고 뱃심 좋기로 유명했던 사람.

절이 기울게 되었다.

오후부터는 날이 몹시 더워 행재소의 대궐 문을 거쳐 성을 끼고 돌아 서북쪽으로 절반 길도 못 가서 오늘은 이미 늦었으니 사신은 즉시 돌아서 다른 날을 정하여 가도록 기다리라는 황제의 명령이 내렸다. 이때야 서로들 마주 쳐다보면서 한시름 놓고 돌아왔다.

소위 성승이라 하는 중은 서번 나라의 승왕僧王으로서 별호는 '반선'이라 하고 또 '장리불藏理佛'이라고도 한다. 중국 사람들이 다 존경하고 믿어 '활불活佛'이라고 한다. 제 말로는 마흔두 번째 세상에 태어났는데 전생에는 중국땅에 많이 태어났더라고 하며 나이는 마흔세 살이다. 지난 5월 20일 열하까지 맞아 와서 따로 궁전을 지어 스승으로 삼아 대접하고 있다 한다. 어떤 사람이 말하기를, 따르는 떨거지가 퍽 많았는데 국경을 넘어올 적에 띄엄띄엄 많이 떨어졌지마는 이곳까지 따라붙어 온 자가 수천 명이나 된다고 하며 모두들 무슨 기계를 간직하고 있는데 황제만이 이것을 모르고 있다고도 한다. 이것은 유언비어 비슷한 말로 거리에서 아이들이 부르는 '황화黃花'라는 동요도 심상치 않다. 이 동요는 《욱리자郁離子》[21]에 실렸는데, '붉은 꽃이 떨어지면 누런 꽃이 핀다.'는 동요로서 붉은 꽃은 청인들의 붉은 모자를 두고 말하는 것이요, 누런 꽃은 몽고나 서번 사람들이 모두 누런 옷과 누런 모자를 쓰는 것을 가리킴이다. 또 다른 동요에는 "원元[22]래는 고물인데 누가 주인이 될꼬?"했다.

이 두 가지 동요를 본다면 모두 몽고를 두고 한 말인데 몽고는 시

---

21) 명나라 유기劉基란 이가 지은 책.
22) 원元은 원나라라는 뜻으로도 통한다.

방 48부가 강할 대로 강하여 그중에도 토번이 가장 사납고 토번의 서 북쪽 오랑캐는 몽고의 별개 부락으로 황제가 제일 두려워하는 자다.

박보수가 예부에 가서 사정을 알아보고 와서는 하는 말이, 황제 가 "그 나라에서는 예절을 알지마는 신하들은 예절에 어둡군." 했다 고 하여 보수와 여러 통관들은 가슴을 치고 울면서, "인제는 우리가 죽는구나!" 하고들 떠들었다. 이것은 통관붙이들이 두고 쓰는 버릇 으로서 하찮은 일이라도 황제의 뜻에 관계된 일이면 대뜸 죽는다, 산다 법석을 하는 것이다. 더구나 중도에서 되돌아오도록 불러 놓았 으니 무안한 김에 나온 공연한 수선이다. 또 예부가 전한다는 말로 서 '예절을 모른다.'는 말은 더구나 불평을 품은 말이다. 통관붙이 들이 가슴을 쳐 가면서 우는 거조는 우리들을 협박하려는 것은 아닌 듯하나, 그 거조의 흉패스러운 꼴이란 오히려 사람을 웃길 만하였 다. 우리 역관들은 닳을 대로 닳아서 옴짝달싹하지도 않았다. 저녁 후에는 예부로부터 내일 아침 식후나 혹 모레 황제로부터 사신을 접 견할 조처가 있을 터이니 사신은 꼭 틀림없이 일찍 입궐하되 조금이 라도 어김이 있어서는 안 된다는 기별이 왔다.

저녁을 먹은 후 윤형산을 찾아갔더니 혼자 담배를 피우고 앉았다 가 담배를 한 대 붙여 내게 권하면서,

"영형 되시는 어른은 평안하신지요?"

하기에, 나는,

"황제님이 생각해 주신 덕택으로!"

하고 대답했다. 윤공이 《계림유사鷄林類事》[23]를 묻기에,

---

23) 송나라 시대 손목孫穆의 조선 어문에 관한 저작.

"이는 조선의 서울 근방 말에 관한 책입니다."

했더니, 윤공은,

"귀국에 《악경樂經》이 있단 말이 참말이오?"

했다. 말을 묻는 동안에 기공이 와서 '악경' 이라고 쓴 글자를 보고
는 그도 물었다.

"귀국에는 안자顔子가 지은 책이 있어, 중국으로 오는 사람이 이
두 가지 책을 지니면 압록강을 안 건네준단 말이 정말인지요?"

"공자가 계신 터에 안자가 어찌 감히 책을 저술하겠소?[24] 또 진
시황이 책을 불질러 태울 적에 어째서 《악경》만 빠져 남았겠소?"

"정말인지요?"

"중국은 문화의 집중지가 아니겠소. 만약에 우리 나라에 이 두 권
책이 있어 실어 가지고 오는 자가 있다면 도리어 뭇 신령님들이
보호를 해서 잘 건너오도록 할 터인데요."

윤공이 있다가,

"옳은 말이오. 그러나 《고려지高麗志》가 일본서 나왔으니까요."

"《고려지》가 몇 권이나 되던지요?"

"난원蘭畹 무공련武公璉이 기록한 《청정쇄어蜻蜓琑語》에 고려서
목록이 있습니다."

기공은 나를 이끌고 같이 밖으로 나와 달 구경을 하였다. 달빛이
대낮같이 밝았다. 나는 있다가,

"만약 달 속에 또 한 세계가 있어 달로부터 땅덩이를 바라보는 자

---

24) "선생님이 계신데 제가 감히 어찌 죽겠소이까子在 回安敢死]"라고 한 《논어》의 안자 말
을 익살스럽게 표현한 말.

가 있다면 역시 우리처럼 난간에 기대고 서서 땅빛이 달에 가득 찼다고 '땅 놀이'를 할 터이겠지!"

했더니, 기공이 난간을 치면서 용한 말이라고 하였다.

8월 11일 정사일. 개었다.

　먼동이 틀 무렵에 사신은 대궐로 들어갔다. 덕 상서는 잠시 인사 말을 늘어놓은 후 내일은 황제께서 꼭 불러 보실 모양인데 오늘도 그런 분부가 없으리라고는 장담하기 어려우니 조방에 들어가 앉아 잠시 기다리는 것이 좋겠다고 하여 사신은 여러 사람과 함께 조방으로 들어갔다. 황제는 또다시 요리 세 그릇을 어제처럼 내려 보냈다.

　대궐 문 밖으로 나와 어슬렁어슬렁 거리를 구경하노라니 어제 아침보다도 더 분답하여 먼지는 자욱하고 다방과 술집들은 즐비한데 수레며 말들이 와자지껄하였다. 새벽 일찍 일어났기 때문에 속이 좀 출출하여 혼자 숙소로 돌아왔다. 길에서 웬 새파랗게 젊은 중이 덜썩 높은 말을 타고 검정 공단으로 만든 모난 관을 쓰고 몸에는 공단 도포를 입었는데 얼굴도 잘났을 뿐 아니라 차림도 깨끗하였다. 그런데 괴상스럽게도 그 중은 의기양양, 기가 나서 가는 도중에 웬 큼직한 노새를 탄 사람과 만나 각각 말 잔등 위에 앉은 채 흔연히 손을 잡고 인사를 하더니 갑자기 내색이 달라졌다. 그러더니 둘이 서로 큰 소리를 주고받고 하다가는 필경 말 위에서 손찌검을 시작해 서로 두 눈을 부라리고 한 손으로는 멱살을 잡고 한 손으로는 머리를 쥐어질렀다. 노새를 탄 자가 몸을 한 옆으로 비키다가는 모자가 떨어져 목에 걸렸다. 노새를 탄 자도 역시 허우대가 큼직하고 건장하게 생겼으나 머리가 희끗희끗한 것이 젊은 중에게 좀 부대끼는 편이다. 둘이 마주 안고 겨루다가는 안장에서 한목 내려와 처음은 노새 탄 자가 중을 걸타고 앉았다가 이윽고 중이 자반 뒤집어 노새 탄 자를 되걸타고 저마끔 멱살들을 틀어쥔 채 주먹질은 못하면서 마주 얼굴에 대고 침만 서로 뱉고 있었다. 주인 없는 노새와 말은 말뚝처럼 마주 보고 서서 움쩍도 않은 채 두 사람은 길을 가로막고 누워 겨루고 있는데 둘러선 구경꾼도 없고 말리는 사람도 없이 한편은 치켜 바라보고 한편은 굽어 노려보면서 서로 헐떡헐떡 씨근씨근할 따름이었다.

어떤 과일 가게에 들렀더니 제철 맞은 과일들이 산더미로 쌓였다. 쇠천 백 푼(열여섯 닢이 우리 나라 1전이다.)을 내어 배 두 개를 사가지고 나왔다. 맞은편 술집에는 깃발이 펄렁펄렁, 가게 머리에는 은 주전자, 주석 술병, 술 두루미들을 죽 늘어놓았고 처마 끝 난간 시울로는 금자백이 현판들이 햇발에 번쩍거리는데 양쪽에 깃발을 드리웠다.

> 신선은 허리띠를 풀고
> 공경은 웃옷을 끄르네.
> 神仙留玉佩, 公卿解金貂.

다락 아래에는 왁자한 사람 소리가 벌 떼같이 웅성거렸다. 나는 발걸음을 성큼성큼 디뎌 다락으로 올라간즉 모두 열두 층대다. 탁자를 둘러 걸앉은 사람들은 어떤 데는 서너 사람, 어떤 데는 대여섯 사람씩 앉았는데 모두 몽고 사람이 아니면 회회교 나라 사람들로서 무려 수십 패다. 몽고 사람들이 쓴 갓은 흡사 우리 나라 쟁반 모양처럼 생겨 갓 봉우리는 없고 위가 펀펀한데 누런 물감을 들인 양털로 꾸몄다. 더러는 우리 나라 전립처럼 생긴 것을 쓴 자도 있는데 어떤 것은 등藤으로도 만들고 혹시는 가죽으로도 만들어 속에는 금칠을 하기도 하고 더러는 오색구름 무늬를 놓기도 하였다. 다들 누런 옷에 붉은 바지를 입었다. 회회교 나라 사람들은 붉은 옷을 입었으나 검정 옷도 많이들 입었다. 그들은 붉은 천으로 만든 고깔을 만들어 썼는데 갓 봉우리는 길고 앞뒤로만 테가 붙어 갓 테가 말려든 연 잎사귀 같기도 하고 약을 가는 연研돌 모양같이 양끝은 뾰죽하여 경망스러워 보이는 품이 우습기도 하였다.

내가 쓴 갓을 말하자면, 전립같이 생겨 은으로 아로새겨 꾸미고 꼭대기에는 공작 깃을 달았고 수정 구슬 갓끈을 늘였으니, 저들 두 오랑캐 눈에는 어떻게 보였을는지! 만족, 한족 할 것 없이 중국 사람이라고는 한 사람도 없고 다락 위에 있는 패들은 모두 사납고 거세게 생겨 괜히 올라왔다고 후회도 없지 않으나, 이미 올라왔던 걸음이라 술을 가져오라고 이르고 그럴듯한 교의 한 자리를 택하여 앉았다. 술 심부름꾼이 술을 몇 냥쭝 가져올까 묻는다. 대체 술을 달아 팔기 때문이다. 넉 냥쭝만 가져오라고 이르니 술 심부름꾼은 가서 술을 데우려고 하기에 나는 소리를 쳐 데울 것 없이 그대로 가져오라고 했다. 심부름꾼은 빙그레 웃으면서 술을 따라 가지고 와서 먼저 작은 잔 두 개를 탁자 위에 늘어놓기에 나는 담뱃대로 휙 쓸어 잔을 넘어뜨려 치우고 큰 보시기를 한 개 가져오라고 소리를 쳤다.

내가 술을 한꺼번에 따라 단숨에 들이마셔 버리니 여럿이들은 서로 저마끔 얼굴을 쳐다보면서 깜짝들 놀랐다. 아마도 내가 술을 본때 있게 마시는 것을 보고 놀랍게 여기는 모양이다.

대체로 중국 사람들이 술 먹는 법이란 얌전하디 얌전하여 아무리 한여름철이라도 으레 데워 먹는다. 비록 소주라도 역시 데워서 잔은 은행 깍지만큼씩 한 것으로 이빨에 걸고 쪽쪽 빨다가는 그나마 잔에 남겨 탁자 위에 놓았다가, "참, 참, 이 맛이군." 하니 좀처럼 취해 거꾸러지는 일이 없다. 되사람들도 술 먹는 조격은 역시 비슷하고 보니 속담에 '대포 떼기'란 눈 닦고 볼 수 없었다.

내가 처음 찬 술을 그대로 들이라고 소리를 치고 단숨에 넉 냥쭝 술을 들이킨 것은 저들에게 무섭게 보이기 위해서 일부러 이렇게 담보를 보인 것인바, 이는 실상 겁이지 용기는 아니었다. 내가 찬 술을 가져오라고 할 때 이 패들은 이미 삼분쯤 놀랐고 단숨에 마시는 것을 보고는 깜짝 놀라 도리어 나를 무섭게 여기는 것 같았다. 내가 돈 여덟 닢을 내어 심부름꾼에게 셈을 치르고 자리에서 일어서려니 되사람들은 모두들 일어서서 머리를 조아리며 자리에 다시 앉기를 청했다. 한 사람이 자기 자리를 비우고 나를 붙들어 부축해서 앉힌다. 그는 비록 호의로 하는 것이지마는 내 등덜미에는 진땀이 흘렀다. 내가 어릴 적에 본 일로 하인들의 술판이 벌어졌는데 술자리 수수께끼로서 "대문 앞을 지나도 들른 적이 없었는데 일흔 살에 사내아이를 낳았으니 등에 땀이 흐를 지경"이라는 말을 듣고 나는 원래 웃음을 참지 못하는 성질이라 사흘을 두고 허리가 휘도록 웃은 일이 있었다. 오늘 아침 나는 만리 변방에 와서 뜻하잖게 여러 되친구들과 어울려 술을 먹게 되니 만약에 여기서 술판 수수께끼라도 내놓으라면 응당 '등에서 진땀이 흐를 지경'이란 말이 적당할 것 같았다. 되사람 하나가 일어나 술 석 잔을 따라 놓고 탁자를 두드려 가면서 내게 권했다. 나는 일어나 찻종지 속에 남은 지격지를 난간 밖으로 쏟아 버리고 술 석 잔을 한 잔에 부어 꿀꺽 단숨에 마시고는 몸을 돌려 한 번 허리를 굽혀 절을 너부시 하고 걸음 자죽을 큼직큼직 떼 놓으면서 층층대로 내려가노라니 어쩐지 머리털이 선듯선듯한 것이 뒤에서 누가 쫓아오는 것만 같았다. 행길에 나와 서서 다락 위를 쳐다보니 아직도 떠드는 소리가 들린다. 아마도 나를 두고 하는 이야기들만 같았다.

숙소로 돌아오니 아직도 끼니때가 멀었기에 윤형산에게 들렀더니 참반參班하러 나간 모양이고 기 안찰사에게 갔더니 역시 부재중이요, 왕곡정을 찾았더니 곡정은 《구정시집毬亭詩集》의 서문을 내보이는데 글은 그리 잘 되지를 못했으나 전편을 통하여 서술한 것이 강희 황제와 시방 황제의 높은 덕이 요순보다도 더한 양 수다스럽게 늘어놓았다. 채 읽지도 못해서 창대가 와서 말하기를 바로 아까 황제가 사신을 불러 다시 활불을 찾아보라는 명령을 했다고 한다. 밥을 재촉해서 먹고 비장과 함께 대궐로 들어갔다. 사신을 찾았으나 사신은 벌써 반선을 찾아간 뒤였다.

부리나케 대궐문을 다시 나서니 마침 여섯째 황자가 대문에 다다라 말에서 내리는데 말은 문 밖에 두고 수종하는 자들에게 옹위되어 바쁜 걸음으로 들어간다. 어제는 말을 탄 채로 곧장 들어가고 오늘은 말에서 내리니 까닭을 모르겠다. 궁성을 끼고 왼쪽으로 돌아 서북쪽을 향해 가노라니 이 일대의 산기슭으로는 궁전이야 사찰들이 뚜렷하게 눈 어란에 들어오는데 어떤 데는 4, 5층 누각이, 소위 '배는 상수湘水로 돌아드니 형산衡山을 아홉 면으로 볼 수 있다.'는 것처럼 보였다.

군포막 같은 데 있던 파수 병정들이 다들 나와서 본다. 나 혼자 길을 못 찾고 어정거리고 있은즉 그들은 멀리 서북쪽을 가리켜 주었다. 이내 강을 끼고 가노라니 강가에는 흰 장막 수천 틀을 벌여 쳤는데, 다들 몽고 군사들이 수자리 잡고 있는 데라고 한다. 다시 북쪽으로 돌아 까마득하게 하늘가를 바라다보니 갑자기 두 눈이 아찔해진다. 반공에 솟은 금빛 전각들이 가물가물 반짝반짝 눈에 띈 까닭이다. 강 위로는 거의 2리나 됨 직해 보이는 다리가 둥실 떠 있었다. 다리 양쪽에는 난간을 붙여 붉고 푸르고 마주 어울려 비치는데 사람 몇이 그 위에 앉았기도 하고 지나가기도 하는 장면이 까마득하기가 그림 속만 같았다. 내가 다리를 건너가려고 한즉 모래사장에서 누가 손을 흔들면서 뛰어오는 품이 다리를 못 건너도록 하는 것만 같았다.

마음은 조급해져 말을 자꾸만 채찍질을 해도 늦어지는 것만 같아서 할 수 없이 말을 내버리고 걸어서 강을 따라 올라간즉 돌다리가 하나 있어 우리 사람들이 그 위를 많이 오가고 있었다. 한 대문으로 들어선즉 기암 괴석은 더덕더덕 층대가 되었고 뛰어난 솜씨들은 귀신의 장난만 같았다. 사신과 역관들은 대궐에서 곧장 이곳까지 오면서 기별도 할 수 없었기 때문에 애석하게 여기고 있던 차에 내가 이곳에 온 것을 보고는 뜻밖으로 생각하고 모두들 나를 구경에 아주 미쳐났다고들 조롱하였다.

황성에서도 수림 사이로 붉은빛, 자줏빛, 푸른빛, 초록빛 기와 지붕이 솟아났고 더러 전각집 꼭대기에 금으로 호로병처럼 만든 것을 씌운 것은 있었으나 아직 지붕을 인 황금기와는 보지 못했던 터에 시방 여기서 보는 전각집은 순금인지 도금인지는 모르겠지마는 금기와를 이었다. 2층으로 된 큰 전각이 두 채, 누각이 한 채, 대문이 세 채다. 다른 전각들의 오색 유리 기와들은 안색조차 없을 뿐 보잘 것도 없었다. 동작대銅雀臺 기와는 왕왕 생기면 고물 벼루로 쓰지마는 이것은 구워 만든 것이고, 유리 기와는 아니다. 유리 기와는 어느 시대부터 생겼는지 알 수 없지만 옛날 시인들이 읊은 '옥층대 금지붕'이 모르기는 해도 오늘 보는 이런 지붕일는지.

역사에 전해 오는 사실로 보면 한나라 성제成帝가 소의昭儀[25]를 위하여 집을 짓는데 문지방[砌]을 구리로 싸고 그 위에 도금을 했다고 한다. 안사고顔師古[26]는 말하기를, 체砌는 문지방으로서 구리쇠로 싸고 그 위는 금으로 발랐으며 또 벽에 두르는 띠[缸]를 때로는 황금으로 만들고 구슬과 푸른 깃으로 장식하였다고 했다. 동한 때 복건服虔은 말하기를, 항缸은 벽 복판에 두르는 띠라고 했고, 진작晉灼[27]은 말하기를 금고리로 꾸몄다고 했고, 영현伶玄과 맹견孟堅 같은 사람들의 글에는 짐짓 '황금'이라는 글자를 자주 집어넣어 묘사를 했으므로 천년이 지난 오늘에도 낡아 떨어진 종이쪽을 대하건만 번쩍번쩍 사람의 눈이 부시도록 하고 있다. 그러나 이것은 벽에 두른 띠나 문지방에 불과한 치장인데도 글로써 이를 떠벌려 과장해 썼던 것이다. 참말 당시의 소의였던 언니며 누이들에게 오늘의 이 장관을 보였던들 그들은 영락없이 자리에 드러누워 울며불며 이런

25) 여관으로 정승과 제후의 대우를 받던 직명.
26) 당나라 태종 시대의 대학자로 특히 고서의 주해에 권위다.
27) 진晉나라 사람으로 《한서음의漢書音義》라는 책을 지었다.

궁실을 지어 달라고 졸랐을 것이다.

　이런 경우에 있어서 황제는 비록 해 주고 싶었을 것이나 그의 고문격인 안창安昌,[28] 무양武陽[29] 같은 무리는 다들 도학 선비들로서 경서나 인용하면서 그것을 만류했을 것이니, 황제의 역량으로써는 할 수 없었을 것이다. 설혹 이를 했다고 치더라도 모르기는 하려니와 맹견의 붓대로는 이를 묘사하여 무어라고 떠벌렸겠는가? '황금 전각이 아물아물해 보인다.' 할 것인가? 그도 지워 버릴 것이다. 그러면 또 '황금 대궐이 허공에 솟았다.' 했을 것인가? 이것도 한 번 읊어 보고 지워 버렸을 것이다. 또 말해서 '큼직한 2층 전각 기와는 황금 칠을 했더라.' 할까, 혹은 '황제가 황금 전각에서 거처했다.' 했을까? 비록 동서 양한의 글체가 언제나 제목은 작게 잡아 가지고 크게 떠벌려 서술하고 있었지마는 이를 묘사하지 못했을 것이니 이야말로 글 짓는 자들로서는 천고의 유한이라 할 것이다.

　궁실 그림을 그리는 자가 정교하다 하더라도 궁실은 사면이 있고 또 안과 밖이 있고 또 겹겹이 서 있을 바엔 비록 서양 그림의 정교한 필치로써도 다만 한 면만 그릴 뿐 세 면을 다 그릴 수 없을 것이요, 또 바깥만 그릴 뿐 안은 그릴 수 없을 것이요, 겹겹이 선 전각, 첩첩이 선 정자, 굽이굽이 튼 회랑들은 다만 날아가는 듯한 처마와 지붕만 따서 그릴 뿐, 아로새겨 물린 정교한 세공에 이르러서는 화가로서 그릴 수 없는 것이다. 이는 예로부터 내려오는 화가들의 천추의 유한으로 공자님도 벌써 이 두 가지를 탄식하여 말씀하기를, "글은

---

28) 황제의 스승으로 있었던 안창후 장우張禹를 말한다.
29) 성제의 재상인 설선薛宣을 말한다.

말을 다 할 수 없고, 그림은 뜻을 다 할 수 없다." 하였다.

국내의 절집을 친다면 만으로 헤아릴 수 있으되, 오직 산서 지방에 금각사金閣寺라는 절이 있어 당나라 대종代宗 대력大曆 2년(767)에 왕진王縉이 재상이 되면서 중서성中書省의 신임장을 주어 오대산五臺山 중들 수십 명으로 하여금 사방으로 흩어져 돈을 모아서 구리쇠로 기와를 만들고는 도금을 하는데 누거 만금 돈이 들었다. 금각사 절은 지금도 남아 있다고 한다. 오늘 보는 이 기와도 역시 구리쇠를 부어서 만들고는 도금을 한 것이다.

내가 요양 시중에서 잠시 쉴 때 이야기다. 사람들이 저마끔 달라붙어서는 금을 가지고 온 것이 있느냐고 물었다. 나는 없다고 하면서 금은 우리 나라 토산물이 아니라고 했더니 이자들은 빙그레 웃고는 돌아선 적이 있었다. 다시 심양, 산해관, 영평, 통주 등지를 지날 때도 만나는 자마다 금을 물어서 나는 역시 처음 대답처럼 했더니 어떤 자는 선뜻 제 모자 꼭대기를 가리키면서 이것이 바로 당신네 나라 금이라고 한 적이 있었다.

내 집이 있는 연암은 송도에서 가깝고 보니 자주 송도에 놀러 드나들게 되었으니, 송도는 원래 북경 물화를 파는 연상燕商이 많이 생겨나는 곳이다. 그 당시 들은 이야기지마는 매년 7, 8월부터 10월까지는 금값이 폭등하여 한 푼쭝 값이 45닢에서 50닢이나 된다고 하였다. 우리 나라 안에서는 금이 소용되는 데가 별로 없다. 기껏 쓰이는 곳이 문무관으로 2품 이상이면 금관자나 금띠를 띠는데 이것도 서로들 빌려 쓰기도 하니 늘 만드는 물건이 아니요, 신혼 부녀들의 가락지나 머리꽂이를 만들기는 하나 이것도 그리 많지 못한 물건인즉 금이 실상은 보잘것없이 천한 터인데 이토록 값이 비싼 까닭은 대체 무엇 때문일까?

　내가 아직 압록강을 건너기 전에 박천군 땅에 들어서서 땀을 걷기 위하여 말에서 내려 길가 버드나무 그늘에 앉아 쉴 적이다. 사내들은 지고 여자들은 이고 한 떼거리가 되어 여덟, 아홉 살 난 아이들을 저마끔 손목을 끌고는 흉년에 유랑민처럼 가는 꼴이 하도 괴이쩍어서 까닭을 물었더니 그들은 모두 성천成川 금광으로 간다고 했다. 그들이 지닌 연장을 보면 나무 바가지 한 개, 자루 한 개, 정 한 개로, 정으로는 파고 자루로는 담고 바가지로는 물에 인다고 한다. 하루 종일 흙 한 자루를 일면 별반 수고 없이 다른 권솔들까지 먹을 수 있다고 한다. 어린 계집애들이 더욱 잘 파고 잘 일고 눈이 밝아서 더 번다고 했다. 나는 그들에게 종일 일을 하면 금이 얼마씩이나 생기느냐고 물었더니 그들은 말하기를, 이것도 복불복이라고, 어떤 때는 하루 여남은 낱씩도 생기고 재수 없는 날은 서너 낱도 생긴다고 하면서 재수만 있으면 잠시 동안에 부자도 된다고 했다.

　금 낱알 크기는 얼마씩이나 되느냐고 물었더니 대체로 서속 낱알만큼씩 하다고 했다. 농사짓기보다도 훨씬 나아 하루에 한 사람이 아무리 적어도 예닐곱 푼쭝은 얻고 보니 이것을 팔면 두세 냥씩은 번다고 했다. 이렇고 보니 비단 농사꾼들 태반이 밭떼기를 버렸을 뿐만 아니라 사방에서 건달패까지 어울려 절로 큼직한 부락이 되고 십여만 명이 모여 미곡 백화가 몰려 매매되고 술이야 밥이야 떡이야 엿이야 산골짝 속에 들어찼다고 한다. 이 금들이 어디로 빠지는지 나는 모를 일이다. 금은 많이 파낼수록 값은 더 비싸니 오늘 이곳서 보는 기와에 올린 도금이 우리 나라 금이 아닌 것을 누가 알 것이랴. 청나라 초기에 해마다 바치는 세폐歲幣를 정할 적에 맨 먼저 황금을 제의했으니 이는 토산이 아니기 때문이었다. 여기서 만약에 간교한 상인들이 법을 어겨 가면서 몰래 매매를 하다가 혹시 청국 정부에 들키는 날은 무슨 사단이 일어날 것도 염려되는 데다가 황제가 이미 황금으로써 지붕 도금을 하는 이상 우리 나라에다가 금광 발굴을 하러 안 달려들 것이라고 누가 장담을 할 것이랴.

축대 위에 작은 정자들이나 작은 전각의 창문들은 모두 우리 나라 백지로 발랐다. 창구멍으로 들여다본즉 어떤 방은 아무것도 놓인 것이 없었고 어떤 방에는 교의와 탁자들을 벌여 두고 향로며 꽃병이 다 훌륭했다.

사신이 하인들을 문 밖에 떨어뜨려 두고 마음대로 못 들어오도록 단단히 신칙을 해 두었는데, 이윽고 모두들 축대 위로 올라갔다. 우리 역관들과 통관들은 깜짝 놀라 호령호령 내보냈다. 하인들은 저들이 함부로 뛰어들어간 것이 아니라 문지기가 제발 들어와 줍시사고 인도를 해 주어서 축대까지 올라갔더라고 발명하였다. 이 대목 사연은 따로 '찰십륜포札什倫布'와 '반선시말班禪始末'에 기록하였다.

정사의 말을 들으면, 아침 나절에 사찬賜饌이 있은 후 잠시 머물고 있던 동안에 황제가 불러 본다는 기별이 있어 통관이 정문 앞까지 인도하였다고 한다. 바로 동쪽으로는 협문이 있는데 시위하는 신하들이 더러는 앉았고 더러는 서 있었다고 한다. 덕 상서가 낭중 몇 사람과 함께 나와 서서 사신이 출입하는 범절을 지휘하고는 갔다고 한다. 조금 있다가 군기대신이 나와 황제의 분부라고 하면서 너희들 나라에는 사찰이 있는가, 또 관제묘가 있는가 물었다고 한다. 이러고 나서 황제는 정문으로부터 나와서 이내 대문 복판 박석 깔아 놓은 위에 앉는데 교의 같은 것도 내놓지 않고 그저 평상을 놓고 그 위

에 누런 요를 깔았으며 좌우 시위는 모두 누런 복장이고 환도를 찬
자는 불과 서너 짝패밖에 안 되고 누런 일산을 들고 갈라선 자가 두
짝패인데 찍소리 없이 잠잠하더라고 했다. 먼저 회회교 나라에서 온
태자가 황제 앞으로 나아가 몇 마디 말도 않고는 물러나오고 다음 차
례로 사신을 불렀다. 사신과 세 통사는 황제 앞으로 나가는데 무릎을
꿇고 무릎으로 걸어 나갔다. 무릎을 꿇는다는 것은 무릎을 땅바닥에
댄 채 서는 것이요, 엉덩이를 붙여 앉는 것이 아니다. 황제가,

"국왕은 평안한가?"

물어서, 사신이 평안하다고 대답하자, 황제는 다시,

"누구든 만주 말을 할 줄 아는 자가 없는가?"

하고 물어서, 상통사上通事 윤갑종尹甲宗이 만주 말로 대답하기를,

"조금 압니다."

했더니, 황제는 좌우를 돌아보면서 기뻐하는 기색으로 웃었다고 한
다. 황제는 모난 얼굴이 허여멀쑥하게 생겼으나 약간 누런 기운을
띠고 있었고, 수염은 반백인데 나이는 예순밖에 안 되어 보이고 봄
바람이 부는 듯 화기가 넘쳤다고 한다.

사신이 반열에서 물러나오니 무사 예닐곱이 차례차례로 나아가
서 활을 쏘는데 활을 한 번 쏘고는 곧 제자리에 꿇어앉아 높은 소리
로 외쳤다고 한다. 과녁을 맞힌 자는 두 사람으로, 과녁은 우리 나라
소가죽 같은데 복판에는 짐승을 한 마리 그려 놓았다고 한다.

활쏘기가 끝난 후 황제는 즉시 안으로 들어가고 시위들은 다 물러
나오고 사신도 함께 물러나오는데 첫 대문을 채 오지 못해서 군기대
신이 나와 황제의 뜻을 전하는데 곧장 반선 라마가 머무는 찰십륜포
로 가서 반선 액이덕니를 찾아보라는 말이다.

서번은 사천 운남 지경 밖에 있는 땅, 소위 장지藏地로서 중국 국경에서도 멀리 떨어진 변지다. 강희 59년(1720)에 책망아랄포원策妄阿喇布坦[30]이 몽고 부족의 추장 납장한拉藏汗을 꾀어내 죽이고 그의 성을 점령하고는 묘당들을 헐고 중들을 쫓아 흩어 버렸다. 이에 도통都統 연신延信을 평역장군으로 삼고 갈이필噶爾弼을 정서장군으로 삼아 장병을 거느리고 새로 봉한 달뢰 라마達賴喇嘛를 보내어 서장 일대를 평정한 후 황교를 진흥시켰다. 소위 황교란 무슨 도인지 모르겠지마는 몽고 각 지방이 숭상하는 교이므로 이 지방이 잘못 침략을 받을 때는 강희 때부터 친히 군대를 거느리고 영하寧夏같이 먼 곳까지 나가 좌기하고 장수를 보내어 구원을 하고 난리를 평정한 것이 한두 번이 아니었다. 건륭 을미년(1775)에 색낙목索諾木이 금천金川에서 반란을 일으켰을 적에 황제는 서장 길이 막힐까 염려하여 아계阿桂를 정서장군으로 명하고 풍승액豊昇額과 명량明亮을 부장副將으로 해란찰海蘭察과 서상舒常을 참찬參贊으로, 복강안福康安과 규림奎林 등을 영대領隊로 삼아 군사를 내몰아 평정하였다. 이 난리로 말하자면 서장을 위한 난리다. 그 땅인즉 황제 자신이 보호하고, 그 사람인즉 천자가 스승으로 섬겨, '황黃' 자로 그 교 이름을 삼는 것은 그 뜻이 황로黃老[31]의 도가 아닌지 모를 일이다.

　서장 사람들의 쓰개나 입성이 다 누런 빛깔이고 몽고 사람들이 또 이것을 본떠 누런 빛을 숭상하는데 어째서 시방 황제의 의심 많고 무서운 성정으로 보아 '누런 꽃 동요'를 기하지 않고 그대로 두

---

30) 신강 지방에 있던 준갈이準噶爾 부족의 장수.
31) 중국 최초의 임금으로 치는 황제와 전국 시대 철인 노자를 조상으로 삼는 도교를 말한다.

는지 모를 일이다. '액이덕니'는 서장 중의 이름이 아니라, 서번의 땅 이름이다. 또 이것을 별호처럼 부르니 괴상하고 황당하여 무슨 놈의 판인지 요령을 알기 어려웠다.

사신은 비록 두 말 않고 활불을 보러 가기는 했지만 속으로는 불평이 없들 않았고 역관들은 그저 무슨 사단이나 생기지 않을까 하여 엄벙뗑 어물쩍하는 것이 일쑤요, 하인들은 마음속으로는 벌써 서장 중의 목을 베고 뱃속으로는 황제를 비방하여 소위 천하의 주인으로서 한 가지 거조라도 신중하지 않으면 안 된다고 속으로 두덜댔다.

숙소로 돌아오니 중국 양반들은 모두들 내가 반선을 만나 본 것을 영광스럽게 생각하고 부러워하면서 입에 침이 없이 그의 도술이 신통한 것을 치켜세웠다. 이렇게 마음에도 없는 아첨은 세상에도 못 볼 풍조로서 예로부터 세상 인심이 얼룩덜룩하고 좋고 나쁜 것은 모두가 우두머리에 달렸다는 것을 알 수 있었다.

학지정의 처소에서 술을 한잔 했다. 이 밤에 달빛은 찢어지게 밝았다. (이야기는 '황교문답'에 싣기로 한다.)

8월 12일 무오일. 날이 맑았다.

　사신은 대궐로 들어가서 연극 구경을 하는데, 나는 졸리고 피곤하여 그만 누워서 한숨 자고는 아침을 먹은 후 천천히 대궐로 들어갔다. 사신이 반열에 참석하러 들어간 지가 오래되었고 역관들과 여러 비장들은 모두들 대궐 문 밖에 있는 조그마한 둔덕 위에 남아 있었다. 통관도 역시 들어가지 못하고 여기 앉아 있었다. 풍악 소리는 대궐 담장 안 바로 지척에서 들려왔다. 작은 대문 틈으로 들여다보니 잘 보이지 않아 다시 담장을 여남은 자국 돌아가니 소각문이 하나 섰고 대문이 한 짝은 닫히고 한 짝은 열렸기에 조금 들어서고자 한즉 군졸 몇 명이 있다가 못 들어오도록 막고 그저 문 밖에서 구경을 하라고 했다.

　문 안에 선 사람들은 모두들 문을 등지고 죽 늘어서서 조금도 발을 옮기지 않고 나무로 깎아 세운 등신들처럼 까딱도 않고 서 있어서 들여다볼 틈서리가 없었다. 간신히 본다는 것이, 사람들 머리 위로 은은하게 푸른 소나무, 전나무가 들어선 산 모양이 보이다가는 눈 깜빡할 사이에 갑자기 없어지고는 다시 오색 저고리 수놓은 두루

마기를 입은 자가 얼굴에는 분과 연지를 바르고 허리 위를 사람들 머리 위로 내민 것이 무슨 가마 같은 것을 탄 것 같아 보였다. 무대는 그리 멀리 떨어져 있지 않았지마는 깊숙하고도 음침한 것이 꿈속에 보는 음식상같이 맛을 알 수 없었다. 문 파수 보는 자가 담배를 달라기에 좀 주었다. 또 웬 사람은 내가 오랫동안 발을 제겨 디디고 선 것을 보고는 등자 한 개를 갖다 놓으면서 그 위에 서서 구경하라고 하기에 한 손으로는 그자의 어깨를 붙잡고 한 손으로는 문도리를 잡고 보았다.

연극 노는 사람들은 모두 한족 복색을 한 자가 사오백 명이나 갈라서 번갈아 우르르 몰려 나왔다가 우르르 들어갔다가 하면서 한목으로 노래를 불렀다. 등자에 올라선 것이 오리가 횃대 위에 올라선 것 같아서 오래 설 수 없어 다시 아까 앉았던 작은 둔덕 위 나무 그늘 밑으로 와서 앉았다. 이날은 날이 몹시도 더운데 둘러서서 구경하는 사람 중에는 모자 꼭대기에 수정 구슬을 단 친구들도 많이 있었다. 알지 못하겠구나, 어떤 나으리님들인지.

웬 젊은이가 대문을 나와 가는데 모두들 비켜선다. 그 젊은이는 걸음을 주춤하면서 따르는 수종꾼들에게 무슨 말을 하는 듯 돌아다보는 눈꼴이 꽤 사나워 보였다. 모두들 끽소리 없이 허리들을 굽신하더니 군졸 두 명이 채찍을 들고 나와 사람들을 물리친다. 앉아 있던 회회 사람 한 명이 벌떡 일어서더니 두 병졸의 낯바대기에 침을 뱉으면서 한 주먹 쥐어질렀다. 젊은 양반은 옆눈을 슬쩍 흘기면서 지나갔다. 누구인지 물었더니 모자 꼭대기에 수정 구슬을 단 자는 호부상서 화신和珅이라고 한다. 그는 얼굴이 쪽 뽑은 듯이 맑고 날카롭고 경망하게 생겨 덕이 없어 보였다. 나이는 시방 서른한 살이라고 한다. 화신은 원래 난의사鑾儀司[32]의 일개 위졸衛卒 출신으로 성질이 교활하고 붙임성이 좋아 5, 6년 동안에 벼락감투를 쓰게 되어 구문제독九門提督[33]을 거느리고 병부상서 복륭안福隆安과 함께 언제나 황제의 좌우에 붙어 있어 조정에서 그 지위를 떨치고 있다. 이시요李侍堯가 해명海明의 뇌물을 먹은 사건을 적발하고 우민중于敏中의 집을 압수하고 아계阿桂를 내쫓은 것은 다 화신의 세도로서 이것이 모두 금년 봄 이래로 된 일들이다. 여럿이 곁눈질을 해 보면서 말하기를, 황제는 이제 여섯 살 난 황녀를 화신의 어린 아들과 약혼시켰다고 한다. 황제는 나이가 많아지면서 성미가 괄괄해져 툭하면 좌우에 있는 자들이 매를 맞기 일쑤인데 황제가 그 황녀를 가장 귀여워하므로 더러 황제가 성을 몹시 낼 적에는 궁녀들이 홀제 어린 황녀를 안아다가 황제 앞에 두면 황제는 절로 성이 풀어져 버린다고 한다.

이날은 황제가 참반한 자들에게 세 차례나 사찬하였다고 한다. 사신도 역시 조정 고관들과 같이 사찬을 받았다. 떡 한 그릇은 누런 떡, 흰 떡 두 층인데 네모가 반듯하고 빛은 황밀 빛이 나고 굳고 딱딱하여 칼이 들어가지 않아 토막을 낼 수 없었으며, 위 켜는 더 따뜻해 보이고 번지레하기가 옥 같았다. 떡 위에는 선관仙官 한 사람을 만들어 세웠는데 수염과 눈썹 같은 것이 살아 꿈틀거리는 것 같고 복장이며 손에 잡은 홀이 야단스러웠다. 양쪽에는 또 동자를 세웠는데 아로새긴 솜씨가 아깃자깃하였으니 모두 밀가루와 사탕무를 섞어 만들었다. 이런 허수아비를 만들어 장례 때 묻는 것도 옳다고 볼 수 없는 일인데 더구나 사람이 먹을 것이랴. 사탕 종류가 십여 종이나 되는데 한 그릇에 고여 담았고 양고기가 한 그릇이다. 또 조정 대관들에게 채단과 수놓은 주머니 같은 물건을 주었는데 정사에게도 비단 다섯 필과 주머니 여섯 쌍과 코 담배통 한 개를 주었고 부사와 서장관도 약간씩 차등을 두어 주었다.

저녁에는 약간 흐려지면서 달이 없었다.

**8월 13일 기미일. 진새벽에는 비가 좀 뿌리다가
아침 나절에는 맑게 개었다.**

　사신은 만수절 축하에 참반을 하기 위하여 오경에 대궐로 갔다.
나는 조용히 자다가 아침에야 일어나 천천히 대궐 턱까지 가니 누런
보자기를 덮은 일곱 틀이나 되는 큰 상을 궐문 앞에 놓고 쉬고들 있
었다. 모두 옥으로 만든 기물과 금부처 한 개가 있는데 크기가 중축
사람만이나 되어 보였다. 다들 호부상서 화신의 진상품이라고 한다.
이날 또 세 차례나 사찬이 있었고 사신에게는 자기로 만든 찻주전자
한 개, 찻종과 받침대가 한 벌, 등으로 엮은 빈랑 주머니 한 개, 손칼
한 자루, 자양차를 넣은 주석병 한 개를 하사하였다. 저녁 나절에는
작은 환관이 네모난 주석병 한 개를 황제의 하사품이라고 내놓고 갔
다. 통관이 보고 차라고 한다. 누런 비단으로 병 주둥이를 봉했다.
이윽고 봉한 비단을 풀고 본즉 색은 누렇고도 약간 붉은빛이 나는데
술과 같았다. 서장관이 말하기를, 이 까닭에 이 술을 '황봉주黃封酒'
라 한다고 했다. 맛은 달아도 아무런 향기가 없고 조금도 술기가 없
었다. 다 따르고 보니 여지荔枝 여남은 개가 떠서 나왔다. 여럿이들
은 이 술은 여지로 담은 술이라고 저마끔 한 잔씩 마시고는 다들 술

맛이 좋다고 했다. 비장, 역관 같은 사람들 중에 술을 먹을 줄 모르는 사람은 몹시 취할 것이라고 감히 한 방울도 입에 대들 못했다. 통관들도 목을 길게 뽑고는 침을 개개 흘렸다. 수역이 조금만 달라고 하여 잔에 남은 몇 방울을 얻어서는 돌려 가면서 맛을 보고 입에 침이 없이 칭찬을 하고 대궐에서 빚은 일품 술이라고 하면서 조금 있다가 일행들은 서로 쳐다보면서 꽤 취한다고 말했다.

밤이 되어 기공을 찾아가 한 잔을 내놓은즉 기공은 배를 쥐고 웃으면서 이것은 술이 아니요, 여지즙이라고 했다. 이내 소주 대여섯 잔을 타고 보니 빛은 고와지고 맛은 맑고 향기가 곱절이나 났다. 대체로 여지 향기는 술기운을 타서 냄새를 더 풍기게 된 까닭이다. 아까 꿀물을 마시고는 향내 이야기를 하고 여지즙을 맛보고는 취한다고 떠드는 자야말로, 매화나무를 쳐다보기만 하고 목을 축이는 자라 해야 할지, 뜨물에 취해서 건주정하는 자라 해야 할지.

이날 밤 달은 찢어지게 밝아 기공과 함께 명륜당으로 나가 난간 아래를 거닐었다. 나는 달을 가리키면서 물었다.

"달의 몸뚱이는 언제나 둥글어 햇빛을 빙 둘러 받고 보니 이 때문에 지구에서 본 달은 찼다가 기울다가 하는 것이 아닐까요?

오늘 밤 저 달을 온 세계가 한목으로 본다고 치면 보는 장소에 따라서 달은 살찌고 여위고 깊고 옅음이 있지 않을까요?

별은 달보다 크고 해는 땅덩이보다 크되 보기에는 그와 달라 보이는 것이 멀고 가까운 까닭이 아닐까요?

만약에 이것이 참말이라면 해와 땅과 달들은 모두 허공에 둥둥 뜬 별들이 아닐까요?

별에서 땅을 볼 때도 역시 그렇게 보이지 않을까요?

땅과 해와 달이 한 줄에 꿴 듯이 이어져 반짝반짝 세 개로 놓여 있는 것이 하고河鼓[34]나 다름없을 것이 아닐까요?

땅 위에 붙어 있는 온갖 만물은 어떤 것이고 모양이 둥글둥글 할 뿐 하나도 네모가 진 물건을 볼 수 없는데 다만 방죽 方竹과 익모초 줄기가 네모졌다지마는 이것도 네모반듯한 물건이라고는 할 수 없으니 네모반듯한 물건은 과연 찾을 수 없거늘 무엇 때문에 땅덩이만 네모난 물건이라고들 할까요?

만일에 땅덩이를 네모졌다고 하면 월식 때 달을 검게 먹어 들어가는 변두리가 왜 활등같이 둥글어 보일까요?

땅덩이가 네모라 주장하는 자는 무어나 방정해야 된다는 대의에 비겨서 물체를 인식하려 들고 땅덩이가 둥글다고 주장하는 자는 실제에 보이는 형체를 믿고 대의는 염두에 안 두는 것입니다. 이런 의미로 보아 땅덩이란 실지 물체는 둥글고 대의로 말한다면 방정하다고 말함이 아닐까요?

해와 달은 오른쪽으로 수레바퀴처럼 돌고 돌아, 도는 궤도가 해는 크고 달은 작으며 도는 속도가 늦고 빠름이 있어 한 해와 한 달은 일정한 도수에 맞고 있거늘 해와 달이 땅을 둘러싸 왼편으로 돈다는 말은 우물 속에서 보는 견식이 아닐까요?

땅덩이의 본바탕이란 둥글둥글 허공에 걸려 사방도 없고 아래 위도 없이 쐐기 돌듯 돌다가 햇빛을 처음 받는 곳을 날이 샌다고 말하는 것이 아닐까요?

지구가 더 돌아 처음에 해와 마주 대하는 데는 차차 어긋나면

---

34) 견우성 북쪽에 있는 삼태성을 말한다.

서 멀어져 정오도 되고 해가 기울기도 하여 밤과 낮이 되지 않을까요? 비해서 말하자면 창구멍이 뚫어진 데로부터 햇살이 새어 콩알만 하게 비친다고 합시다. 창 아래 햇살 비치는 자리에 맷돌을 놓고 바로 햇살 비치는 자리에 먹으로 표를 해 두고는 그 다음에 맷돌을 돌리고 보면 먹 자욱은 햇살 비친 곳에 그대로 남아 있을까요? 그렇찮으면 서로 떨어져 사이가 벌어져 갈까요? 맷돌짝이 한 바퀴를 돌아 다시 그 자리에 돌아오면 햇살 비치는 자리와 먹 자욱은 잠시 마주 포개졌다가는 또다시 떨어지게 될 것이니 지구가 한 바퀴 돌아 하루가 되는 것도 이런 이치가 아닐까요?

또 등불 앞에 놓인 물레를 가만히 두고 보면 물레바퀴가 돌 때는 물레바퀴의 군데군데가 등불빛을 받고 있으니, 그렇다고 등불이 물레바퀴를 돌고 있는 것은 결코 아닙니다. 지구의 밝고 어두운 이치도 역시 이런 것이 아닐까요?

그러면 해와 달은 원래가 뜨고 지는 것이 아니요, 또 오고 가고 하는 것도 아닌데 사람들은 땅이 움직여 돌지를 않고 언제나 한 자리에 박혀 있다고 너무 믿기 때문에 생긴 착각이 아닐까요?

명백한 이론을 찾지 못한즉 이 땅의 춘, 하, 추, 동을 가리켜 그 방위를 따라 '논다' 고 해 버렸으니, 결국 '논다' 는 것은 나가고 물러서고 하는 것을 말함이요, 올라갔다 내려갔다 하는 것을 말하는 것으로서 이미 '논다' 고 할 바엔 차라리 돈다고 함이 어떨까요?

저 착각을 한 자는 말하리다. 땅덩이가 돌 때는 땅 위에 실렸던 일체 물건들은 엎어지고 자빠지고 기울어져 떨어질 터라고. 만약에 쏟아져 떨어진다면 어느 땅에 떨어질까요?

만약에 이렇다면 저 허공에 달린 별과 은하는 기운 대로 돌다가 무엇 때문에 떨어져 쏟아지들 않고 그대로 있을까요?

움직이지도 않고 돌지도 않는다면 생명 없는 죽은 덩어리에 지나지 않을 텐데, 그렇다면 어째서 썩지도 부서지지도 흩어지지도 않고 그대로 남아 견딜까요?

땅덩이 거죽에 생물들이 붙어서 살 때는 쭝방울 같은 가장자리에다가 발을 붙이고 어디서나 머리에 하늘을 이고 있는 것을 비겨 본다면 수없는 개미와 벌들이 더러는 꼿꼿하게 선 바람벽에 기어가기도 하고 더러는 천장에 붙어서 사는 것을 누가 바람벽에 가로 붙어 섰다고 할 것이며 누가 천장에 거꾸로 붙어 섰다고 하겠습니까?

시방도 이 땅덩이 밑창에는 역시 바다가 있을 터인데 만약에 땅거죽에 붙어 사는 생물들이 안 떨어지는가 의심을 한다면 땅 밑창 바다는 누가 동뚝을 쌓아 두었길래 물이 안 쏟아지고 그대로 있을까요?

저 하늘에 총총한 별들은 그 크기가 얼마씩이나 될 것이며, 역시 거죽 껍질은 지구나 다름이 없지 않을까요?

별도 껍데기가 있을진대 생물이 붙어 살 터이니 역시 그럴까요? 만약에 생물이 있다면 따로 또 세상을 배판해 놓고 새끼까지 쳐 가면서 살겠지요?

지구는 둥글게 생겨 원래 음양이 없을 터인데 해로부터 불기운을 받고 달로부터 물기운을 얻어 흡사 살림꾼이 동쪽 이웃에게 불을 빌리고 서쪽 이웃에게 물을 얻는 것이나 다름없으매 한쪽은 불이요, 한쪽은 물인지라 이것이 소위 음양이 아닐까요?

억지로 오행五行이라고 이름을 붙여 쇠와 나무와 물과 불과 흙이 서로 낳고 저마끔 이겨 낸다고 한다면 바다에 큰 풍랑이 일 적에 불꽃이 너울너울 타오르는 현상[35]은 무슨 까닭이라고 할까요?

얼음 속에는 누에가 살고 불 속에는 쥐가 살고[36] 물 속에는 고기가 살아 가지각색 생물들은 어디나 붙어 있는 곳이 저들로 보아서는 다 땅입니다. 만약에 달에도 세계가 있다면 오늘 이 밤에 두 명의 달세계 사람이 난간 머리에 마주 서서 달빛 아닌 땅빛이 차고 기우는 이야기를 아니 한다고 누가 알겠습니까?"

기공은 내 말을 듣고는 죽겠다고 웃고는 물었다.

"참 용한 이야기요. 땅이 둥글다는 이야기는 서양 사람들이 처음 말했지마는 땅덩이가 돈다는 말은 하지 않았는데 선생의 이 학설은 이녁이 터득한 학설인가요, 그렇잖으면 어느 선생에게 계승한 학설인지요?"

"사람의 일도 모르는 터에 하늘 일을 어떻게 알겠습니까? 저는 본디 수학에 어두운 터입니다. 비록 칠원옹漆園翁[37]의 깊은 생각으로도 아득한 우주에 관한 지식은 덮어 두고 해설을 안 했지요. 이것은 내가 터득한 지식이 아니라 귀동냥이랍니다. 홍대용이란 친구가 있는데 호는 담헌입니다. 학문을 좋아하되 하나에 얽매이지 않아 일찍이 나와 함께 달구경을 하면서 장난삼아 이런 이야기를 했습니다. 대체로 황당하여 종잡기 어려우니 성인의 지혜로도 해득하기 어려울 것입니다."

---

35) 옛 사람들은 바다에 풍랑이 심할 때 일광 반사로 일어나는 현상을 불꽃으로 보았다.

36) 얼음 속에 산다는 누에는 중국 전설에 '빙잠氷蠶'이라 하여, 이 누에실로 짠 비단은 불에도 안 탄다고 한다. 불 속에 산다는 쥐는 '화서火鼠'라는 《산해경》에 나오는 동물.

37) 중국의 전국 시대의 철인인 장자의 별명.

기공은 웃으면서 말했다.

"남의 꿈속 길을 동행할 수야 없지요. 친구 되시는 담헌 선생의 저서는 몇 권이나 됩니까?"

"아직 저서는 없습니다. 선배 되는 김석문金錫文이란 분이 일찍이 삼환부공설三丸浮空說[38]을 말했는데 제 친구가 특히 장난말로 이 학설을 부연하였습니다. 그러나 시방 들으시다시피 꼭 들어맞고 자세하다고는 할 수 없습니다. 또 아직도 이것을 남에게 그대로 믿어 달라고 한 적도 없습니다. 나 역시 오늘 밤 달구경을 하다 보니 문득 친구 생각이 나서 한바탕 늘어놓고 보니 친구를 만나 본 듯도 하외다."

여천은 한인과는 다르기 때문에 담헌이 일찍이 남방 인사들과 섞여 논 이야기를 내놓고 말할 수는 없었다. 기공은 나에게 물었다.

"김석문 선생이 지은 시가 있거든 한두 구 들려주지 않겠소?"

"그분의 시를 외우는 것이 없습니다."

기공은 나를 끌고 자기 처소로 들어가는데 방안에는 벌써 촛불을 네 자루나 켜 놓고 큰 교자상 한 상을 잘 차려 두었다. 나 때문에 차린 자리다. 고급 과자 세 그릇, 각색 사탕 세 그릇, 용안육, 여지, 낙화생, 매실이 서너 그릇, 닭과 거위와 오리를 주둥이와 발이 달린 채로 놓고 온 마리 돼지를 껍질을 벗겨 용려龍荔, 대추, 밤, 마늘, 후추, 호도, 살구씨, 수박씨 들을 섞어 떡같이 푹신 쪘는데 맛은 달고 기름지면서도 너무 짜서 먹기 어려웠다. 떡이나 과일들은 자 나마 고였다. 이윽고 다 물리고는 다시 채소와 과일만 두 접시씩 차리고

---

38) 해와 달과 땅 세 개 둥근 쇳방울이 공중에 떠서 있다는 학설.

는 소주 한 주전자로 시름시름 따라 가면서 조용히 이야기들을 하였다.(이야기는 '황교문답'에 실었다.) 닭이 두 홰째나 울어 자리를 파하고 숙소에 돌아와 누워 이리 뒤척 저리 뒤척 잠을 들이다가 나니 하인들이 벌써 잠을 깨웠다.

8월 14일 경신일. 날이 맑았다.

삼사는 밝기 전에 대궐로 입궐하여 혼자 실컷 자고는 아침에 일어나 윤형산을 찾아갔다가 다시 왕곡정을 찾아 같이 시습재時習齋로 들어가서 악기 구경을 하였다. 거문고, 비파 등속은 다 길고도 넓으며 붉은 비단에 솜을 두어 주머니를 만들었고 거죽은 붉은 털 천으로 쌌다. 종과 경磬[39] 들은 시렁에 달아 매어 두었는데 역시 두터운 비단으로 덮었고 비록 축어[40] 같은 악기라도 다들 별스러운 비단으로 집을 만들어 넣어 두었다. 대체로 거문고, 비파 등속은 그 뿔이 너무 크고 칠이 두터웠으며 생황, 젓대, 통소 등속은 궤짝 속에 넣어 두고는 단단히 채워 구경할 수가 없었다. 곡정의 말을 들으면 악기를 보관해 두기는 매우 까다로워 습기 있는 곳을 피해야 하고, 너무 건조한 데도 나쁘다고 한다. 거문고 위에 묻은 때는 소위 사자학獅子瘧이라고 하며, 거문고 줄 위에 묻은 손때는 앵무장鸚鵡瘴이라고

---

39) 옥돌로 일정한 모양을 만들어 치면서 소리를 내는 악기.
40) 나무로 만든 악기 축枳은 음악을 시작할 때, 어敔는 음악을 그칠 때 쓴다..

하며, 생황의 부는 구멍에 말라붙은 침은 봉황과鳳凰過라고 하며, 종이나 경에 앉은 파리 똥은 나화상癩和尚이라고 한다.

얼굴이 잘난 웬 젊은이가 바쁘게 들어오더니 눈을 부라리고 나를 보면서 내 손에 든 작은 거문고를 빼앗아 부리나케 집에 집어넣었다. 곡정은 눈이 둥그레지고 나도 일어서서 나오자니 그 젊은이는 웃으면서 나를 붙들고 청심환을 달라고 했다. 내가 없다고 하면서 나왔더니 그자는 매우 무안해했다. 실상은 내 허리 전대 속에 환약이 여남은 알 있었지마는 이자의 버릇이 괘씸하여 주지 않았던 것이다. 이자는 곡정에게 절을 한 번 꾸뻑 하고는 가 버렸다. 곡정에게 그자가 누구냐고 물었더니 곡정이 말했다.

"그 애가 윤가전 영감을 따라온 서울 아이올시다."

"그자가 악기 건사에 무슨 참견을 하나요?"

"아무런 상관이 없습니다. 단순히 조선 환약을 짜내기 위하여 염치 불고하고 선생을 속이려고 든 것이니 마음에 두실 것 없습니다."

생각 없이 대문 밖을 나서는데 수백 필 말 떼가 대문 앞을 지나갔다. 목동 한 명이 덜썩 큰 말을 집어타고 수숫대 한 개비를 쥐고 따라갔다. 뒤따라 소 3, 40마리가 가는데 코도 꿰지 않고 뿔도 잡아 매지 않았는데, 뿔은 자 나마씩 길고 빛깔은 푸른빛이 많았다. 또 당나귀 수십 마리가 따라가는데 목동이 방앗공이만 한 막대기를 가지고 맨 앞에 가는 놈을 힘껏 한 대 후려 갈기니까 푸른 소는 식식거리면서 달려갔다. 소 떼도 따라가는데 소들은 열을 지어 행렬을 하다시피하고 갔다. 모두가 아침 나절 방목을 하기 위하여 끌고 나가는 것이다. 이윽고 슬금슬금 걸어가면서 자세히 보니 집집이 대문을 열고 말이야 나귀야 소야 양 떼를 수십 마리씩 몰아 내놓았다. 돌아와서 우리가 든 집 밖에 매어 둔 말 꼴을 보니 참말 한심한 노릇이다.

내가 일찍이 정석치鄭石癡와 같이 조선 말 값 이야기를 한 적이 있다.(정석치의 이름은 철조哲祚요, 벼슬은 정언正言이요, 술을 잘 먹고 서화에 능하다.)

"모르기는 하지마는 불과 몇 해 안 가서 베갯머리에서 조그마한 담뱃대 통을 말구유로 삼아 말을 먹이게 될 것이네."

석치가 무슨 말이냐고 물었다. 나는 웃으면서,

"가을 병아리를 여러 번 번갈아 씨를 받아 사오 년만 지나면 베개 속에서 울음을 우는 꼬마 닭이 되는데 이것을 '침계枕鷄'라고 한다네. 말도 역시 종자가 작아들면 맨 나중은 베개 말이 안 되리라고 누가 장담할 것인가?"

하니, 석치는 허허 웃으면서,

"우리들이 인제는 나이 먹어 늙어 가면서 새벽잠이 자꾸만 없어지는 터에 베개 속에서 닭 울음소리도 듣게 될 것이고, 또 베개 말을 타고 뒷간길을 내왕해도 무방하겠군. 그러나 요즘들 보면 말 흘레붙이는 것을 매우 꺼리고 있어 새끼 말은 암놈, 수놈 할 것 없이 동정으로 늙어 죽거든. 국내에 말이 그래도 수만 필 되는데 흘레도 안 붙이고 새끼도 안 치면 말은 어데서 날 것인가? 이래서 국내에서는 일년에도 수만 필 말을 잃게 되겠지. 이러고는 몇십 년도 못 가서 베개 말이고 무엇이고 다 절종이 될 것이네."

하고는, 둘이 같이 웃은 일이 있다.

실상 내가 연암에 가서 살게 된 것은 일찍부터 목축에 뜻을 두었던 때문이다. 연암이 자리잡은 곳은 첩첩산중에 양쪽이 편편한 골짜기인 데다가 수초가 좋아서 소, 말, 노새, 나귀 수백 마리를 치기에 넉넉했다. 내가 일찍부터 말했지마는 우리 나라가 이토록 가난한 탓은 대체로 목축이 제자리를 잡지 못한 까닭이다.

우리 나라에서 목장이라고 가장 큰 곳은 다만 탐라 한 곳으로, 이곳에 있는 말들은 모두 원나라 세조가 방목한 종자이다. 사오백 년을 두고 내려오면서 종자를 갈지 않고 보니 기가 막히게 우수한 종자들이 필경은 느림뱅이 꼬마 말로 변하고 말았으니, 이것이야 안 그럴 수 없는 필연의 결과이다. 이 느림뱅이 꼬마 말을 대궐 지키는 장사들에게까지 내주니 고금 천하에 어디 느림뱅이 꼬마 말을 타고 적진을 향하여 달리는 꼴이 있을 일인가? 이것이 첫째로 한심한 일이다.

대궐 안 소용으로 먹이는 말로부터 장수들이 타는 말에 이르기까지 토산 말이란 하나도 볼 수 없고 모두가 요동, 심양 등지에서 사들인 말들로 한 해에 새로 생기는 말이라고는 네다섯 필에 불과한 형편이니 만약에 요동, 심양 길이 끊어지는 날이면 어디서 또 말을 얻을 것인가? 이것이 둘째로 한심한 일이다.

임금이 거둥할 때 배종하는 행렬에는 백관들이 말을 서로 빌려 타기도 하고 혹시는 나귀를 타고도 임금의 뒤를 따르게 된다. 이런 꼴로야 위의를 갖출 수 없으니, 이것이 셋째로 한심한 일이다.

문관들로서 초헌軺軒[41]을 탈 수 있는 자 이상은 말이라고는 탈 일이 없고 또 말을 집 안에서 먹이기도 어렵다. 탈것이 이미 없고 보니 이런 이들의 자제들도 걷지 않으면 안 될 사정이요, 먹인다 했자 겨우 작은 나귀나 한 마리쯤 먹이게 된다. 옛날에는 백 리 어란에 불과한 나라라도 대부大夫 벼슬쯤 되면, 타는 수레 열 채쯤은 가지는 법

41) 종2품 이상 고급 문관이 타던 외바퀴 달린 승교.

이다. 그래도 우리 나라로 말한다면 둘레가 몇천 리 되는 나라로서 대신급쯤 된다면 타는 수레 백 채쯤은 갖추어야만 할 것이다. 우리 나라 대부의 집안에서 수레 열 채는 고사하고 단 두 채인들 어디서 나올 것인가? 이것이 넷째로 한심한 일이다.

삼영三營[42]의 군관들은 다들 졸개 백 명의 어른쯤은 되는 터에 말한 마리를 가질 형세가 못 되고 보니 한 달에도 세 번 치르는 조련에는 임시로 삯말을 내어 탄다. 삯말을 내어 타고 전장에 나간다는 소리는 아예 이웃 나라에서 들을까 봐 무섭구나. 이것이 다섯째 한심한 일이다.

서울 영문에 있는 장관이 이럴 바엔 팔도에 놓아 두었다는 기병들이란 이름만 남고 실상은 없을 것은 이로써도 뻔한 일이니 이것이 여섯째 한심한 일이다.

국내에 있는 역말들이란 모두가 토산 말들로서 그중에서 좀 낫다는 놈이라도 한번 사신 손님이라도 치르고 나면 말은 죽지 않으면 병이 들고 만다. 왜? 이런 양반들이 타는 쌍가마가 이미 잔뜩 무거운 데다가 네 명의 교군꾼은 으레 말에다가 몸을 싣듯이 양 옆에 붙어서 탄 사람이 까불려 흔들리지 못하도록 가마채를 붙잡고 간다. 말 등에 실린 짐이 이토록 무겁고 보니 말은 짐을 피하듯이 빨리 안 달릴 수 없이 되어 먹었고, 말이 달릴수록 짐이 점점 더 누르기 때문에 말이 죽지 않으면 병든다는 말도 이 까닭이다. 죽는 말이 날로 불어나고 보니 말 값은 날로 뛰어오른다. 이것이 일곱째 한심한 일이다.

말 등에다가 짐을 싣는다는 것은 벌써 틀려먹은 노릇이다. 우리

---

42) 훈련원訓練院, 금위영禁衛營, 용호영龍虎營 세 개 군영.

나라에서는 이미 국내에서 수레를 못 쓰고 보니 관청에서고 민간에서고 짐이란 짐은 말 잔등이 아니고는 못 실어 나를 줄만 알고 있다. 이래서 말이야 죽든 말든 많이 싣기에만 욕심을 부리기 때문에 부득불 힘쓸 만한 먹이를 먹인다는 것이 더운 여물죽이다. 이래서 말 정갱이가 힘을 못 쓰고 발굽은 물씬물씬해져 한 번만 흘레를 붙여도 뒤를 못 가게 되므로 요즘 세상에서는 흔히 말이 흘레붙고 새끼치는 것을 금한다. 이러고야 말이 어디서 생길 것인가? 이는 다름 아니다. 말을 다루는 솜씨가 틀렸고 말을 먹이는 방법이 옳지 못하고 좋은 종자를 받을 줄 모르고 일 맡은 관원은 목마에 무식하기 때문이다. 그러고도 채찍을 잡고 나앉은 자마다 국내에는 좋은 말이 없다고들 떠든다. 그래, 정말 국내에 쓸 말이 없단 말인가? 이런 것들이 이루 다 손꼽을 수 없는 한심한 일들이다.

그러면 말을 다루는 솜씨가 틀렸다는 말은 무엇을 두고 하는 말인가? 무릇 생물들의 성질이란 사람이나 다름없이 고달프면 쉬고 싶고, 답답할 때에는 시원한 데를 찾고 싶고, 구부러든 놈은 펴고 싶고, 간지러우면 긁고 싶고 본즉 비록 사람이 먹을 것을 주면 먹는다 하더라도 때로는 제 맘대로 신을 풀기 위한 경우가 얼마든지 있다. 그러므로 말도 반드시 이따금 굴레와 고삐를 풀어 놓아 물역 같은 시원한 곳에 놀게 하여 답답증을 풀도록 할 것이니 이것이 말하자면 생물의 성질에 따라 그 뜻을 맞추어 준다는 것이다.

우리 나라에서 말 먹이는 법이란 뱃대끈이나 굴레가 단단하잖은가 하여 이것을 될수록 졸라매고, 빨리 몰 때도 말은 견마 잡는 고통을 벗어날 수 없고, 쉴 때만 해도 긁는 재미나 땅에 뒹구는 맛을 얻어 볼 수 없고, 사람과 말 사이는 언제나 뜻이 통하지 못하여 사람은 툭하면 욕질이 일쑤요, 말은 자나 깨나 사람을 상대로 살기가 등등하니, 이런 것이 다 말을 다루는 솜씨가 틀렸다는 것이다.

그러면 또 무엇을 가리켜 말을 먹이는 방법이 옳지 못하다고 할까? 대체로 목마른 고통은 배고픈 고통보다도 심한 법이다. 우리 나라 말들은 아직껏 찬 물을 안 먹이고 있다. 말의 성질인즉 익힌 음식을 제일 싫어하니, 이는 말에게 더운 것은 병이 되기 때문이다. 콩이나 여물죽에 소금을 뿌리는 것은 먹이를 짜게 하여 물을 켜도록 하기 때문이요, 물을 켜도록 하는 것은 오줌을 잘 누도록 하기 위해서요, 오줌을 잘 누도록 하는 것은 몸에 지닌 열을 풀기 위함이요, 냉수를 먹이는 것은 정갱이를 굳세게 만들고 발굽을 단단하도록 만들기 위해서다. 우리 나라 말들은 삶은 콩과 끓인 죽을 먹고 종일 달리고 나면 벌써 신열을 못 이겨 병이 되고 이래서 한 끼라도 죽을 못 먹으면 시들부들 몸을 못 가누고 느림뱅이 걸음을 걸어 길 낭패를 보게 된다. 이것은 모두가 더운 죽 탓이다. 이보다도 군마가 되고 보면 더운 죽을 먹인다는 것은 더욱이 탈이다. 이것을 일러서 말 먹이는 법이 틀렸다는 것이다.

그러면 또 무엇을 가리켜 좋은 종자를 받지 못한다고 하는가? 말이란 어떻든 커야지 작은 종자는 못쓰는 법이요, 건장해야지 약해서는 못쓰고, 준수해야만 되지 노둔해서는 못쓰는 법이다. 말에다가 무거운 짐을 싣고 멀리 안 가고 싶으면 모르겠거니와 만약 그것이 필요하다면 작고 약하고 노둔한 토산 말로는 소용에 닿지 않을 것이니 이런 말로는 단 하루의 보통 집안일도 치러 내지 못할 것이다. 또한 나라의 군비를 정돈하고 군사 조련을 안 하고 싶으면 모를 일이로되 만약에 그것이 필요하다면 작고 약하고 노둔한 토산 말로는 소용에 닿지 않을 것이니, 이런 말로는 단 하루도 군무를 치러 내지 못할 것이다. 오늘로 보아 조선과 청국 두 나라는 태평 세월을 보내고 있는 이즈막, 암놈, 수놈 아울러 말 수십 필쯤 구한다 해서 큰나라로서 이것쯤을 아끼지는 않을 것이다. 외국에서 말을 구해 들여 이것을 사사로 먹인다는 것이 좀 혐의쩍어 보인다면, 해마다 드나드는 장사치들이 있음에야 가만히 몰래라도 사들일 편이 없는 바도 아닐 것이다. 이래서라도 종마를 장만하여 널찍한 수초 좋은 땅을 골라 한 십 년쯤 새끼를 쳐 가면서 차차 늘려, 탐라를 비롯한 국내의 여러 군데 목장에 퍼뜨려 종자를 개량한다면 얼마나 좋은 일일까?

새끼 치게 하는 방법으로는 반드시 《주례周禮》와 '월령月令'[43]을 표준 삼아야 할 것이니, 《주례》에는 말하기를, "수놈은 넷 중에 하나'라고 했다. 주석에, "그들의 비위에 알맞게 하고 싶어함이니 생물은 기질이 같으면 마음도 같다. 정사농鄭司農은 말하기를, '넷 중에 하나'라는 것은 암놈 세 마리에 수놈 한 마리를 끼워 둔다는 말이라고 했다." 하였다. '월령'에 보면 늦은 봄 3월쯤 되어 흘레 말, 흘레 소를 암놈 있는 목장에 풀어 놓으라고 했고, 진혜전秦蕙田[44]은, "말 먹이는 사람이 흘레 말을 교대하여 사용하되 몸을 너무 상하지 않도록 보살피는 것은 기운과 혈기를 안정하도록 하기 위한 것이요, 또 말을 맡은 관리는 반드시 여름에는 수놈을 거세하여야 한다. 암말이 새끼를 배었을 때는 수놈을 암놈 곁에 못 가도록 함으로써 말새끼 치는 방법을 삼아야 한다."고 했다. 이것이 모두 옛날 임금들

---

43) 중국 고대 《예기禮記》란 책의 편명으로 월별로 정치 행사에 관한 요강을 적어 놓았다.
44) 청나라 건륭 시대 저명한 관리이자 학자.

이 때를 맞추어 생물을 길러 생물의 제 특성을 살린다는 뜻이다.

오늘 중국에서는 해마다 봄날이 화창하고 풀들이 푸릇푸릇 돋을 때는 수놈 목에다가 방울을 달아 내놓아 흘레를 붙이면 수놈 임자는 흘레 값으로 돈 닷 돈씩을 받는다. 이래서 말이나 노새가 새끼를 낳으면 수놈으로 준수한 놈일 때는 또다시 돈 닷 돈을 받는다. 낳은 새끼가 신통치 못하거나 털빛도 좋지 못하고 길들이기도 어려울 때는 애비 말은 반드시 불알을 까 버려서 나쁜 종자는 절종시키는 동시에 종자를 덜썩 크도록 하고 길들이기 쉽도록 만든다.

우리 나라에서 목장을 관리하는 관직들은 이런 생각은 못 하고 덮어 두고 토산 말로만 종자를 받기 때문에 낳으면 낳을수록 종자는 자꾸만 작아지게 되어 필경은 거름바리, 나무바리 한 짐도 변변히 견뎌내지 못할 만큼 되었다. 더구나 한 나라 군사에 이바지쯤은 생각도 못 할 일이다. 이런 것이 좋은 종자를 못 받는다는 것이다.

그러면 관직에 있는 자가 목마牧馬에 무식하단 말은 무엇을 두고 하는 말일까? 우리 나라 벼슬하는 양반들은 일반 허드렛일은 알려고도 않으려는 버릇들이 있어 옛날 어디서는 여럿이들 모인 자리에서 누가 콩을 말에게 좀 더 주라는 말을 한마디 했다가 사람이 좀스럽다고 그만 벼슬자리가 막힌 일까지 있었다. 근자에 어떤 학자는 언제나 말을 좋아하는 습성이 있어 말에 대한 지식은 옛날 백락伯樂이나 다를 바 없었는데 여러 사람들이 말하기를, "옛날에는 양고기 잘 굽는 도위都尉[45]가 있다더니, 지금 세상에는 말 잘 다루는 학자

---

45) 후한 때 관리 가운데 무뢰한이 많아서, 양의 염통 요리를 잘하면 도위 벼슬을 하고, 양의 머리로 요리 잘하는 자는 관내후關內侯 벼슬을 한다는 말이 돌았다.

가 있다."고 비방하여 까다롭기가 이와 같다. 한 나라의 큰 정책으로는 고려하지 않고 이것을 수치로 여기고 하인들의 손에만 맡겨 두고 있으니, 비록 직책은 감목監牧이라고 하지마는 사람은 벼슬에 있는 사람으로서 목마의 지식이라고는 꼬물도 없다. 이것은 능력이 없다기보다도 배우기를 사리기 때문이니, 이런 것을 들어 관원들이 목마에 무식하다고 하는 것이다.

옛날 당나라 초기에 있어서 수놈, 암놈 섞어 말 3천 필을 구해서 지금의 감숙성 서쪽으로 옮기고 태복太僕[46] 장만세張萬歲에게 주관하도록 했다. 정관(貞觀, 627)으로부터 인덕(麟德, 665)까지 이르는 동안 말은 70만 필로 불어났다. 측천무후則天武后 때는 말이 줄어들다가 당나라 명황(明皇, 현종) 때는 24만 필이 남게 되어 왕모중王毛仲과 장경순張景順 등을 시켜 10년을 두고 먹인 결과 43만 필이 되었고 개원開元 13년(725)에는 명황이 태산泰山에 제사할 때 동으로 말 수만 필을 털빛에 따라 대열을 지어 놓은 것이 멀리서 바라보면 비단필처럼 보였다고 하니, 이것은 그 관직에 적당한 사람을 얻었기 때문이다. 참으로 말을 좋아하고 말을 잘 먹일 줄 아는 자를 얻어 목마하는 행정을 맡긴다면 비록 '말 학자'라는 조롱은 들을망정 태복 벼슬감으로서는 맞춤이라고 할 수 있을 것이다.

웬 사람이 와서 연암 박 선생님이 누구냐고 물어서 기공의 심부름하는 사람이 나를 가리키면서 저분이라고 대답했다. 그 사람이 나를 보고 절을 하는 태도가 매우 상냥하여 약속이나 하고 만난 사람

---

46) 목축을 맡은 대신급 관직.

같았다.

"저는 광동안찰사 왕 영감님 청지기이온데 우리 댁 영감님께서 그저께 선생님을 만나 뵙고는 퍽도 기쁘시어 내일 정오쯤에 꼭 다시 찾아뵙겠다고 하시면서 금칠로 서화를 그린 절강의 부채를 갖다 올리겠다고 하십니다."

"전일은 왕공의 과분한 사랑을 받고 아무런 대접을 못 했는데 먼저 귀한 선물까지 받는다는 것은 도리어 당치 않은가 하오."

"제가 시방 가지고 오지는 않았습니다. 영감님이 오실 적에 몸소 지니고 오시겠답니다. 내일 정오 선생님께서는 부디 다른 데 출입은 말아 주셨으면 합니다."

나는 고개를 끄덕였다.

"약속대로 하지요. 그런데 댁은 고향이 어디고 성함은 뉘신지요?"

"저는 고향이 강소江蘇이고 성은 누屢가요, 이름은 일왕一旺이요, 호는 원우鴛圩이온데, 왕 영감님을 따라 광동 가서 있습니다. 그런데 선생님은 본국을 떠나신 지가 몇 해나 되십니까?"

"금년 오월에 고국을 떠났소."

"우리 광동에 비하면 집 앞이나 다름없구만요. 그런데 귀국 황제는 연호는 무어라고 부릅니까?"

나는,

"무슨 말씀이오?"

하고 되물었다.

"황제의 기원 연호 말이외다."

"우리 나라는 중국의 연호를 쓰고 보니 다른 연호야 있겠소? 금년이 건륭 45년이지요."

"귀국 황제는 중국과 대등한 천자가 아닙니까?"

"만국이 한 천자를 받들고 천지가 모두 대청大淸이요, 해와 달이 다 건륭인가 보외다."

"그러면 관영寬永,[47] 상평常平이라는 연호는 어데서 난 연호입니까?"

"무슨 말씀인지요?"

"제가 바다를 표류하던 귀국의 배에서 보았는데 '관영통보' 돈을 잔뜩 실었습니다."

"그것은 일본 사람들이 참칭하는 연호요, 우리 나라 연호가 아닙니다."

누씨는 고개를 끄덕였다. 그의 행동거지라든가 말하는 태도로 보아서는 꽤 얌전했으나 어디고 무식해 보이는 것은 당초 그가 묻는 바가 무슨 깊은 뜻이 있었던 것이 아니요, 외국 돈이란 원래 금물인데 그가 묻는 까닭은 금물이라고 해서 물었던 것이 아니라, 우리 나라를 정말 천자 있는 나라로만 알았기 때문에 시방의 연호까지 물었던 것이다. '귀국의 천자'라는 한마디 말로써 벌써 그의 무식을 알 수 있었고 또 비록 '관영'이니 '상평'이니 하는 것을 우리 나라의 연호로 알았다 하더라도 그것이 쓰지 말아야 할 것을 쓰는 것인 줄도 모르는 모양이다. 또 우리 표류선이 돈을 실었다손 치더라도 그리 이상해할 일도 아니지마는 관영통보를 한 배나 가득 실었을 리야 어디 있을 일인가? 그는 필시 관영통보를 구경했고 또 상평통보도

47) 관영은 명나라 천계 연간에 있던 일본 후수미後水尾 왕의 연호.

구경했던 것이 뒤범벅이 되어 모두 우리 나라 돈인 줄만 알았던 모양이다. 그는 정말 우리 나라에서 중국의 달력을 쓰는 줄도 몰랐고 돈을 보고는 우리 나라에도 연호가 따로 있는 줄만 알았던 모양으로서 특별히 다른 의심을 가지고 내 속을 떠보려고 물었던 것이 아님을 알았다. 누씨는 차를 다 마시자 내일은 부디 다른 데 출입을 말아달라고 재삼 부탁을 하기에 고개를 끄덕인즉 그는 곰곰이 섭섭해하는 빛을 보이면서 절을 한 번 꾸뻑 하고는 나갔다.

나는 수역을 보고 대관절 돈을 금한다는 말은 무슨 뜻인가 하고 물어보았다.

"별반 약조된 일은 없다 하더라도 우리 나라 안에서 중국 돈 쓰는 것을 금했고 또 작은 나라로서 돈을 따로 주조한다는 것은 온당한 노릇이 아닐까 합니다."

"옛날 제나라 태공은 구부九府[48]를 두었지마는 주나라 천자는 이를 금한 적이 없었네. 근대에 와서 돈을 쓰기 시작하기는 숙종 경신년(1680)이니까 금년으로 치면 백한 해인즉 청나라 초기에 맺었던 약조에도 이런 금법이 들지 않았던 모양이요, 우리 나라에서는 세종 때 돈을 한 번 주조하여 한 칠팔 년 동안이나 쓰다가는 민간에서 불편하다고 하여 다시 저화楮貨[49]를 쓰게 되었고 인조 때 와서 또다시 돈을 주조했다가 진즉 그만두었으나 모두 민간에서 쓰기 불편하다 해서 그랬던 것이지 청국을 꺼려서 그랬던 것은 아니지. 시방 북도 지방은 돈을 금하고 무명을 돈 삼아 쓰고

---

48) 주나라 제도에 재물과 돈을 관리했던 아홉 곳 관청.
49) 화폐로 쓰던 지폐로서 한 장에 쌀 서 되.

있으니 국경이 가깝다 해서 그런 것이요, 관서 지방으로는 의주로부터 압록강변 여러 고을까지는 아직 한번도 돈을 금한 적이 없으니 이것도 알쏭달쏭 종잡을 수가 없네. 그런데 우리 나라 표류선이 가진 돈을 금한다는 말은 무슨 말인가?"

여러 역관들이,

"그렇습니다. 시방도 역원에서는 몇 해를 두고 임시 변법으로 중국 돈을 사용은 하나 우리 나라 은은 자꾸 귀해지고 중국 물건 값은 날로 비싸지니 이로써 역원의 손해는 막심하지요. 은 한 냥쭝으로 중국 돈 칠 초鈔를 바꾸고 보니 만일 중국 돈을 쓴다면 우리 나라에서는 돈을 만들 수고가 없이 돈은 절로 헐해질 것이요, 이익은 막대해질 것입니다."

하니, 주 주부가 있다가 말한다.

"조선통보朝鮮通寶는 한나라 오수전五銖錢보다도 더 오래되어 돈 중에는 가장 오래된 돈이기 때문에 귀신이 붙어 점치는 돈으로 쓴답니다."

"오래되어서 귀신이 붙다니?"

"이 돈은 기자 때 돈으로 중국 사람들은 이 돈을 보면 무슨 큰 보물로 여기는데, 애석하지마는 이 돈을 못 가지고 왔습니다."

"이 돈은 세종 때 만든 돈이라네. 기자 적에 해자楷字가 어디 있었을랴고. 송나라 때 《동유전보董逌錢譜》[50]에는 우리 나라 돈이 네 가지 실렸는데 삼한중보三韓重寶, 삼한통보三韓通寶, 동국중보東國重寶, 동국통보東國通寶만 실렸지, 조선통보는 실리지 않

---

50) 역대 각종 돈 모양을 모은 책.

은 것을 보면 그 돈이 오랜 옛적 돈이 아닌 것을 알 것이네."

오후에는 세 분 사신이 대성전에 배알을 하였다. 주자의 석차를 높여 열한 번째 자리에 모셔 두었다. 위패는 모두 번들번들 붉은 칠을 하고 금자로 썼는데 옆에는 만주 글자로 썼다. 대성문 바깥 벽에는 검정 빗돌을 물려 세우고 강희, 옹정과 시방 황제의 훈시와 몸소들 지은 학규學規를 새겨 두었고 마당에 세운 빗돌은 작년에 세웠다는데 역시 황제가 세운 것이라고 한다. 대성전 마당에는 길 나마 되는 향정香鼎[51]을 두었는데 아로새긴 솜씨는 말할 수 없이 정교하였다. 전각 안에는 위패마다에 작은 향로 한 개씩을 두었는데, 모두 건륭 기해년(1779)에 만들었다고 새겼다. 위패마다 붉은 운문단 휘장을 늘였고 양쪽 행랑채 안 위패들 앞에 차려 놓은 것도 본전과 다름이 없이 숭엄하고도 화려한 품은 이루 다 형용할 수 없었다.

삼사는 돌아와 각각 청심환 몇 알과 부채 몇 자루씩을 거인 추사시鄒舍是와 왕민호에게 보냈다. 숭정 갑술년(1634) 6월 20일 명나라 칙사 노유령盧有齡이 조선으로 나왔는데, 그는 바로 환관이었다. 노유령이 성균관 참배를 하면서 참렬했던 유생들에게 은 50냥을 내놓은 일이 있었다. 오늘 우리 사신들이 큰 나라에 와서 공자묘를 배알하면서 두 거인에게 겨우 변변치도 못한 환약, 부채 따위를 선물로 보낸다는 것은 정말 부끄러웠다. 나는 몸소 두 선비가 있는 처소로 찾아가서 창졸간에 나선 나그네 처지라 아무것도 가진 것이 없어 변변치 못한 환약과 부채를 올린다는 것은 부끄럽기 짝이 없다고 말했더니 두 거

---

51) 완상용으로 두는 솥.

인은 허리를 굽히고 절을 하면서 사례를 한다.

"주인 된 도리에 인도를 한다는 것이 무슨 수고랄 것이 있겠소이까? 여러분께서 이토록 분에 넘치는 선물을 주시니 충심으로 감사하오이다."

저녁을 먹은 뒤에 왕곡정은 웬 학동 아이를 시켜 붉은 종이 편지 쪽지를 한 장 보내왔다.

"왕곡정은 삼가 연암 박 선생님에게 부탁을 올리나이다. 수고스러우시겠사오나 여기 은 두 냥을 보내오니 청심환 한 알만 주시면 감사하겠습니다."

나는 은을 곧 돌려보내면서 진짜 청심환 두 알을 보냈다.

저녁 어스름녘에 황제로부터 사신은 황성으로 돌아가라는 명령이 떨어졌다. 일행은 부산하게 밤이 이슥하도록 길 떠날 치장을 차렸다. 밤에 기여천과 작별하였다. 여천이, 18일에 열하를 출발하여 25일은 북경에 도착하고 26, 27, 28일은 두루 작별 인사를 다니고 9월 6일은 선산에 성묘를 갔다가 9일은 집으로 돌아와 11일은 귀주로 떠날 터인데 떠나기 전날 집에서 꼭 기다릴 터이니 왕림해 주십사고 청하기에, 나는 응낙하고 다시 왕곡정에게 작별하러 들렀다. 곡정은 눈물을 지으면서,

"이 밤에 영 이별을 하면 또 뵈올 기약이 없겠소이다. 더구나 닥쳐올 밝은 달밤에는 그 심회를 어쩌리까?"

하였다. 이는 전일 추석날 달밤에 명륜당에서 만나 이야기를 하자고 약조하였기 때문이다. 다시 지정이 있는 처소에 들르니 지정은 다른데 자러 나가고 없어 서운하기 짝이 없었다. 또 윤형산을 찾아갔더니 형산은 눈물을 닦으면서,

"내 나이 늙고 보니 이제야 아침 이슬이나 다름없나 보외다. 선생은 방재 좋은 나이로 또다시 황성 걸음이 계실 터이니 응당 오늘 밤 생각을 하실 거외다."

하고는 술잔을 들고 달을 가리키면서,

"달 아래 이별을 하고 보니 다른 날 만리 밖에 계신 선생이 그리울 적은 저 달을 보고 선생을 대하듯 하리다. 보아하니 선생은 술도 잘 자시고 또 놀기도 좋아하시는 터인데 부디 몸조심을 하소. 18일은 나도 황경으로 돌아가겠는데 선생은 그 쩍에 귀국하지 않으시거든 부디 한번 우리 집에 들러 주시오. 우리 집은 동단東單 패루 제2 호동 제2 택인데 대문 위에는 '대경大卿' 편액이 붙었습니다. 거기가 바로 제 집입니다."

하였다. 마침내 서로 악수를 하고 작별하였다.

북경으로 돌아오는 도중에서[還燕道中錄]

8월 15일 신유일부터 8월 20일 병인일까지 6일 간.

▪ 본편은 박지원이 열하에서 여정을 완료하고 다시 북경으로 돌아오던 중의 잡관과 소감을 역시 일기체로 서술한 것이다. 박지원이 중국 여행에서 자기 여정을 표시하는 일기체 서술은 본편에서 북경에 돌아온 것으로 단락을 짓는다.

이 밖에 각 편들은 열하와 북경에 머물 때의 견문과 담화들을 별도로 정리하여 따로 제목을 정하고 논술하였다. 박지원은 자기의 방대한 저술을 협소한 기행체 서술에 제약받지 않으려는 의도에서 이와 같은 편집 체계를 설정한 것 같다.

8월 15일 신유일. 날씨는 맑고 좀 선선하였다.

사신들은, 북경으로 다시 돌아가게 된 이참에 예부가 우리 측과 아무런 의논도 없이 우리 측이 올리는 글을 함부로 몰래 고쳤다는 사실은 비단 목전의 일로서만 해괴한 일일 뿐 아니라 이 일을 따져서 바로잡지 않고 보면 앞으로도 커다란 폐단이 되겠다고 했다. 그러기에 반드시 예부로 다시 글을 보내 예부가 우리 글을 마음대로 고친 책임을 문책한 뒤에 길을 떠나는 것이 옳겠다고 하여 필경 임역을 시켜 예부로 공문을 보낸즉, 제독은 무서워 벌벌 떨었다. 대체로 이 사연을 덕 상서에서 먼저 알렸기 때문이다. 예부의 상서 등은 되게 을러 대면서,

"이 일을 예부의 책임으로 미룰 터인가? 예부가 죄를 짓게 된다면 사신은 무사할 줄 아는가? 자기네들의 전주轉奏를 청한 문서가 글 뜻이 모호하고 전혀 사례하는 뜻이 비치지 않기에 내가 일부러 자기네들을 위해서 부족한 점을 두루두루 꿰어 맞추어 영광되고 감격스러운 뜻이 충분히 표현되도록 고쳐 주었는데, 도리어 이렇게 나온다는 것은 제독의 죄가 더 중하렷다."

하고는 처음은 예부로 보내는 문서를 뜯어 보지도 않고 물리쳤다. 사신이 제독을 불러 예부의 이야기를 죄다 들어 본즉 그 말하는 것이 장황스럽게 늘어놓기만 하고 알아들을 수가 없어 벌써 넋 잃은 사람만 같았다. 예부는 또 사람을 시켜 선자리에서 출발을 재촉해 대면서 사신의 출발 시각을 다그쳐 황제에게 아뢰라고 했다. 이렇게 출발을 독촉하는 뜻인즉 우리 측이 다시 문서를 못 올리도록 혜살하는 수단이었다.(이 사연은 '행재잡록行在雜錄'에 자세히 써 놓았다.)

아침 식사를 마친 후 곧장 길을 떠나니 벌써 정오가 지났다. '뽕나무 아래 사흘 밤을 자도'[1] 오히려 잊을 수가 없다는데, 나는 더구나 우리 선생님[2]을 우러러 쳐다보면서 엿새 밤이나 묵었음에랴. 더구나 거처했던 집은 맑고 깨끗했고 보니 연연한 정을 절로 금치 못했다. 나는 일찍부터 과거를 단념하여 진사 한 자리도 얻지 못하고 보니 비록 태학에서 글공부를 하고 싶었으나 할 수 없었다. 이번 참에 뜻밖에도 고국을 떠나 만리 변방에 와서 엿새 동안이라도 태학관에 묵은 것은 마련되었던 운수 같으니, 이것이 어찌 우연한 일일까 보냐.

우리 나라 인사들 중에 멀리 중국의 각 지방을 유람한 자로 신라에는 고운孤雲 최치원崔致遠이 있고, 고려 시대에 와서는 익재益齋 이제현 李齊賢 등이 비록 서촉 지방과 강남 지방을 두루 돌아다닌 일이 있지마는, 이곳 새북 지방은 아무도 온 사람이 없었다. 앞으로 천백 년을 두고 몇몇 사람이 또다시 이곳까지 오는지 모르겠지마는

---

1) 불교에서 인연설을 설명할 때에 쓰는 고사.
2) 공자를 말한다.

나는 이번 걸음에 뜻하지 않은 여러 곳을 지나오면서 옛 사람들이 먼지를 휘날리며 지나간 수레와 말발굽 자국이 눈에 삼삼한 듯하고 보니, 어허 인간 세상살이가 이토록 앞일을 짐작 못할 만큼 덧없을까?

광인점廣仁店, 삼분구三坌口를 지나 쌍탑산雙塔山에 이르러 말을 세우고 바라다보니 눈 어란에 드는 것은 한목으로 모두 야릇한 광경이다. 바윗돌의 빛깔은 우리 나라 동선관洞仙館 사인암3)과 비슷한데 탑같이 된 형상은 금강산의 증명탑證明塔처럼 뾰족하게 마주 서서 아래위가 더하고 덜할 것 없이, 일매지고 기대도 않고 기울지도 않고 삐뚤지도 않고 까딱 없이 꼿꼿하여 곱고도 우람찬 데다가 햇살에 쬐인 구름발이 비단필처럼 휘감겨 있었다.

난하를 건너 하둔河屯에서 묵으니, 이날 40리를 왔다.

---

3) 황해도 봉산 동선령洞仙嶺에 있는 바위 이름.

8월 16일 임술일. 날이 맑았다.

해가 돋을 녘에 출발하여 왕가영王家營에 와서 점심을 치르고 황
포령黃鋪嶺을 지나려니 웬 귀공자 같아 보이는 젊은이가 나이는 스
무남은 살이나 돼 보이고 모자에는 홍보석을 달고 푸른 깃을 꽂고
훤칠하게 생긴 말을 타고는 바람처럼 지나간다. 맨 앞에는 말 한 마
리가 가고 뒤에는 삼십여 기騎가 따르는데 모두 금빛 안장에 덜썩
높은 말들을 타고 모자와 입성들은 화려했다. 더러는 활과 화살을
차기도 하고 더러는 조총을 둘러메기도 했고 더러는 창도 가지고 더
러는 연기가 무럭무럭 타오르는 향로를 떠받들고는 번개같이 달리
면서 사람을 물리치는 벽제 소리도 없이 말발굽 소리만 들렸다.
    따르는 자에게 물었더니 황제의 친조카인 예왕豫王이라고 한다.
뒤로는 태평차가 따르는데 큼직한 노새 세 마리를 메웠고 초록빛 천
으로 휘장을 두르고 사면에는 유리창을 박았고 지붕은 푸른 실로 뜬
그물을 해 덮고 네 귀에는 술을 드리웠다. 대체로 귀인들이 타는 가
마나 수레는 다 이렇게 차려 위세를 갖춘다. 수레 속에서는 도란도
란 여자의 목소리가 들릴 뿐이다. 마침 끌던 노새가 오줌을 싸는데

내가 탄 말도 오줌을 쌌다. 수레 속에 있던 부인들은 뒤창을 열고 서로들 머리를 내놓는데 구름같이 틀어 올린 머리채 위에는 갖은 보물 꽃으로 다 치장해 금빛깔 꽃이며 비취 구슬들은 데룽데룽 한들한들, 요염하기는 꿈만 같고 이쁘고 곱기는 맑은 냇물에 놀란 기러기라고 할까 싶은데 얼른 창을 닫더니 그만 가 버린다. 모두 세 사람으로 다들 예왕의 첩들이라고 했다.

마권자馬圈子에 와서 묵었다. 이날 80리를 왔다.

8월 17일 계해일. 날이 맑고 따뜻했다.

　　새벽에 출발하여 청석령靑石嶺을 지나다 보니 이곳은 장차 황제가 계주薊州 동릉東陵까지 거둥할 터이므로 이미 도로와 교량을 수축하고 길 복판에는 말 달리는 길[馳道]을 따로 냈다. 지방 각 군현에서는 미리 길 닦을 장정들을 징발하여 높은 데를 깎고 낮은 데를 메우고 돌메로 고르고 흙손으로 발라서 필목을 편 듯, 먹줄에 맞추어 조금도 굴곡이 없고 기울어지고 비뚤어진 데가 없었다.

　　복판 말 달리는 길의 너비는 두 발쯤 되고 좌우로는 또 협로가 있어 폭이 각각 한 발 남짓했다. 《시경》에 "한길은 숫돌처럼 반질반질했다." 했는데, 이 길을 보니 정말 숫돌처럼 만들고자 들인 노력이 크다고 할 수 있었다. 흙짐이며 물짐을 멘 역군들이 군데군데 떼를 지어 헐린 데를 따라가면서 흙으로 메운다. 말발굽 지나간 자죽을 흙손질해서 골라 나무 말뚝을 박고 금줄을 쳐서 누구도 이 말 달리는 복판 길로는 못 지나다니도록 한다. 그러나 우리 사람들은 말뚝 밑으로 엎드려 빠지기도 하고 줄을 끊기도 해 가면서 갔다. 나는 말 모는 자를 신칙하여 복판 길로는 못 가도록 했다. 감히 무서워 못 간다는 것보다도 차마 발길을 못 들여놓겠다.

길 한쪽으로는 몇 보만큼 흙무더기를 쌓아 올려 성 위에 쌓은 성가퀴처럼 했으니 높이는 사람 어깨노리쯤 올라오고 너비는 여섯 자폭은 되었다. 다리들은 다 난간이 붙어 있고 돌난간일 때에는 천록天祿,[4] 사자 등속을 새겨 입을 벌린 모양이 산 놈처럼 천연스러웠다. 나무 난간일 때는 붉고 푸르고 단청을 올렸다. 냇물이 넓은 데는 대나무 새끼로 광주리처럼, 둘레는 한 간 폭이나 길이는 한 발 턱이나 되게 얽고는 그 속에 냇가에 있는 아무런 돌이나 담아 물속에 꽂아서 다리의 기둥으로 삼는다. 난하나 조하潮河 같은 강에는 몇십 개나 되는 큰 배를 물에 잠가 배다리를 놓았다.

삼간방三間房에서 아침을 지어 먹었다. 우리 일행은 여관에 들고 어제 만났던 예왕은 관제묘에 들었는데 여관과는 아래윗집이었다. 따라온 말 탄 사람들은 다른 여관들에 흩어져 떡, 고기, 술, 차를 사 먹고 있었다. 나는 생각 없이 묘당집을 구경하려고 어슬렁어슬렁 당집 안으로 들어갔더니 대문에는 문지기도 없었고 마당은 괴괴하니 인적이 없었다. 나는 처음에는 예왕이 여기 든 줄도 몰랐다.

마당 가운데는 석류가 주렁주렁 달린 석류나무가 섰고 키가 나지막한 솔이 구불구불 펑퍼져 있었다. 이리저리 거닐면서 구경을 하다가 큰 채를 향해 올라가려고 돌층대를 밟다 보니 웬 헌칠하게 생긴 젊은이가 모자를 벗고 번쩍번쩍하는 중머리 바람으로 문을 열고 뛰어나와 나를 보고 웃어 맞아 주면서 "싱쿠!"라고 말했다. '싱쿠'란 말은 '수고한다.'는 말이다. 나는 마주 대답해서 "하오아."라고 했

---

4) 조각에 흔히 새기는 상상의 짐승.

다. '하오아' 란 말은 우리 조선말로는 문안하는 인사말이다. 섬돌 층대 위에는 아로새긴 난간이 있고 난간 밑에는 교의 두 개를 마주 놓고 복판에는 붉은 탁자를 두었다. 그는 나에게,

"쥐이쥐."

라고 한다. '쥐이쥐' 라는 말은, 주인이 손을 보고는 "칭쥐, 칭쥐."라고도 하고 "쥐이쥐, 쥐이쥐."라고도 하고 "칭, 칭, 칭."이라고 연달아 부르기도 하는바, 이는 정중하고 친절하게 말할 때 쓴다. 연로에 오면서 어떤 집이라도 들를 적마다 집주인이 다들 이렇게 하였으니, 이는 주인이 손을 대접하는 예절이다. 이 젊은이는 모자를 벗고 여느 입성을 하고 있었으므로 처음은 이 묘당의 주인 중인 줄만 알았는데 가만히 살펴보니 이가 예왕인 모양이다. 나는 일부러 알아본 체 할 것 없이 예사롭게 대했다. 그도 역시 교를 뽑거나 귀태를 부리는 티가 없었다. 얼굴이 빨간 품이 아마도 식전 술을 많이 먹은 모양이다. 손수 술 두 잔을 따라 주기에 나는 거듭 두 잔을 마셨다. 만주 말을 할 줄 아느냐고 묻기에 나는 할 줄 모른다고 했다. 그가 갑자기 난간 아래를 굽어보고 기침을 탁 하자 입에서 술이 폭포같이 쏟아졌다. 문 안쪽을 향하여 돌아다보면서,

"량아凉阿!(선선하다)"

하고 소리를 치니, 웬 늙은 환관이 초피 갖옷을 손에 들고 나와 그의 등을 덮으면서 손짓하여 나를 나가라고 하기에 즉시 일어서서 나왔다. 나오는 길에 난간머리를 돌아다본즉 아직도 난간을 기대고 굽어보고 있었다. 거동이 경망스럽고 얼굴도 가냘프게만 생긴 것이 온통 위의를 갖추지 못하고 시정에서 보는 그런 따위에 다를 바 없었다.

식사를 마친 후 출발하여 수십 리를 가니 등 뒤로 말 탄 사람 백

여 명이 멀리 산에서 달리는데 팔뚝에 매를 얹은 자가 십여 명이나 되었다. 그들은 산골짝 속으로 흩어져 가는데 한 사람의 팔뚝에 놓인 커다란 매는 다리가 개다리만이나 하고 누런 비늘이 다리를 덮었다. 검정 가죽으로 대가리를 덮어 씌워 눈을 못 보도록 가렸다. 이처럼 매나 독수리 같은 새는 눈을 가려 마음대로 무엇이나 못 보도록 하여 함부로 날아 다리를 상하게 한다든가 정력을 허비하지 않게 하고 눈 정기를 외곬으로 기르기 위함이다.

말에서 내려 모래밭에 앉아 대꼭지를 툭툭 두드려 털고는 담배 한 대를 피우고 있는데, 웬 활을 찬 자가 역시 말에서 내려 담배 한 대를 재우고는 불을 붙이자고 하기에, 나는 그에게 물었다.

"황제의 조카 되는 예왕께서 열다섯 살, 열한 살 나는 황제의 손자 두 분을 데리고 열하에서 황성으로 돌아가는 길에 사냥을 하는 것입니다."

"무엇을 잡았소?"

"사흘 동안 사냥해서 메추라기 한 마리 잡았답니다."

마침 이때에 등 뒤로부터 수숫대가 와지끈 쓰러지는 소리가 나면서 말 한 마리가 밭 가운데로 튀어나와 오줌을 싸고 가는데 안장 위에 엎드려 화살을 겨누고 가는 이의 얼굴은 바로 백설 같았다. 입에 담배를 문 자가 소년을 가리키면서,

"저분이 바로 열한 살 난 황손이십니다."

했다. 그는 토끼 한 마리를 뒤쫓아가면서 활을 쏘았다. 토끼가 달아나다가 모래밭 위에 나넘어져 자빠지는 것을 말은 뒤따라 대어 활을 쏘아도 맞지 않고 토끼는 다시 산 밑으로 달아났다. 말 탄 사람 백여 명이 들판으로 달려 둘러싸는데 먼지는 뽀얗게 일어 하늘을 가리고

총소리는 번갈아 났다. 갑자기 둘러쌌던 사람들이 풀리면서 뽀얀 먼지 속으로 한 뭉치가 되어 사라지고 말아 종적마저 찾을 수 없었는데 쫓던 토끼는 잡았는지 모를 일이다. 그러나 말 달리는 법은 어른 아이 할 것 없이 천품으로 타고나다시피 잘 달렸다.

책문을 들어선 뒤로 연산관까지 이르는 동안은 높은 산과 험한 고개가 많고 수림이 빽빽하게 들어서 때로는 날짐승들도 보였으나 요동에 들어서서부터 연경까지 이르는 2천 리 어간 하늘에는 새를 못 보겠고 땅에서는 길짐승을 만날 수 없었다. 때마침 한더위 장마철이지마는 뱀이나 벌레 같은 것을 잘 볼 수 없고, 풀떨기 속을 지나도 개구리 소리 한 번 들을 수 없고, 두꺼비 한 놈 구경을 못 했다. 밭곡식이 누렇게 익었는데도 참새 한 마리 눈에 안 띄고 강변이나 물역에도 역시 물새 한 마리 찾을 수 없었다. 이제묘 앞으로 흐르는 난하에 와서야 처음으로 흰 갈매기 두 쌍을 보았을 뿐이다.

갈까마귀나 솔개 같은 날짐승은 흔히 인가 많은 대처에 몰려드는 것인데 연경 같은 곳도 이를 볼 수 없어 우리 나라에서 보는 것처럼 하늘을 새까맣게 덮고 나는 갈까마귀 떼 같은 것을 볼 수 없었다. 이런 새외塞外로 말하자면 필시 사냥터로 삼아 응당 날짐승, 길짐승이 많을 터인데, 이곳의 여러 산들을 보면 아주 홀딱 벗어져 새나 짐승 한 마리 안 보이니 수렵으로써 생명이나 다름없이 여기는 되친구들의 사냥거리가 못내 걱정이구나. 짐승 한 마리 안 남기고 다 잡아 절종을 시킨다는 것은 아무래도 옳은 일이 아닐 뿐 아니라 이러고 나면 어디 또 좋은 땅이라도 얻어 갈 자리나 있는지? 알 수 없는 일이다.

강희 20년(1681)에 산서성에 있는 오대산五臺山에 가서 사냥을 하는데, 하루는 범 한 마리가 숲속에서 튀어나오자 황제가 몸소 활로 쏘아 당장 선자리에서 범을 잡았다. 당시의 산서도어사山西都御史 목이새穆爾賽와 안찰사 고이강庫爾康은 범 잡은 땅을 석호천射虎川 이라고 할 것을 황제에게 아뢰고, 범 가죽은 대문수원大文殊院에 남 겨 두어 지금도 있다고 한다. 또 황제는 화살 서른 개를 쏘아 토끼 스물아홉 마리를 잡았고, 송산정松山亭에서는 범 세 마리를 쏘아 잡 았다고 한다. 이를 그림으로 그려 지금도 민간에서는 팔고 사고 있 으니 이만하면 귀신 재주라고 할 만한 솜씨다.

오늘 여러 공자 도련님들이 사냥하는 것을 보아 말 달리는 재주 의 날쌘 품은 그들의 가풍으로 치고라도 오늘 같은 날 수수밭 속에 서 범이라도 한 마리 튀어나왔던들 그들의 신도 한결 더 났을 터이 고, 만리 길을 나서 구경 온 나그네 처지로도 한번 통쾌할 일일 터인 데, 유감 천만이로구나.

만리장성 밖까지 이르니 성은 산 시울로 죽 벋어졌는데 높고 낮 고 굽이굽이 꺾여 요긴한 곳에는 속이 텅 빈 망루가 있어 높이가 예 닐곱 길은 되고 넓이는 열네댓 발은 되었다. 대체로 이런 요긴한 곳 은 사오십 보에 한 개씩 망루를 두었고, 그렇지도 못한 곳도 이백 보 에 한 개씩은 두어 망루마다 백총百總이 지키고 열 개 망루를 어울 러 천총千總이 맡아 지킨다. 1리 또는 2리 사이에는 방울을 달아 서 로 연락을 하고 한군데서 경보를 내면 좌우 양쪽에서 한목 봉홧불을 나눠 들어 수백 리 사이를 삽시간에 전하면 이것을 보고 재빠르게 미리 방비하도록 되어 있다. 이는 모두가 척남궁戚南宮[5]이 만들어 남긴 제도라고 한다.

---

5) 명나라의 명장 척계광戚繼光을 말한다.

육국 시대에도 역시 장성은 있었다. 조나라의 이목李牧이 흉노 십여 만 명을 죽이고 담람을 멸망시키고 임호와 누번[6] 들을 쳐부수 고 장성을 쌓았는데 대代땅에서 음산陰山을 거쳐 내려와 고궐高闕에 이르기까지 성새를 만들고 운중雲中, 안문鴈門, 대군代郡 등의 고을 을 두었다. 진秦나라가 의거義渠[7]를 멸한 후 처음으로 농서隴西의 북지北地와 상군上郡에다가 장성을 쌓아서 오랑캐를 막았다. 연나 라가 동호東胡를 격파한 후 천리나 되는 땅을 물려 내고 역시 조양 造陽으로부터 양평襄平까지 장성을 쌓아 상곡上谷, 어양漁陽, 우북 평右北平, 요동군 들을 두었다.

진나라, 조나라, 연나라들이 다 세 군데 국경을 방비하여 장성을 쌓은 지도 이미 오래인 터라 세 나라가 쌓은 장성을 이어 보면 북쪽 과 동쪽과 서쪽을 합한 길이는 역시 만리나 될 것이다. 진나라 때 이 르러 제후들을 겸병하여 통일을 하고 천자가 되고 본즉 몽염蒙恬에 게 장성을 쌓게 하였다. 지형에 따라 험한 데를 이용하여 성새를 만 들어 임조臨洮로부터 시작하여 요동에 이르기까지 뻗은 길이는 만 리나 된다.

생각건대 몽염은 옛 성을 의지 삼아 보태고 수축을 한 것인가, 그 렇지 않으면 연나라, 조나라의 옛 성을 무너뜨리고 이를 새로 쌓은 것인가? 몽염은, 임조에서 시작하여 이를 요동까지 이어 붙여 땅을 파고 성을 쌓은 것이 만여 리로서 그중에는 지맥을 끊은 데도 없지 않았을 것이라고 했다. 사마천이 북방에 가서 몽염이 진나라를 위하

6) 담람澹灆, 임호林胡, 누번樓煩은 춘추 시대 산서성 조趙의 서북에 있던 부족.
7) 현재 감숙성 지방에 있던 만족 명칭.

여 쌓은 장성 관문들과 산을 파고 골을 메운 이룩들을 보고는 몽염이 경솔히 백성들의 노력을 남용한 것을 책망하였다. 그렇고 보면 이 성은 참말 몽염이 쌓은 성이요, 연나라, 조나라의 옛 성은 아니던가?

성은 모두 벽돌로 쌓고 벽돌은 모두 한 틀에 박아 내어 두텁고 엷고 크고 작기가 터럭만치도 틀림이 없었다. 성의 밑바닥 주추는 돌을 다듬어 쌓아 땅속으로 다섯 켜를 쌓고 땅 위로 세 켜를 쌓았다고 한다. 이따금 무너진 데가 있었는데 두께는 다섯 발 폭이나 돼 보이고 조금도 흙을 섞어 쓴 것 같지 않았으며 전부 벽돌을 썼다. 벽돌 사이에는 석회를 발랐는데 얇기는 종잇장 같아, 간신히 벽돌이 붙도록만 하여 흡사 나무를 아교풀로 마주 붙인 것만 같았다. 성의 안팎은 먹줄을 쳐 깎은 듯이 되었는데 밑은 넓고 위는 빨게 되었다. 비록 대포나 충차衝車라도 간대로 부술 수 없게 되었으니, 대체로 바깥 벽돌이 떨어지더라도 속에 쌓은 벽돌은 그대로 남아 있기 때문이다.

담핵을 치료하는 방법으로 천 년 묵은 석회를 초에 버무려 떡을 만들어 붙이는 법이 있다. 오래 묵은 회로서는 장성 벽돌에 붙은 회만 한 것이 없기 때문에 사신 행차 편에 이를 부탁해 구하는 것이 전례가 되었다. 나는 어릴 적에 주먹만 한 큰 횟가루덩이를 본 적이 있었다. 그러나 이번 참 경험으로 본다면 이것은 어림없이 틀린 수작임을 알았다. 연도의 성곽 제도는 모두가 장성 본이고 보니 무슨 재주로 주먹만 한 횟덩이를 얻어 낼 것이며, 어떻게 장성 밖에선들 이것을 구해 가지고 올 것이랴. 이는 우리 나라 안, 지나치는 연도에서 성첩이 무너진 자리에서나 얻은 것일 터이다.

고북구로 돌아들었다. 장성 밖을 나갈 적엔 때마침 밤이 깊었으므로 두루 구경도 못 했다. 오늘은 바로 한낮이라, 수역과 함께 모래

밭 가에서 잠시 쉬다가 곧장 관문에 들어섰다. 말 떼 수천 필이 성문이 미어지라고 들어갔다. 두 번째 관문에는 군졸 사오십 명이 칼을 차고 죽 늘어서 있었다. 또 두 사람이 의자에 마주 앉아 있다가 내가 수역과 함께 말에서 내려 천천히 걸어가노라니, 반갑게 앞으로 달려와서 친절히 인사를 한다. 한 사람은 모자 정수리에 수정 구슬을 달았고 한 사람은 산호 구슬을 달았다. 둘 다 수어참장守禦參將이라고 한다.

석진石晉의 개운開運 2년(945)에 거란 임금 덕광德光이 쳐들어왔다가 호북구로 돌아갈 때 진나라가 태주泰州를 점령하고 다시 군사를 몰아 남쪽으로 내려온다는 말을 듣고 거란 임금은 수레에 앉아서 좌우의 철요기鐵鷂騎 기병에게 말에서 내리라고 명령하여 진나라 군사의 방어진을 무찌르고 쳐들어갔다고 한다. 대개 장성의 둘레에서 '구'라고 하는 곳이 수백 군데인데 태원太原 분수汾水의 북쪽에도 '호북구'라는 땅 이름이 있다. 그때 덕광의 군대가 역주易州 북쪽으로 갈 것을 기도했다는 것을 보아 그 호북구가 아니고 유주幽州와 단주檀州의 호북구가 바로 이 관이다. 그런데 당나라 선대의 휘자諱字에 '호虎' 자가 있었으므로 당나라에서는 '호'를 '고'로 고쳐 '고북구'라고 한 것이다.

송나라 사람이 지은 《사요행정록使遼行程錄》에 일렀으되, 단주에서 북으로 80리를 가고 또다시 80리를 더 가면 호북구에 이른다고 하였으니, 단주에 있는 '고북구'도 역시 '호북구'라고 했던 것이다. 송나라 선화宣和 3년(1121)에 금나라 사람들이 요나라 군대를 고북구에서 이겼고, 가정嘉定 2년(1209)에 몽고가 금나라를 침범하면서 군대가 고북구에 이르자 금나라 사람들은 거용관居庸關까지 물러나서 막았다. 원나라 치화致和 원년(1328)에 태정泰定 황제의 아들인 아속길팔阿速吉八이 상도上都[8]에서 즉위하여 여러 길로 군사를 풀어 연나라 철첩목아鐵帖木兒를 북경에서 칠 때에 탈탈목아脫脫木兒는 고북구를 지켜 상도에서 온 군사들과 의흥宜興에서 싸웠다. 명나라 홍무洪武 22년(1389)에는 연왕燕王을 시켜 군사를 몰고 고북구를 진격하여 내안불화乃顔不花를 이도迤都에서 습격하였고, 영락永樂 8년(1410)에는 고북구의 작은 관문을 막고 또 큰 관의 바깥문도 간신히 사람 하나, 말 한 필 빠져나갈 만큼 해 두었다는데, 지금은 관의 오중문이 아무 데도 막은 데가 없었다.

대체로 이 관은 옛날부터 전장터로서 세상이 한번 흔들흔들하면 백골이 산더미로 쌓이는 곳이다. 이야말로 '범 아가리 호북구'라고 부를 만도 하다. 오늘엔 태평 세월 백여 년 동안에 사방 국경에는 아무런 창칼 소리가 들리지 않고 뽕나무와 삼대는 우거지고 개 소리, 닭 소리 안 들리는 데가 없어 먹고 쉬고 낳고 느는 살림살이들이 이만큼 되어 한나라, 당나라 이래로 일찍 볼 수 없었던 현상이다. 대체 무슨 덕으로 해서 이렇게 되었는지 모를 일이로구나. 너무나 높으면 무너지는 것은 세상 이치일 것이다. 백성들이 난리를 못 본 지도 너무 오래되었으니 한목으로 흙담 무너지듯 할 일도 못내 걱정스러운 일이구나.

관은 산 위에 있어 비록 천야만야 산들이 둘러쌌지마는 대사막을 바라다볼 수 있었다. 《금사金史》를 보면 정우貞祐 2년(1214)에 조하潮河 물이 넘쳐 고북구 관의 쇠로 싼 철문이 떠내려갔다는 말이 있다.

---

8) 찰합이察哈爾 다륜현多倫縣을 말한다.

대체로 북방 족속들이 중원을 업신여기는데 믿는 구석이란 그들이 잡은 땅이 상류에 근거하여 지붕에서 물을 쏟듯, 유리한 자리를 차지했기 때문이다. 중국의 두통은 두 가지가 있으니 하나는 강물이요, 하나는 북방 오랑캐다. 백곤伯鯀[9]은 재주와 지혜가 능히 북방 오랑캐가 믿는 구석을 알았기 때문에 유주와 기주 땅을 째고 항주恒州와 대주代州 땅을 뚫어 구주九州의 강물을 끌어 사막에 대어 중국으로 하여금 도리어 상류를 차지하도록 하여 북방 오랑캐를 제압하자고 하였다.

당시의 사악四岳[10]은 역시 곤의 의견이 옳다고 하여 한번 시험해 보고자 하였으나 《서경書經》에서, "시험은 할 만해도 곧 말았다."는 것이 이것이다. 요 임금은 비록 강물을 역류시키는 것이 옳지 못한 줄은 알았지마는 곤의 주장이 강경하여 이를 반대할 수 없었다. 우 임금도 역시 물을 역류시킨다는 것은 온당하지 못한 줄은 알았지마는 곤의 재주와 지혜가 높고 보니 감히 말리지를 못했다. 《서경》에서, "임금의 명령을 어겨 백성을 못살게 한다."는 말이 이것이다. 대체 곤이란 위인은 강직하고 고집이 세어 제 의견만 믿어 다만 북방 오랑캐로써 중국의 영원한 고질이 될 걱정으로 알았지, 홍수 걱정쯤은 둘째 폭으로 잡아 지형도 헤아리지 않고 공비도 아끼지 않고 꼭 이 땅을 거꾸로 뚫어 물을 역류시키고자 했던 것이다. 소위 "물이 역류로 흐르는 것을 홍수洚水라고 하는데, 홍수는 곧 홍수洪水다."

---

9) 고대 하나라 우禹 임금의 아버지로서 9년 동안 치수 사업을 하다가 성공을 못하고 순 임금에게 책벌을 당했다.
10) 고대 요 임금 시대에 있었다는 사방의 제후.

란 것이 이것이다. 그래서 뚫고 파고 째고 트고 하다가 보니 지세는 점점 더 높아져 막으려고도 하지 않은 것이 어느덧 막히고 말았던 것이다. 소위 "곤이 홍수를 막았다."는 것이 바로 이것이다.

만일 그렇지 않았다면 곤은 무슨 까닭으로 이런 큰물을 막고 제 자신이 죄책을 지기까지 이르렀으며 당시의 지방 제후들은 어째서 서로 다투어 가면서 그를 추천하였으며 요 임금도 역시 어째서 아홉 해 동안이나 가만히 앉아 그의 실패를 기다리고 있었던가. 어허 참! 만약에 곤이 성공했더라면 중국은 오랑캐도 막고 홍수도 막고 일거양득으로 만대를 두고 그의 크나큰 공적은 마땅히 우 임금의 위에 서게 되었을 것이다. 내가 어릴 적에 어느 어른에게 곤이 홍수를 막은 이러한 변론을 들었는데, 오늘 그 지형을 보니 아주 틀렸다. 이태백의 시에 "황하 물은 하늘에서 나온다." 했는바, 대체 그 지형이 서쪽은 높아 물은 하늘로 좇아오는 것 같아 보인단 말이다.

관내 여관에 들러 점심을 치르니 여관 바람벽 위에는 황제가 공민孔敏이란 사람에게 준 자필 칠언시 한 수가 걸려 있었다. 황제가 남방으로 순행을 하고 즉시 북으로 열하를 향하여 돌아오는 길에 곡부曲阜에서 공자의 자손 부스럭지들에게 영접을 받았다. 이때 황제는 시를 지어 위로하는 뜻으로 공씨네 문장門長인 공민에게 주었다고 한다. 이래서 그들은 황제의 은총을 기리는 발문을 만들고 이를 돌에 새겨 광범히 종이에 떠낸 것을 이 여관 주인이 한 장 사 왔다고 한다. 시는 보잘것없었으나 글씨는 꽤 잘 썼다. 여관 주인이 나더러 이것을 사 가라고 하기에 시험 삼아 값을 물었더니 은 30냥이라고 했다.

식사를 마친 후 곧 떠나 세 번째 관에 드니 양측으로는 천길 석벽이 깎은 듯이 서고 가운데로는 수레 한 채가 통할 만큼 되었다. 아래로는 깊은 돌바닥 골창이 되었는데 큰 바위들이 너덜과 더미로 되었다. 왕기공王沂公과 부정공富鄭公은 같이 거란까지 사신으로 갈 적에 역시 이 길을 지났는바 그 '행정록'에는, "고북구의 양쪽은 깎아진 절벽이 되고 가운데로는 길이 났는데 간신히 수레바퀴를 용납할 만하였다."라고 했다. 이로써 그들이 이 길을 지난 줄 알 수 있겠다. 한 절에서 쉬노라니 소동파의 아우 소철蘇轍의 시를 새겨 놓았다.

> 헝클어진 산속에
> 길도 없다 했더니
> 오솔길 굽이굽이
> 개울 끼고 감도네.
>
> 흥주의 동쪽이요,
> 봉주 서쪽이건만
> 꿈속에 촉도를
> 찾는 듯만 하여라.
> 亂山環合疑無路, 小徑縈回長傍溪.
> 彷彿夢中尋蜀道, 興州東谷鳳州西.

《송사宋史》를 보면 원우(元祐, 1086~1094) 연간에 소철은 그의 형 소식蘇軾을 대신하여 한림학사가 되고 얼마 안 되어 임시로 예부상서가 되어 거란까지 사신으로 갔다. 이때에 관반館伴이던 시독학사侍讀學士 왕사동王師同은 소순蘇洵[11]과 소식이 지은 글과 소철이 지은 복령부茯苓賦를 잘 외웠다고 했다. 위의 시는 즉 소철이 사신이 되어 이 길에서 지은 시다.

절에는 중이 단 두 명뿐인데, 뜨락 난간 아래서 오미자 두어 섬을 볕에 말리고 있었다. 무심코 오미자 두어 낱을 주어 입에 넣었더니 중 한 명이 물끄러미 보다가는 노발대발 소리를 치는데 노는 꼴이 아주 사나웠다. 내가 즉시 일어나 난간을 기대고 섰더니 일행 중에 마두 춘택이가 마침 담뱃불을 붙이러 들어왔다가 이 광경을 보고는 그만 성이 나서 그자의 앞으로 달려가 욕질을 한다.

"우리 나리가 이 염천에 냉수 생각이 나시어 이렇게 한마당 널어 둔 오미자 불과 두어 낱을 씹어 자셔 해갈이라도 하려고 하신 터인데, 너, 이 대가리 벗겨진 도적놈아, 양심도 없이 하늘 높은 줄도 모르고 물이 깊은 줄도 모르는 이 도적놈 같으니, 투미하게시리 높고 낮고 깊고 옅은 길수도 분변 못 하고는 이토록 버릇이 없을까 보냐. 이 무지막지한 도적놈아, 이것이 무슨 꼴이람!"

중은 모자를 벗어 들고는 입에 거품을 내면서 한쪽 어깨를 엇비슷하게 하고는 까치걸음을 걸어 앞으로 와서,

"너희 나리가 내게 무슨 상관이란 말이냐. 하늘같이 높아 너는 무서울지 몰라도 내사 무서울 것 없다. 관운장이 다시 살아오고 마른 날에 벼락이 떨어져도 무서울 것 없다."

했다. 춘택은 이자의 뺨을 한 대 후려갈기고 종작없는 우리 나라 말로 욕설을 냅다 퍼붓는다. 중은 뺨에 손을 댄 채 떠받고 대들었다. 나는 소리를 쳐 춘택이를 나무라고 야료를 못 하도록 했다. 춘택은

---

11) 소식과 소철의 아버지로서 역시 저명한 문인.

분을 참지 못해 당장에 죽을 작정 하고 싸우려 든다. 중 하나는 부엌 문에 서서 그저 빙그레 웃으면서 편도 안 들고 떼 말리지도 않았다. 춘택은 또 한 번 주먹으로 갈겨 넘어뜨리면서 욕질을 한다.

"우리 나리께서 천자님에게 아뢴다면 네놈의 골통을 깔 것이요, 이까짓 절쯤이야 쓸어서 평지를 만들고 말 것이다."

중은 일어나서 옷을 떨면서 떠든다.

"너의 나리가 백판 남의 오미자를 집어 가고 필경은 되려 잡놈을 시켜 바리때 같은 주먹다짐을 하니 이것이 무슨 도리란 말인가?"

기색을 보니 중의 기세는 점점 죽어 들어가고 춘택의 편은 제 맘 대로 더 욕을 퍼부었다.

"무엇을 그저 집었단 말이냐? 그래, 금방 오미자를 한 말이나 삼 켰단 말이냐, 한 되가 됐단 말이냐? 눈곱만 한 오미자 한 알로써 우리 나리께 산더미 같은 욕을 보이니 황제님이 이 모양을 알았 다면 네놈의 번쩍번쩍하는 중 대가리는 금방 날아가고 말 것이 다. 네놈은 우리 나리를 안 무섭다고 했지마는, 우리 나리께서 황 제께 아뢸 때는 황제님도 안 무섭고 견디는지 보자."

중은 점점 기가 죽어들어 다시는 감히 입을 못 떼는데 춘택이는 되는대로 욕을 퍼붓고 세도를 기대고 더 줏이 나서 툭하면 황제를 팔고 보니 황제도 아마 이때쯤은 두 귀가 필시 간지러웠을 것이다. 춘택이가 말끝마다 황제를 쳐들어 세를 믿고 허풍을 치는 꼴이란 보 는 사람의 허리를 끊도록 하였다. 저 무지막지한 중인즉 진정으로 겁이 나서 황제님 석 자가 천둥 소리나 귀신 소리 같이만 들리는 모 양이다. 춘택이는 벽돌장 한 장을 뽑아 가지고 치려고 하니 중 두 명 은 한목으로 웃으면서 달아나 숨었다가 뒤미처 아가위 두 개를 가지고 나와 웃으며 바치면서 청심환을 청한다. 이자가 당초에 실랑이를 일으킨 것도 실상 청심환을 짜내려고 든 것이다. 이자의 심술을 들여다본다면 실로 옳지 못하다 할 수 있었다. 나는 즉시로 중에게 환약 한 개를 내어 주니 중은 머리를 수없이 꾸뻑거렸다. 얼마나 뻔뻔스러운가. 아가위는 크기가 살구만큼씩 한데 너무 시어 먹을 수도 없었다.

성인은 주고받는 데 삼가기를 정당한 이유가 없이는 팃검불 하나도 남을 주지 않으며 정당한 이유가 없이는 팃검불 하나도 다른 사람으로부터 받지 않는다고 하였다. 대체 팃검불이란 물건은 세상에도 가장 작고, 가장 가벼운 물건으로서 만 가지 물건 속에서도 손으로 꼽을 것이 못 되거늘 어째서 팃검불 하나를 가지고 주고받고 하는 데 무슨 이치를 따지겠는가? 이같이 성인의 심각한 발언이 있었으니 여기에는 너무 심한 결벽성이 큰 의리에 구애된다는 감이 없지 않지마는 나는 오늘 오미자 한 알을 증험 삼아 성인의 팃검불 하나에 대한 이론이 과연 심한 말이 아님을 알겠다. 어허! 성인이 어찌 나를 속이랴. 몇 알의 오미자는 참말 한낱 팃검불에 비할 수 있을 터인데 저 무지막지한 중놈이 나에게 버릇없이 덤빈 것은 가위 횡액이라고 볼 수 있을 것이다. 그러나 이로써 시비가 일어나 주먹다짐에까지 이르러 한창 싸울 때는 서로들 분을 참지 못하고 피차에 죽을 둥 살 둥 모르고 덤볐다. 이럴 적에는 비록 몇 알 안 되는 오미자일망정 산더미 같은 화가 될 수 있으니 이렇고 보면 천하에 하찮고 작고 가벼운 물건이라고 핑계할 바가 못 될 것이다. 춘추 시절에는 종리鍾離땅 여자가 초나라 여자와 뽕나무로 해서 다툰 사단이 드디어 두 나라의 전쟁에까지 이르렀다. 이 일을 서로 비교해 볼 때에 몇 알

오미자는 성인이 말한 한 낱의 팃검불보다도 벌써 많다고 할 것이요, 옳고 그른 논쟁은 초나라 여자의 시비에 다름이 없을 것이다. 만약에 이런 기회에 싸움이 나서 치고 달코 하다가 살인지변이라도 생긴다면 필경은 군사를 동원하여 죄를 문책하는 거조가 없으리라고 누가 장담할 것인가. 나는 학문이 원래 거칠고 옅어 처음부터 '오얏나무 밑에서 갓을 고쳐 쓰고 외밭에서 신발을 고치는' 조심을 할 줄 몰랐다. 멀쩡한 부랑자의 봉변을 제 스스로 취했고 보니 어찌 부끄러울 일이 아닐까 보냐.

연도에서 열하로 향해 가는 빈 수레들을 천 대 만 대 보았다. 황제가 장차 준화遵化, 역주易州 등지로 갈 예정이므로 치중 짐들을 싣기 위하여 가는 것이다. 물건을 싣고 나오는 약대들이 천백 마리씩 떼를 지었다. 대체로 크고 작은 것이 없이 꼭 같고 빛은 다 부유스름한데 약간 누런빛 짧은 털이 났고, 머리는 말같이 생겼는데 좀 작고, 눈은 양 같고 꼬리는 소꼬리 같고, 걸을 때는 목을 쭈그리고 머리를 젖혀 나는 해오라비 모양도 같고, 무릎이 두 마디요 발굽은 두 쪽이며 걸음은 학 걸음 같고 소리는 거위 소리 같았다.

옛날 가서한哥舒翰[12]이 서하에 있을 때에 그의 주사관奏事官이 장안까지 올 때는 언제나 흰 약대를 타고는 하루 5백 리를 달렸다고 한다.

석진石晉 개운開運 2년(945)에 부언경苻彦卿이 거란의 철요기 군사를 크게 이겼는데 거란 임금이 수레를 타고 달아날 때에 뒤를 쫓는 군사가 급하게 추격하고 보니, 덕광德光은 약대 한 마리를 잡아

---

12) 당나라 현종 때 장수로서 서장 정벌에 공로를 세웠다.

타고 달아났다고 한다. 오늘 약대 걸음걸이를 보면 둔하고 느려 말 탄 군사의 추격을 면하기 어려울 것만 같다. 혹시는 그중에도 석계 륜石季倫[13]이 탔던 소보다 뛰어나게 좋은 놈도 있는지.

　고려 태조 때에 거란이 약대 40마리를 보내 왔다. 태조는 거란이 무도한 국가라고 하여 이것을 다리 아래 비끄러매어 두었더니 열흘 만에 다 굶어 죽었다고 한다. 거란이야 무도한 나라라고 하자. 약대 야 무슨 죄일 것인가? 약대는 소금을 두어 말씩, 꼴을 열 묶음씩 먹 는다. 가난한 변방 나라가 먹인다는 짐승들이란 모두가 작고 모양새 가 없고 보니 실로 이런 짐승은 먹이기도 어렵다. 비록 물건을 싣고 싶어도 마을 집들이란 낮고 좁은 데다가 골목이고 대문이고 협착하 여 용납하기가 어려우니 이런 짐승은 모두가 소용없는 물건으로 되 었다. 이 다리 이름을 오늘 '탁타橐駝' 라고 한다. 유수부留守府에서 3리쯤 떨어진 곳에 있는데 다리 옆에는 빗돌을 세우고 '탁타교' 라고 썼다. 지방 사람들은 탁타라고 하지 않고 모두들 '약대 다리' 라고 하니, 방언에 약대는 탁타요, '다리' 는 교량을 말함이다. 다시 와전 이 되어 '야다리' 라고도 하는데 내가 처음 중경中京을 유람할 적에 탁타교를 물은즉 어디 있는지를 몰랐다. 방언의 뜻 없음이 심하기가 이렇다.

　이날 80리를 왔다.

---

13) 진晉나라 때 거부 석숭石崇의 자.

8월 18일 갑자일. 날이 개었다.
늦게야 보슬비가 내리다가 곧 그치고,
오후에는 바람이 몹시 불고 천둥과 함께 소낙비가 내렸다.

동틀 녘에 떠나서 거화장車花莊과 사자교獅子橋를 지나니 행궁이
있었다. 목가곡穆家谷에 닿아 점심을 치르고 식후에 곧 떠나 석자령
石子嶺을 지나 밀운密雲에 이르니 황경으로 흩어져 가는 종실의 여
러 왕들과 보국공輔國公14)과 수없는 관원들이 잇달았다.

백하白河의 나루터에 와서 보니 서로들 떠들고 다투어 곧바로 건
너갈 수 없었다. 방금 배다리를 만드느라고 배들은 모두 돌을 운반
하고 단지 배 한 척이 사람들을 건네주고 있었다. 전번에 갈 적에는
군기대신이 도중에서 맞아 주고, 낭중은 물 건너는 것까지 돌보아
주었으며, 환관들은 우리가 길을 얼마나 왔는지 알아보기도 하고 제
독과 통관들은 기세가 당당하여 강가에 다다르면 채찍을 번쩍 들어
지휘하는 품이 그야말로 산을 무너뜨리고 강을 메우는 형세였는데
이번 참 북경으로 돌아가는 길에는 근신의 호송도 볼 수 없고 황제
로부터도 역시 한마디 인사말조차 없었다.

---

14) 청나라 종실로서 봉작을 받은 칭호.

대체로 이것은 사신이 라마 부처를 보라는데 고분고분 말을 듣지 않았기 때문에 이렇게 '첫 참에 승낙을 않은' 후회를 하게 된 것이다. 기색들을 살펴본다면 갈 적, 올 적이 딴판이다. 백하로 말하자면 일전에 바로 건넜던 강이다. 저 모래 기슭만 하더라도 갈 적에 우리가 섰던 곳이다. 제독이 손에 잡은 채찍이나 강 위에 떠 있는 배도, 그 채찍 그 배다. 그러나 제독은 말이 없고 통관은 고개를 떨구어 강산은 다름이 없는데 인심의 차고 더움이 이토록 다르구나. 흥! 세도란 이토록 믿을 수 없는 것이나 세력이 있는 곳엔 우르르 덤벼들었다가는 눈 한번 굴리는 동안에 때는 가고 일은 식어 어디고 등 닿을 곳이 없을 때는 진흙으로 만든 소가 바닷물에 들어가 풀어지듯, 얼음 산이 볕을 본 듯 녹아 버리고 마니 이 어찌 서글픈 일이 아닐까 보냐.

갑자기 침침한 구름이 사방에서 밀어 부딪치듯 모여들어 바람과 뇌성이 드세게 일었으나 어찌 된 일인지 무섭고 떨리는 품이 갈 적과는 달랐다. 가고 오는 길이 이같이도 딴판이었다.

명나라 천순天順 7년(1463)에 밀운과 회유 지방에 큰비가 내려 백하가 몇 길이나 넘쳐 밀운의 군기고軍器庫와 문서방文書房이 떠내려갔다고 한다. 생각건대 여기는 옛날 전장터로 바람은 종작없고 비는 괴상하게도 때가 없이 발작하여 성난 번개와 골난 우레가 아직도 무슨 원한이나 맺고 있지 않은지 모를 일이다.

연로에 오면서 본 나룻배들은 다들 모양이 같지 않았다. 이 나루의 배는 우리 나라 나룻배와도 같아 보였다. 더러는 허리를 톱으로 자른 배가 있어 새끼로 얽어 배 한 개로 만든 것이 있었다. 이런 것이 한 척도 이상한데 세 척이나 되었다.

글자를 짓는 법은 상형象形이 많아 '배 주舟' 변을 붙여 도舠니 접艓이니 책舴이니 항航이니 맹艋이니 정艇이니 함艦이니 몽艨이니 모양에 따라 이름을 붙였으니, 모든 물건들이 다 그렇다. 우리 나라에서 작은 배는 '거루'라 하고, 나룻배를 '나로'라고 하고, 큰 배를 '만장이'라 하고, 짐을 실어 나르는 배를 '송풍배'라 하고, 바다로 다니는 배를 '당돌이'라 하고, 상류에 다니는 배를 '물웃배'라 하고, 관서 지방에서는 배를 가리켜 '마상이'라고 한다. 제도들은 각각 다르지마는 단지 한 글자로 '선船'이라 할 뿐이다. 비록 도, 접, 책, 맹 등 글자는 빌려 쓰더라도 이름과 실상은 맞지 않다.

말 탄 군사 사오십 명이 휘몰아와서 그 태도들이 장히 뻣뻣해 보여 따라온 우리 나라 하인붙이들을 멸시하듯 대하였다. 한목으로 배에 오르는데 맨 뒤의 한 사람은 팔뚝에 큰 매를 한 마리 앉히고는 채찍을 휘날리며 단번에 말에 뛰어오른다. 그런데 말이 뒷발을 잘못 디뎌 사람은 안장과 함께 매를 가진 채 휘번덕 넘어져 물에 빠졌다. 푸더덕푸더덕 일어서려다는 다시 빠지면서 엎어지고 맥이 빠져 허덕이다가 얼마 후에야 물 밖으로 나와 기진맥진 배에 올랐다. 매는 등잔 기름에 빠진 나비처럼 되었고, 말은 오줌에 빠진 쥐새끼처럼 되었다. 비단옷이며 수놓은 채찍은 볼품없이 물에 젖어 어쩔 줄을 모르고 공연히 채찍질만 하다나니 매는 더 놀래며 푸드덕거려 날았다. 제가 잰 척하고 사람을 깔보더니 제자리에서 앙갚음을 받는구나. 교훈으로 삼아야지. 물을 건넌 후에 따르는 사람에게 물었더니, 그는 말 위에서 몸을 기우뚱하여 진흙땅에다 채찍 끝으로 글씨를 써서 보이는데 사천장군이라고 한다. 어쩐지 늙은 자가 좀 덩둘해 보였다.

부마장駙馬莊에 이르러 바로 성 밑에 있는 관에서 묵으니 여기가 곧 회유현이다. 밤에 대문을 나서 바로 조금 돌아서니 말 탄 군사 이 삼십 명 혹은 백여 명이 한 덩이씩 되어 달려간다. 대오마다 앞에는 등불이 하나씩 인도를 하고 있었다. 아마도 다들 귀인들만 같아 보였다. 오가는 거마들 소리는 온밤 그치지 않았다.

이날 65리를 왔다.

**8월 19일 을축일. 개었다가 더러는 비가 뿌리고
저녁 때는 활짝 개어 몹시 더웠다.**

새벽에 회유현을 떠나 남석교南石橋에 이르러 점심을 치르고 처음으로 감을 먹었다. 감은 네 쪽으로 골이 지고 받침대가 붙어서 우리 나라에서 말하는 반시와 같았다. 달고도 말랑말랑하고 물이 많았다. 감은 계주 반산盤山서 나는데 산이란 산은 모두가 감나무, 배나무, 대추나무, 밤나무다.

임구林溝를 지나 청하淸河에 와서 묵었다. 이 길은 큰 길인데, 갈 적 길이 아니었다.

묘당 한 곳을 들리니 강희 황제 친필 금자 현판이 걸렸는데 '좌성 우불左聖右佛'이라고 썼다. 좌성이란 것은 관운장인데, 좌우쪽 주련에는 그의 도덕이며 학문을 냅다 적어 놓았다.

대체로 관공을 숭배하기 시작한 것은 명나라 초기인데, 심지어 그 이름도 함부로 부르지 않게 되어 패관소설에서까지도 다들 '관모關某'라고 일렀다. 명나라, 청나라 시대에 와서 공문이나 통첩 같은 문서에도 관성關聖이니 관부자關夫子니 하여 올려 불렀다. 이같이 삐뚤어지고 잘못된 버릇을 답습하여 온 천하 상류 인사들은 그이를 정말 학문한 사람으로 쳐주게 되었다.

대체 학문이란 것은 신중히 생각하고 사물을 밝게 분별하고 자세히 묻고 넓게 안다는 것이다. 덕성만을 가지고 함부로 추어올릴 수 없기 때문에 다시 '묻고' '배움'과 연결시킨 것이다. 우 임금 같은 이가 '착한 말을 하는 자에게는 절을 하고 촌음을 아꼈던 것'과 안 자의 '허물을 반복하지 않으며 노여움을 다른 사람에게 옮기지 않는 행위' 쯤으로는 아직도 그 심성이 완전하다고 평할 수 없을 터인 바, 이는 그들이 학문하는 극치에서 볼 때 아직도 객기가 있기 때문이다. 이런 객기를 없애는 데는 반드시 자기를 이기고 옳은 심성에 돌아와야 할 것이다. 자기란 개개인의 사욕이다. 마음을 바로잡는 데 있어서 만약 조그마한 사욕이라도 비치게 될 때는 성인으로서는 이것을 도적이나 원수를 대한 것처럼 아주 뽑아 없애고야 만다. 《서경》에는 말하기를, "상商나라를 반드시 이길 것이다." 했고, 《주역》에는, "고종高宗은 귀방鬼方[15]을 친 지 3년 만에 이겼다."고 했다. 이와 같이 3년에 걸쳐 전쟁을 하여 꼭 이기고야 만 것은 이를 이기지 않고는 나라가 나라답게 될 수 없었던 까닭이다. 자기를 이긴다는 것도 자기를 이긴 후에야 타고난 심성을 회복한다는 것이다. 이 '회복'이란 말은 조금도 부족이 없다는 말로, 일식이나 월식처럼 다시금 둥글게 회복되는 것이요, 또 잃어버린 물건을 찾음과 같이 한 푼쭝도 축이 안 난다는 말이다.

이렇기 때문에 만약 삼달덕三達德[16]이 완성되지 못했다면 이러한

---

15) 현재의 귀주 지방.
16) 지智, 인仁, 용勇을 말한다.

학문은 비록 관공의 의리와 용맹이라도 자기를 이기는 실천이 없이는 타고난 심성이 회복된 듯이 말할 수 없을 것이다. 오늘 관공을 가져다가 학문에다 추어올리는 것은 관공이 춘추대의에 밝아, 당시 오나라, 위나라 등 참람스러운 역적에게 엄정했다는 것이다. 그렇고 본즉 그가 어째서 관제라는 제왕의 칭호를 스스로 달갑게 여기겠는가? 관공의 영혼이 천년 넘게 산 듯이 있었다면 반드시 이런 명분 없는 칭호를 받지 않을 것이요, 만일 영혼이 없다면 이런 아첨이 무슨 소용이 있을 것인가?

오경박사五經博士[17]는 다들 성현들의 후예가 상속하였으므로 동야씨,[18] 공씨, 안씨, 증씨, 맹씨들을 다 성현의 후예라고 쳐주는바, 관씨 박사도 역시 성현의 후예라 하여 동야씨나 공씨의 틈에 꼽는다면 너무도 엉터리없는 말이다. 운남성에는 왕희지를 문묘에 신주로 모신 데가 있으니 이는 서성書聖이니 필종筆宗으로 쳐주는 잘못에서 나온 것이다. 성현의 도는 점점 멀어지면서 오랑캐들이 번갈아 들어 중국을 통치하게 되어 저마끔 자기들 도로써 바꾸어 세상을 어지럽게 하여 정통 학문은 시름시름 끄나풀처럼 끊어지지나 않을 뿐이니, 이후 천년 뒤에는 《수호전》을 정사로 삼지나 않을는지 모를 일이다. 어떤 사람이,

"남만南蠻 북적北狄이 항상 중국에 군림하였으니 왕 우군[19]을 문묘에 모셔도 무방할 것이요, 《수호전》을 정사로 삼아도 무방할 것

---

17) 한나라 무제 때 실시한 유교 경학에 능통한 학자에게 준 칭호.
18) 주공의 후손.
19) 우군右軍은 왕희지의 관직명.

이요, 비록 공자, 안자를 쫓아내고 석가여래를 모시더라도 나는 섭섭할 것이 없다."

하여, 서로들 한바탕 웃고 일어났다.

북경으로 돌아가는 관원들이 이곳 와서 부쩍 많아졌다. 열하로 가는 빈 수레들도 밤낮을 이었다. 마두와 역졸들 중에는 일찍이 서산西山에 가 본 자가 있어 멀리 보이는 서남쪽 일대의 돌로 된 산을 가리키면서 그것이 서산이라고 했다. 구름과 아지랑이 속으로 백 개, 천 개 어린애 북상투 같은 봉우리가 솟았다 잠겼다 한다. 산꼭대기의 백탑은 구름 위로 곧추 치솟았다. 병풍같이 둘러선 멧부리는 물이 뚝뚝 듣는 듯 푸르고, 그림 같은 산봉우리들은 푸른 기운이 칭칭 감겨 있는 것만 같았다.

역졸들이 주고받는 수작을 들으니 수정궁水晶宮, 봉황대鳳凰臺, 황학루黃鶴樓 들이 모두 강남의 풍광을 본떠 호수 복판에는 흰 돌로 다리를 놓아 수기교繡綺橋, 어대교魚帒橋, 십칠공十七空이라 하는데 너비는 다들 수십 보요, 길이는 백여 발씩이나 되며 날씬한 품은 누운 무지개처럼 되어 양쪽으로는 돌난간을 세웠고 용틀임에 비단 돛을 단 배는 다리 아래로 출입하고 있으니 대체로 물을 40리나 끌어 호수를 만들었다고 한다. 돌구멍에서 물이 뿜는데 이것이 옥천玉泉이라고 하여 황제는 강남 땅을 순행할 때나 막북에 주재해 있을 적에도 반드시 이 샘물을 먹는다. 물맛은 천하제일이라고 하여 연도燕都 팔경 중에도 '옥천에 드리운 무지개〔玉泉垂虹〕'를 그중 하나로 친다. 마두 취만이는 전에 다섯 번 간 일이 있고 역졸 산이는 두 번 갔더라고 한다. 이내 이 두 명과 같이 서산 유람을 약속하였다.

8월 20일 병인일. 개었다.
새벽에 비가 뿌리다가 곧 그치고 일기는 좀 선선했다.

날이 밝아서 20여 리를 가 덕승문德勝門에 닿았다. 문의 제도는 조양문朝陽門이나 정양문正陽門과 같았다. 대체로 아홉 개 성문의 제도는 꼭 같았다. 땅이 몹시 질어 한번 그 속에 빠지면 혼자는 빠져 나올 수 없었다. 양 수천 마리가 길을 꽉 가로막고 가는데 단지 목동 두어 명이 몰고 갔다.

덕승문은 원나라 때는 건덕문建德門이라고 하다가 명나라 홍무 원년(1368) 대장군 서달徐達이 지금 이름으로 고쳤다. 문 밖으로 8리쯤 가면 토성의 옛 터가 남아 있으니 원나라 때 쌓은 것이다. 정통正統 14년(1449) 10월 기미에 먀선也先은 상황上皇을 모시고 토성에 올라가서 통정사참의通政司參議 왕복王復을 좌통정左通政으로 삼고 중서사인中書舍人 조영趙榮을 태상시소경太常寺少卿으로 임명하고 는 나와, 상황을 토성에서 봤다고 하는 데가 바로 이곳이다. 《명사明史》에는,

"먀선이 상황을 끼고는 자형관紫荊關을 쳐부수고 바로 몰아와서 서울을 노리니 병부상서 우겸于謙은 석형石亨과 함께 부총병副摠

兵 범광무范廣武를 데리고 덕승문 밖에 진을 치고 먀선을 막았다. 우겸이 병부의 일은 시랑 오녕吳寧에게 부탁한 후 성문을 전부 닫아 버리고 몸소 독전을 하여 명령을 내리기를, 전장에 임해서 장수가 군사를 돌보지 않고 먼저 퇴각하는 자는 목을 벨 것이요, 군사가 장수를 돌보지 않고 퇴각하는 자는 뒤 대열이 앞 대열을 벨 것이라고 하자, 장병들은 모두 목숨을 바쳐 가며 싸웠다.

경신에 적이 덕승문을 노리자 우겸은 석형에게 명령하여 빈 집에 복병케 하고 말 탄 군사 몇 명을 보내어 적을 유인하도록 했다. 그랬더니 적군 만 명이 쳐들어온 것을 복병이 일어나서 맞아 싸워 먀선의 아우 발라孛羅는 대포에 맞아 죽었다. 서로 마주 버틴 지 닷새 만에 먀선은 싸움을 청했으나 응전하지 않고 또 형세가 불리함에 따라 필경은 뜻을 얻지 못했다. 마침내 상황을 옹위하고는 북방으로 사라졌다."

하였다.

오늘 이 성문 밖은 여염집과 점포들이 번화하고도 푼더분하여 정양문 밖이나 다름없었다. 태평 세월을 오래 겪고 보니 도처가 모두 이렇다.

관에 남아 있던 역관과 비장과 일행 중 하인들이 한목으로 길 왼쪽에서 기다리고 있다가 이내 말에서 내려 저마끔 먼저 손을 붙잡으면서 수고했다는 인사들을 한다. 홀로 내원이만 보이지 않았다. 까닭인즉 멀리 마중을 하기 위하여 혼자 먼저 조반을 마치고 잘못 동직문東直門으로 나섰던 까닭으로 서로 어긋났다고 한다.

창대는 장복을 보고 그동안 서로 떨어져 그립던 정은 묻지도 않고 대뜸 한다는 말이,

"너 주려고 특별 상금을 얻어 가지고 왔단다."

하니, 장복이 역시 다른 인사말이 없이 히죽히죽 웃음을 못 가누면서 상금이 몇 냥이냐고 묻는다. 창대는,

"상금이 천 냥인데 너하고 나눈단다."

했다. 장복이는 물었다.

"너 황제를 봤니?"

"보았지. 황제는 눈깔이 호랑이 같고 코는 화로 같고 옷을 벗고 벌거숭이 채 앉았더라."

"그래 뭐를 덮어 썼더냐?"

"황금 투구를 쓰고 나를 불러 큼직한 잔에 술을 한 잔 부어 주면서 네가 서방님을 잘 모시고 험로를 가리지 않고 왔으니 기특하다고 하더라."

상사또는 일품 각로요, 부사또는 병부상서가 되었다는 둥 창대의 말은 모두가 허튼수작이다. 장복이는 언제나 잘 속아서 그럴 뿐만 아니라 조금 사리를 아는 다른 하인들까지도 믿지 않는 자가 없었다.

변군과 조 판사가 반갑게 맞아 주었다. 서로들 손을 맞잡고 길가의 술집으로 들어갔다. 푸른 깃발에는, "주막집 버드나무에 말을 매고서 반가운 그대 만나 잔을 나누리.〔相逢意氣爲君飮 繫馬高樓垂柳邊〕"라고 써 붙여 놓았다. 오늘이야말로 말을 술집 수양버들에 매 놓고 술을 마시게 되니, 옛날 사람이 지은 시들은 예사롭게 눈에 띄는 일을 묘사한 것에 불과하지마는 사람의 근경을 여실히 표현하여 주고 있었다.

다락집 아래위 층은 사십여 칸이나 되는데 아로새긴 난간과 그림들보는 금벽색이 휘황하고 분벽 사창은 신선 사는 집처럼 그윽하였

다. 좌우에는 고금의 명필 명화들을 걸어 두었고 깨끗한 술자리와 좋은 시폭들이 붙어 있었다. 대개 고관들이 사퇴를 하고 돌아가는 길이라든가, 또는 국내에 이렇다 하는 명사들이 석양 나절이면 구름같이 거마를 몰아들어 밤 가는 줄 모르고 술잔을 들고 시를 읊고 글씨를 평하고 그림을 이야기하다가는 다투어 가면서 자기들의 좋은 시구와 서화들을 남겨 둔 것이다. 이런 일은 날마다 있는 일이어서 어제 남겨 둔 것은 오늘로 다 팔린다고 한다. 이것이 이런 술집의 유행이 되어 일부러 의자, 탁자나 기명 골동들의 사치를 경쟁하여 화초들을 장하게 늘어놓고 일품 가는 좋은 먹이며 종이며 벼루며 붓 등 서화에 필요한 자료는 다 준비해 두고 제공한다.

옛날 양무구楊無咎가 창루에 놀면서 절지매折枝梅 한 폭을 그려 벽에 붙여 두었더니 내왕하는 인사들이 이것을 구경하기 위하여 이 기생방에 많이 들러 기생집 문전은 장관을 이루었는데, 그 후 이 그림을 도적질한 자가 있어 이로부터는 찾는 손들이 갑자기 줄어들었다고 한다.

장일인張逸人은 일찍이 최씨네 집 술잔에다가,

> 무릉 땅 성 안에도 최씨네 술은
> 하늘에야 있을망정 땅 위엔 한 집.
>
> 구름과 노는 신선 말 술 마시고
> 흰 구름 잦은 골에 취해 누웠네.
> 武陵城裏崔家酒, 地上應無天上有.
> 雲遊道士飲一斗, 醉臥白雲深洞口.

라고 시를 지어 새겼더니 이로부터 술 사러 오는 자가 더 밀려들게 되었다고 한다.

대체 중국의 명사와 고관들은 청루 같은 곳을 꺼리지 않으므로 여씨 가훈[20]에는 다방과 술집에 드나드는 것을 훈계하였다.

조선 사람들이 술 먹는 법이란 세상에도 지독하다고 할 수 있으니 소위 술집이란 보잘것없어 길가에 소각문을 내고 새끼발을 늘이고 쳇바퀴로 등을 만들어 단 곳이 술집이다. 시인들이 쓰는 푸른 깃발이란 것도 실상이 아니요, 아직껏 소위 '한 폭 깃대가 지붕 머리에 솟아오른 적'이 없다. 그러나 술 먹는 분량은 호들갑스러워 반드시 큰 중발로 이마를 찡그려 가면서 기울인다. 이것은 붓는 것이지 마시는 것이 아니요, 배를 불리자는 것이지 재미를 보자는 것이 아니다. 그러므로 한 차례 마시면 반드시 취하고 취한즉 바로 주정이 나오고 주정을 하면 싸움이 되어 술집의 옹기와 질그릇은 죄다 두드려 부순다. 소위 풍류다운 점잖은 모꼬지란 어떤 것인지 모를 뿐만 아니라 도리어 이런 것을 배불리 못 먹었다고 비웃는다. 오늘 이런 술집도 압록강 동쪽에 차려 놓는다면 하룻밤이 못 가서 기명과 골동은 때려 부수고 화초는 꺾고 밟힐 것이니, 이것이 애석한 노릇이다.

이주민李朱民은 풍류답고도 얌전한 선비다. 평생에 중국을 사모하기를 목마른 듯 했으되 술 먹는 법만 중국의 옛 법을 즐기지 않고 잔이 크나 작으나 술이 맑으나 탁하나 손만 닿으면 기울이고 입만 벌리면 들이부어, 이 사람은 술 들이붓는 짓을 운치 있는 장난으로만 삼고 있었다. 이번 걸음에 수행원으로 작정되었다가 술버릇이 나

---

20) 송나라 학자 여조겸呂祖謙이 지은 가정 훈계.

쁘다는 탓으로 못 왔다고 한다. 나는 그와 십 년 동안 술을 같이 먹었는데 얼굴은 좀처럼 붉어지들 않고 입으로는 간대로 토하지 않아 먹을수록 더욱 늠름했다. 단지 술 들이붓는 버릇이 좀 흠이다. 주민은 술만 먹으면 나를 기대고,

"두자미杜子美도 술을 엎질렀다지. '손바닥에 놓인 술을 아이 불러 엎누나.〔呼兒且覆掌中盃〕'란 시는 입을 벌리고 비스듬히 누워 아이를 시켜 술을 붓게 한 것이 아닐까?"

하기에, 떠들썩하게 웃은 적이 있다. 만리타향에 와서 문득 고향 친구를 생각하니 모를러라, 주민은 이날 이때에 어느 좌석에 앉아 왼손에 잔을 잡고 2만 리 밖에 유람하는 손을 생각하고 있을지.

옛 숙소로 돌아오니 바람벽에 붙인 두어 폭 주련과 책상머리에 둔 생황과 쇠비파가 아무 탈 없이 그대로 있었다. "병주가 고향인 양 바라다뵈네.〔却望并州是故鄕〕"[21]라고 한 것이 바로 이를 말한 것이렸다.

저녁을 먹은 후 주부 조명회가 제 방에 귀한 골동들을 진열해 두었다고 자랑하여 나는 즉시 같이 갔다. 문 앞에는 십여 분 화초를 늘어놓았는데 하나도 이름을 모르겠다. 흰 유리 항아리가 높이는 두 자가량 되는 것이 있고 높이 두 자쯤 되는 침향으로 만든 가산假山과 높이 한 자 나마 되는 석웅황石雄黃[22]으로 만든 필산筆山[23]과 이밖에도 청강석靑剛石 필산과 대추나무 뿌리가 북두칠성 모양같이

---

21) 당나라 시대 문인 가도賈島의 시구로서 객지에서 다시 여행을 하니 제2의 고향이 그립다는 뜻.

22) 유화물硫化物로 된 광석.

23) 붓을 꽂아 두는 기물.

생긴 놈을 흑단으로 받침대를 붙였는데 값이 화은花銀[24] 30냥이라고 한다. 기서奇書 수십 종과 《지부족재총서知不足齋叢書》, 《격치경원格致鏡源》 같은 책은 값이 다 중가이다.

조군은 북경 걸음이 스무 차례에 마치 북경을 제 집처럼 여기고, 한어가 가장 능숙한 데다 또 물건을 사고팔 적에는 값의 고하를 그리 따지지 않으므로 친한 단골집이 많아 툭하면 그가 거처하는 방에 물건을 진열해 두고 감상토록 한다. 지난해에 창성위昌城尉 황인점黃仁點이 정사로 왔을 때에 건어호동乾魚衚衕에 있던 조선관에 불이 나서 거상들이 맡겨 두었던 물건들이 죄다 타 버렸는데, 특히 조군의 방이 다른 데보다 더 심하여 사고팔고 하던 물건 외에도 불에 탄 물건들이 모두 진기하고도 희귀한 기물 골동과 서적들이어서 돈으로 친다면 3천 냥은 될 것이라고 한다. 모두가 융복사隆福寺와 유리창琉璃廠의 물건들로서 여러 단골 장수들은 이미 장소를 빌려 진열했던 터이니 값을 물릴 수도 없었다. 그러나 이런 일도 징계거리로 삼지 않고 이참에 또 이렇게 장소를 빌려 예나 다름없이 벌여 두어 보는 자의 마음이고 눈이고 즐겁도록 하니, 큰 나라의 풍도란 이토록 푸근하고 시원시원한 데가 있었다.

밤에는 관에 머문 여러 역관들이 다들 내 방에 모여들어 조촐하게 술자리를 벌였는데 나는 여행 중에 온통 입맛을 잃었다. 여러 사람들이 내 자리 옆에 봉해 싸 둔 보따리 속에 무엇이나 들었나 하고 흘겨들 보기에 나는 곧 창대를 시켜 보따리를 풀어 샅샅이 뒤져 보게 했으나, 다른 물건은 아무것도 없고 다만 가지고 갔던 붓과 벼루

---

24) 청나라 때 사용하던 은화의 일종.

뿐이고, 부품해 보이는 것은 죄다 필담했던 초기와 유람 일기였다.
여러 사람들은 모두 궁금증을 풀고는,

　"아닌 게 아니라 갈 적엔 아무런 행장이 없더니 돌아올 때 봇짐이
　좀 크기에 이상타 했더니……"

했다. 장복이는 역시 서글프레해서는 창대를 보고,

　"특별 상금은 어디 있지?"

하며, 몹시 서운한 표정을 지었다.

경개록 傾蓋錄

內圓道庵
花木深邃

▪ '경개傾蓋'란 말은 《공자가어孔子家語》란 책에서 나온 말로 공자가 담郯이란 지방을 가다가 정자程子란 인물을 만나 서로 마차를 가지런히 세운 채 종일 친숙하게 이야기를 하다 보니 마차 덮개 일산이 서로 부딪쳐 기울어졌다 하여 친숙한 사이를 형용하는 말로 쓰고 있다. 본편에서는 앞으로 서술할 주요한 각 편에 등장할 인물들의 출신, 이력, 성격, 관계를 친절히 소개하여 후편의 이해에 편의를 도모한 것이다.

머리말

사신을 따라서 북으로 장성을 나와 열하까지 이르니, 땅이야 임금이 거처하는 곳이지마는 사는 주민들이란 잡된 오랑캐들이라 데리고 이야기할 상대도 없었다. 태학관에 들고야 먼저들 묵고 있던 중국에서 이렇다 하는 선비며 고관들을 만날 수 있었다. 모두 황제의 탄신 축하 참렬차 온 걸음으로 한집에 같이 묵으면서 밤낮 상종을 하였다. 피차에 나그네 처지인지라 서로들 번갈아 손님과 주인이 되어 엿새 만에야 헤어지게 되니, 옛날에도 "오랜 벗도 마음이 맞지 않으면 낯설기만 하고, 우연히 마주한 이라도 마음이 통하면 오래 사귄 벗과 같다."고 했지마는, 한마디 이상 되는 이야기는 다 주워 모아 여기서 '경개록'이라고 한다.

왕민호王民皞는 강소江蘇 사람인데 나이 쉰넷이요, 사람이 순박하고 질소하여 겉치레가 적었다. 지난해에 승덕부承德府 태학을 황경이나 다름없이 건축하기 시작하여 금년 봄에 공사를 끝내자 황제는 친히 제사를 지내고 왕군은 거인으로써 방금 이곳에서 공부를 하고 있다. 금년 4월에 과거 보는 데 참가를 않고 8월에는 황제의 칠순 경사가 있어 특별한 명령으로 다시 과거를 보였으나 역시 가지를 않았다. 그에게 무엇 때문에 과거를 보지 않느냐고 물었더니 나이 많은 탓이라고 하면서 흰머리로 과거를 본다는 것은 선비의 수치라고 했다. 왕군은 인격자로서 호는 곡정鵠汀이다. 따로 '곡정필담鵠汀筆談'과 '망양록忘羊錄'에 쓰겠다. 키는 7척이 넘고 어디고 몹시 궁태가 나고 수심기가 있어 보여 앉으면 자주 한숨을 내쉰다. 하인 한 명을 데리고 같이 있었다. 하루는 나를 청하여 밥을 같이 먹었다.

학성郝成은 흡歙땅 사람이다. 자는 지정志亭이요, 호는 장성長城이요, 현재 벼슬은 산동도사山東都司이다. 비록 무인이지마는 아는 것이 많고 키는 8척인데 붉은 수염에 눈알이 번쩍이고 뼈대가 든든해 보였다. 나와 함께 밤낮으로 이야기를 해도 지루하게 생각하지 않았다. 그의 저서는 모두 시화詩話다.

윤가전尹嘉詮은 옛날 조나라 땅인 직례直隷 박야博野 사람이다. 호는 형산亭山이요, 통봉대부通奉大夫 대리시경大理寺卿 벼슬을 하다가 은퇴하였으니 올해 일흔 살이다. 올 봄에 황제에게 글을 올려 사직을 했는데 황제는 그가 시를 잘 짓고 그림을 잘 그린다고 하여 특별히 2품 모자와 복장을 주셨다. 그의 시는 《정성시산正聲詩刪》에 많이 실려 있다. 《대청회전大淸會典》[1]을 정리, 편찬하는 데 한림편수관으로 있었다. 황제와는 동갑이므로 더욱이 사랑을 받아 특히 행재소까지 불려가 연극을 볼 때는 '구여송九如頌'을 바쳐 황제가 크게 기뻐하여 81가지 종목 중에 이 구여송을 맨 먼저 부르도록 했으니, 그는 황제의 평생 시 동무라고 한다. 나에게도 '구여송' 한 권을 보내왔는바 자신이 이것을 발간했던 것이다.

하루는 상자 속에서 부채 한 자루를 끄집어 내더니 즉석에서 괴석과 총죽叢竹을 그린 후 오언절구 한 수를 그 위에 써서 나를 주었다. 또 주련도 썼다. 하루는 양 한 마리를 통째로 쪄서 왕 거인과 나를 청하여 같이 먹고 다른 음식과 과일들을 종일 내놓았는데, 오로지 나를 위해서 베푼 자리였다. 키는 7척이요, 태도나 모양은 엄전하고도 맑으며 두 눈알이 반짝반짝하여 안경을 쓰지 않고도 아직도 잔 글씨와 작은 그림을 그릴 수 있어 쉰 살이나 되어 보일 만치 정정하였다. 그러나 머리털은 죄다 세고 대체로 만만스럽고 부드럽고 화락해 보이는 사람이다. 나에게 북경에 돌아오거든 꼭 찾아 달라며, 동단東單 패루 제2 호동 두조頭條 둘째 집, 대문 위에 '대경大卿' 편액 붙은 집이 바로 자기 집이라고 써 주면서 부탁을 하였다. 또 나를 훈계하여 술을 끊고 여색을 멀리하라고 하였다. 북경으로 돌아와 그에 대한 평을 들었는데 그를 백거이白居易에 견주었다. 방금 황제의 역주易州 거둥에 호종으로 따라가 오래되어도 돌아오지 않아 필경 서로 만나지 못했다. 같이 이야기한 것은 고금 음악에 관한 것과 역

---

1) 청조의 정치 고사를 수록한 책. 건륭 29년(1764)에 지었다.

대 정치에 대한 것인데 모두 '망양록'에 실었다.

경순미敬旬彌의 자는 앙루仰漏요, 몽고 사람이다. 현직은 강관講
官으로서 나이는 서른아홉 살이요, 키는 7척 나마 되고 살빛은 희고
길게 찢어진 눈에 눈썹은 짙고 손가락은 파뿌리 같아서 미남자라 할
만했다. 엿새 동안 같이 묵으면서 한 번도 이야기판에 끼어든 적이
없었고 만주 사람이고 한족이고 누구를 대하든지 친절하나 사람이
몹시 뽐내는 것 같아 보였다.

추사시鄒舍是는 산동 사람이다. 거인으로서 왕곡정과 함께 태학
에서 학문을 공부하고 있었다. 때마침 황성에서 두 번째 과거를 보
여 공부하던 선비들 70명이 죄다 서울로 가고 왕씨와 추씨 두 선비
만 가지 못했다. 사람이 자못 불평이 많았고 아무 거리낌이 없었다.
얼굴 생김새는 우락부락하게 생겼고 행동이 거칠어 사람들이 다 화
객처럼 인정하여 많이들 싫어했다.

기풍액奇豊額은 만주 사람이다. 자는 여천麗川이요, 현직은 귀주
안찰사요, 나이는 서른일곱이요, 근본은 우리 나라 사람이다. 중국
에 들어간 지 4대째 나는데 본국에서 자기 선조의 근본은 모른다.
다만 그의 본성이 황씨라고 하며 키는 8척이요, 헤멀쑥한 풍채에다
가 위의를 잘 꾸몄다. 박학인 데다가 글을 잘 짓고 우스개를 잘 하며
불교를 배척하기는 아주 준엄하여 주장하는 이론이 꽤 정당하였다.
그러나 위인이 교티가 있어 눈 아래 사람이 없어 보였다. 태학사 이
시요李侍堯가 운남, 귀주총독으로 있을 때에 귀주안찰사 해명海明

이 뇌물 2백 냥을 바친 것이 탄로나 이시요는 붙들려 갇히고, 해명은 사형에서 감등되어 흑룡강으로 귀양을 간 후 여천이 해명을 대신하여 안찰사가 된 것이다. 나는 우연히 그가 묵는 방 뒤를 돌다가 누런 칠을 한 궤짝 수십 쌍을 보았는바, 모두 빈 궤짝으로서 만수절 진상 물품을 다 바치고 궤짝들만 남은 모양이다. 나와 이야기하다가 작별하는 말이 나오자 금방 눈물을 지었다. 누구는 말하기를, 기풍액은 화신에게 붙어서 해명 대신 자리를 얻게 된 것이라고 한다. 나는 연경으로 돌아와 그 집을 찾아가 귀주로 떠나는 그와 작별을 하였다.

왕신汪新의 자는 우신又新이요, 절강성 인화仁和땅 사람으로 현재 광동안찰사 벼슬을 하고 있다. 여천에게 내 성명을 듣고 여천과 약속을 하고는 나를 찾아와 여천의 좌처에서 면대를 하였다. 한 번 보고는 대번에 숙면 친구처럼 아주 혹했다. 키는 7척 나마 되고 수염이 듬성듬성 나고 얼굴빛은 검고 못생겼으며 아무런 위의가 없어 체신을 차리지 못했다. 생일이 나와 한 해요, 같은 달로서 나보다 열하루 늦게 났다. 내가,

"오서림吳西林 영방穎芳은 편안하오?"

하고 물었더니, 왕신이,

"오서림 선생은 오중吳中 지방에서 고명한 선비로서 여든이 넘은 나이에 아직까지 정정하여 지금도 글짓기를 놓지 않고 있소."

했다. 다시,

"조음篠飮 육비陸飛는 편안하오?"

하고 물었더니, 왕신은 놀라면서,

"어디서 오씨와 육씨를 알게 되었소?"

하기에,

"조음이 건륭 병술년(1766) 봄에 과거를 보러 왔을 때 서울에 머물던 우리 나라 선비들과 여관에서 만나본 일이 있어, 그의 시문과 서화는 우리 나라에서 좋아들 하고 있소."

했더니, 그가 말하기를,

"조음은 좀 별난 사람입니다. 금년이 회갑인데도 뜻을 얻지 못하고 이리저리 돌아다니면서 시와 그림으로 생명을 삼고 산수로 벗을 삼아 닥치는 대로 술을 먹고 취할 대로 취해서는 노래를 부르고 욕설을 퍼붓는답니다."

한다. 그는 무엇이 분해서 욕질을 하느냐고 물었더니 왕신은 대답이 없었다. 또 구봉九峯 엄과 嚴果를 물었더니, 그는,

"나는 오랫동안 고향을 떠나서 그의 주소도 모릅니다. 육씨는 나하고 매우 친한 사이인데 사람들이 그를 육해원陸解元이라 불러 당백호나 서문장[2]에 비하고 있습니다. 삼십 년 동안 서호를 떠나지 않고 부귀를 다하고 있습니다. 저는 고향을 떠난 지 십 년에 다만 풍편으로 그의 살림살이 소식은 듣고 있는데, 그가 팔자 좋은 사람인 줄은 알고 있지요. 이런 티끌 속에 묻혀 있는 저 같은 사람과는 비할 바 아닙니다."

하면서, 사흘 뒤에 다시 올 것을 약속하고는 매우 좋아했다. 여천이 왕신을 보고 하는 말이,

"박공은 술을 잘 자시니 꼭 야자술을 구하도록 하시오."

---

2) 당백호唐伯虎, 서문장徐文長은 명나라 때 문인. 당백호는 당인唐寅, 서문장은 서위徐謂다.

하니, 왕신은 고개를 끄덕였다. 또,

"연암 식성은 원래 양고기를 좋아하지 않고 낙화생을 좋아한다오."
하니, 또 고개를 끄덕였다. 드디어 대문까지 나가 그를 전송하고는
여천이 나를 돌아보며,

"그는 술고래외다."
했다. 술을 많이 먹는 것을 말함이다. 다음 날 왕신은 부리는 사람을
보내어 내일은 꼭 다른 곳에 출입을 말고 기다려 주면 금칠한 부채
가 있어 서화가 그럴 듯하니 꼭 전송을 하겠다고 하였다. 이튿날 갑
자기 북경으로 돌아가게 되어 다시 만나지를 못했다.

파로회회도破老回回圖는 몽고인이다. 자는 부재孚齋요, 호는 화
정華亭이며 강관講官으로 있다. 나이는 47세인데 강희 황제의 외손
자로서 키가 8척이요, 긴 수염이 축 늘어지고 얼굴은 여위고 누르스
름했다. 학문이 해박한데 나는 그를 술집에서 만났다. 사람이 꽤 장
자의 풍도가 있고 하인을 삼십여 명이나 거느렸으며 의복이나 모자
나 말 탄 차림이 호사스럽고 사치하여 아마 무관을 겸직한 모양 같
았다. 생김새도 역시 무장 같았다.

호삼다胡三多는 승덕부 민가民家의 어린아이이다.(한인을 '민가'라
고 한다.) 날마다 아침이면 책을 끼고 와서 왕곡정에게 글을 배운다.
나이는 열두 살이요, 티 없이 청수하게 생겼으며 예절에 익숙하고
행동이 얌전했다. 언젠가 부사가 있다가 복숭아를 두고 글을 지으라
고 했더니 운자를 청하고는 언뜻 앉은자리에서 지었는데도 글뜻이
원숙하였다. 붓 두 자루를 상으로 받고 다시 또 운자를 청하고는 그

자리에서 다 지었는데 상품을 감사하는 뜻까지 서술했다.

하루는 사신이 모두 대궐로 들어가고 방은 비어 나 혼자 있었는데 삼다가 와서 이야기를 하였다. 때마침 내가 망건을 벗고 누워 있었더니 삼다가 망건을 들고 자세히 보더니 귀찮도록 꼬장꼬장 물었다. 나는 장난으로,

"오랑캐 하나도 많은데 더구나 셋씩이나 많다니?"[3]

했더니, 삼다가 그 자리에서 대답하기를,

"땅에는 두 임금이 없을 터인데 어째서 임금 한 명이 적다고 할 수 있을까요?"

했다. 까닭인즉 왕일소王逸少[4]를 두고 하는 말이다. 중국 사람들은 글자 음이 같으면 같은 글자처럼 쓴다. 비록 말은 유창하지 못할망정 재치가 빠르고 올됐다.

통관 박보수의 노새는 덜썩 큰 노새인데 언젠가 뛰어나와 마당을 빙빙 돌며 뛸 때 삼다가 쫓아가서 턱 아래로 산멱을 치켜 잡고 가니 노새는 머리를 조아리고 굴레를 썼다. 정사가 언젠가 난간에 기대고 앉았는데 삼다가 정사 앞으로 종종걸음으로 지나기에 정사가 불러서 환약과 부채를 주었더니 삼다는 깍듯이 사례를 하고 정사의 성명과 관품을 물었으니 당돌하기가 이와 같다.

조수선曹秀先은 강서성 신건新建땅 사람이다. 자는 지산地山인데 현재 예부상서이다. 나이는 예순 남짓 된다. 전날 나는 사신을 따라

---

3) 호삼다胡三多의 글자 풀이다.
4) 일소逸少의 '일逸' 자를 '일一' 자로 새겨서 뜻을 붙였다.

조방朝房에 갔다가 조씨를 보았다. 다음 날 내가 우연히 새로 지은 관우묘에 갔더니 동쪽 행랑채에 웬 훈장이 아이들 네댓에게 글을 가르치고 있었다. 나는 물었다.

"이곳은 넓고 깨끗하구먼요. 유숙하는 대관들은 몇 분이나 되나요?"

훈장은 있다가,

"현재 예부의 조 대감이 여기 묵고 있소."

했다. 종이와 먹을 빌려 명함 쪽을 써서 연통을 청했더니 훈장은 벌떡 일어서서 바쁘게 나갔다. 멀찌감치 훈장을 바라보니 섬돌에 나와 서서 오라고 손짓을 했다. 내가 섬돌 앞까지 나아가니 조공이 문 밖까지 나와 친히 맞으면서 손수 나를 부축하여 의자에 앉혔다. 나는 머뭇거리면서 군이 사양을 했으나 조공은 끝내 앉기를 청했다. 내가,

"공은 귀하신 몸인데 변지에 사는 하찮은 사람을 주객의 예로 대한다는 것은 감당하기 어렵소."

했더니, 조공이 있다가,

"당신은 공무로 왔소?"

하고 물었다. 나는,

"아니요, 귀국에 구경차로 왔습니다."

"벼슬은 몇 품이나 되시오?"

"수재로 사신을 따라온 길이라 근본 아무런 직분이 없습니다."

했더니, 조공은 급하게 나를 붙들어 앉히면서,

"벌써 직무가 없으시니 선생은 내가 존경할 손님이오. 나로서는 손 접대하는 예절이 따로 있으니 선생은 군이 사양할 필요가 없습니다."

하면서 묻는다.

"귀국의 과거 제도는 어떻소? 향시에는 몇 사람을 뽑으며 시험 치
르는 제목들은 어떤 것들인지요?"

조공은 연방 쓰면서 안경을 끄집어 내어 한편으로는 귀에 걸고
한편으로는 바쁘게 쓰고 있었다. 갑자기 한 삼십여 명 사람이 졸지
에 집안으로 들어와 일자로 죽 늘어서더니, 그중에서 모자에 수정
구슬을 단 자가 한쪽 무릎을 꿇고는 무슨 일을 아뢰는데 그저 십여
자죽밖에 안 떨어진 거리였다. 말할 때는 반드시 입을 막고 했다. 조
공은 거들떠보지도 않고 필담을 바쁘게 쓰면서 입으로는 그가 아뢰
는 것에 응수하였다. 수정 구슬 단 공사 아뢰던 자는 일어났다 꿇어
앉았다 하면서 보고를 마치고는 제 손으로 교의 한 개를 끌어당겨
동편 벽 아래 앉고, 늘어섰던 자들은 한목으로 물러가 버렸다. 조금
있다가 일을 고해 바치던 자도 인사도 없이 일어서서 나갔다. 집 안
은 다시 잠잠하고 아무도 없었다.

나는 조공을 향해 앉고 훈장은 다른 한 모퉁이에 앉았는데 나이
는 한 쉰이나 되고 머리에는 풀로 만든 모자를 썼다. 필담을 보는데
돌연히 한 사람이 조공을 뵙겠다고 명함을 연통해 왔다. 이는 새로
임명된 호남 무슨 어사 윤적尹績인데 호남 자 밑은 소매에 가려 몇
자가 보이지를 않았다. 조공은 붓을 집어던지고 일어나 좇아 나갔
다. 훈장이 나를 끌어당겨 잠시 자리를 피해 물러나라는 눈치 같았
다. 나는 훈장을 따라 그의 방에 와서 잠시 기다렸더니, 윤적이 조공
과 함께 들어간 지 얼마 안 되어 윤적은 앞에 서고 조공은 뒤를 따라
나왔다. 내 생각에는 손을 전송해 보내고 나면 응당 돌아와 조용히
만나리라 하고 한참 기다렸으나 다시 돌아오지 않기에 괴이쩍어서

물었더니 훈장의 말이 벌써 대궐로 들어갔다고 한다.

조공의 용모는 늙고도 못생겨 위의가 없었다. 사람된 품은 성질이 화락해 보였다. 내가 북경으로 돌아갔을 때 중국 인사들은 지산 조공 선생에 대한 칭찬을 많이 하여 문장과 학문이 당세에 으뜸으로서 구양영숙歐陽永叔[5]에 비하고 있었다. 장정옥張廷玉이 《명사明史》를 편찬할 때에 조공도 역시 사국史局에 참가하였으니, 대체 묵은 인물이다.

그 뒤에 다시 관묘에 들렀더니 훈장도 역시 없었다. 훈장의 이름은 잊어버려 여기 기록하지 못하는바, 대체 한족이다. 아주 문필이 짧아 간신히 필담을 하지마는 한참 들여다보고 새김질을 한 후에야 겨우 무슨 말인지 알아보았다.

왕삼빈王三賓은 복건땅 사람이다. 나이 스물다섯인데 윤형산을 따르는 아랫사람 같기도 하고 기여천의 하인 같기도 했다. 얼굴만 잘났을 뿐 아니라 글씨도 그림도 잘 그릴 줄 알았다.

---

5) 송나라 시대 대문인으로서 당송 팔대가 중의 한 사람이요, 이름은 수脩.

황교문답黃教問答

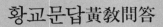

■ 황교는 서장 지방에서 성행하는 불교의 종파로서 라마교의 별칭이다. 본편에서 박지원은 이 허황한 사교의 내력에 대하여 비상한 호기심으로 그의 자료적인 지식을 섭렵하는 한편 당시 청국 왕조가 이 같은 사교를 정치 도구로 삼아 인근 이족들을 회유함으로써 자기의 봉건 통치 체제를 강화하고 있는 기밀을 폭로하고 있다. 동시에 이 문답에서 성격 파산자 같아 보이는 유학자 한 명을 등장시켜 부패한 유학자들의 공담적 이론과 사회에 미치는 폐해를 신랄하게 공격한 언론을 소개하였다. 문면에 나타난 대로는 박지원이 그와 반대 입장에 선 듯이 묘사하였으나 자세히 탐독하여 보면 박지원은 필요 이상 그의 언론을 세심히 또 흥거운 필치로 친절히 소개한 점이 특히 주목을 끌고 있다.

머리말

　다른 나라에 다녀온 자가 흔히 말하기를, "나는 적정敵情을 잘 엿
보았느니라." 하기도 하고 "나는 풍속을 잘 보았다." 하기도 하지마
는 나는 꼭이 이런 말을 믿지 않는다. 다른 나라에 가서 무슨 길잡이
가 있어 갑자기 찾아볼 데가 그리 쉽게 있을 것인가. 이것이 첫째로
안 될 일이요. 언어가 서로 달라 잠시 동안에는 충분한 뜻을 통하지
못할 터이니 이것이 둘째로 안 될 일이요. 중국과 외국 사람은 이미
입장이 달라, 아무래도 수상한 형적을 남기는 혐의가 있을 것이니
이것이 셋째로 안 될 일이요, 말이 옅으면 속 실정을 알지 못할 것이
요, 그렇다고 말이 너무 깊이 들어간즉 기휘忌諱에 저촉되기 쉬우니
이것이 넷째로 안 될 일이요, 묻지 않을 일을 묻고 본즉 무슨 정탐이
나 하는 듯한 자취가 남을 것이니 이것이 다섯째 안 될 일이요, "그
직위에 앉지 않으면 그 정치를 말하지 말라."는 말은 자기 나라에
거주하는 자로서도 지켜야 할 도리인데 하물며 다른 나라일까 보냐.
그 나라에서 제일로 금하는 것이 무엇인지 안 뒤에야 남의 나라에
들어가 말을 붙이는 것이 도리일 것이다. 더구나 대국일까 보냐. 이

것이 여섯째로 안 될 일이다.

더욱이 그 나라의 장수와 재상들의 잘나고 못난 것과 풍속의 좋고 나쁜 것과 만인과 한인의 쓸 것, 못 쓸 것과 명나라의 옛 사정 같은 일은 함부로 물어서 안 될 것이다. 비단 이것은 물어서 안 될 일일 뿐만 아니라 말하자면 감히 하지 못할 일이다. 저들도 대답하는 것이 필요치 않을 뿐만 아니라 역시 감히 대답하지 못할 일이다. 또 더구나 돈, 곡식, 군대, 산천, 지형 같은 데 이르러는 그리 큰 관계가 없어 보이지마는 이것도 입 밖에 내는 것이 필요치 않을 뿐만 아니라 저들은 반드시 이를 의심하고 괴이쩍게 생각할 터이다. 왜 그런고 하니 돈과 곡식은 나라의 허실에 관계된 일이요, 군대는 나라의 강약에 관계된 일이요, 산천과 지세는 관문과 요새에 관계되므로 이를 문답하는 것은 좋지 못한 것이다. 저 옛날 사람들은 다른 이야기나 주고받고 무슨 문답을 하는 사이에 이런 것을 알아 교량이나 시간 제도나 관리의 등급 같은 것을 알아맞히기도 하였다. 시와 음악을 감상하고는 시장 물가의 비싸고 헐한 것 같은 것도 증험해 맞힐 수 있었다. 숫제 옛 사람의 지혜와 재주도 없이 함부로 필담이나 이야기 자리에서 이런 것을 얻는다는 것은 역시 어려운 일이다. 더구나 세상은 넓고도 넓어 끝 간 데를 못 보는 터이랴.

내가 열하에 이르러 아무 소리 없이 천하의 형세를 다섯 가지로 살펴보았다. 황제가 해마다 열하에 주재를 하니 열하로 말하자면 장성 밖에서도 쓸쓸한 벽지이다. 천자는 무엇이 부족해서 이런 새외의 쓸쓸한 벽지에 와서 거처를 할까? 명목은 피서라고 하지마는 실상은 천자 자신이 변방을 방비하고 있는 것인즉 여기서 몽고의 강한 품을 알 수 있을 것이다.

황제는 서번의 승왕僧王을 스승으로 삼아 황금 전각을 지어서는 거기에 왕으로 좌정시키고 있다. 천자가 무엇이 답답하여 이런 떳떳하지 못한 굴욕적인 예절을 쓰고 있을까? 명목은 스승으로 모시면서 실상은 황금 전각 속에 가두고 하루라도 나라가 무사하기를 바라는 것이다. 그렇고 본즉 서번은 몽고보다도 더 강한 것을 알 수 있다. 이 두 가지 일은 벌써 황제의 심정이 괴롭다는 것을 보여 주는 것이다.

또 사람들이 쓰는 글을 보면 비록 그것이 심상스럽고 몇 줄 안 되는 편지 쪽지라도 반드시 역대 황제들의 공덕을 늘어놓고 오늘 세상의 은택에 감격한다는 것은 다 한인들의 글이다. 대체로 그들은 자신이 중국의 유민들로서 언제나 걱정을 품고 자신들에 대한 혐의를 경계하기 위하여 입만 벌리면 찬미하고 붓대만 잡으면 아첨함으로써 자신들은 오늘 세상에서 초월한 듯이 태도를 취하고 있다. 이렇고 보니 한인들의 마음자리도 역시 괴로운 심정이다. 다른 사람들과 같이 이야기를 할 때는 비록 심상스러운 수작을 주고받고 했더라도 말을 마친 뒤에는 즉시 종이쪽 한 장 남기지 않고 불에 태워 버린다. 이런 짓은 비단 한인만 그런 것이 아니라 만인들은 더욱 심하다. 만인들은 그 직위가 황제의 측근 기밀에 가까이하고 있으므로 누구보다 법령이 엄한 것을 더 잘 알고 있기 때문이다. 그러매 한인의 심정만 괴로운 것이 아니라 법으로 금지하고 있는 당자들 심정도 괴로울 것이다.

저자에서 파는 벼루 한 개 값은 백 냥 값을 넘지 않는 것이 없다. 흥! 천하가 소란한 때는 주옥 같은 보배가 뒹굴뒹굴 굴러도 거두어 들이지를 않지마는 나라 안이 잠잠한즉 땅에 묻힌 기와 쪽, 벽돌장 같은 것도 반드시 파내게 된다. 부귀한 자들은 취미로 구하여 보고 빈천한 자들은 눈을 부릅뜨고 주워 모으며, 이에 취미를 가져 감상을 하는 자는 어쩌다가 한 번씩 문질러 매만지고 우둔한 자는 발이 부르트도록 쏘다녀, 필경은 밭 갈다가 얻은 것, 고기 잡다가 건져 낸 것, 송장 냄새가 나는 무덤 속에서 갓 파낸 것, 이것저것 할 것 없이 천하의 보물로 쳐주고 있다. 이러매 천하에 골동을 좋아하는 심정도 또 괴로운 심정이라 할 것이다.

이렇고 본즉 한 조각 돌덩이로써 천하의 형세를 알아맞힐 수 있을 것인바, 더구나 천하의 괴로운 심정으로서 돌보다 더 큰 것이 있음에랴.

이제 반선 라마에 관계된 이야기 부스러기를 기록하여 '황교문답'이라 하겠다.

내가 찰십륜포에서 먼저 숙소로 돌아왔더니 지정志亭은 나를 맞아 주면서 물었다.(지정은 학성郝成의 자이고, 호는 장성長城이다.)

"선생이 방금 보고 온 활불의 얼굴 모양이 어떻든가요?"

"학공은 아직도 그를 보지 못했나요?"

"활불은 어마어마해서 사람마다 볼 수가 없답니다. 더구나 신통한 법술을 가져 사람의 오장 속을 들여다본답니다. 보물 거울을 하나 걸어 두었는데 사람이 음탕한 생각을 먹으면 반드시 푸른빛으로 비치고 누구나 탐심이나 도적질할 마음을 먹으면 반드시 검정색으로 비치고, 누구나 위험하고 불측스러운 생각을 먹으면 반드시 흰빛으로 비치고, 다만 충효스러운 생각과 전심으로 부처를 공경하는 사람이 오면 붉은빛 아지랑이에 누런 빛깔을 띠고 상서로운 구름과 우담화가 거울 바닥에 감돌게 된답니다. 이 오색 거울이 무섭지요."

나는 말했다.

"이는 진 시황의 조담경照膽鏡을 본떠 이야기를 신통하게 만든 것 같습니다. 그러나 조담경 역시 정사에는 전하지 않은즉 어찌 믿을 수야 있겠나요?"

지정이,

"바람벽에 이런 거울이 없습디까?"

하고 물었다. 나는 '오색 거울이 무섭지요.' 라는 데다가 권주를 치면서,

"귀공 자신이 푸르고 검고 흰, 세 가지 생각이 없다면 뭣 때문에 이 거울이 그렇게 무섭겠소?"

한즉, 지정은,

"《법화경》이나 《능엄경》 같은 경전의 문구들은 모두 사람을 위협하여 사람들이 이 책을 존경하지 않으면 곧장 벌을 받는다고 하여, 사람들로 하여금 겁을 먹도록 함으로써 착한 길로 인도하는 것이 이 거울이나 마찬가지지요. 거울은 글자로 안 쓴 경전이요, 경전이란 구리쇠로 만들지 않은 거울일 것입니다. 내가 비록 열흘 동안 채식을 하고 열흘 동안 목욕재계를 했더라도 혹시 오장의 한 모서리에 터럭만 한 흠이 있다면 어째서 세 가지 빛깔로 나타나지 않으리라고 장담할 수 있겠소?"

하면서 제자리에서 글 쓴 종이를 찢어 버리면서 다시 말하였다.

"과연 정말 신통하답니다. 활불에게 절을 하는 자가 모자를 벗고 머리를 조아릴 적에 활불이 친히 손으로 정수리를 어루만지면서 웃음을 머금을 때는 큰 복을 받게 되는 것이요, 웃지 않으면 받는 복이 그리 넓지 못한 표요, 눈을 감을 때는 절하던 사람은 온통 겁이 나서 향불을 피우고 참회를 하면서 뼈저리게 회개하면 자연히 죄악은 소멸하고 다시는 죄를 짓지 않는다고 합니다.

활불이 아무런 말로써 교훈함이 없이 한 번 손만 펴는 사이에 공덕은 이렇듯 합니다. 화석和碩 친왕親王과 화석 액부額駙[1]는 매일 아침 이렇게 예불을 하지마는 외인들로서 보통 관품에서는 이런 것을 보기 어렵습니다."

내가 다그쳐 활불의 내력을 물었더니 지정은 말했다.

"건륭 40년(1775)경에 서방 사람들이 많이들 활불 법왕이 세상에 나타났다고 떠들었습니다. 더러는 이 법왕이 능히 40대 전신 일

---

1) 만주 왕조의 황족의 경칭.

까지 안다고 하였습니다. 현재 몽고 48부가 강하다지마는 서번을 가장 무서워하고 서번의 여러 나라들은 활불을 가장 무서워한답니다. 활불은 즉 장리대보법왕藏理大寶法王입니다.

명나라 시대의 양삼보楊三寶와 중 지광智光, 오향吾鄕, 하객霞客 등 여러 사람이 서역의 여러 불교 나라들을 두루 다녔습니다. 그 가운데 오사장烏斯藏은 중국에서 만여 리 떨어진 곳인데, 이 나라에는 대보법왕과 소보법왕이 있어 서로 번갈아 가면서 후생에 환생하여 모두 도술이 있고 나듬길로 신성하니 시방의 활불은 즉 옛날 원나라 시대 서천 지방의 불자요, 대원제사大元帝師의 후신이랍니다.

지난 해에 내각의 영공永公이 여섯 번째 황자를 배종하여 불교식 행차 치장을 갖추고 가서 활불을 맞아 왔습니다. 그런데 활불은 이미 황제의 지위 높은 신하들이 자기를 맞으러 올 것과 북경을 떠날 날짜와 지위 높은 신하(이름은 영귀永貴요, 현재 내각의 학사로 황제의 총애를 받는 신하라고 하였다.)가 누구인 것까지 알았다고 합니다. 거처하는 곳은 모두 황금으로 지은 집이요, 사치하고 화려한 품은 중국보다도 오히려 더하답니다.

도중에서 별별 신통한 일이 많이 있었고 거쳐 온 여러 나라들의 번왕들 중에는 심지어 몸뚱이를 불사르거나 머리를 태우고 손가락을 끊고 살을 깎는 자까지 있었답니다. 어리석은 백성으로서 불효한 자가 활불을 한번 보고는 갑자기 자비심이 생겨 아비가 이상한 병에 걸리자 칼로써 왼쪽 옆구리를 째고 간의 한쪽 머리를 조금 베어 내어 구워서 바친즉 아비의 병은 즉시 낫고 불효자의 왼쪽 옆구리도 그 자리에서 나아 이번에는 효자가 되어 나라로부터 표창을 받고 고향에서는 정문을 세워 몸을 바로잡았답니다.

산서 지방에 어떤 굉장히 돈 많은 녀석이 있어 평생을 두고 한 푼 돈에도 벌벌 떨더니 길에서 활불을 쳐다보고는 뒤집은 듯이 자비심이 생겨 마침내 십만 금을 들여 탑 한 자리를 쌓았답니다. 이것이 활불 공덕의 대강입니다.

물을 만나도 다리나 배가 소용 없고 맨발로 물을 밟아도 물결은 발목을 잠그들 않았답니다. 물 건너편에는 큰 범 한 마리가 길에 엎드려 꼬리를 흔들고 있었는데 황자가 활로 쏘려고 드니 활불은 이를 말리면서 수레에서 내려 범을 쓰다듬어 주었습니다. 범은 무슨 호소할 일이나 있는 듯이 그의 옷자락을 물고 남쪽으로 끌어가기에 활불이 따라갔더니 큰 바위 구멍이 있는데 범이 한창 젖을 먹이면서 있고 큰 뱀 두 마리가 범굴을 둘러싸고는 범새끼를 삼켜 먹으려 노리고 있었답니다. 뱀 한 마리는 젖 먹이는 범과 겨루고, 다른 한 마리는 수범과 마주 겨루어 범의 어금니도 이를 막을 도리가 없어 소리만 지르다가 기진맥진할 때 활불이 작대기로 가리키면서 주문을 외우니 두 마리 뱀은 절로 돌에 부딪쳐 죽었는데 두 마리 다 대가리 속에서 밤에도 빛이 나는 큰 구슬이 나왔답니다. 구슬 한 개는 황자에게 바치고 한 개는 학사에게 바쳤답니다.

범은 열흘 동안이나 활불을 모시고 따라가면서 아주 공손스러웠답니다. 황자는 범을 우리 속에 잡아넣어 가지고 같이 가고 싶어했으나 활불은 안 된다고 말리고는 이내 범에게 무슨 주의를 시키듯 말을 하니 범은 머리를 조아리고는 가 버렸답니다. 이는 활불의 법술이 신통한 까닭입니다. 두 개의 구슬은 임금의 행차에 쓰는 비품으로 바쳤는데 홍수와 가물이나 역병에는 신비로운 제물이 되어 영험이 대단하다고 합니다."

내가,

"활불의 전생 일이라는 것은 비하자면, 회나무 잎사귀에 붙은 푸른 벌레가 꿀 집을 뚫고 들어가 벌이 되고, 큰 송충이가 표범 가죽 같은 껍질을 벗고는 범나비가 되고, 누에가 흰 나비가 되고, 굼벵이가 매미가 되고, 비둘기가 매가 되고, 매가 꿩이 되고, 꿩은 이무기가 되고, 닭은 뱀이 되고, 뱀은 거북이 되어, 별의별 것으로 변하면서도 모두 의식이 있어 이렇게 변화된 몸을 가지고 능히 전생에 썼던 허울을 안다는 것인지요? 그렇지 않으면 장자가 호접 꿈에서 깨어난 것처럼 깨고 나면 전연 딴판으로 환생설과는 아무런 상관도 없는 것인지요?

만약에 활불처럼 자기의 전생 일을 알아 전생에는 자기 몸이 아무 데 아무개의 아들이고 이생에서는 이 몸이 아무 데 아무 성 가진 이의 아들이 되었다면 전생의 부모와 금생의 아비, 어미가 오늘도 아무런 탈도 없이 한결같이 자애롭게 역력히 다 알아보고 저마끔 아무개냐고 부를 터이니, 이러고야 누구를 원망하고 누구를 은혜롭게 생각할 것이며 슬프고 즐거울 것이 어데 있겠소?"

했더니, 지정은 갑자기 눈물을 지으면서 '슬프고 즐거울 것이 어데 있겠소?' 라는 구절에 권주를 쳤다. 문득 문 여는 소리가 나니까 지정은 바쁘게 글 쓰던 종이를 비벼 손에 틀어 쥐었다. 문이 열리고 보니 같이 있는 왕민호가 나타났다. 뒤따라 들어오는 사람은 역시 왕군과 같이 있는 추사시다. 두 사람 다 거인으로서 이곳까지 와서 객지 생활을 하고 있었다. 지난 해에 북경치를 본떠 열하에 태학을 새로 설립하여 두 사람은 방금 이 태학에서 공부를 하고 있는 중인데 나를 찾아보기 위하여 온 것이다. 지정이 이 두 손을 향하여 무엇을 자세하게 이야기하는데, 소리가 글 읽는 소리만 같았다. 두 명의 손님은 한편으로 들으면서 한편으로는 책상 위에 권주 쳐 놓은 데를 가리키는 것이 아마도 내가 한 말을 전하는 것만 같았다. 왕 거인은 내 성명과 자와 호를 써서 추 거인에게 보였다. 왕민호는 벌써 숙면이요, 추사시는 초면이기 때문이다. 추생이 있다가,

"귀국의 불교는 언제부터 시작되었는지요?"

하고 물었다. 나는,

"소연蕭衍의 양梁나라 대통(大通, 527~528) 연간에 중 아도阿道가 신라에 처음으로 들어왔는갑소."

했더니, 추생은 다시 물었다.

"귀국의 학자 고관들은 세 가지 교 가운데 어느 교를 가장 숭상하오?"

"참말! 신라나 고려 시대에는 양반으로서 비록 똑똑한 사람일지라도 불교 공부를 않는 사람이 없었으나 오늘 우리 나라에서는 나라를 세운 지 4백 년에 양반으로서는 비록 명텅구리일지라도 익히고 외우는 것이 공자뿐이랍니다.

국내의 명산에는 비록 전조에 세운 이름난 절들이 있지마는 모두 황폐해졌고 절간을 지키는 중들이란 모두 보잘것없는 무뢰배로서, 한다는 생업이 종이나 만들고 미투리나 삼아 팔 뿐입니다. 이름은 비록 중이건만 눈으로는 불경 한 줄도 볼 줄 몰라서 누가 배척하기를 기다릴 필요도 없이 이 교는 절로 없어지게 될 판이지요.

도교란 것은 우리 나라 안에서는 원래 없으므로 역시 도관[2]도 없습니다. 이래서 소위 이단으로 치는 교는 금절할 것을 기다릴 것도 없이 절로 국내에서는 설 자리가 없게 되었습니다."

"가위 천하에 다시없이 좋은 나라이외다. 이단의 폐해란 성인들도 이미 걱정한 바로서 심지어 사람을 서로 잡아먹는다는 말까지 있어 이것을 듣는 자는 설마 그럴 리가 있을까 했으나 지금도 깊은 산중에서는 왕왕 사람 잡아먹는 도사가 있어 어린애를 기르는데 순 양기덩이 사내아이가 더욱 좋다고 해서 이를 쪄서 먹는답니다. 심지어 밤에는 잃어버릴까 하여 궤짝 속에 숨겨 두기까지 한다는데, 이런 사건이 있는 지방의 관가에서는 이것을 적발하여 붙들고자 도관을 덮쳐 허물고 불사르면 다시 이름을 중의 명목에 붙여 두고 있든가 몸을 절간에 숨기고 있답니다. 심지어 은밀한 뒷방 속에서 하는 술법이든지 더러운 병에 쓴다는 야릇한 처방들은 모두가 곯아 떨어진 도사들이 만든 것인데 사람들은 그들을 따라다니기를 좋아하고 또 몰래 이 술법을 배우고 있으니 참말 허탄하기 짝이 없습니다.

중국의 불교는 벌써 그 본지를 저버리고 앙루仰漏가 말한, 소위 '이름은 중인데 실상은 도교'에 이른 모양입니다."

앙루는 몽고 사람 경순미敬旬彌의 자인데 언젠가 나와 이야기할 때에 '이름은 중이지마는 실상은 도교'란 말을 한 적이 있었기에 내가 지정에게 말했는데, 이 말을 지정이 또 추사시에게 옮겼던 모양이다. 그는 또 말하였다.

---

2) 도교의 사원.

"귀국에도 옛날에는 역시 법술이 용한 중이 있었나요? 그 이름을 한번 듣고 싶습니다."

"우리 나라가 비록 바다 한쪽 구석에 있지마는 풍속인즉 언제나 유교를 숭상하여 예나 지금이나 그래도 큰 선비나 학자는 적지 않소이다. 그런데 지금 선생은 이에 대해서는 묻지 않고 도리어 법술 용한 중 이야기를 물으시는데, 우리 나라 풍속에는 이단의 학문을 숭상치 않아서 원래 법술 용한 중이 없으므로 숫제 대답할 맛이 없습니다."

왕군이 있다가,

"이단 가운데도 이단이 있어 도리어 그 도의 폐해가 된단 말이지요. 우리 친구 추공의 말인즉 귀국에서 유교와 불교의 다른 점을 알고자 한 것일 겝니다."

하고, 추생도 있다가,

"그런 뜻입니다."

한다. 나는,

"중의 이름을 듣는다기로니 유교와 불교의 다른 점을 찾아 낼 수 있겠습니까?"

했더니, 추생은 또 물었다.

"유학자들 중에도 도학과 이학理學의 명색이 다른데 귀국에서는 이런 분간이 있는지요?"

"우리 유학에는 오직 네 가지 과목3)을 두고 가르쳐 이 네 가지 과목을 일관한 도는 다만 한 가지 이치일 뿐이지요. 이것을 배우고 묻

---

3) 공자가 제자들의 자격에 따라 가르친 덕행, 언어, 정사政事, 문학 네 가지 과목.

는 것이 바로 학문일 것입니다. 무엇 때문에 유학자들이 함부로 따로 또 과목을 두어 그런 두 가지 다른 명색을 붙이겠습니까?"

"옳습니다. 선생의 말씀은 지당합니다. 공자의 문하에서 72명 제자가 그들의 스승에게 물은 것이란 '인仁'이 아니면 '효孝'일 뿐인데 후세에 와서는 그렇지 않아 제자 된 자가 처음 와서 책을 펴고는 으레 한다는 강론이 '이기理氣'[4]입니다. 소위 선생은 옷깃을 여미고 자리에 올라앉으면서 대뜸 말한다는 것이 '성명性命'[5]입니다.

오늘 학자들의 학문은 하늘과 인간을 꿰뚫고 있지마는 실제는 한 고을을 다스릴 줄 모르고 그들의 '이학理學'은 솔개가 날고 물고기가 뛰는 일체의 자연 현상은 살피고 있지마는 한 가지 소소한 일도 판단을 못 합니다.

이런 학문을 하는 자를 소위 '이학 선생'이라 하여 시골 서당 같은 데를 가면 변변치 못한 자질로 경전이나 대강 공부하고 어설픈 글새김질이나 좀 하면 주제에 강의들을 하고 있습니다. 이야말로 묵고 썩어 빠진 것을 고량진미라 하고, 헌 누더기를 털갖옷으로 삼아 자막子莫[6]의 고집을 원칙을 지킨다 하고, 호광胡廣[7]의 행세를 하면서도 소위 중용을 지킨다고 하는바, 이따위 학문을 가리켜 소위 '도학 군자'라고 한답니다. 이 정도는 오히려 약과지요.

---

4) 유교 철학에서 선천적인 절대 이념 또는 천부의 양심 등을 '이'라 하고, 후천적인 감정, 기질, 물질 운동 등을 '기'라 한다.
5) 천성과 천명.
6) 《맹자》에 나오는 고집쟁이.
7) 후한 사람으로 세상에서 일을 옳게 한다고 칭찬을 받다가 나중에는 실수를 하였다.

옛날 이단은 묵자墨子[8]를 버리고 유교로 돌아가기도 하고 유교로부터 양자楊子[9]의 도로 붙는 자도 있어 서로 눈을 흘기고 서로 갈라지고 등을 지고 저마끔 엉뚱한 배짱들을 가졌습니다.

오늘의 유학자들을 본다면 죽기까지 제 지방을 떠나지 않고 한번 지반을 잡은 뒤에는 이런저런 경전들의 이론을 쌓아올려 지반 유지를 위한 요새처럼 만들고 때로는 여러 가지 학설을 주워섬겨 새로운 기치를 올려 절반은 주자인가 하면 절반은 육상산陸象山[10] 학설입니다. 어느 파고 은신을 하여 대가리를 내밀었다 웅크렸다 합니다. 흡사 물에 빠진 놈처럼 놀고 고서를 파먹고 사는 책벌레를 길러 이번엔 여우나 쥐 같은 소인배로 만드는즉 고증학 따위로써 방어선을 치고, 남보다 뛰어난 총준들을 억눌러 아주 바보로 만드는 동시에 훈고학으로써 자갈로 물립니다. 때로는 용기를 돋우어 싸우다가도 형세가 불리하게 되면 무릎을 꿇고 항복을 하는 것이 요즘 세상의 선비입니다. 오늘의 유학자들이야말로 참말 무섭다고 할 수 있을 것입니다.

어허! 참, 무서운지고! 나는 평생에 유학을 배우고 싶지 않습니다. 만일에 큰 눈을 뜨고 입을 벌려 이단의 학문을 제창하는 자가 있다면 저는 불원천리하고 양식을 싸 짊어지고 좇아가서라도 스승으로 모시겠습니다. 오늘 선생의 말씀을 들어 본다면 튼튼하

---

8) 전국 시대 철인으로, 소위 겸애兼愛 사상을 주장하여 남을 위하여는 철저한 자기 희생을 강조한 자.

9) 전국 시대 철인으로서 남을 위하여는 자기의 털끝만큼도 희생하지 않는다는 이론을 주장한 자.

10) 주자와 동시대 학자로 주자의 학설과 대립한 학자이다.

게 올바른 도를 지키고 계시니, 저 같은 소인의 마음으로 하여금 한편은 즐겁고 한편은 서글프게 합니다."

말하는 추생을 보니 용모는 의젓하고 언사는 시원시원하며 칭찬하는 듯 조롱하는 듯 희뜩버뜩 교묘하게도 전부가 나를 깔보고 농을 하는 듯만 싶었다. 나는,

"갑자기 선생의 별스러운 이론을 듣고는 흔감스러운 바이오나 이런 뒤틀린 말씀이 어데 있겠소? 이 사람은 바다 구석에 나서 보고 들은 것이 얼마 안 되고 학식이 보잘것없어 여러분들에게 웃음거리가 될 것은 당연한 일로 생각합니다. 잘하는 것을 칭찬하고, 못하는 것을 애석히 여기는 것은 군자의 덕의로 보아 정당한 도리일 것입니다. 그런데 당신은 이 같은 성묘聖廟에 몸을 붙이고 있으면서 이단을 배우고 싶다는 말씀은 진정으로 하는 말씀인지요? 상국上國에서도 먼저 본을 보일 자리에 앉아 있으면서 이 같은 이야기가 나올 줄은 생각도 못했습니다. 만일 당신의 말씀이 거짓이라면 외국에서 온 하찮은 선비를 조롱하는 것이니, 아무래도 멀리 온 사람을 좋게 대하는 도리가 아닌 줄로 생각합니다. 부끄러운 터에 저는 물러가겠소이다."

했더니, 추생은,

"그럴 리가 있겠습니까? 제가 마침 심정이 격하여 말 머리가 어디로 돌아가는지도 모르고 예까지 이르렀습니다. 이제 선생께서 이토록 저를 책하시니 저는 더 오래 선생을 모시기 어렵습니다."

하면서, 의자에서 일어나 머리를 조아린다. 이는 사과를 하는 뜻이다. 왕군이 있다가,

"제 친구는 순실한 사람입니다. 그가 가진 뜻이 원래 그렇지 않습

니다. 선생께서 잘못 의심하신, 이단을 스승으로 삼고 싶다는 말은 공자가 말씀한 '오랑캐 땅에 가서 살고 싶다.'는 심경에서 나온 말일 것입니다."

하고는, 서로들 허허 웃었다. 나도 역시 따라 웃었다. 그러나 심기가 끝내 유쾌하지 못하고, '오랑캐 땅에 가서 살고 싶다.'는 비유가 더욱이 나로서는 못마땅했다. 추생은 다시 물었다.

"선생의 이번 걸음은 오로지 서번 부처를 보려고 오셨습니까, 황제의 성탄을 축하하려고 오셨습니까?"

그동안 지정은 잠시 문밖으로 나갔다. 나는 대답하였다.

"단지 황제의 칠순 경절을 경하하기 위하여 왔을 뿐입니다. 황제의 분부가 없었다면 어째서 열하까지 왔겠습니까? 어제 활불을 본 것도 황제의 분부이외다."

왕군은,

"박 선생은 사신이 아니고 종형 되신 어른을 따라 구경하러 오신 걸음이랍니다."

하니, 추생은 나를 한참 눈 익혀 보다가는 말하였다.

"선생은 이번에 와서 '담인噉人'[11]이 무섭지 않습디까?"

"담인이 무엇인지요?"

하고 물었더니, 추생은,

"양련진가楊璉眞珈가 다시 세상에 태어났답니다."

하였다. 왕군은 금방 얼굴빛이 변하면서 말다툼질을 하려는 거조다. 나는 그가 말하는 것이 무슨 뜻인지는 몰라도 두 사람의 기색이 좋

---

11) 활불을 사람 잡아먹는 자로 욕하는 말이다.

지 못한 것으로 보아 추생을 나무라는 것 같아 보였다. 이참에 지정이 돌아와서 자리에 앉자 글 쓴 종이를 보고는 재빨리 손으로 찢어 입에 넣고 씹으면서 눈으로는 추생을 보고 한참 동안 말이 없다가 내가 안 보는 틈을 타서 뾰죽하게 모은 입술을 나를 가리키면서 추생에게 눈을 주다가 우연히 내 눈과 마주쳐 퍽도 무안스러운 빛을 보이더니 이내 차를 가져오라고 청하면서,

"귀국 말은 어느 날 밤(宵)에 낳는지요?"

하고 묻기에,

"말 낳는 시각을 어떻게 알겠소?"

했더니, 여러 사람들이 한목으로 웃었다. 지정이가 있다가,

"밤 소宵 자는 작을 소小 자의 뜻인가 보우."

한다. 대체 이 사람들은 글자 음이 같으면 같은 뜻으로 쓴다. 나는,

"나라가 작고 보니 먹이는 짐승들도 따라서 작아지나 보우."

했다. 나는 몹시 반선 라마의 내력을 자세히 알고 싶었는데 추생이 하던 이야기가 무슨 곡절이 있어 보이고 또 두 사람이 퍽도 무엇을 꺼리는 빛이 있어 보이므로 섣불리 다그쳐 물어 볼 수도 없었다. 추생은 차를 마신 뒤에 곧장 물러가 버리고 지정 역시 다른 일이 있었고 나 역시 일어나니 왕군도 내 뒤를 따라 나왔다.

하루는 내가 형산(이름은 윤가전으로, 역시 태학에서 묵었다. 벼슬은 대리시경이었는데, 올해 나이 일흔 살이다. 올 봄에 벼슬에서 물러났다.)을 찾아갔는데, 대궐로 들어가서 아직 나오지 않았다. 다시 지정 방에 들렀으나 아무도 없기에 금방 발길을 돌려 문을 나서려고 하니, 지정이 방금 외출했다가 돌아오는 길이라 나를 보고는 매우 반가워하

면서 손을 붙잡고 방으로 들어갔다. 그는 모자를 벗어 벽에다 걸고는 차를 가져오라고 하면서,

"추 거인은 미치광이 친구이니 선생은 아예 다시 만날 것 없습니다."

한다. 나는 물었다.

"무엇 때문에 미치광이라고 합니까?"

"그 친구 뱃속은 울분이 꽉 찼습니다. 남과 마주 이야기를 할 때는 좀처럼 양보를 않고 욕질이 일쑤입니다. 저는 또 선생께서 그의 무뚝뚝한 성질도 모르는 터에 한 주먹 얻어 걸릴까 싶어 걱정했지요."

나는 웃으면서,

"그의 미치광이 놀음은 따를 수 없겠는데요."

했더니, 지정은,

"저쯤으로도 그런 우둔스러운 재주를 따를 수 없답니다."

하고는, 한목 허허 웃었다. 나는 물었다.

"활불이 양련의 후신이라는 데 대하여 장군은 시방 무엇 때문에 그렇게도 몹시 꺼리시나요?"

"그 미친 것이 딴 사람을 끌어 대어 딴 사람을 욕하는 것입니다."

나는 짐짓 물었다.

"대체 양련이란 것이 무슨 욕입니까?"

지정은 풀기 없이 말했다.

"차마 말할 수도 없고 차마 들을 수도 없습니다."

"날탕패, 건달꾼 같은 아주 나쁜 욕설인가요?"

내가 물으니, 지정은 손을 내저으면서 말했다.

"아니외다. 양련은 원래 서번 중인데 원나라 시절에 중국에 들어

와 송조 왕릉들을 참혹한 병화보다 심하게 파헤쳐 보물을 산더미처럼 그러모았답니다. 이자는 술법을 쓰고 산을 쪼개는 보검을 가졌는데 주문을 외우면서 한번 치면 비록 남산에 묻힌 석관이든지 땅속 깊이 채워 둔 것이라도 단번에 안 열리는 것이 없어 금은보물이 땅을 차면서 절로 뛰어나오고 별별 보물 궤짝이 질펀하게 헐려 젖혀져, 심지어 시체를 달아 매고는 수은을 받고 시체의 뺨을 후려갈기고 구슬을 찾아 낸답니다.[12] 그리하여 강남 사람들은 '곰보 양련의 얼굴을 쌀 쓸듯이 빡빡 쓸어서 제물로 바치겠다.'고 이를 갈고 맹세하였답니다. 시방의 활불은 서번 사람이므로 그를 빌려 욕한 것이지 양련의 후신이란 것이 아닙니다."

"그는 무엇 때문에 활불을 그토록 함부로 욕을 할까요?"

"그는 유학이 본업이고 보니 활불에게는 불복이랍니다."

"그가 유교가 본업이라면 어째서 앞서는 유학자를 그렇게도 욕을 할까요?"

"그는 미치광인지라 하늘도 천둥도 무서울 턱이 없고 임금이고 법이고 두려운 것이 없답니다. 공자도 석가도 닥치는 대로 하고 싶은 대로 욕을 하고 보아야만 직성이 풀리는 모양이지요."

하면서 지정은 되물었다.

"귀국의 무덤 제도는 어떻습니까?"

"옛날 예법을 따른다지마는 나라 풍속이 검소한 것을 숭상하여 보물을 함께 묻는 법이 없고 공경 귀인들로부터 일반 백성에 이르기까지 장사 치르는 제도는 모두 주자의 《가례》를 쓰고 있습니

---

12) 고대 소위 귀인들을 염습할 때 수은을 쓰고 죽은 사람 입에 값진 구슬을 넣는 풍습이 있다.

다. 또 땅이 한쪽 구석 벽지에 처하고 보니 난리도 그리 자주 없어서 저절로 그따위 걱정은 없습니다."

지정이 한숨을 내쉬면서,

"참말 좋은 나라 좋은 땅에 즐겁게 나서 즐겁게 죽는 셈이오. 주공이 예법을 만든 것은 만대를 두고 도적의 길을 터놓은 것인갑소. 생명 없는 시체가 무슨 죄가 있겠소? 보물을 지녔다는 것이 죄이지요. 더구나 제왕가의 시체이겠소. 이래서 한번 난리라도 겪으면 능이라는 능은 다 파헤쳐져, 황성의 유리창 같은 데서 파는 골동품은 모두가 역대로 내려오면서 왕릉 같은 데서 파낸 물건입니다. 묻자마자 곧 파기도 하고 묻힌 동안이 오랠수록 자주 굴총당하여, 이런 데서 파낸 물건일수록 더욱 보물로 쳐주어 그중에는 열 번이나 땅에 들어갔다 나온 것도 있답니다. 비록 시방 당장에 석지釋之[13]가 삽자루를 잡고 유향劉向[14]이 삼태기질을 하고 양후[15]를 장사지낸다 하더라도 도적들은 믿지 않을 것입니다."

하기에, 나는 말했다.

"대체 무덤 속에서 나온 그릇이란 무엇이고 흉스럽고 더럽고 꺼림칙할 터인데 어째서 보물로 치나요?"

"참 그렇습니다. 은나라, 주나라 적 그릇들의 해독은 만대를 두고 내려와 후세에 와서 일 좋아하는 자들은 책상 위나 그림 그리는 방이나 위신을 갖추어야 하는 방 치장에는 이런 꺼림칙한 그릇들

---

13) 한나라 때에 유명한 법관인데, 성은 장張이다.
14) 한나라 때에 《열녀전》의 작자이며 청렴하기로 유명한 학자다.
15) 양후楊侯는 한나라 때 양진楊震으로, 문장이 유명하였고 또 청렴하기로 칭찬을 받는 인물.

이 아니고는 벌여놓을 줄 모른답니다. 소위 감상가들은 똑똑하게 이것을 알아 내는 것으로 박식을 삼고 수집가들은 애써 이를 그러모으는 것으로 취미를 삼습니다."

"장군 댁에도 역시 귀물 골동 그릇이 있습니까?"

"저는 무인이라 이런 물건을 살 수도 없으며 대대로 농사 집안이니 집 안에 묵은 물건이 있을 수 없으나, 다만 가진 것이 손바닥만 한 옛날 벼룻돌로 세상에서 전하기는 소동파가 손수 만든 것이라고 하며 송나라 명필 미불米芾 원장元章의 낙관이 찍혀 있습니다. 이밖에 원풍(元豊, 1078~1085) 연간에 만든 구리쇠로 된 푸른 술잔이 있습니다."

"어디 한번 구경할 수 없겠소?"

"그는 어렵지 않습니다마는 지금은 객지에 와 묵고 있으니 몸에 지니들 못했습니다."

"강남 지방에서 나는 서화와 기물들 중에는 정교한 날조품이 많다는데 참말인지요?"

"그렇습니다. 우리 집에 있는 그릇 두 개도 소주나 항주의 장사치들이 함부로 만든 물건이 아니라고 누가 보증하겠소? 저는 원래 이런 골동 감식에 아는 것이 없으니 여기야 까막바보를 면할 수 없나 보외다."

나는 또 물었다.

"활불은 정말 그런 일이 있습니까?"

지정은,

"무슨 일?"

하고 되물었다. 내가 양楊 자를 써 보이니 지정은 손을 내저으면서,

"아니외다. 그는 정말 신통력을 가졌습니다."

하고는 다시 당부조로,

"부디 다시는 그를 만나지 마시오."

한다. 말하는 것을 보아 추사시를 종잡을 수 없이 위험한 인물로 생각하는 것 같았다. 나는 조심하겠다고 하고는 다시 물었다.

"라마는 무슨 종족인지요? 이것도 몽고의 딴 부족인가요?"

"아니외다. '라마'란 말은 서번 말로 '도덕'이란 뜻인데 소위 라마라면 모두 중을 말하는 것입니다. 시방도 몽고에서는 중이 되면 죄다 라마 복장을 입습니다. 북경의 옹화궁에 있는 중들을 모두 라마라고 불러 만인이나 한인들도 라마에 몸을 붙여 중이 되는 자가 많습니다. 먹고 입는 것이 풍족한 데 끌리는 까닭이지요.

대체로 원나라나 명나라 시대는 번왕이 몸소 사신이 되어 조공을 바칠 때는 부하를 삼사천 명이나 데리고 국경에 들면 언제나 생기는 것이 많아서 때로는 국경 지방에 그대로 남아 떨어져 돌아가지 않을 적도 있습니다. 홍무(洪武, 1368~1398) 초년에는 번왕番王을 소중히 대접하여 극진히 생각했습니다. 영락(永樂, 1403~1424) 연간으로부터 무종(武宗, 1506~1521) 때까지는 이 같은 대우가 더욱 극진하여 서울 안 여러 절간에 머물러 두고 먹였답니다.

금년 봄에는 금으로 궁전을 짓고 활불을 맞아 와서 살도록 했지마는 옛날 원나라, 명나라 때에 비한다면 그 공대하는 범절이 어림도 없을 것입니다. 서번의 여러 법왕들이 거처하는 곳이 황금 기와와 백옥 계단에 문창과 난간들은 침향, 강진향, 오목 같은 귀한 목재를 쓰고 창은 수정과 유리로 달고 바람벽은 죄다 화제火

齊[16]나 실실瑟瑟 같은 구슬로 꾸몄답니다. 시방 거처하는 전각쯤은 흙집이나 다름없이 보아 이야말로 토담 초가집 같고 보니 오랫동안 머물기를 싫어하여 굳이 돌아가겠다고 청하고 있습니다.

황제께서 내년에 오대산에 거둥할 때 꼭 몸소 산서까지 전송해 주겠다고 약속을 하여 이미 기일까지 정했답니다. 활불은 소리를 잘 맞추고 팔풍八風[17]을 점치며 열 나라 말을 한답니다."

"과연 열 나라 말을 한다면 무엇 때문에 이중 통역을 할까요?"

"비록 소리는 잘 맞춘다고 하지마는 그렇다고 그 자리에서 바로 뜻이 통할 수야 있겠소. 그리고 그가 올 적에 숲속에서 향내를 맡고서 신통스러운 나무 한 주를 뽑아 분에 심어서 왔답니다."

"신통스러운 나무란 무슨 나무인가요?"

"이 나무 이름은 '천자만년수天子萬年樹'라고 하는데 엇걸린 아지와 퍼진 아지가 모두 '천자만년'이란 글자 모양으로 되었답니다. 장자가 '봄이 삼천 년, 가을이 삼천 년'이라고 한 나무로서 어떤 이는 이 나무를 '명령冥靈'이라고 한답니다."

"요즘 집 안에서 기르는 매화분에서 연한 가지를 잘 잡아 옆으로 비스듬하게 운치 있게 만드는 것은, 이거야 인공으로 하는 것이지만 천작으로야 그런 나무가 있을 수 있나요?"

"아니올시다. 잎사귀 한쪽 힘줄 무늬가 죄다 '천자만년'이란 글자로 되어 있답니다."

그는 즉시 잎사귀 그림을 그려 보인다. 나는 물었다.

---

16) 운모雲母의 일종. 육각형 판 모양으로, 얇은 조각으로 잘 갈라지는 광물이다.
17) 불교에서 말하는 사람을 사랑하고 미워하는 여덟 가지 감정.

"당신은 전에 이 나무를 본 적이 있습니까?"

"모양을 보지는 못했고 그저 이름만 들었습니다. 이야말로 요 임금 뜰에 있었다는 명협蓂풀이요. 초나라에 있었다는 영수靈樹와 같아서 온 세상에 향기를 퍼뜨려 이 바람에 만국은 다 같이 평안하고 사철 언제나 꽃이 핀답니다. 꽃잎은 열두 잎인데 꽃봉오리가 처음 터지면 초하루인 것과 달이 처음으로 한쪽 면이 밝아지기 시작하는 것을 알게 되고, 꽃이 하루 한 잎씩 피어 열두 잎이 활짝 다 피면 보름인 것과 달이 처음으로 이지러지기 시작하는 것을 알게 되고, 꽃이 하루 한 잎씩 말아 들어 꽃 꼬투리가 떨어지면 그믐임을 알게 됩니다. 그래서 이 나무를 '명수蓂樹'라고도 하고 또 '영수'라고도 한답니다.

또 언젠가 활불은 황제와 함께 차를 마시고 있다가 갑자기 남쪽을 향하여 찻물을 뿌렸다고 합니다. 황제가 놀라서 까닭을 물었더니, 활불은 방금 칠백 리 밖에 큰 불이 나서 만 호나 되는 집이 불타고 있는 것이 보이기에 비를 좀 보내 주어 불을 잡는 것이라고 공손히 대답하더랍니다. 다음 날 담당한 부서 신하가 전하기를, 정양문 밖 유리창에 불이 나서 망루에까지 옮겨 붙었는데 불길이 엄청나게 셌기 때문에 인력으로는 불을 잡을 수 없었더랍니다. 때는 바로 한낮이나 되었는지라 하늘은 맑게 개어 구름 한 점 없었는데 갑자기 맹렬한 소낙비가 동북쪽에서 몰아들어 삽시간에 불을 껐다고 합니다. 차를 뿌려 비를 보낸 시각이 꼭 불났을 시각과 맞아 떨어졌답니다."

"내가 아직 북경에 도착하기 전에 길에서 이런 이야기를 들었습니다마는 동한 시대 난파欒巴는 술을 뿜어 비가 오도록 한 예가 있다는데 무엇이 용하다고 떠들 것이 있겠소? 그리고 또 황성에서 이곳까지는 사백여 리인데 칠백 리란 말은 무슨 소린지요?"

"그렇소. 이야 그의 영험이 신통하다는 것이지요. 이곳은 북경에서 칠백 리 떨어졌는데 건륭 황제는 늘 이곳에 머물러 있고 보니 황족들을 비롯한 내각 대신들이 다들 다니기를 꺼렸으므로, 특히 각 참의 이수를 깎아 사백 리로 만들어 늘 말을 달려 황제에게 일을 아뢰게 되었지요. 이는 옛 성인이 말한바, 평안할 적에는 위태로운 것을 잊어서는 안 된다는 뜻에서 나온 처사랍니다."

내가 지정과 말할 때에 황제의 은덕이 우리 나라에 우악하다는 둥 중국의 문화가 천하에 미친다는 둥 이런 따위 말을 입으로 외듯 늘 했기 때문에 나와 함께 이야기를 즐겨 하게 되었고, 또 추생이 망발 말을 하였으므로 짐짓 허튼 수작을 지루하게 늘어놓은 것이다.

하루는 대궐 턱으로부터 혼자 돌아오는 길에 우연히 어떤 술집에 들렀더니, 거기에 웬 사람이 혼자 앉아 밥을 먹다가 나를 보고는 저를 놓고 의자에서 일어서 옛날 친구나 만난 것처럼 손을 덥석 쥐고는 웃으면서 맞아 자기 의자에 앉으라고 권하고는 자기는 다른 의자를 끌어서는 마주 앉아 저마끔 성명을 써 보였다. 그의 이름은 파로회회도요, 자는 부재孚齋요, 호는 화정華亭이요, 현재 강관의 직분을 가지고 있었다. 나는 그가 만주 사람인 줄만 알고 물었더니 몽고 사람이었다. 종이 다루는 솜씨라든가 속필로 달려 쓰는 필법이 아주 익숙하였다. 나는 물어,

"당신은 박명博明이란 분을 아시오?"

했더니, 그는 말했다.

"내 아우나 다름없습니다."

"반정균潘庭均을 아시오?"

"언젠가 한번 무영전武英殿에서 본 일이 있나 봅니다."

박명은 박식인 데다가 글씨를 잘 썼다. 나는 수십 년 동안 자주 그의 필적을 보았던 터라 같은 몽고 사람이기에 물어 본 것이다. 또 그가 현재 강관의 직책에 있다기에 반정균의 소식을 물어 그가 사는 집이 어딘지를 알고자 했더니 반정균과는 그리 친하지 못한 모양 같았다. 나는 물었다.

"세상에는 세 가지 교가 있는데 귀국에서는 무슨 교를 가장 숭상하고 있나요?"

"중국같이 큰 나라에서 어찌 교가 세 가지만 있겠소? 자기의 도를 행하고 보면 다 교라고 부를 수 있겠지요."

"귀국은 몽고가 아닙니까? 중국을 말한 것은 아니외다."

"저는 중국에서 나고 자라서 사막은 알지 못합니다. 그러나 거기도 대국의 한 끝이니 응당 우리 교가 성하겠지요. 귀국에서는 대체 교가 몇이나 있나요?"

"유교가 있을 뿐입니다."

"인간 세상살이가 어찌 유교에 안 닿는 것이 있겠습니까? 유교라고 부르면 벌써 구류九流[18]의 반열로 물러서게 되니, 우리 교처럼 광대무변한 도를 가지고 도리어 세 가지 교라는 비좁은 틈에 끼어 '선비 유儒' 자로써 매기고 마니, 이것이 이단을 조장시키는 까닭이 될 것이외다."

---

18) 한나라 시대에 있었던 아홉 가지 학파.

방재 웬 회회 사람 세 명이 와서 술을 마시고 있었다. 나는 물었다.

"저들도 역시 서번의 한 부락 사람들인지요?"

"아니외다. 회회 사람들은 당나라 시대에 '회흘回紇'이라고 했는데 당나라에 공을 세웠습니다. 또한 중국의 걱정을 사기도 했으며 '회골回鶻'이라고도 한답니다. 오대 시대에 서쪽으로 돌궐 지방을 침범하여 한나라 때 서역이라 부른 옛 땅에 웅거하여 청진교淸眞教[19]를 퍼뜨렸으니, 이 역시 이단 중에 드는 한 가지 교랍니다.

세상에는 다만 우리 도가 있을 뿐, 우리 도의 한 끄트머리를 가지고는 저마끔 한 가지 교라고 부르고 있습니다. 우리들같이 도를 배우는 자는 반드시 '우리 도'라고 할 뿐이지, 유교라고 해서는 안 된다고 생각합니다."

나는 말했다.

"그럴 수 없지요. 자기를 '우리'라고 부르는 것은 상대자를 대칭해서 부르는 말일 것입니다. '우리'와 '상대'가 마주 대하게 될 때에는 벌써 '우리'와 '상대방'은 관계가 형성되어 '우리'라는 일방만이 안 될 것입니다. 이러므로 우리 자신을 '우리'에다 국한한다면 이야말로 '우리'와 '상대' 사이는 불공평하게 될 것입니다. 도라고 하는 것은 천하에 가장 공평한 도리이거늘 어찌 '우리'라는 자기의 독점물로 만들어 다른 사람들로 하여금 좀처럼 얼씬도 못 하도록 하겠습니까? 제 생각으로는 '우리 도〔吾道〕'라는 말이 그리 번듯하고 공정한 칭호 같지는 않습니다. 유교라는 말에서 '유'라는 개념은 잘 알았습니다마는 그러나 '교'라는 것

---

19) 회회교를 말한다.

은 《중용》에 이른 대로 '도를 닦는 것을 일러서 교라고 한다.〔修道之謂教〕'는 그것을 말한 것이 아닐지요? 일러서 문교, 성교니 명교[20]는 모두 성인이 세상을 교화시키는 것을 말한 것이외다.

그런데 이것도 교라 부르고, 저것도 교라고 불러 이단과 서로 섞이기를 부끄럽게 생각한다면 교라는 글자를 아주 없애야 할 지경이외다. 지금에 와서 '우리 도'라고 부르는 것을 보고 저들 이단들도 장차 '우리 도'라고 부를 터인즉 이러다가는 점점 짓이 나서 정말 '우리 도'까지 까뭉개 버릴는지 누가 알겠습니까?"

부재는 말했다.

"그런 말이 아니외다. 세상 선비들은 이단이란 것이 우리 도의 한 끄트머리인 줄을 모르고는 이러쿵저러쿵 공격만 하다니니 저들은 내로라며 고개를 쳐들고 우리 도와 마주 겨룰 것입니다. 양자, 묵자, 노자, 장자의 학설이란 모두 우리 도에도 있는 말이요, 소위 불교에서 말하는 인과설 같은 것도 우리 도로서는 가장 배척하는 바이지마는 실상은 우리 도에서 먼저 주장한 것입니다."

나는 물었다.

"인과설은 윤회설과 마찬가지가 아닐까요?"

"아니외다. 인과설이란 다만 어떤 것이 원인이 되면 어떤 것이 결과가 된다는 것입니다. 비유컨대 밭에 씨를 뿌리는 것이 원인이면 싹이 트는 것이 결과요, 밭갈이하는 것이 원인이면 수확하는 것이 결과요, 나무를 심는 것도 그럴 것이니 꽃이 원인이면 열매

---

20) 문교文教는 예악으로, 성교聲教는 통치자의 명암과 위세로, 명교名教는 인륜을 중심한 대의와 명분으로 사회 풍속을 교화하는 것을 이른다.

는 결과일 것입니다. 말하자면 《서경》에 이른 대로 '도덕을 따르는 것은 길하고 역리逆理를 좇는 것은 흉할 것' 이외다. 이것이 바로 우리 도의 인과입니다. 여기서 도덕과 역리는 원인이요, 길흉은 결과입니다. 그러나 길흉 보응설報應說이 부족하다고 평하는 자는 말하기를, 그림자와 메아리처럼 따르고 좇아 부응하는 영험이 이토록 빠를 수야 있겠느냐는 것입니다.

또 말하자면 '착한 일을 쌓는 집안에는 반드시 경사가 남게 될 것이요, 착하지 못한 일을 쌓는 집안에는 반드시 재앙이 내리는 법' 이니 이는 우리 도의 인과입니다. 그러나 앙경설殃慶說이 부족하다고 말하는 자는 '반드시 남는 것이 있다.'고 하지마는 이 '반드시 남는 것' 을 대체 누가 보았느냐는 것입니다. 불교를 하는 자도 처음에 인과를 들어 말한 것은 꽤 투철했지마는 다음에 우리 도에서 좋고 나쁜 일에는 반드시 갚음이 있다는 것을 보고는 슬쩍 윤회설로 대신 채웠으니 실상 우리 도에서 볼 때는 이것을 병집으로 잡는 것입니다.

착한 일을 하는 자에게는 백 가지 복을 내리고 착하지 못한 일을 하는 자에게는 백 가지 재앙을 내린다는 말도 우리 도의 인과설입니다. 그러면 이같이 복과 재앙을 내려주는 자는 누구일까요? 서양 사람들은 제법 자기의 몸을 바로잡고 불교라면 더구나 힘써 공격을 하면서도 오히려 천당 지옥설을 떠들고 있습니다. 그들은 우리 도에서 '한마음으로 상제를 대한다.' 는 말을 보고는 성신이 강림했느니, 하나님이 굽어보느니, 신의 소리를 듣느니 하여 분명히 주재하는 하나님이 있다고 하여 복과 재앙을 내린다는 '강降' 자를 붙들고는 자신을 속이고 있습니다. 대체로 불교에서는 윤회설도 없었는데 중국 사람들이 불경을 번역할 때에 그 말이 서툴고 글이 다르다 보니 형용해 내기 어려운즉 보응설과 윤회설로 번역하고는 그 위에다 인과설을 가져다가 얽매어 둔 것입니다. 후세에 와서 선가禪家에서까지 인과설 같은 것은 부끄럽게 여겨 이를 불교의 찌꺼기로 삼고 있는바, 이는 반드시 자세히 한 번 검토할 만한 일이외다."

나는 또 물었다.

"시방 법왕이 말하는 다른 사람 몸에 태어난다는 법은 윤회설의 증거가 아닐까요?"

"아니외다. 남의 몸에 태어난다는 법은 윤회설과는 다릅니다. 소위 윤회설은, 맹수라도 갑자기 부처님의 생각을 품게 된다면 다음 대에 가서는 좋은 갚음을 받아 착한 사람이 될 것이요, 지금은 사람이더라도 짐승이나 다름없는 행실을 하면 후생에 가서는 나쁜 갚음을 받아 틀림없이 짐승이 된다는 것입니다. 이는 비유하는 말에 불과한 것으로 조잡하고 우둔하고 천박한 말입니다. 《시경》에도, '효자가 끊어지지 않으니, 하늘은 너에게 길이길이 복을 주리라.' 했으니, 윤회설의 증험이란 정작 이런 것으로서, 법왕이 소위 남의 몸으로 태어난다는 법이야 때 묻고 더러운 옷을 갈아 입듯이 아주 자기 몸을 바꾸어 버리는 것입니다."

"정말 그런 이치가 있을까요?"

"그가 주문을 가지고 조화를 부리는 술법은 도가의 술법이나 비슷하나 실상은 선가에서 말하는 소위 마선魔禪[21]일 것입니다. 대

---

21) 불교의 참선 중에서 정통파가 아닌 참선.

체로 이런 일은 있을 듯도 하고 없을 듯도 한 일이니 저 자신이 중 노릇을 안 해 보고야 참과 거짓을 어찌 알 수 있겠습니까? 예전에 제가 운남 있을 적에 여가를 타서 이 일을 가지고 시방의 태학사 아계阿桂공에게, '이것은 서장땅에 들어가 구경한 자들이 실상은 지혜들이 부족해서 이렇게밖에 모르는 모양인데 장군은 명석한 분이시니, 이 일이 대체 웬 셈판일까요?' 했더니, 공은 말하기를, '이런 일이 있는지 없는지 꼭이 물을 필요조차 없을 것 같소. 비겨 일러서 말하자면 우리네 집안에서 매우 총명스런 아이가 한 명 태어났다 치고 이 아이가 네댓 살 날 때부터 터럭만치도 세상 일을 모르도록 하고는 매일같이 고명한 선생과 탁월한 선비들로 하여금 항시 곁에 붙어 있도록 하여 성현의 말씀으로 그의 심성을 교양하고, 또 커서도 먹고 입는 데 걱정이 없고 금이나 옥이나 비단 같은, 사람이 하고 싶어하는 물건들을 보아도 마음에 두지 않도록 하여 귀신이나 다름없이 모셔 섬긴다면 그 다음부터는 외곬으로 도를 지향하게 될 것이니 이러고야 성현이 안 될 수 없지요. 또 그를 어릴 적부터 늙은 중으로 하여금 기르게 하여 매일같이 설법을 하여 공덕을 알게 하고, 부처를 극진히 섬기도록 하여 어릴 때부터 어른이 되기까지 세상살이 잡념으로써 그의 마음을 쭈그러들도록 하지 않는다면 부처가 못 될 턱이 없을 것이오.' 했습니다."

저녁에는 형산을 찾아가서 법왕이 다른 데 태어나는 재주와 윤회설이 다른 점이 무엇인가를 물었다. 형산은 말하였다.

"이는 몸을 되바꾸는 것이나 다름없을 뿐이오, 대체로 사람의 육신이란 바람과 비와 덥고 추운 데 치여서 머리털은 하예지고 살

갖은 굳고 쭈그러들어 늙지 않을 수 없지요. 말하자면 절로 흙과 물과 바람과 불로 화해 버리지마는 소위 밝은 정신과 영원히 죽지 않는 몸[金剛寶體]은 본래부터 젊거나 늙음이 없고 한 개비 장작불이 다 타면 다른 개비로 불이 옮겨 붙는 것과 같다는 것입니다. 비유하면 천리 길을 가는 여행자와 같습니다. 세상에 누구도 먼 길을 간다고 해서 있던 집을 떠메고 가는 자는 없을 것입니다. 반드시 숙소를 갈아 묵어 가면서 갈 것입니다. 세상에는 아무리 다정한 사람이라 하더라도 묵던 여관에 정이 들어 여기 떨어져 머무는 사람은 없을 것입니다.

불은 장작개비를 인연 삼아 붙어 잠깐 동안은 불과 장작이 얼싸안고 훨훨 기쁜 듯이 타다가 불이 다른 장작개비로 옮겨 붙을 때에는 어느 장작이고 먼저 타서 남은 잿덩이를 못내 그리워할 법은 없을 것입니다. 법왕이 다른 몸으로 태어난다는 것도 다만 이 같을 뿐입니다.

윤회설이란 불가의 율서律書입니다. 옛날 한나라 때 무제의 황후 두 태후竇太后가 꾸짖었으니, 조관과 왕장[22]이 어찌 사공司空[23] 벼슬을 했겠습니까? 조정의 문서도 역시 유가의 말로써 한다면 한 개 율서입니다. 저들이 말하는 환생설은 해당 시대 임금들이 제정한 제도와 같은 것입니다. 오형五刑[24]이나 오복五服[25]과 같이

---

22) 조관趙綰과 왕장王臧은 한나라 경제 때 어사대부로서 유학을 강의하는 명당을 짓기를 황제에게 청했다. 그런데 두 태후는 황로黃老의 학문을 좋아하여 유교를 배척하였으므로 즉시 황제를 꾸짖자 황제는 조관과 왕장을 죽였다.

23) 어사대부의 다른 칭호.

24) 다섯 가지 형벌.

일정한 규정이 있어서 상 주고 벌 주고 하는 것이 다 이같이 규정을 적용하여 공죄가 나타나기도 전에 법문부터 먼저 갖춘 것입니다.

불교를 신봉하는 자들은 세상에서 실시되는 공죄와 상벌은 부당하고 믿을 수 없다고 보고 눈과 발로 실천하는 현실은 사람들이 만만히 여기니까, 헤아릴 재주도 없는 죽은 뒷세상으로 옮겨서 볼 수도 없고 들을 수도 없는 속에서 징계와 벌을 받는 것으로 교양을 하려는 것이니, 옛 사람들이 말한 소위 흑막 속에서 임금을 조종하는 권세를 잡고 있다는 것이 바로 이것입니다.

그러나 우리 유가에서는 그들을 꼭 원수와 같이 공격하지는 않아서 성인이 도로써 가르침을 베푸는 것도 역시 이와 같은 것입니다. 또 천지는 한없이 크고 풍속도 지방마다 다르며 사물은 바르고 삐뚠 것이 있으며, 이치도 경우에 따라 달라져 그릇에 담긴 물이 그릇 모양대로 둥글고 모나는 것과 같습니다.

고금 천하에 환생이란 법이 없는 바도 아니요, 다른 사람에게 태어나는 수도 역시 없지 않으며 화식을 하지 않고 사는 사람과 장생불로하는 사람 역시 없는 것이 아닙니다. 또 덮어놓고 이런 이치가 없다는 것도 일종 편견이요, 또 이런 이치가 있다고 주장하는 것도 편견일 것입니다. 이러한 이치가 때로는 있을 수도 있는 것이므로 이같이 '혹시 있을 수 있는 일'로써 함부로 만 가지 이치에다가 맞추려 하거나 천하의 이목을 돌리려는 것은 더욱 말할 수 없는 편견입니다."

나는 말하였다.

---

25) 중국 상고에 있어 행정 구역에 관한 제도.

"진나라, 한나라 이래로 천하를 통치하는 자는 다들 이단이었지요. 진나라는 형명刑名[26]으로써 천하를 아울렀고 한나라는 황로黃老[27]의 도로써 부강하지 않았습니까? 성인들은 비록 이단이 '인의'를 억누를까 봐 염려했지마는 오늘 법왕이 주장하는, 남에게 태어나는 술법으로 국가를 통치하더라도 도리어 우리 유교에 의존하여 인의예지의 영역을 벗어나지 않고 인간 윤리를 기본으로 삼은 사물의 법칙 안에 설 수도 있을 것입니다. 그러나 요순의 도에까지는 깊이 들어갈 수 없을 것입니다."

형산은 눈을 내리감고 한참 동안 입속으로 응대를 하는 것이 염불을 하는 사람과도 같았다. 한동안 지난 뒤에야 눈을 뜨고는 빙그레 웃으면서,

"선생의 말씀이 매우 지당하외다. 이단과 우리 도를 비해 보면 정도와 사도와 거칠고 정미로운 구별은 있지마는 복리 사업을 일으키며 어진 일을 하고 잔악한 일을 물리치고 살육을 없애는 점은 미상불 같은 점도 없지 않습니다."

했다. 나는 물었다.

"대체 법왕의 법술을 가리켜 무슨 도라고 부르나요?"

형산이 말했다.

"소위 황교라고 한답니다."

"황교라면 황로의 도를 말함인가요, 그렇지 않으면 연금술 같은

---

26) 유학자들의 '인의'와는 달리 국가 통치에 있어 강한 법제의 실시를 기본 정책으로 삼는 정치 이론.
27) 황제와 노자의 정치 철학으로 무위無爲와 간소화의 이론.

것을 말하는 것일까요?"

"천지간에는 별스런 세상, 별스런 사람도 있어서 그 도야말로 명색 없는 것을 귀하게 여기며 맑고도 참되고 평안하고도 일없이 사는 것이 그들의 생이라면 때를 맞추어 그대로 없어지는 것이 그들의 죽음이랍니다. 세상에 났다고 그리 좋아할 것이 없고 죽는다고 해서 슬플 것도 없이 번갈아 가면서 환생을 하여 억만 년을 변함이 없다고 하며 벼슬을 좋아하지 않습니다. 아는 것도 모르는 듯, 모르는 것도 깨달은 듯, 무엇이 무엇인지 모르도록 혼돈하여 자연의 면모 그대로 지켜 난리나 살벌을 좋아하지 않으며 이 세상을 꿈속같이 여깁니다. 모든 사물을 요망된 것으로 보고, 모든 언어를 거짓으로 보고, 세상에 붙어 사는 것을 허탄한 노릇으로 보고, 사랑이니 정이니 하는 것을 부질 없는 장애로 보아 염불도 아니요, 참선도 아니요, 생각도 없고 근심도 없습니다. 이야말로 세상에도 별천지요, 별난 학문이라 할 수 있습니다.

옛날의 초인이나 선인들의 도이며 자아와 공리를 초월하는 학문입니다. 《장자》에 나오는 자휴子休가 말한, '정신을 한번 통일하면 백성들은 재난이 없고 농사는 풍년이 든다.'[28]는 말과 요 임금이 고산姑山, 분수汾水를 가 보고는 정신없이 천하를 잊어버렸다는 것이 곧 이 도 같은 것입니다. 비단 서번땅 여러 나라들만이 모두 이 교에 열복하고 있을 뿐 아니라 몽고 지방의 여러 부족들도 이 교를 믿지 않는 자가 없습니다. 시방 조정의 정치 교화는,

---

28) 《장자》의 '소요' 편에 나오는 가상 인물인 연숙連叔의 말을 인용한 것으로 위에 있는 자휴는 오기인 듯.

위로는 요 임금 시절의 본을 따서 교화가 미치는 데는 모두가 평화스러워 국경 밖의 정세는 항상 조용합니다. 싸우고 죽이고 침략하고 도적질하는 것은 서번의 풍속으로도 꺼리는 바인즉, 역시 황교란 것이 도리어 중국의 갸륵한 교화 정책에 만분의 하나라도 도움이 된다고 하겠지요."

때마침 딴 데서 떠드는 소리가 있어 즉시 일어나 여천의 숙소로 갔다.(여천은 기풍액의 자인데, 만주 사람이다.) 여천은 사천어사 단례端禮가 지은 칠언시 50수를 내보여 준다. 이 시는 황제가 공작깃을 하사한 데 대하여 읊은 시다. 무관이 4품 이상 지위가 되면 모자 꼭대기에 깃을 다는 법이요, 문관도 황제에게 하사받으면 역시 달게 되므로 이를 영광으로 여기기 때문이다. 시를 보니 간드러지고 묘하게 꾸민 당나라 말기와 원나라 시기의 투가 있었다. 여천은 나에게 비평을 부탁했으나 끝내 사양했는데, 군이 졸라 댄다. 눈치가 나의 재주와 식견을 떠보고자 함이다. 나 역시 속을 내보이고 싶지 않아 필경 거절하였던 것이다. 여천은 즉시 염렴[29]이 틀린 데를 세 군데나 지적하고는 다시 접어서 탁자 위에 놓은 뒤에 형산이 지은 율시 한 수를 내보이면서 붓으로 함련頷聯[30]의 대맞춤인 연모와 웅장[31]에다가 점을 찍으면서 빙그레 웃고는,

"개똥이야! 이 양반이 하는 정사도 이 시처럼 모호할 테지."
했다. 나는,

---

29) 한시에서 글자마다 고저를 맞추는 작시 법칙.
30) 율시에서 둘째 구와 셋째 구를 이른다.
31) 연모燕毛는 제비 털을 말하고, 웅장熊掌은 곰 발바닥을 말한다.

"어떻게 그렇게 경솔한 말씀을?"

했더니, 여천이 즉시 '개똥' 두 자를 찢어 입에 넣고 씹어 버리기에 나는 껄껄 웃으면서,

"나이 많은 어른을 함부로 조롱하더니만 이녁이 벌 턱으로 똥을 자시누만!"

했더니, 여천도 역시 죽겠다고 웃었다. 조금 있다가 형산이 들어와 셋이 둘러앉아 이야기를 하다가 형산이 곧 나가기에 둘이 남아 서로 쳐다보고 웃었다.

하루는 여천이 명륜당에서 산책을 하는데 한 사람이 세숫대야를 들고 뒤를 따랐다. 여천은 서서 낯을 씻고 수건으로 닦고는 다시 걷다가 나를 보고는 멀리서 "박공!" 하며 소리쳐 불렀다. 선뜻 좇아갔더니, 그는 웃으면서,

"아까 황제께서 하사하셨다는 누런 비단으로 봉한 것을 조금 맛봅시다."

하기에, 나는 곧 돌아와 병을 기울여 보니 꼭 한 잔쯤 남았기에 손수 들고 가져갔다. 여천이 웃으면서,

"이것은 여지즙입니다. 여지란 열매는 나무에서 따서 하루만 지나면 대번에 빛깔이고 향내고 변해서 만의 하나도 성할 수 없지요. 그래서 꿀에 담가 두어도 열의 아홉은 빛깔과 맛이 변하기가 일쑤랍니다. 처음 나무에서 딸 적 같으면 입이 열이고 손이 열이라도 그 맛과 향기를 어찌 다 형용을 할 수 있겠나요? 저도 서울에 온 뒤로 이런 하사품을 받은 적이 한두 번이 아닌데, 어제도 역시 이것을 황제께 받자왔지요."

하고는, 얼른 한 잔을 내어 소주 대여섯 잔에 타서 나에게 권했다. 한 잔을 마시니 맑은 향기가 입에 가득 차는데 감칠맛이 견줄 바 없었다. 여천에게 잔을 돌려 권했더니 여천은 고개를 설레설레 흔들면서 굳이 사양을 했다. 내가 괴이쩍어서 물었더니 그는,

"저는 벌써 불교의 계명을 지켜 술을 끊은 지가 오래입니다. '하루에 여지를 삼백 개씩 먹다나니, 영남땅 사람 된 이내 팔자 무방코야.〔日食荔枝三百顆 不妨常做嶺南人〕'이는 소동파의 시랍니다. 저는 시방 안찰사 자리에 있으면서 매일같이 빼먹지 않고 이것을 먹습니다."

하면서 다시,

"영남땅은 옛날에 귀양살이하던 곳입니다."

했다.

하루는 밤중에 달이 밝기에 여천과 함께 축대 위를 거닐었다. 밤이 깊고 이슬발이 차서 여천은 자기 방으로 나를 끌어들여 묻는다.

"사신은 무엇 때문에 활불을 안 만나 보려고 합니까?"

"사신은 황제의 분부를 받잡고 만나러 갔습니다."

"사신이 도중에 말에서 내려 못 가겠다고 했기 때문에 황제는 다시 그만두라는 분부를 내리셨다는데, 무슨 까닭인지요?"

그는 말을 느직느직 하는 것이 어디고 까닭이 있는 듯하고 속마음을 파 보려고 하는 것 같기에 나도 선뜻 대답을 못하는데, 여천이,

"사신의 참반 반열 순위는 소문이 자자하답니다."

한다. 나는 말했다.

"도중에 말에서 내렸다는 것은 안 가겠다는 것이 아니랍니다. 통

관의 말이, 군기대신이 꼭 오게 되었다고 기다려서 같이 가라고
하기에 대궐 담장 나무 그늘 앞에서 더위를 피하면서 군기대신이
오도록 늦게까지 기다리다가 갑자기 황제의 분부가 내려 도중에서
파의하고 돌아선 것이지 일부러 맘대로 늦춘 것이 아니랍니다."

"사신이 이 때문에 황제에게 불려 나무람을 당할 뻔하였고 예부
의 여러 대관들은 이 때문에 놀라서 끼니까지 놓고 있는 판에 어
제는 다시 황제의 우악한 분부가 계시니, 이야말로 세상에 없는
반가운 일입니다. 조선은 이로써 응당 대국에 바치는 정성을 한
결 가다듬어야 할 것입니다. 두 분 사신은 함께 은혜를 치하하면
서 묘 중에서 덕 상서를 만나 매우들 기뻐합디다."

나는 듣기가 해괴해서 천천히 물었다.

"우리 나라가 귀국과 말하자면 한집안이나 다름없어 오늘 나나
귀공을 두고 말한다면 안팎을 차릴 터수가 아니지마는 법왕을 두
고 말한다면 이야 서번 사람이 되고 보니 사신으로서야 어찌 선
뜻 만나 보겠소? 이는 본래 신하 된 처지에서는 외교가 있을 수
없다는 의리일까 하오. 그러나 여러 차례 황제의 분부를 받잡고
보매 역시 안 찾아볼 수야 있겠소?"

"지당한 말씀이오. 어제는 사신이 활불을 절해 뵌 셈인가요, 그렇
지 않다면 황제의 분부를 절해 받은 셈인가요?"

사신은 실상 활불에게 절을 한 적이 없었고 또 묻는 말이 꽤 응숭
깊기에 함부로 '절하지 않았다.' 고 바로 대지 못하여 붓을 쥔 채 망
설이고 있노라니, 여천이 먼저,

"황제의 분부를 받잡고 갔으니 응당 성은에 절함과 같겠지요."
하면서 또다시 묻는다.

"형장도 활불에게 절을 했던지요?"

"그저 바라봤을 따름이지요."

했더니, 그는 '바라보다〔望見〕' 두 자를 가리키면서,

"바라본다는 말은 벌써 활불에게 아첨을 한다는 말인데요. 형장
은 분부를 받지도 않았는데 그렇게 버선발로 뛰어나설 필요야 어
디 있소?"

나는 무안을 참지 못해서 언뜻 대답하여,

"구경에 정신이 팔려서 두서를 차리지 못한갑소."

했더니, 여천은 허허 웃으면서 말한다.

"그렇겠소. 옳은 말이오. 이것저것 문책을 해서 안됐소. 부디 용
서해 주시기 바라오."

"나는 이미 만리 길에 구경을 나선 길이라 그렇지 않았다면 어찌
따라가 금전 옥루 구경을 할 수 있겠소?"

"그렇고말고요."

또다시 말을 이어,

"저의 전신인즉 본디 중이올시다. 뒤에는 아직 한번……."

하고는 수십 자를 먹이 마른 붓으로 바삐 내려 갈기는데 말이 똑똑
하지 못했다. 나는 마침 촛불에 담배를 붙이느라고 눈 익혀 보들 못
하고 막 다시 한번 보려고 하는데 그는 벌써 촛불에 태워서는 구들
아래로 던져 버리면서 말했다.

"저는 본디 머리 안 깎은 늙은 중이외다."

나는 다시 물었다.

"당신은 전에 활불을 본 적이 있나요?"

"친왕들이나 부마들이나 몽고 왕이 아니면 감히 볼 수 없답니다."

하고는 다시 말을 이었다.

"나는 선비의 복색과 선비의 관을 쓴 이상 평생에 흙으로 만든 등신에게도 절을 해 본 적이 없는데 어째서 고깃덩어리로 된 가짜 부처님에게 절을 하겠소?"

나는 그가 써 놓은, 머리를 안 깎았느니 선비의 관이니 하는 말을 보고 웃음이 절로 터져 언뜻 먹으로 권주를 쳤더니 여천은 내 뜻을 못 알아먹는 모양으로 역시 껄껄 웃으면서 불에 태워 구들간 아래로 던졌다. 나는 말했다.

"공은 자기를 선비라고 하면서 또 말끝마다 늙은 중이니 머리 안 깎은 중이니 하면서 다른 사람은 부처에게 아첨을 한다고 책을 잡으시니 대체 무슨 일이십니까?

내가 보기에는 공이야말로 가위 가짜 부처님 제자라 할 수 있으니 열심히 불교나 공부를 하시지요."

여천은 허허 웃고는 '가짜 부처님 제자'라는 구절에 먹으로 권주를 자꾸 치면서,

"형장께서 만일 재물이 많았다면 나는 반드시 좋은 단골 손으로 정했을 것이오."

"그것은 또 무슨 말이요?"

"말 빚을 잘 갚고 보니 말이외다."

하고는 또 이어서,

"한창려韓昌黎[32]도 늘그막에는 필경 참선을 좋아했다오."

한다. 나는 말했다.

---

32) 당나라 때 문인 한유韓愈를 말한다.

"양명陽明[33]의 학문은 비록 편벽된 고집이 있으나 창려와 같이 흐리멍텅하지는 않지요."

"신건백新建伯[34]은 명분이나 이론이 뛰어나고 그가 불교를 배척하는 이론은 살과 뼈에까지 깊이 스며드는 것만 같지마는 사람들의 감정을 통쾌하게 할 뿐이고 창려의 웅장한 맛과 맹렬함을 따르지 못할 것입니다."

하고는 이어서,

"'잿마루턱 구름을 보고 고향집을 생각하고, 관에 쌓인 눈을 보고 탈 말이 생각난다.' 는 격으로 모두가 지난 날의 추회인갑소."

한다. 나는 또 물었다.

"요즘 세상에 걸출한 문장으로 이 두 선생에 비할 만한 분이 있습니까?"

여천은 이 말에 대답이 없이 언뜻 붓장난을 하여,

"없는 것은 있는 것이요, 있는 것은 없는 것이라.〔空則是色 色則是空〕"

나는 말을 받아서,

"나는 너요, 너는 나로구나.〔我則是爾 爾則是我〕"

했더니, 여천은 앞으로 나와 내 손을 잡고는 한참 있다가 손가락으로 자기 가슴을 가리키고서는 또 내 가슴을 가리켰다. 또 묻기를,

"대체 그중의 상판이 어떻게 생겼습디까?"

"석가여래 부처님같이 생겼습디다."

---

33) 명나라 시대의 대학자로서 이름은 왕수인王守仁이다.
34) 왕양명의 봉호이다.

"응당 뚱뚱하게 살이 쪘겠지."

하고는 '탐할 탐貪' 자를 한 자 큼직하게 쓰면서,

"안 찾는 것이 없고 안 빼앗는 것이 없으니까요!"

했다. 나는 물었다.

"중 같아 보이지도 않던데 무슨 계율도 없겠지요?"

"안 좋아하는 것이 없습니다. 말, 소, 양, 약대, 개, 돼지, 거위, 오리, 다 처먹는답니다. 당나귀를 통째로 먹기 때문에 살이 찐답니다."

"계집도 좋아하나요?"

"이 한 가지는 안 범하는 것 같습니다."

법술이 신통한지를 물었더니, 그가,

"천만에요. 완적의 후신이 안태사요, 안태사의 후신이 포염라요, 포염라의 후신이 악무목[35]이라고 한답니다. 이는 못된 놈들이 가르친 말입니다."

하기에, 지정이 말한 오색 거울 이야기를 물었더니, 여천은 말하였다.

"정말 이런 것이 있다는 말이 있습니다. 이는 화제를 가지고 만들었답니다."

만년수를 물었더니 들은 적이 없다고 하면서 어떤 것이냐고 되묻기에, 학성한테서 들은 이야기를 대강 하면서 정 그렇다면 참말 영수일 것이라고 말했더니, 여천은 껄껄 웃으면서,

"형장은 이런 허망스러운 나무를 어디서 들었소?"

---

35) 완적阮籍은 진나라 죽림칠현의 한 사람이고, 안태사顔太師는 당나라 현종 때 명필이자 군사였던 안진경顏眞卿을, 포염라包閻羅는 송나라 인종 때 법관 포증包拯을, 악무목岳武穆은 송나라 고종 때 충신 악비岳飛를 이른다.

하고는, 이어서 말했다.

"활불은 죽을 때 그 학문을 꼭 한 마디로 전하겠다고 말했답니다."

나는 황경으로 돌아와서 학자 고관들과 교제한 자가 많았지마는 여천같이 철저히 불교를 배척해서 말하는 자는 보지 못했다.

하루는 내가 방문에 마주 서 있노라니 여천이 거울을 가지고 자기 얼굴을 비추고 내 얼굴을 비추다가 또 장난으로 내가 차고 있는 주머니에 든 구슬로 꿴 연주聯珠를 만지면서 웃으며 하는 말이,

"이것은 유학자가 가질 물건이 못 되는데요."

하기에, 나는,

"그것은 갓끈입니다."

했더니, 그는,

"좀 빌려서 잘 따져 보아야 믿을 수 있지요."

했다. 즉시 주머니 속에서 꺼내 보였더니 여천은 허허 웃었다. 아마 처음에는 염주인 줄만 알았던 모양이다. 나는 벽에 걸린 조주朝珠를 가리키면서 물었다.

"저것은 무슨 물건이오?"

"그것은 국가의 위품을 말하는 물건으로 없을 수 없는 물건이외다. 대체 조복을 입으면 목에다가 염주를 걸므로 이것을 '조주'라고 해서 더러는 값이 천 냥, 만 냥도 된답니다. 각로閣老 우민중于敏中의 자는 내재耐齋인데 금년에 죽었지요. 그 집 재산을 몰수하여 관가에서 파는데 조주 네 개 값이 은으로 3만 7천 냥이더랍니다. 값이 너무 비싸서 감히 사는 사람이 없었다고 합니다."

연암은 이르노라.

세상에는 이러저러한 종족이 많다. 내가 열하에 이르러 이번 참에 모여든 번족들을 많이 보았다. 그중에도 몽고 사람으로서 중국에서 생장한 자는 문장과 학문은 만인이나 한인에 어깨를 견주고 있지마는 그의 용모는 험상궂고 억세 아주 판이하게 달랐으니, 더구나 48부의 추장들은 말할 것도 없다. 오랑캐 추장들은 저마끔 좌현左賢이나 곡리谷蠡와 같은 왕호를 가지고 서로들 간에는 예속 관계가 없이 세력을 나누어 맞버티고 있어 누구도 먼저 움직이지들 못하고 있으니, 이것이 중국으로 하여금 마음을 놓게 하는 까닭이다.

나는 찰십륜포에서 몽고 왕 두 명을 보았고 또 산장 문 앞에서도 두 명을 보았다. 그중에도 늙은 왕 하나는 나이가 지금 81세인데 허리가 구부러지고 피부는 검고 뼈는 썩어빠진 것 같으며 얼굴은 당나귀처럼 길고 귀는 거의 열 자나 되었다. 그중에도 젊은 자는 귀신같이 생겨 종규도鍾馗圖[36]처럼 보였다. 서번 사람들은 더욱이 사납고 추악해 보여 이상한 짐승이나 귀신 같았다. 정 무섭기는 회회국 사람들로서 이는 옛날의 회흘이니 훨씬 더 사납다. 토사土司[37]는 서번이나 회흘에 비하면 다 같이 크고 건장하게 생겼다.

아라사鄂羅斯는 흑룡강 부근에 있는 부락이다. 집에는 반드시 개를 한 마리씩 두는데 개 크기가 당나귀만큼씩 하고 목에는 작은 방울을 여남은 개씩 걸고 턱 밑으로는 야단스러운 꾸미개를 늘여 수레를 끌게 하였으니 이로써 개의 크기를 알 수 있을 것이다. 더구나 사

---

36) 당나라 현종이 꿈에 본 귀신을 오도자吳道子라는 저명한 화가를 시켜 그린 그림.
37) 남방 묘족의 두목 칭호이다.

람이야 더 말할 수 없이 크다. 어디를 갈 적에는 반드시 개를 데리고 옆눈을 뜨면서 통소를 분다. 그들의 쓰개나 의복은 끼리끼리에 따라 모양이 다르게 갈렸으므로 분간하기가 쉽다.

대체 만주족은 비록 크게 번성했다 해도 아직 천하의 절반도 못 된다. 그들이 중국땅에 들어온 지는 벌써 백여 년에 수토에 젖고 풍습이 익었기 때문에 한인들이나 다름없이 깎이고 닦여서 벌써 문약 文弱에 흘렀다.

오늘 천하의 형세를 한번 돌아보면 그중 두려운 것은 언제나 몽고라고 할 수 있을 것이요, 다른 오랑캐는 말할 것도 못 된다. 무엇 때문일까? 몽고가 강하고 사나운 것은 서번이나 회회국만 못하다 할 수 있으나 서번이나 회회국이 중국에 대항할 만한 문물과 법전을 가지지 못한 것과는 다른 것이다. 그중에도 몽고는 홀로 국경을 불과 백 리 안쪽에 마주 대고 있으면서 흉노, 돌궐에서 시작하여 거란에 이르도록 모두 다 대국의 끄틀로 볼 수 있을 것이다.

예전부터 위율과 중항열[38] 같은 자들이 도망가는 소굴로 되었거늘 하물며 법전이나 문물은 옛날 원나라의 유풍을 지니고 있음이랴. 겸해서 군대와 말이 강하고 건장한 것은 본디부터 사막 나라의 타고난 전통이고 본즉 천하의 법도가 한번 해이해지고 숨쉬기가 좀 급해지면 48부의 몽고 왕들이 어째서 공연히 그 강대한 군사들을 가진 채 장성 밖에서 토끼나 여우 사냥만을 하고 있을 것으로 볼 터인가? 내가 본 바로는 추장들이 이미 그러하고 내가 이야기해 본 사람 중에도 부재나 앙루 같은 사람은 다 문학이 도저한 인사이다. 옛날 유

---

38) 위율衛律과 중항열中行說은 한나라 때 나라를 배반하고 흉노에게 항복한 자들.

연劉淵[39]이 장성 안에 들어와 살 때에 유주幽州, 기주冀州 지방의 명사들은 많이들 그를 찾아 따르게 되었다. 유연의 아들 총聰은 경서와 역사에 박식하여 젊은 시절에 서울 출입을 하자 서울의 명사들은 누구나 그와 교제를 하였다. 그러나 천하가 한번 뒤흔들려 바람이 일게 된 뒤에야 유연과 총의 무리가 그 속에 안 끼었다고 누가 장담할 것인가? 지금 이러한 인사를 우연히 내 눈으로 목격한 것만도 몇 사람이나 되거늘 더구나 내 눈으로 보지 못한 사람이야 몇이나 더 될는지 어떻게 알 것인가?

이참에 내가 열하의 지세를 살펴보니 대체로 천하의 정수리 같아 보였다. 황제가 어정거리면서 북쪽으로 이 지방까지 온 것은 다름이 아니다. 정수리 골통을 깔고 앉아 몽고의 산멱을 틀어잡을 따름이다. 그렇지 않았다면 몽고는 벌써 매일같이 튀어나와 요동을 쥐고 흔들었을 것이다. 요동이 한번 흔들리면 천하의 왼팔이 끊어지는 것이요, 천하의 왼팔이 끊어지면 하황河湟은 천하의 오른팔로서 한쪽 팔만 움직일 수는 없을 터인즉 내가 본 바로는 서번 지방 여러 오랑캐들이 부스스 나오기 시작하여 섬서, 감숙 지방을 엿볼 것이다.

우리 나라는 다행히 한쪽 바다 구석에 붙어서 이런 판국과는 상관 없다손 치더라도 나는 벌써 머리털이 센지라 앞날을 미처 보지 못할 것은 뻔한 일이지마는 앞으로 30년을 못 가서 세상 일을 걱정할 줄 아는 자가 있다면 응당 내가 오늘 한 말을 다시 한번 생각할 것이다. 그러매 오랑캐 여러 종족에 대한 소견을 위와 같이 아울러 기록한다.

---

39) 4세기 초 오호五胡의 한나라인 전한을 세운 흉노족 출신의 임금.

중존씨仲存氏[40]는 말한다.

'다섯 가지 망령된 노릇[五妄]'[41]과 '여섯 가지 안 될 일[六不可]'[42]이라는 것은 모두모두 《예기》 '곡례曲禮' 편에 있는 3천 가지 금지 조항에 들어 있다고는 할 수 없으나, 대체로 예절을 아는 자라면 자연히 이런 과오를 범하지 않을 것이다. 이는 타국에 여행하는 사람만이 그런 것이 아니라 집에 앉아서 한 가지 사물, 한 명의 인물이라도 대할 때는 이와 같지 않을 수 없는 것이니, 소위 말이 진실하지 못하고 행동이 얌전하지 못하면 제 고향에서도 살 수 없다는 것이 바로 이것이다. 어떤 사람은 이것을 이해하지 못하고 연암이 사람들에게 처세하는 요결을 가르쳤다고 할 것이나, 나로 말한다면 누구를 물론하고 마음을 바로잡고 행동을 옳게 하는 방도는 마땅히 이렇게 해야만 할 것이라고 생각한다.

반선이란 것은 처음 듣고 처음 보는 것으로서 그의 기괴망측한 것은 말을 한다더라도 그 실정을 가늠할 수 없는 것이며 보았다 하더라도 그의 행동을 어떻다고 결론할 수 없는 것이다. 더욱이 그에 대한 말들은 한날 한 자리에서 한 것도 아니요, 제각기 듣고 전하는 말들에 의거하였기 때문에 그 이야기들이 깊고 옅고 자세하고 간략함이 알쏭달쏭 다 이렇다. 그러나 대체로는 이상하고 놀랍기도 하고 추어주는 듯하면서도 조롱하는 듯하며 이상야릇 허망하여 도무지 다 믿을 수가 없으나 여기서 이것저것 그러모으고 묶어서 이 한 편

---

40) 박지원의 처남 이재성李在誠의 자인데 몇 개 제목에 걸쳐 적당한 평론을 부기하였으므로 원문대로 번역하여 실었다.
41) 박지원이 '심세편審勢編'에서 지적하였다.
42) 본편에 지적하였다.

이 기술된 것이다. 신비스럽고 웅대하고 밝고도 섬세한 이 이색진 기록은 소위 활불이란 자의 도술의 내력만을 해명하였을 뿐 아니라 서로 만나서 이야기한 여러 사람들의 성질, 학식, 용모, 말버릇까지도 펄펄 뛰다시피 생동하게 묘사되었다.

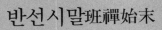

반선시말班禪始末

內圜通庵
花木深處

반선 액이덕니는 서번 오사장의 대보법왕이다. 서번은 사천과 운남성 지경 밖 지방으로서 오사장은 대체로 청해青海의 서쪽에 있는데 지리책에는 당나라 적 토번吐蕃의 옛 땅으로서 황중湟中[1]에서 5천여 리 떨어진 곳이라 했다.

반선을 '장리불藏理佛'이라고도 하는데, 삼장三藏이 곧 그 땅이다. 반선 액이덕니는 서번 말로는 광명, 지혜와 같은 말로 법승 자신이 말하기를, 그의 전신은 파사팔巴思八이라고 한다. 그 말들이 허탄하고 종잡을 수 없으나 도술이 고명하여 때로는 영험이 있다고 한다.

대체 파사팔이 태어난 내력은 이렇다. 토파土波의 한 여자가 새벽에 물을 길러 갔다가 수건이 물 위에 떠 있는 것을 주워서 몸에 찼더니 수건이 차차 기름덩이로 엉키면서 이상한 향내가 나고, 먹어 보니 달콤했다고 한다. 필경 웬 사람이 나와 인도를 하자 감촉되어 낳은 것이 파사팔이니, 그는 태어나면서부터 신성하였다.

원나라 세조가 사막에 있으면서 파사팔이 어려서부터 능히 불교의 경전을 만 권이나 왼다는 소문을 듣고 사신을 보내 맞아 왔다. 과연 지혜롭고 원만하며 몸에는 전체가 향내요, 걸음은 천신天神과 같고 목소리는 음률에 맞아서 황제는 크게 기뻐하여 부처나 다름없이 보았으니, 당시에 이렇다 하는 인물들도 아무도 따를 수 없었다고 한다. 능히 소리를 맞추어 몽고의 새 문자를 지어 천하에 반포하였으니 황제는 '대보법왕'이란 호를 주었다고 한다. 이는 불교의 존호일 뿐이요, 국토가 있는 왕의 작위가 아니다. 법왕의 이름은 이로부터 시작되었으니 그가 죽자 황제는 '황천지하 일인지상 선문대성 지덕진

---

1) 감숙 지방으로 흘러드는 서영하西寧河의 좌우 서강西羌족들이 사는 곳.

지 대원제사皇天之下一人之上宣文大聖至德眞智大元帝師'라는 호를
내렸다.

후일에 신을 맞아 악귀를 누르는 청산압마請繖壓魔의 놀이가 생
겨 병졸 수만 명을 내어 비단 바지, 수놓은 웃옷에 수레나 말에는 깃
발을 달고 비단 일산을 늘이고 모두 금은보옥, 비단, 수단, 능직, 채
단으로 꾸며 황성을 둘러싸고 사대문을 거쳐 서번 음악과 중국 음악
에 맞추어 의장을 인도하여 궁중으로 신을 맞아들이는데, 이것을
'파사팔교'라고 하였다. 그런데 이 교는 본래의 교지와는 아주 틀려
기괴한 잡귀의 도가 뒤섞이게 되었다. 황제나 황후나 왕비들과 공주
들은 모두 고기 음식을 금해 가면서 이 행렬을 맞는데 두 손을 올렸
다가는 땅에 엎드려 절을 함으로써 만백성들의 복을 비는바, 이것을
일러서 소위 '타사가아가 파사팔을 만나는 놀잇날〔打斯哥兒値巴思八
遊日〕'이라 하여 이날은 심지어 집을 망치고 살림을 탕진해 가면서
만리를 멀다 않고 구경을 오는 자들이 있다고 한다. 원나라 말까지
해마다 이와 같이 연중 행사로 하여 그 교를 숭봉하였다.

파사팔과 같은 시대에 담파澹巴라는 중이 있었고, 다음에는 가린
진珈璘眞이란 중이 있었는데 모두 서번 중으로서 법술에 능했다. 그
러나 모두 파사팔교와는 달리 다른 사람의 마음속을 알고 황제가 마
음먹은 일을 알아맞힌다고 하여 황제는 모두 스승으로 섬겼다.

이 당시에도 아직 남에게 태어나는 환생법에 대한 말은 없었다.
홍무 초년에 황제가 서번 여러 나라에 포고를 내리자 오사장은 제일
먼저 사신을 보내어 조공을 하였다. 그 왕은 난파가장복蘭巴珈藏卜
이라는 중으로, 자칭 '황제의 스승〔帝師〕'이라고 했다. 이 당시 여러
번지番地에 있는 황제의 스승과 대보법왕은 이미 나라를 가진 명칭

이 되어 한나라, 당나라 시대에 선우單于나 가한可汗의 칭호나 다름 없이 되었다. 당시 황제는 황제의 스승이란 명칭을 한목에 '국사國師'로 고치고 옥으로 만든 인장을 주었는데, 황제가 친히 옥의 바탕을 보살펴서 좋은 옥을 썼으니, 그 인장에는 '출천행지 선문대성出天行地 宣文大聖'이란 명호를 새겼지마는 사관들이 이런 것을 생략하였다. 이 인장은 천자의 옥새와도 같이 쌍용틀임을 새긴 쥘손이 붙어 있었다.

그 뒤로도 서번의 여러 나라들은 '법왕'이니 '제사帝師'니 불러 점점 더 사신을 보냈다. 그 이름이 황제에게 알려진 자도 무려 수십 나라에 이르는데, 황제는 이들을 모두 국사로 봉하고 또 대국사로 봉하기도 하여 극진한 사랑으로 대우하였다.

성조成祖 때에는 부마를 보내 서번 중 탑립마嗒立麻를 맞아 오게 하면서 황제는 그가 탈 수레를 하사하였는데, 천자가 쓰는 그것이나 다름없이 참람하였고 금은보화와 비단, 채단 등을 내린 것은 이루 다 기록할 수 없었다. 고제高帝와 고후高后를 위하여 절을 지어 복을 빌었는바, 이때 여러 가지 상서가 나타나 성조는 매우 기뻐서 탑립마를 '만행구족시방최승등여래 대보법왕萬行俱足十方最勝等如來 大寶法王'으로 봉하고 금과 구슬로 짠 가사를 하사하고 그에게 따르는 자들을 모두 대국사로 봉했다.

그가 가진 불가의 비법은 신통하여 흔히 요술과도 같아서, 능히 귀신을 시켜 삽시간에도 철이 아니고는 얻기 어려운 물건을 만리 밖에서 가져오는 등 눈이 어지럽게 부리는 괴망스러운 술법이 사람의 생각으로는 헤아릴 재주가 없었다고 한다.

당시 서장의 각지에서는 '대승大乘'이니 '대자大慈'니 하는 법왕의 명호를 얻은 자도 있고, 또 천교闡敎니 천화闡化니 하는 다섯 교왕敎王이 있었다. 다섯 교왕이 조공 바치는 사신들은 서령西寧과 조황洮湟 사이를 끊임없이 오가므로 중국도 일찍부터 그들을 접대하는 데 드는 많은 비용을 괴롭게 여겼다. 그러나 실상은 융숭한 예우로써 그들을 짐짓 어리석게 만들고 널리 왕호를 봉하여 남모르게 그들의 세력을 분할함으로써 그들로 하여금 각기 조공을 바치도록 하였으니 서번 사람들은 이를 깨닫지 못하고 있었다. 또 그들은 중국의 상금을 탐하여 조공하는 것을 한 개 벌이로 삼고 있었다. 정덕(正德, 1506~1521) 연간에는 관리를 보내 오사장 활불을 맞아 오는데, 황제는 그들을 접대하는 데 내탕금을 다 쓰고 황후와 왕비와 공주들은 서로 다투어 가면서 패물, 노리개, 머리꽂이 등을 내어 환영 행렬을 맞는 비용으로 한없는 돈을 집어넣었다고 하였다. 십 년 만에 돌아갈 때가 되었는데 한 번 온 활불은 피해 숨어서 볼 수도 없었으며, 보물들은 다 없애고 빈손으로 도망갔다고 한다. 만력(萬曆, 1573~1619) 시대에는 신승 쇄란견조鎖蘭堅錯라는 중이 있어 역시 중국에 통하여 활불이라고 일렀다고 한다.

이상은 서번 지방에 관한 이야기의 대략이다. 한림서길사 왕성王晟이 일찍이 나에게 반선에 대한 내력을 이같이 이야기해 주었다.

왕성의 본집은 영하寧夏요, 본래 채씨蔡氏의 아들인데 자기 말로는 그 숙부가 차를 팔기 위하여 자주 국경 밖으로 드나들면서 서번 지방 사정에 익었다고 한다. 그리고 왕씨는 대대로 서쪽 국경의 작은 관리로 있어 어릴 적부터 오사장의 내력에 대하여는 매우 밝다고 한다. 금년 초에 평생 처음으로 서울에 들어와 4월 회시에서는 몇째

안 되게 붙었고 전시에서는 열세 번째로 붙었다. 경서와 역사에 지식이 넓고 기억력이 뛰어난 인물인데, 내가 우연히 유리창에서 만나 그의 속을 떠보니 나를 만난 것을 퍽 이상한 연분으로 생각하는 것 같았다. 또 그가 처음으로 서울에 와서 아는 자리도 넓지 못하고 할 소리, 못할 소리 무엇을 얘기해야 할지, 잘 알지도 못하면서 이튿날은 천선묘天仙廟로 나를 찾아와서 서번 중에 대한 이야기를 자세하게 하였다. 필담도 물 흐르듯, 박식과 문아한 태를 잘 보여 주었다. 그의 말은 역사와 전기를 고증해 보면 실제로 기록되어 있는 것만 같았다.

파사팔을 비롯하여 중국에 들어온 중 가운데는 현철한 자도 있고 그렇지 못한 자도 있었는데 활불이란 칭호는 본래는 없었다. 활불이란 칭호는 명나라 중기부터 시작하여 비록 이름은 중 임금이라고 붙였지마는 다들 처자가 있어 그 아들로 대를 잇게 하였다. 특히 그들의 안해들은 아직 한 번도 중국으로부터 무슨 위품을 봉해 준 적이 없었는바 그들에 대한 중국의 예우가 안 닿는 곳 없이 극진하였음에도 이것만은 않은 것은 이 법왕들이 다 중이었던 까닭이다. 그중에도 오사장 법왕만은 법승들이 서로 대를 이어 스스로 왕이 되어 명나라 중기부터 시작하여 그 이후로 오랫동안 중국으로부터 봉호를 받는 번잡한 수속이 없이, 대법왕과 소법왕 둘이 있어 대법왕이 죽을 때는 소법왕에게, "아무 데 아무네 집에 아이가 나서 이상한 향기가 날 때는 그것이 곧 나이니라."고 유언을 한다고 한다. 이리하여 대법왕이 죽고 나면 아무 데서 태어날 것이라고 말한 아이가 태어나게 되고 잘 알아보아 살에서 과연 향내가 풍기면 즉시로 깃발이야 일산이야 옥가마, 금수레를 버젓하게 갖추어 가서 아이를 수건에 싸 맞아 온다. 이것은 파사팔이 향기로운 수건에 감촉되어 난 때문이라고 한다. 이리하여 양육해서는 소법왕을 삼고 종전의 소법왕이 이번에는 대법왕이 된다고 한다.

오늘의 반선, 즉 대보법왕은 벌써 열네 번째 환생한 법왕으로서 원나라, 명나라 연간에 신승이라 하던 중들은 다 그의 전신이라고 한다. 그는 오는 도중에 원나라 때 '타사가아'를 장하게 맞아 주던 옛 일을 역력히 이야기하면서, 요즘 자기를 마중하는 예식은 볼품 없는 의장과 악기를 치고 불어 위의를 갖추지 못하였다고 말하였다. 그때야 황제의 탈것과 행렬 의장을 맡은 관리인 운휘사雲麾使와 난의십이사鑾儀十二司에 속한 의장을 모조리 다 징발하고 태상시太常寺의 법악法樂과 청진악淸眞樂, 흑룡강의 고취鼓吹, 성경의 고취 등 풍악을 다 출동시켜 교외에 나가서 마중을 하였다고 한다.

내가 태상시의 법악이 무엇이냐고 물었더니 자세히 알 수 없다고 하였으며, 청진악을 물었더니 회교도들이 타는 70줄 큰 비파라고 했다. 흑룡강의 고취는 무엇이냐 물었더니, 열두 구멍이 뚫린 젓대로서 자와가등剌窩哥燈이란 것인데, 그 속은 자세히 알 수 없다고 했다. 운휘사와 난의를 물었더니 별 수 없는 황제의 거둥채라고 말하는 판에, 옆에 있던 주周 거인이 훈상訓象, 훈마訓馬, 정편靜鞭, 골타骨朶, 종천樅薦, 비두篦頭, 선수扇手, 반검班劍[2] 들을 죽 늘여 쓰는데 그 가짓수가 굉장히 많았다. 뭘을 생각했는지 이내 먹으로 지워 버려 좀체 알아볼 수 없었다.

왕 한림의 자는 효정曉亭이다. 효정은 또 이어 말했다.

---

2) 이 여덟 가지는 황제의 거둥 행렬에 의장으로 따르는 기물의 명칭이다.

"반선은 오는 도중에 중국의 내각을 상대로 말하기를, 조왕趙王이 보운전寶雲殿 동쪽 채에서 자기를 위하여 《금강경》을 쓰던 중 겨우 스물아홉 자를 썼는데, 때마침 가경문嘉慶門에 불이 붙어 조왕이 놀라는 바람에 정신이 흐트러져서 다시 계속해 쓰지를 못했으나 이 글씨는 천하의 보물이 되었다고 하는데 대체 이 글씨가 시방 어디 있느냐고 했다는데, 같이 오던 학사가 이 말을 전했다고 합니다. 여기서 조왕이라고 한 것은 송나라 때 명필 조맹부를 말한 것입니다. 패엽貝葉³⁾에 스물아홉 자를 칠로 썼는데 세상에서는 무엇 때문에 스물아홉 자 글자만을 쓴 것인지 까닭을 모르고 있었습니다.

처음에 성안사聖安寺 부처 뱃속에 감추어 둔 것을 명나라 천계(天啓, 1621~1627) 연간에 강남 지방의 큰 상인인 축祝가 성 가진 자가 부처 몸뚱이를 다시 새기다가 이 글씨를 얻어서 몰래 가져갔다고 합니다. 청조에 들어와서 강희 황제가 남방으로 순행할 적에 이과李果란 늙은 선비가 이 글씨를 가져다가 황제께 헌상하여 마침내 비부에 소중히 간직하게 되고 무근전懋勤殿⁴⁾에는 황제가 이 글씨를 본떠 쓴 모본까지 두었습니다.

급기야 반선이 창정滄亭에 와서 글씨를 보게 되어 처음은 탑본을 보였더니 아니라고 하면서 글씨의 힘이 고르지 못하다고 하였습니다. 그리하여 패엽에 쓴 정본을 보였더니, 그때야 기뻐서 이 글씨야말로 진짜라고 했답니다.

---

3) 야자수 잎사귀로 인도에서는 불경을 베끼는 종이로 대용.
4) 자금성 대궐 안에 그림과 글씨를 보관해 두는 전각.

활불은 또 말하기를, '명나라 3대 황제 영락 천자가 나와 함께 영곡사靈谷寺에서 분향을 하는데 천자는 보기 좋은 수염을 쥐어서 품속으로 집어넣다가 잘못 갓끈을 다쳐 구슬 두 개가 떨어져 없어졌다. 천자는 화가 나서 환관 위방정魏芳庭을 꾸짖었다. 때마침 유리국사琉璃國師가 흰 코끼리를 타고 뒤에 따라와서 고리 여섯 개 달린 막대기로 절 문 지키는 중을 치니 중은 무서워서 울었는데 국사가 손바닥으로 눈물을 받자 구슬 두 개가 도로 나왔다. 환관은 이로써 추궁을 면했다.'고 했습니다.

저는 이런 진상을, 유걸劉傑의 《오운비기五雲秘記》에 적혀 있는 것을 보고 알았습니다. 여기에는 역대의 좋은 일, 궂은 일과 제왕들이 일찍 죽을 것과 오래 살 것을 죄다 점괘처럼 적어 두었는데 금서가 되어 민간에서는 얻을 수 없고 다만 비장해 둔 것이 한 벌 있을 뿐인데 반선은 어디서 이것을 알아 냈을까요? 반선은 또 정덕正德 천자를 표범 우리에서 만났다고 했는데, 정덕 시대는 소위 활불이 아직 중국에 들어온 적이 없으니, 이것은 증거가 얼마든지 있고 옛 사람들의 기록에도 다 그렇게 말하고 있는바, 그간 수백 년 동안 내력이 끊어졌으니 모두가 모호한 일입니다. 이로써 보아 반선을 파사팔의 후신이니 혹은 탑립마니 하는 것이나 혹은 전 시대에 있었던 활불들은 다 반선의 윤회로 환생한 것이니 하는 것은 그 진부를 억단할 수 없는 일입니다."

내가 열하에 있을 때 몽고 사람 경순미는,

"서번은 옛날 삼위三危 땅으로서 '순 임금이 세 오랑캐를 삼위 땅으로 쫓아 버렸다.'는 데가 바로 이 땅입니다. 이 나라는 셋으로 되어 있으니 그 하나는 위衛라고 하여 달뢰 라마가 있는 옛날의 오사烏斯요, 하나는 장藏이라고 하여 반선 라마가 거주하는 데로서 옛 이름도 장이요, 하나는 객목喀木이라 하여 서쪽으로 더 나가 있는 땅으로서 이곳은 대라마는 없고 옛 이름으로 강국康國입니다. 이 땅들은 사천성 마호馬湖의 서편에 있어 남쪽으로는 운남성으로 통하고 동쪽으로는 감숙성에 통하여 《서유기》에서 당나라 원장 법사가 삼장으로 들어갔다는 데가 바로 이 땅입니다. 원장 법사가 이곳에 갈 적에는 이 땅에는 사람이 살지 않고 큰물이 졌는데 돌아올 적에는 물은 다 빠지고 부락들이 생겼던바, 당나라 중기에 와서는 갑자기 토번이란 큰 나라가 되어 중국의 우환거리가 되었습니다.

그러나 불교를 숭상했는지는 모를 일이요, 원나라 초기에 불교는 북쪽 지방으로 흘러들어 번승이 나타났는데 그를 파사파(巴斯八, '파'나 '팔'은 같은 음인데 역시 파사팔이다.)라고 불러 이것도 별호이지 이름은 아닙니다. 이 중은 신통력을 갖추어 원나라 초기에는 황제의 스승을 삼아 대보법왕이라 봉하고 그가 죽자 그의 조카로써 대를 잇게 하였습니다. 명나라 초기에 여러 법왕들이 중국으로 왔을 때 성조成祖는 당나라의 본을 따서 다들 우대를 해서 맞았습니다. 이 중들도 모두 법술을 할 줄 알아서 더욱 떠받들어 대우해 주었습니다.

오늘의 라마는 대체로 명나라 중엽부터 시작된 것입니다. 그중에도 뛰어난 중 한 명이 있었으니, 종객파宗喀巴라 했습니다. 역시 먼 지방에서 서장 지방으로 들어왔는데 이상한 술법을 가져 누구나 한 번 보면 깜짝 놀랄 만했답니다. 그리고 또 남에게 태어난다는 것을 말했다고 합니다. 여러 법왕들은 모두 다 그를 스승으로 삼아 기꺼이 그의 제자 반열에 들어섰다고 합니다.

종객파의 대를 이은 제자가 두 명인데, 맏이를 달뢰 라마라 하고, 둘째를 반선 액이덕나라고 했습니다. 달뢰 라마는 방금 7대를 거듭 환생하였고, 반선 라마는 4대째 태어났다고 합니다. 청조의 천총(天聰, 1627~1635) 시대에 반선은 동방에서 성인이 탄생한 것을 알고 대사막을 건너 사신을 보내 조공을 해 왔는바, 이때부터 해마다 사신을 보내 조공을 드리게 되었습니다. 강희 시대에 인조仁祖는 그를 중국으로 입조入朝시키고 싶어했으나 한 번도 오지 못했고, 지난 해(去年. 즉 금년이다.)[5] 만세절에야 청해 왔으므로 상당히 우대하여 맞아 주었습니다.

대체로 이 교에서 이름은 중이라고 했지마는 실상은 도교입니다. 정신을 집중하는 법이라든지 술법에 대한 것이라든지 주문 등이 도교와 비슷한데, 경서에서 깊고 넓고 흰소리를 하는 것은 도교보다 더합니다.

이 두 사람 외에 또 호도胡圖, 극도克圖란 자가 있으니 다 그의 제자입니다. 역시 5, 6대 이상이나 환생했다는데, 그는 국왕의 스승으로 그리 신통력은 없고 다만 참선하는 이치를 자주 말했다고 합니다.

또 중의 명색을 가졌으나 실상은 도교라고 하는 것은, 이런 것을 두고 하는 말입니다."

하였다. 그런데 그의 말은 어디고 분명하지를 못하여, 왕성의 말과는 아주 다르기도 하고 같은 것도 있다. 왕성의 말을 들으면 명나라

---

5) 박지원이 집필한 해를 표준하여 '지난 해[去年]'이라고 한 것이다.

중엽 때 특출한 중이 있어 종객파라고 불렀는데, 그 제자로서 맏이는 달뢰 라마요, 버금은 반선 액이덕니라고 한다. 천총 시대에 대사막을 건너 조공하기 위해 왔다는데, 천총은 명나라 중엽으로부터 백 년이나 되었고 지금으로부터 천총 연간까지가 또 백년이나 되고 보면 한 사람이 지금까지 살아온 셈인지 그렇지 않다면 네 번씩 다시 태어나서 한 이름을 답습한 것인지 모를 일이다. 또 소위 호도, 극도란 자는 또 누구의 제자일까? 나는 또 물었다.

"국왕의 스승으로 참선하는 이치를 잘 말하는 자란 대체 누구를 가리킨 것입니까?"

순미는 아무런 대답을 못하고 막 나중은 딴 수작을 하고 말았다. 내가 돌아오는 길에 장성 아래서 어떤 사람을 만나 서번 일을 물었더니 그 사람은,

"서번은 옛날 토번 땅입니다. 장교藏教를 숭상하는데 또한 황교라고도 하는바, 이는 이 나라의 근본 풍속이고 중이란 이름은 일부러 붙인 이름이 아니라 중국 사람들이 중이라고 부르는 것이지요. 실상은 불교와 판이하게 다릅니다. 현재로 보아 중국의 불교는 없어진 지가 벌써 오래되었습니다."

했다. 내가 열하에 있을 적에는 비록 조정의 고관들이라도 도리어 나에게 반선의 얼굴 생긴 모습을 묻곤 했다. 대체 황족이나 부마나 조선 사신이 아니면 만나 볼 수 없기 때문이다.

나는 연경으로 돌아와 유황포愈黃圃, 진립재陳立齋 같은 사람들과 날마다 교유를 했지마는 그들은 아직 한 번도 반선에 대한 말을 한 적이 없었다. 내가 혹 물어볼 때는 으레 한다는 말이 원나라, 명나라 적에 있었던 일이라거나 또는 자기들은 자세히 알 수 없는 일

이라고 하면서 필경은 한마디도 대답을 하려 하지 않았다.

하루는 태사 고역생과 함께 술집 단가루段家樓에서 술을 먹는데, 고 태사가 반선의 이야기를 막 끄집어 내자 그 자리에 있던 풍생馮生이 눈짓을 하여 말렸는바, 나는 매우 괴이쩍게 생각했다. 한참 뒤에야 들은 말이지마는 산서성의 한 선비가 일곱 가지 조목으로 상소를 했는데, 그중 한 조목에 반선에 대한 이야기를 떠벌려 놓았다가 황제가 크게 노하여 살을 벗겨 죽이라고 명령을 하였다고 한다. 우리 나라 역졸 대부분이 선무문宣武門 밖에서 그를 형벌하는 광경을 보았다고 한다. 이로부터는 유황포, 진입재같이 친한 사람에게도 반선에 대한 이야기는 다시 묻지 않았다. 또 산서성 선비의 성명도 알아볼 수 없었던바, 누구는 말하기를 상소한 사람은 거인 장자여張自如라고 했다.

서번의 내력에 대하여는 대체로 왕효정만큼 자세한 사람은 없었다. 그가 말한, 술을 뿌려서 불을 끄고 파도를 헤치고 물을 건너는 것과 같은 이야기는 모두 난파欒巴라든가 달마의 지난 사적 중에 있으므로 여기 기록하지 않는다.

연암은 이르노라.

여기서 조용히 말하자면 옛날의 제왕들은 상대되는 그로부터 먼저 배운 것이 있은 뒤에야 그를 신하로 삼았으므로 더욱 갸륵하다고 쳐주었고, 천자의 몸으로서 성명 없는 평민을 친구로 사귀되 그것이 자기의 위신에 손상된다고 생각하지 않았으므로 더욱 크게 되었으나, 뒷날 세상에는 이런 법이 없어졌다. 그런데 홀로 오랑캐 중이라든가 무슨 술법이라든가 삐뚤어진 도라든가 이단에 대해서는 자기 몸을 낮추어도 부끄럽게 생각하지 않는 것은 무슨 까닭일까? 나는 이런 일을 내 눈으로 보았다.

반선은 과연 잘난 사람일까? 황금으로 지은 집은 오늘 황제로서도 거처할 수 없는 터에 저 반선은 어떤 사람이기에 이런 곳에 안연히 거처를 할까? 혹자는 말하기를 원나라, 명나라 이래로 당나라 적토번 난리에 데어서 반선이 오기만 하면 언뜻 높은 지위로 봉하여 그 세력을 갈라놓고 그들에 대한 대우는 신하의 대우가 아니었으니 이는 유독 오늘에 와서만 그런 것이 아니라고 하는데, 여기는 까닭이 있다. 당시로 말하면 천하를 처음으로 통일한 때로서 이렇게 하지 않을 수 없었던 것이다.

그러나 원나라에서는 반선에게 호를 붙여 '황천지하 일인지상 선문대성 지덕진지'라고 했다. 여기 '일인지상'에서 '일인'은 천자를 가리킨 말이다. 천자는 온 세상이 임금으로 받들고 있는 터에 어째서 천자보다 더 높은 자가 있을까 보냐. '선문대성 지덕진지'는 공자를 가리킨 말이다. 인간살이가 생긴 뒤로 어째서 공자보다 더 현철한 이가 있을까 보냐. 원나라 세조쯤은 사막 출신이니까 이런 짓을 한다고 해서 괴이쩍게 생각할 나위도 못 되지마는 명나라 초기에 첫머리로 이상한 중을 찾아 귀족들의 자질로 하여금 스승으로 섬기게 하고 서번 중을 널리 초빙하여 까지껏 높이 대우를 하면서도 이것이 천자의 체면을 깎고 공자를 모욕하여 참다운 스승을 억눌러 스스로 중국의 지위를 낮추는 것이라고 깨닫들 못하였다. 나라를 세우는 초두부터 형제 자제들을 이렇게 교육시켰으니, 이 얼마나 비루한 짓이랴. 대체 그들의 술법이란 오래 살고 밝게 본다는 방술로서 이것이 곧 세상에 다시 태어난다는 것인바 이로써 임금들의 마음과 눈을 호리고 있었던 것이다.

더러는 말하기를 양나라, 진나라의 제왕들은 천자의 몸을 버리고 부처의 종이 되고 말았은즉 중이 천자보다 높은 지도 오랫동안 일이라고 하지마는 그래도 아직 황금 궁전을 지었다는 말은 듣지 못했다고 했다.

중존씨는 말한다.

이상은 대체로 의심스러운 전설에 불과한 글이다. 앞날 한 시대의 역사를 쓰는 자가 있다면 부득불 반선의 전기를 만들어야 할 것이다. 그러나 시간은 흐르고 일은 지나감에 따라 이상과 같이 자세한 기록도 얻기 어려울 것이다. 다만 이러한 외국 사람의 사사 기록이 역사 쓰는 사람에게 참고가 되기에는 인연이 멀겠고 보니 이야말로 애석한 일이다.

찰십륜포札什倫布

內圓通庵
花木深處

반선 액이덕니를 찰십륜포에서 보았다. 찰십륜포는 '우두머리 큰 중이 거처하는 곳'이라는 서번 말이다. 피서산장에서 궁장을 끼고 오른편으로 쳐다보면 반추산盤捶山이 보이고, 북으로 10여 리를 더 가 열하를 건너면 산을 기대고 원苑을 만들었고 뫼를 뚫고 언덕을 끊어 산 뼈다귀를 드러내고 있는 곳에 절로 절벽이 깎여 십주와 삼산[1]을 본떠 바윗돌이 겹겹으로 층이 되어 있어 짐승이 입을 벌리고 새가 나래를 펴고 구름이 드리우고 번개가 숨은 듯한데 다섯 개 홍예를 튼 다리가 놓였고 다리부터는 층층대로 길을 내어 용과 봉 무늬를 새겼다. 길가에는 흰 돌로 된 난간이 구부러지고 꺾어져 대문까지 닿았다. 다시 두 개의 각문이 있는데 다들 몽고 군사가 지키고 있었다.

대문 안에 들어서니 땅에는 박석 벽돌을 깔아 세 갈래로 층대를 냈는데 흰 돌로 세운 난간에는 구름과 용 무늬를 새겼고 길은 한 다리로 모였다. 다리는 다섯 개 구멍이 났고, 다시 축대는 다섯 길이나 되는데 난간을 둘렀고 모두 무늬 있는 돌에다가 온갖 짐승 모양을 조각하였는데, 다들 돌 빛깔을 이용하였다. 축대 위에는 전각 두 채가 섰는데 전각은 모두 겹처마에 황금 기와로 이었다. 지붕 위에는 여섯 마리 용이 일어서 가는 듯 만들어 놓았는데 몸뚱이는 다 황금으로 되었다. 이 밖에도 둥근 정자, 굽은 복도, 첩첩이 들어선 누각들이며 간드러진 난간과 층대들은 다들 푸른빛, 초록빛, 자줏빛, 남빛 유리 기와로 이어 공비는 억천만 금을 들였다. 채색은 신기루를

---

1) 십주十洲는 신선이 산다는, 전설 속의 열 군데 섬을 의미하고, 삼산三山은 신선이 사는 세 개의 산을 이른다.

나무랄 듯하고 아로새긴 솜씨는 귀신도 고개를 숙일 만하였다. 주위 분위기는 신령님이 대드는 것만 같고 어두침침하기는 동트기 전 새벽녘과 같았다. 후원에는 어린 소나무들을 심었는데 산골짝에 잇달아 심어 모두들 크기가 길 나마 되고 쭉쭉 곧았다. 나무에는 종이쪽을 비끄러 매달아 전에 심은 날짜를 표해 두었다. 이 밖에 기화요초들을 섞어 심었는데 모두가 처음 보는 꽃들로 이름도 알 수 없었다. 때마침 죽도꽃이 만발하였다.

라마 중 수천 명이 다들 붉은빛 중 입성을 끌고 누런 상투 관을 쓰고 팔뚝을 드러내놓고 맨발로 문이 미어지도록 몰려서 북적거렸다. 얼굴은 모두들 도체道體로 깎은 듯 검붉고 코가 크고 눈이 움푹하고 아래턱이 넓고 곱슬 수염에 팔과 다리는 사슬로 채우고 머리는 맨머리다. 귀에는 금고리를 꿰고 팔에는 용무늬를 먹으로 새겼다. 전각 속 북쪽 벽 아래에 둔 침향으로 만든 연꽃 탁자는 높이가 어깨 높이나 되는데 반선은 남쪽을 향하여 다리를 포개고 앉았다. 머리에는 누런 모직 천으로 만든 관에 말갈기 같은 털이 붙었는데, 관 모양은 구두같이 생겨 높이가 두 자쯤이나 되었다. 금실로 짠 중 입성을 입었는데 소매가 없이 왼쪽 어깨에 걸쳐서 온 몸뚱이를 쌌다. 오른편 옷섶 겨드랑이 아래로는 오른팔을 드리웠는데 길고, 크기는 허벅다리만이나 하고 금빛깔이었다. 얼굴빛은 싯누렇고 상판 둘레는 예닐곱 뼘이나 되고 윗수염이고 아랫수염이고 흔적도 없었으며, 코는 쓸개를 떼어 달아 놓은 듯하였다. 눈썹은 두어 치나 되고 눈알은 희고 동자는 겹으로 되어 음험하고도 컴컴해 보였다. 왼쪽 옆에는 낮은 상이 두 개 있어 몽고 왕 두 명이 무릎을 가지런히 하고 앉았다. 얼굴은 모두 검붉은데 한 명은 코가 뾰죽하고 이마는 툭 불거지고 수염이 없었으며, 한 명은 얼굴이 깎은 듯하고 올챙이 수염에 누런 옷을 입었다. 마주 보고는 무엇을 중얼중얼 이야기하다가는 다시 머리를 들고는 무엇을 듣는 양하였다. 두 명의 라마 중이 오른편에 시립을 하고 있었고 군기대신은 라마 중 아래 서 있었다. 군기대신이 황제를 모실 적에는 누런 옷을 입다가 반선을 모실 적에는 라마 중 입성으로 바꾸어 입는다.

막 햇빛에 번쩍이는 금기와를 보고 전각 속에 들어서 보니 집 안은 침침하고 그가 입은 입성은 모두 금실로 짰으므로 살빛은 샛노랗게 되어 마치 황달병 들린 자만 같았다. 대체로 누런 금빛깔로 뚱뚱 부어 터질 듯이 꿈틀꿈틀 군지럽게도 살은 많고 뼈는 적어서 맑고 영특한 데가 없고 보니, 비록 까맣게 쳐다볼 만하고 앉은 덩어리가 방에 가득 찼으나 보기에 겁나 보이들 않고 멍청한 것이 무슨 물귀신 화상만 같아 보였다.

황제가 내무관內務官을 시켜 조서를 전달하는데 오색 능단 폐백을 가지고 반선을 보도록 하였다. 내무관은 손수 비단을 세 쪽으로 내어 사신에게 주었다. 이는 예물로 쓰는 비단으로 '합달哈達'이라 했다. 반선은 자기 말로 그의 전신이 파사팔이라 하고 파사팔은 그 어머니가 향내 나는 수건을 삼키고 낳았으므로 반선을 보는 자는 으레 수건을 가지고 보는 것이 예절로 되어 있어 황제도 반선을 볼 때마다 역시 누런 수건을 가지고 본다고 한다. 당초 군기대신의 말로는 황제도 머리를 조아리고 황제의 여섯 번째 아들도 머리를 조아리고 부마도 머리를 조아리니, 금번에 사신도 응당 가서 머리를 조아리고 봐야 한다고 했다. 사신은 이미 아침에 예부와 다투면서,

"머리를 조아리는 예절은 천자 앞에서나 하는 예절인데 어떻게

지금 천자에 대한 예절을 서번 중에게 할 수 있겠소?"

하였는데, 예부는,

> "황제도 스승의 예로써 대우하는 터이니, 사신이 황제의 명령을
> 받들었을 바에는 같은 예로써 하는 것이 마땅하다."

하였다. 사신은 못 가겠다고 강경하게 서서 다투었다. 상서 덕보德保가 성이 나서 모자를 벗어 땅에 던지고 구들간 위에 나가 넘어져 누우면서 소리를 질러,

> "빨리 나가! 빨리 나가!"

하면서 사신에게 나가라고 손짓을 한 일이 있었다. 시방 군기대신이 무슨 말을 하는데 사신은 못 들은 것 같았다. 제독은 사신을 인도하여 반선 앞에까지 이르렀다. 군기대신은 두 손으로 수건을 받들고 서서 사신에게 주었다. 사신이 수건을 받아 가지고 머리를 쳐들고 반선에게 주니 반선은 앉아서 수건을 받으면서 조금도 몸을 움직이지 않고 수건을 무릎 앞에 놓으니 수건이 탁자 아래까지 드리워졌다. 수건 받기를 다 마치고 난 다음 반선은 다시 수건을 군기대신에게 주니 군기대신이 수건을 받들고 반선의 오른편에 모시고 섰다. 사신은 다음에 막 돌아나오려는데 군기대신은 오림포烏林哺에게 눈짓을 하여 말렸다. 이는 사신에게 절을 시키기 위함인데 사신은 이를 깨닫지 못하고 그냥 머뭇머뭇 뒤로 물러서서 몽고 왕이 앉은 아랫자리 검은 비단에 수를 놓은 요 위에 앉았다. 앉을 때에 약간 허리를 구부리는 듯하면서 소매를 들고는 이내 앉았다.

군기대신의 얼굴빛은 황급해 보였으나 사신이 벌써 앉아 버렸으니 어쩔 도리가 없어 못 본 척하였다. 제독은 수건 조각을 얻을 때에 남은 것이 자투리밖에 안 되었는데 이 수건을 반선에게 올리면서 조

심조심 머리를 조아렸고 오림포 이하 다들 공순히 머리를 조아렸다. 차를 몇 순 돌린 후 반선은 소리를 내어 사신이 온 까닭을 물었다. 말소리가 전각 안을 울려 독 속에서 소리를 치는 것 같았다. 그는 빙그레 웃음을 띠면서 머리를 숙여 양쪽 좌우를 돌아다본다. 양 눈썹 사이를 찡그리고 눈동자가 속눈썹 속에서 반쯤 드러나면서 눈은 가늘게 뜨고 속으로 굴리는 것이 눈이 나쁜 것만 같아 보였다. 눈자위는 더 희어지고 흐릿하여 점점 정채가 없어 보였다.

라마 중의 말을 받아서 몽고 왕에게 전하니 몽고 왕은 군기대신에게 전하고 군기대신이 오림포에게 전하고 오림포는 우리 역관에게 전하니 대체 오중 통역이다. 상판사上判事 조달동 趙達東이 일어나 팔뚝을 뽐내고는 말했다.

"천하에 흉물스러운 것 같으니! 옳은 죽음을 할 턱이 없을 것이다."

나는 그에게 눈짓을 하였다.

라마 중 수십 인이 붉고 푸른 서장 모직과 붉은 탄자와 서장향과 작은 금불상들을 메고 와서 등급대로 나누어 준다. 군기대신이 받들고 있던 수건으로 불상을 쌌다. 사신은 그 다음에 일어서서 나왔다. 군기대신은 반선이 하사한 물품을 펴 보고 목록을 적어 이를 황제에게 아뢰기 위하여 말을 달려 좇아갔다. 사신은 문을 나와 한 오륙십 보쯤 떨어진 데 와서 낭떠러지 절벽을 등지고 소나무 그늘 모래 위에 둘러앉아 밥을 먹으면서 공론 삼아 말하기를,

"우리들이 번승을 볼 적에 예절이 달라 좀 소홀하고 서툴러 예부의 지시대로 못했으니, 그로 말하자면 만승 천자의 스승인지라 앞으로 이해득실이 없다고 못할 것이다. 그가 준 물건들을 물리친다면 불공하다 할 터이요, 받자니 명색이 없는 일인즉 이 일을

어쩌면 좋을꼬?"

하였다. 당시의 일로 본다면 창졸간에 벌어진 일이라 받을지 말지 궁리해 볼 겨를도 없었고 모두 다 황제가 분부 내린 뜻에 걸린 일인 데다가 저들이 거행을 불이 번쩍 나게 번개처럼 해치웠고 우리 측 사신이 나고 들고, 앉고 서는 것은 다만 저들의 인도에만 따를 뿐, 흙이나 나무로 만든 등신이나 다름없었다. 그리고 통역은 이중 통역이 되어 저 편이나 우리 편이나 통관들은 도리어 벙어리 놀음이 되어 흡사 벌판에 나가 괴상한 귀신이나 갑자기 만난 듯 무엇이 어떻다고 요량을 할 수 없었다. 사신은 비록 적당히 할 말이 있었다 하더라도 장황하게 늘어놓을 수가 없었고 저 편도 역시 그렇들 못했음도 어쩔 수 없는 사정이었다.

정사가 말하기를, 시방 우리가 묵고 있는 데는 태학관이라 불상을 가지고 들어갈 수는 없으니 우리 역관을 시켜 부처 둘 곳을 알아보라고 하였다. 이때에 번인, 한인 할 것 없이 구경꾼이 성같이 둘러싸서 군뢰들은 몽둥이를 휘둘러 쫓아 흩었으나 또다시 모여들곤 하였다. 그중에는 더러 모자에 수정 구슬을 단 자와 푸른 깃을 꽂은 자도 섞여 있었다. 궁중의 근신들이 와서 염탐을 하는 것도 모르고 있었다. 영돌이가 있다가 소리를 쳐서 나를 불러 하는 말이,

"사또께서 즐거운 빛이 없이 좋잖은 기색으로 바깥마당에 나앉아서 오랫동안 밀담같이 좋다, 나쁘다 수군대시는 것은 저 사람들에게 공연히 의심을 살 염려가 없잖겠습니까?"

했다. 내가 돌아다본즉 전에 황제의 조서를 전하던 소림素林이 내 등 뒤에 서 있었다. 소림은 언뜻 사람들 속으로부터 튀어나와 말에 올라서는 달려갔다. 여럿 속에서는 또 두 사람이 말을 집어타고 달

려가 버렸다. 자세히 보니 다들 환관 나부랭이들이다. 박불화朴不花[2]가 원나라에 들어갔을 적부터 원나라 내시들은 조선말을 많이들 배웠고 명나라 때에도 얼굴이 잘생긴 조선 고자들을 시켜 내시들에게 조선말 공부를 시켰다. 시방 우리들을 엿보고 간 두 사람도 어찌 조선말을 안 배웠다고 장담할 수 있을 것인가? 아까 소림과 또 같이 있던 모자에 푸른 깃을 꽂은 자가 와서 말을 세워 두고 한동안씩 꽤 오래 있다가 갔는데 이자들이 빨리 내왕하는 거조는 마치 나는 제비 같았다. 사신과 역관들은 이자들이 와서 염탐한 것을 이제야 깨달았고 반선에게 받은 금불상도 미처 처치를 못했으므로 자리를 파하고 돌아가지도 못하고 잠잠히 앉았던 판에 황제가 어원御苑에서 매화포梅花砲를 놓고 사신을 불러들였다.

전각은 겹처마로 되었는데 마당에는 누런 군막을 치고 전각 위에는 일월과 용봉을 그린 병풍과 설비들이 매우 삼엄하였다. 천으로 헤아릴 관원들이 반차대로 섰을 때 반선은 혼자 먼저 와서 탁자 위에 앉았다. 1품 보국공輔國公들과 내로라하는 고관들이 많이들 굽실굽실 탁자 아래로 와서 모자를 벗고는 머리를 조아렸다. 반선은 손수 한 번씩 머리 정수리를 어루만져 준즉, 일어나 나가면서 다른 사람을 대하여 다들 자랑 삼는 빛으로 대하였다.

얼마간 지나서 천자는 누런빛 작은 가마를 타고, 다만 칼 찬 시위 대여섯 쌍이 모신 채 가마를 인도한다. 풍악은 퉁소 한 쌍, 젓대 한 쌍, 징 한 쌍, 비파, 생황, 거문고, 구라파 쇠 거문고 두서너 대와 박자판 한 쌍이요, 의장도 없이 따르는 자가 백여 명쯤 되었다. 가마가

---

2) 원나라 순제順帝 때, 즉 고려 공민왕 때 환관으로 원나라에 들어가 황후의 총애를 받은 자.

반선 앞에 이르니 반선은 천천히 일어나 탁자 위에 몇 걸음 발을 떼어 놓아 동편으로 향하여 거침없이 웃는 얼굴을 짓는다. 황제가 한 네다섯 간 떨어져서 가마에서 내려 재빨리 좇아가 두 손으로 반선의 손을 잡고 서로 흔들면서 마주보고 웃으면서 이야기를 하였다. 황제는 갓 꼭지가 없이 붉은 실로 짠 모자에 검정 옷을 입고 금실로 짠 두터운 요 위에 평좌로 앉고, 반선은 금갓에 누런 옷을 입고 금실로 짠 두터운 방석 위에 부처 도사리는 식으로 조금 동쪽으로 나가 앉았다. 한 탁자에 둘이 앉은 방석은 서로 맞붙어 무릎이 닿을 듯했다. 자주 몸을 기우뚱하여 서로 이야기를 하는데 말을 할 적에는 반드시 둘이 다 웃음을 띠고 좋아하는 기색을 보였다.

여러 번 차를 마시는데 호부상서 화신이 천자에게 바치고 호부시랑 복장안福長安은 반선에게 바쳤다. 복장안은 병부상서 복융안福隆安의 동생이다. 화신과 함께 시중을 들어 귀한 품이 조정에서도 쩡쩡 울렸다. 날이 저물고서야 황제가 일어서니 반선도 역시 일어나 황제와 더불어 마주 서서 둘이 서로 악수를 하고 한참 있다가 등을 지고 갈라져 탁자에서 내렸다. 황제는 안으로 들어가는데 나올 적 차림대로 가고 반선은 황금 교자를 타고 찰십륜포로 돌아갔다.

중존씨는 말한다.

《목천자전穆天子傳》[3]에서 시작하여 이하 한나라 《동방삭전東方朔傳》,[4] 《비연외전飛燕外傳》,[5] 《서경잡기西京雜記》[6] …… 등의 서적은

---

3) 주나라 목왕이 서역에 여행한 기록으로 저자 불명인 고서.

모두 궁중의 비밀을 쓴 책들로 궁정 이외의 사람들은 참견할 바가 못 되는 여관女官들의 집필이므로 전부 패관소설류로 돌리나 그래도 이로써 제왕들의 취미와 행동을 엿볼 수 있는 것이다. 여기 이 한 편에 실은 글은 무엇으로 부를지, 패관이라고 해야 할지 역사라고 해야 할지!

중국의 점잖은 인사들로서 반선을 볼 수 없었던 사람은 오히려 우리 사람들에게 반선이 어떻더냐고 물었다. 이는 모두 이목을 더럽히지 않고자 함인데 우리 사람들은 멋대로 부끄러움도 없이 보고 다녔으니 수치스러운 일이다.

---

4) 한나라 무제 시대 인물로 재담과 변설로 저명한 동방삭의 이야기를 담은 책.
5) 한나라 성제의 황후가 된 미인 조비연의 이야기를 담았다.
6) 한나라 장안長安을 서경이라 불렀는바, 서경의 여러 이야기를 담은 저자 미상의 서적.

행재잡록行在雜錄

머리말

어허! 명나라는 우리의 형제 국가이다. 형제 나라가 우리 나라에 주는 선물 같은 것은 그것이 비록 대수롭잖은 물건일지라도 마치 하늘에서 떨어진 것인듯 그 영광이야말로 전국에 퍼뜨리고 경사야말로 만대를 전할 만할 것이요, 또 따뜻한 말 한 마디와 몇 줄 되는 글월 한 쪽이라도 높기는 은하수 같고 놀랍기는 우렛소리 같고 때를 맞추어 내리는 비와 같이도 감격스러운 터이다. 이는 무엇 때문일까? 형제 국가인 때문이다. 형제 국가란 무엇인가? 중국을 두고 말함이다. 즉 역대 조정과 임금들이 승인을 받은 나라이다.

그러매 그 도읍한 땅인 연경을 '경사京師'라 하고, 천자가 여행하고 있는 곳을 '행재行在'라 하고, 우리 나라 토산 물품을 가져다 바치는 거행을 '직공職貢'이라 하고, 대궐 마당을 향하고 나앉으면 '천자'라 하고, 그 조정을 가리켜서 '천자의 조정'이라 하고, 사신으로서 뵈러 갈 때는 '천자에게 조회하러 간다.' 하고, 칙사가 우리 나라에 나오면 '천자의 사신'이라 하여 우리 나라에서는 어린이고 부녀자고 할 것 없이 무엇이고 '천天' 자로 떠받들어 4백 년을 하루

같이 내려왔으니, 이는 대관절 명나라 은혜를 잊을 수 없었던 때문이다.

옛날 왜놈들이 우리 강토에 쳐들어왔을 때 신종神宗 황제는 전국의 군대를 몰아 우리 나라를 원조하여서 자신의 사재까지 군비로 다써 버려 가면서 우리의 삼도[1]와 팔도를 회복시켰던 것이다. 우리 조종이야말로 잃었던 나라를 다시 가지게 되었고 우리 나라 백성들은 왜놈의 오랑캐 풍속을 면하게 되었다. 이야말로 은혜는 뼈에 사무쳐 만대를 두고 잊지 못할지니 이것이 모두 다 형제 국가의 은혜이다.

오늘의 청나라는 명나라의 묵은 신하들을 어루만져 천하를 통일하고는 여러 대를 내려오면서 우리 나라에 좋은 대우를 해 왔다. 해마다 선물을 바치는 범절에 있어서 금이 우리 나라 토산이 아니라고 하여 이를 그만두게 했고, 타는 말이 작고 약하고 보니 이를 면제했고, 쌀, 베, 종이, 자리 같은 폐백도 해마다 그 수량을 삭감하였으며, 몇 해 이래로는 대체로 칙사를 내보낼 만한 일도 반드시 적당히 처리하여 칙사를 마중하고 보내는 폐단을 없애도록 하였다. 금번 우리 나라 사신이 열하까지 오자 황제는 특히 측근에 있는 군기대신을 보내 길마중까지 하고 조회를 할 때는 대신의 반열에 서도록 명령을 내리고, 또 연극 구경을 할 때는 조정의 대신들과 나란히 즐기도록 하고, 또 정식 공물 외에 별사別使가 올리는 방물은 아주 면제할 것을 분부하였는바, 이는 실로 전에 볼 수 없던 특전으로 명나라 시절에도 참말 보지 못한 특전이다.

그러나 우리들이 이런 특전을 우대로 생각할 뿐 은혜로 생각하지

---

1) 삼도三都는 서울, 개성, 평양을 말한다.

아니하고, 걱정으로 여길 뿐 영광으로 삼지 않음은 무슨 까닭일까? 이는 형제 국가가 아니기 때문이다. 내가 이제 천자가 있는 곳을 '행재'라 하고 사건을 기록하나, 형제 국가라고 하지 않음은 무엇일까? 이는 중국이 아니기 때문이다. 우리가 힘이 모자라서 저들에게 복종을 하고 보니 이래서 대국이라 하는 것이요, 대국이 힘으로써 우리를 굴복케 할 수는 있었으나 우리 나라를 처음에 승인한 국가는 아니었다. 오늘 그들의 여러 가지 우대와 공물을 감면해 주라는 명령은 대국의 처지로서는 '작은 것을 동정하고 먼 지방을 회유하는 정책'에 불과하고 본즉, 비록 한 세대마끔 한 번 공물을 없애 주고 한 해에 한 가지 폐백을 면제하더라도 이는 우대일 뿐 우리가 말하는 은혜는 아니다.

오랑캐의 성질이란 깊은 골짜기와도 같아서 싫증이 나도록 만족을 채울 수는 없는 것이다. 가죽 폐백이 부족할 때는 마소를 받고, 마소가 부족할 때는 진주와 보옥을 받는 것이나 시방은 그렇지도 않아서 가장 깊은 이해를 가지고 환대를 하고 관대한 정신으로 친절히 굴며 번잡한 책임을 지우지 않고 어떤 요구에도 어긋나거나 거부함이 없다. 이는 비록 우리 나라가 대국을 받드는 정성이 저들을 감복케 하여 그들의 성질을 교양한 결과라고 할 수 있으나 저들 역시 아직 하루도 우리를 잊어 본 적은 없었던 것이다. 왜 그런가 하면 저들이 중국땅에 백여 년 동안 머물러 있으면서 아직 한 번도 중국땅을 지나가는 객지로 생각지 않은 적이 없었고 또 아직 한 번도 우리 나라를 이웃으로 생각지 않은 적도 없었다.

요즘같이 온 세상이 평화로운 시절에 와서 역시 슬금슬금 우리 나라 사람들에게 많이들 친절을 보이고 있다. 두텁게 대우하는 것은 은혜를 팔고저 함이요, 인정으로 얽어매는 것은 우리 나라의 군비를 방심케 하자는 것이다. 다른 날에 자기의 본 고장으로 돌아와 국경을 눌러 타고 앉아 옛날의 임금과 신하 사이 예절로 따져서 흉년이 들 때는 구제를 청하고 전쟁이 날 때는 원조를 바란다면 오늘의 대수롭잖은 종이와 자리 따위 선물을 면제해 주는 것이 다른 날 막대한 희생과 진주 보옥을 청하는 미끼가 되지 않으리라고 누가 보증할 것인가? 그러므로 걱정거리가 됐으면 됐지, 영광이 될 것은 없다는 것이 바로 이것이다.

오늘 황제의 뜻이 꼭 그런 취지에서 나온 것이 아니라 하더라도 우리 나라가 대국의 후대를 받고 있은 지도 오래 되었고 본즉 사람의 인정 상 절로 마음이 푸근해지면서 만사에 소홀해지고 방심하기 쉬운 것이다. 나는 이래서 이번 걸음에 황제에게 올린 문서, 황제가 내린 칙유 같은 문건을 아울러 기록하여 여기서 국가의 걱정거리를 먼저 자기의 걱정으로 삼는 인사들에게 드리는 바이다.

예부가 장 대사張大使에게 주는 분부

(장 대사는 회동사역관會同四譯館의 대사 장문금張文錦으로 자는 환연煥然이요, 순천順天 대흥大興 사람이다. 사람이 키가 작되 다기지게 생겼다.)

이제 황제의 뜻을 받들어 이르노니, 조선에서 온 정사와 부사에게 열하에 와서 예식을 치르도록 하라. 즉시 이 뜻을 조선 사신에게 전해 이르고 열하로 같이 오도록 하라. 관원과 따르는 사람의 성명을 베낀 문건을 즉시 정선사精膳司[2]에 보내고 내일은 곧 출발하라. 이 때문에 특히 분부를 하는 바이다.

8월 4일 초저녁.

예부가 장 대사에게 주는 분부

황제께서 조선 사신들을 데리고 열하로 가서 예식을 치르도록 하라고 하셨으므로, 이미 사신의 성명과 수행관들의 성명을 함께 적은 문건을 즉시 예부로 보내라고 지시하고 보고를 기다리고 있었다. 그런데 아직도 보고가 도착하지 않았다. 황제의 지시에 관계된 일을 어찌 지체하는가? 즉시 문건을 예부로 보내도록 하라. 기다리겠다.

그리고 이번에 수행할 통관 오림포와 사가四哥 서종현徐宗顯과 보수保壽 박보수朴寶樹 들 세 사람은 즉시 이 분부를 해당 관원들에게 전하여, 그들로 하여금 내일 사각巳刻에 조선 사신 들을 데리고 임구林溝에 가서 자도록 하라. 특히 분부하노라.

아울러 장 대사에게 면대해서 할 말이 있으니 내일 묘각卯刻에 관가에서 기다리라고 특히 분부하라. 8월 4일.

---

2) 음식 맡은 관청.

열하 행재소로 갈 조선국 진하 겸 사은사進賀兼謝恩使 명단

정사 금성위 박명원, 부사 이조판서(임시 직함이다.) 정원시, 서장관 겸 장령 조정진, 대통관 홍명복과 조달동과 윤갑종, 종관 주명신(정사의 비장)과 정창후와 이서구(부사의 비장)와 조시학(서장관의 비장), 따르는 사람 64명으로, 전부 74인, 말 55필.

조수선曹秀先과 덕보德甫의 상주문

(덕보는 만인 상서요, 조수선은 한인 상서인데 6부가 모두 만인 한인 상서와 시랑을 두었다.)

만수절 경하 차로 온 조선국 사신 금성위 박명원과 이조 판서 정원시와 따르는 사람들을 이달 초아흐렛날 열하에 도착하도록 하였습니다. 신들이 별도로 사람을 보내어 잘 돌보도록 조처해 두었습니다. 이 때문에 아룁니다.

건륭 45년 8월 9일 아룀.

다 알았다는 황제의 뜻을 삼가 받들었다.

조수선과 덕보가 조선의 사신 대신 올린 상주문

조수선과 덕보는 삼가 천은에 감사하는 일에 대하여 대신 아룁니다.

조선국 사신 금성위 박명원과 이조판서 정원시 들이 올린 글에 의하면, "삼가 사뢰올 말씀은, 국왕이 황제의 칠순 만수절을 당하여 기쁨을 견디지 못하와 저희를 시켜 국서를 받들고 경하드리도록 하여, 열하까지 와서 예식을 거행할 수 있게 되었으니, 이것은 이미 영광과 행복으로 생각하옵니다. 또다시 갸륵한 배려로 작은 나라 사신들로 하여금 천자의 조정 2품, 3품의 끝 반열에서 예식을 거행하게 하시니, 베푸신 은혜는 격식에서 벗어난 일이옵고 이 같은 일은 지금까지 없었던 일입니다. 본국으로 돌아가서는 응당 삼가 성은을 입은 감격을 국왕에게 아뢸 것입니다. 이곳 저희들이 춤이라도 출 듯한 기꺼운 정성으로 청컨대 예부의 여러 어른들은 황제께 아뢰 주십시오." 하고 문서를 갖추어 바쳤으므로, 삼가 아룁니다.

건륭 45년(1780) 8월 10일.

다 알았다는 황제의 뜻을 삼가 받들었다.

예부의 상주문

이달 12일 신들은 분부에 따라 회동이번원會同理藩院의 사원司員들을 보내어 조선 사신 정사 박명원과 부사 정원시와 서장관 조정진 등을 데리고 찰십륜포를 찾아 액이덕니를 절해 뵙는 예를 치렀습니다.

예를 치른 뒤에 액이덕니는 사신에게 앉으라 하고 차를 마시며, 그 나라는 여기서 거리가 얼마나 되고 무슨 일로 중국에 왔는지 물었습니다. 해당 사신은, 황제의 칠순 되는 큰 경사를 축하하는 국서를 올리고 아울러 천은에 삼가 사례하기 위해 왔다고 대답하였습니다. 액이덕니는 듣고서 매우 기뻐하여 그 자리에서 '길이 공순하면 절로 복을 얻을 것이라.'고 신칙을 하면서, 이내 사신에게 구리쇠 부처와 서장 향품과 서장 모직물 등을 주니, 해당 사신들은 머리를 조아려 사례를 하였습니다. 사신들에게 준 구리쇠 부처 따위 물품 목록을 하람하시도록 문건으로 적어 여기 삼가 갖추어 아룁니다.

건륭 45년 8월 12일.

다 알았다는 황제의 뜻을 삼가 받들었다.

연암은 이르노라.

사신이 반선을 찾아본 이야기는 '찰십륜포'에 다 실었다. 지금 예부의 상주문을 보면 액이덕니에게 절하고 뵈었다든가 사신에게 물건을 주었을 때 사신 등이 즉시 머리를 조아리고 사례했다고 운운한 것은 모두 헛소리이다. 그러나 상주하는 말로는 그럴 수밖에 없었던 것이다. 내가 목격한 바를 자세히 기록하여 연암 산속에 돌아가 소일거리로 삼을 터인바 글을 보는 자는 마땅히 자세히 살필 것이다.

반선이 사신에게 내린 물품 목록

정사에게 구리쇠 부처 한 틀, 보로氆氌 열여덟, 합달 한 개, 붉은빛 탄자 두 필, 서장향 스물네 묶음, 계협편.(計夾片, 무슨 물건인지 모르겠다.)

부사에게 구리쇠 부처 한 틀, 보로 열넷, 합달 한 개, 붉은빛 탄자 한 필, 서장향 스무 묶음.

서장관에게 구리쇠 부처 한 틀, 보로 열, 합달 한 개, 붉은빛 탄자 한 필, 서장향 열네 묶음.

연암은 이르노라.

소위 구리쇠 부처는 높이가 한 자 나마 되어 이는 '호신불護身佛'이라고 한다. 중국의 예절로는 멀리 여행하는 자에게 서로 선사하여 반드시 이를 지니고 아침저녁으로 공양한다. 서장 풍속에 해마다 조공을 하는 데는 부처를 첫째로 쳐주어 방물을 삼는다. 이번 참에 이 구리쇠 부처도 말하자면 법왕이 우리 사신을 위하여 여행의 무사를 비는 폐백 턱이다. 그러나 우리 나라에서는 한번 부처와 인연을 갖는 일이 있고 보면 평생 누가 되는 것이다. 더구나 이 부처를 준 자가 서번 중일 것이랴. 사신은 북경으로 돌아온 뒤에 그 폐백들을 죄다 역관들에게 내주었으나 여러 역관들도 역시 똥거름이나 다름없이 여겨 이를 더럽다고 은 90냥에 팔아서 일행의 마두패들에게 흩어나눠 주려고 했는데, 마두들도 이것으로 술 한잔도 사 먹을 수 없다고 하였다. 글쎄 결백하기는 결백하다고 할 수 있으나 다른 나라 풍속으로서 본다면 고루한 티는 면치 못할 것이다.

예부의 공문

예부는 공무에 관한 일에 대하여 조선국으로 발송하는 공문은 한 통이라도 병부로 보내어 병부에서 돌려 발송해야 한다고 했다.

주객사主客司[3)]는 행재소 예부의 자문에 준하여 조회한다. 예부에서 상주한 조선 사신이 열하에 도착한 문건 한 건, 또 상주한 조선 사신이 열하에 도착하였다는 문건 한 건, 또 상주한 조선 사신이 천자의 은혜에 공순히 사례한다는 문건 한 건, 또 상주한 반선 액이덕니가 조선 사신에게 준 물건의 명목 한 건을 응당 따로 초록하여 알리라는 것이다.

이상과 같은 각 상주문들을 원문대로 초록할 것은 물론 유지를 받잡고 또 이송한 자문까지도 베껴 해당 사건 담당처에 보내 처리케 할 것이다. 찰방察房, 예과禮科, 절강浙江은 이에 따라 준행하라.

---

3) 황제 직속 접빈처의 명칭.

예부가 의례에 관한 일로 올리는 상주문

건륭 45년 8월 13일 황제의 칠순 만수성절에 경하례를 거행하겠습니다. 이날 난의위鑾儀衛는 미리 황제님의 법가, 노부[4]를 담박경성전淡泊敬誠殿 뜰에 차려 놓고 중화소악中和韶樂을 담박경성전 처마 밑 양쪽에 설치하고 단폐대악丹陛大樂을 두 궁문 안 양쪽의 정자에다 모두 북쪽을 향하여 설치하겠습니다.

호종하는 화석 친왕 이하 팔분八分[5]에 들어가는 공公 이상과 몽고의 왕공王公 토이호특土爾扈特 들은 다 함께 망포蟒袍, 보복補服을 입고 담박경성전 앞에 이르러 날개처럼 벌려 서고 문무 대신과 조선의 정사와 토사土司[6]들은 두 궁문 밖에서 각각 품계에 따라 날개처럼 벌려 서고, 3품 이하 각 관원과 조선 부사 및 번자番子와 두인頭人 관리들은 피서산장 문 밖에서 각각 품급에 따라 날개처럼 벌려 설 것입니다.

예부의 당관이 황제께, 곤룡포를 입고 담박경성전 옥좌에 오르실 것을 아뢸 것입니다. 이때 중화소악은 건평장乾平章을 연주할 것이요, 황제께서 자리에 오르면 음악을 그칩니다. 난의위의 관원이 명편鳴鞭[7]을 하도록 외치면 섬돌 아래에서 세 번 채찍 소리를 울리고 명찬관鳴贊官[8]이 반열을 차립니다. 이때 단폐대악을 연주하는데 경평장慶平章을 연주하면 홍려시鴻臚寺의 관원이 여러 왕들과 문무

---

4) 법가法駕는 황제가 타는 수레이고, 노부鹵簿는 황제의 거둥 의장.
5) 여덟 화석 패륵을 세워 국정을 의논하게 하고 그에 딸린 관속을 둔 제도를 말한다.
6) 남방 만족들의 추장.
7) 채찍을 울려 정숙을 명하는 의례.
8) 의식을 호령하는 관리.

관원을 인도하여 각각 반열을 차려 섭니다. 명찬관이 무릎을 꿇을 것을 외치면 왕들 이하 여러 관원들은 모두 나아가 무릎을 꿇습니다. 다시 머리를 조아리고 일어나라고 외치면 왕들 이하 뭇 관원들은 세 번 무릎을 꿇고 아홉 번 머리를 조아리는 예를 합니다. 명찬관이 물러서라고 외치면 왕들 이하 뭇 관원들은 다 함께 제자리에 돌아와 서게 됩니다. 이때 음악은 그치고 난의위 관원이 섬돌 아래에서 세 번 채찍 소리를 울리면 예부의 당관이 예식이 다 끝났음을 아뢰고 중화소악은 태평장을 연주합니다. 이때 황제가 타신 수레는 환궁하시게 되고 음악은 그치면서 왕공 이하 뭇 관원들이 함께 나옵니다. 내감(內監)이, 황제께 내전에 듭시어 보좌에 오르시기를 청해 아뢰면 비빈들은 곤룡포를 갖추어 황제 앞에 내놓으면서 여섯 번 숙배하고 세 번 무릎을 꿇고 세 번 절하는 예를 거행하고는 예를 마치게 됩니다. 황제께서 자리에서 일어나면 비빈 등은 대궐로 돌아가고 황자, 황손, 황증손들이 예식을 거행합니다. 삼가 갖추어 아룁니다.

주객사의 공문

주객사는 행재소 예부의 자문에 준하여 아래와 같이 알린다.

건륭 45년 8월 12일 내각은 다음과 같은 황제의 유지를 받들었다. "조선은 번봉藩封[9]을 오랫동안 지켜 본래부터 공순하다고 일러 왔다. 해가 바뀔 때마다 직공을 정성껏 함은 가상한 일이다. 때로 특별한 칙유를 내리거나 또 자기 나라로 돌려보내는 등 일이 있을 때는 유구琉球 같은 나라에서는 글월을 갖추어 사례할 뿐이지

---

9) 위성국과 같은 의미이다.

만, 유독 조선만은 반드시 토산 물품을 갖추고 글월을 첨부하여 정성을 표하였다.

얼마 전에도 그들 사신이 멀리 왔는바, 그들이 가지고 온 폐백을 돌려보낸다면 내왕하는 험로에 폐단만 더하겠기에 그것을 정공正貢에다 포함시켜서 폐단을 덜도록 하였다. 그러나 조선은 자기 직분을 공손히 지켜 정공이 오는 시기에 따로 또 예물을 바쳐서 왕래하기에 더 복잡하고 보니, 이야말로 헛된 의식이 하나 더 증가된 셈이다. 지금 우리 두 나라는 서로 성의로 맺어지고 한 몸과 같이 된 이상 이와 같이 번잡하고 헛된 의례를 할 필요가 있겠는가?

오늘 짐의 칠순 만수절에도 표문과 예물을 갖춘 특사를 열하 행재소까지 보내어 나의 조정 신하와 같은 반열에서 진하하였다. 이번에 가지고 온 표문과 예물은 조선의 성의대로 받으려니와 이후부터는 매년 일정한 정공만을 전례대로 받을 것이며 그 외의 표문과 예물은 모두 폐지하여 먼 나라 사람을 배려하여 실상을 주로 하고 허식을 취하지 않는다는 나의 지극한 뜻에 맞도록 하라."

덕보와 조수선이 조선의 사신 대신 올리는 상주문

덕보와 조수선은 천은에 삼가 사례하는 글을 대신 아뢰나이다.

조선국 사신 금성위 박명원과 이조판서 정원시 들이, "삼가 황상의 만수절을 당하여 온 누리에 경사는 넘쳐 흘러 본국으로서는 춤추어 뛸 듯한 축하의 기쁨을 이기지 못하와 변변치 못하나마 경축하는 정성을 올렸던바(예부에서는 '라마 성승을 뵈옵고 복을 받았다.' 는 문구를 여기에 첨가하였다.) 일전에는 우리 나라에 격식에서 벗어난 은상을 내려 저희들같이 천한 사신에까지 미치게 되와(예부에서는 이 대문에 '국왕과 사신과 아울러 따르는 사람들에게 비단과 돈으로 상을 더 주었다.'고 고쳤다.) 입사온 광영은 실로 전에도 후에도 없는 일이옵니다. 감격스럽게 받자온 황은을 삼가 국왕에게 돌아가 아뢸 터입니다.(예부에서는 이 대문에 별행을 잡아 '따로 표문을 올려 감사의 말씀을 올리겠습니다.'를 첨부하였다.) 황은에 감격한 말씀은 예부의 어른들이 황제께 대신 전해 아뢰 주시기 바랍니다."라는 내용의 문건을 바쳐 왔기 때문에 삼가 갖추어 아룁니다.

건륭 45년 8월 14일.

다 알았다는 황제님의 뜻을 삼가 받들었다.

연암은 이르노라.

필첩식筆帖式[10]이 가진 문서 가운데는 이상의 취지로 쓴 글월이 원본과는 어림없이 틀렸다. 까닭인즉 예부가 전해 상주를 할 적에 더 붙이고 고쳤던 까닭이다. 사신은 이때 크게 놀라 임역을 시켜 먼저 예부의 조방으로 가서, 무엇 때문에 서로 알리지도 않고 몰래 고쳐서 문서를 올렸느냐고 따지게 했더니 낭중은 노발대발, "당신들이 바친 글이 사실을 전부 빼어 놓았기 때문에 예부의 어른들이 당신네 나라를 위하여 일부러 주선하여 이미 품해 바친 바인데 당신들은 이것이 덕 되는 줄도 모르고 도리어 기를 돋우어 가지고 질문을 해 온 것은 무슨 까닭이냐?"고 하였다.

---

10) 청조 시대 각 관청에 만주어로 문서를 만드는 서기의 직명.

6부 가운데 예부는 거행하는 일이 가장 많은 데로서 천지天地, 교묘郊廟 등의 제사와 산천의 제전을 비롯하여 황제의 출입과 거처, 사해 만국 관계에 이르기까지 안 거치는 것이 없다. 내가 열하에 있을 때 예부가 우리 나라에 관계된 일을 거행하는 것을 보고는 천하의 일을 짐작하였다. 황제가 사신에게 어떤 특별한 은혜를 베풀면 예부는 뒤따라 즉시 전주轉奏를 하겠다고 글을 올리라고 강박하였다. 이것은 사신의 의리에 해당하는 부분이라 사례를 하고 않는 것은 사신의 자유일 것이다.

비록 외국 사신이 제 스스로 사례를 하여 전주해 주기를 요청하더라도 마땅히 번거롭고 시끄러운 폐단이라고 물리치는 것이 당연한 일일 터인데 이와는 반대로 오히려 사례문 제출하는 시간이 늦어 전주하지 못할까 겁을 내고, 심지어는 사신에게 물어 보지도 않고는 가만히 문구를 고쳐 체면을 돌보지 않고 다만 한때 황제를 기쁘게 할 자료만 필요로 하여 스스로 위를 속이는 죄를 범하고 외국의 멸시를 달게 취하고 있다. 예부가 이와 같을진대 다른 여러 부도 알 만한 일이다. 그리고 또 사신은 며칠이 못 되어 응당 돌아가야 될 처지라 자문도 절로 받아서 갈 만한 터인데 먼저 서둘러서 발송을 하여 마치 공로를 세우기에 눈이 어두운 거리의 소인들처럼 행세를 한다. 대국의 처사가 어찌 그리 천박스러울까? 이러고야 천하에 모범이 될 수는 없을 것이다.

또 매우 걱정되는 일은 예부가 우리 일에 대하여 분주하게 서두는 것이 우리가 두려워서 그러는 것이 아니라 다만 황제의 엄명이 급한 데 무서워서 그런다는 것이다. 사신은 가만히 앉은 채 예부의 독촉만 받고, 예부는 어렵고 쉬운 일 할 것 없이 그저 빨리만 처리하겠다고 서두르는 것은 다름이 아니라 저들도 모르게 대우를 후하게 해 준다는 것으로써 세도를 부리는 것이다. 몇 해 이래로 벌써 이런 작풍은 규례가 되어 통관과 서반序班도 그 사이에서 농간을 부릴 수 없어 우리 사신에게 불평을 쌓고 있는 지도 벌써 오래 되었다. 만약에 황제가 하루아침에 조회를 보지 않고 예부의 거행이 조그만치라도 어긋나면 서반 한 사람으로써 넉넉히 우리 사신의 진퇴까지 제약하게 될 것이다. 더구나 예부가 분주하게 서두는 까닭이 근본 황제의 환심을 사기 위하여 그저 둘러맞추는 수단임에랴. 사신 된 자는 꼭 주의하지 않을 수 없는 일이다.

무릇 사신의 일로서 진퇴에 관한 모든 일은 전적으로 예부의 소관이다. 사신이 어떤 일이고 성사시키려고 독촉을 하는 데는 임역뿐이다. 통관은 관청을 상대로 독촉할 뿐인데, 여기서 관청이란 것은 회동사역관의 제독과 대사이다. 제독과 대사가 예부의 당관과는 엄격한 등차가 있어서 쉽사리 청탁 같은 것을 못 할 처지다. 그래서 사신은 언제나 역관을 의심하고 불만스러워하는데, 이것은 사신이 말을 직접 통할 수 없는 까닭에 다만 양편 통역의 말만 믿기 때문이다. 사신은 벌써 속는다고 의심을 품고 역관은 언제나 해명하기 곤란함을 원망하여 상하의 사정과 처지가 서로 간격이 져서 통하지 못하니, 사신이 역관을 독촉하면 할수록 서반과 통관의 농간은 더욱 심해진다. 나아가고 물러가고 늦고 빠름이 그들의 손아귀에 있어 걸핏하면 뇌물을 청하는 버릇이 해마다 늘어 필경은 전례가 되었다.

오늘에 있어 이 같은 농간을 당하는 일이란 돌아갈 기한을 잠깐 연기한다든가 문서의 접수 여부 등의 일뿐이지마는 큰일이나 급한 일이라도 생겨서 대국에서 사신을 접대하는 것이 전일과 달라져 정상이 아니라면 여관 속에 깊이 배겨 앉은 자는 한낱 외국 사신에 불과한 터에 장차 누구를 믿을 것인가? 다만 서반에게 목을 달아매어 모든 예부에 관계된 일이란 일은 그제야 아주 터놓고 농간을 슬슬 부리게 될 것이다. 사신 된 자는 반드시 고려하지 않을 수 없는 일이다.

청나라가 일어난 지도 140여 년에 우리 나라 식자들은 중국을 오랑캐라고 하여 치욕으로 생각하고는 사절 내왕은 부지런히 하면서도 문서의 거래라든가 사정의 중요 여하를 일체 역관에게 밀쳐 맡겨 두고 압록강을 건너 연경에 들기까지 거쳐 오는 2천 리 어간에 각 군, 각 읍의 지방 장관과 관소를 맡은 장수들을 얼굴이나마 한 번 접견해 보기는커녕 그 이름조차 모르고 있다. 이로 말미암아 통관은 공공연히 뇌물에 눈을 밝히고 본즉 우리 사신은 그들의 농간을 끽소리 없이 받을 뿐이요, 역관은 바쁘게 뜻을 받들기에 겨를이 없다. 언제나 무슨 큰 비밀이나 그 사이에 숨어 끼어 있는 것처럼 보이는 것은 그 까닭이 이녁 편이 너무 망령되게 젠 척하는 데 허물이 있다.

사신이 역관을 너무 의심하는 것은 정리가 아니요, 그렇다고 너무 지나치게 믿을 것도 안 될 일이다. 만약 한번 걱정거리라도 생긴다면 삼사는 입 다물고 서로 멍멍히 보고 앉아서 역관의 입만 바라보고 있을 것인가? 사신 된 자로는 반드시 한번 연구할 문제다.

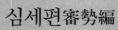

심세편審勢編

▪ 본편의 내용은 여러 가지 의미로 보아서 '망양록'과 '곡정필담'의 서문으로 볼 수 있는 성질을 띠고 있다. 박지원은 당시 고루한 조선의 유학자들과 관리들이 국제 정세에 어두운 점을 통렬히 비판하는 한편, 당시 중국의 지식 계급이 처하고 있는 특수한 정치 환경과 아울러 청조의 봉건 지배 체계 확보를 위한 교활한 대내, 대외 정책을 분석, 비판하였다. 원서에는 본편이 '망양록'다음 편으로 편집되었으나, 내용으로 보아 '망양록'과 순서를 바꾸는 것이 적당하다고 보아 이 역본에서는 개편하였다.

연암은 이르노라.

중국을 유람하는 자들이 지닌 다섯 가지 망령이 있다. 지체와 문벌이 높다는 것은 본래 우리 나라 풍속에서도 더러운 습관이니, 식자로서는 자기 나라 안에 있을 때라도 양반이란 말을 입 밖에 내기도 부끄러워하는 터에 더구나 변방의 토성쯤 가지고 중국의 묵은 겨레를 업수이 여길 것인가? 이것이 첫째 망령이다.

중국의 붉은 모자나 마제수 복장은 한인들만 부끄러워할 뿐만 아니라 만인도 역시 이것을 부끄러워하고 있다. 그러나 그들의 문물 제도에 이르러서는 변두리의 낙후 국가들로서는 당해 낼 수 없고 그들과는 장단을 맞겨룰 수 없다. 그런데 한 줌도 못 되는 상투를 가지고 세상에서 저 혼자 잘난 척하니 이것이 둘째 망령이다.

옛날에 월정月汀 윤근수尹根壽[1]는 사신의 직임을 가지고 명나라로 가는 도중에 어사 왕도곤汪道昆을 만나자 길 옆에서 숨을 죽이고 행차에서 날리는 먼지만 뻔히 바라보기만 하고도 오히려 영광으로 여겼다고 한다. 오늘에 온 중국이 비록 만족의 통치로 되었다 하더라도 천자라는 칭호는 아직 고치지 않았은즉 내각의 대신들은 즉 천자의 공경公卿들이다. 반드시 옛날은 떠받들고, 오늘은 나쁘게 볼 턱이 없다. 사신에 임명된 자는 응당 관리들과 접견하는 데 일정한 예절이 있는 터인데 공석에서 절하고 읍하는 것을 부끄럽게 생각하여 걸핏하면 이를 모면코저 하는 것이 드디어 버릇이 되어 때로 접견 절차가 있으면 무엇이고 아주 간소함만을 주장하고 공손하고 겸손한 태도는 욕으로 알고 있다. 저들이 비록 이것을 책잡지는 않을

---

1) 조선 선조 때 좌찬성左贊成까지 지낸 고관으로 임진 왜란에 활약한 인물.

망정 어찌 우리들의 무례를 멸시하지 않을 것이랴. 이것이 셋째 망령이다.

문자를 알게 된 때로부터 중국에서 빌려 읽지 않은 글이 없고 역대를 두고 이야기하는 것은 죄다 꿈속에서 해몽을 하는 격이건만 과거 공부하던 여가에 익힌, 되지도 못한 시문을 지어 놓고는 갑자기 중국에는 문장가를 볼 수 없다고 큰소리를 하니, 이것이 넷째 망령이다.

중국의 인사들은 강희 이전에는 모두가 명나라의 유민들이었으나, 강희 이후는 청나라 황실의 신하요 백성들이니, 당연히 지금 왕조에 충절을 다하고 법제를 준봉해야 할 것이다. 만약에 뜻하지 못한 사이에 무슨 이야기를 하다가도 국정을 외국에 누설한다는 것은 당연히 반역자로 볼 수 있을 것이다. 그런데 어쩌다가 만난 중국 인사들이 요즘 세상이 살기 좋다고 자랑하는 것을 볼 때는 언뜻 말하기를, "《춘추》 한 벌 책도 읽을 필요가 없다."고 하면서 매양 "연나라, 조나라 거리에는 슬픈 노래를 부르는 인사를 볼 수 없다."[2]고 탄식하니, 이것이 다섯째 망령이다.

중국 사람들에게는 세 가지 어려운 일이 있다. 한번 거인이 되고 보면 역사와 경서 전부를 사건에 따라서 척척 변증을 하고 제자백가와 구류九流의 시말을 대체로 상고하여 물으면 소리가 마주 울리듯 대답해야 하나니, 이렇게 못하면 선비라고 쳐주지 않는다. 이것이 첫째 어려운 일이다. 너그럽고 점잖고 예절에 밝고 의젓하게 생겨 교만하거나 틀을 차리지 않고 허심하게 사물을 대하여 대국의 체면

---

2) 망국을 개탄하는 인사가 없다는 뜻.

을 잃지 않아야 되나니, 이것이 둘째 어려운 일이다. 크고 작고 멀고 가깝고 간에 법을 두려워하지 않음이 없고, 법을 두려워하므로 관직을 조심하고 관직을 조심하기 때문에 질서는 한결같아서 사, 농, 공, 상으로 분업을 똑똑히 하여 제마끔 제 앞을 닦아야 하나니, 이것이 셋째 어려운 일이다.

조선 사람의 다섯 가지 망령도 실상은 중국의 자기 모독에 그 원인이 있다. 그러나 이 자기 모독도 실상은 역시 중국의 죄가 아니요, 그들이 본래부터 가진 세 가지 어려운 일도 조선 사람으로서 멸시할 수 있을 바는 못 된다.

옛날 진경지陳慶之[3]가 위魏나라에서 남방으로 돌아와서 북방 사람들을 매우 소중하게 쳐주었다. 주이朱异[4]가 이상하게 여겨 진경지에게 그 이유를 물었더니,

"진晉나라, 송나라 이래로 낙양을 '황중荒中'이라 하였으니, 이는 양자강 이북이 죄다 오랑캐 땅이 되었기 때문입니다. 그러나 지난번에 낙양에 이르러 비로소 의관 갖춘 양반이 중원땅에 있음을 알게 되었습니다. 예의가 놀랍고 인물이 많아 눈과 귀로 보고 들은 것을 이루 다 말로 전할 수 없습니다."
하였다.

이로써 볼 때에 하염없는 탄식이 절로 나오니, 예나 이제나 정리는 마찬가지인 것이다.

나는 열하에 있을 때 중국 땅 인사들과 많이 교유하였다. 심상한

---

3) 남북조 시대 양나라 명장.
4) 양나라의 학자요, 고관.

토론으로 날마다 그들에 대한 지식을 얻었지마는 문제가 한번 시국 정치의 잘잘못과 민정의 향배 같은 데 이를 때는 이것을 알아 낼 재주가 없었다. 《맹자》에 이르기를,

"그 예절을 보아 정치를 알고 그 음악을 듣고 도덕을 알 수 있으니, 이 진리는 백세를 지난 뒤에 백세 이전의 왕을 비교해 보아도 틀리지 않다."

하였다. 이미 자공子貢의 재주와 계찰季札[5]의 지혜가 없을 바에는 비록 별별 음악을 날마다 그 앞에 차려 두더라도 애당초 정치 도덕의 근본을 모를 터인데 더구나 옛날 세상의 음악을 건성으로 토론만 하고서 당시 세상의 성쇠를 어떻게 알 수 있겠는가? 그런데 산만하고 중복되는 혐의가 있음에도 일부러 이같이 동에 닿지 않게 막연하게 묻는 까닭은 무엇일까? 대체로 중국 인사들이란 성질이 자랑하기를 좋아하고 학문은 해박한 것을 귀하게 쳐주어 경서고 역사를 가리지 않고 닥치는 대로 막 털어 내놓는다.

그러나 우리 사람들은 대부분 말씨가 아담하지 못하고 때로는 어려운 것을 물어 요즘 세상일을 화제로 끄집어 내어 묻기에 바쁘고, 때로는 의복과 갓 제도를 자랑하여 그들이 부끄러워 수그러지는 것을 보려 하고, 때로는 바로 내놓고 한족을 생각하느냐고 물어 사람으로 하여금 점적하도록 만들고 보니, 이 같은 짓은 비단 저들만이 꺼리고 싫어하는 바가 아니라 우리 편에 있어서도 소홀하고 또 주밀하지 못한 짓이다.

그러므로 일부러라도 그들의 환심을 사고저 할진대 반드시 마음

---

5) 춘추 시대 오나라의 현인.

에 없더라도 대국의 문화를 찬미하여 먼저 그들의 마음을 흡족하게 하고 힘써 중국과 외방은 일체나 다름없다고 함으로써, 될 수 있는 대로 혐의적은 것을 피하며, 한편으로는 예악에다 문제를 걸어 자신이 고전 아악에 유의를 하는 듯이 하며, 또 한편으로는 역대 사실은 쳐들지언정 최근 사정에 대해서는 따질 것이 아니요, 마음을 겸손하게 먹고 배움을 청하는 태도로 이야기를 유도하여 겉으로는 잘 모르는 듯이 하여 몹시 답답해하는 태를 보이고 보면, 그들이 눈썹 한번 움직이는 데서도 참과 거짓을 볼 수 있을 것이요, 웃고 이야기하는 동안에도 정실을 능히 알아 낼 수 있을 것이다. 이것은 내가 종이와 먹을 떠나서 그들의 의사를 눈치로 알게 된 방법이다.

홍! 중국의 유학은 차차 잦아들어 천하의 학문이란 그 학파가 하나뿐이 아니다. 주자와 육상산 학파가 갈라진 지도 벌써 수백 년이 되어 서로 욕질하기를 원수나 다름없이 하였다. 명나라 말년에 와서는 천하의 학자란 학자는 주자를 으뜸으로 삼아 육상산을 따르는 자는 드물었다. 청인이 중국을 통치하게 되자 그들은 슬그머니 학문의 종주가 어디라는 것을 살피고는 당시 이것을 따르는 자가 많고 적은 것을 따져 이윽고 많은 편을 주력으로 삼아 주자를 십철十哲[6]의 반열에 올려서 제사할 것을 주장하고 천하에 호령하기를, "주자의 도는 곧 우리 황실의 집안 학문이다." 하니, 드디어 세상은 만족스럽게 열복하는 자가 있는가 하면 가식을 하여 시속에 영합하는 자도 있어서, 소위 육씨의 학문은 거의 끊어질 지경이 되었다.

홍! 청나라 황실이 어찌 참말로 주자의 학문을 이해하여 그 정통

---

6) 공자의 사당에 합사하는 공자의 제자들 중에서 특별 취급을 받는 우수한 열 명의 제자.

을 얻었겠는가? 대체 황제는 천하에 높은 지위를 가지고 겉으로 공중 좋아하는 듯하되, 그 뜻은 중국의 대세를 살펴서 미리 세상 사람의 입에 자갈 물려 아무도 감히 자기를 오랑캐라고 부르지 못하도록 하는 조치일 것이다. 무엇으로 그런 줄 알겠는가? 주자가 중국을 떠받들고 오랑캐를 배척하였고 본즉, 황제는 일찍이 자기 저술을 통하여 송나라 고종이 춘추의 대의를 몰랐다고 비판, 배척했고 진회秦檜[7]가 강화를 주장한 죄를 성토하였다. 또 주자가 많은 서적에 주석을 붙인 것을 보고는 황제는 천하의 선비란 선비는 다 모으고 국내의 도서란 도서는 다 징발하여 도서집성과 사고전서를 만들고는 온 천하에 외치기를, "이는 자양의 첫 주장이요, 고정[8]의 유지다." 하였다.

이같이 걸핏하면 주자를 내세우는 것은 다름이 아니다. 천하의 학자와 양반들의 머리 꼭대기를 눌러 타고는 그 산멱을 틀어쥐고 등을 어루만지다 보니 천하의 학자나 양반들은 이 어수룩한 협박에 굴복하여 저절로 구구하게도 번잡한 형식적 학문에 빠져 있으면서도 이를 깨닫지 못하고 있는 것이다.

어떤 이가,

"청인들이 이미 중국의 예절과 문화를 숭상할 바엔 어째서 만주의 묵은 습속은 고치지 않을꼬?"

하면서,

"이로써 저간의 사정을 짐작할 수 있지."

한다. 저들은 이렇게 말할 것이다.

---

7) 송나라 말기의 매국적인 정치가.
8) 자양紫陽은 주자의 호, 고정考亭은 주자의 별호다.

"우리는 천하를 차지하려는 것이 아니다. 우리는 명나라 황실을 위하여 큰 원수를 갚고 큰 치욕을 씻어 준 것이다. 그렇지만 세상에 천자의 자리를 오래 비워 두라는 이치는 없을 터인즉 천하를 위하여 중국땅을 지키다가 만약에 중국땅에 주인이 생긴다면 역시 보따리를 싸 가지고 동쪽으로 돌아갈 것이다. 그러므로 조종의 묵은 제도를 바꿀 필요가 없다."

어떤 이는,

"저들이 자기 스스로 묵은 습속을 지킨다는 것은 마땅한 일이지마는 어째서 온 세상을 강제로 자기 법에 따르도록 했던가?"

하면서,

"이로써 저간의 사정을 짐작할 수 있지."

한다. 저들은 이렇게 대답할 것이다.

"제왕은 한 나라의 문화와 제도를 하나로 할 뿐이다. 청나라의 신하가 될 자는 마땅히 그 시대 임금의 제도를 존중해야 할 것이요, 청나라 신하가 되지 않을 자는 그 시대 임금의 제도를 따르지 않으면 될 뿐이다."

중국의 동남쪽 지방은 어디보다도 개명을 하여 천하에서는 제일 먼저 사건이 잘 생기는 곳으로서 주민의 성질은 가볍고 부화하여 이론을 좋아하고 본즉 강희 황제가 여섯 번이나 강소, 절강 지방을 순회한 것도 슬그머니 호걸들의 마음을 억눌러 막기 위함이었다. 시방 황제도 다섯 번이나 그 뒤를 이어서 이 지방을 순회하였다. 또 천하의 우환은 언제나 북쪽 오랑캐에게 있으매 그들을 복종시키기까지는 강희 때부터 열하에다가 대궐을 짓고 몽고 군사들을 주둔시켰다. 이는 중국의 군사를 번거롭게 하지 않고 오랑캐로써 오랑캐를 막는 것이니, 군비는 들지 않고 국경 방어는 튼튼하여 지금 황제는 몸소 국경을 방비하고 있는 셈이다. 서번은 억세고 사나우나 황교를 몹시 두려워하고 본즉 황제는 그 풍속을 따라서 몸소 자신이 그 나라 중을 받들어 모시고 궁실을 장하게 꾸며 그들의 마음을 즐겁도록 하고 왕의 명목을 주어 조각조각 나누어 봉하여 그 세력을 꺾으니, 이것이 바로 청인들이 이웃 사방 나라를 제압하고 있는 수단이다.

다만 중국땅에 대해서는 아무런 마음을 쓰지 않는 듯이 보이지만 그들의 심산인즉 세상에 무지한 백성들은 세금만 적게 바치면 좋다고 할 뿐 청나라의 의관 제도는 도리어 문제를 삼지 않는 것을 어찌 알지 못할 것이랴. 그러나 천하의 식자들에 대하여는 돌아봤자 안도시킬 만한 방법이 없고 본즉, 잠시 주자의 학문으로써 벼슬하지 않는 선비들의 마음을 위로하였다. 이래서 소위 호걸들은 비록 성은 낼 망정 감히 말은 못 하게 되고 아첨쟁이들은 시대를 따르는 것으로써 자기 몸의 이익으로 삼았으니, 한편으로는 슬그머니 중국땅의 선비들을 약하게 만들고 한편으로는 드러내놓고 문교文敎라는 찬양을 받게 되었다. 옛날 진나라처럼 선비를 파묻어 죽이지는 않으면서도 그들을 도서 교정하는 사업에 썩어나게 하고 진나라처럼 책을 불사르지는 않았지만 그들을 취진국聚珍局에서 갈가리 찢어 버렸다.(건륭은 사고전서 판명을 취진판이라 했다.)

어허 참! 세상을 우롱하는 재주가 교묘하고도 엉큼스럽구나. 소위 책을 모아 들이는 화가 책을 불사르는 화보다 심하다는 것이 바로 이것을 가리킨 것이다. 그러므로 중국땅 선비들이 때로는 주자를 반박해서 기탄없이 주자를 반박한 모기령을 두고 더러는 주자의 충신이라 말하는 자도 있고, 더러는 또 도를 보위한 공적이 있다고 말하는 자도 있고, 더러는 은인에게 원수를 맺었다고 말하는 자도 있으니, 이 같은 말로써 보면 저들의 진정한 뜻을 족히 알 수 있을 것이다.

참말 주자의 도는 중천에 뜬 해와 같아서 사방 만국이 함께 모두 우러러 쳐다보는 바인데, 황제가 제 스스로 떠받든다 하여 주자에게 무슨 탈이 될 것인가. 중국의 선비들이 이토록 부끄러워하는 것은 겉으로 주자를 떠받드는 척함으로써 세상을 막는 이용물로 삼는 데 격분한 것이다. 그러므로 때로는 한두 가지 집주集註가 틀린 것을 빌어서 수백 년 동안을 두고 북받쳐 나오는 울분을 풀고 본즉 오늘날 주자를 반박하는 자는 과연 옛날 육상산의 패와는 목적이 다르다는 것을 증명할 수 있을 것이다. 우리 나라 사람들은 이 뜻을 모르고 중국 인사와 접촉할 때는 대강대강 바쁘게 이야기를 하다가 조그만치라도 주자를 건드리기만 하면 큰 변고로 알고 놀라 언뜻 육상산의 도당이라고 배척하고는 우리 나라 사람을 만나는 족족, 중국에서는 육상산의 학문이 굉장히 유행하고 사특한 학설이 그치지 않더라고 떠든다. 이런 말을 들은 자는 또 사리를 캐 보지도 않고 이런 글을 보기만 하면 언뜻 마음속으로 노발대발하는 것이다.

어허! 사문난적에 대한 성토를 비록 멀리 중국땅에까지 실시하지는 못할망정 이단을 용납하고 묵인하는 죄는 선비들에게 용서받을 수 없을 것이다.

엄계 꽃나무 아래 몇 잔 술을 마시면서 '망양록'과 '곡정필담'을 뒤적거리다가 이내 꽃이슬에 붓을 적시어 이 글을 써서, 앞으로 중국에 유람하는 자가 주자를 반박하여 늘어놓는 자를 만나더라도 그를 범상찮은 선비로 알고 함부로 이단이라고 배척하지 말고 말씨를 좋게 하면 점차로 그 정체를 밝힐 수 있으니, 이것으로써 천하대세를 엿볼 수 있게 하고자 한다.

망양록忘羊錄

內圍道庵
草木深邈

▪ 본편은 주로 박지원이 태학관에서 만난 중국 학자 곡정 왕민호와 형산 윤가전을 상대로 음악에 대해 토론한 것이 그 내용의 주요 부분이다.

음악의 악전적 원리 문제, 음악의 정치적 문학적 의의, 음악의 발달사 등을 중심으로 해박한 전문 지식을 경도한 장황한 토론이다. 주제가 전문 주제인 만큼 역자는 독자들의 편의를 돕기 위하여 원문에서 논의된 토론 중 동양 음악에 관한 기본 술어에 대하여는 역문 중에서 개별적 주해를 피하고 여기서 종합적으로 간단한 주해를 서술해 볼까 한다.

동양 음악에서 오음五音이란 서양 악전에서 음계를 의미하는 것으로, 각 음의 개별적 명칭은 궁, 상, 각, 치, 우 다섯 음이다. 이 음계를 서양악의 음계 '도, 레, 미, 파'에 대비한다면 음계가 평균율로 된 서양악과는 음도音度의 미세한 차이가 없을 수 없으나 대체로 청각으로는 잘 구별을 못 하는 정도에서 '궁, 상, 각, 치, 우' 오음은 양악의 '도, 레, 미, 솔, 라' 음계에 비교할 수 있다.

칠음七音이란 말은 이상 오음을 활용할 때에 변치變徵와 변궁變宮 음을 더 삽입하여 활용하는 법이다. 변치, 변궁이란 말은 궁, 상, 각, 치, 우, 궁이 한 옥타브 내에서 음계로 구성된 간격은 각음과 치음 사이와 우음과 상궁음 사이는 한 개 전음과 반음으로 구성되어 있는바, 한 개 전음과 또 반음으로 되는 두 개 음정 사이에 변치, 변궁을 집어넣어 변치음과 치음 사이와 변궁음과 상궁음 사이에 반 음정을 설정한 것이다. 이래서 오음 음계에 두 개 반 음정을 섞어 활용하는 음계를 '칠음'이라고 한다.

다음으로 육률六律, 육려六呂, 십이율十二律은 무엇인가? 먼저 십이율이란 동양 음악에서 한 옥타브를 12등분하여(엄격한 의미에서는 서양 악식의 평균율 등분 원칙이 아니라 동양 음악에서 사용하는 일정한 음계 비율 설정 공식인 소위 삼분손익법三分損益法에 근거하여 분할한 것이다.) 등분된 음의 한 계열을 일정한 진동수에 고정시켜 절대 표준 음고音高를 설정하고 이 표준음에 절대 음명音名 열두 개를 붙인 것을 일컫는다. 그 명칭은 황종黃鍾, 대려大呂, 태주太簇, 협종夾鍾, 고선姑洗, 중려仲呂, 유빈蕤賓, 임종林鍾, 이측夷則, 남려南呂, 무역無射, 응종應鍾이다.

육률이란 십이율을 2개 율씩 합한 음계를 1개 율로 간주한 것이다. 따라서 육률에 간음間音한 개씩을 끼우면 역시 십이율이 되는바, 이 간음 여섯 개를 육려라고 하여 육려와 육률을 합하여 십이율이 되는 것이다.

십이율은 서양악에서 'C, D, E, F' 등으로 표시하는 음명으로서, 오음은 이 십이율에 의거하여 각종 변화와 활용을 보게 된다. 즉 오음의 첫음인 궁음은 십이율 중 어느 음에서나 기조

起調를 할 수 있으므로 결국 이조移調에 따라 육십률로 변할 수 있다. 요컨대 오음은 상대적 음계요, 십이율은 절대적 음명이다. 여기서 오음, 육률, 십이율을 서양악의 음계, 음명에 대비 적응시키면 다음 표와 같다.

(황종음에 대한 절대 음고는 'C' 또는 'D'라는 설도 있으나 여기서는 이해의 편의상 'C'로 가정한다.)

〈동서양악 음계 음명 대비표〉

서양악		동 양 악		
음명	음계	십이율, 육률, 육려	오음	칠음
C	도	황종(율)	궁	궁
C#		대려(려)		
D	레	태주(율)	상	상
D#		협종(려)		
E	미	고선(율)	각	각
F	파	중려(려)		
F#	파#	유빈(율)		변치
G	솔	임종(려)	치	치
G#		이측(율)		
A	라	남려(려)	우	우
B		무역(율)		
H	시	응종(려)		변궁
Ⓒ	Ⓓ	황종 율	Ⓖ	Ⓖ

그리고 동양 음악에서 한 개 곡曲을 형성하는 절차로 율, 조調, 강腔, 곡曲이 있는바, 율은 개개의 음정이요, 조는 양악에서 조성調性에 해당한다고 볼 수 있을 것이요, 강은 양악에서 악단樂段에 해당한 것이요, 이 같은 구성이 합하여 한 개 완성된 곡이 성립된다.

그리고 동양 음악에서 음정이 틀리게, 즉 다시 말하면 십이율에 맞지 않는 발성과 기타 법칙을 위반한 소리들을 간성姦聲, 음성淫聲, 흉성凶聲, 만성慢聲이라고 한다.

머리말

아침 나절에 형산 윤가전과 곡정 왕민호를 따라 수업재修業齋에 들어가서 악기 구경을 하고 돌아오는 걸음에 형산이 묵는 처소에 들렀다. 윤공은 양 한 마리를 통째로 쪄서 놓았다. 오로지 나를 위하여 차린 자리다.

옛날 음악과 오늘 음악을 비교하는 음악 이야기를 한참 하다나니 음식 차려 놓은 지가 꽤 오래되었건만 아무도 권하지를 못했다. 이윽고 윤공은 양을 아직 찌지 못했느냐고 물었다. 심부름하는 자가 대답하기를, 아까 차린 음식이 벌써 식었다고 하니, 윤공은 정신을 못 차리고 두서가 없었음을 사과한다. 나는,

"옛날 공자는 순 임금이 지은 음악을 듣고 고기 맛을 잊어 버렸다더니, 저는 '대아大雅'[1] 이야기를 얻어 듣는 바람에 벌써 온 마리 양을 잊었습니다."

했더니, 윤공은,

---

1) 《시경》에 나오는 편명.

"장과 곡2)이 한목으로 양을 잃어버린 셈이외다."

하고는 서로 웃었다.

이에 필담한 것을 정리하여 '망양록' 이라고 한다.

---

2) 《장자》에 나오는 이야기로, 장臧과 곡穀 두 사람이 양을 치는데, 장은 글을 읽고 곡은 노
름을 하다가 둘이 한목 양을 잃었다는 고사.

264 | 열하일기

나는 말했다.

"오음五音이란 실재 명목이요, 육률六律이란 가정된 위치일진대 소리가 날 때에 이를 헤아려서 맞는 소리를 율이라 하고 맞지 않는 소리를 율이 아니라고 한다면 음악은 예나 지금이 다를 수가 없을 것이요, 아악, 속악이 없을 것인바 그래도 연대에 따라 음악과 풍류는 달라지고 변천되는 까닭은 무엇 때문일까요? 혹시 악기를 만드는 데 있어서 옛날과 오늘에 다름이 있어 소리와 율은 여기 따라서 변하는 것인지요?"

곡정은 말했다.

"아닙니다. 저는 이 학문에는 본디 어둡습니다마는 그래도 한두 가지 의견은 없지 않아 언제고 한번 식자의 논평을 받고자 하던 터이외다.

대체 목소리는 목구멍과 혀와 입술과 이로부터 나와 그 형상이 각각 다르고 보매, 악기의 음도 역시 여기 따라 다르므로 악기의 음에는 억지로라도 이름을 붙여 소리에 따라 갈라 나누었으니 음의 이름을 분명히 정한 뒤에야만 그 변화를 알아 낼 수 있을 것이요, 그 변화를 알아 낸 후에야만 만 번을 불어 만 가지 음이 나오는, 수없는 다른 음들을 음의 이름에 맞추어 표준을 삼을 수 있을 것이니 이것이 오음이 생긴 까닭일 것입니다. 음을 변화하는 면에서 본다면 하필 오음뿐이겠습니까? 백 가지 음이라고 하여도 좋을 것입니다.

율이란 법률의 율과 마찬가지입니다. 입에서 나오는 소리가 이미 높고 낮고 맑고 탁하고 굵고 가는 구별이 있을진대 귀로써 이를 들을 수 있는 한 악기를 만들어 이를 일정하게 고루 잡게 되었으니, 비유하자면 문법에는 일정한 차등이 있어 제가끔 법칙에 맞는 것이나 같습니다. 다만 소리가 먼저 나기를 기다려서 이 소리를 맞추어 표준을 삼았으므로 육률은 헛자리를 차지하고 있다고 볼 것입니다.

그러나 다르다는 측면에서 이를 헤아려 본다면 어찌 여섯 가지 율에 그치겠습니까? 천 가지 율이라고 하여도 좋을 것입니다. 저는 무엇이 '궁宮'인지 '우羽'인지 무엇이 '종鍾'인지 '려呂'인지 모르지마는 기장 낟알로 꼬지꼬지 치수를 맞추고[3] 갈대 속창을 태운 재로 야단스럽게 후기법候氣法[4] 같은 것을 하는 노릇을 의심하고 있습니다."

나는 말했다.

"악기는 말하자면 골짝과 같고, 소리는 말하자면 바람과 같을 터인데, 골짝을 고칠 수 없는 것으로 친다면 바람 자체는 변할 것이 없을 것입니다. 그런데 바람에도 거센 바람, 잔잔한 바람, 회오리 바람, 찬 바람의 구별이 있은즉 이로써 본다면 음률에서 예와 지금이 다른 점이 있다면 이는 악기가 고쳐진 것이 아니고 소리가 변한 것일까요?"

곡정은 말했다.

"그렇습니다. '율'이 이어서 '조調'가 되고, '조'가 어울려 '강腔'이 되고 '강'이 합하여 '곡曲'이 되는데 율에는 간성姦聲이 없어

---

3) 동양에서는 악기의 일정한 치수를 극히 정확하게 맞추기 위하여 관악기의 공동空洞의 적積을 헤아릴 때는 천연 산물로서 가장 그 크기가 고르고 변화가 없다고 치는 검정 기장 낟알을 척도의 표준으로 삼았다.
4) 악기의 정확성을 실험하는 방법.

도 '조'에는 삐뚤어진 음이 있으니 과연 한 골짝 바람 중에도 거세고 잔잔하고 맴돌고 찬 구별이 있고 새벽과 아침과 낮의 변화가 있는 것과 같습니다. 이는 그 곡조의 정취가 달라지고 듣는 자가 달라지는 데 따라 때로는 음이 격앙하였다가 소침하였다가 하는 변화가 생겨 비로소 음악의 고금이 달라지고 정성正聲과 음성淫聲의 구별이 생기는 것입니다.

태곳적 당우唐虞 시대에 백성들의 풍속이 너그러울 적에는 그들의 귀에 즐거운 음악이 소, 호5) 같은 곡조였으니 이로써 그들은 무엇을 배척하는가를 알 수 있는 일이요, 주나라 폭군이었던 유왕幽王, 여왕厲王의 시대에는 백성들의 풍속이 음탕하여 그들이 즐거워하는 음악은 상桑, 복濮의 악곡6)이었으니 이로써도 그들이 무엇을 배척하는가를 알 만한 일입니다. 요즘 세상 잡극에서도 '서상기西廂記'를 놀 때는 하품을 하고 졸다가도 '모란정牧丹亭'7)을 놀면 정신이 번쩍 나서 귀를 기울이게 됩니다.

이런 것이 시정의 하찮은 일이라 하더라도 백성들의 풍속이 시대를 따라 변하고 있다는 증거가 충분히 될 것입니다. 뜻있는 인사들이 옛 음악을 부흥시킨다 하여 곡조의 '강'을 고치고 '조'를 바꿀 줄은 모르고 대번에 악기들을 깨뜨리고 고쳐서 본음을 찾으려다가는 사람과 악기가 한목 망하고 말 것입니다. 이 짓이 어찌 화살을 따라다니며 과녁을 그리고, 취하는 것을 싫어하면서 술을

---

5) 소韶는 순 임금의 음악이며, 호濩는 탕 임금이 지었다는 음악.
6) 《시경》에 나오는 음탕한 가사를 말한다.
7) 명나라 탕임천湯臨川의 저작인 전기 소설 《모란정 환혼기》를 말한다.

억지로 마시는 것과 다를 것이 무엇이겠습니까?"

"제가 심양 와서 생황을 부는 사람이 있기에 이것을 얻어서 한번 불어 보았더니 과연 고향의 음률에 맞았고 음의 연계와 기조起調가 우리 나라 음률에 맞았습니다. 황성에 도착하여 유리창에 이르러 또 한번 이것을 불어 보았습니다마는, 지금 남아 있는 생황도 그 소리 나는 구멍이든가 부는 구멍이든가 소리를 진동시키는 금엽金葉 같은 막이 태곳적 옛 법식과 다름이 없는지 모르겠는데 어떻습니까?"

곡정이,

"이는 만든 구조에 관계된 것인데, 저는 아직 이 악기를 손에 들고 자세히 살펴본 적이 없소이다."

하고, 형산은,

"어찌 변하들 않았겠습니까? 팔음 가운데 바가지가 생황인데 벌써 오래 전부터 대 뿌리를 잘라서 바가지 대신으로 쓰고 있습니다."

했다. 곡정은 말하였다.

"율려가 변하는 것은 악기의 죄가 아니외다. '상, 복'의 음악도 그 부는 악기가 관약管籥이 아니면 모르겠지마는 만약 관약일진대 그 제도는 응당 당우 시절의 묵은 법식일 터요, 그들이 의거하는 바가 종鍾, 경磬이 아니면 모르겠지마는 종, 경을 의거하고 있는 이상 그 음률도 응당 '소, 호'의 묵은 제도일 것입니다. 그리하여 시작하는 '조'가 무슨 음으로부터 시작되어 음이 이어져 율에 잘 맞은 후에야만 정음正音과 간성姦聲이 갈라질 것입니다. 합쳐지는 '강'이 어떤 심정에 감명되어 심정에 얽혀 곡조가 된 후에야 옛 음악과 오늘 음악이 구별될 것이니 음률이 잘 맞고 맑은 것이 정음이요, 음탕하고 슬프고 사나운 것은 간성일 것입니다. 이제 어떤 악기건 단 한 개 음과 단 한 개 율을 듣고 어떻게 '소, 호' 같은 음악을 이야기할 것이며 또 어떻게 '상, 복' 이라고 단정하겠습니까?"

나는 물었다.

"오음 소리를 한번 들을 수 있겠습니까?"

곡정은 대답하였다.

"저는 입으로 소리를 낼 줄 모릅니다마는 그 형상인즉 들은 바가 있습니다. 넓고 깊고 크고 우람찬 소리를 옛날부터 일러서 '궁음' 이라 하고, 높고도 찌어지듯 빠르고 급한 소리를 옛날부터 '상음' 이라 했고, 정확하면서 뚝 그치는 소리를 옛날부터 '각음' 이라 했고, 빠르고도 급히 쳐드는 소리를 옛날부터 '치음' 이라 했고, 가라앉고 가는 소리를 옛날부터 '우음' 이라 했습니다.

소리가 난다는 것은 다 칠정을 거쳐 나는 것입니다. 또 변궁, 변상, 변각, 변치, 변우 소리가 있습니다. '율' 은 소리에 따라 어울려 사람의 마음에 느끼는바, 바르고 삐뚠 데 따라서 '음' 이 움직이고 '율' 이 따라 맞고 '조' 가 따라 만들어지는 것입니다."

나는 물었다.

"오음에는 선과 악이 있을까요?"

곡정이 무슨 말씀이냐고 되물었다. 나는,

"궁음같이 넓고 크고 깊고도 우람찬 소리는 선이요, 상음같이 급하고 빠른 소리든지, 치음같이 빠른 소리는 선하지 못하다는 말씀이외다."

하니, 곡정이 대답하였다.

"아니외다. 오음은 다 바른 소리입니다. 소위 넓고 크고 깊고 우람차고 높고 빠르고 급하다는 것은 다만 여러 가지 소리의 본질을 형용한 데 불과한 것이요, 그 작용인즉 바르지 않은 것이 없습니다. 궁음도 아니요, 상음도 아니요, 각음도 아니요, 치음도 아니요, 우음도 아닌 간음이란 것이 오음 사이에 있으니, 이것이 즉 간성입니다.

오음은 반음으로 변하고 또다시 절반을 쪼개어 반의 반음으로 되는데, 이러고도 근본 되는 율을 잃지 않을 때는 맑고 탁한 음이 서로 어울리고, 높고 낮은 음이 서로 응하여 음이 서로 이어지고 조가 생긴 뒤에야 그 음악의 선악을 이야기할 수 있을 것입니다.

이는 한 가지 일로 증명할 수 있는바, 궁이란 음은 맨 처음 정음으로 나와서 임금의 상[8]이 되었습니다. 그런데 비파에서 새로 나는 궁성이 기조만 되고 다시 되돌아오지 않는 것을 보고[9] 왕영언王令言[10]은 혼자서 수 양제가 대궐로 다시 돌아오지 못하고 강도江都에서 죽을 것을 지레 알았으니 어찌 용한 일이 아니겠습니까? 이같이 한 번 가고 돌아오지 않는 음은 연음連音과 기조[11]의 죄입니다. 왕망王莽[12]이 새로운 음악을 만들어 명당明堂[13]에 바쳤는데, 그 소리가 슬프고도 거칠어 이를 듣는 자는 이 음악이 나

---

8) 동양 음악에서 매 음계를 임금, 신하, 백성, 사업, 물건에 비하여 매겨 두었다.
9) 동양 음악에서 악기의 음정 조율이 잘 되지 못할 때는 궁성에서 기조를 했더라도 다시 상궁성이 돌아오지 못함을 말한다.
10) 수 양제 때 저명한 음악가.
11) 일정한 율에 맞추어 음이 처음 시작되는 음계.
12) 서한 말기의 인물로 임금을 죽이고 자리를 빼앗아 황제가 된 자.
13) 임금이 제후들에게 조회를 받는 처소.

라를 융성케 하는 음악이 못 된다 하였습니다. 진陳나라 후주後主
는 '무수곡無愁曲'을 지었는데, 이 음악을 들은 자는 누구나 슬퍼
서 눈물을 흘리지 않는 자가 없었고, 수隋나라 개황(開皇, 581~
600) 초년에 새로운 음악이 나왔는데, 만보상萬寶常이, '이 음악
은 음탕하고 거칠고 슬프고 보니 세상을 오래 부지하지 못할 것
입니다.'라고 하였습니다.

대체 악곡을 만들 때는 언제나 궁음 자리에서 '조'가 시작하는
바, 궁음 자리에서 '조'가 시작한다는 말은 다른 의미가 아니라
만약에 음이 상음에서 시작할 때는 상음이 궁이 되고, 각음에서
시작할 때는 각음이 궁이 되고, 치음에서 시작할 때는 치음이 궁
이 되고, 우음에서 시작할 때는 우음이 궁이 되는 것과 같은 것입
니다."

형산이 말하였다.

"유송劉宋[14] 적에 상서령尙書令 왕승건王僧虔이 황제에게, '오늘
의 청상淸商 음악은 실상 동작삼조銅爵三祖로부터 나온 음악[15]으
로서 이 음악이 남겨 놓은 풍류다운 음은 귀에 넘치다시피 흐르
고 있어 그 소리가 알맞고 고르고 고상하기는 여기 비길 만한 것
이 없었으나, 십수 년 동안에 없어진 곡조가 거의 절반이나 되고
민간에서는 서로 경쟁하다시피 새로운 잡곡들을 지어 내어 음탕
하고 시끄럽기 한이 없으니, 마땅히 관원들을 시켜 이를 죄다 고
치고 바로잡아야만 합니다.' 하고 아뢰었습니다.

---

14) 유유劉裕가 창건한 남송(420~478).
15) 위나라 시대의 대표적 음악.

대체로 위나라 음악은 한나라를 계승하였고, 한나라 음악은 진나라를 계승하였으니 진나라 서울 함양은 주나라 서울 호경에서 그리 멀지 않을 뿐만 아니라 더구나 진나라 음악은 열국에도 으뜸이 되었은즉 응당 그 전통이 오히려 남아 있었을 것입니다

《진서晉書》에서 말한 비무鼙舞[16]는 한나라 시대는 연회 자리에서 쓰던 춤이요, 강좌江左 지방은 옛날에는 아악이 없었습니다. 양홍楊泓은 처음에 강남땅에 와서 백부무白符舞를 보았는데 더러는 '백부구무白鳧鳩舞'라고도 한다 하였습니다. 이는 오나라 사람들이 마지막 임금 손호孫皓의 학정에 견디다 못해 지은 노래로 노래 구절 가운데는 '흰 비둘기는 우글우글, 무엇 때문에 북방만 행복할꼬?〔白鳩濟濟 獨祿碣石〕'란 말이 있었습니다. 어떤 사람은 말하기를 '백부무'는 백부伯符[17]의 창춤에는 당할 자가 없었다는 데서 붙인 이름이랍니다.

강동 사람들이 손책孫策이 온다는 말을 듣고는 모두들 혼이 났다가 그가 오나라의 토대를 잡은 뒤에 강동의 어린아이들은 노래를 지어 전했다고도 합니다. '동작삼조'란 말은 위나라 무제武帝 조조가 업鄴 땅에다 동작대를 세우고 이녁이 친히 악곡을 지어 여기다가 악기를 맞추게 되었답니다. 그 뒤 조조의 아들 문제文帝와 명제明帝 연간에 와서는 음악을 맡은 청상령淸商令을 두어 이를 관리하도록 하였는바, 악곡이 고르롭고 고상하기는 왕승건이 말한 것처럼은 못 된다고 하더라도 그러했던 옛날이 그리 멀지도

---

16) 말 위에서의 무악.
17) 오나라 초대 임금 손권孫權의 형 손책孫策의 자.

않아서 이 음악이 남겨 둔 음률이 귀에 젖어 있다 함은 이 까닭입니다.

진씨가 도읍을 옮긴 뒤[18]로부터 중국의 옛 음악은 이리저리 흩어지게 되어 부견苻堅이 한나라, 위나라의 청상악을 얻자 전진前秦과 후진에 전했고 송나라 무제가 관중땅을 평정하자 악공과 악기들을 모조리 강남땅으로 옮기게 되었습니다. 수나라가 진陳나라를 평정한 뒤로는 이 악기들을 죄다 얻게 되어 또다시 중원땅으로 들어오게 되었습니다. 이상이 고금의 음악 연혁입니다. 수나라에서는 강남땅에서 얻은 악공과 악기는 본래 중국의 정성正聲이라고 하여 청상이란 옛 칭호를 따라 관서까지 두게 되었으니, 그것을 통틀어 일러서 '청악'이라고 합니다.

태산太山에 있는 내 옛날 친구 비불費黻은 자가 운기雲起요, 호는 노재魯齋인데 음률학에 밝아《삼뢰정의三籟精義》란 책 서른 권과《청상리동淸商理董》서른 권을 지었습니다. 제가《대청회전大淸會典》편수에 참가했을 때 비불은 편찬국까지 와서 그가 지은 악학에 관한 여러 가지 책을 바치고 성음과 악기에 관한 이론을 저저이 논술하되 그림을 그리고 글로 써서, 역대 아악에 대한 내력 사항은 하나도 빠짐 없이 손금을 세듯 자세하였습니다. 그러나 이것은 다만 자기 혼자만 아는 이론으로 다른 사람들은 좀처럼 알 수 없었고 또 글 속에는 당시 대신들에게 저촉되는 내용이 많아 비군을 달갑지 않게 여기는 대신들도 있어, 이 글을《대청회

---

18) 진씨晉氏는 위나라의 뒤를 이은 서진西쯤을 말한 것으로 도읍을 옮겼다는 말은 서진이 낙양에 도읍을 했다가 동진 때 건강建康, 현재의 강소성 강녕 지방으로 옮겼다는 말이다.

전》에 올리지 못하게 되어 식자들은 지금도 이를 애석하게 여기고 있습니다. 제가 젊어서 한번 보았지마는 밝게 해득할 수가 없었고 그 뒤로 해가 묵고 보니 죄다 잊어버려 더구나 애석합니다."

(형산이 이 글을 써서 곡정에게 보이니 곡정은 연송 고개를 끄덕이면서 두 사람은 한동안 서로 이야기를 하였다. 아마 비불의 이야기를 하는 것만 같았다.)

나는 또 물었다.

"구리쇠줄로 된 작은 구라파 양금은 언제부터 유행하게 되었는지요?"

곡정은,

"언제부터 시작되었는지는 모르겠지마는 요컨대 백 년 남짓은 되었는갑습니다."

하였다. 형산이 말하였다.

"명나라 만력 때에 오군吳郡에 살던 풍시가馮時可란 사람이 서양 사람 이마두利瑪竇[19]를 북경에서 만났을 때 양금 소리를 들었고 또 그가 가지고 있던 자명종을 보았다는 기록이 남아 있으니, 만력 시대에 처음으로 중국에 들어왔을 것입니다.

서양 사람들은 다들 역법에 정통하며 그들의 기하학 이치는 정미하고 세밀하기가 짝이 없어 무엇이나 물건을 만드는 데는 다들 이 법을 쓰고 있답니다. 중국에서 기장 낱알을 포개어 크기를 헤아리는 따위는 도리어 조잡한 노릇입니다. 또 그들의 문자는 소리로 뜻을 삼아 새와 짐승의 소리나 바람과 비 소리까지도 귀로

---

19) 1580년에 중국에 온 이탈리아 선교사 마테오리치.

분별치 못하는 것이 없이 혀로써 이를 형용해 냅니다. 저들은 스스로 말하기를, 사람의 감정을 모르는 것이 없고 만국의 말을 통한다고 하면서 역시 저대로는 이 양금을 '천금天琴'이라 하고 있습니다."

나는 양금에 붉은 글자로 써서 표적해 놓은 것은 무엇인지 물었더니 곡정이,

"그것은 줄을 고르는 음악의 부호입니다."

라고 대답하면서,

"귀국에도 이 양금이 있습니까?"

하고 묻는다. 나는,

"중국에서 사 가지고 왔는데 처음에는 율을 맞추지 못해서 다만 그 줄마다 나는 땅, 똥 소리가 쟁반에 담은 구슬 소리와 같아 노인들이 잠이 오지 않을 때나 어린애들 울음 달래는 데 제일 좋았습니다."

했더니, 두 사람은 한목으로 크게 웃었다.

"귀국의 거문고는 어떤지요?"

하고 묻기에, 나는 대답했다.

"금琴이나 슬瑟이 다 있습니다. 제 친구 홍대용의 자는 덕보요, 호는 담헌인데 음률에 능하여 금슬을 잘 탈 줄 압니다. 우리 나라 금슬은 중국과 다르고 타는 방법도 역시 다릅니다. 옛날 신라 시대에 이 악기를 만들었더니 검정 학이 와서 춤을 추었다고 하여 이름을 '현금玄琴'이라고도 합니다. 또 가야금이란 것이 있어 큰 거문고의 반을 쪼갠 폭이나 되고 줄은 열두 줄인데 타는 법은 중국의 거문고 타는 모양과 비슷합니다. 담헌은 처음으로 구리쇠줄

양금의 소리를 고르어 가야금에 맞추게 되었는바, 요즘은 금슬을
타는 악사들이 많이 본을 떠서 모두들 현악이고 관악에 맞추고
있습니다."

나는 물었다.

"중국에는 아직도 소, 호의 곡조가 남아 있는지요?"

형산은,

"하나도 없습니다."

하고, 곡정은,

"대체 소, 호란 시대는 어떤 세상이었던가요? 그 시대 사람들이
지킬 떳떳한 도리와 사물의 법도와 그 시대의 유행과 풍속이 숭
상하는 바로써 알 수 있을 것입니다. 요를 임금으로 삼고 순을 신
하로 삼고 고요皐陶로 스승을 삼아 당시의 사대부들 중에도 총명
하고 재주 있는 좋은 가문의 자제들을 뽑아 학교에 넣었으니, 이
것이 소위 '생활로 기질을 바꾸고 수양으로 몸을 변화시킨다.' 는
것입니다.

또 가르치는 것은 무엇이겠습니까? 관대하고 간소하고 온유하
고 강직하게 도덕으로 품성을 훈도하고 기운을 고무하여 심령과
총명을 어릴 적부터 일깨웠습니다. 기夔와 같은 음악에 밝고 이치
를 환히 아는 자가 담당 관리로 있으면서 평소에 교양 받은 자제
들을 데리고 이렇다 할 만한 한 시대의 음악을 만들었습니다. 이
는 당시 임금의 도덕과 정치를 상징하고 백성들의 취향에 맞추었
으니 이런 음악을 하느님께 바치면 하늘이 즐거워하고 이런 음악
을 종묘에 아뢰면 조상들이 감동했습니다. 이로써 교화로 삼아
사방을 움직이면 백성들이 즐거워하여 한 가지 일이라도 무리가

없고 한 가지 물건이라도 억눌림이 없이 하늘과 땅 사이에는 어디나 평화로운 기운이 찰 대로 차서 음악의 지대한 효과는 이토록 대단했던 것입니다. 그 뒤 천백 년을 내려와서는 공자 같은 이가 나와서 한번 소리가락의 요긴한 대목과 악기 연주의 여운을 들어 보고는 아득한 옛날을 상상하여 석 달 동안을 고기 맛을 잊어버렸다고 했습니다. 하물며 당시에 요 임금의 궁정에서 봉황새가 와서 춤을 추는 것을 직접 목도한 사람들쯤이야 응당 손발이 우쭐우쭐했을 것은 알 만한 일이지요.

봅시다, 또 무왕武王의 시절은 어떤 세상이던지요? 당시의 백성들을 술 못과 고기 숲에서 건져 내어 한 번은 그 나쁜 풍속을 씻어 버리기는 했으나, 묵고 젖었던 더러운 풍속은 그래도 남아 있어 이 같은 폐단을 단단히 고치는 것은 참말 하루아침에 될 일이 아니었습니다. 그러므로 '방패를 모은 것이 산같이 섰다.〔總干山立〕'[20]는 것은 벌써 순리로 천자의 지위를 받은 것만 같지 못하고 거칠고 우락부락한 기풍을 치켜세웠으니, 이는 관대하고 간결하고 온순하고 순직한 도덕과는 딴판이었습니다. 이로써 본다면 무왕의 악곡 대무大武가 완성된 것은 성왕成王, 강왕康王의 시대로, '무武' 자를 붙여 악곡의 이름을 지었고 본즉 공자의 비평을 기다리지 않더라도 진선진미가 못 되는 것은 넉넉히 알 수 있습니다. 주나라의 전성 시대에 비록 후기后夔[21]에게 음악을 맡도록 했더라도 그 성과란 여기에 더 지날 것 없이 마쳤을 것입니다.

---

20) 《서경》의 '무성武成' 편에 있는 글귀로, 무왕이 무력으로 천하를 얻은 것을 상징하는 말.
21) 순 임금의 풍악을 맡은 신하.

그런데 황우(皇祐, 1049~1053), 원풍(元豐, 1078~1085) 연간에는 범중엄范仲淹과 사마광司馬光 같은 인사들이 옛날부터 있던 음악을 밝게 알지 못하고는 희미하게 옛 음악의 이치를 설명하면서 '소소구성'22) 같은 옛날 음악을 다시 부흥시키려고 했지마는 당시의 도덕과 정치가 자연과 인간에 합치되는지는 아직 몰랐던 것입니다.

더구나 우스운 일로는 채원정蔡元定23)의 《율려신서律呂新書》에는 원성元聲24)을 반드시 찾아 낼 수 있다고 하였지마는 모르기는 하거니와 찾아 낼 수 있다는 원성이 그 본율을 버리고 또 어데 있을 것입니까? 설사 채씨의 말과 같이 원성을 찾아 내어 '소소구성'을 본떠서 만든다기로서니 당시 임금들이 자연과 인사를 고르게 조화시키고 이를 화육시킬 공덕이 없었고 본즉 비유하자면 명목 없는 수고요, 시체 없는 제물이라 할 것입니다."

나는 말했다.

"우 임금은 소리를 내면 음률이 되었고, 몸을 움직이면 척도가 되었다 합니다. 옛날에는 태자가 태어나면 태사가 음악으로 그를 교육하고 장님25)으로써 이를 심사하였다고 하니, 아마 이래서 이 시대의 대표적 음악은 '임금의 소리[宮音]'로 율을 삼았겠지요.

---

22) 소소簫韶는 순 임금의 풍악으로서 그 풍악이 아홉 번[簫韶九成] 마치자 봉황이 와서 들었다는 고사.
23) 송나라 인종 시대 음악의 명인이다.
24) 황종관黃鍾管의 기본 표준음을 말한다.
25) 옛날부터 장님은 잡념 없이 정신을 잘 통일한다 하여 음률을 심사하는 전문가로 이용한 고사에서 나온 말이다.

성인이란 것은 응당 천지의 으뜸 기운을 타고났다고 할 수 있으니 음성을 한번 내면 반드시 넓고 크고 화평스러워 음률에 맞지 않을 수 없을 것입니다. 그러므로 옛날에 거룩하다고 하는 임금들은 응당 우 임금이나 다름없이 목소리가 곧 음률일 터인데 특별히 우 임금의 소리를 따로 쳐주는 것은 무슨 까닭일까요?"

곡정이 말하였다.

"제왕들이 천하를 집으로 삼은 지는 벌써 오래된 일입니다. 그가 어머니 배 밖에 나오면서 지르는 그 소리는 대체 무슨 음률에 속하겠습니까? 사간斯干[26]의 울음소리나, 하나라 계啓의 울음소리[27]가 모두 음률에 맞았기 때문에 제후가 되고 임금이 되었다고 할 수 있을까요?"

형산이,

"기록에도 있되, '무릇 소리라는 것은 사람의 마음을 거쳐서 난다.' 하였으니, 대체 몸이 극히 귀하고 오랜 수를 누리는 사람은 목소리가 큰 종소리 같고, 내뿜는 힘이 웅장하고 화창하여 때로는 육률의 기본음인 황종률黃鍾律에 맞을 수 있습니다. 그러나 몸이 척도가 되고 소리가 율이 된다는 것을 두고 말한다면, 우 임금의 언행이 터럭만치도 어긋남이 없고 움직이면 즉시로 법도에 합치된다는 것을 극도로 추어서 말한 것이요, 그 목소리의 청탁이 음률에 맞고 몸뚱이의 길고 짧은 것이 척도에 맞다는 말은 아닐

---

26) 《시경》의 '소아小雅' 기보지십祈父之什에 있는 시.
27) 우 임금의 아들로서 우 임금이 9년 동안 치수 사업을 하면서 자기 집 문 앞을 지나가도 집에 들르지 않으면서 그 아들의 울음소리를 들은 적이 있다는 고사.

것입니다. 몸소 세상의 앞장이 되어 백성들이 지켜야 할 법도의
표준이 되었고 본즉 절로 억조창생이 법으로 삼게 된 것입니다."
하니까, 곡정은,

"윤 대인의 말씀이 지당하외다."

하였다. 형산은 물었다.

"귀국의 음악은 어떤지요? 혹시 신령님이 임금의 스승이 되어 마
음과 정력을 다 들여서 창작을 한 것인지요? 그렇지 않으면 중국
것을 본뜬 것인지요? 종묘에 제사를 지낼 때나 나라 안에서 산천
제를 지낼 적에도 다들 음악을 쓰는지요? 또 춤은 몇 일佾[28]을 쓰
는지요?"

나는 말했다.

"우리 나라 삼국 시대에 비록 성악聲樂이 없진 않았지마는 모두
가 고유한 향악에 지나지 않았고 당나라 중종 시대에 신라 악부
가 있었고 측천則天 시대에 양재사楊再思가 자줏빛 옷을 입고 고
구려 춤을 췄다고 하니 필시 속되고 고상하든 못했을 터이요, 송
나라 휘종徽宗 때에 우리 나라에 대성악大晟樂을 주었다고 하나
모두 먼 옛날 일이라 상고할 길이 없습니다. 명나라 홍무 시대 때
우리 나라에 팔음[29]이 전해지고 춤은 육일六佾을 쓰게 되어 선왕
에게 제사를 지내는 예절도 갖추었습니다.

악기는, 처음은 중국에서 나왔으나 그 뒤는 국내에서 이를 본

---

28) 주나라 제도에서 제정한 무악을 할 때 천자와 제후의 등급에 따라 8인 8열, 6인 6열 등으
로 정한 사람 수와 대열의 표준을 말한다.
29) 팔음은 악기의 종류로서 쇠, 돌, 실, 대, 박, 흙, 가죽, 나무를 말한다.

떠 만들었습니다. 그러나 이 같은 향악의 음은 잘못 변하기 쉽고 옛날의 척도는 표준 삼기가 어려웠습니다. 돌아가신 세종은 도덕이 갸륵하사 상서스럽게도 검은 기장과 옥돌[30]을 얻게 되어 아악을 제정하셨습니다. 그러나 당시 중국 악기가 죄다 옛날 음률에 맞았는지는 모르겠지만 조선 토산 기장 낟알로 헤아려 보아 과연 전하고 있는 옛날 문헌의 기록과 틀림이 없었다고 합니다."

형산은 의자에서 일어나 몸을 굽히면서,

"참말 동방의 거룩한 임금이시외다. 귀국의 노래 몇 장을 들을 수 없을지요?"

하고 물었다. 나는 궁중에서 쓰던 '몽금척夢金尺'이라든가 '용비어천가龍飛御天歌' 같은 노래를 창졸간에 대답할 수 없었고 또 기휘해야 될 것인지 아닌지도 선뜻 판단할 수 없어 언뜻 다른 말로 슬쩍 돌린즉 형산도 다시 묻지는 않았다.

곡정이 물었다.

"귀국의 음조는 어떤지 선생께서 한번 형용할 수 있겠습니까?"

"저는 본래 소리 재주가 없어서 형용은 할 수 없습니다마는, 다만 그 음조가 느릿느릿 길고 박자가 듬성듬성합니다."

"참말 군자의 나라입니다."

"제가 처음 요동에 왔을 때 길가에서 노랫소리를 듣고 그 소리를 찾아 들어가 보니 피리 한 사람, 퉁소 한 사람, 젓대 한 사람, 비파 한 사람, 월금 한 사람이 노래를 반주하고 보시기만 한 북을 가지고 박자를 맞추는데, 피리 소리는 새납 소리 같고 젓대는 우리 나

---

30) 악기를 측정하는 특유의 곡물과 타악기 경磬을 만드는 특종의 돌.

라 우조羽調³¹⁾보다 청淸³²⁾이 곱절은 높았습니다."

곡정은 무슨 말이냐고 다두쳐 묻는다.

"소위 우조란 것은 오음에서 말하는 우羽음이 아닙니다. 즉 가락의 이름입니다. 그래서 '비 우雨'자를 써서 '우조'라고도 합니다. 우리 나라 속악에는 또 계면조가 있는데 이는 우조를 뒤집은 음입니다. '청이 곱절'이라고 함은 대체로 율을 말할 때에 다들 '청'이라고 합니다. 청탁을 말하는 '청'이 아닙니다. 청이 곱절이라고 하는 것도 본율보다도 청이 곱절 높다는 말입니다."

곡정은,

"그러면 본율의 반이구먼요."

한다. 나는 다시,

"어제 황제님 어전에서 하는 음악을 들은즉 역시 요동서 들은 것과 비슷하고 또 징과 바라로 박자를 맞추었습니다. 이것이 아악입니까? 어째서 음조가 그렇게 높고 박자가 그리도 빠릅니까?"

했더니, 형산은 묻는다.

"선생은 어제 대궐에 듭셨던지요?"

"아니올시다. 대궐에 들어가지는 않고 궁성 밖에서 들었습니다."

"그것은 아악이 아니외다. 이는 연극을 놀 때 하는 음악입니다. 아악에는 징과 바라를 쓰지 않습니다."

나는 물었다.

"아악은 어떤지요?"

---

31) 조선 음악에서 곡조의 성질이 웅장하고 장쾌한 성질을 띤 곡조로서 양악의 장조 계통이다.
32) 조선 음악에서 음정을 말한다.

형산은 말했다.

"대체로 명나라 제도를 따라서 큰 조회를 할 때는 악공 64인을 씁니다. 인악引樂이 두 사람, 퉁소가 네 사람, 생황이 네 사람, 비파가 여섯 사람, 공후箜篌가 네 사람, 진쟁이 여섯 사람, 방향方響[33]이 네 사람, 두관頭管[34]이 네 사람, 용적龍笛[35]이 네 사람, 장고가 스물네 사람, 큰 북이 두 사람, 박자판이 두 사람입니다.

협률랑協律郎[36]은 먼저 모든 악기를 궁전의 섬돌 위에 차려 놓고 황제가 탄 가마 행렬이 보이기 시작하면 상기常旗를 들고 '비룡인지곡飛龍引之曲'을 연주하라고 외칩니다. 황제가 화려한 용상 위에 앉으면 풍악은 그치고 찬관贊官[37]이 모두 국궁鞠躬을 하라고 외치면 협률랑은 '풍운회지곡風雲會之曲'을 연주하라고 외칩니다. 풍악이 시작되면 백관은 머리를 조아려 절을 하며 절을 마치고 일어나면 풍악을 그칩니다. 그러고는 화석 친왕들이 전각 위로 올라가고 보국공들과 각로들이 따라 올라가면 협률랑은 '경황도희승평지악慶皇都喜昇平之樂'을 연주하라고 외칩니다. 시방은 그 이름들이 달라졌지만 악기는 바뀌지 않고 소리 곡조도 고쳐지들 않고 있습니다."

내가 악공들의 복색은 어떠하냐고 물었더니, 형산은,

"구부러진 두건을 쓰고 붉은 비단에 꽃을 그린 소매 넓은 웃옷을

---

33) 강철편을 배열한 타악기의 일종.
34) 피리의 일종.
35) 큰 젓대.
36) 음악 관계 기술을 장관하는 관리.
37) 의례를 집행하면서 호령을 부르는 관리.

입고 도금한 띠를 띠고 붉은 비단으로 머리를 둘러 싸매고 검정
신을 신습니다."

하였다. 나는,

"이것은 한족과 비슷하지 않습니까?"

했더니, 형산은 말한다.

"아니외다. 전날 아악에는 비단이나 수놓은 옷, 망포 같은 것을
쓰지 않고 번족식 모자도 쓰지 않습니다. 태상시의 아악에는 구주
九奏, 팔주八奏, 칠주七奏, 육주六奏 네 가지 등급이 있어 음성淫
聲, 흉성兇聲, 만성慢聲, 과성過聲 들을 못 내도록 하고 있습니다.
큰 제전 때는 악생樂生이 72인이요, 무생舞生이 132인인데 먼저
신악관神樂觀과 태화전太和殿에서 연습을 합니다.

한나라 때에는 태상시의 관원을 매우 중요하게 쳐주었으니 나
라의 큰 정사 때 승상을 비롯한 여러 고관들의 의논에 태상시의
박사들이 참여하지 않은 적이 없었습니다. 예를 들면 공경과 장
상들이 연명聯名을 하여 창읍왕昌邑王을 폐하자고 태후에게 아뢸
때에 '신들이 박사와 더불어 삼가 의논했다.'고 운운하였으니, 이
는 천하에 어떤 일이고 큰일은 반드시 박사의 말에 의거하고 있
음을 보여 주고 있습니다. 지위는 낮고 사람은 보잘것없으나 이
같이 중시하는 것은 대체로 천지신명과 종묘에 제사하는 예악의
근본을 맡았기 때문입니다. 명나라의 찬례贊禮나 송나라의 대축
大祝 같은 소임도 역시 그 관품을 중요하게 쳐주어 반드시 재상들
의 자식들을 음관으로 임명하였으니, 이는 귀족 집안 자식들을 뽑
아 교육시킨다는 옛날 제도일 것입니다. 명나라 초년에는 역시 문
학에 도저한 선비로써 이 직분에 처하도록 했지마는 후에는 이내

누런 모자 쓴 악공 나부래기로 담당케 했으니 이는 잘못입니다.

옛날은 관리를 임명하는 데 각자가 가진 재주를 바꾸지 않았으며 겸직을 삼가고 예절을 맡은 관리와 음악을 맡은 관리가 구별되어 각각 한 가지 직분에 정신을 모아 이로써 평생을 두고 익히는 것입니다. 이래서 비단 그 관직에 종신토록 있을 뿐만 아니라 세습도 좋은바, 더구나 역사 편찬을 맡은 태사나 음악 맡은 관리가 그리 해야만 하는 것입니다.

그런데 뒷날 세상에 와서는 이 직책이 들쑥날쑥하여 위로는 기變와 같은 명인에 미치지 못하고 아래로는 광대 나부래기도 못 된 채 창졸간에 등용되면 흡사 갓 시집 온 신부가 유모에게 의탁하듯, 대궐 섬돌 위에서 하는 거행이 서툴기가 마치 꾸어다 놓은 보릿자루처럼 서툴러 참말 우습습니다. 귀국의 음악 맡은 관원도 응당 그럴 것입니다."

"저의 이번 걸음이 '계찰秀札의 주나라 구경'[38]에 비한다면 참말 부끄럽습니다."

형산은,

"이 사람의 옛날 친구로 도규장陶逵章이란 이가 있는데, 제齊 땅 사람으로 일찍이 태상시 관원으로 있으면서 나에게 편지 쪽지를 보내 우스갯소리로 자신을 조롱해 말하기를, '참말 음악 지식이 없이 태상 벼슬이란 실로 부끄러운 일로서 매양 뜻하지 않은 실수를 할까 보아 걱정입니다.' 라고 하였는바, 이야말로 수풀 개고리가 음률 이야기를 하는 것이나 다름없는 것입니다."

---

38) 춘추 때 오나라의 현철한 왕자로서 노나라의 초빙을 받아 주나라 고악을 감상한 고사가 있다.

하고는 집이 떠나가도록 웃었다. 형산은 또 말하였다.

"홍무 초년에 처음으로 신악관을 천단天壇의 서쪽에 두고 음악과 무용을 가르쳤는데, 명나라 태조 고高 황제는 친히 산과 물에 지내는 제사에 나누어 쓰는 악장을 만들고 뒤에 제사를 합치게 되어 '예성가禮成歌' 아홉 장을 추려 모아, 합쳐 지내는 제사 악장을 만들었습니다. 식자들은 그 음률들이 아직 옛날로 회복 못 한 것을 탈로 생각하였습니다. 황제는 상서 도개陶凱와 협률랑 냉겸冷謙에게 분부하여 아악을 제정하게 하고 또 학사 송렴宋濂을 시켜 악장을 만들게 하였습니다. 대체로 원園이나 능에 제사를 지낼 때는 음악을 쓰지 않고 또 교제郊祭[39]나 종묘의 제사에는 악기를 옮기지 않았습니다.

홍무 6년(1373)에는 천자가 교외 제사를 지내고 대궐로 돌아오는 길에는 반드시 풍악을 잡히고 춤추는 무생을 앞에 세워 인도하게 하고 한림들과 학자인 신하들을 시켜 풍악의 가사를 짓도록 하여 공경하고 조심하는 뜻을 지니도록 했습니다. 이 당시 황제의 말인즉 '내가 일찍부터 유감스럽게 생각한 바는 뒷날 세상의 악장들이 공연한 빈말로 찬미만 일삼으니, 이는 귀신에게 아첨하는 것이며 그때 그때 임금들에 대한 아첨일 것이다.' 하였습니다. 이때야 학자 대신들은 황제의 뜻을 받들어 감주醋酒, 준우峻宇, 색황色荒, 금황禽荒 등의 여러 곡조를 지었는데 모두 39장으로, 이름을 '회란가回鸞歌'라고 하였습니다. 이는 음악의 근본을 안다고 할 수 있으나 이것도 오히려 글놀음에 그치고 만 결함이 없

---

39) 절후에 따라 천자가 교외에 나가 제사를 지내는 의식.

지 않습니다. 더구나 그 음률에 이르러는 당시의 식자들이 온통 틀렸다고 평을 하였습니다.

또 홍무 12년(1379)에 황제가 조서를 내렸습니다. '나는 한미한 처지에서 몸을 일으켜 천하에 군림하면서 하늘과 땅의 신령들을 받들어 모신다. 만약에 조그만치라도 정성이 부족하다면 만백성들의 복을 비는 데 잘못이 될 것이요, 또 천자의 지위를 오래 유지하고 보호하는 보람이 아닐 것이다. 옛날 주나라 문왕의 아들 성숙공成鷫公이 제물 고기를 물려받고서 청처짐하고 있는 꼴을 보고 현명한 사람들은 그의 지위가 오래 가지 못할 것을 알았다 하니 몸가짐도 이토록 운명을 결정하는 이유가 될 바엔 더구나 음성이 지성으로부터 느껴 나옴에랴! 귀신이 없다 하여 믿지 않는 자도 억지요, 귀신에게 아첨하여 복을 비는 자는 미혹되었다고 말할 것이다. 내가 신악관을 설치하고 음악을 갖추게 된 것은 천지신명과 종묘의 신령을 제사할 따름이요, 구차히 옛날 제왕들이 허탄스러운 절차를 떠벌려 오래 사는 도를 맞아들이는 버릇을 본받지는 않았다. 설혹 이런 도가 있더라도 이는 마음을 맑게 닦고 세상에 빨리 오고 빨리 떠나 어려움과 장애가 없도록 하는 데 불과할 것이다. 만약에 정말 오래 사는 이치가 있었다면 은나라, 주나라 부로들이 무엇 때문에 죽었을 것이며 한나라, 당나라 늙은이들은 오늘 어데 있는가?'

이래서 이 조서를 돌에다 새겨 신악관 안에 세웠으니, 이 비를 보면 음악의 원리를 밝혔고 사리를 통달한 이론이라 할 수 있습니다. 그러나 도가류道家流의 관리자들은 필경 옛날 뜻을 받들지 못하고 보매 우리 성조 인聖祖仁 황제[40]는 천지신명을 받들어 모시는 음악과 만국의 화목을 위한 성대한 식전 같은 것을 깃 달린 누런 모자를 덮어 쓴 악공들 나부래기에게 맡겨 관리시킬 것은 못 된다고 하여, 마침내 이 소임을 죄다 태상시에 돌리게 되었습니다. 또 정鄭 세자[41]같이 음악에 밝은 이가 당시에는 등용되지 못하였음을 깊이 애석하게 여겼으니, 오늘의 《율려정의律呂精義》 같은 책이 바로 그런 책입니다. 큰 성인이 놀라운 덕을 세우니, 음악은 본조에 들어와서 비로소 훌륭하게 바로잡혔습니다."

곡정이,

"귀국의 악기와 악공은 응당 고려 시대의 묵은 제도일 것입니다. 이는 반드시 송나라 숭녕(崇寧, 1102~1106) 시대에 나누어 간 대성악일 것입니다."

하기에, 나는,

"우리 나라에서 현재 쓰고 있는 것은 명나라 홍무 시대에 보내 준 것입니다."

했더니, 곡정이 말했다.

"홍무 때 보냈다는 것이 실상은 대성악의 나머지입니다. 주자는 '숭녕 말기에 아첨꾼의 모둠과 죄인들의 찌꺼기를 가지고 어찌 천하의 화목이라고 말할 수 있겠는가?'[42]라고 하였습니다. 그러나 송나라가 이미 강남으로 옮겨간 뒤로 금나라 태종은 변경汴京에 있는 악기와 악공을 죄다 거두어 북쪽으로 옮겨가 '태화악太

---

40) 강희 황제를 말한다.
41) 명나라 정공왕鄭恭王의 세자 재육載堉.
42) 주자가 당시 조정에 예악을 관리하는 자들을 평한 말.

和樂'이라고 이름을 고쳤으니 이것도 실상은 대성악입니다. 금나라가 망할 때 수도를 다시 남쪽의 변채汴蔡로 옮겼는데, 변채가 함락되면서 중국의 묵은 기물은 죄다 원나라 손에 들어갔습니다. 원나라 사람 오래吳萊는, 태상시에서 채용한 음악은 본래 대성악이 남긴 법식으로 옛날 악공들을 교습하여 종묘의 제전에 썼다고 하였으니, 원나라 악호樂戶[43]의 자손은 대대로 하변河汴 지방에 살고 있습니다.

명나라 때 와서 원나라를 쫓아 내고 악공과 악기들을 다 얻었으므로 태상시의 아악과 악관들이 익히던 음악을 역시 대성악이라고 하여 심지어 여럿이 추는 춤이나 모든 놀음은 원나라의 묵은 제도를 물려받았습니다. 명나라 태조는 원나라의 정치를 일신하였는데, 대성악에 이르러서 금나라는 송나라를 따르고 원나라는 금나라를 따랐고 보니, 이런 전통은 벌써 오래되어 중국의 묵은 제도를 지키고 있다 하여 음악을 새로 지어 내지는 않았습니다. 그러니 홍무 때 나누어 얻은 것은 대성악임에 틀림없습니다."

나는 또 물었다.

"옛 말로는 천자의 가운뎃손가락 길이로 율관을 만들어 흙속에 묻고 후기법을 썼다는데, 이 이치는 어떤 것인지요?"

곡정이,

"이는 즉 방사 위한진魏漢津이 휘종의 손가락을 재어 대성악을 만들었다는 것입니다. 위한진은 본래 죄를 지어 군졸이 된 촉땅 사람입니다. 그는, 거룩한 임금의 타고난 품성은 천지 음양과 한 몸

---

43) 죄인의 처자를 적몰하여 국가가 일정한 직업을 강제한 자로 악공이 된 자.

뚱이로 목소리는 율이 되고 몸은 척도가 된다 하여 휘종에게 청하여 가운뎃손가락 길이로 황종률을 정하고 이로써 천지와 음양의 정리에 맞춘다고 하였습니다.

휘종 때 재상 채경蔡京은 혼자 이 말에 혹하여 아첨으로 주워맞추고 황제를 달래 먼저 솥 여덟 개를 부어 만들었으니, 이것이 가장 우스운 일이외다. 태곳적에 처음 난 어진 임금이 처음으로 말과 자를 만들면서 아무 데도 가늠할 데가 없은즉 어쩌다가 손가락 마디로 가늠을 삼았고 율관을 재는 데는 기장 알곡을 넣어 몇 낟알이 되는지를 표준으로 삼았습니다. 또 그 당시 세상은 사철 기후가 때를 잃지 않고 소위 '바람은 소리를 내지 않고 바다는 물결을 일으키지 않았다.' 하여 그런 기후가 사시를 맞추었으니 괴이할 것도 없겠습니다. 그런데 뒷세상에 와서 임금이 어질고야 천지 기후도 고르고 생물이 잘 자란다는 이치는 생각도 않고 다만 손가락으로써 율관을 가늠하고 갈대 재를 묻는 법으로써 좋은 기후를 맞고저 했으니, 이는 '흰 바탕이 있은 후에야 색칠로 그림을 그릴 수 있다.' 는 것을 모르는 격이요, '근본은 헤아리지 않고 끝만 가지런히 하려고 든다' 는 격이니, 이렇고는 설사 계절에 맞추어 좋은 기운이 뻗친다 하더라도 이런 기운이 어데 속하는 기운인지도 모를 것입니다.

더구나 사람의 손가락은 길고 짧고 들쑥날쑥하고 본즉 숭녕의 손가락으로 표준을 삼은 자가 길어서 악률 소리가 높아졌는데 위한진은 크게 놀라 졸도인 임종요任宗堯에게 가만히 말하기를, '율이 높은 것은 북쪽 지방의 비속한 음이다. 아마도 북쪽 지방에서 무슨 변고가 생길 것이 아닌가?' 하고 걱정하였답니다. 이 음악이 되고 나서 드디어 정강靖康의 화[44]가 났으니, 음악이란 것은 속일 수가 없는 것입니다. 위한진같이 못된 자가 비록 음률을 감상할 줄은 알았다 하더라도 송조에는 악곡을 지을 만한 덕이 없었고 그 당시의 인사들 또한 위한진만치도 재주를 지닌 이가 없어 도리어 거꾸로 위한진에게 아첨을 해 붙였고 본즉 주자가 배척한 '아첨꾼들의 모둠이요, 죄인들의 찌꺼기'란 것이 바로 이것입니다."

하니, 형산이 있다가 말하였다.

"그렇지 않습니다. 냉겸이 정했다는 음악과 춤은 홍무 6년(1373)의 일로서 대성율과는 어림없이 다릅니다. 귀신을 마중하는 대성악의 첫 번 연주는 남려南呂의 각角 소리인데, 이는 대려大呂의 변조입니다. 홍무 때에 만든 태주太簇의 우羽는 중려조中呂調요, 냉겸의 칠균七勻[45]은 태주로부터 이측夷則, 협종夾鍾, 무역無射, 중려는 다 정조正調인데 다만 청황종, 청임종[46]의 변조를 넣은 것입니다.

본 소리가 무겁고 커서 '임금'과 '애비'에 속하고 마주 응하는 소리는 가볍고 맑으므로 '신하'와 '자식'에 속하였으므로, 사청성四淸聲[47]이라 하여 만약에 사청성을 쓰지 않는다면 마주 응해

---

44) 송나라 흠종欽宗 정강 연간에 금나라가 송나라를 쳐서 송나라는 강남으로 쫓겨가게 된 난리. 정강은 흠종의 연호다.

45) 일곱 가지 고른 음조를 말한 것이니 즉 진운.

46) 청황종淸黃鍾과 청임종淸林鍾은, 음명 위에 청을 붙일 때 표준 옥타브보다 한 옥타브 높은 음을 표시하는 말이다.

47) 표준 옥타브보다 한 옥타브 높은 상황종上黃鍾으로부터 시작하여 넷째 음 협종夾鍾까지 네 음을 가리키는 말이다.

주는 음이 없어져서 '임금'의 덕이 치밀어 '신하'의 도리는 끊어지고 '애비'의 도리는 없어져 '아들'의 직분은 빠뜨리고 맙니다.

그런데 위한진의 율은 옛 제도에서 두 율씩을 낮추어 임종을 궁으로 할 때는 상음, 각음이 정조가 되고 그 나머지는 모두 변조가 됩니다. 또 남려가 궁이 될 때는 다만 상음 한 음만 정조가 되고 나머지는 다 변조에 속합니다. 이것은 칠균 중에 변조가 다섯 가지로서, 말하는 자는 이 때문에 임금의 도가 약해지게 되고 이래서 백성과 사물이 힘이 없어 떨치지 못한다고 하는바, 이야말로 망국의 음률로서 슬프고 음란하고 원망스럽고 흐느끼게 되어 오래 두고 들을 수 없었다고 합니다. 송잠계宋潛溪[48]가 위한진이 만든 음악은 난세의 음이라고 한 것도 바로 이 까닭입니다. 주자는 건양建陽땅 채원정蔡元定의 균조勻調와 후기법이 자세하고 올바른 것을 칭찬하고, 자기 예문 저서의 악제樂制, 악무樂舞, 종률鍾律 등 각 편을 대체로 채씨의 《율려신서》에 의거하여 고증하면서 기술하였습니다.

그러나 주자는 음률에 대하여는 그리 똑똑히 요해를 못 하여 오로지 채씨를 믿고는 소위 선입견으로 위한진을 배척한 것이니, 음률을 감정하여 좋고 나쁜 것을 안 것이 아니라 다만 채경이 주장한 것이라 하여 있는 힘을 다 들여 이를 공격했던 것입니다. 채원정의 저서는 아직 실지 행사에서 시험해 보지 못했고 위한진의 음악은 그 당시에 분명히 시험을 했던 만큼 뒷날 평론하는 자는 위한진을 지적하기가 쉬웠던 것입니다. 실상은 채씨의 음악 지식

---

48) 명나라 홍무 연간의 명재상 송렴宋濂의 별호.

이 고정考亭[49]보다 나으나 너무도 집요하게 파고든다는 평을 면치 못할 것이요, 위한진의 음률 감상 지식이 채원정보다 정미롭다 할 수 있지만 그는 억지로 끌어다 붙이고 아첨에서 출발하고 있으며, 냉겸의 음악 제정에 이르러서는 비록 옛날 제도를 알뜰하게 답습했다 하더라도 그 소리인즉 송나라, 원나라 율이 아니었습니다.

제가 《회전》 편찬에 참가하였을 적에 여러 대가들을 연구하였는바, 홍무 때 제정한 것은 실상 대성악과는 아주 달라 왕곡정 영감이 말한 홍무 때 갈라 받아 갔다는 귀국의 대성악이 옛날 것이란 말은 틀린 말 같습니다."

곡정이,

"어찌 그럴 리가 있을까요?"

하니, 형산은 웃으면서,

"아마 그럴 것입니다."

하였다. 형산이,

"대체로 중국의 악공은 진晉나라 때 망했고, 악기는 수나라 때 망했고, 잡곡과 여러 가지 놀음이 아악을 어지럽게 만든 것은 당나라 현종이 장본 책임을 져야 할 것입니다."

하기에, 나는,

"그 설명을 한번 들읍시다."

하였더니, 형산은 말했다.

"춘추 시대에 세상은 비록 어지러웠으나 지나간 옛날이 그리 멀

---

49) 주자의 별호.

지 않았고 진, 한 이래로 비록 큰 난리가 자주 일어났으나 환난은 나라 안에서 있었기 때문에 악공이고 악기고 옮겨 가지 않았고 제도는 그대로 남았으며, 나라를 차지한 자도 창과 칼을 버리고 먼저 악기를 찾았습니다. 그러므로 음악을 맡은 관원들은 세대와 더불어 같이 일어나고 난리가 끝나면 다투어 가면서 악기를 안고 관직에 나와서 아들과 손자에게까지 세업을 전하여 마음 내키는 대로 타고 불며 보고 듣는 것을 배우고 익히게 했습니다.

그런데 동진東晉의 진씨가 건강建康으로 도읍을 옮긴 후 다섯 가지 각성받이[50]가 섞바뀌어 천하가 쪼각쪼각 갈라져 무너지고 음악 기술은 도탄에 빠지게 되었는바, 석씨石氏[51]가 업鄴땅에 도 읍하자 동작銅雀과 청상淸商 같은 음악은 다 없어지고 남연南燕의 임금 모용초慕容超는 태악관 이불李佛을 잡아온 대신 그 어머 니를 요진姚秦[52]에게 바쳤으나 옛날 악공들은 다 없어지고 말았 습니다. 남북조 시대 때 송나라의 무 황제는 관중에 들어왔지마는 그가 얻었을 악기, 악공은 알 만한 일이요, 그는 또 부리나케 동쪽 으로 돌아갔으니 그가 가지고 갈 수 있는 악공, 악기도 뻔한 일일 것입니다. 그러므로 저는 일찍부터 중국의 악기는 진나라 때 망했 다고 말하는 것입니다.

《수서隋書》에 실린 역대의 동척銅尺은 열댓 가지나 되어 주척周 尺을 비롯하여 한나라 유흠劉歆이 만들었다는 동곡척銅斛尺, 동

---

50) 오호 십육국을 말한다.
51) 오호 십육국 중 후조後趙를 세운 석륵石勒을 말한다.
52) 후진을 말한다.

한 건무 때 동척, 진나라 순욱荀勖이 만든 율척律尺, 조충祖沖의 동척들은 하나도 소용에 닿지 않습니다. 소위 주척은 그중에도 가장 믿을 수 없어 왕망 15년 동안 만들어 낸 물건은 무엇이나 모조리 '주周'의 것을 모방하여 이름을 붙였으나 벌써 위조물이 많았고 또는 제멋대로 아침에 만들었다가는 저녁에 없애 버려 척도는 종잡을 수 없게 되었습니다.

뒷날 세상에 주척이란 것은 왕왕 유흠이나 왕망이 위조한 것으로써 우문씨宇文氏[53]가 한번 가짜 주나라를 창건하자 그가 가졌던 보물들은 곧장 수나라의 소유로 돌아갔습니다. 수나라 문제는 본래 학문을 좋아하지 아니하고 성정이 또 음악을 좋아하지 않았으나 이미 천하를 얻고 본즉 부득불 음악을 제정하지 않을 수 없었습니다. 당시 패국공沛國公 정역鄭譯은 음악 감식이 능하여 고악 십이율을 말하면서 홀쩨 궁소리를 알아차려 각각 칠성七聲을 사용했으나 세상에는 이것이 통하지 못했습니다.

이보다 조금 앞서서 주나라 무제武帝 적 백소지파白蘇祇婆는 원래 구자龜玆[54] 사람인데 비파를 잘 탔습니다. 한 균勻 가운데 칠성이 끼어 있었으니 소위 '파타력婆陀力'이란 말은 중국말로 궁성이요, '계식鷄識'이란 말은 중국말로 남려요, '사식娑識'이란 말은 중국말로 각성이요, '후가람侯加藍'이란 말은 중국말로 응성應聲이니, 즉 변치성變徵聲이요, '사렵沙獵'이란 말은 중국말로 치성이요, '반첨般瞻'이란 말은 중국말로 우성이요, '이건利筵'

53) 남북조 시대 북주北周 임금의 성으로 자칭 주나라 종실이라 했다.
54) 한나라 때 서역, 현재 신강 지방에 있던 나라 이름.

이란 말은 중국말로 변궁變宮이라 한답니다. 정역은 그 법을 연구하여 12균 84조로 정하고 또 칠음 밖에 다시 한 가지 음을 더 정하여 응성이라 했습니다.

정역은 본래 건달패로서 여러 번 매국 행동을 했는바, 문제文帝가 처음에는 그를 좋아했다가 나중은 미워했습니다. 정역이 쓴 법은 비록 그럴듯했으나 그 근본은 오랑캐 음악을 번져 놓았기 때문에 율은 조금 높으며 거칠고, 수나라 때 음악가 만보상이 만든 여러 악기는 정역의 그것보다 두 율이나 낮아서 그 소리가 맑고 청아했으므로 비속한 귀에는 좋게 들리지 않았기 때문에, 두 사람은 그들이 가진 기술로 당시 세상에서는 뜻을 얻지 못하였습니다. 하타何妥, 소기蘇夔, 우홍牛弘 따위들은 제각기 패를 꾸며서, 하타는 황제에게 아첨하여 황종음은 임금의 덕을 상징한다고 했더니, 황제는 이 말이 기뻐서 황종 한 궁만 쓰는 데 그치고 다른 율은 쓰지 않았답니다. 우홍 등은 다시 선궁음旋宮音을 쓰지 않는 순제順帝의 뜻에 따라 아첨하였고 또 전대의 금석 악기들을 부수고 녹여 이로부터 역대 악기의 전형에는 치음이 빠지게 되었으니 이 까닭에 중국의 악기는 수나라에 와서 망했다는 것입니다.

당나라 초기에는 조효손祖孝孫에게 명하여 아악을 제정하였습니다. 그런데 조효손은 일찍부터 하타나 소기의 패와는 뜻이 맞지 않아 수나라 적에는 마음대로 못했다가 당나라에 들어와서 뜻을 폈고 본즉 장문수張文收 같은 자들과 의논해서 아악을 제정하여 꽤 전아하다는 말을 들었습니다. 그러나 당시 태종은 공리功利에 급하고 본래부터 음악은 좋아하지 아니하여 음악은 정치에 아무런 상관이 없는 것이라고 하였으니, 이는 소박한 듯 해도 실상은 야비한 생각이었습니다. 더구나 예악이 정치의 근본이 되는 줄 모르고 배우 같은 것은 다만 귀를 즐겁게 하는 도구로만 인정하였습니다. 장문수는 또 세속에 아첨하여 하청경운가河淸景雲歌를 지어 주안朱雁, 천마天馬[55]를 본떠 연악원회燕樂元會[56]라 이름을 붙였으니 당나라 시대 아악은 문헌에 따라 수나 채우는 형식에 그칠 따름이었습니다.

현종 때 와서 현종은 음률을 잘 알았고 본즉 다시 좌우 교방教坊을 두고 황제의 이원제자梨園弟子라고 불러 몸소 악공과 궁녀들을 거느리고 가르쳤습니다. 천보(天寶, 742~755) 연간의 전성기에는 매양 잔치를 배설하고 고창高昌,[57] 고려, 천축, 소륵疏勒[58] 등 여러 나라의 음악과 코끼리춤, 말춤에 이르기까지 잡동사니로 섞어 벌였습니다. 이래서 역대를 두고 내려오던 정통 음악은 흔적도 없어지게 되었습니다. 그리고 얼마 안 되어 안녹산의 난리 통에는 드디어 난장판이 되었는바, 이는 당나라 현종이 음률에 밝았던 탓이라고 할 것입니다."

나는 물었다.

"'예상우의곡霓裳羽衣曲'이란 것은 요즘 볼 수 있는 '서상기西廂記' 같은 잡극인지요?"

형산은,

---

55) 하나라 때 붉은 기러기를 얻고 또 말이 악와渥洼강에서 나왔다는 것을 경사스러운 일이라 하여 악곡을 지은 것.
56) 보통 연회와 명절과 잔치 때 쓰는 음악.
57) 수나라 시대에 신강 지방에 있었던 나라 이름.
58) 신강 지방에 있었던 옛 나라 이름.

"그렇습니다. '예상우의' 열두 편이 세상에 전하게 된 것은 하서 절도사河西節度使 양경술楊敬述이 황제에게 바쳤던바, 황제가 이를 얻고는 매우 기뻐 드디어 자신이 이것을 놀았다고 합니다. 후세 잡극의 시작으로서 그 소리가 느리고 처량하고 가냘픕니다."

하였다. 나는 물었다.

"송나라는 인후한 도덕으로 나라를 세웠기 때문에 숭녕 이전은 아악이 응당 볼 만한 데가 있었을 것이 아닙니까?"

형산은 말하였다.

"이는 화현和峴이 제정한 아악으로서 송 태조 때에 주왕박周王朴이 만든 율척을 서경에 있는 돌로 된 옛날 자와 비교해 보니 조금 짧았으므로 악성은 좀 높아 잘 맞지 않았습니다. 건덕乾德 4년(966)에는 화현에게 명령하여 옛날 제도를 본떠 자를 만들었는데 역사에서는, '화현의 아악은 음조가 화창하다.'고 했지마는 시대에 아첨한 말입니다. 나라를 세운 지 겨우 몇 해 지나지도 않아서 무슨 인후한 깊은 덕이 천지를 뒤덮어 백성과 사물이 화락할 수야 있었겠습니까? 화현은 이른바 겸손한 태도로 나라를 얻었다고 하여 현덕승문玄德升聞[59] 춤을 만들었는데, 이 춤은 한 줄에 열여섯 사람씩을 여덟 줄로 세워 팔일八佾의 곡절을 만들었으니, 더구나 우스운 일입니다. 현덕승문이라면 대체 우빈虞賓[60]은 어데 있을지요?"

---

59) 순 임금의 숨은 덕행이 요 임금에게까지 알려졌다는 것을 주제로 지은 춤.

60) 요 임금의 아들은 단주丹朱인데, 요 임금이 순 임금에게 천자의 지위를 전하였으므로 순 임금은 단주를 손님 대접하는 예로 대접하였다는 데서 나오는 말이다. 이것은 송 태조가 누구에게 전위를 받은 것이 아니므로 '현덕승문' 음악이 부적당함을 말하는 것이다.

곡정 역시 허허 웃으면서 붓을 끄집어 당겨 빨리 써서,

"방에 있겠지!"

했다. 형산이 말하였다.

"대체로 임금이 되어 음악은 모를 수도 없는 일이요, 그렇다고 또 음악을 알아도 탈인 것 같습니다. 음악을 모른즉 수 문제나 당 태종 같은 이들은 정치는 성공했다고 볼 수 있는 임금들이지만, 비록 부득이 음악을 제정하기에 힘썼다고 하지마는 그의 근본 취지는 아주 더러웠고 당나라 명황明皇과 송나라 도군道君[61] 같은 이들은 본래 음악을 잘 안다고 떠들었으나 천보天寶, 정강靖康의 두 난리를 불러일으킨 것은 무슨 까닭일까요? 대체로 음악의 덕이란 계절 따라 나오는 벌레나 새에 비할 수 있고 음악의 재주란 시정에 비할 수 있고, 음악의 사업이란 역사에 비길 수 있고 음악의 이름이란 시호에 비길 수 있습니다."

나는 물었다.

"벌레와 새란 무슨 뜻일까요?"

"여치와 쓰르라미는 본래 같은 벌레요, 꾀꼴새와 황조는 원래가 한 새인데, 때에 따라 변화하여 우는 소리가 각각 다르다는 말씀이지요."

"시정이란 무슨 뜻인가요?"

"저자에서는 화목을 볼 수 있고 우물터에서는 질서를 볼 수 있습니다. 물건을 서로 교역하는 데 팔고 사는 두 편 뜻이 맞아떨어지는 것이 저자의 도덕이요, 뒤에 물을 길러 온 자가 먼저 온 자를

---

[61] 휘종이 자칭한 이름.

원망하지 않고 그릇을 벌여 놓아 차례를 기다리다가 제 뜻에 찰 때에 돌아가는 것이 우물터의 도덕입니다. 대체 역사의 본질은 정직하여야 하고, 시호란 것은 잘잘못을 들어 밝히는 것입니다."

형산은 일어서서 작은 가죽 상자를 열고 작은 검정 종이 부채 한 자루를 끄집어 내서는 나에게 보이는데 매우 기분이 좋아 보였다. 또 아주 자그만씩한 사기합을 끄집어 내어 책상 위에 늘어놓는데 무엇을 하려는지 그 뜻을 짐작할 수 없었다. 차례차례 합을 여는데 초록색, 푸른색, 유금색, 은빛 물감들이 가득 차 있었다. 그는 책상에 기대고는 부채 위에다가 붓으로 괴석과 어린 대를 그렸다.

"저는 선생께서 용면龍眠[62]의 높은 솜씨를 가졌을 줄은 생각도 못 했습니다."

"그저 마음먹은 뜻을 약간 표현해 봤지요. 보기에 어떠시오?"

"댓잎의 모양으로 보아서는 바로 금방 천 길이나 뻗어나갈 듯이 힘찬데요."

형산은 껄껄 웃으면서 뒤미처 네 구의 시를 썼다.

싱싱한 푸른 대는 그대의 모습
듬직한 바윗돌은 그대의 말씀
부채를 펼치고 그대 위해 그릴 제
손목을 잡고 나니 마음은 하나.
綠竹瞻君子, 卷阿矢德音.
揮毫開便面, 握手得同心.

---

62) 당나라 시대의 명화가 이공린李公麟으로, 오도자吳道子와 같이 쳐주었다.

다시 이름자를 새긴 작은 도장을 딴 종이쪽지에 찍어 베어서 왼쪽에 붙이고는 착착 접어 나를 주었다. 내가,

"옛날 음악은 필경 회복하지 못하고 말까요?"

했더니, 곡정이 웃으면서 말했다.

"선생은 퍽도 옛것을 좋아하십니다. 대체 세상에서 음악을 말하는 자가 율은 말하면서도 시는 말하지 않고, 시는 말하면서도 덕은 말하지 않고, 덕을 말하면서도 시대는 말하지 않으며, 시대는 말하면서도 풍속은 말하지 않으며, 풍속을 말하면서도 시대의 환경과 조건은 말하지 않아 의논만 분분하여, 헛되이 상당上黨 양두산羊頭山[63]에서 검정 기장을 찾는다. 진회秦淮 물에 가서 가회법葭灰法을 한다 하지만, 음악은 필경 옛날의 고아한 것은 얻지 못하였습니다.

선궁기조旋宮起調[64]에 관한 법은 제가 본 바를 앞에서 대강 말했지마는 시를 노래하는 데 이르러는 옛 사람들의 마음에서 우러나오는 말이기 때문에 이는 어쩔 수 없는 일입니다. 말하자면 유쾌한 사람은 안 웃을 수 없고 슬픈 자는 안 울 수 없고, 배고픈 자는 밥을 안 욀 수 없고 목마른 자가 물을 안 외칠 수 없어 여기는 허위와 가식이 없고 무리나 부자연이 없습니다. 이같이 마음에 한번 감촉되자 비록 즐거우면 음탕해지고 너무 슬프면 병이 나는 폐가 없지 않지마는 모두가 마음속에서 우러나지 않는 것이 없으니, 소위 '시 삼백 편은 한마디로 말하자면 사심 없는 생각' 이란

---

63) 산서성 지방의 산 이름으로 악기의 척수를 맞추는 검정 기장이 났다는 곳.
64) 궁성을 십이율에 들려 가면서 시작하는 법.

말이 이것입니다.

아까 윤 대인이 말한 시정에 관한 비유는 참말 음악의 정곡을 알아맞힌 것입니다. 두 편이 서로 팔고 사고 할 때에 값을 다투다가도 뜻에 맞지 않으면 매매는 성립될 수 없을 것이니 사람을 협박하고 억지 흥정을 하는 것은 화목이라 할 수 없을 것입니다. 그러므로 시 삼백 편은 다 사람의 감정으로부터 직접 우러나오는 바일 것입니다.(이상은 시를 논한 것이다.)

그러나 유천집경維天執競[65]은 칙천갱재勅天賡載[66]에 비하면 진실하고 소박한 점이 좀 부족하나 문장의 표현은 훨씬 우수하였습니다. 한나라, 위나라 가사로서 안세방중安世房中[67]을 비롯하여 주안, 천마, 삼조[68] 같은 가사들이 종작없이 떠벌여놓은 데 이르러서야 어찌 '유천집경'에다가 견줄 수 있겠습니까? 비유해 말하자면 재판을 하는 것과 같아서 이유가 정당한 자는 태도가 엄숙하고 자신을 가지며 말이 간단하면서도 음성은 활발한 것이요, 이유가 정당하지 못한 자는 얼굴 표정이 다르고 기색이 거칠며 말은 잔소리가 많고 소리를 꽥꽥 지르는 것입니다.

뒷날 세상에 와서 이런 가사 짓는 벼슬아치들이란 아무렇게나 되는대로 선발하여 모두가 둘러맞추기를 잘하고 거짓말, 아첨쟁이들이고 본즉 벌써 찬양받을 자의 덕행이 사실에 맞지 않는 데서 소리는 구부러질 것입니다. 제사를 지낼 때나 잔치할 때를 물

---

65) 주나라 무왕을 제사하던 노래의 일절.
66) 순 임금을 제사하는 가곡의 일절.
67) 한나라 때 궁중의 잔치 놀음에 쓰던 음악.
68) 주안朱雁, 천마天馬, 삼조三祖는 한나라 무제武帝 때 지은 세 악장.

론하고 노래를 부를 때는 기쁘지도 않은데 억지로 웃고 슬프지도 않은데 억지로 우는 것이나 다름없을 것이니, 이러고야 마음에 느껴서 우러나온다는 소리가 화창하다 하겠습니까? 그렇지 않으면 비굴하다 하겠습니까? 가사가 이럴진대 가사에 따르는 노랫소리를 알 만할 것이요, 노랫소리가 이럴진대 음률의 화성을 대개 짐작할 수 있을 것입니다. 저는 아직 서산 채원정이 말한 소위 원성元聲을 어데 의거해서 찾아야 할지 모릅니다마는, 이 원성이 음률에 있을지, 도덕에 있을지? 이는 도덕을 근본으로 삼고 여기에 시를 배합하였을 것이요, 소리를 주장으로 삼고 율은 다음으로 삼았을 것입니다.(이상은 도덕을 논한 것이다.)

어진 인물들이 나라를 세우고 대를 물릴 때는 만세를 두고 흔들리지 않을 기초를 닦아 주공이 노나라를 다스리고 강태공이 제齊나라를 다스리듯 했지마는 끄트머리 자손 대에 내려와서 못생긴 인물들이 났으니 어쩌겠습니까? 주공이나 태공은 모두 그것을 미리 말하였습니다. 그 세상도 이미 백세를 전했고 보니 음악 역시 변천하지 않을 수 없었던 것입니다.(이상은 시세를 논한 것이다.)

풍속에 이르러서는 지방마다 그 풍속이 달라서 백 리만 떨어져도 습관이 다르고 천 리만 떨어지면 풍속이 다르다 하는 것이 바로 이것입니다. 그러므로 법치로도 할 수 없고 말로써도 설복할 수 없는 경우라도 음악만이 귀신 같은 조화를 일으킬 수 있습니다. 그 작용의 묘함이야말로 바람처럼 움직이고 햇빛처럼 비쳐 알지도 못하는 사이에 고무하게 되고 그 보람과 성과가 빠르기는 《서경》에 나온 대로 양쪽 섬돌에서 '우羽 춤을 춘 지 칠십 일만에 오랑캐도 감복하였다.' 하니, 이런 것을 일러서 '풍속을 바꾸어 단번에 참다운 도에 이르렀다.' 하더라도 좋을 것입니다. 그러나 실상은 남방 사람의 부드러운 성격과 북방 사람의 강한 성질은 바꿀 수 없을 것이요, 정나라 음악의 음탕한 경향과 진秦나라 음악의 버젓한 경향은 변할 수 없을 것이니, 이는 필시 지방마다의 특성이요, 기풍에서 나오는 것인즉 성인도 역시 다른 풍속은 하는 수 없다 하여 정나라 음악을 버리라고 했을 따름입니다.(이상은 풍속을 논한 것이다.)

성인도 어쩔 도리가 없는 것은 '운運'입니다. 차기도 하고 이지러지기도 하고 자라기도 하고 없어지기도 하는 것은 하늘의 '운'이요, 외롭기도 하고 번창하기도 하는 것은 땅의 '운'입니다. 오래되면 변화를 생각하고 묵으면 새것을 찾고 막히면 터뜨리고 싶어하는 것은 '운'에 있어서 한 개 기회가 될 것입니다. 불교에서 말하는 칠일겁七日劫이란 말은 우리 유교에서 말하는, 500년에 한 번 성인이 난다는 기간으로서 이 기회에 성인이 탄생하면 시운에 잘 따라서 수단껏 보충할 뿐입니다.

하나라가 충성을 숭상하고 은나라가 질박을 숭상한 것이라든지, 주나라가 문화를 숭상하고 진나라가 봉건 제도를 없애고 정전 제도를 없애 천고에 죄를 지은 것이 실상은 시운에 따라 그렇게 하지 않을 수 없었던 것입니다. 고기는 사람마다 즐기는 것이지마는 오랫동안 앓는 사람에게 비록 한 가마솥 고깃국이라도 냄새만 맡고도 헛구역이 날 수 있고 비록 풀뿌리와 나무 열매라도 혼연히 입맛에 붙을 수 있습니다. 또 비록 아무리 잘 부르는 노래 곡조라도 늘 부르면 듣던 좌중도 자리에서 일어서는 법으로, 오랜 폐단이 생기고도 이를 뜯어 고치지 않으면 이야말로 변통수

없는 교주고슬膠柱鼓瑟이라고 할 수 있으니, 이는 어데나 다름없는 사람의 인정입니다. 그러므로 요순의 정치가 없이는 비록 소무韶舞 같은 좋은 음악이 있더라도 찬성과 반대의 틈에 끼어 귀신과 사람의 마음에 맞기 어려울 것이니, 이것은 성인도 세상 운수의 순환에는 어쩔 도리가 없었다는 것입니다.(이상은 운수를 논한 것이다.)

무릇 글자가 생긴 지 오래된 뒤 공자가 역사를 정리하여 《춘추》를 지은 것은 이야말로 천지 시운의 한 개 커다란 변화인데, 공자도 부득이한 처사일 것입니다. 공자가 죽고 나자 어중이떠중이 백 가지 학설이 분분하게 떠들고 나와 이런 책들은 무척 많아서 사람마다 저마끔 독창성을 낸다고 하여 조그마한 아이들까지도 처껑 인성이니 천명이니 큰소리나 치는 경향에 빠져서 육예六藝[69] 같은 학문은 헌 갓이나 다름없이 보았기 때문에 건전한 교육 방법은 드디어 없어지게 되었습니다. 이러고 보니 옛날 주나라 때 교육을 맡은 사도司徒의 직분과 음악을 맡은 전악典樂의 관직은 헛자리요, 공턱이 되어 구차한 허튼소리만 할 뿐이었습니다.

이로 말미암아 음악은 천한 광대 나부래기에게 돌아가고 귀인 자제로서 총명하고 뛰어난 자는 헛되이 무작, 무상[70]의 연한을 지내고 보니, 비록 아래위에다가 관악기, 현악기를 즐비하게 늘어놓고 팔음이 잘 맞는다 하더라도 무엇이 궁성, 우성이고 무엇이

---

69) 예절, 음악, 활쏘기, 말 타기, 글씨, 수학을 말한 것이니 즉 여섯 가지 실용 학문.
70) 무작舞勺과 무상舞象은 주공이 지은 춤의 이름으로서 '작勺'은 열세 살, '상象'은 열다섯 살부터 신체 발육에 따라 춘다.

종려인지도 알지 못합니다. 혹시 여염 마을들에 음률을 좋아하고 거문고나 젓대 등속을 타고 부는 자가 있다손 치더라도 대부분이 부랑자나 파락호의 신세를 면치 못하고 보니, 양반 자제들은 치욕으로 여기고 부형들은 금하고 이웃 향당에서는 천하게 여겨 옛 성인들이 교육과 정치를 잘하는 데 있어서 둘도 없는 조화를 일으키던 음악은 오로지 광대 나부래기의 책임이 되고 말았으니 세상에 이럴 이치야 없을 것입니다."

형산이 말하였다.

"옳게 말했소. 주나라 시대에는 귀족의 자제들에게 춤을 가르칠 때 음악을 맡은 대서大胥를 시켜서 춤추는 자리를 바로잡고, 소서小胥를 시켜서 춤추는 항렬을 바로잡았으니 이 법이 한나라 시대까지도 있었습니다. 천하고 낮은 지위에 있는 집 자식들은 종묘의 제사 때 춤을 추는 데 참가하지 못하였고 무릇 춤추는 무생은 모두가 지방 장관이나 방백들과 관내의 제후와 대부들의 적자들이었습니다. 이 일은 예악이 바로잡혔던 옛날에서 그리 멀리 떨어지지 않은 시대였으므로 선발하는 방법은 엄격하였고 교육을 위한 준비가 이와 같았습니다."

내가,

"칠균, 십이균이란 것은 대체 무엇인지요?"

하고 물었더니, 형산이,

"균이란 것은 가지런하고 일매지고 고른 것을 말하는데, 말하자면 운韻과 같습니다. 시를 짓는 자가 사운이니 팔운이니 십운이니 하는 것과 같습니다. 칠균이란 것은 궁, 상, 각, 치, 우, 변궁, 변치 칠성의 한 '운'이요, 십이균이란 것은 십이율의 한 '운'입니다. 옛날에는 '운' 이라는 글자가 없었으므로 '균' 이라 했습니다."

대답하고, 형산은 다시 물어서,

"귀국에는 《악경樂經》이 있다는데 참말인지요?"

하기에, 나는,

"이는 빈말입니다. 중국에 없는 것이 어찌 외방에 있겠습니까?"

했더니, 곡정은 말했다.

"이 책이 있을 수가 없을 것입니다. 세상에서는 《악경》도 진 시황이 책을 불지를 때 들어갔다고 한탄을 하지마는 저로서는 중국에도 처음부터 《악경》은 없었다고 인정합니다."

나는 말했다.

"역사에는 기자가 조선으로 피해 올 적에 시, 서, 예, 악 같은 문헌과 의원, 무당, 점쟁이, 장인바치 등 오천 명이 따라서 이를 함께 데리고 동쪽으로 나왔다고 전하기 때문에 여섯 가지 학예는 모두 진 시황이 놓은 불에 타지 않고 빠져 우리 나라로 흘러 전해왔을 것이라고 합니다."

곡정은 웃으면서 말했다.

"이는 중국에서 일 좋아하는 인사들이 꾸며 낸 말입니다. 풍희馮熙[71]의 《고서세본古書世本》 같은 것도 이런 것입니다. 소위 기자 조선본이란 것은 본시 기자를 조선에 봉하게 된 때부터 시작하여 전했다는 고문헌으로서 '제전'부터 '미자'[72]까지를 말하고, 그

---

71) 위나라 장수로서 창려왕昌黎王으로 봉한 인물.

72) '제전帝典'은 《서경》의 요전堯典을 말하고, '미자微子'는 은나라 말기의 왕 주紂의 서형으로 현인인데, 《서경》의 편명이기도 하다.

밑에는 다만 '홍범洪範' 한 편을 붙였고 '팔정八政' 밑에는 52자를 더 붙였는바, 고정림顧亭林의 《일지록日知錄》[73]에서 왕추간王秋澗의 《중당사기中堂事記》에 의거하여 이미 위작이란 것이 판명되었습니다."

나는 말했다.

"제가 심양에 들어올 적부터 수재들만 만나면 처껑 묻는다는 말이 우리 나라에 《고문상서古文尙書》가 있느냐는 것입니다. 대체로 기자가 조선으로 나올 때 가지고 나왔다고 하는 것입니다. 혹자는 위만衛滿이 가지고 왔다고도 하는데 위만은 비록 제 스스로 상투를 묶고 오랑캐 복색을 입었다지마는 역시 저대로는 호걸로 자처하여 그 도당 수천 인 중에는 역시 선비로서 경서 같은 책을 끌어안고 진나라를 피해 따라나온 자가 없었다고 못할 것이니, 이치로는 이상할 게 없습니다. 그러나 고구려는 본래 무력을 숭상하여 역시 약탈을 좋아했고 보니 설사 경서 같은 것이 남았더라도 이를 받들어 소중히 여길 줄 몰랐을 터이고 또 여러 차례 난리를 치른 나머지 우리 나라에서 천여 년 이래로 《고문상서》가 있단 말은 못 들었습니다."

곡정은 말했다.

"선배 되는 주석창朱錫鬯[74]이 벌써 변증한 것입니다. 한나라 때 '주서周書'[75] 공안국孔安國의 서문에 '성왕成王이 동쪽 ○를 이미

---

73) 청나라 초기의 대학자 고염무顧炎武가 쓴 32권의 고증록.
74) 청초의 대학자 주이준의 자.
75) 《서경》에 있는 태서泰誓부터 진서秦誓까지 32편이다.

치니(동東 자 밑에는 '오랑캐 이夷' 자를 쓸 터인데 나를 상대했으므로 이를 피했는바, 대체 호胡, 노虜, 이夷, 적狄 같은 글자는 모두 피했다.) 숙신肅愼이 와서 축하하매 성왕은 영백榮伯을 시켜 숙신을 승인하는 뇌물을 썼다.'고 했습니다. 그 전傳에 의하면 해동의 여러 종족들로서 구려句麗, 부여扶餘, 간맥馯貊 들은 무왕이 상나라를 쳐 이겼을 때부터 교통이 되었다고 하였습니다.

주석창은 '주서'의 왕회편王會篇에 직稷, 신愼, 예濊, 양良 같은 나라는 처음으로 보이지마는 구려니 부여 같은 이름은 없다 하여 《동국사東國史》에서 인용하기를, 구려의 건국이 한나라 원제元帝 건소建昭 2년(기원전 37)이면 공안국이 황제의 명령을 받고 이 글을 쓸 때는 구려와 부여가 아직 중국과 교통하지 않을 때이거늘 더구나 주나라가 상나라를 이겼을 때부터 구려, 부여가 중국과 교통이 있었다는 말은 안 될 말이라고 했습니다.

주자는 사람이 여덟 살이 되면 모두 소학小學에 보내어 예절, 음악, 활쏘기, 말타기, 글씨, 수학에 관한 글을 가르쳤다고 했지마는 이 이야기는 옛날 세상의 학교를 말한 것으로서 고대에 어데 이런 글이야 있었겠습니까? 소위 세수하고 비질하고 인사하는 생활 규범은 '예절'이라는 것이요, 노래 부르며 춤추는 것은 '음악'이니, 활쏘기, 말타기, 글씨, 수학도 이런 대중으로 미루어 알 수 있습니다. 그러니 여섯 가지 학과를 실습으로 가르쳤다고 하는 것은 옳으나 이 여섯 가지 학과를 글로 가르쳤다는 것은 뒷세상 사람들의 억설일 것입니다. 옛날 세상에는 그저 활쏘기로 자기 마음의 잘잘못을 밝게 하고 채찍으로 편달하여 가르쳤으니, 공자가 말한 학예로써 즐긴다는 것이 바로 이것입니다.

또 말하기를, 열다섯 살이 되면 천자의 맏자식과 지차 자식을 비롯하여 고관대작들의 적자들은 민간의 준수한 아이들과 함께 모두 대학에 들어갔단 말은 옳은 말입니다. 그런데 거기에서 이치를 궁리하고 마음을 바로잡고 자기 몸을 닦고 다른 사람을 다스리는 도리를 가르쳤다는 말은 뒷날 세상의 억설입니다. 여섯 가지 학과를 강습하는 그것이 곧 이치를 궁리하고 마음을 바로잡는 실습인 것입니다. 옛날 사람은 실천 궁행에 힘썼고 보니 이런 것은 절로 터득했을 텐데 어찌 열다섯 살 전에는 서둘러서 여섯 가지 학과에 관한 글을 배우고, 열다섯 살 후에는 여섯 가지 학과는 집어 던지고는 먼저 자기 몸을 닦고 다른 사람을 다스리는 도리를 알아야만 했겠습니까? 모르지마는 태곳적 세상에 어떤 도학 선생님이 동리 서당마다 앉아서 무슨 이학理學 책을 펴놓고, 이런 것은 이론이고 이런 것은 실천이라고 가르쳤겠습니까?

열세 살에 작勺춤을 추고 열다섯 살에 상象춤을 추고 스물이 되면 대하大夏[76]를 춘다고 한 것은 아마도 태곳적 세상에 있었던 소학, 대학의 과목 순서가 이러하였음에 불과했을 터인데, 뒷날 세상 선비들은 태곳적 세상에는 여섯 가지 학과에 관한 글이 근본 없었던 것을 알지 못하고 입만 열면 제각 진 시황을 욕하면서 진 시황이 책을 태우기 전에 있었던 문헌들은 죄다 해외로 흘러 빠졌다고 의심하니 구양수가 지었다는 일본도가日本刀歌[77] 같은

---

76) 우 임금 시대 무악.
77) 이 시는 일본의 풍물을 두고 지은 시인데, 진 시황 때 서복除福이 일본에 갔을 때는 중국서 없어진 책 백여 편이 있었다는 구절[徐福徃時書未焚 逸書百篇今尚存]이 있다.

것은 더구나 가소로운 일입니다.

대체 천지간에 사물이란 형상과 동작과 정리와 환경을 떠날 수 없는 것입니다. 시험 삼아 이것을 여섯 가지 학과에서 따져 본다면 예란 것은 실천해야 하는 것으로 무엇이나 실천을 할 때는 반드시 흔적이 있는 법입니다. 활을 쏠 때도 제 몸을 바로잡은 후에야 화살을 놓는 법이니 이것이 활 쏘는 형식입니다. 말고삐를 깍지 끼듯 잡고 두 마리 곁말가 춤추듯 노는 것은 말을 타는 법식입니다. 하나에 둘을 더하면 셋이 되는바 이로써 천년의 역서를 계산할 수 있으니 이는 수학 기술이란 것입니다. 글씨의 여섯 가지 규범[78]에는 형상을 본뜬 것이 가장 많습니다. 다만 음악만은 내용은 있지마는 형체는 없다고 할 것입니다.

무릇 형체가 있다는 것은 굵직한 흔적을 보임으로써 모두 언어로 형용할 수 있고 문자로 기록할 수 있지마는 형체가 없다는 것은 신비로운 것입니다. 아득한 경지에서 깨우쳐 교양을 줄 수 있고 황홀한 속에서 활동을 합니다. 감추면 종용하고, 소리를 내면 일매지고, 소리가 아름답게 모일 때는 예절에 맞고, 소리가 적중하는 것은 활쏘기와 같고, 조율하기는 말 몰기와 같고, 음을 빌리기는 글자 만드는 법식[79]과 같고, 음계는 수학과 같아서 털끝 사이에서 감돌고 핏줄을 따르다시피 퍼집니다. 들려올 때는 어렴풋하게 마중이라도 하고 싶고 사라질 때는 가물가물하여 따라가기가 어렵습니다. 더듬었자 얻을 것이 없으며 보았자 눈에 뜨이는

---

78) 한문 글자를 만들 때 이용한 여섯 가지 규범으로서 '육서六書'라고도 한다.
79) 한문 글자를 짓는 법 육서 중에 음을 따서 짓는 가차법假借法을 말한다.

것이 없이 사람으로 하여금 뼛골이 살살 녹도록 하고 창자 속이 달콤하도록 하여 가다가도 되돌아서서 못 잊는 것만 같고 끊어졌다 다시 이어 댈 때는 갑자기 딴 생각이라도 내는 듯합니다.

까지껏 맑고 보니 향내도 없으며, 지극히 적고 보니 그림자도 없으며, 지극히 빽빽하고 보니 틈서리도 없으며, 지극히 크고 보니 바깥이 없으며 지극히 화목하고 보니 흩어짐이 없으며, 지극히 아름답고 보니 빛깔조차 없으며, 지극히 신비로우니 마음도 없으며, 지극히 현묘하고 보니 말이 없는바, 대체 가볍고 민첩한 언어로써도 이를 형용할 수 없거늘 더구나 글자 나부래기나 가지고야 될 말이 아닙니다. 그러므로 제 생각에는 상고 이래로 당초에 《악경》이란 것은 없었던가 보외다.”

형산은 수없이 권주를 치면서,

“이야말로 옛 사람으로서는 하지 못한 이론입니다. ‘악기樂記’ 한 편은 도리어 잠꼬대에 속할 것이니, ‘악기’란 원래 한나라 선비들의 허탄한 글입니다.”

하여, 나는 말했다.

“성인이 지은 책들은 옛날 성인의 도를 계승하고 후진을 개척해 주기 위한 것입니다. 그런데 공자가 위나라에서 노나라로 돌아와 시를 정리하고 예를 바로잡을 때에 하필 음악에 대해서만은 어째서 아무것도 저술한 것이 없을까요?”

곡정은 아무 말 없이 한참 있다가 말했다.

“이런 저술이 있을 턱이 없습니다. 공자가 시를 정리하고 예를 바로잡았다는 그것이 곧 악학樂學입니다. 원래 음악의 본질은 시에 속한 것이요, 음악의 이용은 예에 속한 것입니다. 언어로 사람을 가르칠 때는 세상 물정이 너무 노골화하고, 문자로써 사람을 가르칠 때는 오묘한 이치를 다 말할 수 없습니다. 그러나 음악이란 것은 사람을 감동시키는 힘이 빠르되 가쁘지 않으며, 나타나되 불거지지 않으며, 깊숙하되 충충하지 않으며, 온순하되 강직할 수 있으며, 꼿꼿하되 구부릴 수 있으며, 낮았다 높았다 감격스럽고 흐느끼고 간곡하여 이것이 사람에게 영향을 줄 때는 소름이 끼치도록 두렵기도 하고 벌벌 떨리도록 놀랍기도 하고 갑작스레 없어졌다가 슬그머니 생각나게도 됩니다.

이는 언어와 문자 밖에 따로 말하기 어려운 말과 글자 아닌 글자를 빌려서 높게는 하늘에 짝을 맞추고, 낮게는 땅에 짝을 맞추고, 쥐었다 폈다 하기는 귀신과 짝을 맞추며, 빙빙 돌기는 사시에 짝을 맞추어, 만물을 윤택케 함에 있어서 비와 이슬의 덕택을 빌리지 않고 사람을 일깨우는 데는 일월의 광명을 기다릴 것이 없습니다. 그것이 사람을 깨우치는 데도 바람과 우레처럼 급격하지 않고 차츰 먹어들되 강물의 범람과는 달라서 쇠, 돌, 실, 대, 바가지, 흙, 가죽, 나무에서 나는 소리가 효제, 충신, 예의, 염치의 행실이 아니건만 입으로 불고 손가락으로 타고 어깨를 으쓱, 다리를 떨먹 하는 것도 모두 사단이 흐르는 듯 하고 칠정이 짜나는 듯 합니다. 이는 무엇이 시킨 것이겠습니까? 그러매 사람의 사지 백체를 말없이 깨우쳐 준다는 것이 바로 이를 두고 한 말입니다.

태곳적 세상에서는 문헌들이 그리 많지 못하여 항간에서 부르는 노래들을 나라가 세운 학부로 끌어들여 글자를 맞추어 구절을 만들고 이를 악기에 맞추었으므로 옛날에는 대학에서 사람을 가르친다는 것이 반드시 책을 사용하는 것이 아니라 노래 부르고 춤추는 것이 곧 학문하는 것이었습니다. 증점曾點의 비파와 안회顏回의 거문고가 있는 데는 공자를 모셨고 문왕의 사당 청묘淸廟에서 세 번 읊으면 문왕을 보는 듯하다는 그것입니다. 그러므로 '오음'이란 것이 소리의 문리라면, '육률'이란 소리의 뜻일 것입니다. 몸은 각각인데 똑같이 맞는 것은 소리의 덕행이요, 잡티 없이 순수하여 뽑아 낸 듯이 드러내는 것을 일러서 '아雅'하다는 것으로, '아'하다는 것은 소리의 광휘라 할 수 있을 것입니다.

그러므로 성인은 특히 저술하지도 않은 책과 말하지 않은 뜻에 유의하여 사람들로 하여금 스스로 깨닫도록 하여 지혜가 좋은 자는 덕을 알게 되고 지혜가 나쁜 자는 음만 알게 되는 것입니다. 이것이 곧 성인이 과거의 학문을 계승하고 장래의 후진들을 개발하는 의취일 것입니다. 이래서 저는 《악경》이란 당초부터 없었다는 것을 주장하는 바입니다."

나는,

"여섯 가지 학과에 음악에 대한 책이 없었다는 것은 잘 알겠습니다. 그러면 음악의 교칙은 있는지요?"

하고 물었더니, 형산이 말했다.

"아깝게도 옛날 교칙 책은 다 타 버리고 지금 전해 오는 것은 없나 봅니다."

"이것도 진나라 때 불탄 것인지요?"

"아니외다. 수나라 만보상이 교칙본 64권을 지어 팔음[80]이 저마끔 '궁'에서 기조가 되는 법을 함께 논술하면서 줄을 갈고 괘[支

---

80) 칠음에 상궁上宮 음을 더 붙이면 팔음이 된다.

柱]를 바꾸어 84조調 144율로 변하여 1,800성聲에 마치도록 했는데, 당시 사대부들은 이를 배척하여 만보상은 필경 굶어 죽으면서 격분한 나머지 그 책들을 죄다 태워 버렸답니다.

명나라 가정 때에는 군마와 목축을 맡은 태복승 장악張鶚이 악서를 지었는데, 하나는 《대성악무도보大晟樂舞圖譜》라 하여 거문고 종류부터 이하 여러 악기들의 교칙을 하나씩 지었고, 또 《고아심담古雅心談》을 지었습니다. 같은 시대에 요주遼州 땅 동지同知[81] 요문찰姚文察이 저작한 악서로 《사성도해四聲圖解》, 《악기보설樂記補說》, 《율려신서보주律呂新書補注》, 《흥악요론興樂要論》이 있었고, 그 후에도 《율려정의律呂精義》, 《오음정의五音正義》, 《악학대성지결樂學大成旨訣》 같은 책들은 모두 기악의 도수度數에 관한 이야기들입니다.

거문고 교칙본에는 조현調絃, 농현弄絃, 수법手法, 수세手勢가 있고 당랑포선螳螂捕蟬이니, 평사낙안平沙落雁이니, 일간명월一竿明月이니, 감군은感君恩이니 하는 악기 연주의 수법이 있어 이는 다 거문고 선생의 입으로 가르치는 비결이라 합니다."

곡정이 있다가 말하였다.

"대체로 음악이란 보법이 없을 수도 있으니 귀신이 통할 만치 조화가 붙으면 《주역》 한 권이 보법이라 할 수 있을 것이요, 음악이란 것은 비결이 없을 수도 있으니 사물에 따라서 뜻을 붙여 옮기면 '우소虞韶' 한 편도 저절로 천지 사이에 있게 되는 것입니다. 옛날 사람들은 글자를 두 자씩 포개어 써서 모두 음악 소리의 비

---

81) 지방 주재 무관직.

결로 삼았는바 바람은 솨솨, 비는 주룩주룩, 사슴은 낄낄, 새는 짹짹, 기러기는 기럭기럭, 여우는 캥캥, 징경이는 깔깔, 벌레는 시룽시룽, 날개는 퍼득퍼득, 개는 컹컹, 방울은 쩔렁쩔렁, 얼음 찍는 소리는 쿵쿵, 나무 찍는 소리는 쩡쩡, 이것이 모두 소리의 시늉에 따라 음악이 되는 비결일 것입니다."

나는 물었다.

"중국의 악성은 한 글자가 한 율이 됩니까?"

곡정은,

"아닙니다. 한 글자에도 청탁과 놓고 드는 법이 있고, 평성, 상성, 거성, 하성의 구별이 있는데, 더구나 노래란 말을 길게 뽑는 것이요, 말을 길게 뽑는다는 것은 읊는 것이 아니겠습니까?"

나는 말했다.

"공자가 아들 백어에게 말한 '네가 주남과 소남[82]을 하느냐?' 한 것도 뒷날 세상에서 생각해 본다면 이까짓것 쯤이야 하루아침에 읽었을 것이지 점잖은 아들에게 일부러 물어 볼 필요까지야 없으리라고 할 것입니다. 그런데 공자가 '읽었느냐?'고 묻지를 않고 '하느냐?'고 물었으니 '한다'는 말은 악기를 타고 노래를 '한다'는 말이겠지요."

곡정은 말했다.

"선생께서 옳게 말씀했습니다. 이는 아직 옛날 사람으로는 입 밖에 내보지 못한 말입니다. 옛날의 노래는 후세의 독서나 다름없습니다. 옛날에 있었다는 서적이란 《주역》, 《서경》, 《시경》, 《예

---

82) '주남周南'과 '소남召南'은 《시경》의 편명.

기》에 불과한바, 이것마저 죄다 천자가 있는 도성에 간직해 두었던 것입니다. 그래서 공자가 주나라에 가서 노담老聃[83])에게 예를 물었다는 것도 이 까닭입니다.

비록 공자같이 거룩한 처지로서도 나이 쉰 살이 되어서야 비로소 《주역》을 읽었다고 하여 칠십 명 제자들이 한 번도 《주역》에 대한 이야기를 한 자가 없었습니다. 이야기를 했다는 것은 언제나 시나 예에 불과했는데 이나마 모두 입으로 전한 것이니, 뒷날 세상에서 날로 불어난 복잡한 문헌들과는 달라서 '한다'는 것이 제사 지내고 서로 인사하고 절하고 하는 동안에 문관은 깃을 꽂고 무관은 도채를 들고 아침 나절은 거문고를 타고 저녁 나절은 노래를 불렀을 뿐입니다.

공자가, '하나라 예를 내가 능히 말할 수 있으나 기나라로 증험 삼기 부족하고, 은나라 예를 내가 말할 수 있으되 송나라로 증험하기는 부족하다. 이것은 문헌이 부족한 탓이다.'라고 한 것을 보아 이런 예절도 흘러온 내력이 입으로 전해 온 것을 알 수 있을 것입니다. 소위 '배워서는 때때로 실습을 한다.〔學而時習〕'는 말도 이것을 두고 하는 말입니다. 그러므로 '공자가 백어에게 말하기를'이라고 한 바로 다음 장에 '예에 이르기를, 악에 이르기를' 하는 구절도 실상은 제사 지내고 노래 부르는 것 외에 예악의 근본이 어디 있겠느냐 하는 의미를 일깨워 이르는 말투입니다.

'관저關雎' 같은 시는 그 시가 된 품이 간절하게도 거듭 반복하여, 지성에서 우러나오고 애끊는 동정의 표정이 마음의 덕성과

---

83) 노자의 이름으로 주나라 국립 도서관장 격으로 있었다.

사랑의 도리로부터 흘러나옴은 대체로 가사의 뜻이 그러함이요, 즐거워도 음탕하지 않고 슬퍼해도 몸을 상하지 않는 것은 대체로 그 성음이 그러했던 탓입니다. 그러므로 풍악을 만든 태사 지挚가 처음 음악을 지도하게 되자 '관저의 조리 있는 음률이 귀에 출렁출렁 넘친다.'고 한 것이 이를 두고 말한 것입니다.

뒷날 세상 시 공부라는 것은 불고 타고 노래 부르는 법을 없애고는 네모난 책만 마주 대하게 되었습니다. 이로써 소리와 시가 둘로 갈라지고 본즉 주자가 《시경》을 주석하면서 정풍鄭風과 위풍衛風 같은 시를 아주 음탕한 과목으로 돌려 버렸으니, 이는 시의 음탕한 뜻만 깨닫고 음탕한 소리는 깨닫지 못한 탓입니다. 남녀 간에 서로 즐겨 하는 일이란 다른 사람이 행여 알까 조심하는 것인데 어째서 길가에 나서서 제 스스로 자신들의 음탕한 행실을 떠벌리겠습니까? 그렇다면 공자가 안연에게 대답해 말할 때에 왜 정나라 '시'를 멀리 하라고 말하지 않고 정나라 '소리'를 멀리 하라고 했겠습니까? 그러므로 만약에 정나라 소리로써 노래를 부르면 표매[84]니, 야균[85]이니 하는 장도 응당 음탕한 시에 속한다고 해야 할 것입니다.

그리고 또 소리를 눈으로 감상할 것인가, 귀로 감상할 것인가 하는 문제입니다. 학자나 관리들이 그 근본 원리를 따져 음악을 창작하는 원리만 찾아 내려고 헤매다가는 드디어 음률을 눈으로 찾게 되었습니다. 옛날의 성인들은 귀로 익히는 데 힘을 썼으나

---

84) '다 익은 매화 열매[標梅]'란 말로 과년한 처녀를 의미하는 《시경》의 편명.
85) 《시경》의 '소남'에 나오는 시 '야유사균野有死麕'인데, 정당한 애정을 노래하는 가사.

오늘의 인사들은 하루아침에 이것을 눈으로 배우려고 하여 실지로 타고 부르고 하는 데는 아무런 공부도 없이 소리와 음률은 그만두고 함부로 책만 읽게 되었습니다. 이는 송나라 시대에 저명한 유학자들이 입만 벌리면 음률을 이야기하나 실상 소리를 감상할 줄 모르고 보니, 도리어 악공들의 우스갯거리로밖에 되지 못하고 필경 고루한 것을 못 면하고 말았다고 할 수 있습니다."

나는 말했다.

"진나라, 한나라 이래로는 옛날 음악을 회복하기 어려웠을 뿐만 아니라 앞으로 좋은 시절이 돌아오더라도 악곡을 지을 만한 사람이 나오지 못할까요?"

곡정은 말했다.

"어떻게 그럴 수야 있겠소? 주나라가 쇠해질 무렵에 문화의 폐단은 극심했던 것입니다. 제후들이 강대해져 서로 다투어 가면서 무력을 숭상하기에 이르러는 태학관을 비워 놓고 제가끔 자리를 나누어 차지하고 기세를 높인 자들이 모두가 모사나 술객들이었습니다. 이로부터 백 가지 학설이 종횡하게 되고 제마끔 자기 학설을 옳다 하고 제마끔 자기의 학설을 가지고 있었습니다. 그 취지는 필경 인의에 근본을 두고 유교의 학설을 빌려서 말들을 하였습니다.

　그러나 몸은 학교를 떠나서 뒤죽박죽 개판이 되어 예악은 함부로 입으로만 떠들 뿐 몸으로는 익히지 않아 의례에 관한 모습은 눈앞에서 사라지고 음악 소리는 날로 귀에서 멀어졌습니다. 잠시 동안이라도 몸에서 떨어질 수 없는 보물이 공연히 쓸데없는 도구가 되어 다시는 익힐 수 없게 되었으니 이는 쓸데없는 학문으로 이치만 밝히려는 자들의 탓입니다.

이러고 본즉 일반 경향은 문화의 허식을 싫어하고 질박한 풍습을 찾게 되며, 겉치레를 미워하고 실속을 취하며 사치를 병으로 삼고 검소를 숭상하며, 번거로운 것을 꺼리고 간소한 것을 생각하는데, 통치를 한다는 자는 백성들로 하여금 암흑과 무지의 구덩이로 몰아넣었습니다. 이는 반드시 옛날 성인이 정치하는 요체가 아니라고 할 수 없지마는 책을 불사르고 선비를 땅에 파묻은 짓이 진나라로서는 물론 실책을 면할 수 없었으나 한나라로 보아서는 그런대로 다행이라 할 수 있습니다. 또 유방과 항우가 싸우던 동안에는 천하의 젊은이들은 도탄 속에 시달렸다가 요행히 죽음의 위험에서 벗어나 비로소 자기의 총명을 가지고 타고난 천품을 발휘하게 되었으니, 이는 곧 시운이 한 바퀴 돌아 좋은 기회로 되었던 것입니다.

이 시기의 형벌이란 세 가지 약법約法[86]에 지나지 않고 보니 법제가 그리 치밀하다고도 할 수 없고, 자기 공로를 주장하던 장수들이 '기둥을 칼로 치고 술주정을 하면서 떠들었고' 보니 신하들을 그리 억누르지 않았던 것이요, 조정의 윗자리에는 소박하고 무뚝뚝한 어른들이 많이 있어 다른 사람의 잘못을 말하기를 부끄러워했으니 풍속도 그리 각박했다고 할 수 없고, 큰 부자들이 많이 죽고 집을 뜨게 되어 농토들은 일정한 주인이 없어졌은즉 천하의 논밭을 한번 몰아 합쳐 정리라도 할 수 있었던 것입니다. 문

---

86) 한 고조가 관중땅에 들어서면서 진나라의 까다로운 법률을 폐지하고 세 가지 약법約法을 발표하였다.

제文帝와 경제景帝 시대는 벌써 한나라가 일어난 지도 사십여 년이나 되어 숨을 한번 돌린 뒤라 들판에는 말 떼가 몰리게 되었고 나라 창고 안에는 곡식이 진진하게 쌓이고 본즉 각 지방에는 학교를 설립할 수도 있게 되었습니다.

학자들이나 관리들은 오경 박사의 문하에 와서 머리를 숙이게 되었고 본즉 넉넉히 교육을 실시할 만한 형편이 되었습니다. 이는 다름이 아닙니다. 한나라 초기에는 협서율挾書律[87]이 아직도 풀리지를 않아 천하의 서적은 죄다 국가에 몰려 있었으니, 백성들은 관리들을 믿을 뿐이었고 벼슬하지 않은 학자들은 함부로 허튼소리를 하지 못하게 되었기 때문입니다."

나는 웃으며 말했다.

"이는 즉 단사段師가 강康을 곤륜崑崙으로 보내어 십 년을 두고 악기를 만지지 못하게 하여 음악의 본령을 다 잊어버리도록 했단 말입니다그려!"

"옳습니다. 숙손통叔孫通[88] 같은 이들은 아첨쟁이들 축에 들어 멀찌막이 돌려졌고 나이가 젊고 총명한 이들로 조조와 가의[89] 같은 백십여 명 인사들은 눈을 막아 다른 책은 못 보도록 하여 음악으로써 문학을 대신 삼고 노래와 악기로써 행실을 깨우쳐 손과 발을 놀리는 춤으로써 멀리는 임금을, 가까이는 부모를 섬기게 되

---

87) 진 시황이 만든 법률로, 일반 백성들은 《시경》과 《서경》, 그리고 제자백가의 서적을 지니지 못하게 한 금령이다.

88) 한나라 초기 국가 의례를 창제한 학자.

89) 조조鼂錯는 한나라 문제 때 저명한 정치가이고, 가의賈誼는 양나라 태부의 관직에 있었던 학자.

었습니다.

　　그러고 보니 노나라의 두 선비를 사도司徒[90]의 관직에 임명한 것으로 보아 반드시 악곡을 지을 줄 아는 사람이 없었던 것도 아니며 또다시 사마상여와 사마천 같은 이들을 최고 학부에 등용한 것으로 보아 반드시 노래를 지을 줄 아는 사람이 없는 것도 아닐 것입니다. 그러나 그들이 무슨 공을 기록하고 무슨 덕을 찬양했는지는 모르겠지만, 그래도 당나라, 송나라의 그런 터무니없는 가사보다는 나을 것입니다."

나는 말했다.

"사마상여와 사마천은 그들의 문학을 취한 것이 아닐까요? 가의나 조조도 어찌 이 두 사람보다 못하겠습니까?"

"그들의 문학만 취한 것이 아닙니다. 옛날에는 음악과 역학이 모두 태사에게 속하여 한나라 율서에는 음악을 처음에 말하지 않고 군사를 말했으며 군사를 쉽게 하는 법을 말했습니다. 음악과 군사의 관계는 인연이 멀 것입니다. 그러나 천하가 부유하고 백성이 즐겁게 놀 만한 여유가 있게 된 것은 평화로운 음악을 제정하는 근본이라 하였으니, 이는 음악을 제정하는 뜻을 잘 인식했다고 할 것입니다."

나는 말했다.

"한나라가 천하를 통치할 때가 그렇게도 훌륭했던지요?"

곡정은,

"선생은 그 무슨 말씀이시오? 어쩌면 선생은 그렇게도 한나라 왕

---

90) 교육 행정을 장관하는 관리 직명.

실을 얕잡아 보시는지요? 제 생각으로는, 한 고조의 공로는 무왕에게 양보 않을 것이요, 덕행은 주나라 왕실에 비해도 부끄러울 것이 없을 것입니다. 다만 부족한 점이 있다면 주나라 문왕인 서백西伯 같은 가문이 아니요, 주공 같은 숙부와 소공 같은 대신이 없었고, 주나라처럼 팔백 년간이나 왕대가 길지 못했고, 공자 같은 성인의 후손이 없었을 뿐입니다. 삼대 적에는 천자가 다스리는 지역이 천 리를 넘지 못하였습니다.

수많은 제후들은 저마끔 땅을 나누어 다스리면서 큰 악당만 아니면 천자로서는 관계하지 않았습니다. 천자는 5년에 한 번씩 순회나 하고 도량형기를 옳게 맞출 뿐이었습니다. 또 큰 역적 사건만 아니면 천자는 자기 처소에서 잠자코 두 손 잡아 매고 아무런 하는 일이 없었으니 여기서 무슨 할 일이 있었겠습니까? 아래위가 마주 지탱하고 강한 놈과 약한 놈이 서로 견제하여, 소위 발이 많은 벌레는 죽어도 넘어지지 않는 것이나 다름없다는 것입니다. 그러나 진나라, 한나라 이래로는 영토가 만 리나 되고, 한 사람, 한 사람이 주리고 배부른 것과 춥고 따뜻한 것이 모조리 천자의 생각 하나에 달려 있어 천자가 생각 한 번만 잘못 먹어도 나라는 흙담 무너지듯, 울 없는 마당이나 다름없었습니다.

부견의 강한 힘과 두건덕[91]의 꾀로 천하의 절반을 얻었다가 하루아침에 자기 몸이 붙들리게 되매, 이야말로 흥망이 덧없습니다. 한 치 땅과 한 명의 백성이라도 반드시 천자 한 사람에게 매

---

91) 부견苻堅은 전진前秦의 임금이고, 두건덕竇建德은 수나라가 망할 시기 하북 지방을 차지하여 장락왕長樂王이라고 자처한 인물.

달리게 되었습니다. 이리하여 큰 운수가 아니고는 그 지위를 오래 누릴 수가 없었고 특출한 제도가 아니고는 통치할 도리가 없었으니, 이와 같이 천자질하기가 쉽고 어려운 징험은 옛날과 지금의 형편에 따라 달라졌습니다.

주나라가 일어날 때에 백이, 숙제를 앞서서는 태백과 중옹[92]이 있었고 백이와 숙제의 뒤에는 관숙과 채숙[93]이 있었는데, 한나라 황실이 일어날 때에도 이런 일이 있었던가 봅니다. 한 고조는 공로가 컸지만 심덕이 없었고, 3대 황제 문제文帝는 덕행은 있었지만 학문이 없었고, 5대 황제 무제武帝는 의지는 있었지만 식견이 없었습니다. 애석하게도 미앙궁은 축대도 온전히 쌓지 못하고 지평도 바로잡지 못한 채 흙과 돌을 함부로 써서 일을 기술자에게 맡기지도 않고 몇 길 되는 흙담을 바삐 서둘러 쌓아 그렁저렁 사백 년 동안 지탱했으니, 비하자면 시골 첨지가 보리밥에 장아찌 한 쪽으로 입맛 좋게 배를 불려 도무지 대처의 요릿집 음식 풍미는 들어 보지도 못한 것이나 다름없을 것입니다. 그렇지마는 삼로 동공[94]이 재상 여상呂尙보다 더 어질고 '상복을 입자는 격문 한 장〔縞素一檄〕'[95]이 '태서泰誓'[96]보다 나을 것입니다.'

나는 말하였다.

---

92) 태백太伯과 중옹仲雍은 문왕의 삼촌들로서 문왕에게 왕위를 전하기 위하여 피신을 한 현인들.

93) 관숙管叔과 채숙蔡叔은 주공의 서형제요, 성왕成王의 삼촌들로서 태백, 중옹과는 반대로 모반을 한 자들이다.

94) 진나라 제도에 10리에 1정亭을 두고 10정으로 1향鄕을 삼아 향에는 삼로三老를 두어 교화 사업을 맡게 하였는바, 동공董公은 한 고조가 낙양洛陽 신성新城에 갈 때 만났던 인물이다.

"한나라 공덕에 대한 선생의 말씀은 좀 과한 것 같습니다. 한 고조는 처음에 백성들을 구제하겠다는 아무런 생각도 없이 진 시황이 아방궁 짓는 것을 보고는 술이 취한 김에 한바탕 소리를 치고 뜻을 낸 데 불과하였으니,[97] 이 같은 망나니들 중에서도 흉물스러운 자를 어떻게 주나라의 거룩한 이룩에 비할 수 있겠습니까?

만약에 성공한 사적만을 가지고 공로를 꼽는다면 옛날부터 난세에 있었던 간교한 영웅들이 뒷날 세상에 다들 할 말이야 있을 것입니다. 천하가 이미 평정되었으니 한두 가지쯤 근사한 일이야 없지 않았겠지마는 이는 역시 그때 그때 형편에 따라 이해와 편의를 노린 데 불과할 것입니다. 소위 제후의 의리로 보아서는 무엇이 장하다 할 것이 있겠습니까?

항우가 의제義帝[98]를 몰아 내어 죽인 것은 도리어 한나라를 위한 사업이 되었고 보니, 참말 천운이라 할 수 있지요. 만약에 항우에게 이런 난처한 두통거리를 그대로 두게 했더라면 한나라 왕은 천하를 삼분하여 두 몫을 차지하고서도 머리를 숙이고 숨을 죽이고는 의제의 뜰 앞에 조공을 바쳐야 하지 않았겠습니까?"

---

95) 한 고조가 항우를 치려 낙양 신성으로 출병하였을 때에 삼로 동공이 길을 가로막고 명분 없는 군사를 동원해서는 안 된다고 권고하였는바, 한 고조는 그의 말에 따라 항우가 그의 임금인 의제義帝를 죽인 죄를 문책하여 의제를 위하여 전체 군사들에게 흰 상복을 입히고 제후들에게 격문을 돌려 항우를 칠 것을 호소한 고사.

96) 무왕이 은나라를 치면서 군사가 맹진孟津이란 물을 건널 때에 만든 세 편의 서약문인데, 《서경》의 편명이기도 하다..

97) 한 고조가 미천한 시기 아방궁 짓는 공사에 부역하러 가서 건축 공사의 장관을 보고 대장부가 한번 해 볼 만한 일이라고 감탄했다는 고사.

98) 항우가 군사 행동의 명분을 세우기 위하여 일부러 내세운 그의 출신 지방의 임금인 초회왕楚懷王.

곡정은 허허 웃으면서,

"선생은 그리 노하실 것 없습니다."

했다. 나도 웃으면서,

"저야 원래 노할 까닭이 없습니다."

했더니, 곡정은 말했다.

"한나라 왕으로 하여금 의제를 섬겨 복종해야 된다는 말씀은 선생이 형식적으로 의리를 따지는 말씀입니다. 삼대 이전 시대는 불가불 덕행을 따져야 할 것이요, 삼대 이후 시대는 불가불 공적을 따져야 할 것입니다. 하늘의 배려가 두터운 여부로 보아 왕조가 짧고 길 것을 알아 낼 수 있을 것입니다. 각각 창업 시에 있어서 주나라와 한나라의 덕행은 같다고 말할 수 없으나, 어리고 외로운 임금을 속여서 천하를 빼앗은 다른 왕조에 비한다면 어찌 천양지차가 없다고 하겠습니까?

그러므로 여러 왕조가 길고 짧은 것은 그 창업 공적이 많고 적은 데 달렸습니다. 위나라, 진나라의 보복[99]은 원래 선배들이 말한 바가 있는 터이요, 당나라, 송나라가 천하를 차지한 뒤 몇 대가 못 되어 천운이 식으니, 큰 난리가 갑자기 생겨 당 현종 천보 연간 이후로는 나라는 나라 노릇을 못 하고, 임금은 임금 노릇을 못 했다고 할 수 있었습니다. 서한과 동한을 여기다가 비한다면 그래도 서한 말 애제哀帝나 동한 말 영제靈帝와 같은 임금으로서도 오히려 임금의 기율을 잡고 앉아 외적의 침로는 없었는바, 이로

---

99) 두 나라 왕조가 함께 부정하게 황제 지위를 얻었다가 같은 방법에 의하여 왕조가 망하게 된 고사를 말한다.

써 나라를 얻은 내력이 바르고 바르지 못한 데 따라 하늘의 배려가 알뜰했던가 못했던가를 넉넉히 징험할 수 있었던 것입니다.

공교롭게도 의제의 존재는 한나라의 공덕을 한결 생색나게 하였습니다. 당시 의제를 받들어 세운 것은 항씨 집안에서 한때 임시 조치에 불과하였으니, 거소노인居巢老人[100]이 조작한 졸렬한 꾀였습니다. 시끄러운 난리판에 갑자기 내세우는 명분을 혼란통에서 일어난 영웅들에게서야 기대할 수는 없을 것입니다. 한 고조가 의제의 상복을 입고 항우를 성토한 것은, 비하자면 두 편으로 갈라져 송사질을 하는데 서로 턱없는 탈을 잡는 것과 같을 것입니다. 만일에 한 고조가 수수에서 패하여 죽었던들 역사에서는 통례대로 '의제 원년에 한나라 유방이 군사를 일으켜 항우를 치다가 이기지 못하고 죽다.'라고 간단히 썼을 것입니다. 형식적으로 의리를 따진다면 무왕이 미자나 기자[101]를 봉하고서 물러나 한 개 번방으로 무왕에게 복종하였다면, 그가 은나라의 깨끗한 신하인 절개를 지키는 데 방해가 되잖고 '잠자리에 들어 눈물을 금치 못하면서도 끝까지 천자의 위엄을 두려워했더라면' 경시[102]의 어진 친척이 되는 데 해롭지 않았을 것입니다. 그런데 대궐 안채를 차지하고 기거하는 것은 불문에 붙이고 도리어 죄를 성제[103]

---

100) 항우의 모사였던 범증范增의 별호.

101) 미자微子와 기자箕子는 은나라가 망할 적 종실 현인들로 주나라는 미자를 송宋 땅에, 기자는 조선에 봉했다는 고사.

102) 후한의 광무제 유수劉秀가 경시更始의 부하로 있을 때 경시가 유수의 형 연縯을 죽였는데, 유수는 복상을 하지 않고 태연자약하면서도 잠자리에 들 때는 그 형을 생각하여 울었다는 고사.

103) 위나라 감로甘露 연간 태자사인太子舍人 벼슬에 있던 인물이다. 당시 대장군 사마소司

에게 넘겨씌웠습니다.[104]

마음을 잔주르고 가만히 생각해 본다면 항씨네 집에서 떠받드는 의제가 한나라에야 무슨 상관이 있겠습니까? 의제를 강상江湘 지방 백 리 어란에 봉하고 그저 한나라의 손님으로 대접해 두었던들 한나라 사백 년 역사에 가장 좋은 처사로서 해로울 게 없었을 것이고, 의제를 처리함에 있어서 어려울 일이야 있었겠습니까? 또 후세의 인사들이 이야기를 할 때는 가장 고상한 척하여 한나라, 당나라는 말하기를 부끄러워하며 한나라 이룩들은 얕잡아 쳐주어 이를 찬송하는 자가 없습니다.

그러나 한나라의 여러 임금들은 모두 대를 전해 가면서 효도와 우애를 할 줄 알았고 사람을 쓸 때는 순량한 관리를 채용하였고 백성을 지도할 때는 농사에 힘쓰도록 지도하였는바, 이 세 가지 방침은 천하의 근본 방침으로서 여러 왕조를 내려오면서 드문 일일 것입니다. 급암汲黯의 정직과 곽광霍光이 어린 황제를 도와 끗끗하게 봉사한 것이라든가 엄자릉嚴子陵의 고상한 지휘라든가 황헌黃憲의 모범될 만한 언동과 제갈량諸葛亮의 의젓한 거취라든가 하간河間이 예절을 좋아함과 동평東平이 선행을 즐긴 사실들은 천하의 원기元氣로 볼 수 있어 역대로 내려오면서 따르지 못할 바입니다.

馬昭가 전횡하였는데, 성제成濟는 사마소의 편이 되어 위나라 임금 조모曹髦를 찔러 죽였던바, 사마소는 성제에게 임금 죽인 죄를 넘겨 그를 잡아 죽인 고사가 있다.

104) 역적을 도모한 사마소는 문책되지 않고 조모를 죽인 하수자인 성제에게 죄를 넘긴 것처럼, 한 고조는 아무런 죄책이 없고 의제를 죽인 항우만 후세에서 임금을 죽인 자로 죄책을 받았다는 의미.

무릇 이 몇 가지 사실은 질박하고 정직하고 충성되고 간절하고 참다운 뜻에서 피어나온 것입니다. 이른바 '마음의 덕성에 합치되고 애정의 원리를 지킬 수 있다.' 는 것입니다. 이들은 모두 음악을 지을 수 있는 자료들로서 읊조리고 노래하고 감탄할 만하여 대아 같은 음악이 생겨도 부끄러울 바가 없었습니다.

세상 사람들은 한나라 문화에 젖었으므로 오랜 시일이 지나도 유연劉淵[105] 같은 가짜 한나라까지 생각을 해 주게 되어 안락공安樂公[106]을 이어서 종묘를 세우게 되었고 송 무제 유유劉裕가 관내로 들어오자 백성들은 한나라 역대 왕을 모신 십릉十陵을 설명하였고, 한 고조 유지원劉知遠, 유엄劉龑 같은 자들도 오히려 '묘금도 유劉' 자를 팔아서 황제까지 되었으니, 이는 비록 진짜 한나라와는 아무런 관계가 없었던 것이지마는 백성들의 마음은 다른 왕조가 당장에 와해가 되고 만 것과는 달랐습니다."

이때에 해는 벌써 저녁 나절이 되어 가고 종일 마신 술은 각기 여남은 잔씩은 되었다. 형산은 한낮부터 의자 위에서 잠이 깊이 들었고 곡정은 자주 칼을 뽑아 양고기를 베어 한 입씩 움쑥움쑥 먹으면서 또 자주 나에게 권했다. 나는 노린 냄새가 퍽도 못마땅하여 떡과 과일만 그저 집어먹었다.

곡정이,

"선생은 '제나라나 노나라 같은 큰 나라' 를 즐기시지 않습니까?"

---

105) 흉노족 출신으로 오호五胡의 하나인 전한前漢의 황제가 된 인물.
106) 촉한의 후주後主 유선劉禪이 위나라에게 망한 후 봉작된 명칭.

하기에, 나는 웃으면서,

　"'큰 나라'는 노린 냄새가 좀 납니다."[107]

했더니, 곡정이 무안해하는 빛이 역력해 나 역시 말을 잘못한 것 같아서 즉시 먹으로 지우면서 사과하여,

　"저는 자공子貢처럼 좋아하진 않아도 사정은 왕숙王肅과 비슷합니다."

했다. (제나라 왕숙이 처음으로 위나라에 갔을 때에 양고기를 먹지 않고 늘 붕어를 반찬으로 먹었다. 고조高祖가, "양고기가 생선 국과 비해서 어떨꼬?" 했더니 왕숙은, "양고기를 제나라나 노나라 같은 큰 나라에 비한다면 생선은 주邾나라, 거莒나라 같은 작은 나라일 것입니다." 했다. 팽성왕彭城王 시勰가, "그대가 제나라나 노나라 같은 큰 나라를 소중히 여기지 않고 주나라, 거나라 같은 작은 나라를 좋아한다면 내일은 그대를 위하여 주나라, 거나라 요리를 채려 봄세."라고 한 이야기가 있다. 곡정은 내가 양고기를 먹지 않는 것을 보고 원래는 내가 작은 나라에 나서 큰 나라 맛을 모른다고 놀려 주려고 말한 것인데, 내가 '큰 나라는 노린 냄새가 난다.'고 한 대답이 도리어 못할 말을 한 셈이 되어 곡정이 무안해하는 기색을 보였다.)

　곡정이,

　"귀공은 고려 공안高麗公案[108]을 아시는지요?"

하기에,

　"이는 소동파가 쓴 《동파지림東坡志林》에 실려 있지요. 고려는 원

---

107) 중국 사람들은 북방 오랑캐들을 노린 냄새가 난다고 형용하고 있으므로 청조 통치를
　　받는 대국은 노린 냄새가 난다고 조롱하는 의미.
108) 고려에 관한 공문.

래 아무런 죄도 없었는데 동파가 가장 미워했습니다. 고려 명신인 김부식과 그의 아우 김부철은 소동파를 사모하기로 유명했는데 소동파는 유달리 이를 몰라 주었습니다."

했더니, 그는,

"소동파가 황제께 올린 글에는 '고려가 조공을 드리는 것이 터럭만큼도 이익이 없고 다섯 가지 손해가 있으니 서적 사 가지고 가는 것을 허락하지 마옵소서.' 하고 청하였습니다. 그러나《책부원귀冊府元龜》109)는 그 당시 귀국으로 흘러나가 광범하게 인쇄되지 않았는지요?"

하였다. 나는,

"소동파의 상주문은 실언을 면치 못한 것입니다. 작은 나라가 중국을 그리워한 것을 하필 이해로 따질 것이야 있겠습니까?"

하였다. 곡정은 말하였다.

"그렇습니다. 송나라 정화(政和, 1111~1117) 연간에는 고려 사신을 승격하여 국신國信110)으로 삼고 하국夏國111)의 윗자리로 대우하여 외국 사신을 안내하던 인반引伴이니 압반押伴이니 하던 것을 접송接送, 관반館伴으로 고쳤는바, 고려는 요나라를 섬겼다, 금나라에 붙었다 하였기 때문에 중국의 예우를 많이 저버려서 송나라 고종은 이를 매우 유감으로 생각했습니다. 고려가 조공하던 길은 언제나 명주, 명월112) 지방을 경유하므로 그들의 공급에 매

---

109) 송나라 시대에 편찬한, 역대 군신의 사적을 천 권으로 집록한 유서類書.
110) 오늘의 대사 격.
111) 송나라 초기 조원호趙元昊가 세운, 현재의 내몽고 지방을 근거했던 나라.
112) 명주明州와 명월明越은 현재의 절강성 해안 지방.

우 곤란하였습니다. 이래서 중국으로부터 예우하는 비용이 누만 냥으로 계산되어 회수, 절강 지방은 이 때문에 시끄러웠습니다.

옛날 형남荊南[113]의 고계흥高季興은 오대 시대에 절도사였습니다. 당시 한 개의 주州를 웅거한 자는 그 지방의 패권을 잡지 않은 자가 없었지마는 고씨는 나라에서 하사해 주는 것을 받고저 일부러 자신을 낮추어 외번外藩으로 자칭하였으므로, 당시 사람들은 그를 '고 건달'이라고 지목했습니다. 송나라 시대에 회수, 절강 지방에서도 역시 고려를 불러 '고 건달'이라고 했으니 대체로 그 비용을 부담하기에 괴로웠던 탓입니다. 소동파의 다섯 가지 해독이란 이론도 이런 까닭입니다. 그렇기 때문에 어사 호순척胡舜陟이라든가 시어侍御 오불吳茀 같은 사람들도 다 이것을 말하였습니다. 비단 이런 폐단 때문에 말한 것이 아니라, 말하자면 고려가 금나라를 위하여 중국의 허실을 염탐하지 않을까 염려했던 것입니다."

(송나라 고종 2년(1128)에 절강로浙江路 마보도총관馬步都總管 양응성楊應誠이 상주하여, "고려를 거쳐 여진으로 가는 것이 길을 매우 질러 갈 수 있습니다. 청컨대, 저를 삼한三韓으로 보내어 주시면 계림鷄林과 동맹을 하고 흠종欽宗과 휘종徽宗 두 분 임금을 맞아 오겠습니다." 하고 청하였던바, 즉시 양응성을 임시로 형부상서로 삼고 국신사國信使로 임명하였는데, 절동수사浙東帥司 적여문翟汝文이 말하기를, "만약에 고려가 금나라 사람들과 관계로 거절하거나 또 이를 기회로 길을 묻는다고 빙자해 중국의 남방을 엿본다면 어떻게 대처할 것인가?" 하였다. 양응성이 고려에 이르자 과연 적여

---

113) 호북성 의창宜昌 지방.

문의 말대로 대답했다고 한다.)

나는 말하였다.

"이야말로 정말 원통하고 애매한 노릇입니다. 우리 나라가 중국을 그리는 것은 아주 오래된 습관이 되었습니다. 21대 역사를 통해서 신라와 고려로 국호를 삼은 상하 수천 년 동안에 아직 한 번인들 귀국의 국경을 침범하여 놀래킨 적이 있었던가요? 조선이 한나라의 사절을 죽인 것은 즉 위만조선이요, 기자조선은 아닙니다. 수나라, 당나라에 항거한 자는 고씨의 고구려요, 왕씨의 고려가 아닙니다.

중국의 역사 기록에는 걸핏하면 '구句' 자를 빼고 '마馬' 변을 없애서 '고려'라고 통칭하는데, 이것은 왕 씨가 건국하기 이전부터 있었던 이름입니다. 앞뒤를 거꾸로 놓고 명실이 뒤섞였으니 실로 한심한 일입니다. 우리 나라 삼국 시대에는 신라가 맨 먼저 당나라에 교통하여 뱃길로 중국을 통하면서 문물 제도를 죄다 중국을 본떠 가위 후진국이 선진국으로 되었습니다.

《예기》 '왕제王制'에는 동방을 '이夷'라 했는데, '이'는 뿌리를 박는다는 뜻이니, 즉 성품이 어질므로 생명을 좋아해서 만물이 땅에 뿌리를 박고 자라남을 말하는 것으로 천성이 유순하다는 것이 바로 이것입니다. 고려는 신라를 계승하여 오백 년 동안에 비록 왕위를 계승하는 데 있어서 예닐곱 번 잘못이 없잖았으나, 중국과 친선하는 정성은 변하지 않아서 몽매간이라도 표현되었던 것입니다.

중국의 좋은 글을 얻을 때는 반드시 손을 씻고 받들어 읽다시피 하였습니다. 두 명의 의원이 돌아갈 때 가만히 거란을 경계할 것을 보고한 바 있었습니다.[114] 무릇 이 몇 가지 사실은 역사에 남김없이 기록되었으니 이는 즉 중국에 마음을 주고 존화양이의 정성이 지극한 것을 나타내고 있는 것입니다. 당시 송나라 인사들은 고려의 본정을 알아주지 못하고 도리어 강한 이웃 나라의 간첩으로 의심을 했으니, 이야말로 원통스러운 일이 아니겠습니까?

남송의 고종 건염建炎 천자는 금나라에 항복한 설분은 잊어버리면서 양응성의 옹졸한 계책을 믿고는 가까운 길을 빌려서 황제[115]를 빼돌리려다가 필경은 적여우 장군의 선견대로 맞아 떨어졌으므로 드디어 약한 나라로 하여금 유감스러운 감정을 품게 하였습니다. 저는 이것을 일러 '고려 공안'이라 하기보다 '고려 원안 寃案'이라 하고 싶습니다.

고려 조정은 본래 거란 때문에 통로를 차단당하고 중국에 통래할 길이 없어 비록 통래는 못 했다 하더라도 송나라와 문화 교류야 가만히 앉아서 될 바 아니라 험난한 뱃길 만 리를 꺼리지 않고 신라가 다니던 옛 자취를 찾아 무서운 고래와 악어를 밟다시피 하면서 앞배가 넘어지면 뒷배가 잇달아 만 번도 죽을 뻔한 고비를 무릅쓰고 성의를 다하였던 것이니, 이는 작은 나라로서 떳떳한 직분이지 어찌 이것을 큰 나라에 대하여 잇속을 노리는 짓으로 보겠습니까? 변변치 못한 토산물쯤이야 천자의 앞에 벌여 놓

---

114) 송나라 휘종 때에 고려가 송나라에 의원을 구하매 황제가 의원 두 명을 보냈는데, 이 의원들이 송나라로 돌아가서 실상은 의원을 구함이 아니라 고려의 의견인즉 중국은 당시의 거란보다도 오히려 여진을 경계해야 한다고 비밀히 실정을 보고한 사실이 있었다.
115) 당시 금나라에 포로로 붙들려 간 흠종, 휘종 두 황제를 몰래 고려를 통하여 빼내 올 계책이었다.

을 거리도 못 되지마는 그래도 옛일을 회상해 보면 인사 차리는 범절을 어김이 없이 하여 누르고 붉은 꾸러미를 보따리 보따리 뭉쳐 보내어, 버젓하지는 못하나마 이 역시 중국과 친선하는 정성일 터인데, 어찌 이것을 이웃 나라에 잘 보이려는 수단으로만 보겠습니까? 고려가 비록 나라는 작고 백성은 가난하다손 치더라도 기름진 곡식들은 족히 조상의 제사를 지낼 만하고, 생산되는 실과 삼은 족히 제복을 갖출 만하고 산에서 나는 쇠와 바다에서 나는 소금은 자급자족할 만하니, 어찌 형제 국가의 재물에 욕심을 내고 천자 나라 관리들에게 시끄러운 폐를 끼쳤겠습니까?

송나라의 여러 황제들이 찾아온 사절들의 여비 지출을 아끼지 않고 멀리 찾아온 수고를 따뜻하게 위로해 준다는 뜻이 다른 나라보다 더 했던 것은 오래도록 기자 같은 성인의 유풍을 전하여 본래부터 '예의의 나라'라고 했기 때문입니다. 대우가 극진했으니 중국이야말로 부유하고도 포용력이 큰 터에 이같이 천하의 부력을 가지고 어찌 일개 사신의 비용을 아끼겠습니까? 천자 같은 존귀한 처지로 어찌 국제 외교에서 잇속을 계산할 것입니까?

소동파는 학식이 얕고 짧아서 후하게 주고 박하게 받는 뜻을 모르고 갑자기 보잘것없는 이익과 다섯 가지 손해에 관한 글을 발표하여 장사치들이 잇속을 다투는 것이나 다름없었습니다. 이래서 장사꾼 도덕으로서 여러 나라들과 교제를 하다 보니 모든 나라들의 친교 정신을 거절하게 되었습니다. 저는 예전부터도 말했지마는 소동파의 이 상주문은 당시 송나라 조정의 수치라고 볼 수 있을 것입니다."

곡정이,

"선생은 옳게 말씀했습니다. 그러나 뒷날 세상에서 말할 때는 대체로 어긋난 일이라고 할 수 있으나, 그 당시를 헤아려 볼 때는 매우 의미심장한 생각이 있었던 것입니다. 주자가 촉과 낙[116]의 당이 달랐던 이유로 해서 소동파를 극도로 비방하여 오히려 공문중孔文仲[117]이 정호, 정이를 비방한 것보다도 더 심하여 다섯 귀신 중에 두목 귀신이라고까지 하였습니다.

진관, 이천[118] 같은 무리를 경솔하고 부화한 무리로 지목하면서도 남헌南軒[119]과는 교분이 친하다 하여 장준張浚[120]을 떠받들었으니, 군자가 당파에 가담하지 않는 것도 역시 어려운 일일 것입니다.

오늘 선생은 주자가 주장한 이론을 끼고 소동파를 배척하는 품이 오히려 주자보다도 더하니 이는 고려를 위한 감정이 아닐까요?"
하면서 이내 껄껄 웃었다. 나 역시 허허 웃으면서,

"원통한 것을 호소했다면 모르겠거니와 무슨 감정이야 있겠습니까?"
했더니, 곡정은,

"농담이외다. '예로부터 세상이 다 옳다고 하고 세상이 다 그르다는 것은 사람의 인정으로 보아 다 같은 것'이니까요. 누가 이를

---

116) 촉蜀은 소동파의 당이요, 낙洛은 정호程顯, 정이程蓬의 당으로서 당시 주자는 서로 반대되는 학파로서의 두 당에서 정씨 형제 학파에 가담했다.
117) 촉당의 한 사람으로 왕안석의 학설을 지지한 송나라 학자.
118) 진관秦觀과 이천李薦은 주자와 동시대 학자들로서 소동파의 당이다.
119) 주자의 학우인 장식張栻의 별호.
120) 남헌의 아버지 되는 무관으로 당시 옳게 처신을 못한 인물.

권하고 누가 이를 말리겠습니까?"

하였다. 나는 웃으면서,

"주자와 같은 당이라고 함은 여한 없이 달가운 일입니다마는 면대해서 실언하시는 걸 보니, 아주 단단한 촉당인데요."

곡정이 크게 웃으면서,

"천만에 당치도 않습니다. 저는 주자의 문하에서도 자로子路[121]입니다."

하여, 나는,

"그러면 성인의 문에까지 들어온 모양이니 불러들이지요."[122]

하니, 곡정은,

"주자와 같은 당이면 용감한 한족 남아가 못될 것입니다. 한족 남아가 문약해진 것은 주자가 책임을 져야 할 것입니다."

하였다. 나는,

"주자는 천고에 의리를 지키는 인물입니다. 의리가 이기는 곳에는 세상에서도 그 강한 힘을 당할 수 없을 터인데 문약을 걱정할 것이야 있나요."

했더니, 곡정은 '용감한 한족 남아가 못 된다.'는 글씨를 찢어서 화롯불에 던지면서 말하기를,

"일부러 말을 찾아 낼 것이 아니라 절로 알게 되겠지요."

했다. 곡정이,

---

121) 공자의 제자로서 용력이 있고 곧은 말을 잘하는 인물.

122) '자로의 도덕이 성인의 방에까지는 들어오지 못하고 성인의 문에까지는 올라왔다.'는 공자의 말로 곡정을 조롱하는 말이다.

《홍간록弘簡錄》 군서목群書目에는 정인지가 찬술한 《고려사》가 있는데 선배 되는 고영인顧寧人[123]은 이 책이 역사가의 문체를 갖추었다고 칭찬을 하였으나 나는 아직 얻어 보지 못하여 유감입니다. 무석無錫 사람 왕안王晏이 지은 《고려기략高麗紀略》에는 외국이 국가 정통의 대의를 몰라보고 고려 건국 초기의 사건에 관계된 연호를 쓰면서 첫머리에 대뜸 역적인 양梁[124]나라의 가짜 연호를 썼다고 배척했습니다."

하여,

"고려가 처음 일어나기는 주온의 양나라 정명貞明 4년(918)으로, 당시 중국에서는 이미 국가를 통일한 천자가 없었으니 외국의 연호를 무엇으로 붙이겠습니까?"

하였더니, 곡정이 말하였다.

"난신적자亂臣賊子가 어느 시대인들 없겠습니까마는, 이자들이 한때 가짜로나마 나라를 정하고 연호를 쓴 것은 다들 옛날 임금을 본떴는데, 주온의 내력은 순전한 도적놈입니다. 이같이 황제의 지위를 빼앗은 순서로써 왕조의 정통으로 떠받든 자는 홀로 사마광司馬光 한 사람일 것입니다. 제갈공명의 광명 정대한 판단으로써 유 예주劉豫州[125]를 한 나라 제실의 후손이라 했으매 당시 보고 들은 확실성을 어찌 뒷날 세상에서 계보만 따지는 것에 비할 수 있겠습니까? 뒷날에 사기를 짓는 자는 공명의 말을 믿지 않

---

123) 명나라 말기의 대학자 고염무顧炎武.
124) 907~922. 당나라 말기 오대 시대 주온朱溫이 창건한 국가.
125) 촉한의 황제가 된 유비劉備를 말한다.

고 대관절 어데서 대의를 취했던지요? 침략〔寇〕[126]이란 것은 몰래 다른 사람 집에 들어와서 가만히 도적질을 하는 것을 말함이와다. 제갈공명은 황실의 첫손 꼽는 신하로서 자기 스스로 자기 집에 들어가서 다른 도적을 쫓아 잡으려던 것입니다.[127] 천하에 어떤 사람이 이것을 '아니 불不' 자로 평할 것입니까? 제갈공명을 침략자라 한다면 천하의 문헌으로부터 '옳을 의義' 자를 죄다 깎아 버려도 무방할 것입니다.

사마광의 말을 한번 씹어 봅시다. '소열昭烈[128]'은 비록 한나라 종실 중산정왕中山靖王의 후손이라 이르지마는' 이라고 했습니다. '이르지마는' 이란 말은 참말 듣기에 기가 막히는 말입니다. '이르지마는' 이란 말은 신용 못할 허튼 수작으로 결정을 못 지을 때 쓰는 말입니다. 누가 '이르지마는' 이라고 했겠습니까? 주온 같은 자나 그런 말을 했을 것입니다. 당시 이변李昪[129] 같은 자는 원래 세도 대신의 양자로서 교묘하게도 양행밀과 서온의 왕위를 빼앗고 성공을 한 후는 다시 왕위를 찬탈한 사적을 부끄럽게 여겨 죽은 수양아버지의 뼈다귀를 배반하고 조상을 문황文皇[130]에게 가

---

126) 사마광은 《자치통감》을 지을 때 삼국 시대의 정통을 조조의 나라인 위魏 나라에 주고, 촉한이 위나라를 치고자 출병한 것을 침략이라고 규정하였다.
127) 제갈공명이 여섯 차례나 북벌 출병을 한 것은 한 나라 강토를 회복코저 한 정당한 출병으로 평가한다는 의미이다.
128) 촉한의 유비를 말한다.
129) 당나라 말년 인물로 처음은 오왕吳王 양행밀楊行密에게 양자로 갔다가 뒤에는 역시 후일 오왕이 된 서온徐溫에게 양자로 가서 서지고徐知誥란 이름으로 후일 남당南唐의 황제가 되었다.
130) 당나라 문종으로, 이변은 남당을 창건하고 당나라 왕조를 정통으로 계승한다 하여 성을 바꿨다.

져다 붙였으니, 천하의 이가 성이 농서隴西[131] 이가만이 아닐 터인데 농서 이가네 상여 앞에서 머리를 풀고는 왕조를 계승한다고 선포를 했습니다. 막길렬邈佶烈[132]도 이와 같은 자입니다.

사마광은 역사를 쓸 때 역적 양나라에게 정통을 내주면서 당당한 황실의 후손인 유비와 같이 보았던 것입니다. 대체 무슨 놈의 배짱으로 주가 성 가진 주온이 당나라를 대신하여 역사를 꾸몄을지요?

또 사방이 소란해질 적에 주야朱邪[133]씨가 변경에 쳐들어와 양나라를 멸망시킨 것을 한나라를 찬역한 왕망에게 대비하여 당나라의 국운이 끊어졌다고 한탄하였습니다. 《자치통감강목》에서 연대를 쓸 때 '갑자'만 쓰고 연호를 쓰지 않는 방식은 비록 대단히 정당한 자리에 섰다 할 수 있으나 아직도 익도益都의 상서 종우정鍾羽正[134]의 합리적인 정통론만은 같지 못할 것입니다. 그의 정통론은 준열하게도 사마광, 구양수 들의 잘못된 이론을 배척하면서 삼대와 한나라, 당나라, 송나라를 정통 왕조라고 하였습니다. 역사에서 왕조의 왕통은 바름에도 불구하고 통일을 못한 자는 주나라 혜공의 아들 동주군東周君, 촉한의 소열제, 진晉나라 원제元帝, 송나라 고종이요, 통일은 했지마는 왕통이 바르지 못한 자로는 진 시황, 진晉 무제, 수 문제 등이라 하였습니다. 비록 정통이

---

131) 당나라 황실의 출신지.
132) 오랑캐 출신으로 후당後唐의 2대 명明 황제이다. 처음 진왕晉王 이극용李克用의 양자였다.
133) 후당後唐 장황제莊皇帝 이존욱李存勖의 본성.
134) 명나라 말년의 관리이다.

아니라 하더라도 세상에는 오랫동안 왕통을 비워둘 수는 없었고 본즉 역사를 꾸미는 자는 할 수 없이 황제란 명목을 주게 되었습니다.

그러나 위나라 문제인 조비曹丕와 왕망과 주온 같은 자들은 벌써 의리도 정당하지 못하고 형편도 다르다고 말하였습니다. 또 이상의 논평도 오히려 장주長洲 송실영宋實穎[135]이 양나라 연호를 엄격하게 배척한 논평만 같지 못하니, 그는 '왕망에게 신新이란 국명을 붙일 수 없고 안녹산安祿山에게 연燕이란 국명을 붙일 수 없으니 누가 주전충朱全忠[136] 같은 흉악한 역적에게 양나라 이름을 써 주겠습니까? 더구나 당시에 진晉, 기岐, 오吳, 촉蜀 등의 여러 왕들이 격문을 돌려 당나라를 회복코저 하였은즉 당나라 왕조가 아직 망하지 않았던 것이며, 모두 천우天祐란 연호를 이십 년 동안이나 오래도록 붙여 왔은즉 당나라 왕조는 아직 존속하고 있었던 것이며, 진晉나라[137]는 비록 당나라가 사성賜姓한 일가이지마는 제후국들 가운데 으뜸으로 자기 임금의 원수요, 자기 나라의 역적을 자기 손으로 베어서 소탕하였은즉[138] 세상에는 일찍이 주전충의 양나라가 없었다.'고 했습니다.

당시의 외번들은 중국의 정통 임금의 가짜, 진짜를 분간 못하고 때로는 중국을 친선하는 극진한 정곡으로써든가 더러는 자기 나라의 국경을 방위하기 위해서든가 혹은 큰 나라와 결탁하여 군

---

135) 청나라 순치 시대 학자.
136) 주온의 다른 이름.
137) 당나라 말기 이극용李克用을 봉했던 제후 국명.
138) 후당의 장종莊宗인 이존욱李存勖이 양나라를 정복한 것을 말한다.

중을 눌러 복종시키기 위하여 외번으로 자처하고 그 연호를 받드는 것도 괴이할 게 없는 일입니다마는, 다만 뒷날 세상에 역사를 쓰는 자로서 본다면 진짜, 가짜가 비교되고 득실이 드러날 것입니다. 중국땅으로부터 문헌들이 해마다 압록강을 건너가 일반 교화는 기자의 가르침을 따르고 학문은 주자를 표준으로 삼아 예의 지국으로 알려져 있는 터에 천년을 두고 지켜 온 춘추대의는 식자들의 책임을 무겁게 하고 있을 것입니다."

나는 말했다.

"사마온공같이 명철한 지식으로도 역사를 감정하면서 이런 실수가 있었는데 더구나 외국이겠습니까? 우리 나라로 말하자면 비록 한집안이나 다름없는 터수지마는 그래도 중국에 대하여는 담벼락을 뚫고 불빛을 빌리고 얼굴을 가린 채 누구인지 더듬어 알아내는 격으로 서먹서먹하고 보니 이런 실수가 있음 직한 일이거든, 더구나 또 이런 데 식견이 따르지 못한 처지이겠습니까? 이제 선생의 양나라 배격론을 듣고 나니 절로 머리가 건듯해지는 것만 같습니다. 그리고 본즉《고려사》의 연호는 무엇을 표준해야 되겠습니까?"

곡정이,

"이는 당시의 진나라, 기나라, 오나라 등 제후국들의 예로써 상고해 보면 결정하기 쉬울 것입니다."

하고는, 언뜻 일어나서 책상 위에 있는 가죽 상자를 열었다. 형산은 천둥같이 코를 골면서 가끔 머리를 병풍에다 부딪친다. 곡정은 웃으면서 큰소리로 고함을 질러 글을 읊는 듯이,

"목침십자렬木枕十字裂!"[139]

하니, 형산은 코 골던 것을 잠시 그쳤다가는 또다시 골기 시작하였다. 나도 이내 큰소리로 읊어서,

"목침십자렬!"

하니, 곡정이 손에 자그마한 책을 들고는 눈을 크게 뜨고,

"알아듣누만!"

했다. 내가 중국말을 할 줄 안다는 말이다.

작은 책은 과거꾼들이 가지는 역대 연대표를 적어 모은 편람 책이다. 곡정은 책에서 후당 장종의 연대를 뒤적거려 보고는 동광同光 원년 갑신년(923)[140]으로부터 거꾸로 꼽아 양나라 말제末帝 균왕均王 우정友貞 정명貞明 4년(918)을 가리켜 말하기를,

"고려의 건국은 아마도 당나라 소선제昭宣帝 천우 15년 무인년 (918)인 듯합니다. 천우 4년(907)에 주전충이 황제를 폐하여 제음 왕濟陰王으로 만들었다가 그 이듬해 무진년(908)에 죽였으나, 당 나라 연호는 오히려 당시의 제후들이 16년 동안이나 옮겨 전하고 있었습니다. 이는 역시 '공公이 건후乾候에 와서 살고 있었다.'는 뜻과 마찬가지일 것입니다."[141]

내가,

"현재 중국의 학문으로는 주자와 육상산 중 어느 편을 쳐주나 요?"

하고 물으니, 곡정이 말했다.

---

139) 목침이 산산이 부서진다는 뜻.

140) 갑신이 아니요, 계미가 옳다.

141) 《춘추》에서 인용한 말로 춘추 시대 제나라 소공昭公이 왕위를 쫓겨나와 건후 땅에 있을 때도 연호는 그대로 썼다는 의미와 같다는 뜻이다.

"모두가 자양紫陽[142]을 숭상합니다. 모기령 같은 사람은 글자마다 따지며 주자를 반박하지마는, 그는 타고난 천성이 왕법이고 무엇이고 두려워할 줄 모르던 인물입니다. 그가 주자를 반박한 것은 옳은 데는 적고 억지가 많은바, 옳다는 것도 유학에는 공적이 될 게 없었고 억설은 도리어 사회의 교화에 해독이 되었습니다. 죽이려던 자가 도리어 친구가 되고 때리지 않으면 정이 들지 않는다 하고 조사祖師[143]를 욕하고 부처를 욕하는 것은 도리어 그 근본을 사랑하는 것이라 하여 모기령의 주자 공격은 비록 자기 딴에는 공로자로 생각하지마는 때리면 피를 내는 데야 누가 그의 '사랑'을 믿어 주겠습니까?

이러다 보니 주자학의 문인들은 패를 지어 가지고 부득불 부랴부랴 임안부臨安府[144]로 몰려가서 고소장을 내었습니다. 포 염라包閻羅[145]는 불문곡직하고 모기령을 붙들어 들여 먼저 곤장 서른 대를 상으로 때려 주었으나 그는 까딱 없이 얼굴 한번 찡그리지 않아서 모두들 더 때려야만 한다고 떠들었습니다. 포 염라는 노발대발 다시 건장한 자들을 불러 가지고 더 모질게 때렸으나 끝까지 항복하지 않았습니다.[146] 모기령은 평생에 자기를 알아줄 점도, 자기를 죄줄 점도 주자를 공박한 데 있다고 했습니다.

---

142) 주자의 별호.
143) 도학이 높은 스승 되는 중.
144) 주자가 생존 당시 남송의 서울.
145) 송나라 인종 시대 '염라'란 별명을 들은 무서운 법관 포증包拯.
146) 이상 서술은 실제 있었던 사실이 아니라 비해서 말하자면 이럴 수 있었다는 것을 풍자적으로 서술한 것이다. 모기령은 포 염라보다 백여 년 뒤의 인물이다.

주자는 다만 《춘추》에만은 손을 대지 않았으니 이는 정말 명석한 처사이나 '보망補亡'[147] 한 편으로 인하여 주둥이 깐 인간들로부터 숱한 말썽이 되었고 소서[148]를 다 지워 버려서 모기령의 된주먹맛을 보게 된 것입니다. 《참동계參同契》[149] 주석에……." (날이 저물어 일어나고 보니 이 이야기는 끝맺지 못했다.)

---

147) 주자의 저작으로 《대학》에 보충한 편명.
148) 《시경》의 편마다 머리에 있는 서문으로 대서大序와 소서小序가 있는데 대서는 공자 제자 자하子夏의 저작이요, 소서는 자하와 모공毛公의 합작인바, 모공은 《시경》을 전한 한나라 학자 모형毛亨이다.
149) 위백양魏伯陽이란 인물이 저작했다는 책명으로서 신선 되는 도술과 자기 허황한 잡술에 관한 책인데 주자는 자기 이름을 바꾸고 이 책에 관하여 《고이考異》란 책 한 권을 저술하였다. 모기령은 특히 주자의 이 저술에 관하여 심한 논박을 하였다.

곡정필담鵠汀筆談

內閣迪庵
蒸木深區

▪ 본편은 박지원이 열하에서 교유한 중국 학자들 중에도 대표적 인물로 들 수 있는 곡정 왕민호를 중심으로 윤가전, 학성 들을 상대하여 무려 16시간 동안 주고받은 담화 내용이다. 본편에 토론된 담화의 내용은 물론 어느 한 개 특정한 문제를 설정했던 것이 아니요, 토론이 꼬리에 꼬리를 물어 순서나 계획이 없이 화제는 절로 전개되어 과학, 종교, 역사, 정치 기타 다양한 문화 만담 등을 호상간 해박한 지식을 토대로 다방면에 걸쳐 논급하였다.

본편은 실로 박지원의 세계관과 사상을 연구하는 데 중요하다. 역자의 의견으로는, 본편이 결코 몇몇 인물의 담화를 초록한 속기록이 아니라는 점을 특히 강조하고 싶다. 박지원의 다른 저서에서도 흔히 찾아볼 수 있는 수법과 같이 여기서도 많은 경우에 있어 박지원의 사상과 견해가 곡정의 입을 통하여 대부분 발표되었다고 보는 것이 타당할 것이다. 물론 곡정이란 인물도 당시 이족의 지배 하에 정치적으로 불우한 급진적 인텔리인 것만은 틀림없었다. 따라서 그의 언론은 평범한 유학자의 고루한 언론과는 구별되고 있다. 그러나 그와 토론한 담초를 한 편의 속기록처럼 그대로 발표한 것은 아니다. 박지원은 이 담초를 자료로 삼아 완전히 편술을 마치기까지는 거의 8, 9년의 시간을 요하였다.

우리가 '곡정필담' 한 편을 세심한 주의로 탐독할 때에 거기는 박지원이 곡정이란 인물을 의식적으로 형상화한 노력의 자취를 분명히 찾을 수 있을 것이다. 유교의 각종 경전을 비롯하여 중국의 고전적 역사 문헌들에 있어서 일정한 사건들에 대하여 불가침의 신비성을 부여한 소위 '성인'의 고전적 명제와 규정을 대담하게 비판한 점이라든가, 각 왕조가 역사를 정리할 때 으레 초대 집권자를 신격화하고 그의 업적을 무조건 구가 찬송하는 어용 학자들의 비굴성을 무자비하게 비판한 점이라든가, 특히 조선 문화에 가장 해독을 끼친 송나라 성리학의 공담적 허위성을 폭로한 점이라든가, 일체 고전 문헌에 대하여 무조건 맹종을 강요하는 관학파 상고주의자들에 대한 신랄한 추궁과 함께 역사상 전형적 긍정 인물로 꾸며 놓은 '창업주'의 부패한 사생활을 용서 없이 폭로한 일련의 논평들이 주로 곡정의 발언으로 묘사되고 있다.

이런 내용의 평론은 물론 당시 박지원이 처한 정치적 환경에서는 합법적으로 발표할 수 없는 내용들이다. 토론 과정에서 박지원은 일방 곡정의 발언을 완곡하게 유도를 하면서도 때로는 본의 아닌 자기의 '입장'을 짐짓 변명하듯 표시하려고 고심했다. 이런 형식으로 편집된 본서마저 당시 조선의 관학계에서는 용납되지 못한 사실에 비추어 본편의 편집에 대한 박지원의 고심과 심정을 우리는 넉넉히 추측할 수 있을 것이다.

특히 본편의 서두에 나오는 지광설, 지구 원형설, 지동설, 물질의 본체, 생물의 기원 및 진화에 관한 철학적, 과학적 견해는 연암이 지닌 진보적인 유물론적 세계관을 보여 주고 있어, 탁월한 연암 사상을 연구하는 데 중요한 자료이다.

어제는 윤공의 처소에서 이야기를 하다가 해가 저무는지도 몰랐다. 윤공은 가끔 졸면서 머리로 병풍을 들이받았다. 내가,

"윤 대감이 피로하신 모양이니 물러가겠소."

했더니, 곡정이,

"자는 사람은 자고 이야기하는 사람은 이야기합시다. 상관없습니다."

했다. 윤공이 잠결에 겨우 그 말을 듣고는 곡정을 향하여 여러 번 무어라 무어라고 말을 하니, 곡정은 고개를 끄덕이고 즉시 이야기하던 초지 종이를 챙겨 가지고 내게 읍을 하기에 나도 같이 나왔다. 대체 윤공은 노인이라 나 때문에 일찍 일어나 오정이 지나도록 수작을 하다 보니 피곤해서 졸음이 오는 것도 괴이쩍은 일이 아니었다. 곡정이 내일 아침을 차릴 터이니 나와 같이 밥을 먹자고 하기에,

"매양 이야기를 할 때는 해가 짧아서 유감이니 내일은 꼭 일찍이 오겠소."

했더니, 곡정은 좋다고 했다.

다음 날 오경에 사신은 일어나 입궐을 하고 나도 같이 일어나 즉시 곡정에게로 와서 촛불을 밝히고 이야기를 하였다. 도사 학성도 같이 만났는바 윤공은 신새벽에 벌써 대궐로 들어갔다고 했다. 밥을 먹으면서 이야기를 해 종이를 서른 장이나 바꾸어 가면서 인시寅時[1] 부터 유시酉時[2] 까지 무려 열여섯 시간 동안 이야기를 하였는바, 학공은 늦게 와서 먼저 돌아갔으므로 이야기를 한 초지를 정리하여 '곡정필담' 이라고 한다.

---

1) 오전 4시에서 5시.
2) 오후 6시에서 7시.

내가,

"윤 대감이 어제는 매우 피곤하시어 손 접대하기가 싫증이 나셨는지 편치 못해 보였는데, 아침부터 저녁까지 시간을 잡는 것을 못마땅해하는 뜻은 아닙니까?"

했더니, 곡정은,

"그렇지 않습니다. 윤공은 매양 한낮이 되면 잠시 눈을 붙여서 다른 사람들에게 자기의 초라한 꼴을 보이지 않도록 하고 싶어 그렇지, 손에게 싫증이 나서 그런 것은 아닙니다."

하면서, 윤공의 사람 된 품이 어떻더냐고 물었다. 나는,

"신선 같은 분입니다. 선생은 그와 사귄 지가 오래 됐습니까?"

했더니, 곡정은,

"미꾸라지와 용입니다. 길이 판이하게 다르지요. 이번 걸음에 와서 사귄 지가 한 열흘 남짓합니다."

하고 다시 말했다.

"공자는 기하학에 정통하시다지요?"

"무엇을 보고 아십니까?"

"머릿방에 있는 기 안찰사가 굉장하게 말합디다. 고려 박 공자(우리 나라를 부를 때는 고려라고 불러 흡사 우리 나라 사람이 중국을 말할 때 '한' 이니 '당' 이니 하는 것과 같다. 여러 사람들이 나를 부를 적에 더러는 공자라고도 했다.)는 기하에 정통해서 달 속에는 또 세계가 있어 꼭 이 땅과 비슷하다느니, 땅은 허공에 있어서 꼭 한 개 작은 별이라느니, 땅덩이도 빛이 있어서 달 속에 두루 비친다느니 하셨다구요. 이것은 모두가 이상한 이론으로서 가위 하늘과 땅을 잰다고 할 수 있습니다."

"저는 정직하게 말하자면 아직도 '기하'라고는 기 자도 한 번 본 적이 없습니다. 전날 밤에 우연히 기공과 함께 앞채에 나가서 달 구경을 하는 중 후련히 이상한 흥을 견디지 못하여 허튼소리를 지껄인 데 불과하지요. 말하자면 한때 장난말인 것입니다. 더구나 이런 억설은 기하학으로 알아 낸 바가 아닙니다."

"너무 겸손하실 필요는 없습니다. 땅빛 이야기〔地光說〕를 한번 들읍시다. 땅덩이가 빛이 있다는 것이 모르기는 하지만 햇빛을 받아서 내는 빛인지요, 그러찮으면 제 몸에서 빛을 내는 것인지요?"

"꿈속에 부적 그림을 본 듯이 시방은 벌써 다 잊어버렸습니다."

"저도 평생에 혼자 생각하는 것이 있는데 역시 사람을 대해서는 감히 입을 열지 못합니다. 온 나라 사람들이 깜짝 놀라고 괴상스러이 생각할까 봐 겁이 나서 그렇습니다. 이 때문에 뱃속에 적이 덩이로 맺혀서 여름철과 겨울철이 제일 괴롭습니다. 바로 말하자면 선생도 이런 병이나 되지 않을까 걱정입니다."

"아주 이 시각에 툭 털어 말씀을 해 버려서 몇 해만에 약을 안 쓰고도 얻는 효험을 이참에 한번 보시면 어떠시겠소?"

곡정은 손을 흔들고 웃으면서,

"아니외다. 아니외다."

하기에, 나는,

"손님이 먼저 나서지 않는 것이 예법인갑소이다."

했다.

얼마 지나서 밥상을 내왔다. 먼저 과일과 채소를 두고 다음에는 차와 술, 떡과 과자가 들어왔고 돼지고기찜, 계란볶음 다음 맨 뒤에 흰 쌀밥과 양배알국이 들어왔다.

중국 음식은 모두 젓가락을 쓰고 숟가락이 없다. 청처짐하게 아주 진양조로 술을 권하고 작은 잔으로 흥을 도왔다. 긴 숟가락으로 수북수북 밥을 움켜 떠서 단숨에 배를 불리는 법은 없다. 때로는 작은 구기 같은 것으로 국을 떠먹을 뿐이다. 구기는 숟가락처럼 생겼으나 자루가 없고 제사 지낼 적 술잔같이 생겼으나 발이 없어 모양은 연꽃잎같이 되었다. 나는 구기를 들고 밥을 한 숟가락 떠먹어 보려고 하니, 구기가 깊어서 밥이 입에 닿지 않았다. 나는 웃음이 터지는 것을 참지 못하고는,

"월나라 임금을 빨리 불러야 되겠소."

했더니, 지정이 있다가 물었다.

"무엇 하려고?"

"월나라 임금은 사람 생김이 '긴 모가지에 까마귀 입부리'라고 했으니 말이지요."

했더니, 지정은 곡정의 팔을 붙들고 밥티가 튀도록 웃으면서 재채기와 기침을 수없이 했다. 지정이 물었다.

"귀국 풍속으로는 밥을 뜰 때 무엇을 사용하시오?"

"숟가락이지요."

"모양은 어떻게 생겼소?"

"작은 가지 잎처럼 생겼소."

나는 이내 탁자 위에다가 그림을 그려 보인즉 두 사람은 더 배를 쥐고 웃었다. 지정이 있다가,

"가지 잎 비수[3]는 무엇이기에, 캄캄한 뱃속 구멍 파서 헤칠

---

3) '비수 비匕'는 '숟가락 시匙' 자와 통한다.

꼬?〔何物茄葉匕 鑿破混沌竅〕"[4]

하니, 곡정이 있다가,

"하 많은 영웅의 손가락, 그래도 젓가락 잡기 바빴다오.〔多少英雄
手 還從借箸忙〕"[5]

했다. 나는 말했다.

"서속밥은 젓가락으로 먹지 말고 마주 밥을 먹으면서 손을 비비
지 말라고 했습니다.〔飯黍毋以箸 共飯不澤手〕 중국에 들어온 후로
숟가락을 보지 못했으니 옛 사람들이 기장밥을 먹을 때는 손으로
집어 먹었던지요?"

"숟가락은 있어도 그렇게 길지 않습니다. 기장밥이고 쌀밥이고
젓가락을 쓰는 것이 습관이 되었습니다. 소위 조행操行이 습관이
된다는 것도 예와 지금이 절로 좀 다른갑소."

"곡정 선생 뱃속에 가득 찬 구불구불 뒤틀어진 그 무엇은 필시 나
오기 어려운지요?"

지정이 있다가 무슨 말이냐고 물었다. 나는,

"소위 '깜짝 놀라고 괴이쩍은' 탯덩이 말입니다."

하니, 곡정은 웃으면서,

"두라금탕[6]을 꼭 써야지요."

하니, 지정이 있다가 말했다.

---

4) 재채기를 나게 했다는 의미.

5) 젓가락을 사용해서라도 어서 음식을 잡수라는 의미인데, 한 고조가 전쟁의 승패를 몰라
걱정할 때에 모사 장량張良이 언뜻 밥상머리에 있는 젓가락을 집어 산算을 놓아 알아맞힌
고사.

6) 두라금兜羅錦은 운남 서장 지방산 비단 이름이지만, 여기서는 탕湯 자를 붙여 약 이름이다.

"가위 대추를 우물우물 그냥 삼킨 셈이구면요."

"만약에 안기생安期生[7]의 대추가 아니면 위왕의 바가지[8]겠지요."

곡정이 허허 웃으면서,

"옳은 말이오."

했다. 나는 말했다.

"도리어 온 몸이 간지러움을 참지 못하겠는데요."

"어덴지요? 다시 마고 할머니 손톱을 청해야만 되겠군요."[9]

지정은 다시 땅빛 이야기를 청한다. 나는,

"제가 그러면 허튼 이야기 삼아 말씀드릴 테니, 선생도 허튼소리 삼아 들어 주시잖겠소?"

하니, 곡정은,

"무방합니다."

했다. 나는 말했다.

"낮에는 만물이 밝게 번쩍이고 밤이 되면 일체 물건이 캄캄해 보이는 것은 무슨 까닭이겠소?"

곡정이,

"이는 햇빛을 받아서 밝아지는 것이지요."

하고 대답했다. 나는 말했다.

---

7) 별호는 포박자抱朴子로 진나라 시대 신선의 이름인바, 평소에 오이만큼 큰 대추를 먹고 오래 살았다는 전설이 있다.

8) 《장자》에 나온 말인데, 위왕魏王이 큰 바가지 씨를 보내 이를 심어 바가지를 따 보니 다섯 섬의 곡식을 담을 수 있을 만큼 컸으나 쪼개어 바가지를 만든즉 버근버근하여 쓸 수가 없었다고 한다.

9) 이상 문답은 곡정이 속에 체하다시피 맺혀 있는 의견, 즉 당시 청나라 정부에 기휘되는 의견을 털어 놓으라고 서로 곁말로써 주고받은 문답으로 재담을 겸한 농담이다.

"일체 만물은 제 스스로 밝은 몸뚱이는 없는 것이요, 무엇이나 그 본체는 어둡지 않은 것이 없습니다. 비유하자면 캄캄한 밤에 거울을 마주 대하면 빡빡하기는 나무나 돌이나 다름없으니, 비록 거울이 빛을 반사할 수 있는 성질을 가졌다고 하더라도 그 자신이 밝은 몸뚱이를 갖추지 못한 것을 알 수 있을 것입니다. 즉 햇빛을 빌려온 뒤에야만 밝은 빛을 내는 것이니, 햇빛을 받는 곳에 빛이 나고 반사한 곳에서 되잡아 밝은 그림자가 생깁니다. 물이 밝은 빛에 대한 관계도 역시 이와 같습니다.

이제 땅덩이 거죽에 둘러싸인 바다는 비유해서 말한다면 큰 유리 거울일 것입니다. 만약에 달 속 세계에서 이 땅빛을 바라다본다면 응당 역시 초생, 보름, 그믐이 있고 면면이 햇빛을 받는 데는 물과 땅이 서로 어울리고 서로 비춰 빛을 받아 반사한 밝은 그림자가 비치는 것이 저 달빛이 대지에 두루 비치는 것이나 같을 것입니다. 그리고 햇빛이 아직 비치지 않는 데는 응당 절로 어둡고 검어서 초생달이 걸쳐 있는 달의 검은 부분과 같아 흙 껍질이 두터운 데는 달 속에 희끄무레한 그림자처럼 보일 것입니다."

곡정은 말하였다.

"저도 역시 일찍부터 땅이 빛이 있다는 망상을 가졌지마는 선생의 이론과는 조금 다릅니다."

"반드시 같으란 법도 없으니 그 이야기를 한번 들읍시다."

지정은 곡정을 돌아다보고 연송 산과 강 그림자가 어떻다고 무어라 무어라 몇 마디 하니, 곡정은 머리를 흔들면서 연송 아니라 아니라 했다. 내가,

"무엇을 아니라고 하시오?"

하고 물으니, 곡정은,

"선생이 말씀한 땅빛을 학공은 잘못 산과 강 그림자인 줄만 알고 있습니다."

했다. 나는 말했다.

"불교에서는 달 속에 아물아물하게 보이는 것은 산과 물 그림자라고 합니다. 이는 달을, 물건 비치는 둥글둥글하고 텅 빈 거울처럼 인식하고 위에서 대지를 비추는 것이라 생각한 것입니다. 이른바 달 속에 보이는, 불거지고 우묵한 모양이라는 것도 땅 위의 산과 물이 두드러지고 쑥 들어간 데를 비춰 그림의 모사본처럼 달 속에 대고 수먹 칠을 한 것 같다고 하는바, 이는 안 될 소립니다. 땅과 달은 본디부터 갈라져 다른 것입니다.

제가 말한 달 속 세계란 것은 정말 달 속에 무슨 세계가 있단 말이 아니라 땅빛을 해설하려고 하자니, 땅빛을 어디서고 자리잡고 볼 데가 없기 때문에 달 속에 세계를 차려 본 것입니다. 말하자면 자리를 바꾸어 본다는 말인데, 가령 우리들로 하여금 달 속으로 자리를 바꾸어 땅 바퀴를 쳐다본다고 치면 응당 땅 위에서 저 달을 쳐다볼 때에 밝게 보이는 것과 마찬가지란 말입니다."

곡정은 말했다.

"옳습니다. 선생의 이 학설은 제가 이미 분명히 알아들었습니다. 이미 달 속에 세계가 있다면 응당 절로 산과 물이 있을 것이요, 산과 물이 있다면 응당 절로 불거지고 우묵한 데가 있을 것입니다. 멀리서 서로 바라다볼 때는 대지가 비친 그림자를 빌려 오지 않더라도 응당 절로 이 같을 것입니다. 그리고 이 땅빛을 두고 이러고저러고 하는 말을 제가 망령되게 말하자면 이것은 햇빛을 빌려서 내는 그림자 빛이 아니고 땅 자체가 본래부터 가진 번쩍이는 빛으로 봅니다.

무릇 물건이 크면 귀신이 붙고 물건이 오래되면 정기가 어리는 법입니다. 늙은 조개가 구슬 빛을 토하여 밤에도 번쩍이는 것은 정기가 모여드는 까닭입니다. 이 땅덩이는 크다고 할 수 있고 오래되었다고 할 수 있어 허공에 박힌 보옥 같은 구슬이고 보매, 한없이 큰 정기가 응당 절로 밝은 빛을 낼 것입니다. 비해서 사람으로 치면 점잖은 이가 도덕을 닦아 쌓고 보면 자연히 밖으로 꽃다운 영채를 뿜는 것이나 다름없습니다. 하늘에 가득 찬 저 수없는 별들을 보면 모두가 몸에서 뿜는 빛이 번쩍이고 있습니다."

지정이 한편으로는 읽고 한편으로는 웃으면서 '달 속 세계에서 땅빛을 바라다보면' 하는 구절과 '땅은 하늘에 박힌 보옥 같은 구슬'이라는 구절에 권주를 치면서 말하였다.

"두 분 선생은 마땅히 한번 월궁으로 가서 항아 각시에게 재판을 해야겠습니다. 그때는 이 학성이 증인을 설 터이니 탄하지나 마시오."

곡정은 허허 웃으면서 '항아에게 재판을 한다.'는 구절에 권주를 쳤다. 곡정이,

"달 속에 세계가 있다면 그 세계는 어떤 세계일까요?"

하여, 나는 웃으면서 말했다.

"아직 월궁에는 한번 못 가 보았으매 달 속 세계가 어떻게 배판이 되었는지 어찌 알 수가 있겠습니까마는, 다만 우리가 사는 띠끌 세상을 미루어 저 달세계를 한번 상상해 본다면 저 달세계에도 응당 역시 물질이 있어 쌓이고 모이고 엉킨 것이 오늘 이 대지가

한 점 작은 '먼지〔塵〕'의 집적인 것과 같은 것입니다.

　먼지와 먼지는 서로 의지를 삼아, 먼지가 엉키면 흙이 되고, 먼지가 거친 놈은 모래가 되고, 먼지가 단단한 놈은 돌이 되고, 먼지의 진액은 물이 되고, 먼지가 더우면 불이 되고, 먼지가 엉켜 맺혀서는 쇠가 되고, 먼지가 자라면 나무가 되고, 먼지가 움직이면 바람이 되고, 먼지가 더위에 뜨고 기운이 복받치면 이내 여러 가지 벌레로 화하는바, 오늘 우리 사람이란 곧 이 여러 가지 벌레의 한 종족일 것입니다.

　만약에 달세계가 음성陰性으로 '땅'이 됐다면 물은 '먼지'요, 눈은 흙이요, 얼음은 나무요, 불은 수정이요, 쇠는 유리라 할 수 있을 것입니다. 그렇다고 달세계가 반드시 꼭 이와 같다는 것도 아닙니다.

　제가 비록 추상적으로 이런 명제를 설정했지마는, 저같이 큰 물체는 태양에 비길 수도 있는 터에 어찌 달세계라고 하여 기운이 모여 꿈틀거리는 생물로 화하는 것이 없으리라고 하겠습니까? 오늘 우리네 사람이란 불에 들어간즉 타고, 물에 들어간즉 빠지지마는 역시 아직 불을 떠나거나 물을 떠나 본 적이 없습니다. 만약에 다른 세계에서 이것을 본다면 물속에서 산다거나 불속에서 산다고 말할 수도 있을 것입니다. 지금 여러 가지 벌레로 물속에 산다는 것이 유독 어족뿐만 아닙니다. 물론 물고기나 조개 등속이 주장은 되겠지마는 깃과 털이 난 족속도 때로는 물에 결붙어 살고 있습니다. 또 물고기 족속을 육지에 놓아 두면 죽는다고는 하지마는 역시 때로는 깊숙하게 진흙탕 속에서 놀기도 합니다. 이것은 물고기 족속도 역시 흙을 떠날 수 없다는 것을 말하는 것입니다. 모르기는 해도 이 세상의 천하만국 밖에도 몇 개의 세계가 기필코 더 있진 않을까요?"

지정이 있다가,

"서양 사람의 기록을 믿는다면, 과연 개 나라[狗國], 귀신 나라, 비두飛頭, 천흉穿胸, 기굉奇肱, 일목一目 등 기기괴괴한 나라가 있어 상상할 수도 없답니다."

하니, 곡정이,

"서양 사람의 기록뿐 아니라 경서에도 있습니다."

하여, 나는 물었다.

"무슨 경서 말씀이지요?"

"《산해경山海經》 말입니다."

나는 말했다.

"이 대지를 둘러싸고는 필시 몇 자리 '물고기 황제', 몇 분의 '털 짐승 임금'이 계신지 알 수 없은즉 지구를 미루어 달을 추측하여 한 세계가 있다는 것도 이치에 괴이쩍을 것이 없을 것입니다."

곡정은 말했다.

"달 속에 세계가 있고 없는 것은 우리네 띠끌 세상과는 관계가 없은즉 이것은 소위 월나라 사람이 살찌고 여윈 것이 진나라 사람에게는 상관 없다는 것과 같기 때문에 옛날 성인도 말을 하지 않았습니다. 그러나 오늘 선생의 말씀을 듣고 보니 나로 하여금 띠끌 세상의 번뇌를 씻은 듯 없애고 광한궁廣寒宮에 앉아 얼음 옷을 입고 얼음 국을 마시면서 백이伯夷와 오릉於陵[10]과 함께 주거

---

10) 청렴하기로 유명한 제나라의 진중자陳仲子가 피신했던 땅. 진중자를 오릉중자라 한다.

니 받거니 서로 권하는 듯만 합니다. 공자는 《논어》에서 '뗏목을 타고 바다로 떠나가겠다.'는 말로 별세계를 공상했지만, 만약에 선생도 선뜻 '바람을 잡아타고 신선처럼 올라가신다.'[11]면 이 왕 민호는 중유仲由[12]에게 뒤떨어지지 않을 것입니다."

지정이 '별세계 공상'이라는 데 권주를 치면서,

"나 역시 깡충깡충 토끼처럼 뛰어서든, 펄떡펄떡 두꺼비 걸음으로라도 따라갈 것을 사양치 않으리다."

하여, 함께들 집 안이 떠나가도록 웃었다. 곡정이 말했다.

"우리네 선비들이 근세에 와서 상당히들 땅이 둥글다는 학설을 믿는 모양입니다. 그런데 하늘은 둥글어 움직이고 땅은 모나고 움직이지 않는다는 것은 우리 유가에서는 자신의 명맥이나 다름 없는 학설인데 서양 사람들이 이것을 어지럽게 만들어 놓았는바, 선생은 어째서 이 학설을 좇는지요?"

"선생은 왜 믿소?"

"비록 손으로 천지의 등덜미를 만져 보지는 못했더라도 지구가 둥글다는 것은 저도 꽤 믿는걸요."

나는 말했다.

"하늘은 원래 모난 물건을 만들어 낸 것이 없습니다. 비록 모기 다리와 벼룩 궁둥이와 빗방울, 눈물 방울조차 둥글지 않은 물건 이 없어 이제 보아 산과 물과 대지와 일월성신이 모두 하늘이 만

---

11) 《열자列子》의 고사.
12) 공자 제자 중에도 용맹하기로 이름난 자로인데, 공자가 어떠한 위험에 처해도 피하지 않고 동행했다.

든 것이건만 아직 모난 별들을 본 적이 없은즉, 지구가 둥글다는 것도 의심할 게 없습니다.

비록 저는 서양 사람의 저서는 보지 못했으나, 일찍부터 지구가 둥글다고 말했습니다. 말하자면 그 모양은 둥글고, 그 작용인즉 방정하고, 그 보람인즉 움직이고, 성질로 본다면 고요할 것입니다. 만약 이 땅이 허공에 자리를 잡은 채 움직이지도 않고 돌지도 않고 그대로 둥글둥글 공중에 매달렸을진대 즉시로 물은 썩고 흙은 죽고 모두가 썩어빠져 산산이 흩어져 버릴 것은 당장에 볼 수 있을 것입니다. 또 어째서 오랜 시일을 두고두고 허다한 짐을 이고 지고도 가만히 한자리에 멈추고 섰을 것이며 강과 바닷물이 어째서 쏟아지지 않고 견뎌 내겠습니까? 오늘에 이 지구는 군데군데 제 세상이 배판되어 천종만물이 발을 붙여 머리를 하늘로 두고 선 것은 우리네 사람이나 다름없는 터입니다. 서양 사람들은 다만 땅이 둥글다고만 했고 지구가 돈다는 것은 말하지 않았습니다. 이는 땅덩이가 둥글 수 있음을 알았으나 둥근 물건은 반드시 돈다는 것을 몰랐던 것입니다.

저의 망령된 생각으로는 지구가 한 바퀴 돌면 하루가 되고, 달이 지구를 한 바퀴 돌면 한 달이 되고, 해가 지구를 한 바퀴 돌면 일년이 되고, 세성歲星이 지구를 한 바퀴 돌면 1기紀[13]가 되고 항성恒星이 지구를 한 바퀴 돌면 1회會[14]가 됩니다.[15] 저 고양이의

---

13) 12년을 말한다.
14) 1만 8백 년.
15) 박지원은 지구의 위성으로서 달 외에 '해'와 '세성'과 '항성'이란 별도 지구의 위성인 줄만 생각했다.

눈동자를 보더라도 지구가 돈다는 것을 알 수 있을 것입니다. 고양이의 눈동자는 열두 시간에 열두 번 변하고 본즉, 그 한 번 변하는 동안에 지구는 벌써 7천 리를 달리는 폭입니다."

지정이 있다가,

"토끼 주둥이에 건곤乾坤이 있고 고양이 눈에 천지가 있다고 하겠구면요."

하기에, 나는 말했다.

"우리 나라 근세의 선배로서 김석문金錫文이란 분이 있어 세 개의 큰 쭝방울이 공중에 떠 있다는 학설[三大丸浮空說]을 제창하였고 제 친구 홍대용이 또 지구가 돈다는 이론을 처음 말했습니다."

곡정은 붓을 놓고 지정을 향해 뭐라고 말하는 것이 홍대용의 자와 호를 전하는 것 같아 보였다. 지정이 물었다.

"담헌 선생은 김석문 선생의 제자가 아닙니까?"

"김 선생이 돌아가신 지가 이미 백 년이 되어 선생으로 모실 수가 없었습니다."

곡정은 물었다.

"김 선생의 자와 호는 무엇이며 저술은 몇 편이나 있습니까?"

"그분의 자와 호는 모두 기억을 못 합니다. 또 일찍이 저술한 것이 없습니다. 홍대용 역시 저술한 게 없습니다. 제가 일찍부터 홍대용이 말한 지전설을 의심 없이 믿었고 또 일찍부터 나에게 대신 저술을 해 보라고 권하였지마는 제가 본국 있을 적에도 이렁저렁 바빠서 못 하고 말았습니다. 전날 밤에는 우연히 기공과 함께 달구경을 하다가 달을 대하다 보니 친구 생각이 나는데, 근경을 당하고 보니 흥이 나서 어쩔 줄을 몰랐던 것입니다.

대체로 서양 사람들이 땅이 돈다고 말하지 않은 것은 허투루 만약에 땅이 돈다고 하고 보면 여러 가지 천체의 궤도 도수를 추측하기가 더욱 어려워지기 때문에, 이 땅덩이를 말뚝을 박듯이 한 군데 일정하게 붙잡아 두고는 이런 추측을 하기에 편리토록 한 것이라고 저는 생각합니다."

곡정은 말했다.

"저는 본디부터 이 학문에 어두워 일찍이 한두 가지 알아보기는 했지만, 일곱 잔의 차를 못 먹듯이[16] 안 될 일이기 때문에 다시 정신을 써서 생각해 보지 않았습니다. 지금 말씀하신 선생의 이야기는 역시 서양인이 발견하지 못한 이야기인즉 나 역시 감히 그렇다고 얼핏 믿을 수도 없고 또 함부로 이 학설이 잘못이라고 반대할 수도 없고 보니 까마득하여 상고하기 어려웠습니다. 그러나 선생의 변론은 매우 자세하여 조선 삼베옷에서 바늘 실밥이 낱낱이 똑똑하게 보이는 것만 같습니다."

지정은 물었다.

"세 개 큰 쭝방울이란 무엇이며, 또 한 개 작은 별이란 말은 무슨 말씀인지요?"

"공중에 뜬 쭝방울 셋이란 것은 해와 땅과 달입니다. 지금 이에 대해 논하는 자의 말에 따르면 별은 해보다 크고, 해는 땅보다 크고, 땅은 달보다 크다고 했는데, 이 말을 믿는다면 저 하늘에 가득 차 있는 별들은 우리 땅과는 아무런 상관이 없습니다. 다만 이

---

16) 당나라 시인 노동盧仝의 '차 노래'에 있는 '칠완다끽부득七碗茶吃不得'이란 구절에서 나온 말로, 될 수 없다는 의미로 쓰는 술어.

세 개 둥근 물체는 저마끔 이웃이 되어 땅을 본위로 하여 해와 달이라고 부르는 것입니다. 해로 양양陽을 삼고, 달로 음陰을 삼아 비하자면 살림하는 사람이 동쪽 이웃에서 불을 구하고 서쪽 이웃에서 물을 구하는 것이나 같습니다.

저 하늘에 가득 찬 별들로부터 이 세 개 둥근 쭝방울을 본다면 대공에 점처럼 벌여 있는 것이 아주 하찮은 작은 별로밖에 안 보일 것입니다. 오늘 우리 사람들이란 한 덩어리 물과 흙 짬에 앉아서 안계가 넓지 못하고 상상력도 한정이 있고 보니 또다시 허투루 뭇별들을 가지고 구주九州로 쪼개어 나누고 있습니다. 이제 보아 우리 세상에 자리잡고 있는 구주란 것은 얼굴에 찍힌 검은 사마귀 한 개와 다를 것이 무엇이겠습니까. 소위 장자가 말한 '큰 못에 뚫린 작은 구멍〔大澤礨空〕'이란 것이 이런 것입니다. 별의 성좌를 땅에 풀어 맞춘다[17]는 학설이 그 얼마나 허탄스러운 소리겠습니까?"

지정은 '이 말을 믿는다면' 부터 '하찮은 작은 별'이라는 데까지 냅다 권주를 쳤다. 곡정은 기이하고 통쾌한 이론이요, 예전 사람으로서는 발견하지 못한 이론이라고 매우 칭찬을 했다.

나는 말했다.

"제가 만리 험한 길을 무릅쓰고 귀국으로 구경을 왔습니다. 우리나라로 말하자면 맨 동쪽에 있고 구라파로 말하자면 맨 서쪽입니다. 맨 동쪽 사람이 맨 서쪽 사람을 한번 만나보고 싶었습니다. 이번에 갑자기 열하에 오느라고 아직 천주당을 보지 못했습니다.

---

17) 옛날 중국에서 지역을 구주로 나누어 소위 분야分野를 정했다.

이곳에서 황제가 명령이나 내려 우리 나라로 곧장 돌아가게 된다면 다시는 황성에 들르지를 못할 터입니다.

이번은 다행히도 여러분들과 놀게 되어 많은 교훈을 받자와 제원을 풀었습니다마는 멀리 있는 서양 사람들은 찾아볼 길이 없으니, 유감으로 생각합니다. 이번에 서양 사람이 황제를 따라와서 이곳에 머물고 있다고 들었습니다. 가르침을 받고 싶으니 혹시 아는 사람이 있으면 소개를 받았으면 합니다."

곡정은 말하였다.

"이런 일은 원래 대궐 수위하는 관청에서 황제의 분부를 받들어 처리하는 데 관계되는 일이라 길이 다르면 서로 통할 수도 없고 또 황제가 머무르고 있는 곳은 어데고 황성인지라 인산인해로 모여든 그 많은 사람 틈에 찾아 내기도 절로 어렵습니다. 그런 수고를 하실 필요는 없나 보외다."

지정은 저녁 때에 바쁜 일이 있어 먼저 일어나면서 이야기하던 초지 대여섯 장을 가지고 갔다. 곡정은 말하였다.

"홍담헌 선생은 천문을 보실 줄 아십니까?"

"천만에요. 역상가曆象家와 천문가는 다릅니다. 무릇 해와 달에 해문, 달문이 나타나는 것과 혜성이 날아 흐르는 것과 별의 꼬리가 움직이는 것으로 길흉을 미리 판단하는 것은 천문가이니, 장맹, 유계재[18]와 같은 사람들입니다. 선기옥형璇璣玉衡을 가지고 일월성신을 관측하고 계산하여 칠정七政[19]을 고루 잡는 자는 조

---

18) 장맹張孟은 한나라, 유계제庾季才는 수나라의 저명한 천문가.
19) 천문학의 칭호. 일, 월, 화, 수, 목, 금, 토 등 천체의 운행이 정치와 같다는 데서 나온 말.

력가造曆家니, 낙하굉, 장평자[20] 같은 사람입니다. 《한서漢書》'예문지藝文志'도 천문에 이십여 명의 천문가와 십수 명의 역법가를 판연히 둘로 나누었습니다.

제 친구도 기하학 연구에 매우 관심을 가져 천문 도수의 늦고 빠른 것을 계산하는 법을 알고자 했지마는 아직 성공하지 못했습니다. 일찍부터 송나라 경공이 '세 마디 말에 형혹성이 물러가고'[21] '처사가 발을 올려놓자 객성이 왕좌를 범했다.'[22]는 따위 이야기는 역사를 쓰는 자가 억지로 끌어댄 소리라 하여 이를 배척했습니다."

곡정은 말했다.

"옛날에 천문 계산에 정통한 이로 이름난 사람은 낙하굉과 장평자 외에도 채백개蔡伯喈, 오나라의 왕번王番 같은 사람이 있고, 전조前趙 때 임금 유요劉曜 광초光初 때의 공정孔定이란 인물과, 위나라 태사령 조숭晁崇이 선기옥형의 유법을 알았습니다. 송나라 원우元佑 연간에는 소자용蘇子容이 예약을 맡아 보는 종백宗伯이 되면서 옛날 기계를 참고로 하여 수년 만에 성공을 하였습니다. 서양 기술이 중국으로 들어온 후는 중국의 천문 기계는 아주

---

20) 낙하굉洛下閎은 한나라 무제 때 태사로 있던 천문가이고, 장평자張平子는 후한 시대 천문가.

21) 경공景公은 춘추 시대 송나라 임금이요, 형혹성熒惑星은 소위 불운을 상징하는 별 이름이다. 당시 형혹성이 송나라 땅을 비추어 왕이 걱정하자, 천문가가 권하는 세 가지 권고를 듣지 않고서 오히려 임금다운 발언을 세 마디 함으로써 형혹성이 물러갔다는 고사.

22) 후한 광무제가 천자가 되어 그의 친구인 처사處士 엄자릉嚴子陵을 불러 평교로 마구 놀면서 자릉이 천자의 몸에 발을 얹었더니, 태사관이 보고하기를 객성客星이 자미성紫微星을 범했다고 한 고사.

명텅구리가 되어 버렸습니다. 그러나 서양 학술이 보잘것없이 천박하고 비속한 것은 웃을 만합니다.

'야소耶蘇'란 말은 중국말로 하자면 군자처럼 어질다는 말로 서장 풍속에 중을 '라마'라고 하는 것이나 같습니다. 예수는 한마음으로 하늘을 공경하여 교를 팔방에 세웠으나, 나이 서른이 되어 극형을 당하였는데 나라 사람들이 그를 애모하여 야소회란 것을 설립하였습니다. 공경하는 신은 천주라 하고 교회에 들어가는 자는 반드시 비통스럽게 울어서 천주를 잊지 않는다고 합니다. 어릴 때부터 네 가지 조목을 믿는 서약을 세워 색념을 끊고 벼슬 욕심을 없애고 팔방엘 돌아다니면서 전도를 하되, 다시 고향에 돌아갈 미련을 갖지 않고 비록 불교는 반대하지마는 윤회설은 독실하게 믿고 있습니다.

명나라 만력 연간에 서방땅에 사는 사방제沙方濟라는 자가 광동성에 왔다가 죽고 이어서 이마두 등 여러 사람이 들어왔습니다. 그들이 교지로 삼는 것은 사리를 밝히는 것으로 으뜸을 삼고 자기 몸을 닦는 것을 요건으로 삼고 충효와 자애로 보람을 삼고, 허물을 고치고 착한 길로 나가기에 노력함을 입문으로 삼고, 죽고 사는 중대한 일에 대하여 뒷걱정이 없게 하는 것을 궁극의 목적으로 삼는다고 합니다. 서방 제국에서 이 교를 받든 지 천여 년 동안 무사태평하여 정치는 성공을 했다고 합니다. 그들 말에는 허탄스러운 데가 많아서 중국 사람들은 이를 믿는 자가 없습니다."

나는 말했다.

"만력 9년(1581)에 이마두가 중국에 들어와 북경에서 스물아홉 해 동안 있으면서 말하기를, 한나라 애제哀帝 원수元壽 2년(기원전 1년)에 야소는 대진국大秦國[23]에 나서 서해 밖에서 교를 전파했다고 했습니다. 한나라 원수부터 명나라 만력 연간까지 천오백여 년 동안에 소위 '야소'란 두 글자는 중국의 서적에는 보이질 않았으니 예수는 저 바다 끝 멀리 떨어진 곳에서 났던 만큼 중국의 선비들이 혹시 들어 보지 못했던 까닭인지요? 그러면 들은 지는 오래되었더라도 이것을 이단이라고 하여 역사는 이를 쓰지 않은 걸까요? 대진국은 달리 '불림拂菻'이라고도 하는데 소위 구라파는 서양의 총칭이 아닐까요? 홍무 4년(1371)에 날고륜捏古倫이 대진국에서 중국으로 들어와 고 황제를 배알했지마는 야소교에 대해서는 말이 없었으니 이는 무슨 까닭일까요? 대진국은 원래 소위 야소교란 게 없었는데 이마두가 처음으로 천신에 의탁하여 중국을 미혹시킨 걸까요? 윤회설을 독신하여 천당 지옥설을 주장하면서 불교를 비방하고 원수처럼 공격하는 것은 무슨 까닭일까요?

《시경》에는 일렀으되, '하늘이 창생을 내니, 사물이 있은즉 법칙이 있다.〔天生烝民 有物有則〕' 했는데, 불교에서는 모든 형체를 환상으로 여겼은즉 이는 창생이 있고도 사물도 법칙도 없단 말입니다. 지금 야소교에서는 '이理'로 기수氣數를 삼았습니다.《시경》에는 '하늘의 사업이란, 소리도 없고 냄새도 없다.〔上天之載 無聲無臭〕' 하였는데, 이제 야소교가 꾸며 놓은 배포로 보아서는 소리와 냄새가 있는 셈이니, 이 두 가지 교 중에 어느 교가 나을지요?"

곡정은 말했다.

---

[23] 대체로 로마 제국을 말한다.

"서양 학문이 어떻게 불교를 비방할 수 있겠소? 불교 이론이란 모두가 고상하고 오묘합니다. 다만 허다한 비유 이야기가 너무 허탄하고 이렇다 할 귀결이 없으므로 그들이 소위 도를 깨달았다는 것도 결국 '허망하다'는 것입니다. 저 야소교는 본디부터 막연하게나마 불교 이론의 찌꺼기를 빌렸는데 이왕 중국에 들어왔고 보니 중국의 문헌을 배우기 시작하여 중국에서 불교를 배척함을 보고는 언뜻 중국 불교 배척하는 것을 본떠 중국의 문헌 중에서 상제上帝니 주재主宰니 하는 말들을 따 스스로 우리 유교에 붙였습니다. 그러나 그의 본령은 원래 사물의 돌아가는 운명론에 지나지 않아 벌써 우리 유교로 본다면 이차적인 데 떨어져 있습니다.

그러나 저들 역시 '이理'에 대하여 본 바가 없지 않습니다. '이'가 '기氣'를 이기지 못한 지는 이미 오랜 일입니다. 요 임금 시절의 장마와 탕 임금 시절의 가물도 '기수' 때문에 그랬던 것입니다. 제 친구인 개휴연介休然도 '기수'에 관한 이론을 몹시 믿어서 '기수'와 '이'는 본래 한속으로, '기수'가 이렇게 되면 '이'도 역시 이와 같은 것이라고 했습니다.

개씨의 별호는 희암希庵이요, 자는 태초太初요, 또다른 자는 북궁北宮, 옹백翁伯입니다. 그의 학문은 참말 하늘과 사람을 꿰뚫다시피 밝습니다. 저서로는 《옹백담수翁伯談藪》 백 권과 《북리제해北里齊諧》 백 권과 또 《양각원羊角源》 오십 권이 있습니다. 금년이 올해 예순 살인데, 아직도 저술을 놓지 않고 있습니다. 《양각원》 한 질 책에는 지구가 돈다는 학설이 있는지는 모르겠습니다만, 성좌와 달세계에 관한 이치를 오묘하게 말하였습니다. 그의 해설에 의하면 솔개가 하늘에서 날 때 발을 움켜쥐고 뒤로 뻗친 것이며 물고기가 소에서 뛰는 것은 부레가 팽창할 대로 팽창한 까닭이라 하여, 만 가지 물건을 땅에다가 중심을 두고 말했습니다.

땅의 중심이란 우박이 제 몸을 스스로 싼 것과 같고 그 움직이지 않는 것은 수레바퀴에 있어서 굴대 같다는 등 모두가 오묘한 이론들입니다. 제가 나이 어릴 적이어서 자세히 읽어 보려 하지 않고 그저 제목들은 훑어보았던바, 지금은 그 대강인 뜻도 다 잊어버렸습니다."

"개희암 선생을 오늘 당장에라도 만나 뵙고 싶은데 선생께서 소개해 주셨으면 합니다."

"개 선생은 이곳에 있지 않습니다. 본디 촉땅 사람으로 지금은 역주易州 이가장李家庄에서 차를 팔아 생애를 삼고 있습니다. 그곳은 북경으로부터 이백여 리인데 저 역시 서로 만난 지가 벌써 칠 년이 넘었는가 보외다."

"희암 선생의 용모는 어떻게 생겼는지요?"

"눈이 깊숙하고 광대뼈가 우뚝 튀어나온 분으로 내각의 각로인 조혜공兆惠公이 개씨를 조정에 추천하여 강서교수江西敎授 벼슬을 내렸으나 병을 칭탁하고는 나오지 않았습니다. 개씨는 일찍부터 수염이 좋았는데 하루아침에 자기 손으로 수염을 깎아 조공이 자기를 잘못 추천했다는 것을 증명하였는데, 즉시 나라에서는 7품 지위의 모자와 복장을 내렸습니다. 당시 어떤 고관 한 분이 그의 모든 저서를 나라에 추천코저 하여 개씨가 흔연히 이를 승낙하였으나, 어느날 밤 거처하던 집에서 불이 나서 서책이 다 타 버려 끝내는 추천을 못 했답니다."

나는 말했다.

"선생 가슴속에 얽힌 체증은 이젠 토해 낼 만하지요?"

곡정이,

"저는 원래 그런 증세가 없습니다. 늙은이는 협잡이 많답니다. 가마솥에 노는 고기같이 얼마 남지 않은 생애에 마음껏 재미롭게 지낸다면 군자 노릇 하는 데 밑질 것이 무어겠습니까?"

하여, 서로 껄껄 웃었다. 곡정이 말했다.

"태초의 저서는 실상 타 없어지지 않았고 그의 친구인 동정董程과 동계董稽 처소에 비밀히 간직하고 있습니다. 반드시 후세에 전해질 것은 의심할 게 없습니다. 당신은 외국인이고 보니 이렇게 가슴을 헤치고는 터놓고 말하는 것입니다."

"개 선생의 저서는 기휘할 것이 많습니까?"

"별로 기휘할 것은 없습니다."

"그러면 무슨 까닭으로 비밀로 합니까?"

"해마다 금서가 모두 삼백 종은 되는데, 그 책도 끼어 있을 것입니다."

윤공은 책장을 돌아다본다. 나는,

"금서가 어째서 그렇게도 많습니까? 이것이 모두 최호崔浩[24]가 《사기》를 비방한 따위 책인가요?"

"다들 뒤틀어진 선비들의 구부러진 글들이지요."

"금서의 제목들은 무엇인지요?"

물었더니, 곡정은 정림亭林, 서하西河, 목재牧齋의 문집 따위 수십

---

24) 후위後魏 시대의 학자로서 《국서國書》 30권을 저술하여 《사기》를 비평했다가 죽었다.

종을 썼다가 얼른 찢어 버렸다. 나는 물었다.

"영락永樂 시대에 전국의 서적을 찾아 긁어모아 영락대전永樂大全[25]을 만들면서 사람을 속여 머리가 세도록 한가한 틈이 없게 했으니, 오늘 도서집성圖書集成 같은 것을 만든 것도 이런 목적일까요?"

곡정은 바쁘게 손을 놀려 글을 지우면서,

"시방 왕조가 글을 숭상하는 것이 그 어느 왕조보다도 더한 터에 사고전서에 들지 않은 책은 전연 쓸데없는 책들일 것입니다."

하였다.

나는 물었다.

"앞서 선생께서는 조광윤趙匡胤이 창건한 송나라를 왜 그렇게 얕잡아 쳐서 말씀하시는지요?"

곡정은 말했다.

"왕통이 돼먹잖았습니다.[26] 태조는 아무런 큼직한 공로나 위업도 없이 어쩌다가 나라를 얻어 당시로 본다면 판에 박은 듯이 만들어진 천자에 불과했습니다. 문물을 바로잡고 법제를 정비하는 것은 어느 왕조에서나 뒤를 이어 즉위하는 임금들의 책임일 터인데, 2대 임금 태종太宗은 집안끼리로 보아서는 배신한 사람임을 면치 못할 것입니다."

---

25) 명나라 성조成祖 때 편집한 유서類書로서 22,877권으로 된 대백과전서다.
26) 조광윤이 천자가 된 후 태자를 정하지 못했을 때에 그 어머니 태후는 태조에게 천자의 지위를 둘째, 셋째 아우에게 전한 뒤에 그 아들에게 전하라 하였다. 둘째 아우 태종은 왕위를 계승 후 그 조카들을 다 죽인 사실을 두고 말한다.

나는 물었다.

"'촛불 그림자' 사건[27]이 만약에 참말이라면 어째서 배신했다고만 할 수 있겠습니까?"[28]

"이는 천고에 모함이요, 거짓말입니다. 태조는 당시 병이 벌써 조석을 다투다시피 더해 가는 판에 무엇이 답답해서 이런 큰일을 저질렀겠습니까? 태종의 옳지 못한 행실이 이런 비방을 초래한 것입니다. 이 사건은 원래 건나라 호일계胡一桂와 명나라 진경陳檉 들이 사사로이 지은 역사책에서 나와 이도李燾의 장편長篇에 기록되기 시작하여 송나라 오중땅의 중 문영文瑩이 지은《상산야록湘山野錄》에 실려 있습니다.

한 개 중놈이 어디서 이런 비밀을 알았겠습니까? 대체로 그의 말씨를 보면 까닭이 없지 않을 것입니다. '멀리서 촛불 그림자가 붉게 흔들리는 것이 보이면서, 잘해라 하는 큰 소리가 들렸는데' 라는 여남은 글자가 천고에 끝없는 의문을 일으켰으니 촛불이란 원래 컴컴한 밤에 소용되는 물건이요, 그림자란 희미한 것이요, 붉게 흔들린다는 말은 불빛이 껌벅껌벅한다는 것이요, 큰 소리란 그리 화평스러운 소리가 아니요, '잘해라!' 란 말은 뜻이 명백하지 않은 말입니다. 멀리 뵌다든가, 멀리 들린다는 말은 이 역시

---

27) 역사에는 태조가 병석에 누워 있을 때 아우인 태종이 와서 좌우를 물리치고 무슨 말을 하는데 잘 들을 수 없었고, 멀리서 볼 때에 촛불 그림자 아래 태조가 자리에서 일어나려고 하다가 도끼를 마루 바닥에 던지면서 큰 소리로 '잘해라!' 한 마디를 남기고는 그 자리에서 죽었다고 기록되어 있다. 이로써 후세에서는 이 수수께끼 같은 기록을 두고 태종이 태조를 죽였다고 하여, '촛불 그림자 사건' 이라 한다.

28) 평소에 태조는 태종을 지극히 사랑하여 태종이 병으로 쑥뜸을 뜰 때에 쑥뜸을 갈라 떠서 형제 간에 아픔을 나누었다는 일화가 있다.

분명하지 못한 바람에 참말 천고 의문이 되고 말았으니, 뒤틀린 글이라 할 수 있을 것입니다.

당시의 인사들은 태종에 대하여 첫째로 해를 넘기지 못한 채 연호를 고친 것을 못마땅하게 여겼고, 둘째로 형수를 강박하여 신중이 되도록 하고 형수가 죽어도 복을 입지 않은 것을 옳지 않게 여겼고, 셋째로 정미와 덕소가 죽은 것을 옳지 못하게 생각했습니다.[29] 이같이 속으로 옳지 못하다고 생각하는 천하 인심들을 어떻게 눌러 낼 것입니까?

여섯 나라 인사들의 불평이 쌓이고 쌓이자 진나라가 여섯 나라보다 앞서 망하기를 희망하는 염원에서 여불위의 사건[30]를 교묘히 만들어 내어 한갓 기화로 삼았거든 더구나 진 시황이 서적을 불사르고 선비들을 묻어 죽인 데야 그 욕질이 어땠겠습니까? 한나라 책사는 무엇보다 먼저 진나라를 욕질하려고 들었고 보니 대번에 이런 이상한 글을 만든 것입니다. 촛불 그림자 사건도 역시 이와 같은 의도일 것입니다.

송나라 인종仁宗은 영특한 기운으로는 한나라 문제보다 못하고, 학식은 6대 왕 신종神宗보다 낫고, 정치를 잘해 보려는 의욕은 한나라 무제를 앞서되 재주와 책략은 10대 왕 건염建炎보다 못한바, 이후는 이야기할 것도 없습니다.

더구나 참말 뼈아픈 일은 원수를 잊어버리고 이를 아비로 인

---

29) 정미廷美는 태종의 아우이고 덕소德昭는 태조의 아들인데, 덕소는 자살했고 정미는 피살되었다.
30) 진나라 재상인 여불위呂不韋는 임신 중인 자기의 첩 한단희邯鄲姬를 진 시황의 아버지인 장양왕莊襄王에게 바쳤는데, 이때 낳은 아들이 진 시황이라고 세상에서는 전한다.

정했으니[31] 벌써 이는 천륜이 아닌데 어째서 조카라고 부를 수 있습니까? 힘이 모자라서 굴복하여 신하로 자칭하는 것은 하늘의 마련이니 할 수 없다고 치겠지마는, 조카나 손자로 자칭하는 데 이르러서는 이 위에 더 큰 치욕이 어디 있겠습니까?

당시 조정의 벼슬아치들은 속국 신하의 치욕을 면하기 위하여 신하란 명목을 조카로 바꾸어 속으로는 자기 임금이 인륜을 무시하는 지경에 이르도록 하였으니, 그 인륜과 강상을 무시함이 석진石晉[32]과 꼭 같았습니다. 자기 벼슬만 중난히 여기다 보니 난데없는 애비를 들여 모시면서도 수도 임안臨安의 임금과 신하들은 바야흐로 부끄러운 줄 모르고 축하했으니 무식도 심한 일입니다. 목전의 급무에 대하여는 아무런 대책이 없이 허깨비 같은 공담[33]으로 세월을 보냈으니 정말 답답한 일이었습니다.

이종理宗이 사십 년 동안 알뜰하게 공부한 결과라는 것이 죽은 뒤에 '이理' 자 한 자를 얻은 것입니다. 가소로운 일입니다. 이종이 평생에 궁리한 '이치'란 대체 무엇인지 모르겠습니다. 옛날부터 신하 된 자가 누구나 자기 임금의 학문을 위하여 애쓰지 않은 자가 없었지마는 천년을 두고 적적하다가 간신히 이종 한 사람을 얻었습니다. 그러나 그의 학문이란 나라의 흥망과 승패에는 아무런 이익이 없는 학문으로, 구산龜山[34] 문하에서는 수제자 노릇을

---

31) 송나라가 북방 오랑캐로 치는 금나라에게 패하여 휘종과 흠종이 포로로 붙들려 간 후 항복하고 명목을 조카뻘 되는 나라라 하여 굴욕적 강화조약을 맺은 사건을 의미한다.
32) 오대 시대 석경당石敬瑭이 창건한 진나라로서, 석경당은 당나라를 치기 위하여 거란에 원병을 청하면서 아버지 예로 대할 것을 약조하였다.
33) 남송 시대 전성을 보인 유교 성리학을 지목한다.

할는지 모르겠지마는 그 학문에 있어서는 눈으로는 일자무식들인 석세룡石世龍[35]이나 막길렬邈佶烈[36]을 따르지 못할 것입니다. 세상일을 '보리 떠내려가는 줄 모르고 글만 읽듯이 할 것'[37]은 못된다고 생각합니다.

당나라 때 포악하기로 유명했던 구사량仇士良은 벼슬에서 물러나면서 그 도당들에게 훈계하기를, 아무나 글을 읽어서는 안 된다고 했습니다. 그러나 송나라 보경寶慶, 경정景定 연간은 천지가 사십 년을 두고 캄캄한 안개가 사방을 틀어막듯한 속에서 서당문을 닫고 앉아 고금을 궁리한다고 하여 '이틀갈이 무논은 반 나마 묵고 말았다.'는 것이 바로 이 시절을 말한 것입니다. 휘종 황제는 정말 명사라 할 수 있어 비록 소동파 선생같이 송죽 같은 기절은 부족타 하더라도 그의 풍류 감상은 간대로 진씨, 황씨[38] 같은 이들보다 못하지 않을 것입니다마는(형산은 뒤따라 필담 초기를 열람하고는 웃으면서 '못하지 않을 정도가 아니라 훨씬 낫다.'고 하였다.) 더욱이 한나라 성제成帝에 비한다면 좀 방탕한 셈이었습니다.

초여름에 황제는 태학 강관들에게 칙유하여 일렀으되 '내가 매양 옛날 역사를 볼 때에 신하는 아첨을 하고 임금은 교만하였다.' 하였는데 대성문 오른쪽 담장에 방으로 붙인 것이 바로 그것입니

---

34) 남송 고종 때 저명한 도학자로서 정자의 제자인 양시楊時의 별호.

35) 오호의 한나라인 후조後趙의 고조高祖인 석륵石勒.

36) 오대 시대 흉노 출신으로 후당後唐 장조莊祖의 양자가 된 명종明宗의 본명.

37) 후한 시대 고봉高鳳의 고사.

38) 진씨는 송나라 시대 유명한 문인으로 너무 청렴하여 얼어 죽은 진사도陳師道를 말하고, 황씨는 저명한 시인이요, 서화가인 황정견黃庭堅을 말한다.

다."

나는 말했다.

"위나라 무공武公이 억계抑戒를 지어 자신을 경계한 것도 이에 더할 수는 없군요."

"옳은 말씀이오."

(어제 내가 삼사를 따라서 공자묘를 배알할 때 왕곡정과 추사시가 주인이 되어 앞을 인도하였다. 대성문 담벼락에 검정 돌을 물리고 강희, 옹정과 지금 황제의 훈시를 새겨 두었다. 그 오른편 담장에는 새로 방을 붙였는데 즉 황제가 강신들에게 칙유한 글이었다.

그 내용인즉 자기 집안의 학문을 굉장히 자랑하고, 전 시대에 학문에 힘쓰던 임금들을 모조리 비방하였다. '실속은 없이 함부로 허식만 더하여 전각 위에서는 만세를 부르고 조정에 나앉으면 감탄을 한다.'는 따위가 모두 이 조칙의 내용이다. 대체로 여러 신하들이 글뜻을 꾸며 윗사람에게 아첨을 일삼고 천자는 함부로 자기 잘난 것을 믿고 아랫사람들을 멸시한다고 하였다. 곡정과 함께 중언부언한 천여 자 글을 한번 죽 읽었는데, 모두가 자기 자랑뿐이었다.

내가 '전각 위에서 만세를 부른다.'는 말은 무엇이냐고 물었더니, 곡정이, "궐 내에서 강의 토론을 할 때 임금이 무엇을 알아맞히면 좌우가 모두 머리를 조아리고 만세를 부르는 것이며, 강의하는 자가 알아맞혀서 임금이 좋다고 할 때는 좌우에서 역시 만세를 불러서 좋은 영광은 임금에게로 돌려보내는 법이니, 소위 천자의 옳은 견해에 따른다는 것이요, 또 좋은 말을 발견했다고 축하하는 것입니다. '한나라 육가陸賈가 황제 앞에 나아가 글 한 편씩 아뢸 적마다 황제는 좋다고 칭찬을 않을 수 없었고 좌우는 만세를 불렀다.'라는 것이 이것입니다." 하였다.)

나는 말하였다.

"이종은 송나라가 망해 들어갈 무렵 말대의 임금으로 그가 학문을 잘하고 못하는 여부는 근본 이야깃거리가 될 수 없는 터이지만 어떤 임금이고 학문을 좋아하는 것만으로 그의 자질이 총명하다고 쳐주는 점에 있어서는 선생의 말씀은 좀 틀렸나 보외다. 만약에 한나라 문제나 송나라 인종의 훌륭한 자질에 한나라 무제나 당나라 태종의 영특한 성질을 더하고 정자나 주자의 학문을 겸했고 보면 정말 요순 같은 임금보다도 못하지 않을 것입니다. 그런데 하필 그 글 짓는 부스러기 재주와 쓰고 외는 폐단을 미리 걱정하여 경솔하게도 임금에게 무식을 요구해야 하겠습니까?"

곡정은 고개를 흔들면서 말하였다.

"안 될 말입니다. 나는 본시 송나라 이종을 말한 것이 아닙니다. 역시 《송사宋史》 '형법지刑法志'를 보면 별나게 사람으로 하여금 심사를 현란케 만듭니다. 제가 말씀드린 것은 학문의 폐단입니다. 대체 예전 시대의 총명하고 영특한 임금으로 말한다면 바로 한나라 무제나 당나라 태종을 예로 들었습니다. 선생이 말씀한 소위 '정자나 주자의 학문을 겸했다면' 하는 말씀은 말하자면 가설입니다. 이 가설이란 것은 천고의 뜻있는 인사들을 아무렇든 원한을 가지도록 하는 바입니다."

"원한을 가진다는 말씀은 무엇을 두고 하시는 말씀인지요?"

"'원수를 못 이긴 채 먼저 죽으니, 후세의 영웅들을 눈물짓게 하네.〔出師未捷身先死, 長使英雄淚滿襟〕' [39] 이것이 바로 원통스럽다

---

[39] 당나라 시인 두보杜甫가 제갈량諸葛亮을 두고 지은 시.

는 예로 들 수 있을 것입니다."

나는 다시 무슨 의미냐고 물었다. 곡정은,

"만약에 조맹덕이가 두통을 앓을 당시[40] 그대로 죽었더라면 그는 한나라의 제 환공齊桓公이 되었을 것 아닙니까?"

"그 말은 또 무슨 말입니까?"

"선생이 말씀하는 '만약에'라든가 '설사'라는 말들은 비유해서 가정하는 말로서 참말이 아닙니다. '만약에' 제갈량이 사마중달司馬仲達을 죽이고 줄곧 내몰아 중원땅으로 들어갔던들 얼마나 통쾌했을 것이며, '만약에' 당 명황이 마외역馬嵬驛[41]에 돌아와서 양귀비를 만나 빙그레 웃으면서 눈을 주게 되었던들 얼마나 통쾌하였겠으며, '만약에' 송나라 고종이 매국노 진회秦檜의 대가리를 베었던들 얼마나 통쾌했겠습니까? '만약에' 정자, 주자 두 선생이 천자의 자리에 올랐다 하고 날마다 만기萬機를 총람하는 정치를 할 때에 또 다른 정자, 주자 같은 이가 옆에 있어서 요순의 도로써 충고해 섬긴다면 무슨 여한이 있겠습니까? 이 부인李夫人[42]의 혼령이라도 한번 보였다면 또 무슨 여한이 있었겠습니까?

대체로 한 시대의 임금 된 자로서 아주 어둡고 용렬하여 큰 잘못을 저지른 자를 제외하고는 흔히 볼 수 있는 임금들도 당대의

---

40) 조맹덕曹孟德은 삼국 시대 조조의 자인데, 배나무를 베다가 머리를 앓았다는 말이 있다.

41) 섬서성에 있는 지명으로 당 현종이 안녹산의 반란으로 인하여 촉땅으로 피난하다가 군사들의 간청으로 양귀비를 죽인 곳.

42) 한 무제의 첩으로, 그가 죽은 후 무제는 그를 다시 한번 보고자 하여 술객의 말을 듣고 궁실을 따로 짓고 불을 켜고 나타나기를 기다렸으나 실패한 고사.

이름난 학자보다 도리어 낫다고 볼 수 있을 것입니다. 당대의 이름난 학자들로 하여금 한번 자리를 바꾸어 준다면 도리어 그들만큼 해 내지 못할 점이 있을 것입니다."

나는 말했다.

"옛날부터 제왕들은 신하들에게 가르치기만 좋아하여 '군자를 가까이 하고 소인을 멀리 하지' 못했으므로 그들의 아랫자리에 달려 붙은 자들이란 모두가 부귀 영화에만 눈이 어두운 자들로서 그 시대의 제왕에게 감히 따라가지 못하는 것은 당연한 형편이었습니다.

만약에 밝은 임금과 어진 신하가 서로 만난다면 반드시 이렇지도 않았을 것입니다. 밝은 것을 내세우고 비뚤어진 것을 바로잡아 누구나 가리지 않고 어진 사람을 등용하고 보면 '꿈을 꾸어 담장 쌓는 사람' 43)을 만날 수도 있었고 현몽에 따라 낚시꾼도 만날 수 있어서44) 같이 사업을 하는 데도 서로들 마음이 맞았으매 그렇게들 성공을 하였습니다. 만약에 저들 제왕이 자기 스스로 이런 어진 신하를 구하지 않았다면 어찌 하늘이 내려주는 뛰어난 인재를 받을 수 있었겠습니까?"

"그렇지 않습니다. 사업을 집행하는 것과 사업을 이야기하는 것과는 같지 않습니다. 옆에서 구경하기는 자신이 직접 당하는 것보다 훨씬 쉬울 것입니다. 《맹자》에 나오는 소위 맹공작孟公綽 같

---

43) 상나라 임금 무경武庚이 꿈에 성인을 만난 후 깨어 꿈에 본 성인을 찾다가 담을 쌓고 있는 역군 중에서 꿈에 본 부열傅說이란 숨은 성인을 만나 재상을 삼았다는 고사.
44) 주나라 문왕이 강 태공을 만나게 된 고사.

은 점잖은 이는 조나라나 위나라 같은 큰 나라의 장로로는 넉넉하다고 할 수 있으나 그렇다고 등滕나라, 설薛나라 같은 작은 나라의 대신 벼슬은 감당 못할 것입니다. 이는 제가 역사를 읽으면서 냉정한 생각에서 알아 낸 대목입니다. 만약에 송나라 인종이 염계나 낙양에서 탄생했던들 그의 도학은 어떤 학자에게도 못하지 않았을 것입니다. 자양紫陽[45]은 평생의 정력을 사서四書에다가 가장 많이 기울였으나 그 실상은 인종이 먼저 다 길을 열어 놓았던 것입니다.

인종은 왕요신王堯臣이 과거에 급제하매 《대기》[46] 중에서 '중용' 한 편을 갈라서[47] 하사하였고, 여진呂臻이 급제를 하매 또다시 '대학大學' 한 편을 뽑아서[48] 하사하였습니다. 그의 학식이 고명한 정도는 당세의 선비들 중에도 뛰어나 《중용》과 《대학》 두 편을 따로 뽑아 낸 공로는 벌써 범 문정范文正보다 앞섰다고 볼 수 있을 것입니다.

후세의 선비들은 한나라 문제가 가의를 재상으로 등용하지 않음으로써 한나라의 정치에 많은 손실을 주었다고 책망하고 또 장석지張釋之[49]의 고명한 주장을 배척했다고 하여 문제를 얕잡아 판단했지마는, 그 실상을 보면 문제가 가의보다는 훨씬 현명하였

---

45) 주자의 고향인데 별호로도 쓴다.
46) 《대기戴記》는 《소대기小戴記》를 말하는 것으로, 일명 《예기》라고도 한다.
47) 《중용》은 원래 《예기》의 한 편이었는데 이를 사서의 하나로 이르기는 정자, 주자 시대에 와서 실현되었다.
48) 《대학》도 당시까지는 《예기》 중의 한 편으로 되어 있었다.
49) 한나라 문제 시대의 사법관인 정위廷尉의 직위에 있던 인물.

던 것입니다. '가의를 보지 않았을 때는 내가 가의보다 낫다고 생각했지마는 이제는 가의를 따를 수 없다.'고 하였으니, 이 말은 문제의 충심에서 나온 말이지 문제가 좀스럽게 자기 스스로 가의와 현명한 것을 비교했던 것은 아닐 것입니다.

필경 큰일을 하기 위해서 자기를 헤아리고 남을 잘 짐작한 것이니, 선대부터 내려오는 장상들과 대신들을 어찌하고 하루아침에 아무런 사업에 경험도 없고 보잘것없는 한 개 서생으로 하여금 그들을 억누르도록 할 것입니까? 조정의 앞자리에서 가의가 가졌던 포부는 벌써 죄다 들었던 터입니다. 요컨대 문제는 그의 재주를 더 길러 쓰고저 했던 것입니다. 저 가의의 아량은 이 업후李鄴侯에 따를 수 없었으니, 업후는 백두로 재상이 되었다가 강서판관江西判官으로 좌천된 일이 있었지마는 일찍이 한 번도 이를 비관한 적이 없었습니다. 가의는 언제나 가슴속에 울분을 참지 못하고 많은 불평을 가지고 있었으나, 문제야말로 무엇이든지 '간직하고 이용하는' 수단이 능란하여 아무런 객기를 부리지 않았으니, 이것이 문제의 장점이라고 할 것입니다.

문제는 세 명의 서자에게 천하의 절반을 나누어 주었고 당시 부귀를 누리던 여러 대신들은 모두가 오랜 동안 가혹한 전쟁을 치른 인물들로서 이제는 평안히 들어앉아 부귀공명을 누리고 있는 터에 누가 발 벗고 뛰어나와 빛나게 사업하기를 좋아했겠습니까? 이로써 본다면 문제는 벌써 가의보다 앞서 '통곡하고 한숨을 지었을 것'[50]입니다. 가의는 조급한 것을 참지 못하고 이내 분개

---

50) 가의가, 통곡할 일이 한 가지, 눈물지을 일이 두 가지, 한숨 쉴 일이 여섯 가지라고 하면

하여 어떤 사건을 뼈저리게 지적하면서 통곡하고 한탄하였습니다. 이야말로 아무나와 잠시 서서 이야기하는 판에 갑자기 통곡을 하는 격이니, 이러고야 과연 얼마나 상대방을 놀래도록 할 것입니까? 양나라, 초나라의 자객들이 먼저 원앙袁盎[51]의 배를 찔렀고 하삭河朔[52]의 결사대들은 응당 배도裵度[53]의 머리를 부수는 것과 같은 일이 일어나고야 말 것을 문제는 본래부터 걱정을 했던 터입니다."

나는 말했다.

"나라를 다스린다는 것은 비해서 말하자면 바둑 두기와 같아서 임금은 바둑을 두는 당국자요, 신하는 옆에 앉은 구경꾼이니, 선생이 말씀하신, 옆에 있는 구경꾼이 바둑 두는 자보다 수가 나은 것 같아 보인다는 말은 옳습니다. 바둑돌을 잡은 자가 잘 판단을 못할 때는 옆 사람의 훈수를 듣지 않을 일이 무엇이겠습니까?"

"결코 그런 것이 아니외다. '말 위에서 천하를 얻으면'[54] 언제나 열 손가락에 피가 났다고 자랑하는 것이 일쑤요, 대를 이어서 즉위한 임금이 갖은 호사와 계집질에 빠지는 것은 판에 박은 놀음입니다. 이래서 천하에 무슨 일이고 모두가 황제의 집안일이 된 지는 이미 오래되었는바, 이는 천고에 바꿀 수 없는 법칙같이 되

서 정치를 개혁할 조건을 들어 문제에게 상소를 올린 고사를 두고 하는 말.
51) 한나라 경제 때 중랑中郞 벼슬을 한 인물인데 가의가 주장한 것과 같이 황실을 강화하기 위하여 제후의 땅을 떼어 낼 것을 주장하다가 피살되었다.
52) 황하 이북 지방.
53) 당나라 헌종 시대 인물로 역시 가의의 주장과 같이 지방 권력을 삭감하기 위하여 공을 세웠다가 지방 관리들에게 맹렬한 공격을 받은 인물.
54) 한 고조가 자신이 직접 적과 싸워서 천하를 얻게 된 것을 말한다.

었습니다.

만약에 '짐朕'이란 글자 한 자를 지워 버렸을 때는 당장에 요순 같은 임금이 될 것도 같을 것이요, 만약에 '짐' 자 한 자가 그대로 있다면 누가 감히 그 앞에서 소매춤으로부터 손을 끄집어 내기라도 하겠습니까? 그러므로 공자가 소정묘少正卯를 죽인 것은 임금까지 벌벌 떨도록 한 과도한 위엄이라고 비평까지 받았고, 주공이 낙양에 도읍을 옮기려고 할 때 모반한다는 혐의를 쓴 것도 그 지위에 따라 이런 비평들을 받았던 것입니다.

삼대 시대 이후로는 유학을 위주로 하는 대신으로 왕망 같은 자가 없을 것입니다. 왕망은 처음부터 천하를 이롭게 하려고 한 것이 아니라 성인을 독실하게 믿은 결과 평생에 배운 학문을 시험해 보고자 했습니다. 그는 자신이 세상에서 누구보다 중요한 책임을 맡은 것으로 자처하였으니, 어찌 임금을 섬기는 것으로 낙을 삼을 수 있었겠습니까? 다만 그의 품성이 초조하고도 분주하여 가만히 앉아서 요순의 도를 이야기하는 것보다도 직접 자기 당대에 시험을 하여 반드시 자신이 그 결과를 확인해 보려 했던 것입니다."[55]

내가 웃으면서,

"성인이 어찌 사람들을 역적이 되라고 가르쳤겠습니까?"

하니, 곡정 역시 허허 웃으면서 말했다.

"이는 신하로서 일을 할 때는 아무래도 한 시대의 제왕보다는 낫지 못하다는 증거를 말씀드리는 것입니다. 황제와 노자의 학문으

---

55) 왕망은 한나라를 반역하고 자신이 황제의 위에 올라 국호를 신新이라 하였다.

로 천하를 다스릴 때는 혹시 한때의 효력을 거둔 적도 있었습니다마는 유교 경전으로 세상을 다스릴 때는 아닌게아니라 나라를 파괴하고 백성들을 도탄에 빠지도록 한 적이 없지 않았습니다. 왕개보王介甫[56]의 학술에는 범중엄이나 한기 같은 이들도 따르지 못할 바이지마는, 요컨대 가의나 왕망이나 왕개보, 방손지方遜志 같은 인물들은 정치가로서 조급하게 서두는 축으로 좋은 예가 될 것입니다.”

몸에는 망포를 입은 웬 사람이 드리운 주렴을 위로 걷고 들어와 의자에 앉는데 보복은 입지 않고 모자도 쓰지 않았다. 나를 자세히 쳐다보고는 무어라 무어라고 말을 하기에 못 알아듣겠다고 대답했더니, 그 사람은 곡정과 귓속말로 몇 마디 하더니 일어서서 나갔다. 누구냐고 물었더니 곡정이 말했다.

“그는 제남 사람으로 성은 등鄧이요, 이름은 수洙인데 호부주사戶部主事로 임명되었습니다. 그 멍텅구리 녀석이 무슨 볼일로 왔고 무슨 볼일로 갔는지는 모를 일입니다.”

“그분은 선생의 친구 되시는지요?”

“천만에요. 그의 이름이 등수란 것만 알 뿐입니다. 아까도 말이지 귀국이 동방에서 같은 문자를 쓰고 있는 나라인 줄도 몰랐습니다.”

나는 물었다.

“제남 말이 났으니, 제남에는 아직도 백설루白雪樓가 있습니까?”

---

56) 송나라의 학자요, 정치가인데 부국 강병의 정치로서 토지 문제, 청묘, 보갑 및 수매법을 제정한 왕안석王安石. 개보介甫는 그의 자.

"우린于麟이라는 옛날 사람의 누각으로 본디 한창점韓昌店에 있었는데 뒤에 백화주百花洲 위에다 고쳐 지어 벽하궁碧霞宮 서쪽에 있습니다. 시방은 표돌천趵突泉 동쪽에 백설루가 있는데, 이것은 뒷날 사람들이 지은 집으로 옛날 그 집이 아닙니다."

내가,

"선생은 황로黃老를 귀하게 여기고 유학을 천시하며, 역적을 가져다가 성인을 독실히 믿는다고 말씀하고, 왕개보를 가져다가 범문정보다도 더 어질다고 하니, 치켜세우고 억누르는 품이 너무과한 것만 같습니다. 유학을 가져다가 세상을 파괴하는 도구로 말씀하니 이것은 속을 한번 떠보겠다는 것이 아닌지요?"

했더니, 그는,

"선생께서 이토록 나무라시니 제가 무어라 말씀을 드리겠습니까?"

하였다. 나는,

"선생이 말씀하시는 이론은 모두가 고원하여 구구한 선비붙이들의 짧은 견식으로야 어찌 미칠 수 있겠습니까? 실로 하늘같이 놀랍게 생각합니다. 선생의 이론을 감히 불평객들의 뒷방공론이라고야 하겠습니까?"

하니, 곡정은 말하였다.

"선생의 청탁을 가리지 않는 넓은 도량에 감격할 뿐입니다. 대체로 세상일이란 무엇이나 정도로 하지 않아서는 못 쓰는 법이요, 또 '한 자를 구부려서 열 자를 바르게 잡는 법'도 옳지 못할 줄로 생각합니다. 이렇게 처치한다면 모두 다 말할 필요도 없을 것입니다. 공자의 문하에서는 삼척동자라도 오패五覇[57]를 부끄럽게 여겼으니, 이렇게만 이론을 세운다면 다시 다른 일이 생길 수는 없을 것입니다. 한창려韓昌黎가 말한 대로, '사람은 사람대로 대접하고 쓰지 못할 이론은 불살라 버린다.'면 도리어 세상은 태평해질 것이요, 동중서董仲舒[58]가 말한 대로, '그 의리를 바로잡고 잇속을 도모하지 않으면' 도리어 세상에는 응당 좀도둑까지도 없어질 것입니다.

또 선생의 말씀대로 삼대 이후에 유학으로 정치를 한 사람이 몇이나 되겠습니까? 창공倉公이 사람의 병을 고칠 때에는 성질이 찬 화제탕火齊湯에다가 대황大黃[59] 네 근을 넣어 달이라고 했는데 그 후 이백 년을 지나 장중경張仲景[60]은 몸을 덥히는 팔미탕八味湯에다가 부자附子 닷 냥쭝을 넣으라고 했으니 얼마 못 되는 동안에 옛날과 오늘 명의의 처방이 이토록 달라졌습니다.

백이, 숙제가 말머리에서 무왕이 주紂를 치러 가는 것을 옳지 못하다고 말렸을 때, 도리어 옳은 일이라 하고 부축해 간 태공망이 있었으니, 세상에 두 편이 다 옳고 두 편이 다 틀렸다는 법칙이 없을 바엔, 백이, 숙제나 강태공 두 편 중에 응당 한 편은 흑룡강으로 멀찍이 귀양살이로 쫓아 보낼 자가 있을 것입니다.[61]

대체 세상일이란, 비하자면 양쪽에서 줄다리기하는 것이나 다

---

57) 주나라 말년에 다섯 나라 제후가 주나라를 보위한다는 명분을 내세웠으니, 그 정책은 한 자를 구부려 열 자를 바로잡는 식의 패도를 쓴 것을 의미한다.

58) 한나라 무제 때 저명한 유학자.

59) 한약제의 일종으로 성질이 냉하여 하제下劑로 사용한다.

60) 한나라의 명의로서 상한론傷寒論의 창시자.

61) 청나라 시대에 죄인을 흑룡강 지방으로 귀양을 보냈으므로 역사를 빌려 꼬집는 말.

름없어, 줄이 끊어지면 줄이 끊어진 자리로부터 짧은 쪽에 있는 자가 먼저 넘어지는 것은 두말 할 것 없습니다. 처음 두 편은 어금지금하기 때문에 세상에 역리와 순리는 있고, 옳고 그른 것은 없었습니다. 그러나 나라를 차지함에 있어서 확실히 성공과 실패가 밝혀진 뒤에는 역리라든가 순리란 말도 도리어 등불 뒤에서 하는 귓속말로 되고 마는 것입니다.

무릇 이치를 말하는 자는 까마귀가 고기를 간직하는 것과 같습니다. 까마귀가 고기를 간직할 때는 구름을 표터로 삼아 이를 짐작하는 것이니, 구름이 지나가 버리면 간직한 곳을 잊어버리게 되는 것입니다. 세상에 의리를 말뚝 박듯 해 두라는 법은 없을 것입니다. 의리는 때에 따라 밀려 옮겨 가고 보니 선비붙이들의 처사란 구름을 바라보는 까마귀 친구나 다를 것이 없습니다."

"그러나 구름은 가 버려도 고기는 달아나지 않을 것입니다. 비록 때는 옮겨 가고 일은 지나가 옛날과 오늘이 다를지라도 의리는 제자리에 있겠건만 이것을 찾지 않는 것이지요."

"의리고 무엇이고 '먼저 관중에 들어가는 자가 임금이 되는 것'[62]인갑소."

나는 말했다.

"유학이 나라를 파괴한다는 말이 어째서 유학의 죄겠습니까? 못된 선비들이 유학의 명분을 그저 도적질만 한 까닭이지요. 그래서 세상을 어지럽게 한 것은 유학의 찌꺼기일 것입니다. 만약에 참말로 유학을 사용했다면 소위 세상에 밭이란 밭은 모두 정전법

---

62) 유방과 항우의 고사로서 먼저 실천하는 놈이 장땡이란 의미.

을 실시할 수 있을 것이요, 천하의 제후들은 모두 다섯 등급으로 질서를 바로잡을 수 있을 것입니다."

곡정은 말했다.

"선생은 진정으로 내가 대담하게도 유학을 배척하는 줄만 인정하십니까? 옛날부터 말이란 것은 반드시 마음에 있어서 한다고도 할 수 없는 것이요, 실천을 하는 자도 반드시 말이 먼저 있으란 법도 없습니다. 일부 세계는 허위니까요. 선생의 말씀은 단벌 방문만 믿고 신선 되겠다고 날뛰는 친구들의 말솜씨와 같습니다."

"신선 되겠다고 날뛰는 자들의 단벌 말솜씨란 무엇인지요?"

"'문성장군이 말의 간을 먹고 죽었다.'[63]는 것입니다."[64]

나는 말했다.

"성인도 역시 무엇이고 작은 것을 상대로 일을 착수하고 싶어하지 않지마는, 이것도 옛날과 오늘이 다른갑습니다. 은나라 탕湯임금은 칠십 리를 국토로 삼고 주나라 문왕은 백 리를 국토로 삼아 일어났지만 맹자는 걸핏하면 은나라, 주나라를 들어 그 시대

---

63) 문성장군文成將軍은 한나라 무제 때 이소옹李少翁이란 방사이다. 신선을 좋아하는 한 무제가 죽은 첩인 이 부인을 사모하기 때문에 이 부인을 보여 준다고 술법으로 무제를 호리다가 영험이 없었기 때문에 사형을 당했다. 그 뒤 오리장군五利將軍이란 자가 역시 신선술로 무제를 호리면서 이미 죽은 문성장군을 칭찬할 때에 무제는 거짓말로 '문성장 군은 말 간을 먹고 죽었다.' 고 조롱한 고사를 인용한 것이다.

64) 이상은 세상에서 역사를 평할 때에 흔히 유교 본위인 경설로써 말하지마는 시대의 흐름과 함께 정치, 도덕 개념이 달라지게 되기 때문에 임금과 신하의 관계도 옆에서 보는 것보다 자신이 당해 보면 다르다는 것과 유교 경술을 고정적으로 고집하다가는 시대에 뒤떨어져 실패를 보게 된다는 이론으로, 다시 말하면 맹목적 복고주의는 실패의 근본임을 강조한 것이다.

의 임금들에게 유세를 했습니다. 그러나 등나라 문공文公(65)이 세상에도 어진 임금으로 나라의 주인이 되었을 때 허행許行, 진상陳相 같은 인물은 천하의 호걸들이지마는 한낱 등나라의 신하가 되었습니다.

맹자는 등 문공에게 국가 제도와 전제田制에 대하여는 이미 그 큰 강령을 들어 말을 했지마는, 한 번도 등나라에 미련을 가지지 않았으니, 이른바 이리저리 통틀어도 오십 리밖에 못 되는 등나라는 기껏해자 큰 나라의 스승이나 되었지 맹자가 주장하던 큼직한 왕도 정치를 실시하기에는 너무도 빈약했던 탓입니다.

당시 제나라나 위나라 임금들은 지극히도 어질지 못했건만 그래도 이들을 돌보아 주기 위하여 주춤거리면서 차마 발길을 돌리지 못한 것은 그 나라들의 토지가 넓고 백성이 많고 군대가 강하고 물화가 풍부했던 탓이었습니다. 당시의 정세로 보아서 성공하기가 쉬운 형편이었으므로 '제나라로써 왕도 정치를 실시하는 것은 손바닥을 뒤집는 것과 같다.'고 맹자는 말하였습니다."

하니, 곡정이,

"공자는 일년쯤이면 노나라를 바로잡을 수 있다고 하였고, 맹자는 오 년이나 칠 년이면 제나라를 바로잡을 수 있다고 했으니, 이는 정치를 하는 방도에서 제나라는 더 쳐주고 등나라는 깔본 것이 아니라, 예와 오늘의 형편이 다르고 크고 작은 형세가 다른 까닭입니다. 그렇다고 맹자는 결코 요순 같은 제왕에 대한 굵직한 이야기를 먼저 끄집어 내어 듣는 사람들이 지루하도록 만들지는

(65) 춘추 시대에 산동과 안휘성 사이에 있는 가장 작은 나라의 임금.

않았습니다."

하기에, 나는 물었다.

"위앙衛鞅[66]이 먼저 말한 것은 무슨 제왕이던지요?"

"특히 황제니 요순이니 하는 이름을 빌어 아무런 필요도 없는 지루한 이야기를 뒤틀리게 하였으므로 듣는 사람들을 싫증이 나도록 했으니, 이는 손무자孫武子의 삼사술三駟術[67]이랍니다."

(고금의 인물, 학술, 의리 들을 변론할 때, 곡정이 올려 세우고 내려 깎고 종횡무진한 많은 이야기는 대체로 내 속을 떠보려는 뜻이 있어 보였는바, 나는 처음엔 이를 깨닫지 못하고 오히려 웃음거리나 되잖을까 조심하여 여러 가지 문답을 하는 동안 간신히 원칙을 지켰더니, 곡정은 붓을 들면 몇 장씩 쓰다가는 무슨 말을 하고 싶어하다가도 갑자기 얼버무리고 말았다. 나는 늦게야 이것을 깨닫고 《맹자》의 내용을 들어 한번 시험해 보았던바, 곡정의 주론은 역시 순정하다고 할 수 있었다.)

이하 몇 대문은 잊어 버려서 말이 서로 붙들 않는다.

곡정이 말하였다.

"제갈무후諸葛武侯[68]의 학문이 신불해와 한비자[69]로부터 나왔다

---

66) 전국 시대 진나라 재상으로 법제에 밝았던 상앙을 말한다.
67) 춘추 시대 전기田起라는 장수가 제나라 위왕威王과 경마를 하는데 언제나 졌으므로 손무자에게 이기는 법을 물었다. 그때 손무자가 가르쳐 준 경마술로, 상, 중, 하급의 말 중에 제일 나쁜 말을 먼저 내어 놓는 법을 얘기했는데, 여기서는 재미없는 이야기를 먼저 끄집어 내었다가 중간에 중요한 이야기로 주의를 환기시키는 화술을 의미한다.
68) 삼국 시대 촉한의 승상 제갈량.
69) 신불해申不害는 전국 시대 사상가요, 한비자韓非子는 공자, 맹자의 학설과는 대립적인 학파인 형명파이다.

고 함은 도리어 원통한 일일 것입니다. 그가 비록 후세 유학자처럼 글을 세밀히 파고들어 읽지는 못했다 하더라도《맹자》한 책에 있어서는 도리어 '대의'를 뚜렷이 찾아 내어 분명코 그의 가슴속에는 '공公'이란 글자 한 자를 아로새겨 그의 안중에는 이 '공' 자 외는 도무지 성공과 실패란 없었습니다. 이래서 삼대 이래로 홀로 제갈공명 한 사람이 넉넉히 대신의 책임을 감당할 수 있었습니다.

나라의 법도를 바로잡는 데 대한 그의 이론으로는 '궁중과 조정이 한 몸뚱이가 되라.' 하였고, 임금의 덕에 대하여 힘쓸 것을 말할 때에는 '함부로 자신이 경솔하게 쓸데없는 말을 끌어당겨 의리를 저버리지 말라.'고 하였고, 그가 자신이 짊어진 천하의 중임을 말할 때에는 '나라에 대하여 충성된 생각을 가지는 자는 누구나 다만 자신의 과실과 결함을 부지런히 청산하라.'[70]고 하였습니다. 이야말로 참말 만세를 두고도 그가 죽은 자리를 다시 채울 수 없는 대승상일 것입니다."

"그러나 유장劉璋의 영지를 빼앗은 것은 '열 자를 바로잡는다 하여 한 자를 구부린' 셈이 아닐까요?"[71]

곡정은 말했다.

"제갈공명이 반드시 유비에게 유장의 자리를 그대로 덮쳐 빼앗으라고 가르치지는 않았을 것입니다. 유장에 대하여는 그의 잘못을

---

70) 이상은 제갈량이 후주後主에게 바친 출사표出師表에서 인용한 말들이다.
71) 제갈량이 유비에게 한나라를 부흥할 근거지를 잡기 위하여 같은 동성 제후인 유장의 영지인 사천 지방을 빼앗을 것을 사주하였다는 의미.

성토하는 것쯤은 합당할 터이지마는 연가시가 매미를 잡듯이 불의의 습격을 함은 옳지 못합니다. 유장은 그의 아버지 유언劉焉의 시대부터 비옥한 촉땅을 통치하고 있으면서 제후들을 도와 나라의 역적 조조를 토벌하지 않았으니, 그 뜻이 어디에 있었겠습니까? 유표劉表[72]는 형주의 아홉 고을 땅을 차지하여 학교를 세우고 아악을 장만하였으니, 이때가 어느 때인데 이렇게도 맥없이 앉아 있을 것이겠습니까?

만약에 한나라에 대한 충성심이 없는 자들을 추궁한다면 응당 같은 성바지 유가들 제후의 죄를 먼저 바로잡아야만 할 것입니다. 이는 제갈공명이 초당에 한가히 누웠던 그 시절부터 유표나 유언 같은 자들에게 분개한 지 오래되었습니다. 만약에 한나라 제실에 신의가 밝은 후손이 있어서 눈을 똑바로 뜨고 정신을 바짝 차려 봤다면 반드시 손권이나 조조보다 먼저 이자들을 토벌했을 것입니다.

정자나 주자는 매양 제갈공명의 학문이 순정하지를 못하다 하여 그가 촉땅을 빼앗은 것을 애석하게 생각했습니다. 그러나 형주, 익주를 걸타겠다는 전략은 본래 제갈공명이 초당에서 가장 먼저 생각한 전략으로, 이야말로 나라의 적에 대한 공명의 안목이 밝고 그의 학술이 정대한 점입니다. 그러나 당시 정세를 두고 말한다면 유언에 대해서는 한나라 종실로서 역적을 토벌치 않은 죄로 그를 성토할 수는 있다고 볼 것이로되, 유장에 대해서는 그를 속여 가면서 땅을 빼앗을 이유는 못 될 것입니다.

---

72) 삼국 시대 현재의 호북, 호남성을 차지하고 있던 지방 장관이었다.

형주는 지탱할 만한 형세는 못 되나 유종劉琮[73]에 대해서는 습격해 빼앗을 기회가 있었습니다. 왜 그런고 하면 유종은 명백히 국토를 역적에게 바쳤으니, 소열昭烈이 분명히 대의로써 이를 빼앗는다면 세상에서 어느 누구도 잘못이라고 말할 수 없었기 때문입니다. 그러나 소열이 형주에서는 한사코 신의를 지키다가 익주에서는 갑자기 간웅의 버릇을 드러내어, 먹어라 먹어라 할 때는 먹지 않고 있다가 나중에는 소매치기로 훔쳐 먹었다는 비판을 면치 못하였습니다."

내가,

"그야말로 어린애 코 묻은 떡을 채서 먹은 셈이구먼요."

했더니, 곡정은 허허 웃으면서,

"선생은 관화를 하실 줄 아십니다그려.(우리 나라 속담에 약한 놈을 업신여겨 무슨 물건 빼앗는 것을 '어린 아이 눈물 적신 떡'이라 하고, 또 '난쟁이 턱 차기'라고도 한다. 내가 오는 길에 통관 쌍림이가, 부리는 사람이 남과 실랑이를 한다고 나무랄 적에 원앙각鴛鴦脚이 어쩌고저쩌고 하는 소리를 들은 적이 있는데, 우리 나라 속담과 뜻이 같고 글귀가 묘하기에 이때 말을 하면서 중국 발음으로 이 말을 써 보았더니, 입이 둔해서 발음이 잘 되지 않아 곡정은 무슨 말을 하는지 못 알아들었다. 내가 이것을 글로 써서 보였더니 곡정은 죽겠다고 웃으면서 이렇게 조롱하였다.)

가령 성왕成王이 주공을 죽였다면 소공이 어찌 감히 '집에 있으면서 몰랐다.'고 말할 수 있겠습니까? 주자는 위원리魏元履에게 글을 보내 소열에 대하여 말하면서, '유종이가 조조를 맞아들

73) 유표의 아들로서 유표가 죽은 후 형주를 조조에게 바치고 항복을 하였다.

이는 날 형주를 쳐서 빼앗지 못하고 근거지를 잃고 허둥지둥했다
는 것은 이야말로 평범한 인물들의 꾀로서 이는 원칙과 권도를
함께 잃어버린 셈이다.' 라고 했지마는, 제 생각으로는 이 당시 유
비가 비록 형주를 얻었다 하더라도 역시 지켜 내지를 못했을 것입
니다. 조조가 벌써 팔십 만 대군으로 내리밀고 있는 판에 어떻게
새로 장만한 변변찮은 형주로 조조를 막을 재주가 있었겠습니까?
오히려 청렴하고 사양하는 절조나 굳게 지켜 세상 사람들에게 신
의가 놀랍다는 소리나 듣는 것만 같지 못할 것입니다. 이래서 유
종이 조조를 맞이하는 날 유비가 형주를 빼앗지 않았다는 것은 도
리어 원칙과 권도를 다 얻은 점이라고 할 수 있을 것입니다.

사천의 유장은 사람이 암약하고 관리와 백성들을 잘 거둘 줄
몰라 제갈량은 초당에서 유비와 처음으로 만났을 때에 벌써 약한
놈을 집어먹고 암둔한 놈을 쳐부수는 전략에 찬성했던 터이지요.
그러나 제갈량은 일찍이 유비에게 꼭 속여서 잡아 채라는 수단을
가르치지는 않았을 것입니다. 치당 호씨胡氏[74]의 정신 빠진 소리
를 들으면 유비가 노식, 진원방, 정강성[75] 같은 인물들과 함께 교
제하였다고 하여 참말 단단한 유학자로 떠받드는데, 실로 가소로
운 일입니다. 이때에 유비를 말한다면 구름이 일고 용이 틀어 오
르는 격으로 사람을 잡아먹어도 눈 한번 깜짝 않을 한 개 효웅으
로서, 일이 없을 때는 시름없이 울기를 잘하고 큰 소리가 들리면
벌떡 일어나 변고를 묻고[76] 혼자만 무사하려고 했고 보매 급할 때

---

74) 송나라의 유학자인 호인胡寅. 치당致堂은 그의 호이다.
75) 노식盧植, 진원방陳元方, 정강성鄭康成은 한나라 말기 유학자들. 강성은 정현鄭玄의 자.

는 처자를 버리고 도망을 쳤으니[77] 원숭이 새끼 같은 유장에게쯤 이야 무엇을 생각했겠습니까?

이 당시 제갈공명은 결코 유장의 땅을 잡아채라고 권고하지 않은 것은 분명한 일일 것입니다. 그럼에도 후세 선비들은 공연히 사실에만 집착하여 유비를 탕 임금이나 무왕의 윗자리에 떠받들고 있습니다. 이것도 역시 후세 선비들의 잘못된 견해입니다. 탕 임금이나 무왕에 대해서는 한두 가지 사적에 있어 속으로는 분노를 하면서도 입 밖으로는 감히 말을 내지 못하고 이윤伊尹과 여상呂尙에 대해서는 으레 두둔하고 편을 듭니다. 역대를 통하여 막아 낼 수 없는 이 같은 당파적 여론은 실로 깨뜨릴 재주가 없습니다. 백금이 매를 맞은 것[78]은 필경 무슨 죄이겠습니까? 이런 논리는 참말 주자의 실수나 아닐까 하여 걱정입니다.[79] 한 가지 일의 결과만 쳐들어 당초 마음먹었던 심정과 갈라서 판단한다는 것은 후세 유학자들의 부화뇌동하는 버릇입니다.

그러매 제갈량을 평하여 '이윤과 여상 사이에서 형과 아우를 가릴 수 없다.'[80]고 한 것은 옳은 평일 것입니다. 자고 이래로 임금과 신하에 대한 일정한 정평이 있습니다. '한 지어미, 한 지아비가 안도할 곳을 얻지 못하면 임금 자신이 구렁 속에 떨어진 듯이 책임을 느낀다.'[81]고 하였으니 만일 백성의 임금 된 자가 모두

---

76) 조조와 대좌 중 천둥을 하자 숟가락을 떨어뜨린 사적.
77) 유비가 하비 전투에서 참패를 당하여 두 부인과 아들을 버리고 도주한 것을 말한다.
78) 백금伯禽은 주공의 아들로, 주공은 어린 성왕의 잘못을 경고할 때 자기 아들을 매질했다.
79) 제갈량을 공경함으로써 유비를 떠받들었다는 의미.
80) 당나라 시인 두보가 제갈량을 평한 시구이다.

이런 심정을 가지고 다른 사람에게 정치를 한다면 애매한 한 사람을 죽이고 한 가지 불의를 행하여 천하를 얻는다 할지라도 그것은 하지 않았을 것입니다.

그러나 결단코 이런 마음이 없었다는 것은 뒷날 임금들에 대한 한 개 정평일 것입니다. 그리고 포악한 임금과 암둔한 황제라도 오히려 때로는 충성을 받아들이고 정직한 일을 장려할 때도 있었지마는 한 시대를 대표하는 어진 재상이라도 자기에 대한 부단한 공격을 달게 접수하고 자신이 나아가 비판의 길을 열어 놓았다는 자는 듣지 못하였고 본즉, 임금 된 처지로서는 비록 옹치[82] 같은 미운 사람이라도 때로는 마음을 놓도록 할 수 있었으나 신하의 처지에 있어서는 비록 한기와 부필富弼 같은 어진 신하도 죽어 가면서 자신에 대한 의혹을 풀지는 못했으니, 이는 천고를 통하여 신하 된 처지에 대한 한 개 정평일 것입니다."

하였다.

나는 곡정과 함께 닷새를 같이 있었는데, 이야기를 할 때마다 그는 한숨을 자주 내쉬었다. 그 소리는 "휘이." 하여 옛날부터 말하는 '위연喟然 탄식' 이란 것이 이것이다. 나는 물었다.

"선생은 평소에 어째서 한숨을 자주 내쉽니까?"

"이것은 저의 속 결리는 병인데 '후우' 하고 기운을 내뿜는 버릇

---

81) '탕 임금의 어진 재상' 이라고 일컬어졌던 이윤의 말.

82) 한 고조의 부하 장수. 한 고조가 천자가 된 후 공신을 평정할 때, 평소에 가장 미워하던 옹치雍齒를 제일 먼저 공신으로 봉작하여 평소에 다소 과오가 있던 장수들을 안심시켰다는 고사.

이 끝내 한숨으로 굳어졌습니다. 평생을 두고 글을 읽어도 세상에 뜻대로 안 되는 것이 열에 여덟, 아홉이니 어찌 속병이 생기들 않겠습니까?"

"글을 읽으실 때마다 세 번씩 한숨을 지으신다면 선생의 한숨은 가의가 문제에게 올린 상소 속의 여섯 번 한숨보다 많을 것 같소."

곡정은 웃으면서,

"세상일이란 매양 강 하나를 사이에 두고 건너느냐 못 건너느냐 하는 싸움이라고 할 수 있지요. 제가 《논어》를 읽다가도 '공자가 강물에 이르러 말하기를 내가 물을 못 건너는 것은 하늘의 마련이다.' 란 구절에 이르러 미상불 세 번 탄식하였고, '항우가 오강을 못 건넜다.' 83)는 구절에 와서는 미상불 세 번 탄식했고, '종宗 유수留守가 강물을 건너라고 세 번 외쳤다.' 84)는 구절을 대하고 미상불 세 번 탄식을 하였으니, 이만해도 아홉 번 탄식한 것으로 벌써 가 태부의 여섯 번 탄식보다 많은갑소이다."

하여, 서로들 한바탕 웃었다.

"머리 깎는 봉변을 당했으니 지사로서 만 번은 탄식을 해야겠습니다."

했더니, 곡정은 얼굴빛이 변하였다가 잠시 후 정색을 하고는 '머리 깎는 봉변' 이라 쓴 것을 찢어서 화로 속에 던지면서 말하였다.

"'노나라 사람이 사냥 경쟁을 하니, 공자도 사냥 경쟁을 하겠다.' 85)

---

83) 항우가 오강烏江을 건너 강동에 돌아와 군사를 재정비하여 다시 결전하지 않고 자살을 해 버렸다는 의미.
84) 송나라 명신인 종택宗澤이 임금에게 황하를 건너 서울로 돌아오라고 세 번 외치고 죽은 고사.

고 했으니, 어찌 시대를 따르는 성인이 아니겠습니까? 이탁오李卓吾는 자진하여 갑자기 머리를 깎았으니, 이는 악질입니다."

"들으매 절강 지방에서는 머리 깎는 이발관에다가 '좋은 세상의 즐거운 일'이란 간판을 붙여 놓았다지요."

곡정은 말했다.

"그런 말은 들은 적이 없습니다. 이는 돌이 쇠가 된다는 어림없는 이야기와 같은 뜻이라 할 수 있을 것입니다."

(전일에 곡정과 이야기할 때에 머리, 입, 발에 세 가지 봉변이 있다는 이야기를 하였다.)

내가,

"명나라 창건을 어떻게 보십니까?"

하니, 곡정은 말하였다.

"공자가 은나라에는 어진 임금이 예닐곱 명이나 있었다고 칭찬한 것처럼 《예기》에서 말한 승국勝國[86]이란 것이 바로 이것이니, 더 말할 필요는 없습니다. 송나라 시대란 볼 만한 것이 없었습니다. 무력이 강하지 못한 것은 범중엄과 한기 두 사람에게 책임이 있습니다.

　　나라를 세운 원칙은 흡사 누대 선비 집안에서 그 자제들이 공손하게 손 접대를 하고 허술히 말을 빨리하거나 갑자기 내색을 짓거나 하는 법이 없고 하인들은 조심조심 발을 딛고 뜰에는 빠

---

85) 《맹자》 만장萬章 편에 있는 공자의 말인데, 성인도 시대를 따라간다는 뜻.
86) 멸망한 전조 나라를 의례적으로 부르는 말.

른 걸음이나 큰 소리를 들을 수 없는 것과 같았으니, 이야말로 '치장 차리다가 신주를 개에게 물려 보내는 격'이었습니다."

나는 물었다.

"예악이 생겨날 수 있었습니까?"

"많은 경우 한나라 세태를 본뜬 것이 적지 않습니다마는, 한나라 때는 술을 먹어도 섬라 소주 같은 독주를 마셔 기가 사납고 술이 곤드레만드레 억병 취하면 노래하는 놈, 우는 놈, 춤추는 놈, 욕 질하는 놈, 모두 천진 그대로 발작을 하였습니다.

송조에 와서는 한나라의 술 재강을 물려 먹으면서도 서로들 쳐 다보고는 술 맛이 좋다고 하면서 몸을 똑바로 하고, 비록 종일토 록 마셔도 질서가 문란한 적이 없었으나 참말 천진스러운 본성은 하나도 없었습니다. 종실의 대신 중에는 한 사람의 하간헌왕河間 獻王[87]을 볼 수 없으니 정재육鄭載堉 같은 인물이야 있을 법이 있 나요?"

"정씨는 언제 사람인지요?"

"명나라 종실 정왕鄭王의 세자올시다. 이름은 재육인데《율려정 의》를 지었습니다. 명나라는 참말 깨끗하고 소리가 쨍쨍 울린 나 라입니다."

"무슨 말입니까?"

"명나라는 참말 처음부터 끝까지 버젓하고 광명으로 일관하여 하 나도 구차한 데가 없었습니다."

"과연 그렇든지요?"

---

87) 한나라 경제景帝의 아들로서 이름은 덕德이며, 저명한 유학자인데 실사구시학의 창시자.

곡정은,

"태조……(곡정은 붓으로 점을 툭툭 치면서 나에게 뭐라고 하면서도 글
쓰기를 주저하였는데 아마도 원나라 오랑캐를 몰아 쫓아 낸 것으로 명나
라를 광명정대하다고 말하는 것 같았다.) 건문建文[88]이 대궐에서 무
고히 살다가 죽었다는 것은 참말 기적이지만, 당나라 원종元宗[89]
은 필경 머리를 구리쇠 철사로 테를 메우게 되었습니다."[90]

하여, 나는 물었다.

"무슨 말씀인지요?"

"이보국은 방망이로 장 양제를 쳐죽였고,[91] 언제나 오래 취하는
독주를 올려 숙종을 벙어리로 만들었습니다. 천순의 복위는 참말
기적으로서 전고에 볼 수 없는 일입니다.[92] 천자가 붙들린다면 적
에게 술잔을 올리고 일산을 받드는 욕을 어느 누가 면할 수 있겠
습니까마는, 숭정으로 말하자면 17년 동안 50명의 재상을 갈아,
사람 쓰는 법을 이토록 함부로 하였으니, 일을 처리하는 것도 뒤
죽박죽이었을 것은 넉넉히 알 수 있습니다. 군자는 옥으로 부서

---

88) 명나라 제2대 황제 혜제惠帝로서, 후일 영락 황제가 된 연왕燕王 체棣의 반란 때 행방불
　　명이 되었다고 전하는 인물.
89) 현종을 일컫는다. 원서에는 원종이라 하였는데 현종의 '현' 자를 기휘하여 원종이라 썼다.
90) 안녹산의 난리 후 아들 숙종이 현종도 모르게 즉위를 하고 현종을 퇴위시켜 감금하다시
　　피 하고 두통이 난다고 철사로 머리를 동여 실상 제명에 죽지를 못했는바, 명나라는 혜
　　제의 삼촌 영락제永樂帝가 조카의 자리를 빼앗았으나, 혜제는 와석종신을 했다는 의미.
91) 이보국李輔國은 당나라 숙종 때 조정에서 전횡한 인물. 숙종의 황후 장씨가 이보국을 처
　　치할 것을 태자인 대종에게 부탁한 것이 탄로나 숙종이 죽은 후 이보국이 장 황후를 때
　　려죽였다. 장 양제張良娣는 숙종의 황후를 일컫는다.
92) 천순天順은 명나라 영종英宗의 연호. 북방족과 전쟁 중에 황제의 자리를 차지한 아우 경
　　제景帝를 폐위하고 8년 만에 다시 황제가 된 고사로, 명나라는 이토록 왕통의 명분이 바
　　로 섰다는 의미.

졌으면 부서졌지, 성한 기왓장으로 남지는 않는 법이지요. 이것이야말로 공명정대한 입장으로, 명나라가 일어나고 망한 역사는 가위 천고에 둘도 없을 모범이었습니다."

나는 금방 가는 글씨로 '천하의 남은 백성들!'[93]이라고 썼더니, 곡정은 얼른 말하였다.

"청조가 나라를 얻을 때 공명정대함은 천지에 대하여도 유감이 없습니다. 대체 나라를 창건한 자가 정권을 잡을 때는 전조에 대하여 원수와 같이 대하지 않은 자가 없었으나, 나라를 세울 즈음에 큰 은혜를 베풀어 명나라의 원수를 갚아 준 일은 우리 청조밖에 없을 것입니다.

청 세조가 여덟 살 난 어린아이로 중국을 한 구역으로 통일하였다는 것은 사람의 세상이 생긴 이후로 한 번도 없었던 일입니다. 우리 세조 장章 황제는 처음에는 천하를 차지할 마음이 없었고, 다만 천하를 위하여 대의를 밝히고 명나라의 큰 원수를 갚고 천하 백성들을 유혈의 참화에서 구해 내려 한 것인데, 하늘과 백성들의 마음이 한목으로 귀순하였던 것입니다. 맨 처음 숭정 임금을 따라 죽은 범경문范景文 등 스무 명을 표창하였고, 지난해에도 건륭 황제는 숭정의 순국에 관계된 여러 신하들에게 충민忠愍, 민절愍節 등의 시호를 천육백여 명에게 내렸습니다.

청조와 같이 공명정대하게 강상을 튼튼히 붙들어 잡은 일을 삼황 오제 이래로 아직 들어본 적이 없었습니다. 천하를 차지하는 자는 자기 집안에 부끄러운 일이 없어야만 능히 그 나라를 오래

지닐 수 있습니다."

내가 을미년(1775) 11월 내각이 칙유를 받들어 숭정 황제가 순국할 때 순절한 여러 신하들의 충절을 장려하는 조서를 좀 보자고 했더니, 곡정은 밤에 보여 주겠다고 허락하였다.

나는 물었다.

"앞서 선생이 말씀한 백이, 숙제 전에는 태백과 중용이 있었고,[94] 백이, 숙제 후에는 관숙, 채숙[95]이 있었다고 말씀한 것은 무엇을 두고 하신 말씀인지요?"

곡정이 미소를 띠면서 대답하지 않기에 졸라 댔더니, 곡정은 말하였다.

"예로부터 의리라고 하는 것은 비하자면 쇠를 녹여서 거푸집에 붓는 것과 같습니다. 쇠가 절로 무슨 물형이 되는 것이 아니라 거푸집에 따라 그릇이 되는 것입니다. 또 조개 껍질을 보는 것과도

---

94) 백이와 숙제는 주나라 무왕에게 망한 은나라의 현인으로서 백이는 그 아버지 고죽군이 아우 숙제에게 왕위를 물려줄 뜻이 있음을 보고 고죽군이 죽은 후 형제 간에 왕위를 서로 사양하였다는 고사가 있다. 태백과 중용은 주나라 어진 임금인 문왕의 삼촌들인데, 문왕의 할아버지인 태왕이 그의 손자 문왕이 어릴 때 현명함을 보고 왕위를 맏아들인 태백에게 전하지 아니하고, 문왕의 아버지인 막내아들 계력에게 전하고저 하는 눈치를 보이자, 태백이 그 아우 중용과 함께 형만으로 피신하였다. 역사에서는 태백의 덕이 장하다고 알려져 있다.

95) 관숙과 채숙은 문왕의 셋째, 넷째 아들이요, 무왕의 아우들이다. 무왕은 무도하다는 은나라 주왕紂王을 정벌하여 은나라를 멸망시킨 후 주나라를 창건한 임금인바, 그가 죽자 그의 아들 성왕成王은 나이가 어렸으므로 무왕의 둘째 아우요, 관숙, 채숙의 형인 주공이 섭정을 했다. 관숙과 채숙은 주왕의 아들 무경武庚과 내통하여 주공이 반역할 의도가 있다고 선전하였으므로 주공이 이자들을 죽인 고사가 있다. 이 같은 사실은 역대 봉건 왕조의 내부 모순을 비평하는 전형이 되어 많은 경우에 역사 자료로 이용되고 있다.

같습니다. 조개 껍질은 일정한 제 빛이 있겠지마는 보는 자가 바로 보고 옆으로 보는 데 따라 그 빛도 각각 다릅니다. 동쪽으로 트면 동쪽으로 터지고 서쪽으로 트면 서쪽으로 터지는 것은 다만 물 자체에 달린 문제입니다."

나는 물었다.

"물을 뿜어 올리면 산 위에까지 끌어올릴 수 있으나 이것이 어찌 물의 본성이겠습니까?"[96]

"세상일이란 거꾸로 되는 일이 많기 때문에 하는 말입니다. 공자는 《논어》에서, 태백이 세 번이나 천하를 양보해서 장하다고 했지만, 은나라 주왕을 태백의 시대에 비해 본다면 주왕은 그때 아직 뱃속에 들지도 않았을 적이요, 당시 문왕의 조부인 단보亶父 고공古公의 처지를 여러 제후 국가에 비해 본다면 변두리에 붙은 하찮은 부용국附庸國에 불과한 터에 양보한다는 천하는 필경 누가 가진 천하인지 모를 일이요, 태백이 과연 누구를 상대로 세 번씩이나 천하를 양보했는지 모를 일입니다.

주자는 말하기를, 계력季歷이 아들 창昌[97]을 낳으매 거룩한 덕이 있어 태왕太王[98]은 이 때문에 은나라를 멸망시킬 생각을 가지게 되었다고 했지마는 이는 잘못입니다. 말하자면 계획이 너무

---

96) 맹자가 고자告子와 사람의 본성을 토론할 때 고자는 사람의 본성은 물을 막은 것과 같아서 동둑이 터지는 데 따라 동쪽이나 서쪽으로 흐르듯이 가르치는 데 따라 선악이 갈라질 수 있다고 한 반면에 맹자는 물의 본성은 아래로 흐르는 것과 같아서 본래 선한 것이라는 토론에서 나온 말.

97) 문왕의 이름.

98) 고공단보를 가리킨다.

일렀습니다. 자기 집안의 융성을 꾀한다는 것이야 있을 수 있는 일이지마는 어째서 이렇다고 망령되이 분수에 넘치는 일을 바랄 것입니까? 주자는 또 이 같은 뜻을, '지극히 공평한 마음에서 나왔다.'고 했으나, 이는 잘못된 말입니다. 모르겠지마는 '지극히 공평한 마음'이란 과연 어떤 마음을 두고 하는 말이겠습니까?

그러고 보면 주나라가 나라를 창건한 사적에는 반드시 무슨 까닭이 붙어 있었지만 후세에 전하는 것이 없는 것 같습니다. 공자가 돌연 태백이 천하를 양보한 것을 두고 '지극한 덕'이라 탄복한 것을 본다면 주나라가 국가를 창건한 시초에 무슨 일이 있었음을 은연중에 말했습니다. 뇌공雷公이 주자를 공박한 이론 중에는 여기 말한 태백, 중옹에 대하여 '극히 공평하다.'는 것도 한 가지 문제로 되어 있지만, 도리어 말썽꾼들이 서로 꼬집는 것같이만 보였습니다."

나는 물었다.

"뇌공은 누구입니까?"

"우리 나라 국초의 대학자인 모기령입니다."

나는 웃으면서 물었다.

"털보 뇌공 말입니까?"

"그렇습니다. 또 '고슴도치공'이라고도 합니다. 전신이 모두 가시니깐요."[99]

"《서하집西河集》을 저도 한번 얼핏 본 일이 있습니다마는, 그가 경전 뜻을 고증한 데는 더러 의견이 없지 않았습니다."

---

99) 모기령이 주자를 논박하는 문장의 독설을 의미한다.

"대체로 망발이 많은 인물이외다. 그의 문장도 역시 말썽꾼들이 서로 꼬집어 뜯는 식과 같습니다. 모씨는 소산蕭山 사람인데, 그 지방은 글하는 아전붙이들이 많아 글장난을 잘하므로 안목 가진 사람들은 모씨를 지목하여 소산 티를 벗어나지 못했다고들 합니다."

나는 말했다.

"문왕은 말하자면 태왕 막내아들의 아들로서 태왕이 어린 손자의 '갸륵한 덕'을 보았다는 때라면 적어도 태왕의 나이가 백 살 쯤은 먹었을 터이요, 기나 옹100)땅에서 형만까지라면 만 리 길 못지않을 터인데, 백 살 어버이를 집에 남겨 두고 만 리 길에 약을 캐러 갔다니 이야말로 삼 년 동안 앓는 병자를 위하여 칠 년 묵은 쑥을 구한 것이나 다름없을 것입니다.

그런데 공자는 태백을 두고 지극한 덕을 갖춘 인물이라 하고 주자는 태왕을 일컬어 지극히 공평한 인물이라고 하였습니다. 이는 아무런 충돌이 없었던 백이와 그 아버지 사이와는 같지 않습니다.101) 태백 처지에서 말한다면 태왕이 지극히 공평하다고 말할 수 없을 것이며, 태왕 처지에서 말한다면 태백을 지극한 덕을 갖춘 인물이라는 것을 받아들이지 않을 것입니다. 성현들이 말한 지극히 미묘하고 지극히 정미로운 뜻을 겉만 핥는 엷은 지식으로는 추측할 수 없지마는, 저도 역시 이 사실은 의심하지 않을 수 없습니다."

---

100) 기岐와 옹雍은 고대 중국의 서북방.

101) 태공이 맏아들에게 왕위를 전하지 않고 문왕을 위하여 막내아들에게 왕위를 전했기 때문에 아버지의 처리에 불평을 품은 듯이 동생 하나를 데리고 만리타향으로 출가를 하여 부자 간에 충돌이 있는 듯함을 말한다.

곡정은 말했다.

"선생의 말씀이 옳습니다. 그러나 역시 사람을 너무 좁은 골목으로 몰아넣을 것은 못 된다고 생각합니다. 소동파는 다만 외면만 보고 언뜻 무왕을 성인이 아니라고 배척하였습니다. 이는 소동파의 공부가 거친 탓입니다.

《논어》에는 문왕의 지극한 덕을 칭찬하여 천하의 삼분의 이를 차지하고도 오히려 은나라를 종주국으로 섬겼다고 하였는데, 그 주석에 보면 형주荊州, 양주梁州, 예주豫州, 옹주雍州, 서주徐州, 양주揚州 들은 주나라로 돌아가고, 은나라 주왕紂王에게 속한 땅은 다만 청주靑州, 연주兗州, 기주冀州 세 주 뿐이라 했으나 이는 잘못입니다.

제 생각으로는 천하의 삼분의 이라 함은 삼국 시대 촉한과 오, 위 세 나라 솥발내기로 대치한 것과 같이 땅을 나눈 것이 아니라고 생각합니다. 말하자면 '우虞와 예芮가 송사를 단념하고 물러간 것'[102]과 같은 것으로 삼분의 이 되는 천하의 인심이 주나라로 돌아갔다는 것일 것입니다.

여기서 왕망이나 조조 같은 자들은 참말로 천하의 삼분의 이나 되는 지역을 웅거하고는 종주국을 섬기는 예절을 철폐했지만 문왕인즉, 참말 삼분의 이나 되는 천하의 인심을 얻고도 자기란 것이 있는 줄도 모르고 주왕의 죄악을 보지도 않아서 흡사 자제들

---

102) 주나라 문왕 시대에 우와 예 두 나라 임금이 땅 시비가 생겨 재판을 하고저 문왕을 찾아갔다가, 주나라에서는 백성들이 밭두둑을 서로 양보하는 미덕을 보고 부끄러워서 되돌아와 다투던 땅을 서로 양보하게 되었다는 고사.

이 부형들 앞에 굽히듯 아침 저녁 없이 스스로 신하의 도리를 지켰습니다.

사람들이 떠드는 말처럼 정말로 구주 가운데 여섯 주의 땅을 차지하여 그 세력은 능히 상나라를 대신할 만했는데도, 겉으로만 신하의 도리를 지켜 공손하게 처한 것은 아니었습니다. 만약에 떠드는 자들의 말과 같다면 조조 같은 주 문왕을 어떻게 지극한 덕행이라고 쳐줄 것입니까? 삼분이란 말은 수를 쪼갠 조각이란 말입니다. 그의 지극한 덕행이란 말은 바로 문왕이 시비를 도무지 가릴 줄 모르는 어리석은 사람 같은 점을 말한 것이니, 후세에서 말하는 소위 '하늘과 사람이 나에게 돌아온들 내게 무슨 관계냐?'란 말이 문왕을 두고 한 말입니다. 주자가 그를 무왕보다 낫게 쳐준 것도 바로 이것입니다.

세상 사람들이 거북 등에 털이나 난 듯, 토끼 머리에 뿔이나 돋은 듯이 이상하게 보고는 세상일을 가지고 이러쿵저러쿵 큰일을 만들어 보려고 떠드는 자들이 여기 대하여 저마끔 한 마디씩 하고 치운 것입니다. 옛날 세상에는 이런 유의 학문이 없들 않고 보니 공자가 태백을 평가한 것도 그리 과하다고 볼 수는 없을 것입니다. 실상 태백은 머리를 하늘로 두고 발을 땅에 붙인 평범한 인물에 지나지 않는 것이요, 태왕이야말로 굳세고 참을성 있는 인물일 것입니다."

나는 말했다.

"《사기》에는 오나라 장수 오자서伍子胥를 굳세고 참을성 있는 인물이라 하였고, 장자는 은나라 탕 임금을 뱃심 좋은 인물이라 했지요."

"옳습니다. 어질고도 사람을 죽일 수 있고, 예절을 지키면서도 무력을 쓸 수 있고, 지혜가 있으면서도 물을 줄 알고, 용맹이 있으면서도 머리를 숙일 줄 알고, 신의가 있으면서도 변화를 할 줄 아는 것을 가리켜 굳세고 참을성 있는 인물이라고 합니다. 성정이 이렇지 않고는 역시 반란을 일으키거나 반란을 바로잡을 수 없습니다.

대체로 나라를 창건하는 자는 갖은 풍상을 겪지 않으면 하늘을 맑게 하고 땅을 평정할 수 없습니다. 천지가 바뀔 때는 바람과 서리와 우레와 우박이 없이는 해를 이루지 못합니다. 시월 어간은 곧 천지 자연이 한번 뒤집히는 시절로서 어찌 한번 무서운 변화가 없겠습니까?

주공이 선대의 아름다운 미덕을 기술하여 치켜세우기만 하는 한 편의 기념시 같은 글을 잘 지었으니, 영롱한 중추 달빛을 같이 구경하지만 뉘라서 간밤에 내리던 비를 알 것입니까?[103] 뒷날 세상에서 참말로 태왕이 천하를 얻는 데 무심했다고 인정한다면 '점점이 취해 누워 자면서 아무것도 몰랐다'[104]는 것이 어찌 백정이 칼을 갈면서 염불을 외는 것이나 다를 것이며, '침대 곁에 다른 사람의 콧소리를 용납할 수 없다.'[105]란 말을 보면 어찌 '군막

---

103) 밝은 달빛도 풍우를 거친 뒤에야 비친다는 의미이다.
104) 점검點檢은 송나라 태조 조광윤이 천자가 되기 전에 있었던 군직 벼슬 명칭. 오대五代 후주後周 말년 조광윤은 전장에서 군막 속에 누워 술이 취해 자는 동안에 부하들이 그를 천자로 추대할 것을 결의하고 조광윤을 끌어 내어 모시고 천자의 예절로 만세를 부른 고사가 있는바, 이 경우에 조광윤은 술에 취해 잤다고 그 진행 과정을 전혀 몰랐다는 것은 멀쩡한 거짓말이라는 의미로서 이 고사를 인용했다.

속에서 술만 억병으로 취하고' 있었겠습니까?

태백의 '지극한 덕'이란 천하를 양보하는 데 있었던 것이 아닙니다. '천하를 양보한다.'는 말은 공자가 장래 일을 거꾸로 말한 것이요, 그의 '지극한 덕'이야말로 참말 '백성들이 이렇다고 칭찬할 수 없는'[106] 그 점일 것입니다. 태백은 바보가 아니면 귀머거리입니다. 그는 상나라 왕실에 얼마만큼 나쁜 천자가 태어날 지도 전혀 알지 못했고, 또 자기 집안에서 얼마만큼 거룩한 덕이 있는 아이[107]가 태어날 것인지도 알지 못했습니다. 이야말로 자기 자신 큰 백치가 아니면 멍텅구리를 면하지 못할 것입니다. 말하자면 우리 태백이 천하의 형편을 모르는 것이 아니라 천하가 우리 태백의 정체를 몰랐던 셈입니다. 이래서 '백성들로서는 그의 참된 덕을 찾아 내어 칭찬할 수 없었다.'는 것입니다. 주자가 그를 문왕보다 높이 쳐주는 까닭이란 것도 이것입니다.

《춘추전》에서는, 태백이 상나라를 정복하자는 태왕의 말을 듣지 않아서 왕위를 계승하지 못했다고 했지만, 이는 잘못입니다. 이렇다면 태왕은 이런 이야기를 숙덕숙덕 같이 공론을 했는데 태

---

105) 이 역시 조광윤의 고사. 그가 천자가 된 후 아직 서북 변방 지역을 평정하지 못한 것은 자기 침대 곁에 남의 콧소리를 듣는 것이나 다름없다는 의미로 그의 재상인 조보趙普와 담화 중에 말한 고사.

106) 주나라는 태백으로부터 삼대 뒤인 무왕 때 와서야 비로소 양보할 만한 천하가 생겼다. 그런데 공자가 《논어》에서 태백이 세 번 천하를 양보했다고 하는 말은 장래 일을 거꾸로 지레 떠벌려 없는 천하를 양보했다 하고, 그의 덕이 한없이 놀랍다 하여 백성들은 감히 무어라고 칭찬할 재주가 없다고 꾸며 낸 공자의 말을 반박하여 '태백의 지극한 덕'이 있다면 이야말로, 공자의 말 그대로 '백성들이 칭찬을 하려 해도 할 만한 건덕지가 없는 데 있을 것'이라고 비꼬아서 하는 말이다.

107) 문왕을 가리킨다.

백은 안달복달 그리 말아 줍시사고 졸랐겠습니까? 만약에 천하로 하여금 이 같은 태백의 행위를 '지극한 덕'이라고 쳐준다면 태왕의 일이야말로 도리어 낭패했으리라고 할 것입니다. 제가 그는 소위 한 개 평범한 사람이라 말한 것도 이 때문입니다.

전에 제가 말한 '백이, 숙제 전에는 태백, 중옹이 있었다.'는 말은 다만 《논어》의 집주를 따라 한 말이요, 시방 이야기와는 뜻이 달랐습니다."

나는 말했다.

"백이, 숙제 뒤에는 관숙, 채숙이 있었다고 한다면, 선생은 역시 관숙, 채숙의 덕을 태백에게 비할 참입니까?"

"제가 말씀한 본의는 이와는 다릅니다. 다만 한나라가 나라를 창건한 이룩이 광명정대하다는 것을 밝혔을 따름이요, 관숙과 채숙에게 도리어 '지극한 덕'이 있었다는 말씀은 아닙니다. 더러 관숙과 채숙은 은나라 왕실의 충신이요, 문왕의 효자들이라고 말하는 자가 있습니다. 이것이 아무리 꼬부라진 학자들이 세상에 아첨하는 데 분개하고 썩은 선비들이 함부로 다른 사람들의 말을 따르는 데 결이 나서 하는 말이지마는, 이런 입론을 어찌 어그러진 이론이라 하지 않을 수 있겠습니까?

저는 다만 사람들이 역사상 인물들의 성공과 실패의 자취만을 보고 의리를 구부리고 의리 위에다가 다른 의리를 포개 얹어, 이른바 치켜세울 때는 하늘 꼭대기까지 올려놓고 내려 족칠 때는 땅속까지 파묻음을 개탄한 것입니다. 우리 선비들도 역시 제멋대로 노는 습관이 없지 않으니, 치켜세우고 억누르는 버릇이 심한 것도 역시 한낱 '종횡縱橫'일 뿐입니다.

한나라 건평(建坪, 기원전 6~기원전 3), 원시(元始, 1~5) 연간에 왕망은 신야新野의 밭을 받지 않으니 관리고 백성이고 대궐 앞마당을 떠나지 않고 황제에게 왕망을 칭송하는 글을 올린 자가 전후 48만 7,572명이요, 제후와 왕공과 종실들은 안한공安漢公에게 구석九錫을 내릴 것[108]을 황제 앞에 무수히 청하였습니다. 그때 사정으로 본다면 적의나 진풍[109] 같은 이들은 어찌 주나라 당시에 주공이 모반한다고 유언을 퍼뜨린 관숙, 채숙이 아니겠습니까? 만약에 관숙, 채숙이가 성공하여 당시 주공에게 왕법을 적용하기로 결정했다면 비록 천수관음千手觀音이 있다손 치더라도 주공을 역모죄에서 구하지는 못했을 것입니다."

내가,

"왕안석王安石의 시에, '당년에 그 한 몸이 죽었던들, 한평생 거짓과 참을 그 누가 알랴.〔假使當年身便死 一生眞僞有誰知〕'하였지마는 왕망이 쉽게 죽지 않고 보니 성인인지 도적인지를 당장에 판단하게 되었습니다. 이 어찌 하늘의 뜻이 아니겠습니까?"

하니, 곡정은 말했다.

"그것은 형공荊公의 시가 아니라 낙천樂天[110]이 지은 것입니다. 주나라 왕실은 원래 변고가 많은 집안이요, 주공은 또 비방이 많은 성인입니다. '말을 쪼개고 저울을 꺾고 도적을 풀어 놓는다.'[111]는

---

108) 왕망에게 국가 최고의 공훈을 세운 신하에게 황제가 내리는 아홉 가지 선물을 주라는 것.

109) 적의翟義와 진풍陳豊은 한나라 장군들로서 왕망이 모반할 것을 알고 군사를 일으켰다가 실패한 인물들이다.

110) 당나라 중기의 저명한 시인 백거이白居易의 별호.

111) 《장자》 '제물齊物' 편에서 인용한 말로, 법과 제도를 부인하는 허무주의 철학.

말은 좀 괴상한 이론이지마는 실로 백세의 폐단이 되는 근원을 밝게 비춘 말입니다. 공자가 《춘추》를 지은 뒤에 '나의 공적을 아는 것도 《춘추》며, 나의 죄악을 아는 것도 《춘추》'라고 말한 것을 보아 주공의 저작들도 장래에 어떤 화단의 장본이 되리라고 스스로 슬퍼하였을 것입니다. 근래 세상에 먹을 만드는 자는 모두들 첨성규詹成圭를 본떠서 만들고, 바늘을 만드는 자는 죄다 이공도李公道의 이름을 빌리는 것과 같이 모두들 주공이나 공자를 떼메고 나오거든요.

당 태종은 제후들의 맹주가 되어 제 환공齊桓公 노릇을 한번 해보고자 했던지라 부랴부랴 관이오管夷吾[112]의 짝패를 하나 구하려 하였습니다.

위징魏徵[113]은 천하에도 간사한 인물이매 당 태종 앞에 언뜻 '예!' 하고 긴 대답을 뽑고는 얼굴을 마주 대하여 내로라고 뽐내면서 '관중이 여기 있습니다.' 하고 나선 셈입니다. 이런 때에 누가 '네가 관중이라면 어째서 공자 규와 함께 생사를 같이 하지 못했던가?'[114] 하고 묻는다면 관중으로 자처하고 나선 위징은 버젓이 밝은 햇빛을 쳐다보면서 '성인이 나를 죽지 말라고 허락하였소이다.' 할 것이고, 또 '어떤 성인이 너를 고스란히 살려 주었던

---

112) 제 환공의 패업을 성취케 한 명재상인 관중管仲. 관중은 원래 제 환공의 아우인 공자 규糾에게 벼슬을 하고 있던 중 제 환공을 죽이려고까지 한 일이 있었으나, 후일 제 환공은 이런 원한을 덮어 두고 그를 등용하여 패업을 성취하였다.
113) 당 태종의 중신으로 당 태종의 형인 태자 건성建成의 부하로 있으면서 후일 당 태종이 된 당시의 이세민李世民을 죽여 없애라고까지 권고한 일이 있었으나 뒤에는 당 태종이 황제가 된 후 이 원한을 덮어 두고 그를 등용하여 당 태종의 유일한 협조자로 중용되었다.
114) 공자 규는 관중이 초기에 섬겼던 제 환공의 아우로서 제 환공에게 피살되었다.

고?' 하고 물으면, '노나라에 공부자란 이가 있는데, 견문이 넓고 박식한 데다가 지극히 공정하여 정성은 피 솟듯 하는 성인으로 만세에 스승이 되어, 땅에 떨어진 말 한 마디도 비할 데 없는 주옥 같은 말씀이라 귀신에게 물어 보아도 틀림이 없고 그의 도를 세상에 세워도 어긋남이 없으며, 백대 후의 성인을 기다려도 틀림이 없을 것입니다.' 할 것이고, '공자가 어찌하여 너에게 죽지 말라고 했던고?' 하고 물으면, 위징은 소리를 높여 느릿느릿 읊조리기를, '어찌 이름 없는 평범한 사람들이 신의를 지키는 버릇과 같이 개골창 속에서 목을 매어 죽어 누구도 알 바 없는 신세가 되겠냐고 했으니,[115] 이것이 어찌서 중니仲尼가 나를 죽지 말라고 한 것이 아니오리까?' 할 것입니다.

이상과 같이 할 수 있는 문답은 위징이 스스로 모면하는 수단일 뿐 아니라 당 태종에게 들러붙어서 아첨으로 한평생을 지낸 수단입니다. 만약에 이 사실을 도리어 역사에 쓰인 대로 '충직한 신하'로 삼아 동네마다 이웃 사방으로 사발통문이라도 돌리게 했던들 하후영녀夏侯令女[116]가 아마도 귀를 베지는 않았을 것입니다."

내가,

"위징에게 왜 한번 다시 물어서 '소백小白[117]'은 형이요, 규는 아우가 아닌가? 더구나 관중은 규의 정식 신하도 못 되었던 터가 아닌

---

115) 공자가 《논어》 헌문 편에서 관중이 공자 규와 함께 죽지 않았음은 옳다고 변명하여 한 말이다.
116) 삼국 시대 위나라의 열녀로서 개가하지 않기 위하여 처음은 머리를 깎고 두 번째는 두 귀를 베고 나중은 코를 베기까지 했다는 고사가 있다.
117) 제 환공의 이름.

가?'118) 하고 묻지 않았던지요?"

하니, 곡정은 말했다.

"옳습니다. 위징은 진왕秦王 이세민과 함께 모두 당나라 태자인 건성建成의 신하였습니다. 위징의 신분은 원래 도사인데, 믿던 도는 바로 오두미도五斗米道였습니다. 그가 당 태종에게 올린 십점소十漸疏는 아주 친절하고 정녕하게 깨우치는 상소 같지마는 항간에서는 알 수 없는 수수께끼입니다. 역사에서는 환공이 관중을 죽이지 않았으니 태종 정관貞觀 천자도 모름지기 이 시골뜨기 영감쟁이 위징을 죽일 것이야 없겠지요.

임금과 신하는 거간꾼 장사치놀음이요, 아래위 할 것 없이 공리만 따지고 보니, 이는 예나 이제나 할 것 없이 성공과 실패에 있어서 한 개 본보기 총결론입니다. 성공과 실패 이 말은 선비들의 입부리로는 형용을 못 할 글자 말이요, 왕후장상들의 어진 의리는 《제범帝範》119) 한 편에 붙여 두었는바, 이야말로 요 임금을 본뜨고 순 임금으로 꾸며 아주 번드레합니다.

우리 선비들이 말하는바 '천명天命'이란 것은 '운수' 두 글자를 벗어나지 못합니다. 여기서 운수란 것은 역시 성공과 실패의 결과만 두고 말하는 것입니다. 평소에 늘 하는 말로, '하늘이 임금의 지위를 주고 인심은 자연히 돌아온다.'는 말은 이야말로 엉터리 수작에 불과합니다.

역리로 손에 넣은 후 순리로 지키는 자치고 천명이 알뜰하게

---

118) 위징의 처지에서는 당 태종은 아우요, 진성 태자는 형이었다는 의미다.
119) 당 태종의 저작한 제왕들이 지킬 도리를 서술한 책 이름.

돌보아 주지 않은 때가 있었으며 '후직后稷의 농사짓는 법으로 사람들이 지극한 도움을 받는 바에야'[120] 어느 귀신이고 제향을 받아 주지 않을 자가 있겠습니까? 제 몸만 편하고 보면 한나라 백성들은 왕망의 공덕을 날마다 찬송한 것도 할 수 없는 일입니다. '우虞나라 귀신이 진晉나라가 올린 향이라고 토한다.'[121]는 말은 못 들었습니다."

(곡정의 이 말은 속으로 무엇을 가리키는 점이 있는 것이요, 그저 역대를 범범하게 이야기한 것이 아니다. 그는 매양 청나라가 나라를 창립한 이룩이 정당하다고 말끝마다 외고 있으나 그래도 이야기할 때는 때때로 자기의 본정을 드러내었다. 특히 역대 왕조의 역리와 순리와 성공과 실패의 자취를 빌어서 엎치락뒤치락 자기의 감개를 표현했다.)

나는 말하기를,

"다만 운수로만 미룬다면 세상에는 무엇이고 손댈 데가 없을 것입니다. 성인들은 천명이란 말을 드물게 말했으니 이는 세상을 위하여 가르침을 세우는 데는 이렇게 하지 않을 수 없었습니다. 그러나 '때가 오면 등왕각에 바람을 보내 주고, 운이 가면 천복비도 벼락을 맞네.〔時來風送滕王閣 運去雷轟薦福碑〕' 한 것처럼 세상일이란 모두 '때가 오고 운이 가고' 하는 것 뿐인갑습니다."

했더니, 곡정이,

---

120) 《시경》의 '대아大雅'에 있는 생민生民 시에서 인용한 문구.
121) 《춘추좌전》에서 인용한 말로, 세력 가진 자가 남의 나라를 빼앗은 다음 그 지방 귀신에게 제사를 한다면 그 귀신이 먹는지 토하는지 누가 알 것이냐란 뜻.

"그렇습니다. 이른바 '왕운이 터진 사람은 하늘을 대신할 수 있다.'는 말이 그것입니다. 세상을 교화하는 면에서 본다면 비록 순리라고 할 것도 하늘의 뜻으로 본다면 도리어 험이 되거나 어그러질 수도 있을 것입니다."

하기에, 내가,

"사람들은 흔히 말하기를 하늘은 거짓을 용납하지 않는다고 하지마는 일이 되려는 집안에는 그렇지도 않아 후패가 '얼음이 굳게 얼었다.'[122]고 거짓말을 했건마는 하늘은 이 거짓말을 그대로 따라 주었고, 지성을 들여 기도를 하더라도 반드시 원대로 들어 주는 것이 없건마는 망하려는 집안은 장세걸이 분향을 하면서 하늘에 빌던 그대로 영락없이 들어맞았습니다.[123]

세상에도 가장 정확한 것은 제때에 우는 닭 울음인데, 맹상군은 범의 아가리에서 벗어나려고, 한 사람에게 입을 오므려 닭 울음을 울게 하자 닭이란 닭은 모조리 따라 울음을 울었습니다.[124] 천하에 어김없는 현상으로는 밀물 같은 것이 없겠건만, 송나라

---

122) 후패侯覇는 후한 광무 황제의 막하 장수 왕패王覇를 말한다. 광무제가 임금이 되기 전 적군을 치고저 행군할 때에 호타하滹沱河에 닿아서 지방 관리가 강물이 풀려서 배가 없으면 못 건너겠다고 하므로, 광무제가 왕패를 시켜 가 보도록 했더니 왕패는 돌아와서 군사들이 겁낼 것을 염려하여 '얼음이 굳게 얼었다.'고 거짓말 보고를 하여 그대로 진군할 새 정말 풀렸던 얼음이 얼어붙어 도하 작전을 완수했다는 고사.

123) 장세걸張世傑은 송나라 말년의 충신. 장세걸이 몽고군에 몰려 남해로 쫓겨가면서도 송나라 조씨의 왕통을 부지하고저 혈육을 두 번이나 임금으로 추대했으나 다 죽었다. 필경 경애瓊崖로 도망가는 길에 또 모진 태풍을 만나 하늘을 향하여 분향하면서 외치기를 '한 번 더 조씨의 왕통을 세워 보겠는데 하늘이 여기 동의하지 않거든 내가 탄 배를 엎어 달라.'했더니, 그 말대로 바람은 당장에 배를 엎어 버려서 물에 빠져 죽었다는 고사가 있다.

왕조가 더는 견디지 못할 판이고 본즉 전당강錢塘江의 조수가 사흘을 두고 들지 않았습니다.[125]

　흥하고 망하는 판에는 귀신의 조화 실적도 거짓과 진실이 번갈아 이용되며 성실과 휼계가 한목 쓰여 어떤 사람이 천하를 얻을 때에 하늘은 반드시 기꺼이 한 건 아니겠지마는 일부러 공교히 도와 주는 것 같고, 또 어떤 사람이 천하를 잃을 때는 꼭 하늘이 미워한 것은 아니겠지마는 잔인하고 지독하기가 무슨 흉악한 원수나 다름없었던 것은 무슨 이유였을까요?"

하니, 곡정이 말했다.

"우리 청조에 패륵 박락博洛이 군사를 거느리고 절강 군사를 양자강 언덕으로 옮기는데, 이때도 조수가 연일 들지 않았답니다."

　나는 물었다.

"중국에서 말하는 소위 섭정왕은 누구를 말하는 것입니까?"

곡정은,

"이는 예친왕睿親王입니다. 휘諱는 다이곤多爾袞이요, 우리 청나라에서는 또 한 분 주공이라고 할 수 있습니다. 순치 원년(1644) 4월에 예친왕이란 왕호를 주고 황제 앞에서도 일산을 받을 수 있는 특전을 내렸습니다. 성경에서 대군을 거느리고 바야흐로 영원寧遠을 향하여 진군할 때에 이자성이 벌써 북경을 점령하자 평서

---

124) 맹상군孟嘗君은 진나라에 갔다가 소왕昭王 죽이려는 것을 알고 밤중에 도망을 쳐 함곡관函谷關까지 와서 관문을 열 시간이 안 되었는데도 많은 문객들 중에 닭 울음을 잘 우는 자가 있어 관문을 열게 하고 목숨을 보전했다는 고사.
125) 송나라 말기 원나라 군사와 싸울 때 송나라 군대가 불리했던 고사.

백平西伯 오삼계는 우리 군대를 맞아서 산해관으로 들어오도록 하여 원수를 갚고[126] 흉적을 물리쳤습니다. 예친왕은 관민들에게 유고諭告를 발표하여 '폭도를 잡아 없앨 뿐이며 무고한 백성은 살육하지 않는다.' 하면서 함께 태평세월을 누릴 뜻을 유시하여, 백성들은 다들 기뻐하였습니다. 5월에 예친왕이 조양문으로 드는데 탄 수레는 명나라 노부鹵簿 절차를 차리고 무영전武英殿에서 명나라 문무백관의 조회를 받았습니다."

하여, 나는 말했다.

"이때는 예친왕이 천하를 얻은 셈인데 어째서 자신이 천자가 되지 않았는지요?"

"이래서 우리 청나라의 주공이라고 하는 것입니다. 그리고 또 당시의 형편으로서도 역시 그리 못 할 내력이 있었습니다. 당시의 여러 친왕들은 모두 다 영특하고 용감한 호걸이었습니다. 우리 세조世祖[127]는 9월에 북경에 들어왔는데, 당시 밖으로는 절강, 강소 지방이 평정되지 못했고 안으로는 종실의 어진 신하들이 보좌를 하였습니다."

"당시의 여러 친왕들 중에 공덕으로 보아 섭정왕 같은 이가 몇 분이나 될까요?"

"《열성실록列聖實錄》이 아직도 국내외에 두루 퍼지지 못했으니 응당 선생께서 모르실 것입니다. 명나라가 망한 후 복왕福王[128]이

---

126) 이자성 때문에 자살한 명나라 숭정 황제의 원수를 갚았다는 의미이다.
127) 청나라 2대 황제 순치를 말한다.
128) 명나라 신종의 손자.

강녕에서 천자로 일컫고 연호를 고쳐 홍광弘光이라고 하였습니다. 순치 2년(1645) 5월에 예친왕豫親王은 군대를 거느리고 남방으로 내려가 승승장구로 양자강을 건너 강녕까지 바로 대었습니다. 복왕은 무호蕪湖로 달아나 숨었다가 6월에 총병 전웅田雄과 마득공馬得功에게 붙들려 항복을 하였습니다."

나는 물었다.

"예친왕의 이름은 무어라고 하는지요?"

"다택多鐸이라고 하는데, 영특하고 용감한 점은 예친왕豫親王 다이곤에 못지않을 것입니다. 영친왕英親王은 이름이 아제격阿濟格인데 이자성을 추격하여 토벌하였고, 숙친왕肅親王은 반란을 일으킨 장헌충張獻忠을 손수 쏘아 죽여 통쾌하게도 사람들의 분노를 씻어 주었습니다. 숙친왕의 이름은 '호격豪格'입니다. 모두가 하늘이 만든 것인데 누가 감히 당해 낼 것입니까?"

"만약에 복왕이 마사영馬士英 같은 자들을 물리치고 사가법史可法 같은 어진 이들을 믿고 등용했던들 강남땅을 어찌 지켜 내지 못했겠습니까?"

곡정은 "후유." 탄식을 하면서 말했다.

"하늘이 없앤 것인데 누가 다시 일으켜 세우겠습니까? 그의 행적을 알아보면 전날의 유왕, 여왕이나 환제, 영제[129]들에게서 볼 수 없었던 것이 있습니다. 예친왕은 사가법에게 글을 보냈는데 춘추대의를 끌어 붙여, 임금이 죽임을 당했는데 역적 이자성을 토벌치

---

129) 유왕幽王, 여왕厲王은 주나라의 폭군이요, 환제桓帝, 영제靈帝는 동한, 서한의 말대 임금이다.

않고 새 임금을 세운다는 것은 부당한 일이라고 책망하고 다시 말하기를, '역적이 쳐들어와서 나라의 부모를 죽였건만 중국의 신하고 백성들은 활촉 한 개도 쏘아 보지 않았다. 우리 조정은 묵은 혐의를 다 없애 버리고 여기서 군대를 갖추어 흉적을 소탕하여 천하를 위하여 임금의 원수를 갚았다. 먼저 예절을 갖추어 회종懷宗[130] 황제와 황후를 국가 의식으로 장사지냈다. 국가가 서울로 정한 북경 지방은 폭도 이자성으로부터 얻은 것이요, 명나라로부터 빼앗은 것이 아니다. 마땅히 천자란 칭호를 깎아 버리고 번방이 되어 길이 복을 누리고자 한다면 우리 조정으로서는 우빈虞賓[131]으로 대접할 것이다.' 하였습니다.

사가법은 이에 답서를 하여, '나라는 없어지고 임금은 죽었는데, 사직社稷이 중난한지라 금상(今上, 곡정이 스스로 명나라 복왕이라 주를 붙였다.)을 맞아 임금으로 세우니, 실로 하늘이 준 것이요, 백성이 귀의한 것이다. 전하께서 황성에 들자 우리 황제, 황후의 발상을 하고 복을 입으니 무릇 명나라의 신하 된 자는 누군들 감격하여 은혜를 갚으려고 하지 않겠는가? 그런데 이에 《춘추》를 끌어 내어 가지고 정통의 대의를 모르는 자라고 힐책하려 든다면 장차 무엇으로 인심이 거칠어져 가는 것을 붙들겠는가? 왕망이 한나라의 제위를 빼앗았을 때 광무제가 중흥하였고, 조비가 산양山陽[132]을 제위에서 쫓아 내매 소열제가 제위에 올랐으며, 진晉나

---

130) 숭정 황제.
131) 요 임금의 아들 같은 경우를 일컫는 말인데, 순 임금이 위에 오르자 전 임금의 아들을 존경해서 부르는 칭호이다.
132) 후한 말대 왕 헌제獻帝의 폐위 후 봉호.

라 회제懷帝, 민제愍帝가 북방으로 달아나자 원제元帝가 대를 이었고, 휘종과 흠종이 봉변을 당하였을 때 강왕康王[133]이 황위를 계승하였다. 이는 모두 나라의 원수를 갚기 전에 황위와 칭호를 바로잡은 것으로서 주자도《자치통감강목》에다가 이런 것을 굵직하게 써 놓고 그르다고 배척하지 않았다.'하였습니다.

건륭 황제가 친히 지은 글 한 편에 그 옳고 그른 것을 밝게 바로잡았고, 또 황제가 비준한《통감집람通鑑輯覽》은 지극히 공평하고 바르다고 평정한 바입니다.

그리고 황제는, 복왕이 조금이나마 뜻을 분발하고 사람이 쓸 만하여 미상불 송나라 고종처럼 강남으로 가서 한쪽 구석자리라도 편안히 잡을 것을 승인한 터인데, 드디어 마사영, 완대성阮大鋮 같은 못된 자들을 등용하여 옳고 그른 일이 거꾸로 되어 버렸는바, 비록 사가법이 혼자 기를 써 가면서 충성을 맹세해 보았자 기울어 가는 큰 집의 기둥 한 가닥으로는 부지 못할 형세였고 본즉, 예친왕의 이 유고야말로 정말 천지와 함께 위대하다 할 수 있을 것입니다. 예로부터 흥폐는 운수가 있는 법이니, 이런 것을 어쩔 재주가 있겠습니까?"

나는 말했다.

"사가법의 회답에는 또 말하기를, '귀국은 일찍이 명나라로부터 국호의 승인을 받았고(나도 역시 원서原書의 '귀국'은 오늘의 청나라라고 주를 붙였다.) 오늘에 흉측한 역적을 몰아 쫓아 없앴으니 대의라고 할 것인데, 이에 도리어 이렇게 강토를 규정함으로 덕의를

---

133) 남송의 고종高宗.

끝까지 다하지 못하고 마쳤으니 이런 것을 일러서 의리로 시작했다가 이해로써 끝을 낸다는 것이다.' 했으니, 이 글이야말로 참말 일월과 함께 밝은 빛을 다툴 만할 것입니다."

곡정은 깜짝 놀라면서,

"선생은 외국 사람인데 어디서 이 글을 보았습니까?"

했다.(이 두 편 글은 모두 이현석李玄錫의 《명사강목明史綱目》에 실려 있는 바, 곡정의 짐작으로는 나를 외국인이라 하여 응당 명나라, 청나라 어간의 사정은 자세히 모르리라고 생각하였으므로 사가법의 답서를 죄다 말한 뒤에 그 아랫단에 '일찍이 국호의 승인을 받았고' 등의 말에 주석을 달았다. 곡정은, 섭정왕이 관내에 들어온 일을 무슨 동맹국끼리 환난을 서로 구해 주듯 여겼으므로, 나는 계속해서 글을 외운즉 곡정은 내가 이 글을 죄다 알고 있음에 놀랐다.)

나는 물었다.

"사공의 이 글도 역시 금서에 드는 글인지요?"

"금서가 아니외다. 황제께서 손수 여러 편 글을 편찬하면서 이 글을 뽑아 실었습니다. 우리 청조의 관대하고도 기탄 없는 점은 예전에도 드문 바입니다."

"이 두 사람의 글은 어느 편이 옳을까요?"

곡정은 빙그레 웃으면서,

"제마끔 서로 《춘추》를 끌어다 붙였으나, 《춘추》도 낡아 빠진 지가 벌써 오랩니다. 제마끔 하늘의 명수命數라고 하니 하늘이 도란도란 말하는 것을 누가 직접 들었겠소?"

하고 즉시 지워 버렸다. 나는 물었다.

"예친왕睿親王이 죽은 뒤에 무엇 때문에 그 집 재산이 모두 몰수까지 되었나요?"

곡정은 손을 내저으면서,

"이야기를 하자면 길어집니다. '치효鴟鴞'[134] 시편을 이 때문에 지은 것입니다. 정자는 '금등金縢'[135]을 일러서 요즘 세상의 축문과 같은 것으로, 태위 땅에 묻어 버리는 법인데 사건이 중요하기 때문에 '금등'에다가 간직하였다 하여 공교롭게도 주공의 고사에다가 맞추었습니다. 만약 이렇다면 이 신비李宸妃[136]의 수은 염습도 역시 한 가지 '금등'이 될 것입니다. 화림華林에서 나는 개구리 울음소리는 남을 위해서 운다 할 것입니까, 저를 위해서 운다 할 것입니까?[137]

대체로 세상을 교화하기 위한 언론이란 하는 수 없이 이렁저렁 그럴듯이 꿰어 맞추고 본즉, 제마끔 제 들은 바를 제일이라 하고는 이를 따라서 말을 만드는 것입니다. 송나라 인사들은 이학理學을 말하기 좋아하지마는 그중에는 마음을 불교에 붙이는 자가 있는가 하면 도교를 실천하는 자도 있어 21대의 역사는 모두가 꾸

---

134) 《시경》에 나오는 시로, 주공이 주나라 동쪽 서울에 있을 때 모반을 한다는 소문을 지어 낸 자들이 있어 자신이 새가 되어 성왕成王에 대한 충성심을 노래했다는 시다.

135) 《서경》 '주서周書'의 편명으로 무왕이 병들었을 때 주공은 자기 몸을 희생하겠다고 제 관이 되어 축문을 지어 읽고는 이것을 금등(철사)으로 된 궤짝 속에 간직해 두었는데, 그 후 주공을 모함하는 소문이 돌자 동도에 피신해 있을 동안 성왕은 궤짝 속에 든 축문을 내어 읽어 보고 주공의 억울함을 알게 되어 주공을 다시 맞아들였다는 고사가 있다.

136) 송나라 진종眞宗 황후의 시비로서 진종의 사랑을 받아 아들을 낳았던바, 이 아들이 인종仁宗이다. 진종 황후는 자기의 아들로 삼고서 이 신비에게 비밀을 지키도록 하여 비빈 중에 두었다. 이 신비가 급질로 죽자 이 내용을 안 어느 신하가 진종 황후 모르게 황후의 예절로 수은 염습을 하였던바, 진종 황후가 죽고 나서야 인종은 이 신비가 생모인 것을 알고 통곡하면서 관을 쪼개어 보니 산 사람같이 황후 복색을 하고 있었다는 고사.

137) 귀에 걸면 귀걸이요, 코에 걸면 코걸이란 의미.

며 낸 풍월이요, 열세 가지 유교 경전에 주석을 단 '십삼경주소十三經注疏'가 태반은 억지로 꾸어다 맞춘 것이요, 제자백가의 말은 대체로 허튼 이야기입니다.

이 같은 제마끔 구구하게 얻은 지식이란 위로는 임금에게도 아뢰어 올릴 수 없고 아래로는 자손들에게 전할 수도 없고 옆으로는 언뜻 친구들에게도 억지 변론을 할 수 없습니다.

오늘은 바다 위로부터 온 이인[138]을 만났으나 죽는 날까지 또다시 만날 기약이 없으매 어째서 나의 충정인들 격발하지 않겠습니까?"[139]

하고는 슬며시 눈물을 지었다. 그러고는 다시 허허 웃으면서,

"그뿐 아니라 소강절邵康節은 매양 일을 대하면 사주를 풀고 있었으니, 참말 몹시도 막힌 사람이지요."

하였다. 나는 물었다.

"항아리를 사면서도 성한지 어떤지 점을 쳤다지요?"

"춘하추동, 인의예지, 황왕제백皇王帝伯, 금목수화金木水火 등 그의 학술이란 아무런 생생한 고비가 없고 정밀한 듯하면서 거칠었습니다. 그래서 주자는 소강절을 평하면서 장자방張子房[140]에게는 따를 수 없다 했고, 또 그의 학문에서 간웅티를 평하면서 수단

---

138) 연암의 학식과 견식의 탁월함에 감복하여 '해상이인海上異人'이라 한 것이다.
139) 곡정은 예친왕이 죽은 후 모반의 혐의로 그 집이 적몰된 것은 애매하다는 듯이 주공의 고사를 들어 대답하고는, 주공에 대한 문헌과 기타 문헌인들 누가 믿을 수 있겠느냐는 의미로 대답하면서 연암 같은 탁월한 지식을 가진 이에게 무엇을 함부로 설명하겠느냐는 의미.
140) 한나라 모사 장량張良.

은 장주보다도 열 배나 못하다고 하였으니, 주자의 밝은 안목으로부터는 도망할 수 없었습니다.

　주자는 장주를 평하여 그가 이치의 본질을 말한 것은 매우 잘되었고, 그의 명분과 의리는 후세의 유학자들이 미치지 못할 바라고 하였습니다. 이는 주자의 공변되고 밝은 점입니다."

내가,

"천지간에 가득 찬 만물이 주자의 감정이 아니면 숫제 위조물이나 다름없을 것입니다."

했더니, 곡정은 한참 동안 나를 빤히 바라보다가는,

"주자 뒤에 난 놈은 모두 흙과 나무로 빚어 놓은 등신이란 말입니까? 주자야말로 진량陳亮[141]의 말을 너무 곧이듣고 보니 당중우唐仲友[142]가 너무 혹독한 탄핵을 받았던 것이며,《통서通書》[143]를 잘못 해석하고는 역사 편찬국의 주장을 반대하는 편지를 꾸며 대어 속인 감이 있습니다. 대체 주렴계周濂溪가 말한바, '무극無極이 태극太極을 낳았다.'는 이 한 구절은 어떻게 된 소린지 알 수 없는 속입니다."

나는 말했다.

"귀국의 문화는 만국으로 퍼져 우리 나라로 말하자면 동으로 퍼져 오는 교화를 입고 있지마는 중국과 외국이 다르고 본즉 나라

---

141) 송나라 학자로 주자의 친우이나 이론상에는 서로 반대되었다.
142) 주자와 동시대 학자로서 주자의 탄핵으로 관직을 파직당한 자.
143) 주자의 선생인 주돈이가 저술한 성리학의 원전.

를 창건하는 원칙이라든가 계승해야 할 정신 같은 것은 알지 못하고 있습니다. 그래서 저로서는 문자가 같은 지역에 사는 터에 매우 유감으로 생각하고 있습니다."

곡정은 말했다.

"나라를 세우는 원칙이란 무엇을 두고 하는 말씀인지요?"

"오제五帝는 음악이 각각 다르고, 우왕, 탕왕, 무왕 삼왕三王은 예절이 각각 다르니 한나라는 충성을 숭상하고 은나라는 질박을 숭상하고 주나라는 문화를 숭상했음과 같은 것입니다."

"만약에 그 원인을 살펴본다면 비록 백세 동안이라도 잘잘못과 이해득실을 알 수 있을 것입니다. 옛날 사람은 천하를 두고 흠집이 없는 금사발[144]에다가 비했지마는 오늘의 금사발은 잘 익은 수박과 같을 것입니다."

"금 사발은 흠집이 없지마는 수박은 깨지기 쉬운 걸요."

곡정은 손을 흔들면서 말했다.

"아니외다. 수박이란 겉은 푸르고 속은 누렇고 씨가 많고 맛이 시원하여[145] 말하자면 '천하를 천하 속에 간직한 셈'입니다. 전대 명나라의 반란 사건들을 증험 삼아 봅시다. 빈민을 구제하는 정책도 지극하지 아니함이 없어 밖으로는 삼왕을 겸하고 안으로는 유교와 불교를 펴서 천하의 선비와 관리들을 몰아쳐 문교文敎의 명분 속에 가두고 이래서 하찮은 백성들은 제마끔 본래의 직분을 지켰습니다.

---

144) 한번도 외적에게 침략을 당하지 않은 온전한 나라를 비유하여 쓰는 말이다.
145) 청나라를 비해서 말한다.

전대에 있어서 근본을 강하게 하고 지엽을 약하게 하는 정책이란 큰 도시를 점령하고 호걸들을 죽이거나 그렇지 않으면 벌족들을 관중으로 옮길 뿐이었고, 그들을 어루만져 안도시키는 수단을 몰랐습니다. 그러나 시방의 청조는 문화와 무비가 정비되어 멀리 앞서 시대를 능가하고 유학을 떠받들어 오로지 중국땅에 펴서 속으로는 호걸들의 펄떡펄떡 뛰는 마음을 녹이고, 봉지를 넓혀 외번 국가들에 두루 나누어 오랑캐들의 세력을 분할하고, 만주를 억눌러 군사 국방에 관한 사업을 맡김으로써 황제의 근본 되는 기지를 튼튼하게 만들고, 자주 치수 공사를 벌이고, 천하에 별별 야릇한 재주 가진 자들을 다 모아 놓고 먹는 무리들을 위로하면서 삼가 몸을 바로잡아 황제의 행정을 할 뿐이니, 이렇고야 천하에 무슨 걱정이 있겠습니까?

소위 요 임금과 순 임금은 의관을 정하게만 하고 있어도 천하가 다스려졌다고 합니다. 무릇 천하를 차지하고 통치를 할 때에는 '백성이란 무엇이나 시켜서 하도록 할 뿐이요, 이유를 알릴 것은 못 된다.'는 원칙을 썼습니다. 이는 요순의 뜻으로서 공자가 부연하였고 진 시황이 실천을 했습니다."

나는 물었다.

"또 이것도 아주 이상한 이론이구면요. 한번 들려주시오."

"백성들이야 제 밭 갈아 제 밥 먹고 제 우물을 파서 제가 먹는 것으로 타고난 본분을 따르는 것이니, 임금의 덕이 내게 무슨 관계가 있느냐는 말은, 요 임금이 평복을 입고 거리에 나가서 들었을 때 속으로 슬그머니 기뻐했던 점입니다. 공자가 위나라에서 노나라로 돌아와 《시경》과 《서경》을 추려서 편집하고 예악을 바로잡은 것은 이야말로 당시 세상 형편으로는 부득이 하지 않을 수 없었던 노릇입니다. 봉건을 없애고 정전법을 깨뜨리고 서적을 불사르고 선비들을 산 채로 파묻은 진 시황의 노릇은 천하를 통일하는 천자로서는 크게 함 직한 일이었습니다.

예로부터 제왕들은 덕을 요순에 비하면 기뻐하고 진 시황에게 비하면 성을 내지마는 요순을 배운 자가 있음을 들어 보지는 못했습니다. 그러나 진 시황의 사업을 계승하고 또 발전시키면서 한 시대의 천자로서 천하에 영을 내려서 이것은 요순의 사업이니 이를 실천할 것이요, 이것은 망한 진 시황의 사업이니 하지 말라고 했다는 말은 듣지 못했습니다.

이야말로 십삼경 이십일사의 어느 장을 뒤져 보아도 이 모양입니다. 재상에 있어서도 역시 그러합니다. 한나라 소하蕭何나 조참曹參 같은 이에게 비하면 그야 감당할 수 없는 일이라고 어물어물하면서도 상앙이나 이사李斯에 비하면 당장 잡아먹으려고 들지마는 소하, 조참, 방현령房玄齡, 두여회杜如晦 들은 한때 명재상으로 쳐주는 자들이지마는 그들은 상앙이나 이사의 죄인들에 불과합니다.

저 상앙이나 이사 같은 인물들은 오히려 공公을 내세우고 사私를 막아 아래위가 서로 믿게 되었지마는 그들의 공적을 저토록 과소평가하는 것은 단지 학문이 유학이 아니라는 데 있었을 뿐입니다.[146] 소하와 조참은 원래 죄를 줄 만한 학문을 가지지 않아 겨우 자기 몸만 죄를 면하였습니다. 대체 임금에게 잘 보이면 백성

---

146) 상앙, 이사의 학문은 공자의 정통 유학이 아니요, 법제를 중심한 형명학形名學이다.

에게 인심을 잃고 백성들의 마음에 맞게 하면 임금에게 의심을 사는 법입니다. 한 시대의 임금을 도와 정치를 한다는 것이 무엇이겠습니까? 시렁을 떼어 두고 난간을 막아 두어 손 한번만 실수하면 넘어져 아래로 떨어지게 되는 법입니다."

윤형산은 대궐에서 나와 곧장 우리 이야기 자리에 왔다. 나와 곡정은 함께 의자에서 내려서 윤공에게 공손히 읍을 하였더니, 윤공은 바쁘게 나를 붙들어 의자에 앉히고 품속에서 코담배 통을 내어 보이는데 자만호紫瓓瑚 보석으로 만들었다. 윤공은 또 품속에서 누런 보자기로 싼 색다른 비단 두 필을 풀어 보였다. 나와 곡정은 연달아 황제께서 주신 것을 축하했더니 윤공은 얼굴 가득히 기쁜 빛을 띠었다. 한 가지는 아청빛 우단에 복숭아꽃을 수놓았고, 한 가지는 고동색 운문단에 금실로 신선과 부처를 수놓았다. 형산은 이야기한 초지를 바쁘게 훑어보다가는 한 장에다가 붓을 대어 쓰되,

"건문 황제가 대궐 안에서 곱게 죽었단 말은, 근본 이런 일이 없습니다. 왕 선생은 잘못 들은 것 같습니다."

하니, 곡정은,

"의심나는 것을 전하는 것도 역사가의 한 개 틀이지요."

하였다. 내가,

"오량吳亮이가 산적을 던진 사건은 어찌 참말이 아니겠습니까?"

하니, 곡정은,

"본래부터 선배들의 길고 짧은 이야기들이 많지마는 꼭 없다고도 못 할 것입니다. 만일에 이것이 참말일 때는 어찌 천고에 기이한 일들이 아니겠습니까? 백룡암白龍庵 이야기도 비록 '이락와피籬

落臥被'[147] 같은 글에 들지마는 역시 이것도 한나라 무제가 자기가 죽인 아들을 생각하여 지은 '망사대望思臺' 내력과 같은 것으로 '붓끝마다 솟는 피는 방울방울 땅을 물들였을 것'입니다."

했고, 내가,

"사중빈史仲彬의 《치신록致身錄》도 후세 사람들이 모방해 지은 것이 아닙니까?"

하고 물으니, 곡정은 대답했다.

"그 책에는 '패물 둘러차고 하염없이 돌아오는 달밤의 넋은, 해마다 동청 나무에 앉아 우는 두견새일러라.〔環佩空歸月夜魂, 年年杜宇哭冬青〕'[148] 하는 글이 실려 있는바, 이는 애태우는 사람들의 괴로운 심정일 것입니다."

형산은 말하였다.

"어제 왕 선생의 말씀에 한나라의 창업에는 부끄러울 만한 결함이 없고, 덕은 능히 예악을 일으킬 만했다는 말씀은 옳지 않은 말씀인가 합니다. 호령이고 명령이고 조정에서 정정당당 위세 좋게 퍼질 때에는 그 올바른 소식이 사방에 전해져 천하의 만백성들도 그 잘되고 못된 점을 판단할 수 있지마는, 그들의 안방에서 벌어지는 은밀한 행동이라든가 하찮은 행실쯤은 바깥 세상에서는 알 수가 없습니다. 그러므로 반드시 하간헌왕 같은 어진 종실이 있어 이 같은 사실을 노래로 읊어 서술하고 또 음률마저 잘 감상한 뒤에야 그 덕행에 맞다고 볼 수 있을 것입니다. 이것이 이른바

---

147) 갈현葛玄의 《신선전神仙傳》이란 책에 나오는 기괴한 이야기 제목.
148) 한나라 원제元帝의 궁녀 왕소군王昭君을 두고 지은 시.

'금슬이 짝 맞으니 사시가 평화롭고, 율려가 고루 어울려 만물이 통합된다.'는 것입니다.

한나라 악가樂歌로서는 '안세방중安世房中'이 가장 근사한 노래라고 하지마는 혼자 한 환관의 다리를 베고 누워 미앙궁의 서까래를 쳐다보고 헤아린다는 꼴[149]이야 일국의 대가리가 이토록 좀스러우니 '큰 바람이 일어남이여'[150]라는 노래의 씩씩함은 아주 땅바닥에 떨어진 셈입니다. 심지어 벽양辟陽[151]의 수치는 바깥 세상에도 숨기기 어려운 일이요, 인체人彘[152]의 참사는 귀신과 사람이 한목 분개할 만한 일인즉 부부의 도의도 이 같은 꼴들로서 넉넉히 짐작할 수 있을 것입니다. 박희[153]는 위왕 표의 애첩이요, 왕 황후는 금왕손金王孫에게 빼앗은 여자[154]요, 음려화[155]에게 자나 깨나 사모하던 지저분한 일들이 있지마는, 모르기는 해도 누가 이런 사실들을 들어 시를 지어 읊겠습니까? 이런 내정을 알 만

---

149) 젊은 환관과 추잡한 생활을 한 한 고조를 가리키는 말.

150) 한 고조가 황제가 된 후 자기 고향 땅을 지나가다가 지은 '대풍가大風歌'의 첫 구절.

151) 한 고조의 부하 심이기審食其의 봉호. 심이기는 미남자로 한 고조의 추잡한 총애를 받고 여후呂后와도 난륜 관계가 있었다고 한다.

152) 한 고조의 황후 여후는 고조의 애첩 척 부인戚夫人을 질투하여 고조가 죽은 뒤에 그의 수족을 자르고 눈알을 빼고 귀를 벤 뒤 벙어리를 만들어 뒷간 속에 두고 '인체', 즉 사람 돼지라고 불렀다.

153) 한 고조가 위왕 표豹를 포로로 잡자 박희薄姬를 빼앗아 문제文帝를 낳았다.

154) 왕 황후王皇后는 본래 연왕燕王 장다臧茶의 손녀인 장아臧兒의 맏딸로서 장아의 첫 남편인 왕중王仲의 딸인데, 처음은 김왕손에게 시집을 보냈다가 장아가 점을 치니 그 딸이 귀하게 되겠다 하여, 김왕손으로부터 빼앗아 궁녀로 넣어 효경제孝景帝의 왕후가 되게 했다는 기록이 있으나, 실상은 효경제가 남의 유부녀를 빼앗았다는 의미.

155) 후한 광무제가 황제가 되기 전에 음려화陰麗華의 인물이 잘난 것을 보고 탄식하기를, '여자를 얻는다면 음려화를 얻을 것이요, 벼슬을 할진대 집금오執金吾가 되리라.'고 맹세를 하였다가 후일에 목적을 이루었다.

한 왕실의 지친에는 하간왕 같은 이가 없고 보니, 관저시 같은 교화될 만한 시나 요 임금이 두 딸을 순 임금에게 시집 보냈던 떳떳한 미덕같이 읊을 바도 못 되었으매 음악은 음악대로 덕행은 덕행대로 따로 떨어져 노는 것을 이로써 알 수 있을 것입니다."

나는 물었다.

"'백등의 기묘한 계책'[156]이란 것은 무엇일까요?"

"이 계책은 비밀이라 세상에서는 전하지 못하고 있습니다."

나는 또 말하기를,

"이 기묘한 꾀란 적의 성 아래 무릎을 꿇고 항복한 게 아닐까요? 창피한 사건이 아니라면 무엇 때문에 비밀로 하겠습니까?"

하니, 윤공은 허허 웃으면서,

"이야말로 앞선 사람이 못하던 소리입니다."

하기에, 나는 다시,

"이 당시 묵특이는 응당 구슬을 입에 물고 관을 등에 지는 복잡한 절차[157]를 몰랐겠지요."

하니, 곡정이 말하였다.

"옛날부터 중국은 오랑캐에게 성공한 일이 없어 강거康居[158]가 항복을 하고 힐리頡利[159]가 당 태종의 궁정에 와서 춤을 춘 것은 어

---

156) 한 고조가 산서성 백등白登이란 산에서 이레 동안 흉노 묵특에게 포위당했을 때 고조의 부하 진평陳平이 계책을 내어 묵특에게 미인계를 써서 포위를 해제한 고사가 있는 바, 이 계책이 너무도 창피하여 한나라 역사에서는 비밀에 붙이고 있다고 한다.

157) 옛날 전쟁에 져서 항복할 때 죽은 사람의 모양을 차리는 의례.

158) 현재 신강성 북부에 있던 고대 흉노족 국가의 명칭.

159) 돌궐 족의 추장으로 당 태종에게 붙들려 귀순하였다.

쩌다가 있을 수 있었던 일입니다."

나는 말하였다.

"천하의 걱정거리를 먼저 걱정해야만 하는 천자의 지위야말로 참말 괴로운 자리일 것입니다. 한 고조가 환관의 다리를 베고 집 천장을 쳐다보고 누웠을 때야 팔 년 동안 얻은 것이 무엇이라 생각했겠습니까? 서리가 내리고 물이 말라드는 늘그막에 돌이켜 지난날을 회상한다면 이가 시릴 만큼 서글펐겠지요. 이때쯤은 응당 세상일이란 아무런 맛도 없었을 것입니다."

형산이 있다가,

"재상도 역시 그렇습니다. 술과 계집과 재물에 지쳐날 때 젊어서 과거 보던 시절을 회상해 본다면 이야말로 과연 어떤 심사라 할 수 있을까요?"

하니, 곡정은,

"영감님은 경치 좋은 물가에 밭뙈기나 장만하고 저술이나 하시면 그만이겠지요."

하니, 형산은 허허 웃으면서,

"목전에 급급하게 서두는 것은 모두가 늘그막 준비입니다. 누에가 늙으면 절로 고치를 짓는 것이지, 사람들에게 비단옷을 입히고자 목적한 것은 아닙니다."

하였다. 나는 말했다.

"곡정 선생은 아직도 과거를 단념 않고 계십니까?"

"벌써 단념했습니다. 선생은 어떠십니까?"

"마찬가지입니다."

"흰머리로 과거를 본다는 것은 선비의 수치니까요."

형산은 붓을 잡고 무엇을 쓰려다가 먼저 허허 웃으면서 곡정에게 무슨 말을 하니 곡정 역시 크게 웃었다. 나는,

"두 분 선생이 그렇게도 야단스럽게 웃으실 때는 필시 무슨 괴상한 곡절이 있는갑소. 저는 까닭을 모르니 배를 쥐고 두 분 웃음을 도와 드릴 수 없군요."

했더니, 두 사람은 또다시 넘어갈 듯이 웃어 댔다. 형산은,

"강희 기묘년(1699) 과거에 백두 살 난 과거꾼이 있었습니다. 성은 황씨요, 이름은 장章인데 광주廣州 불산佛山 사는 생원이었소. 그는 '금번 과거에 급제를 못할 때는 돌아오는 임오년(1702) 과거에 올 것이요, 그때 또 급제를 못 하더라도 을유년(1705), 내 나이 백여덟 살 될 때에는 꼭 급제를 할 터이니 많은 사업을 하여 국가에 봉사를 하겠다.'고 하였습니다."

하기에, 나 역시 웃음을 절로 참지 못하고 그 황장이란 이는 과연 을유 과거에 급제를 하였던가고 물었더니, 두 사람은 고개를 흔들어 더욱이 웃음을 참지 못했다. 곡정은,

"그가 급제를 못 할 때는 세상의 결함을 훌륭히 알 수 있을 일이지마는 만약에 급제를 해 버렸다면 도리어 아무런 재미가 없을 일이지요."

하였다.

형산이,

"선생은 오시는 걸음에 천산千山 유람을 하시지 않았습니까?"

하고 묻기에, 나는 대답하였다.

"천산은 백여 리 길을 돌게 되고 또 길이 바빴기 때문에 그저 하

늘 끝에 점점이 튼 머리쪽 같은 산봉우리 몇 개를 바라보았을 뿐입니다."

"늙은 이 몸은 일찍이 무인년(1758) 강향降香 행차 때 의무려산까지 갔더니 귀국 인사 이름이 먹으로 쓰여 있었습니다."

"누구의 이름입디까?"

"한 예닐곱 명은 되었는데 이름은 마침 기억하지 못합니다."

"우리 나라 선배로서 김창업이라는 분은 자가 대유大有요, 호는 노가재老稼齋인데, 일찍이 강희 계사년(1713)에 천산을 유람하였으니, 의무려산에도 응당 이름을 써 놓은 데가 있을 것입니다."

"천산은 저도 한번 구경할 인연이 없었습니다. 혹시 노가재 김공이 지은 좋은 시구가 더러 없습니까?"

"문집은 몇 권 있습니다마는 글귀는 한두 구도 기억을 못 하겠습니다. 김가재는 역시 창춘원暢春苑에서 이용촌李榕村 선생[160]을 만났습니다. 그는 당시의 각로이지요."

형산이,

"강희 계사년이라면 용촌 선생은 아마도 강남 고향으로 돌아가셨을 터인데요. 어떻게 해서 서로 만났을까요?"

하기에, 나는 다시,

"용촌 선생의 휘는 이광지李光地가 아닙니까?"

하니, 두 사람은 고개를 끄덕였다. 형산이,

"백치는 아교풀로 해와 달을 붙이려네.〔癡欲煎膠粘日月〕"[161]

---

160) 강희 시대의 저명한 유학자.
161) 당나라 말기의 시인 사공도司空圖의 시구 일부를 인용하여, 광음은 빠르고 보니 날이

한다. 이때 해는 이미 저물어 방안이 침침하였으므로 촛불을 내오도록 하인을 불렀다. 나는 대답해서,

"사람은 기름으로 촛불 켤 것 있나, 해와 달 두 개 등불 천지를 비췄고야.[不須人間費膏燭, 雙懸日月照乾坤]"

라고 했다. 곡정은 손을 내저으면서 일변 먹으로 '쌍현일월雙懸日月' 글자를 지웠다. 까닭인즉 '일월日月'이란 두 글자를 모으면 '명明'자가 되기 때문이다.[162] 나로서는 마침 '첨교粘膠' 글귀에 짝을 맞추어 '쌍현일월'이라고 했는데, '쌍현일월'이란 글귀를 몹시 꺼렸다.

나는 말하였다.

"어제 공자묘에 배알을 할 때 주자를 전각 위에다가 올려서 모셨는데 이렇다면 십일철[163]이 되는 셈이니, 언제부터 올려 모셨는지요?"

형산은 말하였다.

"강희 시절에 올려 모셨습니다. 십철은 원래 공자 문하에서는 적당한 결론으로 보지를 않습니다. 공자가 진陳나라, 채蔡나라 사이에서 욕을 볼 때 같이 동행한 이들에 불과한데, 그것이 당나라부터 오늘에 이르기까지 아무도 감히 딴말을 하는 자가 없었습니다.

공자의 제자인 유약有若에 대한 말은 《논어》에 네 번 나오는데 그의 얼굴이 성인과 비슷하게 생겼다 하여 자하子夏와 자장子張

또 저물어 할 이야기도 다 못 한다는 의미에서 혼자 군소리로 읊은 것이다.

162) 명나라를 해와 달로 비유함을 기한 까닭이다.

163) 공자의 제자들 중 열 명을 공자묘 본전에 종사從祀하여 '십철'이라고 하는데, 주자를 한 명 더 첨가했다. 십철 외에 안자, 증자, 자사, 맹자는 상급으로 배향配享을 하는 예이다.

의 문도들은 심지어 공자를 섬기던 그대로 섬기려고 했은즉, 그가 어진 것은 넉넉히 알 수 있는 일이요, 공서적公西赤은 평소 예악에 뜻을 두어 나라를 다스릴 만한 재질이 있었은즉 역시 재아宰我와 염구冉求보다도 훨씬 낫지 않았겠습니까? 염구나 재아의 언행은 여러 가지 문헌을 상고하지 않고 《논어》에 나온 것만 보더라도 그 낫고 못한 것은 벌써 같은 자격으로 말할 수 없고 본즉 마땅히 유약과 공서적 두 분을 본전으로 올려 모시고 염구와 재아를 다시 고쳐 행랑채로 내려 모셔야 하는 것이지요. 선배 되는 정단간鄭端簡, 왕이상王貽上 같은 이들이 논한 글이 모두 이러하였습니다.

왕이상이 국자좨주國子祭酒로 있을 때 상소를 갖추어 이를 개정코저 하다가 다른 사람들로부터 저지당하고 올리지 못했습니다. 이야말로 만대를 통할 공론으로 선비들은 지금도 이를 애석히 여기고 있습니다."

형산이 물었다.

"박 선생은 현재 저술한 책이 몇 권이나 됩니까? 저술한 좋은 책을 중국에 가지고 오신 것은 없습니까?"

"평생을 두고 학식이 노둔하여서 아직 몇 권의 책도 저술하지 못했습니다."

"비록 주공 같은 뛰어난 재주로도 만약에 과도한 겸사만 한다면 말할거리가 못 되지요. 선생이……."

(이 대문 아래는 이야기를 미처 써서 마치지를 못한 채 기풍액이 들어와서 내게 황제가 하사한 코담배 통을 보여 주어, 자리를 파하고 일어났다.)

내가 입은 흰 모시옷은 해가 저물자 좀 선선하였다. 때마침 달은

추녀 끝에 걸렸는지라 섬돌 위로 함께 거닐새 형산이 내 옷을 만지면서,

"좌중이 속기가 없어진 듯합니다."

하였다.

연암은 이르노라.

나는 곡정과 가장 많이 이야기를 하였는바, 엿새 동안을 창을 대하여 밤을 밝혀 가면서 이야기를 하였으므로 아주 허리띠를 끌러 놓고 무탈하게 마주 대할 수가 있었다. 그는 본디 두드러진 선비요, 걸출한 인물이라 그렇게도 이야기가 가로세로 엎치고 뒤치고 걷잡을 수 없었다.

내가 서울을 떠나서 여드레 만에 황주까지 왔을 때 그대로 말 위에 앉아서 혼자 생각하기를, 본디 학식이 없는 나로서 기회를 얻어 중국땅에 들어가 만약 중국의 고명한 선비를 만난다면 장차 무엇으로 질문을 들이대어 한번 애를 먹여 볼까 하고, 드디어 옛날 들은 지식 중에서 땅덩이가 도는 이야기라든가 달세계 이야기를 찾아 내어 매양 고삐를 잡고 안장 위에 앉은 채 졸면서도 무려 수십만 자의 말을 풀어서 가슴속에는 글자 없는 글씨를 쓰고, 허공에 소리 없는 글을 읽어 하루에도 몇 권의 책이 되었다. 말은 비록 동에 닿지 않아도 이치는 역시 따라 붙을 만하였지마는 말타기도 더 피로했고 붓과 벼루도 들 사이가 없었다. 용한 생각도 하룻밤이 지나면 스러져 죽고 말았지마는 이튿날 다시 하늘을 쳐다보고 그려 볼 때는 새로운 생각이 겹쳐 떠올랐다. 이야말로 참말 먼 길에 좋은 길동무가 되고

위로할 거리가 되었다.

열하에 들어간 뒤에는 먼저 이 이야기로써 안찰사 기풍액에게 물었는데, 기풍액은 수긍은 했으나 똑똑히 이해는 못하였고, 곡정과 지정 역시 분명히 알아듣지 못하였으나 곡정은 이 학설을 그렇게 틀렸다고는 하지 않았다.

대체로 곡정은 응수하는 대답이 재빨라 종이를 쥐면 선뜻 수천 자를 내려 갈겨 썼다. 호언장담을 종횡으로 떠벌리고 역대의 글이라는 글은 모조리 손에 닿는 대로 들춰 내어 용한 글귀와 묘한 대구가 입만 열면 제깍제깍 만들어지는데, 다들 조리가 닿고 맥락이 정연하였다. 때로는 동쪽을 가리키다가는 서쪽을 들이치고, 때로는 궤변을 고집하며 나를 치켜올렸다, 내려 떨어뜨렸다 하여 이야기를 끌어 내게 하였다. 말하자면 굉장한 박식으로 이야기를 많이 떠벌리는 축이었으나 벼슬도 못한 채 궁한 처지에서 앞날도 멀지 않으니 참말 서글퍼 보였다.

황경에 들어간 뒤에도 사람들과 더불어 필담을 해 보면 무비 능수인데도 다시 그들이 지은 글을 보면 필담보다 손색이 있었다. 이러고 난 후에야 비로소 우리 나라에 글 짓는 사람이 중국과 다른 것을 알았다. 중국은 곧장 문자가 말이므로 경전이고 사기고 학설이고 문집이고 모두가 입속에서는 말로 되는바 이는 기억력이 별달라서 그런 것이 아니다. 이래서 억지로 시문을 지을 때는 벌써 그 정곡을 잃어버리고 글과 말은 판연히 두 가지 물건이 되어 버리는 까닭이다. 우리 나라에서 글을 짓는 자는 알쏭달쏭 뒤틀리기 쉬운 옛날 글자로써 다시 알기 어려운 방언을 한 차례 번역을 하기 때문에 그 글 뜻은 캄캄해지고 말 속은 모호하게 되는 것은 아닐까? 내가 고국에

돌아와 두루두루 이런 이야기를 한즉 많이들 안 그렇다고 했다. 참
말로 개탄할 노릇이다.

엄계우옥에서 연암이 썼다.

산장잡기 山莊雜記

內圓通庵
蒼木深邃

▪ 본편은 '밤중에 고북구를 빠져서' 외에 일곱 편의 잡문으로 구성되었다. 본편에 수록된 각 편들은 박지원 문학에 있어 사실적 묘사의 극치를 이루어 한 개 전형을 보여 주고 있다.

　박지원 특유의 자유분방한 필치로 된 산문 형식은 문학사적으로 한문체 산문 형식에서 새 기원을 지었다고 볼 만큼 이례를 보여 주고 있다. 각 편마다 끝에 붙인 박지원의 간단한 결론들은 특히 독자들의 주의를 끌 것이다.

밤중에 고북구를 빠져서[夜出古北口記]

연경에서 열하까지 가는 데는 창평昌平으로 길을 잡으면 서북쪽 거용관居庸關으로 빠지고 밀운密雲으로 길을 잡으면 동북쪽 고북구로 빠지게 된다. 고북구에서 만리장성을 따라 동으로 산해관까지는 700리요, 서쪽으로 거용관까지는 280리로서, 고북구는 거용관과 산해관의 중간에 자리를 잡아 장성의 험한 요지로는 고북구만 한 데가 없다. 몽고가 중국에 드나들 때는 언제나 그 인후咽喉가 되고 본즉, 겹겹으로 관문을 설치하여 그 산멱을 눌러 틀어막고 있다.

나벽羅璧의 '지유識遺'에는, "연경 북쪽으로 100리 밖에는 거용관이 있고 거용관 동쪽 200리 밖에는 호북구虎北口가 있는데 호북구는 곧 '고북구'이다."했다. 당나라 시대 처음으로 고북구라고 이름을 붙여 중원 사람들은 장성 밖을 구외口外라고 했다. 구외는 모두 당나라 시대 해왕奚王[1]의 본거지였다. 《금사金史》를 보면 금나라 말로 유알령留斡嶺이 곧 고북구라고 했다.

---

1) 오랑캐 임금.

대체 장성을 둘러서 '구口'라고 부르는 데가 백 군데를 헤아린다. 산을 따라 성을 쌓아서, 깎아지른 절벽과 깊은 골짝은 아가리를 벌린 듯이 둘러 꺼져서 흐르는 물이 부딪쳐 뚫고 본즉 성을 쌓을 수도 없어 이런 데는 정장亭鄣[2]을 설치하였다. 명나라 홍무 연간에 수어 천호守禦千戶를 두어 오중관五重關을 지키게 하였다.

내가 무령산霧靈山을 돌아서 배로 광형하廣硎河를 건너 밤중에 고북구를 빠져 나갈 때는 밤이 벌써 삼경이나 되었다. 겹으로 된 관문을 나와 말을 장성 아래 세우고는 높이를 재어 보니 여남은 길은 되었다. 필연을 끄집어 내어 술을 부어 먹을 갈고 성벽을 어루만지며,

"건륭 45년 경자년 8월 7일 밤, 삼경 조선 박지원 이곳을 지나다."
하고 써 놓고는 이내 한바탕 웃으면서 혼잣소리로,

"나는 서생의 몸으로 머리가 허옇게 세어서 한번 장성을 나가 보는구나!"
했다. 옛날 몽염蒙恬 장군은 말하기를,

"내가 임조에서 시작하여 요동에 이르기까지 만여 리에 걸쳐 성을 쌓았는데, 그 가운데는 지맥을 끊지 않을 수 없는 곳도 있었다."
하였다. 지금 그가 산을 파헤치고 골을 메운 자취를 보니 그 말은 사실일 것이다.

어허! 여기는 옛날부터 싸움이 수없이 있었던 전장터이다. 후당後唐의 장종莊宗이 유수광劉守光[3]을 잡자 별장 유광준劉光濬은 고북구에서 이겼고, 거란의 태종이 산 남쪽을 점령할 때에 먼저 고북

---

2) 요새같이 만들어 사람의 출입을 검열하는 곳.
3) 후양後梁의 장수로, 뒤에 연나라 황제로 자칭한 인물.

구로 내려왔다는 데가 여기요, 여진이 요나라를 멸망시킬 때 희윤希
尹이 요나라 군사를 크게 이겼다는 곳이 곧 여기요, 또 연경을 공격
할 때 포현蒲莧이 송나라 군사를 이긴 데도 여기요, 원나라 문종이
즉위하자 당기세唐其勢가 군사를 이곳에 주둔했고, 산돈撒敦이 상
도上都 군대를 추격한 것도 여기까지였다. 독견첩목아禿堅帖木兒가
쳐들어오자 원나라 태자는 이 관을 빠져 흥송興松으로 달아났고, 명
나라 가정(1522~1566) 연간에 암답俺答이 황성을 침범할 때에도 언
제나 이곳을 통하여 출입하였다. 성 아래로는 어데고 날고, 뛰고, 치
고, 베고 하던 전장터로서 오늘은 천하가 잠잠하지마는 그래도 사방
으로는 산이 둘러싸고 골짝과 골짝들은 음산하기 짝이 없었다.

때마침 초생달이 산마루턱에 걸려 넘어가려고 하는데 그 빛이 사
늘하기는 숫돌에 갓 갈아 낸 칼날처럼도 벼려졌다. 이윽고 달이 재
너머로 차츰 기울어 가자 아직도 뾰죽한 두 끝은 남아 있어 빛깔은
갑자기 불빛처럼 붉게 변하면서 두 개 횃불이 산 너머서 솟은 듯만
하였다. 북두칠성은 반 나마 관 안에 꽂혔는데 벌레 소리 사방에서
일고 몰아치는 바람은 소슬한데 숲과 골짝은 한목으로 소리를 쳤다.
짐승같이 생긴 바위, 도깨비처럼 생긴 절벽은 수없는 병장기를 한목
으로 늘어세운 듯, 두 산 틈으로 쏘아 붙이는 냇물은 싸우듯이 울부
짖는 소리가 쇠말이 뛰고 금북을 치는 듯만 하였다. 하늘 저편에서
대여섯 차례 맑게 학 울음소리가 들렸다. 길게 뽑아 넘기는 피리 소
리 같기도 한데, 더러는 말하기를 거위 소리라고도 했다.

우리 나라 인사들은 나고 늙고 병들고 죽는 동안에도 좀처럼 국
경을 한번 넘어 보지 못했으나 근세의 선배로서 오직 김가재와 내

친구 홍담헌이 그래도 중국의 한 모퉁이를 밟아 보았다. 전국 시대 일곱 나라 중에서 연나라가 그 하나를 차지한다. '우공禹貢'의 구주九州로 본다면 기주冀州가 곧 이곳이다. 이곳은 천하에 비해 본다면 한 구석에 불과한 곳이라고 할 수 있지마는 원나라에서 명나라를 거쳐 오늘의 청나라에 이르기까지 통일한 천자들의 도읍지로 되어 옛날의 장안이나 낙양과 다름이 없다.

소자유[4]는 중국 인사지만 황성에 이르러 장엄한 천자의 궁궐과 함께 창고와 부고와 성곽과 연못이며 후원들이 장하고 큰 것을 우러러보고 천하의 거대하고 화려함을 알게 된 것을 오히려 자신의 행운이라고 했다. 하물며 우리 나라 인사들로서 한번 그 거대하고 화려한 장관을 보았다면 얼마나 행운일 것이랴.

이번에 내가 이 걸음을 더욱 다행으로 생각한 것은 장성을 빠져나와 막북漠北까지 가 본 일은 선배들로서도 아직 한 번도 없었던 일이기 때문이다. 그러나 한밤중에 노정을 따라 장님 걸음으로 꿈속같이 지나치다 보니, 산천 경개와 관문과 요새들의 웅장하고 기걸찬 모습을 두루두루 구경하지 못했다.

때는 바로 초생달이 비스듬히 관내를 비추면서 양쪽 절벽은 천야만야 깎아 섰는데 길은 그 복판으로 났다. 나는 어릴 적부터 간이 작고 겁이 많아 때로는 대낮에 빈 방에 들어가거나 밤중에 등불을 만나더라도 미상불 머리끝이 쭈뼛해지고 가슴이 두근거렸던 터인데, 금년은 내 나이 마흔넷이건만 무서움을 타기는 어릴 적이나 다름없다. 그러나 오늘 이 한밤중에 홀로 만리장성 밑에 우뚝 서고 보니 달

---

4) 자유子由는 송나라 문인 소철蘇轍의 자.

은 지고 물은 울고 바람은 쇄쇄, 반딧불은 펄펄 날아서 보는 것마다 무엇이나 다 놀랍고 휘둥그레지고 이상야릇하였건만, 나는 갑자기 겁나는 마음이 없어지고 이상하게도 신이 날 대로 나서 팔공산八公山의 풀잎 군사[5]나 북평北平의 호석虎石까지도 나를 놀래지 못하니, 더욱이 내 자신 다행으로 여겼던 것이다.

유감이 있다고 하면 붓은 가늘고 먹은 메말라 획을 서까래처럼 굵게 쓰지 못하고 또 장성의 옛일을 두고 시 한 수를 못 지어 붙인 것이다.

고국으로 돌아가는 날, 동리 사람들이 다투다시피 술병을 차고 나와서 위로 인사를 하며 열하 행정을 물을 적에는 이 기록을 내보여서 머리를 마주 대고 한번 읽으면서 책상을 서로 치고 좋다고 떠들어 보리라.

---

5) 산에 선 풀까지 군사로만 보였다는 부견苻堅의 고사.

하룻밤에 아홉 번 강을 건너 [一夜九渡河記]

    물은 두 산 틈에서 나와 바위와 마주쳐 판가리 싸움이 벌어지면, 놀란 파도 성난 물결 우는 여울 흐느끼는 돌창이 굽이를 치고 뒤번지면서 울부짖는 듯 고래고래 소리를 치는 듯 언제나 만리장성을 부서뜨릴 기세로서, 만 대의 전차, 만 마리 군마, 만 틀 대포, 만 개의 쇠북쯤으로는 그 야단스러운 소리를 족히 형용할 수 없을 것이다. 모래밭 위 큰 바윗돌은 우뚝이 떨어져 섰고 강 둔덕에 버드나무 숲은 까마득하게도 어두컴컴하여 물귀신, 강 도깨비가 저마끔 튀어나와 사람을 놀리는 듯, 교룡과 이시미가 양쪽에서 서로 붙들어 보겠다고 날뛰는 듯만 하였다. 더러는 말하기를 여기는 옛날 전장터이므로 강물이 이렇듯 운다고 한다.

    그러나 이것은 그런 까닭도 아니다. 대체 물소리란 듣기에 달린 것이다. 연암 산골 내가 사는 집 문앞에는 큰 개울이 있어서 해마다 여름철이 되어 소낙비가 한번 지나가면 개울물은 갑자기 불어서 언제나 수레 소리, 말 달리는 소리, 대포 소리, 북소리를 듣게 되어 필경에는 아주 귀탈이 날 지경으로 귀에 젖어 버린다.

나는 언젠가 문을 닫고 누워 소리나는 종류에 따라 이를 사물에 비교해 들어 보았다. 깊숙한 소나무가 퉁소 소리를 내는 듯하니 이는 청아한 취미로 들은 탓이요, 산이 찢어지고 절벽이 무너지는 듯한 것은 분노하는 소리로 들은 것이요, 뭇 개구리가 저마끔 우는 소리는 발칙스러운 것으로써 들은 것이요, 수없는 대가치가 서로 마주 어울려 내는 듯한 소리는 성난 소리로써 들은 것이요, 벼락 소리, 천둥 소리인 듯한 것은 공포심으로 들은 것이요, 찻물이 부글부글 끓는 듯한 소리는 취미로 들은 것이요, 거문고가 궁성, 우성에 맞게 나는 듯한 소리는 슬픔으로 들은 것이요, 종이 문창에 풍지 우는 듯한 소리는 의심스럽게 들은 탓이다. 무엇이나 올바르게 듣지 못하고 더구나 가슴속에 무슨 딴 생각을 먹고 있으면 그것이 귀에서 소리가 되는 것이다.

오늘 나는 한밤중에 한 가닥 강물을 아홉 번 건넜다. 강물은 장성 밖에서 나와 장성을 뚫고 유하楡河와 조하潮河와 황화진천黃花鎭川 등의 강물과 한군데 모여 밀운성 아래를 거쳐 백하白河가 되었다. 나는 어제 두 번째 백하를 건넜는데, 이 역시 백하의 하류였다.

내가 아직 요동땅에 들어서지 않았을 때는 한여름철이라 뙤약볕 아래 길을 가는데, 갑자기 큰 강이 앞을 막아 붉은 흙탕물이 산더미처럼 밀려 끝간 곳이 보이지 않았다. 이런 경우는 대체로 천 리 밖에 폭우가 내린 까닭이다.

물을 건널 때는 사람마다 고개를 처들고 하늘을 처다보는 것을 보고 내 생각으로는 여러 사람들이 고개를 젖히고 하늘을 향하여 묵도를 하는가 보다 했더니, 훨씬 뒤에야 알았지마는, 물 건너는 사람들이 강물이 늠실늠실 빨리 돌아가는 것을 보면 자기 몸은 물을 거슬러 올라가는 것 같고 눈은 강물과 함께 따라 내려가는 것만 같아서 갑자기 빙빙 도는 듯 현기증이 생기면서 물에 빠진다고 한다. 그러고 보니 고개를 젖히고 우러러보는 것은 하늘에 대고 기도를 하는 것이 아니라 말하자면 물을 피하여 보지 않으려고 함이다. 역시 그렇다. 어느 겨를에 경각에 달린 목숨을 위하여 기도드릴 경황인들 있을 것이랴.

이토록 위험하다 보니 물소리도 미처 듣지 못하는 것이다. 다들 말하기를 요동벌은 넓고 편편하기 때문에 물소리가 요란하게 나지 않는다고 하지마는 이는 물소리 속을 모르는 말이다. 요동땅 강물들이 물소리를 안 내는 것이 아니라 밤에 건너지 않았던 까닭이다. 낮에는 눈으로 물을 볼 수 있으므로 눈은 외곬으로 위험한 데에만 쏠려 무시무시하여 눈 가진 것을 걱정이라도 할 판인데 귀에야 무엇이고 들릴 까닭이 있을 것인가? 오늘 나는 밤중에 물을 건너는지라 눈으로는 위험을 볼 수 없은즉 위험은 외곬으로 듣는 데만 쏠려 귀는 언제나 무서워 부들부들 떨면서 걱정을 놓을 수 없었다.

나는 오늘에야 이치를 알았다. 마음의 눈을 감은 자는 육신의 귀와 눈이 탈이 될 턱이 없고 귀와 눈을 믿을수록 보고 듣는 힘이 밝아져서 더욱 병통이 되는 것이다. 오늘 내 마부가 발을 말발굽에 밟혀서 뒷수레에 실려 가고 보니, 나는 하는 수 없이 혼자 고삐를 늦추어 물에 들어갔다. 무릎을 구부려 발을 모으고 안장 위에 앉았다. 한 번만 까딱하면 강물 바닥인지라 물로 땅을 삼고, 물로 옷을 삼고, 물로 몸을 삼고, 물로 마음을 삼으니, 이때야 내 마음속에는 벌써 한 번 떨어질 것을 각오한 바라, 내 귓속에는 드디어 물소리가 없어지고 무릇 아홉 번이나 물을 건너는 데도 마치 의자 위에서 앉고 눕고 기동하는 것처럼 아무렇지도 않았다.

옛날 우禹 임금이 강물을 건널 때 누런 용이 배를 등으로 떠밀어 위험한 고비를 당했으나 죽고 사는 판단은 이미 마음속에 결정되었고 본즉 그의 앞에는 용이나 지렁이나 크고 작은 것을 비할 나위도 없었다.

소리와 빛깔은 외계로부터 듣고 보는 데 따르는 것이라 이는 언제나 귀와 눈에 탈이 되어 이렇게도 사람으로 하여금 똑바로 보고 듣는 힘을 잃도록 만든다. 더구나 사람이 한 세상 살아감에 그 험하고 위태함이야 강물보다 더한지라 보고 듣는 것이 즉시로 병이 될 것이 아닌가?

내가 사는 산중으로 돌아가 다시 앞 개굴의 물소리를 들으면서 이를 가늠해 보니 영락없이 맞았다. 그리하여 나는 이로써 어떤 사람이나 자신이 처세술에 능란하여 스스로 총명한 체하는 자들에게 경계하는 바이다.

거북을 탄 선인이 비를 부르다[乘龜仙人行雨記]

　14일에 피서산장에 들어가 황제가 누런 휘장을 늘인 전각 속에 깊이 들어앉아 있는 것을 바라보았다. 마당에는 참반하는 자도 매우 드문데 웬 노인 한 명이 혼자 상투에는 선도건仙桃巾을 걸고 검정 모난 깃에 검정 선을 두른 소매를 단 누런 장삼을 입고 허리에는 붉은 비단 띠를 띠고 발에는 역시 붉은 신을 신고 반백 수염이 가슴 밑까지 죽 늘어졌고 지팡이 끝에는 금호로와 비단축이 달렸고 오른손에는 파초선을 쥐고는 큰 거북 위에 서서 마당을 두루 돌았다.

　거북은 고개를 젖히고 무지개처럼 물을 뿜었다. 거북은 검푸른 빛깔에 크기는 맷방석 같은데 처음은 가는 비 같은 물을 뿜어 전각의 처마와 기왓골이 축축이 젖고 물방울은 날고 튀고 안개처럼 자욱했다. 때로는 화분을 향하여 뿜기도 하고 때로는 가산假山을 향하여 뿌리기도 하였다. 조금 있으니 빗발을 더욱 장하게 뿌려 처마 물은 폭우처럼 쏟아져 내려 햇빛이 비긴 전각 모퉁이는 수정 주렴을 드리운 듯. 전각 지붕의 누런 기왓장들은 흘러내릴 듯이 번지르했다. 정원의 동쪽 나뭇잎들은 한결 산듯해졌다. 물이 온 마당에 차다시피 흠뻑 축인 후 그 노인은 오른쪽 장막 속으로 들어갔다. 환관 수십 인은 저마끔 대 빗자루를 들고 마당의 물을 쓸었다. 거북 배때기에 물이 백 석 찼더라도 이토록 뿌리지는 못할 것 같았다. 또 사람들이 입은 의복은 적시지 않고 비를 오도록 하는 방법은 가위 귀신 재주만 같았다. 만일 온 세상이 비를 바랄 때에 이렇게 한 뜨락만 비로 축인다면 이 역시 일은 다 된 일인 성싶다.[6]

---

6) 천하가 착한 정치를 가물에 비 바라듯 기다리는 때에 천자의 뜨락에만 비를 내려 무슨 소용인가라는 의미.

만년춘 등불 구경 [萬年春燈記]

황제가 정원 동쪽에 있는 별전으로 옮겨 행차를 하는데 천여 명 관리들이 피서산장을 나와 모두들 말을 타고 궁장을 따라 5리나 가서 정원 문으로 들어갔다.

좌우에는 예닐곱 길씩 되는 탑이 섰고 불당과 패루들이 몇 리나 뻗쳤고 전각 앞에는 누런 장막이 하늘과 이은 듯한데 장막 앞에는 모두 흰 막을 장하게 둘러치고 천백 개를 헤아리는 색등을 걸었다. 앞에는 붉은빛 궐문이 세 군데 섰는데 높이는 다 여덟아홉 길은 되었다.

풍악을 잡히고 잡극을 시작하는데, 해는 벌써 저물어 간다. 누런빛 큰 궤짝을 붉은 궐문에 달았는데 갑자기 궤 밑창으로부터 크기가 북만 한 등불이 한 개 툭 떨어졌다. 등불은 한 가닥 노끈에 이어졌는데, 노끈 끝에서 갑자기 절로 불이 붙어 탔다. 불은 노끈을 따라 타 올라 궤짝 밑창까지 닿으니 궤 밑창에서 또 한 개 둥근 초롱이 드리워지고 노끈에 붙은 불은 그 초롱을 태워 땅에 떨어뜨렸다. 궤짝 속에서 또다시 쇠로 만든 채롱 같은 주렴이 아래로 드리워지는데 주렴

면에는 모두 전자篆字로 '수복壽福' 글자를 무늬 놓았고, 불은 글자에 붙어 새파란 불이 한참 타다가 절로 꺼져 땅에 떨어졌다.

또 궤짝 속에서 연주등連珠燈 백여 줄이 죽 드리워지는데 줄마다 등불 수효는 4, 50등씩은 되었다. 등불 속은 차츰 절로 타면서 한꺼번에 훤하게 밝았다.

또다시 얼굴들이 곱게 생긴 천여 명 되는 사내들이 나왔다. 수염은 없고 비단 도포를 입고 수놓은 비단 두건을 썼다. 제마끔 '정丁' 자 막대기 양쪽 끝에 자그만씩한 붉은 초롱을 달고는 앞으로 나갔다 뒤로 물러갔다 하는데, 군대가 조련하는 것 같기도 하였다. 갑자기 세 무더기 오산鰲山[7) 모양으로 변했다가 또 별안간 누각으로 되었다가 또 갑자기 네모난 진형으로 변하기도 하였다.

날이 어둑어둑해지고 보니 등불 빛은 더욱 밝아지면서 갑자기 '만년춘萬年春' 석 자로 변했다가 이번에는 다시 '천하태평天下太平' 넉 자로 변하고 또 갑자기 두 마리 용으로 변해서는 비늘과 뿔과 발톱과 꼬리가 굼틀굼틀 공중에서 굴었다. 깜박하는 동안에 붙고 떨어지고 변화가 무궁하되 털끝만큼도 어긋남이 없이 글자 획들은 또렷또렷한데 다만 수천 명의 신발 자국 소리만 울려 들렸을 뿐이다.

이것은 잠시 동안에 하고 마는 놀음인데도, 기율이 이같이도 엄격하다. 만약에 이런 법으로 군대가 전쟁터로 나간다면 세상에 누가 감히 다칠 것인가? 그러나 천하의 태평은 도덕에 있는 것이요, 규율에만 있는 것이 아닐진대 더구나 이따위 잡극의 규율이 천하의 태평에 무슨 도움이 될 것이랴?

---

7) 자라 등에 섰다는 신선이 사는 산 이름.

매화포 구경 [梅花砲記]

날이 저물자 수없는 대포 소리가 정원 안에서 나오는데, 소리는 천지를 흔들고 매화꽃이 사방으로 흩어지는 것이 숯불을 부채질하면 불꽃이 줄불로 튀듯 했다.[8] …… 요지경 통을 들여다보는 듯 별별 잡동사니가 다 나왔다가 모두 불이 되어 날아가 버렸다. 날짐승, 길짐승, 벌레, 물고기 등속이 날아가고 꿈틀거리고 뛰는 양이 모두 뜻을 가졌는데, 새는 더러 날개를 죽 뻗기도 하고 입부리로 깃을 문지르기도 하고 더러는 발톱으로 눈깔을 비집기도 하고 더러는 벌과 나비를 좇기도 하고 더러 꽃과 과일에 입을 대기도 했다. 짐승은 모두 뛰고 솟고 당기고 차고 아가리를 벌리고 꼬리를 쳐들고 하는 천태만상이 한목 꽃불로 펄펄 날아 반공에 이르러서는 시름시름 꺼졌다.

대포 소리는 더 커지고 불빛은 더 밝아지면서 온갖 신선과 수없는 부처가 훨훨 날아올라 더러는 뗏목을 탔는가 하면 더러는 연잎

---

8) 이하 2행 미상.

배도 타고 더러는 고래도 타고 학도 타고 더러는 호로병을 들고 더러는 보검을 잡고 더러는 주석 지팡이를 내두르기도 하고 더러는 맨발로 갈대 잎 위에 서기도 하고 더러는 손으로 범의 이마를 어루만지면서 어느 것이고 허공에 둥둥 떠 천천히 흘러가는데, 미처 눈으로 다 볼 수 없이 뻔뜩뻔뜩 눈이 휘둥거렸다.

정사는 말하기를, 좌우로 벌여 있는 매화포는 그 통이 더러는 크고 더러는 작아 긴 놈은 서너 길도 되고 짧은 놈은 서너 자도 되어 우리 나라 삼혈총三穴銃같이 만들었고 불꽃이 반공에서 가로 퍼지는 것은 우리 나라 신기전神機箭과도 같다고 했다. 불이 미처 꺼지기도 전에 황제는 일어나 반선을 돌아다보고 잠깐 이야기를 하고는 가마를 타고 안으로 들어갔다. 때는 바야흐로 캄캄할 때인데 앞에서 인도하는 등불이 하나도 없었다.

대체로 81가지 놀음 가운데 매화포로써 끝을 맺는바, 이것을 '구구대경회九九大慶會'라고 한다.

납취조기蠟嘴鳥記

납취조는 비둘기보다 작고 메추라기보다 크다. 빛은 잿빛이요, 푸르고 누런 빛깔 날개에다가 입부리가 크다. 입부리가 밀초빛 같으므로 이렇게 이름을 붙였다. 또다른 이름을 '오동조梧桐鳥'라고도 하는데 능히 사람의 말을 알아들어 무엇이고 가르쳐 시키면 이를 듣고는 못하는 노릇이 없다. 이 새를 길들여 가지고 거리에서 돈을 받고 놀리는 자는 골패 서른두 쪽을 그릇 속에 담고 손바닥으로 비벼 섞어 고루어 놓고 구경꾼을 시켜 골패 한 쪽을 잡도록 하여 무슨 패쪽인지 알고 나서 그 골패 쪽을 새 놀리는 자에게 준다. 그러면 새 놀리는 자는 여러 사람들에게 골패 쪽을 둘러 보인 후 다시 그릇 속에 집어넣고 손으로 비벼 흐트러지도록 섞은 후 새를 불러 그 골패 쪽을 가져오라고 하면 새는 즉시로 그릇 속에 들어가 입부리로 그 골패 쪽을 물고는 날아 나와 나무 가름대 위에 올라 앉아 입에 문 골패 쪽을 보이는데 과연 알아 두었던 바로 그 골패 쪽이었다.

또 오색 깃대를 세워 두고 새를 시켜 아무 빛깔 깃대를 뽑아 오라면 역시 대답을 하고는 그 깃대를 뽑아서 사람에게 준다. 종이로 만든 겹처마로 된 누런 집을 실은 수레를 코끼리에게 메게 하고는 새를 시켜서 수레를 몰라고 하면 새는 머리를 구부리고 코끼리 배때기 밑으로 들어가 입부리로 코끼리 두 다리 사타구니를 물고 이를 민다. 무릇 맷돌을 갈고 말을 타고 활을 쏘고 범춤, 사자춤, 사람이 시키는 대로 따라 조금도 틀림이 없이 한다. 또 종이로 구중 합문이 달린 전각을 만들고 새를 시켜 전각 속에 들어가 무슨 물건을 가져오라면 새는 즉시로 날아 들어가 호령에 따라 물고 나와 탁자 위에 늘어놓는다. 말은 비록 앵무보다 못하나 꾀는 나아 보였다.

한참 동안 재주를 하고 나서는 열이 올라 입에서 혀를 빼물고 있는데 털과 깃이 땀에 젖었다. 한 번씩 놀릴 때마다 뒤미처 깨 한 알씩을 먹인다. 새 놀리는 자는 매양 제 입속에서 깨 한 알씩을 내어 준다.

만국 진공기萬國進貢記

건륭 45년 경자년(1780) 황제의 나이가 70인데, 남쪽 지방을 순시하고는 바로 북쪽 열하로 돌아왔다. 이해 가을 8월 13일이 곧 황제의 천추절이다. 황제는 특별히 우리 나라 사신을 행재소로 불러와 대궐 뜰에서 축하를 하도록 하였다.

나는 사신을 따라 북으로 장성을 빠져 밤낮없이 달렸다. 길에서 보니, 사방에서 조공 드리러 가는 수레가 만 대는 됨 직했다. 또 사람이 지고 약대 등에 싣고 가마에 태우고는 풍우같이 몰아갔다. 들 것을 해 가지고 메고 가는 것은 물건들 중에서도 더욱 다치기 쉬운 물건들이라고 했다. 수레마다 말이나 노새 예닐곱 마리씩 메우고, 가마는 더러는 멜대로 메고 더러는 노새 네 마리를 메도록 해 위에는 '진공進貢'이라고 쓴 누런 빛 작은 깃발을 꽂았다.

진공물들은 전부 거죽은 붉은빛 탄자와 여러 빛깔 서장천과 대, 삿자리, 등자리로 쌌는데 모두 옥으로 만든 기물들이라고 한다. 수레 한 채가 길에 넘어져 방금 새로 묶는데 거죽을 싼 등자리가 조금 떨어진 틈으로 궤짝면이 좀 드러났기에 보니 궤짝은 누런 칠을 하여 작은 정자 한 간만이나 했다. 가운데는 '자유리보일좌紫琉璃普一座'라고 썼는데 '보普' 자 아래와 '일一' 자 위에는 글자가 두서너 자 있어 보였으나 자리 모서리가 덮여 무슨 물건이라 했는지 알아볼 수 없었다. 유리 그릇이 크기가 이만큼 할 때는 이로써 다른 여러 수레에 실은 짐을 미루어 알 수 있었다.

날이 벌써 저무니 더욱이 분잡해져서 수레들은 길을 다투어 서둘러 달렸다. 햇불들이 마주 비치고 방울 소리가 땅을 흔들고 채찍 소리가 벌판을 울리는데 범과 표범을 틀에 집어넣은 것이 여남은 수레나 되었다. 범 틀은 모두 창이 나고 간신히 범 한 마리가 들 만했다. 범들은 죄다 쇠사슬로 목이 묶여 있고, 눈은 누렇고 푸르스름했다. 바닥에 뒹굴고 있는 몸뚱이는 늑대같이 나지막하고 텁수룩이 난 털과 꼬리는 삽살개 같았다.

이 밖에 곰과 여우, 사슴 등속은 이루 다 기록할 수 없었다. 사슴 중에도 붉은 고삐를 매어 말 몰듯 몰고 가는 것은 순록이다. 아라사 개는 높이가 거의 말덕이나 되고 온 몸뚱이를 털어 뼈대는 가늘고 털은 짧고 날씬한 것이 우뚝 서면 여기는 학 같아 보이고 꼬리는 뱀같이 놀고 허리와 배는 훌쭉하게 가느다랗고 귀로부터 주둥이까지는 자 나마 되는데 모두가 입이다. 범과 표범이라도 쫓아가 죽인다고 한다. 덜썩 큰 닭이 있는데 모양은 약대처럼 생기고 높이는 서너 자가량은 되고 발은 약대 족통같이 생겼으며, 날개를 치면서 하루 삼백 리는 간다고 한다. 이름을 '타계駝鷄'라고 한다.

온종일 보는 것은 모두 이런 따위로 우리 일행은 아래위 없이 길 걷기에 바빠서 무심코 지나쳤다. 그런데 마침 해는 저물었는데 하인들 중에 표범 짖는 소리를 들은 자가 있어 드디어 부사와 서장관과 함께 범 실은 수레를 가 보고야 처음으로 하루에도 수없이 지나쳐 보내는 수레에는 옥기물과 보물들뿐만 아니라 역시 천하만국의 기이한 새와 괴상한 짐승들도 많은 것을 알았다.

연극 구경을 할 때에 아주 자그마한 말 두 마리가 산호수珊瑚樹를 싣고 전각 속에서 거쳐 나왔다. 말 키는 겨우 두 자나 되고 빛깔은 황백색으로 그래도 갈기를 땅에 끌면서 소리쳐 울음을 울고 뛰고 달코 하는 것이 준마의 꼴을 갖추었다. 엉성한 산호수의 가지들은 말보다 더 컸다.

아침 나절에 행재소 대문에서 혼자 걸어서 태학관으로 돌아오는 길에 웬 부인이 태평차를 타고 가는 것을 보았다. 얼굴에는 분을 보얗게 바르고 수놓은 비단옷을 입고 있었다. 수레 옆에는 한 사람이 맨발로 채찍질을 하면서 수레를 모는데 몹시 빨리 몰았다. 머리칼은 짧아 어깨를 덮었고 머리칼 끝은 모두 말려들어 양털처럼 됐는데 금고리로 이마를 동여매었다. 얼굴은 붉고 살이 찌고 눈은 고양이 눈처럼 동그랬다. 수레를 따르면서 구경하는 자들이 몰려들어 먼지가 하늘을 덮다시피 휘날렸다. 처음에는 수레 모는 자가 모양이 별나게 생겼으므로 미처 수레 속에 탄 부인을 잘 보지 못했는데, 다시 한 번 자세히 들여다보니, 이는 부인이 아니라 사람 두겁을 쓴 짐승 종류였다. 손은 원숭이처럼 생겼고 가진 물건은 쥘부채 같은데 얼핏 보아 얼굴은 아주 이뻐 보였다. 그러나 자세히 본즉 늙은 노파 같고 요괴스럽고 흉악하게 생겼으며, 키는 겨우 두어 자 남짓한데 수레는 휘장을 걷어 두어 좌우를 돌아보는 눈은 잠자리 눈 같았다. 대체 이것은 남방산으로 능히 사람의 뜻을 안다고 하였다. 어떤 사람은 이것을 '산도山都'라고 했다.

내가 몽고 사람 박명博明에게 이 짐승이 무슨 짐승인지를 물었더니, 박명이 말하기를,

"예전에 장군 풍승액豊昇額을 따라서 만리장성 맨 서쪽의 옥문관玉門關을 나가서 돈황에서 사천 리나 떨어진 산골짜기에 가서 자는데 아침에 일어나 보니 장막 속에 두었던 나무 갑과 가죽 상자가 없어졌습니다. 같이 간 막료들이 차차 알아보니 잃어버린 것이 확실했습니다. 군사들 사이에서 말하기를, 이것은 '야파野婆'가 도적해 간 것이라고 했습니다. 즉시 병졸을 풀어서 '야파'를 포위하였습니다. 모두들 나무를 타는데 나는 원숭이처럼 빨랐습니다. '야파'는 형세가 몰리니 슬프게 부르짖으면서 기어코 붙들리지를 않고는 모두 저마끔 나뭇가지에 목을 매달아 죽고, 잃었던 물건을 죄다 찾았습니다. 상자고 함짝이고 잠가 놓은 것이 본래대로 그대로 있고, 잠근 것을 열어 보니 속에 든 기물들도 버리거나 상한 것이 없었습니다.

함 속에 연지분과 목걸이, 머리꽂이 패물들을 죄다 간직해 두었고 예쁜 거울도 있으며 또 바늘, 실과 가위와 자까지 있었는데, 대체 짐승으로서 여자를 본떠 치장을 좋아하여 저 혼자 즐겼던 것이지요."

하였다. 유황포兪黃圃[9]가 나에게 막북 지방의 구경거리를 묻기에 내가 '타계'를 말했더니, 황포는,

"이는 맨 서쪽 지방에 사는 짐승인데 중국 사람들도 말만 들었지, 그 모양을 구경 못 한 것을 당신은 외국인으로서 용하게 보았습니다."

---

9) 박지원이 북경에서 친했던 사람으로, 이름은 세기이다.

하고 치하를 하였다. '산도'를 말했으나 아무도 이것을 보았다는 사람이 없었다.

내가 열하에서 돌아올 때에 청하에 이르러 거리에서 난쟁이 한 명을 보았는데, 키는 두어 자가량 되고 배는 북처럼 불룩하게 커서 그림에 있는 포대화상布袋和尙[10] 같고, 입과 눈이 모두 낮게 붙었고, 팔뚝도 종아리도 없이 손과 발이 대번에 달린 것 같았다. 담배를 물고 아주 뽐내면서 걷는데 손을 펴서 내두르면서 춤을 추었다. 사람을 보면 제자리에서 허허 웃고 중국 사람으로서는 홀로 머리를 깎지 않고 뒤통수에다가 상투를 틀고 선도건을 썼다. 무명베 도포는 소매가 넓은데, 배통을 활짝 드러내 놓고 상판이 오막조막한 것은 말로 형용하기 어려울 만큼 괴상하였다.

조물주는 장난을 픽도 좋아하는 모양이다. 나는 이것을 황포에게 이야기했더니, 황포와 기타 여러 사람들은 다들 이는 하늘이 별종 인간을 내어 인간을 조롱하는 것이라고 하면서 요즘 거리에 이런 사람이 많이 보인다고 했다.

평생에 괴상한 구경은 열하 있을 때만큼 본 적이 없으나 그 이름조차 모르는 것이 많고 문자로 형용할 수가 없어 모두 생략하고 적지 못하는 것이 유감이로구나.

평계우옥에서 연암이 썼다.

---

10) 불교에서 말하는 일곱 복신福神 중의 하나.

희곡의 목록[戱本名目記]

구여가송九如歌頌   광피사표光被四表

복록천장福祿天長   선자효령仙子效靈

해옥첨주海屋添籌   서정화무瑞呈花舞

만희천상萬喜千祥   산령응서山靈應瑞

나한도해羅漢渡海   권농관勸農官

첨복서향簷蔔舒香   헌야서獻野瑞

연지헌서蓮池獻瑞   수산공서壽山拱瑞

팔일무우정八佾舞虞庭   금전무선도金殿舞仙桃

황건유극皇建有極   오방정인수五方呈仁壽

함곡기우函谷騎牛   사림가락사士林歌樂社

팔순분의권八旬焚義券   이제공당以隮公堂

사해안란四海安瀾   삼황헌세三皇獻歲

진만년상晉萬年觴   학무정서鶴舞呈瑞

복조재중復朝再中   화봉삼축華封三祝

중역래조重譯來朝   성세승유盛世崇儒

가객소요嘉客逍遙   성수면장聖壽綿長

오악가상五岳嘉祥   길성첨요吉星添耀

후산공학緱山控鶴   명선동命仙童

수성기취壽星旣醉   낙도도樂陶陶

인봉정상麟鳳呈祥   활발발지活潑潑地

봉호근해蓬壺近海   복록병진福祿幷臻

보합대화保合大和   구순이취헌九旬移翠巘

여서구가黎庶謳歌   동자상요童子祥謠

도서성칙圖書聖則   여환전如環轉

광한법곡廣寒法曲   협화만방協和萬邦

수자개복受兹介福   신풍사선神風四扇

휴징첩무休徵疊舞   회섬궁會蟾宮

사화정서과司花呈瑞菓   칠요회七曜會

오운롱五雲籠   용각요첨龍閣遙瞻

응월령應月令   보감대광명寶鑑大光明

무사삼천武士三千   어가환음漁家歡飲

홍교현대해虹橋現大海   지용금련池湧金蓮

법륜유구法輪悠久   풍년천강豊年天降

백세상수百歲上壽   강설점년降雪占年

서지헌서西池獻瑞   옥녀헌분玉女獻盆

요지묘세계瑤池杳世界   황운부일黃雲扶日

흔상수欣上壽   조제경朝帝京

대명년待明年   도왕회圖王會

문상성문文象成文   태평유상太平有象

조신기취竈神旣醉   만수무강萬壽無疆

8월 13일은 곧 황제의 만수절이다. 이날을 두고 전 3일, 후 3일 한목으로 연극판을 벌였다. 관리란 관리는 오경에 대궐로 들어가 황제에게 문후를 아뢰고 묘정卯正[11]에 참반을 하여 연극을 구경하고 미정未正[12]에 연극을 파하고 나온다.

희곡들은 모두 조정 신하들이 황제에게 바친 시와 부와 가사 같은 것으로 이를 연출하여 연극을 노는 것이다. 따로 무대를 행궁의 동쪽 누각에 설치하였는바, 처마 높이는 다섯 길 되는 기를 세울 수 있었고 넓이는 수만 명을 수용할 수 있었다.

이 무대를 세웠다가 거두는 데는 아무런 거침이 없이 간단히 된다. 무대의 좌우에는 나무로 가산을 만들었는데, 높이가 전각과 가지런하고 별별 이상한 나무숲이 그 위에 얽혀 비단을 오려서 꽃을 만들고 구슬을 달아 과일을 만들었다.

연극 한 막씩을 할 때마다 배우는 무려 수백 명씩으로 모두가 비단에 수놓은 의복을 입되 각본에 따라 옷을 바꾸어 입는데, 모두가 한족식 관복과 쓰개들이었다.

연극을 놀 때는 잠시 비단 막으로 무대를 가려 무대 위는 조용하여 인적기 없이 다만 신발 소리만 들리다가 조금 지나서 막을 열면 무대 전각에는 산이 솟고 바닷물이 출렁거리고 소나무가 서고 햇살이 비치게 되는바, 소위 구여송 연극이 이것이다.

노랫소리는 모두 우조의 곱절 높은 음으로 악률이 모두 청이 높아서 마치 하늘 위에서 나는 소리만 같아 청탁과 서로 붙들어 주는 음이 없었다. 악기 소리는 모두 생황, 젓대, 피리, 종경, 금슬 소리들

---

11) 오전 6시.
12) 오후 2시.

로, 북소리만이 없고 사이사이 바라 소리가 들렸다.

삽시간에 산은 옮겨지고 바다는 빙 돌아 한 가지 티격태격이 없고 하나도 뒤바뀜이 없이 정연하였다. 황제 요순의 옛날부터 시작하여 의관으로써 본을 뜨지 않은 것이 없이 제목에 따라 연극을 놓았다.

왕양명은 말하기를, "소韶는 순 임금의 한 편 각본이요, 무武는 무왕의 한 편 각본일진대 걸桀, 주紂, 유幽, 여厲 같은 폭군들에게도 한 편씩의 회곡이 꼭 있을 것이다." 했는데, 오늘 연출되는 연극은 오랑캐들의 한 편 회곡인지 모를 일이다.

나는 계찰 같은 지식이 없을 바에는 갑자기 그들의 도덕과 정치에 대하여 무어라 말할 수 없으나, 대체로 음악의 성률이 높고 치질러 윗소리가 아랫소리에 어울리지를 않았으며 노래는 맑되 아랫소리는 격하여 너무 드러난다. 중국 땅의 전통적 음악을 나는 벌써 알 만하였다.

코끼리 이야기 [象記]

   만일에 괴상스럽고 협잡기 있고 우스꽝스럽고 어림없이 큰 꼴을 보려거든 먼저 연경 남서쪽에 있는 선무문의 상방象房을 가 보아야만 할 것이다. 내가 북경서 코끼리 열여섯 마리를 보았는데, 모두 쇠사슬로 발을 비끄러매어 이놈이 움직이는 꼴을 보지 못했다. 이번에는 코끼리 두 마리를 열하 행궁 쪽에서 보았는바, 온 몸뚱이를 꿈틀거리며 움직여 가는 것이 풍우 같다고 할까, 굉장히도 거창스러웠다.

   내가 언젠가 새벽에 동해 바다에 나갔을 적에 파도 위에 말처럼 중긋중긋 선 것이 수없어, 모두 덜썩 크기가 집채 같아서 이것이 물고기인지 짐승인지, 해가 돋기를 기다려 자세히 보려고 했는데 해가 바로 돋기도 전에 물결 위에 말처럼 섰던 것들은 바다 속으로 숨어버렸다. 이번에 코끼리를 한 열 자국 밖에서 보았는데 그때 동해서 보았던 것을 생각할 만치 비슷해 보였다.

   몸뚱이는 소 같고 꼬리는 나귀 꼬리에다 약대 무릎, 범 발통에 털은 짧은 잿빛이요, 어질어 보이는 모습에 소리는 처량하고 귀는 구름장같이 드리웠고, 눈은 초생달 같고, 두 엄니는 크기가 두 아름은 되고 길이는 발 나마 되겠으며, 코는 엄니보다 길어 구부리고 펴는 것이 자벌레 같고, 꼬부리기는 굼벵이 같고, 코끝은 누에 꽁무니 같은데 물건을 끼우는 것이 족집게 같아서 두루루 말아 입에 집어넣는다.

때로는 코를 입부리로만 생각하는 사람도 있어 다시금 코 있는 데를 따로 찾아보기도 하는데 그도 그럴 일이, 코 생긴 모양이 이럴 줄이야 누구나 뜻도 못했던 까닭이다. 더러는 코끼리 다리를 다섯이라고도 하고 눈이 쥐눈 같다고도 하는데, 이것은 대체로 코끼리를 볼 때는 생각들이 코와 엄니 어간에만 주목하는 까닭이니, 그 몸뚱이를 통틀어서 제일 작은 놈을 꼭 집어가지고 보면 이렇게 엉터리없는 비례가 나오게 된다. 대체 코끼리 눈은 몹시 가늘어서 간사한 사람이 아양을 떨 때는 눈부터 먼저 웃는 것과 같으나 그의 어진 성품은 이 눈에 있는 것이다.

강희 시대 남해자에 두 마리 사나운 범이 있었는데, 필경은 길들일 수 없어서 황제가 노하여 범을 코끼릿간으로 몰아넣으라고 명령하였다. 명령대로 몰아넣었더니 코끼리는 몹시 겁을 내면서 그 코를 한 번 휘두르자 범 두 마리는 제자리에서 넘어져 죽었다고 한다. 코끼리가 범을 죽이고 싶어 그런 것이 아니라 범의 냄새를 싫어하여 코를 한 번 휘두른 것이 잘못 부딪쳤던 것이다.

세간 사물로서 극히 작은 것으로 겨우 털끝 같은 것이라도 하늘이 내지 않은 것이 없다고 한다. 그러나 하늘이 어떻게 일일이 다 명령을 했겠는가. 하늘이란 형체로 말한다면 천天이요, 성정으로 말한다면 건乾이요, 주재하는 면으로 본다면 상제上帝요, 작용으로 말한다면 신神이라고 일러 그 이름 붙이는 것이 여러 가지요, 또 부르고 이르는 명색이 너무 친밀하다. 허물이 없이 말하자면 이理와 기氣를 풀무로 삼고 생장과 성쇠를 조물造物이라고 하여, 하늘을 마치 용한 장인바치에 비하여 망치질, 끌질, 도끼질, 칼질에 쉴 사이가 없다고 본다.

그러므로 《주역》에 이르기를, 하늘이 초매草昧[13]를 지었다고 했다. 초매란 것은 그 빛이 검고 그 형태는 뽀얗게 자욱하여 비하자면 동이 틀 듯 말 듯한 때와 같아서 사람이고 물건이고 똑똑히 분별할 수 없다. 나는 모를 일이다. 하늘이 컴컴하고 뽀얗게 자욱한 속에서 대체 만들어 낸 것은 과연 무엇일지.

가루 집에서 밀을 갈 때에 작고 크고 가늘고 굵은 것이 뒤섞여 바닥에 흩어지나니 무릇 맷돌의 작용이란 도는 것뿐이다. 가루가 가늘고 굵은 데야 처음부터 맷돌로야 무슨 마음을 먹었을 것인가. 그런데 이야기하는 자는 말하기를 '뿔이 있는 놈에게는 이빨을 주지 않았다.'고 하여 만물을 창조하는 데는 무슨 결함이나 있듯이 생각하나 이는 잘못이다.

감히 묻노니 이를 준 자는 누구일 것인가? 사람들은 하늘이 주었다고 말하리라.

다시 묻겠다. 하늘이 이를 준 것은 무엇 때문일까? 사람들은 대답하리라. 이것을 사용하여 물건을 씹으라고.

또다시 묻겠다. 이를 사용하여 물건을 씹는다는 것은 무엇일까? 사람들은 대답하리라. 이는 하늘이 낸 이치라고. 또 금수가 손이 없으므로 반드시 그 주둥이와 입부리를 구부려 땅에 대고 먹을 것을

---

13) 천지가 개벽되면서 만물이 혼돈했다는 현상.

찾게 된 것이요, 그러므로 학 다리가 이미 길고 본즉 부득불 목이 안 길 수 없고 그러고도 혹시나 그 입이 땅에 닿지 않을까 걱정이 되어 또다시 그 입부리를 길게 뽑은 것이요, 만약에 닭 다리가 학을 본뜬 다면 속절없이 마당에서 굶어 죽을 것이라고.

나는 이 말을 듣고 허허 웃으면서 말했다.

"그대들이 말하는 이치란 것은 말하자면 소, 말, 닭, 개에게나 맞는 이치렷다. 하늘이 이를 준 것은 반드시 구부려서 무엇이나 씹도록 하기 위함이라고 하자.

이제 코끼리를 본다면 쓸데없는 엄니가 있어서 입을 땅에 대려고 하면 엄니는 먼저 땅에 걸리니 물건을 씹는 데는 도리어 절로 방해가 될 것 아닌가? 더러는 말하리니, 코가 있기 때문이라고.

그러나 나는 말하리라. 긴 엄니를 주고서 코를 힘입으라 함은 차라리 엄니를 없애고 코를 짧게 함만 같지 못할 것이다."

이때야 말하는 자는 처음 낸 이야기를 우겨 세우지 못하고 좀 수그러졌다. 이는 언제나 생각이 기껏 미친다는 데가 소, 말, 닭, 개뿐이요, 용, 거북, 기린 같은 짐승에게는 생각이 미치지 못한 까닭이다. 코끼리는 범을 만나면 코로 때려 눕히니, 그 코로 말한다면 천하에 적수가 없고 쥐를 만나면 코를 댈 자리도 없어 하늘을 쳐다보고 멍하니 설 뿐으로 이렇다고 쥐가 범보다 무섭다고 하면 아까 말한, 소위 하늘이 낸 이치에 맞다고는 못할 것이다.

도대체 코끼리는 오히려 눈에 보이는 것인데도 그 이치에 있어 모를 것이 이런 터에 더구나 천하 사물이란 코끼리보다도 만 갑절이나 복잡함에랴. 그러므로 성인이 《주역》을 지을 때 '코끼리 상象'

자를 따서 지은 것[14]도 이 코끼리 같은 형상을 보고 만물이 변화하는 이치를 연구케 하려는 것이다.

---

14) 상象은 형상의 상으로 《주역》에서 사상四象이 팔괘八卦를 낳고, 팔괘가 육십사괘로 변한다는 사물 변화의 이치를 설명하는 용어.

요술 구경[幻戲記]

머리말

아침 나절에 광피사표 패루를 지나가자니 패루 아래 수없는 사람이 콩나물 박히듯 거리를 둘러서서 웃음소리가 땅을 뒤흔들었다. 졸지에 싸움 싸우다가 죽어 넘어진 자가 길에 가로 놓여 있어 부채로 얼굴을 가리고 걸음을 재빠르게 뛰어 지나오노라니 따라오던 자가 뒤에서 갑자기 뒤쫓아 부르면서 괴상한 구경거리가 있다고 소리를 쳤다. 나는 멀리서 무엇이냐고 물었더니, 따르던 자가,

"어떤 놈이 하늘 복숭아를 훔치려다가 지키는 자에게 들켜 얻어
  맞고서는 땅에 툭 떨어졌습니다."

하기에, 나는 하도 해괴스러워 이를 나무라고는 돌아보지도 않고 왔다. 그 이튿날 또다시 그곳에 갔더니 도대체 천하에 괴상한 재주와 야릇한 놀음과 잡극들은 죄다 천추절에 가려고 열하에서 부르기를 기다리면서, 날마다 패루에 모여 백 가지 놀음을 경연하고 있었다. 그제야 어제 따라온 자가 보았다는 것이 곧 요술의 한 가지인 것을 알았다.

대개 옛날부터 이런 데 능수가 있어 꼬마 귀신을 부려 사람의 눈

을 속였으므로 이를 '요술'이라고 했다.

하夏나라 시절에 유루劉累란 사람은 용을 길들여 먹여 공갑孔甲[1]을 섬겼고 주 목왕周穆王 때에 언사偃師[2]란 자가 있었고, 묵적墨翟은 군자인데 능히 나무로 만든 솔개를 날렸고, 뒷날 세상에는 좌자, 비장방[3] 같은 자들은 이런 술법을 끼고는 사람들을 놀렸고, 연나라, 제나라의 요괴스런 선비들은 신선 이야기로 당시 임금들을 호려서 속인 것은 다 이 요술이다: 당시에 이를 깨닫지 못한 자는 아마 이 술법이 서역으로부터 나왔으므로 구라마십[4]과 불국징[5]과 달마 같은 자들이 가장 요술을 잘하는 줄만 알았을 것이다.

더러는 말하기를, 이런 술법을 팔아 생계를 하는 자는 절로 국법 밖에서 살게 되는데도 이를 금절시키지 않음은 무슨 까닭이냐고 한다. 나는 말했다. 이는 중국땅이 워낙 커서 끝도 밑도 없으므로 넉넉히 이런 것을 같이 길러 내고 보니 정치에 있어서 병으로 삼지 않음이라고.

만약에 천자가 좀스러워서 이런 것을 자를 재 가면서 깊이 추궁한다면 도리어 잘 보이지도 않는 깊숙한 곳에 가만히 숨어 살다가는 때때로 나와서 요술로 호리게 될 것이니, 천하에 큰 환난이 될 수도 있을 것이다. 그러므로 이것을 날마다 사람들로 하여금 장난삼아 구경토록 하면 비록 부녀자나 어린아이라도 이것을 요술로 알게 되어

---

1) 하나라 14대 임금.
2) 산 사람과 다름없는 인형을 만들었다는 사람.
3) 좌자左慈와 비방장費長房은 동한 시대에 요술의 명수들.
4) 원문의 구라마십鳩羅摩什은 '구마라십'의 오기로서 이는 서역의 구자龜玆란 나라 중이다.
5) 원문 불국징佛國澄은 불도징佛圖澄의 오기로서 진晉나라 시대 천축국의 중이다.

마음과 눈을 놀라게 할 것 없이 심상해질 터이니, 이는 임금 된 자로서 소위 세상을 끌고 나가는 정책이 아닐까.

여기서 내가 구경한 요술 스무 가지를 기록하여 장차 우리 나라 사람으로 이 놀음을 구경 못 한 자에게 보이고저 한다.

요 술쟁이가 세숫대야에 손을 씻고 수건으로 깨끗하게 닦은 후 자세를 바로 가지고 사방을 둘러보면서 손바닥을 치고는 이리 뒤집고 저리 뒤집어 여러 사람들에게 돌려 보인 후 이내 왼쪽 손 엄지손가락과 둘째 손가락을 환약이나 벼룩이나 이를 비비듯이 마주 비비니, 갑자기 가느다란 작은 물건이 생겨 겨우 좁쌀 낱만 했다. 연거푸 비벼 대니 이것이 점점 커져 녹두 낱만 해지고 차차 앵두 낱만 하다가 다음은 빈랑 알만 하다가 차츰 계란만 해졌다. 두 손바닥 으로 재빨리 서로 비벼 굴리니 둥글둥글 더 커져 노르스름하고도 흽 스름한 것이 거위알만큼 커졌다. 거위알만 하게 되어서는 그 크는 것이 차츰 크지를 않고 별안간에 수박만 하게 되었다.

요술쟁이는 두 무릎을 꿇고 가슴을 젖히고는 더 빨리 비벼 굴려 장고를 끌어안은 듯 팔뚝이 아플 만하여 그치고는 이내 탁자 위에 놓았다. 그 몸뚱이는 꼭 바로 둥글고 빛은 샛노랗고 크기는 동이만 한 것이 다섯 말들이는 돼 보이고 무게는 들 수가 없고 단단하기는 깰 수가 없다. 돌도 아니요, 쇠도 아니요, 나무도 아니요, 가죽도 아 니요, 흙도 아니요, 둥글둥글하게 된 것이 무어라고 형언할 수 없어 냄새도 없고 향기도 없고 무엇이 무엇인지 모를 만치 제강帝江6)만 같았다.

요술쟁이는 천천히 일어나 손뼉을 치면서 사방을 둘러보고는 다시 그 물건을 만지는데 부드럽게 굴리고 가만가만히 쓰다듬으니 물건은 말랑말랑해지고 손을 하느작거리자 가볍기가 거품 같아 보이면서 차츰 줄어들고 사라져 눈 깜짝하는 동안에 다시 손바닥 속으로

6) 《산해경》이란 책에 나오는 눈도 코도 없이 누런 주머니처럼 생긴 귀신 새 이름.

들어가 또다시 두 손가락으로 비비다가 한번 툭 튀기니까 즉시로 물건은 사라졌다.

요술쟁이가 사람을 시켜 종이 몇 권을 썰도록 하고 큰 통에다가 물을 길어 부어 놓고 썬 종이를 통 속에 집어넣고는 손으로 그 종이를 빨래하듯이 저으니 종이는 풀어져 엉키다시피 섞여 흙을 물속에 집어넣은 것이나 다름없었다. 요술쟁이는 여러 사람들을 두루두루 불러 통 속에 다가서도록 하여 종이와 물이 범벅같이 된 것을 보이니 가위 한심한 꼴이다.

이때야 요술쟁이는 손뼉을 치고는 한바탕 웃더니 두 소매를 걷어붙이고는 통에 대고 두 손으로 종이를 건져 내는데 마치 고치실을 뽑아 끌어 내듯이 하니, 종이가 서로 이어져 나오는데 처음에 썰 때나 다름없었다. 누가 띠처럼 넓은 수십백 발이나 되는 종이를 풀로 붙였는지 이은 자국이 없이 땅바닥에 풀어 흩어 놓아 바람이 부니 펄렁펄렁거렸다. 다시 통 속을 들여다보니 찌꺼지 하나 없이 샛말개져서 갓 길어 놓은 물만 같았다.

요술쟁이가 나무 기둥에 등을 기대고 선 채 사람을 시켜서 손을 뒤로 젖혀서 붙도록 하고 두 엄지손가락을 묶도록 하였다. 기둥은 두 팔 사이에 있고 두 엄지손가락은 검푸르도록 되어 아파 못 배기는 것만 같았다. 여러 사람들이 둘러서서 보는데 누구나 눈살을 찌푸렸다. 이윽고 요술쟁이는 기둥에서 떨어져 나와 섰다. 손은 가슴앞에 있는데 묶은 데는 전이나 다름없이 아직 풀리지를 못했다. 손가락 피는 한 군데 모여 빛은 점점 검푸러지고 아픈 것을 견디지 못했다. 여럿이들 노끈을 풀어 주니 핏기운은 차츰 통하고 동였던 자리는 아직도 빨갰다.

우리 일행의 역졸이 눈을 부릅뜨고 자세히 보다가는 슬그머니 골이 나서 얼굴빛을 변해 가지고 주머니를 털어 돈을 내어 소리를 쳐서 요술쟁이를 불러 가지고는 돈을 먼저 주고 다시 한 번 자세히 보자고 청했다. 요술쟁이는 두덜거리면서 내가 너를 바보라고 안 한 터에 네가 나를 못 믿거든 네 멋대로 나를 묶어 보라고 하였다. 역졸은 기운을 내어 본디 노끈은 던져 버리고 제가 가진 채찍을 끌러 침으로 축여 눅진눅진하도록 해 가지고는 이내 요술쟁이를 붙들어 등에다 기둥을 지우고 뒷손을 젖혀서 묶었다. 처음에 비하여 훨씬 되게 묶으니 요술쟁이는 "아야!" 소리를 외치며 뼛속까지 아파서 닭똥 같은 눈물을 뚝뚝 떨어뜨렸다. 역졸은 허허 웃고 구경꾼들도 더 많아졌다. 벗는 것도 못 본 동안에 요술쟁이는 벌써 기둥에서 떨어져 나왔다. 손을 묶은 데는 종시 풀리지 않았다. 이렇게 신통한 놀음을 세 번씩이나 보였다. 알 수 없는 일이다.

요술쟁이가 수정 구슬 두 개를 탁자 위에 놓았는데 계란보다 조금 작았다. 언뜻 한 개를 집어 입을 벌리고는 들여 넣었다. 목구멍은 좁고 구슬은 커서 삼키지를 못하고 구슬을 다시 토해 내어 탁자 위에 놓았다. 다시 광주리 속에서 계란 두 개를 내어 눈을 부릅뜨고 목을 빼 늘이고는 알 한 개를 삼켰다. 닭이 지렁이를 삼키는 듯도 하고 뱀이 두꺼비 알을 삼키는 듯도 하여 목에 걸려서 거죽으로 혹이 달린 것처럼 보였다. 다시 또 알 한 개를 삼키니 과연 목통을 꽉 틀어막아 자채기에, 구역질에 목에는 핏대가 서고 요술쟁이는 살고 싶지 않은 듯이 후회하고 이내 대 젓가락으로써 목구멍을 쑤시니 젓가락이 꺾여 땅에 떨어졌다.

아무런 재주가 없었다. 입을 벌려 사람들에게 보이는데 목구멍 속에 희끔한 것이 조금 보였다. 가슴을 치고 목을 두드리고 답답하고 괴로워하는 꼴이 하찮은 작은 재주를 자랑하다가 가엾이도 이제는 죽는구나 싶었다. 요술쟁이는 귀가 간지러운 듯이 가만히 듣더니 귀를 기울이고 긁는 것이 무엇을 의심스럽게 생각하는 것처럼 손가락 끝으로 귓구멍을 후벼 흰 물건을 끄집어 내니 과연 닭알이었다. 이때야 요술쟁이는 오른손으로 계란을 쥐고 여러 사람 앞에 빙 둘러 보이고는 왼편 눈에 넣어 오른편 귀에서 뽑아 내고 오른편 눈에 넣고는 왼편 귀에서 뽑아 내고 콧구멍에 집어넣고는 뒤통수로부터 뽑아 내는데 목에는 아직도 계란 한 개가 걸려 있었다.

요술쟁이가 흰 흙 한 덩이로 땅에다가 큼직하게 동그라미를 그어 여러 사람들을 동그라미 밖에 둘러앉혔다. 요술쟁이는 이때서야 모자를 벗고 옷을 끄르고 번쩍거리는 빛이 나는 환도를 내어 땅 위에 꽂아 놓고 또다시 댓가지로 목을 쑤셔 계란을 깨뜨리려고 했다. 땅을 버티고는 한 번 토해 보아도 계란은 필경 나오지 않아 언뜻 환도를 뽑아 가지고 좌우로 휘두르다가 공중을 쳐다보고는 환도를 한 번 던져 올려 손바닥으로 이것을 받더니 또 한 번 높이 던지고는 하늘을 향하여 입을 벌리자 칼끝이 바로 떨어지면서 입속에 꽂혔다.

이때야 여러 사람들은 얼굴빛을 변하고는 모두들 벌떡 일어나 정신없이 깜짝들 놀라 말이 없을새 요술쟁이는 고개를 젖히고 두 팔을 늘이고 뻣뻣이 한참 섰는데, 눈 한 번 깜박하지 않고 하늘을 똑바로 처다보고는 한참 있다가 환도를 삼키는데 병을 기울여 무엇을 마시듯 모가지와 배가 서로 마주 웅하는 것이 성난 두꺼비 배처럼 불룩거렸다. 환도 고리가 이에 걸려 환도 자루만 넘어가지 않고 남아 있었다. 요술쟁이는 네 발로 기듯 하고는 환도 자루를 땅에 쿡쿡 다져 이와 고리가 맞부딪쳐 철걱철걱 소리가 났다. 또다시 일어나서 주먹으로 환도 자루 머리를 치고는 한 손으로 배를 만지고는 한 손으로 칼자루를 잡고 내두르니 뱃속에 칼이 오락가락하는데 살가죽 밑에서 붓으로 종이에 금을 긋듯 보였다. 여러 사람들은 가슴이 선듯하여 똑바로 보지를 못하고 어린애들은 무서워 울면서 안 보려고 엎어지고 자빠지고 달아났다.

이때야 요술쟁이는 손뼉을 치고는 사방을 돌아보고 늠름하게 바로 서서는 이내 천천히 환도를 뽑아 두 손으로 받들어 들고는 여러 사람들 바로 눈앞에 두루두루 내 보이면서 인사를 하는데 환도 끝에 묻은 핏방울에는 아직도 더운 기운이 무럭무럭 떠올랐다.

요술쟁이가 종이를 나비 날개처럼 수십 장 오려서는 손바닥 속에 비벼 여러 사람들에게 보이고는 여러 사람 중에서 한 어린아이에게 눈을 감고 입을 벌리라 하고 손바닥으로 입을 가리니 어린아이는 발을 동동 굴면서 울었다. 요술쟁이가 웃으면서 손을 놓으니 어린아이가 울다가는 토하고 또 울다가는 토하는데 청개구리가 뛰어나온다. 연거푸 수십 마리를 토해 내니 모두 땅바닥에서 펄떡펄떡 뛰었다.

요술쟁이가 탁자 위를 깨끗하게 닦고는 붉은 탄자 보자기를 툭툭 털어 탁자 위에 펴놓고 사방으로 돌아보고는 손뼉을 쳐서 여러 사람들에게 두루 보였다. 요술쟁이는 천천히 탁자 앞으로 와서 한 손으로 보자기 복판을 누르고 한 손으로는 보자기 모서리를 집어 올려 쳐드니 붉은 새 한 마리가 한 번 찍 울면서 남쪽을 향해 날아갔다. 또 한 번 손을 동쪽으로 쳐드니, 푸른 새가 동쪽을 향해 날아갔다.

손을 보자기 밑에 집어넣어 가만히 참새 한 마리를 집어 내는데 빛깔은 희고 입부리는 붉었다. 두 발을 허공에서 후비적거리다가 요술쟁이의 수염을 움켰다. 요술쟁이가 수염을 쓰다듬으니 새는 다시 요술쟁이의 왼쪽 눈을 쪼았다. 요술쟁이는 새를 버리고 눈을 문지르니 새가 서쪽을 향해 날아갔다. 요술쟁이는 분해서 한숨을 쉬면서 다시 가만히 손을 넣어 검정 참새 한 마리를 잡아서 다른 사람에게 주려고 하다가 잘못 놓쳐서 참새는 땅에 떨어져 빙 돌아 탁자 밑으로 들어갔다. 어린아이들이 서로 참새를 붙잡으려고 하니까, 새는 펄쩍 일어나 북쪽을 향하여 날아갔다. 요술쟁이는 분이 나서 보자기를 집어 치우자 수없는 집비둘기들이 한꺼번에 날개를 치면서 나와 빙빙 돌다가 지붕 처마 위에 모여 앉았다.

요술쟁이가 작은 주석 병을 가지고 오른손으로 물 한 보시기를 떠서 병 주둥이에 가득 차도록 부었다. 보시기를 탁자 위에 놓고 대 젓가락을 가지고 병 밑창을 찌르니 물은 병 밑바닥으로 방울져 흐르더니 조금 있다가는 낙숫물처럼 줄줄 흘렀다. 요술쟁이가 고개를 젖히고 병 밑바닥을 입으로 부니 새던 물이 뚝 그쳤다. 요술쟁이가 공중을 향하여 옆으로 흘겨보면서 입속으로 주문을 외니 물은 병 주둥이로부터 몇 자 높이나 솟아 땅바닥에 가득히 쏟아졌다. 요술쟁이가 소리를 꽥 지르면서 솟아오르는 물 중동을 움켜잡으니 물은 중간이 끊어지면서 쭈그러져 병 속으로 들어갔다. 요술쟁이는 다시 아까 보시기를 가져다가 다시 물을 달아 보니 병에 든 물의 분량은 처음과 같은데, 땅바닥에 물 흐른 자욱은 몇 동이나 쏟은 것 같았다.

요술쟁이가 쇠고리 두 개를 내어 탁자 위에 두고는 여러 사람들을 두루 불러서 이 쇠고리를 보였다. 크기는 두 아름이나 되는데 처음도 없고 끝도 없이 둥글둥글 천작으로 되었다. 요술쟁이는 이때야 두 손을 쫙 벌리고 각각 고리 한 개씩 쥐고는 내둘러 춤을 추면서 공중을 향하여 고리를 던졌다가 고리를 가지고 고리를 받는데 두 개 고리는 서로 이어져서 이어진 고리를 여러 사람들에게 돌려 보이는데 끊어진 데도 없고 틈사리도 없는데 누가 이을 때를 보았으랴. 요술쟁이는 이때에 두 손을 쫙 벌리고 두 손으로 고리 한 개씩을 잡고 뗐다가 붙였다가 이었다가 끊었다가 끊고 잇고 떼고 붙이고 했다.

요술쟁이가 수놓은 모직물 보자기를 탁자 위에 펴 놓고 보자기 한 모서리를 약간 들어 주먹만 한 자줏빛 돌 한 개를 집어 내어 칼끝으로 조금 찌르고 돌 밑에 잔을 받치니 소주가 쫄쫄 흘렀다. 소주가 잔에 차면 그치니 여러 사람들이 다투어 가면서 돈을 내어 술을 사 먹는다. 사괴공을 청하면 돌은 사괴공을 흘리고 불수로를 청하면 돌은 불수로를 흘리고 장원홍을 청하면 돌은 장원홍을 흘린다.(사괴공, 불수로, 장원홍은 다 술 이름이다.) 한 가지만 능한 것이 아니라 청하는 대로 척척 응하여 한 줄기 맑은 향기가 속에 들어가면 두 볼은 홍조를 띠게 되었다. 연거푸 수십 잔을 쏟고는 홀연히 돌 간 데를 잃어버렸다. 요술쟁이는 놀라지도 당황하지도 않고 손가락으로 멀리 흰 구름을 가리키면서 돌은 하늘로 올라갔다고 했다.

요술쟁이가 손을 보자기 밑에 넣어 사과 세 알을 끄집어 내었다.(빈과蘋果는 우리 나라에서는 소위 사과인데, 중국에서 사과라고 하는 것은 우리 나라에서는 능금이다. 우리 나라에는 원래 사과가 없었는데 동평위東平尉 정재륜鄭載崙이 사신으로 갔을 적에 가지를 접을 붙여 귀국한 후로 우리 나라에도 비로소 많이 퍼졌는바, 이름은 잘못 전한 것이라고 한다.) 가지가 있고 잎이 붙은 놈을 한 개 가지고 우리 나라 사람에게 사라고 청한다. 우리 사람은 머리를 흔들고 듣지를 않으면서,

"네가 언제나 말똥으로 사람을 놀려 준다는 말을 들었다."

하니, 요술쟁이는 웃으면서 변명하지 않고 여러 사람들은 다투어 가며 서로 사서 먹었다. 우리 나라 사람이 이때야 사자고 청한즉 요술쟁이도 이때야 농담을 한참 하다가는 언뜻 한 개를 집어 내어 주니 우리 사람이 한입 베어 먹고는 곧장 토하는데 말똥이 한입 가득 차서 모인 사람이 모두 웃었다.

요술쟁이가 바늘 한 줌을 입에 넣어 삼키고는 근지럽지도, 아프지도 않고 말하는 것이나 웃음 웃는 것이 평상시와 다름없이 밥을 먹고 차를 마셨다. 천천히 일어나 배를 문지르고는 붉은 실을 비벼 귓구멍에 넣고는 잠자코 한동안 섰더니 자채기를 몇 번 하고는 코를 쥐어 콧물을 내고 수건을 내어 코를 씻고는 콧구멍에 손가락을 넣어 코털을 뽑는 것 같더니 얼마만에 붉은 실이 콧구멍에 조금 보였다. 요술쟁이가 손톱으로 그 끄트머리를 잡아당기니 실이 자나마 나오면서 갑자기 바늘 한 개가 콧구멍으로 누워서 나오는데 실이 꿰어져

있었다. 가느다랗게 질질 끌려 빠지는 실은 자꾸만 길어져 백 개, 천 개 바늘이 한 실에 꿰어져 때로는 밥티가 바늘 끝에 붙어 있었다.

요술쟁이가 흰 사발 한 개를 내어 여러 사람들에게 엎어 보이고 는 땅바닥에 놓았는데 아무런 물건도 담기지 않았다. 요술쟁이는 사 방을 둘러보면서 손뼉을 쳐 보이고는 접시 한 개를 가져다가 사발 아가리를 덮고 사방을 향하여 노래처럼 부르고는 한참 있다가 열어 보니 모양은 흰 마름처럼 생긴 은 다섯 쪽이 들어 있었다. 요술쟁이 는 사방을 돌아보고 손뼉을 쳐 여러 사람들에게 보이고는 또다시 접 시로 사발을 처음과 같이 덮고는 공중을 향하여 옆으로 흘겨보고 진 언 치는 소리를 욕질하듯 하더니 한참 있다가 열어 본즉 은은 돈으 로 변하여 그 수효 역시 다섯 닢이었다.

요술쟁이가 은행 한 소반을 땅바닥에 놓고 큰 항아리로 이것을 덮고 공중을 향하여 주문을 외기 한참만에 열어 보니 은행은 보이지 않고 모두 산사가 되었다. 또다시 그 항아리로 덮고 공중을 향해 주 문을 외고 한참만에 열어 보니 산사는 안 보이고 모두 두구[7]가 되었 다. 또다시 항아리로 덮고 공중을 향하여 주문을 외고 한참만에 열 고 본즉, 두구는 안 보이고 모두 붉은 오얏이 되었다. 또 다시 항아 리로 덮고 공중을 향하여 주문을 외고 한참만에 열고 보니 붉은 오 얏은 간 곳 없고 모두가 염주로 되었는데 전단旃檀[8]에다가 화상을

---

7) 산사山査와 두구荳蔲는 한약 이름.
8) 남양 지방에서 나는 향목.

새겨 포대화상이 하나하나 웃음을 머금고 있는데, 그 하나하나가 모두 뚱뚱하다. 한 줄에 백여덟 개를 꿰어 처음도 없고 끝도 없이 가지런하였다. 아무리 끊어도 어디부터 세야 할지 알 수 없었다.

이때야 요술쟁이는 사방을 돌아보면서 손뼉을 쳐 여러 사람들을 두루 불러 용한 술법을 자랑하였다. 또다시 그 항아리로 덮어서 땅바닥에 엎었다가 땅 위에 뒤집어 놓으니 항아리는 밑으로 가고 소반은 위에 있도록 하였다. 옆눈으로 보면서 성이 나는 듯이 소리를 치고 한참만에 열어 보니 염주는 간 곳 없고 맑은 물이 철철 넘치고 금붕어 한 쌍이 항아리 속에서 힘차게 노는데 물을 먹고 진흙을 토하면서 뛰기도 하고 헤엄도 쳤다.

요술쟁이가 직경이 여덟 치나 되는 꽃 사기 쟁반 다섯 개를 탁자 위에 두고 다시 가는 대가치 수십 개를 탁자 아래 두는데, 대가치의 크기는 화살과 비슷하고 모두 끝을 뾰죽하게 깎았다. 대가치 한 개를 가지고는 그 끝에 쟁반을 얹고 대를 흔들어 돌리니 쟁반은 기울지도 않고 삐뚤지도 않고 도는데, 조금 느리게 돌면 다시 손으로 쳐서 빨리 돌도록 한다. 쟁반은 빨리 도는 바람에 미처 떨어질 사이가 없었다. 쟁반이 조금 기울면 다시 대가치로 질러 올리면 쟁반이 대가치 끝에서 자 나마 올라 솟았다가는 똑바로 가운데로 살금 내려앉아 팽팽 돌고 돌았다.

요술쟁이가 오른쪽 신발 속에다가 꽂아 놓으니 쟁반은 절로 돌고 있었다. 다시 한 가치로 쟁반을 처음처럼 돌리다가 왼편 신발 속에 꽂고, 또 한 가치로 돌리다가 오른편 옷깃에 꽂고, 다른 한 가치는 왼편 옷깃에 꽂고, 또다른 대가치 한 가닥은 끝에다가 쟁반을 얹고는 흔들고 치밀고 핑핑 돌고 돌려 손으로 칠 때마다 쟁그렁 쟁그렁 소리가 났다. 이때야 요술쟁이는 대가치를 잇달아 꽂는데 쟁반은 무겁고 대가치는 길어지니 대가치 허리가 절로 구부러지되 쟁반은 떨어져 부서질 턱이 없이 쉬잖고 돌기만 하였다. 대가치를 여남은 개 이은즉, 높이가 지붕 위까지 올라갔다.

요술쟁이는 아까 쟁반을 돌리느라고 이었던 대가치를 천천히 하나씩 하나씩 빼어 옆에 있는 사람에게 주어 탁자 위에 도로 놓도록 했다. 다음으로 요술쟁이는 입에다가 대가치 한 개를 담뱃대처럼 물고, 입에 문 대가치 끝에다가 높은 대가치를 세우고 두 팔을 드리우고는 빳빳이 한참 동안 서니 이때야 구경꾼들은 누구 없이 뼈가 짜릿짜릿해질 판이다. 쟁반이 아까워서 그런 것보다 실상은 보기에 너무도 아슬아슬하였다. 눈 깜빡하는 사이에 대가치는 히번듯 과연 중동이 끊어지면서 여러 사람들은 한목으로 놀라 악 소리를 치자 요술쟁이도 재빨리 쫓아가 쟁반을 슬금 받아서는 또다시 쟁반을 공중으로 까맣게 높이 던져 놓았다. 요술쟁이는 빙 둘러선 사람들을 돌아보면서 마음은 태평인 듯 가볍게 쟁반을 받는데 자랑하는 빛도 짓내는 체도 없이 옆에 사람도 없는 듯 시침을 뚝 떼었다.

요술쟁이가 벼 알곡 네댓 말을 앞에 놓고 두 손으로 바쁘게 움켜쥐어 마소처럼 좋아라고 삽시간에 다 먹어 버려 땅바닥은 핥은 듯했다. 이때야 요술쟁이는 땅바닥을 버티고 겨를 토해 내는데 침으로 반죽을 하여 덩이가 되어 나왔다. 겨가 다 나오자 계속해서 연기가 무럭무럭 입술과 이 어란에 어리어 손으로 수염을 씻고 물을 찾아 양치질을 해도 연기는 멈추들 않았다. 가슴을 치고 입술을 쥐어뜯고 답답증을 참지 못하여 연거푸 물을 몇 보시기 마셨으나 연기는 더 심하여 입을 벌리고 한번 토하니 붉은 불길이 한 입 틀어 막혔다. 젓가락으로 집어 내니 반은 타고 반은 숯이 되었다.

요술쟁이가 금 호로병을 탁자 위에 놓고 다시 청동 꽃병을 내는데 공작 깃을 꽂아 놓았다. 조금 있다가 보니 금 호로병은 간 곳이 없다. 요술쟁이는 구경꾼들 중에 한 사람을 가리키면서 저 나으리가 감추었다고 하니, 그 사람은 성이 나서 얼굴 빛이 변하여,
"그런 무례한 말을 어떻게 할 것이냐?"
하였다. 요술쟁이는 웃으면서 "참말 나으리는 속이고 있습니다, 호로병은 나으리 품속에 들었습니다."고 하니 그 사람은 노발대발 입속으로 욕을 하면서 옷을 한번 털어 보이니 품속에서 쟁그렁하고 호로병이 떨어졌다. 온 장터가 한목으로 웃으니 그 사람은 아무 소리 없이 한참 있다가 다른 사람 등 뒤로 숨었다.

요술쟁이가 탁자 위를 깨끗하게 닦고는 책을 진열하고 작은 향로에 향불을 피우고 흰 유리 접시에 복숭아 세 개를 담아 두었는데, 복숭아는 모두 보시기만큼씩 컸다. 탁자 앞에는 바둑판과 바둑돌 담은 그릇을 놓고 정갈한 초석 자리를 얌전히 깔아 놓았다. 잠깐 휘장으로 탁자를 가렸다가 조금 있다 걷으니 구슬 관에 연잎 옷을 입은 자도 있고, 신선 복장을 차린 자도 있고, 나뭇잎으로 옷을 해 입고 맨발로 있는 사람도 있다. 더러는 마주 앉아 바둑을 두기도 하고, 더러는 지팡이를 짚은 채 옆에 서기도 하고, 더러는 턱을 고이고 앉아서 조는 자도 있는데, 모두가 수염이 점잖고 얼굴들이 고괴하였다. 접

시에 놓아 둔 복숭아 세 개가 갑자기 가지가 돋고 잎이 붙고 가지 끝에는 꽃이 피어나니 구슬 관을 쓴 자가 복숭아 한 개를 따서 베어 먹고 그 씨를 뱉어 땅에 심고는 또 다른 복숭아 한 개를 절반도 못 먹어서 땅에 심은 복숭아나무는 벌써 몇 자나 자라서 꽃이 피고 열매가 맺혔다. 바둑 두던 자들은 갑자기 머리가 반백이 되더니 홀연히 하얗게 세었다.

요술쟁이가 큰 유리 거울을 탁자 위에 놓고 고임대를 만들어 세웠다. 이때야 요술쟁이는 여러 사람들을 손짓해 불러 거울을 열어 구경시켰다. 몇 층 누각과 몇 겹 전각이 붉고 푸른 단청을 곱게 올렸는데 관원 한 사람이 손에는 총채를 잡고 난간을 따라 천천히 걸어갔다. 아름다운 여자들이 삼삼오오 짝을 지어 더러는 보검을 가지고 더러는 금 호로병을 받들고 더러는 생황을 불고 더러는 쭝방울도 차는데, 구름 같은 머리채에 하늘거리는 귀걸이들이 아름답기 짝이 없었다. 방 안에 가지가지 물건들과 수없는 보물들은 참말 세상에도 부귀가 지극한 사람 같아 보였다. 이때야 여러 사람들은 부러움을 참지 못하여 서로 구경하기에 정신이 빠져 이것이 거울인 줄도 잊어버리고 곧장 뚫고 들어가려고 하였다. 그제야 요술쟁이는 구경꾼들을 소리쳐 물리치고 즉시로 거울 문을 닫아 더 오래 못 보도록 하였다.

요술쟁이는 가만가만 서쪽으로 걸어가 무슨 주문을 외치고 다시 거울을 열어 여럿을 불러 구경을 시켰다. 전각들은 적막하고 누각과 정자들은 황량한데 세월은 얼마나 흘렀던지 아름다운 여자들은 간 곳이 없구나. 한 사람이 침상 위에서 옆으로 누워 자는데 옆에는 아무런 물건 하나 없고 손으로 귀를 받치고 머리 정수리로부터는 김 같은 것이 연기처럼 하느작거리면서 떠오르는데 처음은 가늘고 나중은 둥글어져 드리워진 젖통 같았다. 종규 귀신이 누이를 시집보내고 올빼미가 장가를 드는데 버들 귀신이 앞을 서고 박쥐가 깃발을 들고는 이 김 같은 기운을 타고 올라 안개 속에서 놀고 있었다. 잠자던 자는 기지개를 켜면서 깨려다가는 또 잠이 드는데 갑자기 두 다리가 두 개 수레바퀴로 변하면서 굴대와 바퀴살이 아직도 덜 되었는데 이때야 구경꾼들은 한심한 정을 견딜 수 없어서 거울을 가린 채 등을 지고 달아났다.

인간 세상이 꿈결 같은 것은 본디 이같이 거울 속과도 같아서 차고 더운 변천이 이토록 달랐다. 일체 세간의 가지가지 사물이 아침엔 피었다가 저녁엔 시들고 어제 부자가 오늘은 가난하고 갑자기 젊었다가 갑자기 늙는 것이 꿈속의 꿈 이야기로서, 바야흐로 죽으면서 살고 있다가도 없는 것이니, 누가 참이고 누가 거짓일 것인가? 세상에 착한 마음을 가진 착한 형제자매들에게 이르노니 허깨비 같은 세상에 꿈 같은 몸뚱이와 거품 같은 황금과 번개 같은 재물로 큰 인연을 맺어서 천지 기수에 따라 잠시 이 세상에 머무를 뿐이거든 원컨대 이 거울을 본으로 삼아 덥다고 나가지 말고 차다고 물러서지 말아 있는 돈을 회사하여 이 가난을 구제할지라.

요술쟁이가 큰 동이 한 개를 탁자 위에 놓고 수건으로 정하게 닦고 붉은 천으로 위를 덮고는 장차 무슨 요술을 하려고 이리저리 차리는 판인데 품속에서 접시 한 개가 쟁그렁하고 땅에 떨어지면서 붉은 대추가 떨어져 흩어지니 구경꾼들은 일제히 웃고 요술쟁이도 역시 웃었다. 그릇과 도구들을 건사하여 드디어 놀음을 그쳤는데, 이것은 할 줄 몰라서 그런 것이 아니라 날이 저물어 장차 놀음을 파하려고 일부러 파탄을 내어 여러 사람들에게 본래가 이것이 거짓인 것을 구경시킨 것이다.

이날 홍려시소경鴻臚寺少卿 조광련趙光連과 의자를 나란히 하고 앉아 요술 구경을 했다. 내가,

"눈이 있어도 시비를 분별 못하고 참과 거짓을 살피지 못한다면 이는 눈이 없다고 해도 좋을 것입니다. 그러나 언제나 요술쟁이에게 속는 것은 눈이 헛보아 그런 것이 아니라 밝게 본다는 것이 도리어 탈입니다."

했더니, 조광련은,

"아무리 잘하는 요술쟁이가 있더라도 장님에게는 눈속임질을 할 수 없을 것이니, 눈이란 과연 떳떳한 것이라고 할 수 있나요?"

하였다. 나는 말하였다.

"우리 나라 서화담 선생이란 분이 하루는 길에서 울고 있는 자를 만나 '너 왜 울고 있느냐?' 했더니, 그는 대답하기를 '제가 세 살에 장님이 되어 사십 년 동안 장님 노릇을 했습니다. 전일에는 걸음을 걸을 때는 발을 의지 삼아 보고, 무엇을 잡을 때는 손을 의지 삼아 보았고, 음성을 듣고는 누구인지 분변을 하여 귀를 의지 삼아 보았고, 냄새를 맡아서 무슨 물건인지 알았은즉 코를 의지 삼아 보았습니다. 다른 사람들은 두 눈만 가졌지마는 나는 손과 발과 코와 귀가 모두 눈 아닌 것이 없었습니다. 하필 손, 발, 코, 귀뿐이겠습니까? 해가 뜨고 지는 것을, 낮에는 피로한 것으로 보

고 물건의 형상과 빛깔은 밤 들어 꿈으로 봅니다. 이래서도 아무런 장애가 없었고 일찍이 의심과 혼란이 없었습니다.

그런데 오늘 길을 걸어오는 도중에 두 눈이 별안간에 맑아지고 동자막이 절로 열려 천지가 광대하고 산천이 헝클어지고 만물이 눈을 가로막고 별별 의심이 가슴에 복받쳐 손, 발, 코, 귀의 감각은 거꾸로 뒤틀려서 옛날의 정상스런 버릇을 잃어버리고 보니, 우리 집이 어디인지 아득하게 잊어버려 저 혼자는 돌아갈 수가 없기 때문에 울고 있습니다.' 하더랍니다. 화담 선생이, '네가 너의 손, 발, 코, 귀 들에게 물으면 응당 잘 알 것이 아닌가?' 했더니, '내 눈이 이미 밝았고 보니 그것들에게 물어도 소용이 없을 것입니다.' 했습니다. 그러자 선생은 '도로 네 눈을 감아라! 그러면 바로 네 집으로 갈 것이다.' 했다고 합니다.

이로써 말해 본다면 눈이란 이같이도 밝은 것을 자랑할 거리가 못 됩니다. 오늘 요술을 구경하는 데도 요술쟁이가 눈속임질을 해서 속는 것이 아니라 실상은 보는 자가 제 자신을 속이는 것입니다."

"그렇습니다. 세상에서 말하기를 조비연趙飛燕은 너무 여위고 양옥환楊玉環[9]은 너무 살이 쪘다고 하는데 무릇 '너무'라고 함은 벌써 심하고 과하다는 말입니다. 이미 살찌고 여윈 것을 말하면서 선뜻 과하다고 평한 것은 벌써 절세가인이라고는 할 수 없을 것이지마는 두 임금은 눈이 홀려서 살찐지도 여윈지도 모르고 있던 것입니다.

---

9) 양귀비의 어릴 때 이름.

세상에 밝은 안목과 참된 식견이 없어진 지 오랩니다. 태백이 몸에 먹침질을 하고 약을 캔 것은 효도를 뵈는 요술이요, 예양이 몸에 옻칠을 하고 숯을 먹은 것은 의리를 뵈는 요술이요, 기신紀信[10]의 누런 수레와 좌두左纛 깃발은 충성을 뵈는 요술이요, 패공은 깃발로 요술을 부렸고,[11] 장량의 요술은 돌이요,[12] 전단은 소로[13], 초평은 양으로,[14] 조고는 사슴으로,[15] 황패는 참새로,[16] 맹상군孟嘗君은 닭으로 요술을 삼았습니다. 치우는 구리쇠 머리로[17] 요술을 삼았고, 제갈량은 목우유마木牛流馬[18]로 요술을 삼았고, 왕망이 금등으로 명을 청한 것[19]은 요술로서는 되다가 만 셈이요, 조조가 동작대에서 향을 나눈 것[20]은 요술의 파탄으로 볼 수 있

---

10) 한나라의 충신으로, 한 고조가 항우에게 포위되었을 때에 한 고조를 평복으로 도망치게 하고 자기가 한 고조를 대신하여 누런 빛 휘장을 단 수레에 천자의 수레에만 다는 깃발을 달고 항우의 진중에 들어가 항복을 했다가 잡혀 죽었다.

11) 패공沛公은 한 고조 유방으로서 장군 기신紀信에게 좌독을 주어 위급을 면케 했다는 의미.

12) 장량張良은 유방의 참모로서 황석공黃石公이란 신선에게 병서兵書를 얻어 출세를 하였는바, 황석공의 말이, 뒤에 자기를 찾으려거든 이 산 밑에 누런 돌을 보라고 한 고사를 의미한다.

13) 전단田單은 전국 시대 제나라 장수로 오채 용문을 입힌 소의 뿔에 불을 붙여 적진으로 몰아넣어 승전하였다.

14) 초평初平은 동한의 헌제獻帝의 연호나 양의 사실은 미상.

15) 진나라 승상으로 권력을 한손에 잡고저 반대자를 없애기 위한 시험으로 사슴을 황제에게 바치면서 말이라고 해도 조고趙高를 무서워해 아무도 바른말을 못함을 보고 안심했다는 고사.

16) 황패黃霸는 한나라 선제宣帝 때 승상으로서 이름이 높은 재상이다. '참새'의 사실은 미상.

17) 치우蚩尤는 황제黃帝 시대에 모반을 한 제후로서 그의 머리는 구리요, 이마는 쇠로 되었다는 고사가 있다.

18) 제갈량이 발명했다는, 군량을 산악 지대에 운반하는 자동 기계.

19) 금등金縢은 주나라 때 국가의 중요 문건을 비장하는 금고로서 한나라 역신 왕망은 주공의 옛일을 본떠서 자기에게 황제 자리를 전하라는 금등 문건이 있다고 꾸며 찬탈한 고사.

고, 안녹산의 적심[21]과 노기의 남빛 얼굴[22]은 요술로서는 졸렬한 축입니다.

옛날부터 여자들이 더욱 요술을 잘하여, 포사는 봉홧불[23]로, 여희는 벌[24]로 요술을 삼았습니다. 그러나 성인의 도와 교를 창설하는 데도 역시 이런 것이 있는바, 저는 비록 섬돌에 난 풀[25]이 아첨쟁이를 가리키고, 순 임금이 지은 소악韶樂을 듣고 봉황새가 날아왔다는 것은 감히 의심을 못 한다더라도, 누런 용이 배를 등에 졌다는 것[26]이라든가 붉은 까마귀가 집에 날아들었다는 것을 다 믿을 수는 없습니다.[27] 예로부터 신성한 자나 평범한 자는 누구 없이 한 가지씩은 이해 못 할 일이 있으니 헌데 딱지를 좋아하는 자가 있는가 하면 때로는 당나귀 울음까지 좋아하는 자가 있어 이런 것은 요술이라 하더라도 좋을 것이요, 천성이라 하더라도

20) 조조가 위공으로 있을 당시 동작대銅雀臺를 만들었는데 죽을 때에 궁녀들에게 향을 나누어 주고 사후라도 동작대에 와서 자기에게 제사를 지내도록 한 고사.

21) 안녹산은 당나라 현종 때 인물로서 특히 배가 불러 현종이 농담으로 뱃속에 무엇이 들었느냐고 물을 때는 언제나 적심(赤心, 붉은 정성) 이 들어 있다고 했으나 필경은 모반을 한 고사.

22) 노기盧杞는 당나라 덕종 때 인물로서 얼굴이 흉측하여 귀신 얼굴처럼 삼색이었는데 음험한 인물로 유명하였다.

23) 포사褒姒는 주나라 유왕幽王의 애첩인데, 성질이 잘 웃지를 않아 왕은 그를 웃기기 위하여 일 없이 봉홧불을 들어 제후들이 이에 속아 군사를 몰고 모여드는 것을 보고 포사가 웃었다는 고사.

24) 여희驪姬는 춘추 시대 진나라 헌공의 첩으로 태자 신생申生을 미워하여 일부러 벌을 자기의 속옷에 집어넣었다고 모함하여 죽인 고사.

25) 요 임금의 대궐 뜰에 난 풀로 매일 꽃이 지고 피는 것으로 달력을 삼고 점을 쳤다는 영초靈草.

26) 우 임금의 고사.

27) 주나라 무왕이 제후들과 동맹코저 가는 길에 강을 건너니 붉은 까마귀가 나타났다는 고사.

역시 좋을 것입니다. 요술하는 술법이란 비록 천변만화를 하더라도 겁날 것은 없습니다. 그러나 천하에 무서울 만한 요술이 있다면 충성을 가장한 큰 역적과 덕행을 가장한 '점잔'일 것입니다."

나는,

"호광胡廣[28] 같은 정승은 중용으로 요술을 삼고 오대 시대의 풍도馮道[29]는 명철한 것으로 요술을 삼았으니, 웃음 속에 칼을 품은 것은 오늘 본 입속으로 환도를 삼키는 것보다도 더 무섭지 않을까요?"

하고는, 서로 한바탕 웃고 일어섰다.

---

28) 후한 말기에 여섯 임금을 섬긴 명재상.
29) 후주後周 시대 인물로 각성받이 네 성, 열 임금을 섬겼다는 요령 좋은 재상.

부록

여행 일정
박지원 연보
원문

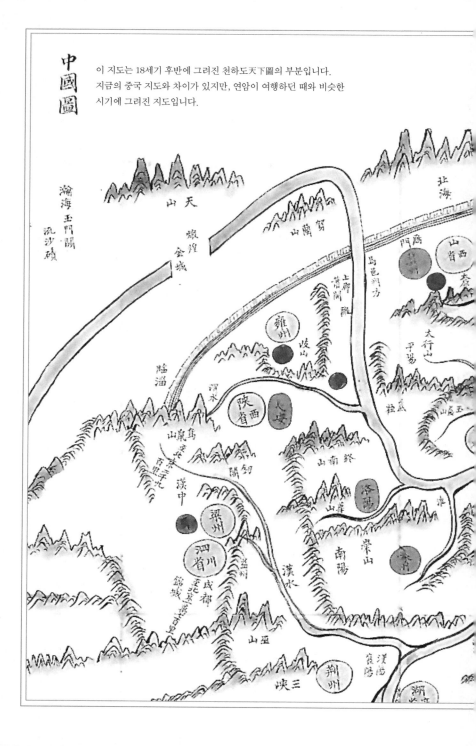

中國圖

이 지도는 18세기 후반에 그려진 천하도天下圖의 부분입니다.
지금의 중국 지도와 차이가 있지만, 연암이 여행하던 때와 비슷한
시기에 그려진 지도입니다.

막북행정록
8월 5일 ~ 8월 9일

태학유관록
8월 9일 ~ 8월 14일

열하

환연도중록
8월 15일 ~ 8월 20일

관내정사
7월 24일 ~ 8월 4일

성경잡지
7월 10일 ~ 7월 14일

북경

산해관

광녕

심양

일신수필
7월 15일 ~ 7월 23일

압록강

도강록
1780년 6월 24일 ~ 7월 9일

열하 여행 지도

여행 일정

압록강을 건너서

6월 24일

오후에 다섯 척 배에 나눠 타고 압록강을 건넜다. 강 기슭인 줄 알고, 섬에 내렸다가 다시 떠나는 우여곡절을 겪으면서 10리를 가서 애자하에 도착했다. 되사람에게 업혀서 애자하를 건넜다. 20리를 더 가 구련성에 도착했다. 장막을 치고 풀밭에서 노숙했다. 병이 중한 역관 김진하는 함께 가지 못하고 뒤떨어졌다.

6월 25일

간밤 비에 젖은 옷과 이불을 내다 말리고 낚시를 했다. 방물이 도착하지 않아 구련성에서 또 노숙했다.

6월 26일

구련성을 출발하여 금석산에서 점심을 먹고 30리 더 가 총수에서 노숙했다. 상관사 마두 득룡이가 강세작 이야기를 한참 했다.

6월 27일

날이 새기 전에 길을 떠나 30리를 더 가 책문에 이르렀다. 장복이가 부담 주머니의 왼쪽 자물쇠를 잃어버렸다. 중국 동쪽 끝 벽지인 책문의 문물들을 보고, 선진 문물에 대한 질투심에 몸이 후끈해졌다. 악가 성 가진 사람 집에서 묵었다.

압록강에서 책문까지 모두 120리였다.

6월 28일

봉황성까지 가서 강영태 집에서 점심을 먹었다. 벽돌 쌓는 법, 기와 이는 법을 유심히 살펴보았다. 봉황성 새로 쌓는 것을 보면서, 평양과 패수의 자리를 놓고 설명한 뒤, 세간에서 이 성을 안시성이라 하는 것에 동의할 수 없다고 했다. 정 진사와 성 쌓는 법을 두고 얘기하다가 벽돌이 나으니, 돌이 나으니 논쟁을 하다 보니 정 진사는 말 탄 채 졸고 있었다. 모두 70리를 가서 송점에서 묵었다.

6월 29일

배를 타고 삼가하를 건넜다. 말은 모두 헤엄쳐 건넜다. 또다시 배로 유가하를 건너 황하장에서 점심을 먹었다. 전당포에서 차 한 잔을 마셨다. 이날 50리를 가 통원보에서 묵었다.

7월 1일

비가 많이 와서 통원보에서 또 묵었다. 정 진사, 주 주부, 변군, 내원, 조학동 들이 술내기 투전을 하는데 끼지 못하고 있다가 우연히 만족 여자를 살펴볼 기회를 얻었다.

7월 2일

냇물이 불어서 건너지 못하고 또 머물렀다. 뗏목 얽을 이야기로 이러쿵저러쿵하다가 낮에는 가마 제도를 구경했다. 저녁에는 투전에 끼어들어 백여 닢을 따서 술을 사 먹었다.

7월 3일

비가 많이 내려 또 머물렀다. 결혼 행렬을 구경하고, 서당에서 아이들을 가르친다는 부 선생에게 보잘것없는 책 목록을 빌려 베끼고 청심환을 주었다.

7월 4일

역시 비 때문에 발이 묶였다. 《양승암집》을 읽거나 투전을 하면서 소일했다.

7월 5일

날은 개었으나 물이 불어서 여전히 건너지 못했다. 중국의 '캉' 제도를 유심히 살펴보고, 변계함과 우리 나라 온돌의 여섯 가지 단점을 이야기했다.

7월 6일

냇물이 줄어서 정사의 가마를 같이 타고 건넜다. 초하구에서 점심을 먹고 분수령, 고가령, 유가령을 넘어 연산관에 와서 잤다. 꿈에 형님 댁까지 다녀왔다.

이날 모두 60리를 왔다.

7월 7일

말을 탄 채로 물을 건너는데, 물살이 급해서 떨어질 뻔했다. 마운령을 넘어 천수참에 와 점심을 먹고, 청석령을 넘었다. 우대령을 넘어 전부 80리를 갔다. 낭자산에서 잤다.

7월 8일

정사와 한 가마를 타고 삼류하를 건너 냉정에서 아침을 먹고, 요동벌에 이르러 '한바탕 울 만한 자리'라고 감탄을 하였다. 고려총, 아미장을 지나 구요양에 들었다. 구요양을 보고 감탄한 내용은 '구요동 견문기'에 자세히 썼다. 태자하를 지나 신요양 영수사에서 묵었다.

이날 전부 70리를 왔다.

7월 9일

새벽같이 길을 떠났다. 장가대, 삼도파를 지나 난니보에서 점심을 먹었다. 처음으로 한족 여자들을 보았다. 만보교, 연대하, 산요포를 지나 십리하에서 묵었다.

이날 50리를 왔다.

성경의 이모저모

7월 10일

십리하에서 일찌감치 떠나 판교보, 장성점, 사하보, 포교와자, 전장포, 화소교를 지나 백탑보까지 40리를 와서 점심을 먹었다. 일소대, 홍화포를 지나 배로 혼하를 건너 심양에 들어갔다. 이날 모두 합해 60리를 와서 심양에서 묵었다.

심양 행궁을 둘러보고, 술집에서 술 한잔 걸치고는 골동품 가게 예속재와 비단 가게 가상루에 들렀다. 저녁을 먹고 달밤에 가상루에 가서 여러 사람들과 머물다 예속재에 와서 날이 밝도록 놀았다. 사람들과 나눈 이야기는 '속재필담'에 담았다.

7월 11일

일어나자마자 다시 예속재로 갔다. 도중에 내원이 일행을 만나 돌아왔다가 밤이 되어 다시 가상루에 가려는데 수역이 펄펄 뛰어 함께 가지는 못하고, 장복이에게 "혹시나 누가 나를 찾거든 뒷간에 갔다고 대답을 해라." 하고 당부해 놓고 몰래 나갔다. 가상루에서 밤을 새고, 새벽에 들어갔다. 가상루에서 나눈 이야기는 '상루필담'에 담았다.

7월 12일

아침 일찍 전사가에게 골동 목록을 받아 들고 심양을 떠났다. 심양에서 원당, 탑원, 방사촌, 장원교, 영안교, 쌍가자를 거쳐 대방신까지 45리를 갔다. 대방신에서 점심을 먹고 마도교, 변성, 홍륭점, 고가자까지 또 40리를 가 모두 85리를 갔다. 고가자에서 묵었다.

이틀 동안 제대로 잠을 못 자서 가는 내내 말 위에서 잠을 잤다. 자느라 약대를 보지 못해서 아주 아쉬웠다.

7월 13일

꼭두새벽에 일어나 출발했다. 세수하고 머리 빗는 것이 말할 수 없이 귀찮아졌다.

고가자에서 새벽에 출발하여 거류하, 거류하보, 비점자, 오도하, 사방대, 곽가둔, 신민둔을 지나 소황기보에서 점심을 먹었다. 대황기보, 유하구, 석사자, 영방을 거쳐 백기보까지 왔다. 이날은 모두 82리를 갔다.

신민둔의 전당포 주인에게 '기상새설'을 써 주어 망신살이 뻗쳤다.

늙다리 참외 장수가 일행이 훔치지도 않은 참외 값을 달라 하여 백 푼 돈을 빼앗겼다.

7월 14일

소백기보, 평방, 일판문, 고산둔을 지나 이도정에서 점심을 먹었다. 은적사, 고가포, 고정자, 십강자, 연대를 지나 소흑산까지 모두 100리를 갔다.

십강자에서 잠시 쉴 때 상갓집 구경을 갔다가 난데없이 문상객 대접을 받아 당황했다.

소흑산에서 부인네 머리꽂이 파는 집에 들어가 다시 '기상새설' 넉 자를 썼다가, 그제서야 밀가루 파는 집에서나 쓰는 말임을 알았다.

일신수필

7월 15일

신새벽에 떠나 중안포에서 점심을 먹고, 일행보다 앞서 떠나 구광녕을 거쳐서 북진묘를 구경했다. 달밤에 길을 가서 신광녕에 도착했다. 북진묘까지 왕복 20리 다녀온 것까지 합해 이날 여정은 모두 90리였다.

중국에 와서 본 것 가운데 깨진 기와 조각과 냄새나는 똥거름이 최고 장관이었다.

7월 16일

변 주부, 내원과 함께 새벽에 먼저 떠났다. 길에서 해돋이를 보았다. 신광녕, 홍륭점, 쌍하보, 장진보, 상흥점, 삼대자를 지나 여양역에서 장 구경을 하고 점심을 먹었다. 여기서부터 용마루 없는 집들이 보이기 시작했다. 두대자, 이대자, 삼대자, 사대자, 왕삼포를 지나 십삼산에 이르니 이날은 모두 80리를 왔다.

아홉 살 된 사효수를 보았으나 길이 바빠 그 집에 못 가 본 것이 애석했다.

7월 17일

아침에 십삼산을 떠나 독로포에서 배로 대릉하를 건넜다. 대릉하에서 묵었다. 이날은 30리밖에 못 왔다.

호행통관 쌍림이 여러 번 말을 걸었으나 상대를 하지 않다가 역관들이 좋은 꾀가 아니라 하여 쌍림의 수레를 함께 탔다. 대릉하까지 오는 동안 쌍림은 되지 않는 조선말로, 장복이는 어수룩한 중국말로 서로 이야기하는 소리를 들으며 갔다.

7월 18일

새벽녘에 대릉하점을 떠나 사동비, 쌍양점, 소릉하를 거쳐 송산보에서 점심을 먹고, 다시 행산보, 십리하점, 고교보까지 모두 86리를 왔다.

먼지 때문에 잠시 피해 있는 사이 수백 마리 약대가 쌀을 지고 가는 광경을 또 놓치고 말았다. 명나라와 청나라 군사들이 격렬하게 싸웠던 송행에서 당시를 회고해 보며 슬퍼 했다. 고교보에서 잤는데, 전에 조선 사신 일행이 잃은 돈 천 냥 때문에 여럿이 죽은 사건 이 있어서 대접이 좋지 않았다.

7월 19일
새벽에 고교보를 떠나 탑산에 해돋이 구경을 갔으나 조금 늦어서 해가 떠 버린 뒤에야 도착했다. 주사하, 조라산점, 이대자를 지나 연산역에서 점심을 치르고, 오리하자, 노화 상대, 쌍수포, 건시령, 다팽암을 거쳐 영원위에 도착했다. 이날 모두 62리를 왔다. 영원 성 밖에서 묵었다.
조대수 패루와 조대락 패루를 구경했다.

7월 20일
새벽에 영원을 출발하여 청돈대, 조장역, 칠리파, 오리교를 지나 사하소에서 점심을 먹었다. 점심을 먹은 뒤에 갑자기 큰비가 쏟아져 비를 맞으면서 길을 갔다. 건구대, 연대 하, 반남점, 망하점, 곡척하, 삼리교를 지나 동관역까지, 모두 60리를 왔다.
부사와 서장관이 해돋이를 보러 청돈대로 가는 것을 보고, 총석정에서 해돋이 구경할 때를 새삼 떠올렸다.

7월 21일
냇물이 불어 건너지 못하고 동관역에서 묵었다. 바로 이웃집에 있는 점술이 용하다는 이 선생이란 자가 조선 사람을 만나고 싶다고 사람을 보내 왔으므로 저녁 식사를 마친 후 찾아갔다. 점은 보지 않고 목화 무역하는 축가 노인과 여인들의 의복과 머리 꾸미는 제도 이야기를 나눴다. 옛날 사람들의 생년월일을 적어 놓은 책을 베끼다가 이 선생이 천기누설이라고 노발대발하기에 웃고 일어났다.

7월 22일
이정자, 육도하교를 지나 중후소에서 점심을 먹고 일대자, 이대자, 삼대자, 사하점, 섭 가분, 구어하둔, 어하교를 지나 정사의 가마를 타고 석교하를 건너 전둔위에 이르렀다.

이날은 모두 64리를 왔다.

배로 중후소 물을 건너서 털모자점을 둘러보았다. 우리는 양을 치지 않으니 우리 나라의 은을 털모자점에 다 갖다 바치는 것 같아 안타까웠다.

7월 23일

왕가대, 왕제구, 고령역, 송령구, 소송령을 지나 중전소에서 점심을 먹었다. 대석교, 양수호, 노군점, 왕가점, 망부석, 이리점을 거쳐 산해관에 도착했다. 심하를 지나 배로 홍화포를 건너 이날은 홍화포에서 묵었다. 이날 모두 84리를 왔다.

장대와 강녀묘를 구경하고, 명나라 대장군 서달이 다섯 겹으로 쌓은 산해관을 둘러보았다. 지금껏 오는 동안 보고 놀랐던 장관들이 다 산해관을 본뜬 것임을 알았다.

관내에서 본 이야기

7월 24일

범가장에서 점심을 치르고 양하제, 대리영, 왕가령, 봉황점, 망해점, 심하역, 고포대, 왕가포, 마팽포를 거쳐 유관에 이르렀다. 이날 모두 68리를 왔다.

7월 25일

영가장, 상백석포, 하백석포, 오가장, 무녕현, 양장하, 오리포, 노가장, 시리포, 노봉구, 다팽암, 음마하를 거쳐 배음보에서 점심을 먹었다. 쌍망점, 요참, 달자영, 부락령, 노룡새, 여조, 누택원을 지나 영평부에서 묵었다. 이날 모두 89리를 왔다.

진사 서학년의 집에서 골동들을 구경했다. 평생 꿈꿨던 한 문공의 사당에는 함께 갈 이가 없어 가 보지 못해 애석하였다. 동악묘를 둘러보았다. 저녁을 먹고 이리저리 거닐다가 우연히 만난 호응권이 화첩을 보여 주기에 그림 목록을 '열상화보'에 정리했다.

7월 26일

배로 청룡하를 건너고 남허장, 압자하, 범가점을 지나 다시 배로 난하를 건넜다. 이제묘에서 점심을 먹고, 망부대, 안하점, 적홍포, 야계타, 사하보, 조장, 사하역까지 이르렀다. 이날은 모두 61리를 왔다. 사하역 성 밖에서 묵었다. 아침에 영평부에서는 장 구경을 했다. 야계타 가는 길에 큰비를 만나 놀랐다.

이날 이야기는 '이제묘 견문기'와 '난하에 배 띄우고'에 썼다.

7월 27일

홍묘, 마포영, 칠가령, 신점포, 건초하, 왕가점, 장가장, 연화지를 지나 진자점에서 점심을 먹었다. 아침 나절에는 어제 이제묘에서 먹은 고비 나물 때문에 속이 불편해 고생을 했다. 점심을 먹고는 재봉이와 상삼이를 따라 기녀 셋과 어울렸다. 술집에서 만난 왕용표가 여러 노래를 가르쳐 주었다.

연돈산, 백초와, 철성감, 우란산포, 판교를 거쳐 풍윤현에 도착했다. 이날은 모두 100리를 와서 풍윤성 밖에서 묵었다. 호형항의 집에서 박제가가 써 놓은 이덕무의 시를 보았다.

7월 28일

새벽에 길을 떠나 조선 사람들이 사는 고려보에 도착했다. 그곳 조선 사람들과 조선서 온 사신 행차는 서로 원수 보듯이 하였다. 사하포, 조가장, 장가장, 환향하, 민가포, 노고장, 이가장을 지나 사류하에서 점심을 먹고, 양수교, 양가장, 이십리포, 십오리둔, 동팔리포, 용읍암을 거쳐 옥전현에 이르렀다. 이날 모두 80리를 와서 옥전성 밖에서 묵었다.

소나기를 피해 들어간 점방 주인이 자기 딸의 수양아버지가 되어 달라 떼를 써서 사양하느라 애를 먹었다.

옥전현 심유붕의 집에 걸려 있던 '범의 꾸중'을 정 진사와 나누어 베껴 썼다.

7월 29일

서팔리보, 오리둔, 채정교, 대고수점, 소고수점, 봉산점, 별산점을 지나 송가장에서 점심을 먹었다. 이리점, 현교, 삼가방, 동오리교, 용지하, 계주성, 서오리교를 거쳐 방균점까지, 이날은 모두 97리를 왔다.

7월 30일

별산장, 곡가장, 용만자, 일류하, 현곡자, 호리장, 백간점, 단가점, 호타하, 삼하현을 지나 조림까지 와서 점심을 먹었다. 삼하현을 지날 때 홍대용에게 부탁받은 편지와 선물을 전해 주려고 손유의의 집을 찾았으나, 마침 산서에 가 있어서 보지 못했다.

백부도장, 신점, 황친점, 하점, 유하점, 마이픕을 거쳐 연교보까지 와서 묵었다. 이날 모두 83리를 왔다.

8월 1일
드디어 북경에 도착한 날이다. 사고장, 등가장, 호가장, 습가장, 노하, 통주, 영통교, 양가갑을 지나 관가장에서 점심을 먹고, 삼간방, 정부장, 대왕장, 태평장, 홍문, 시리보, 파리보, 신교, 동악묘, 조양문을 거쳐 서관에 들어갔다. 모두 63리를 왔다.

압록강에서 북경까지, 모두 33참에 2,030리였다.

8월 2일
북경에서 맞는 첫날.

예부, 호부의 낭중들과 광록시 관원들이 먹을거리를 나누어 주었다.

8월 3일
북경에서 맞는 둘째 날. 도옥 책방에도 가고, 이덕무가 중국에 있을 때 만났다는 당원 항네 집에도 갔다. 새벽에 관가에 가고 없어서 만나지는 못했다.

옥동에 이르러 월중 사람 능야를 만나 함께 오룡정에 갔다.

8월 4일
북경에서 맞는 셋째 날. 유리창을 구경하고, 한 사람이라도 자기를 알아주는 사람을 얻는다면 여한이 없을 것이라는 생각을 했다.

북방 여행기

8월 5일
열하로 와서 황제의 만수절 행사에 참여하라는 명을 새벽에 받고, 삼사를 위시한 사행의 일부가 열하를 향해 떠나게 되었다. 마두들을 다 남겨 두고 견마잡이 한 명씩만 데려

가기로 하여 장복이는 북경에 남았다. 장복이와 헤어지면서, 이별 중에 가장 괴로운 이별은 생이별일 것이라 생각했다. 이별하는 '곳'과 '때'에 대해 여러 가지로 썼다.

자금성을 끼고 열하로 출발해 손가장에 와서 묵었다. 동직문으로 잘못 들어서 수십 리를 돌았다.

8월 6일

열하로 향한 지 이틀째. 동틀 무렵에 길을 나서서 순의현계를 지나 회유현계까지 왔다. 조공 드리러 가는 회회 사람들과 함께 백하를 건넜는데, 이때 창대가 말발굽에 밟혀 제대로 걷지 못하게 되었다.

밀운성을 지나 계속 달리는데 골짝 물이 불어 넘쳐서 지현의 배웅을 받으며 밀운성으로 되돌아가 소씨네 집에 들었다. 밀운 지현이 준 밥이며 고기들은 되돌려보냈다. 황제가 보낸 군기대신 복차산이 와서 9일 아침 전까지는 열하에 꼭 와야 한다고 말했다.

수숫대 한 줌을 얻어 밥을 했으나, 쌀알이 물에 붇지도 않았기에 술 한 잔만 마셨는데 벌써 새벽이었다.

8월 7일

열하를 향해 달린 지 사흘째. 목가곡에서 아침을 지어 먹고 남천문을 나섰다. 광형하를 건너 석갑성에서 저녁을 지어 먹었다. 어스름할 녘에 다시 길을 떠나 고북구에서 술 한 잔을 사 먹고, 새벽 술청으로 샀던 술로 먹을 갈아서는 별빛 아래서 만리장성 벽에다 이름을 새겼다. 이때 이야기는 '밤중에 고북구를 빠져서'에 자세히 썼다.

다시 재를 넘고, 아슬아슬하게 물줄기를 아홉 번이나 건넜다. 이때 이야기는 '하룻밤에 아홉 번 강을 건너'에 자세히 썼다.

8월 8일

열하를 향해 달린 지 나흘째. 눈 한번 못 붙인 채 쉬지 못하고 말을 달렸다. 발에 부상을 입었던 창대가 제독의 호의로 노새를 얻어 타고 와서 일행과 합류했다.

삼도량에서 잠시 쉬었다가 합라하를 건넜다. 밤에는 역참 화유구에서 머물렀다.

8월 9일 오전

난하를 건너 10여 리 가니, 내시들이 와서 사신 일행이 어디쯤 왔나를 보고 돌아갔다. 드디어 열하에 도착했다.

태학관에 머물면서

8월 9일 오후

열하에 들어, 태학에 머물렀다.

대리시경 윤가전, 귀주안찰사 기풍액, 거인 왕민호를 처음 만났다. 윤가전이 정사 박명원을 보겠다 하여 모시고 갔으나 만나지 않겠다는 답을 들었다. 군기장경 소림이 와서 2품 끝자리에 서라는 황제의 조서를 읽었다. 예부가 정사에게 감사의 글을 올리라 독촉하였다.

닷새 만에 처음으로 제대로 자리에 누워 잠이 들었다.

8월 10일

날이 새기 전에 피서산장에 들어갔다. 황제가 내리는 음식을 먹고, 먼저 밖으로 나와 황제의 여섯째 아들과 몽고 왕을 보고 숙소로 돌아왔다. 산동도사 학성과 이야기를 나누었다.

황제가 초청해 찰십륜포에 머무르던 반선 라마를 예방하라는 황명을 받고 논란이 벌어졌다. 가야 하나 말아야 하나 의논하다가 날이 늦어 다음으로 미루었다.

8월 11일

술집에서 몽고 사람, 회회교 사람들과 찬 술을 호기롭게 들이켰다.

피서산장에서 황제를 알현한 뒤, 찰십륜포에서 반선 라마를 예방하고, 금불을 하사받았다.

8월 12일

황제가 피서산장의 권아승경전에서 반선 라마를 위해 베푼 연회를 담 너머로 구경하였다.

8월 13일

만수절 당일이다. 피서산장의 담박경성전에서 하례식에 참석한 후, 황제가 내린 여지 즙을 술인 줄 알고 먹었다. 기풍액과 달을 보면서 지구가 둥글다는 것에 관한 이야기를 나누다가 기풍액의 처소에서 늦게까지 황교 이야기를 나누었다. 나눈 이야기는 '황교문답' 과 '반선시말' , '망양록' 에 자세히 썼다.

8월 14일

왕곡정과 시습재에서 악기 구경을 하고 나오다가 수백 필 말 떼를 만났다. 광동안찰사가 보낸 사람이 다녀갔고, 이제 그만 북경으로 돌아가라는 황제의 명령이 떨어졌다. 기풍액, 왕곡정, 학지정 들과 눈물로 이별하였다.

북경으로 돌아오는 도중에

8월 15일

열하를 떠났다.

광인점, 삼분구를 지나 쌍탑산에 이르렀다. 난하를 건너 하둔에서 묵었다. 이날 40리를 왔다.

8월 16일

왕가영에서 점심을 먹고 황포령을 지나다가 황제의 친조카 예왕을 만났다.

마권자에서 묵었다. 이날 80리를 왔다.

8월 17일

청석령을 지나 삼간방에서 아침을 먹었다. 아침 먹던 여관에서 술 취한 예왕을 만났다. 예왕과 황제의 손자들이 사냥하는 모습을 보았다. 고북구에 도착하여 관내 여관에서 점심을 먹었다. 세 번째 관에서 절에 들렀는데, 오미자 때문에 봉변을 당했다.

열하로 갈 때에는 조느라 보지 못했던 약대 여러 마리를 보았다. 이날 80리를 왔다.

8월 18일

동틀 녘에 떠나 거화장과 사자교를 지나 목가곡에서 점심을 먹었다. 석자령을 지나 백하 나루터에서 강을 건넜다. 반선 라마를 곱게 보지 않았다 하여 군기대신의 배웅도 없고, 낭중의 호송도 없고, 황제의 인사말도 없었다.

부마장에 이르러 성 밑 관에서 묵었다. 이날 65리를 왔다.

8월 19일

새벽에 회유현을 지나 남석교에서 점심을 먹었다.

임구를 지나 청하에서 묵었다.

8월 20일

북경으로 돌아온 날이다. 덕승문을 지나 남아 있던 일행들과 다시 만났다. 먼저 마중 나간 내원이만 바로 만나지 못했고, 창대와 장복이와 더불어 반가움을 나누었다. 황제를 보았다거니, 상금을 천 냥이나 받았다거니 하는 창대의 허풍에 장복이는 홀랑 속아넘어 갔다.

저녁을 먹고 주부 조명회의 골동을 구경했다.

*박지원은 1780년 5월 25일에 임금에게 하직 인사를 올리고 길을 떠났다. 《열하일기》는 압록강을 건너는 6월 24일부터 시작해서 열하에서 북경으로 돌아온 8월 20일까지 여정에 집중해서 쓴 글이다. 박지원은 그 뒤 9월 17일까지 북경에서 머물렀고, 10월 27일에 한양에 도착했다. 한양에서 압록강까지와, 북경에서 한양까지 돌아오는 여정은 적지 않았다.

박지원 연보

1737년 음력 2월 5일

반남 박씨 박사유와 함평 이씨 사이 2남 2녀 중 막내로 태어났다.
휘는 지원, 자는 중미, 호는 연암이었다.

1752년(16세)

관례를 올리고 유안재 이보천의 딸과 혼인했다. 장인 유안재에게 《맹자》를 배우고, 처숙인 홍문관 교리 이양천에게 문장 짓는 법을 배웠다. 연암이 '항우본기'를 모방하여 '이충무전'을 지었는데, 반고와 사마천과 같은 글 솜씨가 있다고 크게 칭찬받았다.

1754년(18세)

우울증으로 고생했다. 사람들을 청해 재미있는 이야기를 들으면서 우울증을 고쳐 보고자 했다. '민옹전'에 나오는 민유신을 만난 것도 이 무렵이다.
거지 광문의 이야기로 '광문자전'을 썼다.

1755년(19세)

연암의 학문을 지도했던 영목당 이양천이 40세로 별세했다. 연암은 그이의 죽음을 애도하여 '제영목당이공문祭榮木堂李公文'을 지었다.

1756년(20세)

김이소, 황승원, 홍문영, 이희천, 한문홍 들과 북한산 봉원사 등을 찾아다니며 공부했다. 봉원사에서 윤영을 만나서 허생의 이야기를 전해 들었다.

1757년(21세)

시정의 기이한 인물이나 사건을 듣고 '방경각외전'을 썼다. 떠돌이 거지, 몰락한 무반, 농부 따위 이름 없는 하층민을 주요 대상으로 삼았다. 아홉 편 가운데, '봉산학자전'과 '역학대도전' 두 편은 스스로 없애 버렸고 '양반전', '광문자전', '예덕 선생전', '김 신선전', '우상전', '말거간전', '민 노인전' 일곱 편만 남아 전한다.

1759년(23세)

어머니 함평 이씨가 59세로 돌아가셨다.

큰딸이 태어났다.

1760년(24세)

할아버지 박필균이 76세로 돌아가셨다. 조부는 노론을 지지했던 선비로, 사간원정언, 경기관찰사, 예조참판, 공조참판 들을 지내고 지돈녕부사에까지 이르렀다. 조부의 신중한 처신과 청렴한 생활은 연암에게도 큰 영향을 끼쳤다.

1764년(28세)

효종이 북벌 때 쓰라고 송시열에게 하사했다는 초구를 구경하고, '초구기貂裘記'를 썼다.

1765년(29세)

가을에는 유언호, 신광온 들과 금강산을 유람하였다. 삼일포, 사선정 등 금강산 일대를 두루 돌아보고, '총석정 해돋이〔叢石亭觀日出〕'를 썼다. 판서 홍상한이 이 작품을 격찬했고, 《열하일기》에도 되풀이 수록했다.

1766년(30세)

장남 종의가 태어났다.

홍대용이 중국 문인들과 나눈 필담을 정리해 '건정동회우록乾淨衕會友錄'을 냈는데, 박지원이 거기에 서문을 썼다. 홍대용과 중국 사람들의 우정을 예찬하고, 청을 무조건 배격하는 사람들을 비판하는 글이었다. 보리가 펴낸 박지원 작품집 《나는 껄껄 선생이라오》에 '중국에서 마음 맞는 벗을 사귀다〔會友錄序〕'라는 제목으로 실려 있다.

1767년(31세)

아버지 박사유가 65세로 돌아가셨다. 부친상을 당하고, 장지 문제로 녹천 이유 집안과 시비가 벌어졌다. 이 일로 상대방의 편을 들어 상소를 올렸던 이상지가 스스로 관직에서 물러난 것을 보고 이때부터 연암도 스스로 벼슬길을 단념하였다.

삼청동에 있는 무신 이장오의 별장에 세를 얻어 살기 시작했다.

1768년(32세)

백탑 근처로 이사해 이덕무, 이서구, 서상수, 유금, 유득공 들과 가까이 지냈다.

1769년(33세)

이서구가 쓴 문집의 서문 '옛 사람을 모방해서야〔綠天館集序〕'를 썼다.

1770년(34세)

감시의 양장에서 모두 일등으로 뽑혔다. 입궐하여 영조에게 극찬을 받았다. 많은 이들이 박지원을 급제시켜 공을 세우려 했으나 회시에 응하지 않거나, 응시한다 하더라도 시권을 제출하지 않거나, 제출하더라고 노송과 괴석을 그린 그림을 제출하여 벼슬할 뜻이 없음을 밝혔다.

벗들과 북한산의 대은암에 놀러가 시와 문장을 주고받은 것을 기록한 '의인과 소인배〔大隱菴唱酬詩序〕'를 썼다.

1771년(35세)

큰누님 박씨가 43세로 돌아가셨다. 누님의 죽음을 슬퍼하면서 '백자증정부인박

씨묘지명伯姉贈貞夫人朴氏墓誌銘'을 썼다.

이덕무, 백동수 들과 송도, 평양을 거쳐 천마산, 묘향산, 속리산, 가야산, 단양 등 명승지를 두루 유람했고, 황해도 금천 연암골을 보고는 몹시 좋아했다.

1772년(36세)

식솔들을 처가로 보내고 서울 전의감동에 혼자 살기 시작했다. 가까이 지내던 홍대용, 정철조, 이서구, 이덕무, 박제가, 유득공 등 여러 벗들과 더욱 친하게 사귀었다.

이서구가 '하야방우기夏夜訪友記'를 쓰자 '사흘째 끼니를 거르고[醋素玩亭夏夜訪友記]'를 써서, 소탈하게 지내던 자신의 생활을 그려 보였다.

삼종질 박종덕의 아들 수수가 29세로 죽자, '족손증홍문정자박군묘지명族孫贈弘文正字朴君墓誌銘'을 썼다.

벗들에게 보낸 편지를 모아 '영대정잉묵映帶亭賸墨'을 펴고, 스스로 서문을 썼다.

박제가가 문집《초정집楚亭集》을 펴내자, 법고창신의 문학론을 담아 서문을 썼다. 보리의《나는 껄껄 선생이라오》에 '옛것을 배우랴 새것을 만들랴[楚亭集序]'라는 제목으로 실려 있다.

1773년(37세)

유등곡, 이덕무와 서도를 유람했다. 허생의 이야기를 해 주었던 윤영을 또 만났다.

1774년(38세)

송나라 이당李唐의 그림 '장하강사長夏江寺'가 우리 나라에 들어온 내력을 기록한 '제이당화題李唐畫'를 썼다.

1777년(41세)

장인 이보천이 64세로 돌아가셨다. 장인을 추모하는 글 '제외구처사유안재이공문祭外舅處士遺安齋李公文'을 썼다.

1778년(42세)

사은진주사 일원으로 북경으로 떠나는 이덕무와 박제가를 전송했다.

가난한 집안 살림을 도맡아 왔던 형수 이씨가 55세로 돌아가셨다.

서울 생활을 청산하고 홍국영의 견제를 피해 연암골에 은둔하였다. 초가삼간을 장만하고 손수 뽕나무도 심었다. 형수의 유해를 연암으로 옮기고 '백수공인이씨 묘지명伯嫂恭人李氏墓誌銘'을 썼다.

유언호가 연암에 왔다가 만나지 못하고 그냥 돌아간 뒤 유언호에게 편지 '웃음의 말[答兪士京書]'을 썼고, 왕이 내린 귤첩을 보내준 데 대한 감사로 '사유수송혜내선이귤첩謝留守送惠內宣二橘帖'을 써서 보냈다.

유언호의 도움으로 개성 금학동에 있는 양호맹의 별장에 머물면서 이행작, 이현겸, 양상회, 한석호 들을 가르쳤다. 이 무렵 연암을 찾아온 유언호와 젊은 날 금강산을 유람한 일을 두고 나눈 이야기를 기록하여 '내가 하나 더 있어서[琴鶴洞別墅小集記]'를 썼다. 금학동 별장 안에 있는 만휴당에 붙인 글 '늘그막에 휴식하는 즐거움[晩休堂記]'을 썼다.

다시 연암골로 돌아왔다. 개성에서 만난 유생들이 따라와서 글을 배웠다. 이 무렵의 생활은 '산중지일서시이생山中至日書示李生'에 잘 담겨 있다.

1779년(43세)

이덕무, 박제가, 유득공이 규장각 검서로 발탁되었다. 이 무렵에 쓴 '답홍덕보서答洪德保書' 세 통은 홍대용에게 연암골 생활을 전하고, 세 사람이 기용된 것을 축하한 편지들이다.(보리의 《나는 껄껄 선생이라오》에 '평생 객기를 못 다스리더니', '돼지 치는 이도 내 벗이라', '출세한 벗에게 이르노니'라는 제목으로 실려 있다.)

1780년(44세)

홍국영이 실각하자 서울로 돌아와 처남 이재성의 집에 머물렀다. 삼종형인 금성도위 박명원을 따라 북경으로 갔다. 5월에 떠나 6월에 압록강을 건넜고, 8월에 북경에 들어갔다가 열하에 들러 다시 북경으로 돌아와 10월에 귀국하였다. 돌아오자마자 《열하일기》를 쓰기 시작했다.

둘째 아들 종채가 태어났다.

1781년(45세)

박제가가 쓴 《북학의北學議》에 서문을 썼다.(보리의 《나는 껄껄 선생이라오》에

'사흘 읽어도 지루하지 않은 북학의〔北學議序〕'라는 제목으로 실려 있다.)

1783년(47세)

연암에게 글을 배우던 박경유의 처가 남편을 따라 죽자, '열부이씨정려음기〔烈婦李氏旌閭陰記〕'를 썼다.

벗이었던 담헌 홍대용이 53세로 죽었다. 손수 염을 하고, 담헌이 중국에서 만난 벗 손유의에게 부고를 전했다. '나의 벗 홍대용〔洪德保墓誌銘〕'을 썼다.

《열하일기》의 첫 편 '압록강을 건너서〔渡江錄〕'의 머리말을 썼다.

1786년(50세)

7월 유언호가 천거하여 선공감역에 임명되었다.

1787년(51세)

부인 전주 이씨가 51세로 죽었다. 박지원은 그 뒤로 죽 혼자 지냈다.

큰형 희원이 58세로 죽었다. 연암골에 있는 형수의 무덤에 합장했다. 형을 보내면서 쓴 시 '연암에서 돌아간 형님을 생각하고〔燕巖億先兄〕'를 보고, 이덕무가 눈물을 흘렸다 한다.

1788년(52세)

부인이 죽은 지 1년 만에 맏며느리 덕수 이씨가 죽었다. 끼니를 끓여 줄 사람이 없어 주위에서 다시 처를 얻으라고 했으나, 듣지 않았다.

종제 박수원이 선산부사로 나가 있는 동안 계산동 집을 빌렸다.

선공감 제조인 서유린이 자문감 일을 함께 하면서 대궐의 춘장대를 보수해야 했는데, 연암이 벽돌을 구워 쓰는 것이 견고하고 비용도 줄일 수 있다고 제안하여 중국 제도에 따라 가마를 제작하고, 벽돌 크기도 중국의 제도를 따랐다. 《열하일기》에 쓴 그대로 하여 비용을 절감했으나 그때는 쓰지 못했고, 후에 수원성을 축조할 때 이 방법을 사용해 성을 쌓았다.

1789년(53세)

평시서주부로 승진했다.

문하생 최진관의 아버지가 돌아가시자 '치암최옹묘갈명癡菴崔翁墓碣銘'을 지어 주었고, 개성의 선비 김형백이 죽자 '취묵와김군묘갈명醉默窩金君墓碣銘'을 써서 죽음을 애도하였다.

1790년(54세)
삼종형 박명원이 66세로 돌아가셨다. 누구보다 연암의 뛰어난 재질을 아끼고 사랑했던 형이었다. 박지원은 '삼종형금성위증시충희공묘지명三從兄錦城尉贈諡忠僖公墓誌銘'을 썼다.

제릉령에 임명되자 한가로운 곳에서 마음대로 독서하고 저술할 수 있게 된 것을 기뻐했다. 연암골 가까이에서 일하게 되어 일에서 벗어나면 연암골에서 하루 이틀 소요하였다. 말단 벼슬아치로 유유자적 지내는 모습을 '재거齋居'란 시로 썼다.

사복시주부로 전보되었으나, 사퇴하였다.

사헌부감찰로 전보되었으나, 사퇴하였다.

1791년(55세)
한성부판관에 임명되었다.

겨울에는 안의현감으로 부임했다.

1792년(56세)
함양군 둑 공사에 장정들을 징발할 때, 관아에서 식량을 대고 고을별로 장정을 나누게 해서 대엿새 걸리던 일을 하루 만에 끝내게 했고, 그 뒤 5년 동안 둑 공사 부역으로 힘든 일이 없었다.

현감으로 있는 동안 현풍 사람 유복재를 죽인 범인에 대해 논한 '답순사논현풍현살옥원범오록서答巡使論玄風縣殺獄元犯誤錄書'와 밀양 사람 김귀삼 살인 사건을 논한 '김귀삼의 살인 사건[答巡使論密陽金貴三疑獄書]'과 함양 사람 장수원의 살인 사건을 논한 '장수원의 강간 미수 사건[答巡使論咸陽張水元疑獄書]'과 밀양 사람 윤양준의 살인 사건을 논한 '답순사논밀양의옥서答巡使論密陽疑獄書'와 함양 사람 조판열의 죽음을 논한 '답순사논함양옥서答巡使論咸陽獄書'들을 썼다.

삼종질 박종악이 우의정에 임명되자 취임을 축하하면서 '천하 사람의 근심을 앞질러 근심하시오[賀三從姪宗岳拜相因論寺奴書]'를 썼고, 벗 김이소가 우의정에 임명되자 '화폐가 흔한가 귀한가〔賀金右相履素書〕'를 써서 축하했다. 이 편지에는 화폐 유통을 바로잡고 은이 나라 밖으로 나가는 것을 막는 것에 대한 의견을 썼다.

1793년(57세)

《열하일기》로 잘못된 문체를 퍼뜨린 잘못을 속죄하라는 정조의 하교를 받고, '답남직각공철서答南直閣公轍書'를 썼다. 임금의 문책을 받은 처지로 새로 글을 지어 잘못을 덮으려 하는 것은 오히려 누가 되는 일이라는 내용이었다.

벗 이덕무가 53세로 죽었다. 정조가 이덕무의 행장을 짓도록 하여 '형암 행장炯菴行狀'을 썼다.

흉년이 들자 자기 녹봉을 덜어 백성을 구했다. 공진 설치를 거절하는 '답순사론 진정서答巡使論賑政書'와 다른 고을 수령들과 굶주린 백성을 구하는 길에 대해 의논한 '굶주린 백성이 살 길〔答丹城縣監李侯論賑政書〕'와 '나는 껄껄 선생이라오 〔答大邱判官李侯論賑政書〕'를 썼다.

벽돌을 구워 관아에 새로 정각들을 지었다. 이때 '백척오동각을 지어 놓고〔百尺 梧桐閣記〕', '연암의 제비가 중국에서 공작새를 보았다〔孔雀館記〕', '아침 연꽃, 새벽 댓잎〔荷風竹露堂記〕'들을 지었다. 고을 아전들이 전에 있던 현감 곽준의 제 사를 지내는 일을 칭찬한 '곽공을 제사 지내며〔安義縣縣司祀郭侯記〕', 거창읍 이 술원에게 정려가 내린 일을 기록한 '충신증대사헌이공술원정려음기忠臣贈大司憲 李公述原旌閭陰記' 들도 이 무렵에 썼다.

지나친 수절 풍습을 비판한 '열녀 함양 박씨전 병서烈女咸陽朴氏傳并序'를 썼다.

1794년(58세)

아전들이 포탈한 곡식을 원래대로 채워, 창고에 곡식을 10만 휘나 쌓아 두게 되 었는데, 호조판서가 그것을 팔 것을 제안하나 수입이 생길 것을 꺼려 곡식을 다른 고을로 옮겨 버렸다.

함양군수의 부탁으로 학사루를 수축한 전말을 기록한 '천년 전의 최치원을 기 리며〔咸陽郡學士樓記〕'를 썼고, 함양군에 새로 지은 학교 홍학재에 부치는 '홍학 재를 지은 뜻〔咸陽郡興學齋記〕'도 썼다.

1795년(59세)

'보름날 해인사에서 기다릴 것이니〔海印寺唱酬詩序〕'를 썼고, 장편시 '해인사海印寺'도 썼다.

전라감사 이서구가 천주교를 비호한다고 유배를 가자 '답이감사적중서答李監司謫中書'를 보내 위로했다.

1796년(60세)

안의현 백성들이 송덕비를 세우려 하자 자기 뜻을 몰라서 하는 일이라며 크게 꾸짖고, 세우지 못하게 했다.

안의현감 임기가 끝나 서울로 돌아왔다. 종로구 계동에 벽돌을 사용하여 계산초당을 지었다. 아들 박종채가 머물렀고, 손자 박규수가 이곳에서 태어났다.

제용감주부에 임명되었다가 의금부도사로 전보되었다.

벗 유언호가 67세로 죽었다.

1797년(61세)

7월, 면천군수에 임명되자 임금을 알현하게 되었고, 이때 문체에 대한 이야기를 다시 나누었다. 정조의 명령으로 '서이방익사書李邦翼事'라는 글을 쓰게 됐다.

충청감사와 불화를 겪고 있을 때 '답공주판관김응지서答公州判官金應之書'(보리의《나는 껄껄 선생이라오》에 '혼자 억측하지 마십시오'와 '머무르고 떠나는 일' 두 편이 실려 있다.)를 썼다.

1798년(62세)

연암이 있던 면천군에 천주교가 성행했으나, 천주교도들을 크게 벌하지 않고 기회를 주어 방면했다.

1799년(63세)

봄에 흉년이 들자, 안의에서 했던 것처럼 봉록을 덜어 백성을 구휼했다.

농서《과농소초課農小抄》를 썼다. '부자들의 토지를 나누어 주어라〔限民名田議〕'가 부록으로 붙어 있는데, 중국에 갔을 때 본 것들과 우리 나라에 시행할 수 있는 것들을 묶어 14권의 책으로 엮었다. 정조가 이 책을 보고 농서대전을 박지원에게 편찬케 해야겠다는 말을 하였다.

1800년(64세)
6월에 정조가 승하했다.
8월에 양양부사로 승진했다.

1801년(65세)
봄에 양양부사를 그만두고 서울로 왔다.

1802년(66세)
겨울, 아버지의 묘를 포천으로 이장하려다가 유한준이 방해하여 좌절되었다. 유한준은 평소 연암에게 유감을 갖고 있어 《열하일기》에 대해 '오랑캐의 연호를 쓴 책'이라며 비방을 일삼았던 사람이다.(《나는 껄껄 선생이라오》에 이 사람에게 쓴 '이름을 숨기지 말고〔答蒼厓 之一〕'와 '도로 네 눈을 감아라〔答蒼厓 之二〕'가 있다.

1805년(69세)
박지원은 10월 20일, 가회방 재동 집의 사랑에서 69세 나이에 죽었다. 홍대용이 그랬던 것처럼 반함하지 말고, 다만 깨끗하게 씻어 달라고만 유언을 남겼다.

1826년
둘째 아들 박종채가 부친의 언행을 기록한 《과정록》을 완성했다.
(1831년에는 《과정록》을 보완하였다.)

1900년
김택영이 편찬한 〈연암집〉이 간행되었다.

1901년
김택영이 편찬한 〈연암속집〉이 간행되었다.

1911년

조선광문회에서 편찬한 〈연암외집 열하일기 전주〉이 간행되었다. 《열하일기》가 따로 출판된 것은 이것이 처음이었다.

1917년

김택영이 망명지 중국에서 〈연암집〉과 〈연암속집〉을 합해서 〈중편 박연암 선생 문집〉을 간행했다.

1921년

김택영이 조선 시대 한문학자들의 좋은 글을 묶어서 《여한십가문초》를 냈는데, 그 안에 박지원의 글이 많이 들어 있었다.

1932년

박영철이 돈을 대어 〈연암집〉이 간행되었다. 전부 17권 6책을 대동 인쇄소에서 인간하였다.

1955년

북의 국립출판사에서 《열하일기 상》을 출판했다. 중권은 1956년, 하권은 1957년에 간행했다.

1959년

북의 국립문학예술서적출판사에서 《열하일기 상》을 출판했다. 하권은 1960년에 간행했다.

1967년

남의 민족문화추진회가 이가원이 옮긴 《열하일기》를 펴냈다. 1987년에 한 번 더 인쇄했다.

1983년

남의 박영사가 윤재영이 옮긴 《열하일기》를 펴냈다.

1991년

북의 문예출판사에서 《박지원 작품집 1》을 〈조선고전문학선집〉 제66권으로 간행했다. 이 책은 보리 출판사가 《나는 껄껄 선생이라오》(겨레고전문학선집 4)라는 제목으로 펴낸다.

1995년

북의 문예출판사에서 《박지원 작품집 2》가 〈조선고전문학선집〉 제67권으로 나왔다. 이 책은 보리 출판사가 《열하일기 상》(겨레고전문학선집 1)으로 펴낸다.

* 이 연보는 박지원의 작품을 오랫동안 연구해 온 성균관대학교 한문학과 김명호 선생님의 도움을 받아서 정리한 것입니다. 김명호 선생님이 쓰신 《열하일기 연구》(창비)를 참조했습니다.

■ 일러두기

1. 리상호 선생은 광문회본 열하일기(1911년)와 박영철본 연암집(1932년)을 대본으로 삼
   았다. 보리 편집부는 원문 판독에 어려움이 있을 때 충남대본 열하일기(연대 미상, 필
   사본)와 전남대본 열하일기(연대 미상, 필사본)를 참고했다.
2. 북에서 출판한《열하일기》원문에는 모두 띄어쓰기가 되어 있지 않아 독자들이 쉽게
   이용할 수 있도록 띄어쓰기를 하였으며, 글 차례는 번역문 차례를 따랐다.

* 띄어쓰기와 교정은 연세대학교 대학원 국어국문학과에서《열하일기》를 연구하고 있
  는 서현경씨가 맡아 해 주었다.

太學留館錄

系前篇乙卯止庚申凡六日

　　秋八月初九日乙卯 巳時入寓太學 巳前記在道 午後記留館也 是日極熱 卸鞍
直入後堂 有一老人脫帽踞椅而坐 見余 下椅迎勞曰 辛苦 余答揖坐定 老人問
余官居幾品 余對以秀才觀光上國 從三從兄大大人來 中國人稱正使曰大大人
副使曰二大人也 詢余姓名 書示之 又問 令兄大人尊名 官職階品 對以名某 一
品駙馬內大臣 又曰 令兄大人翰林出身乎 對曰 否也 老人出一片紅紙刺 示之
曰 鄙人是也 右旁細書 通奉大夫 大理寺卿致仕尹嘉銓 余曰 公既謝事 何以出
塞遠來 尹公曰 奉旨 有一人曰 弟亦朝鮮人也 賤名奇豐額 中庚寅文魁 見任貴
州按察使 尹公曰 方今四海一家 出門便是同胞兄弟 高麗朴寅亮計是門望 余曰
否也 朱竹垞採風錄所列朴某是僕五世祖 奇公曰 果是文望上卿 尹公曰 王漁洋
池北偶談俱詳詩文 所謂燕鴻背飛馬牛不及 今天緣巧 湊塞上萍水 係是書中雲
仍 座有一人歎曰 誦其詩 讀其書 不知其人 可乎 奇公曰 雖無老成人 尚有典
刑 又曰貴國年成可有幾分 余曰 六月渡鴨西 成尚遠 第來時 雨調風潤 座上一
人名王民皥 舉人也 問曰 朝鮮地方幾何 余曰 傳記所載稱五千里 然有檀君朝
鮮 與堯倂世 有箕子朝鮮 武王時封國也 有衛滿朝鮮 秦時率燕衆東來 皆偏據
一方 其地方似未滿五千里 勝國時 并高勾麗百濟新羅爲高麗 東西千里 南北三
千里 中國歷代史傳 其記朝鮮民物謠俗頗失實蹟 皆箕子衛滿時朝鮮 非今之朝
鮮也 爲史者略外 故因襲舊紀 而土風國俗各有一代之制 至於敝邦 專尚儒教
禮樂文物皆效中華 古有小中華之號 立國規模 士大夫立身行己 全似趙宋 王君
曰 可謂君子之國 尹公曰 菀有太師之遺風 可敬可敬 詩綜所有令尊先公 何無
小傳 余曰 非特僕之先人闕漏字號官爵 其有小傳者還不免訛謬 僕之五世祖諱
瀾 字仲淵 號汾西 有文集四卷行于方內 明萬曆時人 昭敬王駙馬錦陽君 謚文
貞公 尹公收納懷中曰 當補闕遺 王舉人曰 他餘謬錄 願得釘政 奇公曰 是也
天假之便 余曰 僕記性鹵莽 請臨本攷證 奇公顧王舉人有所酬酢 尹公亦相與語
頗久 王舉人卽書明詩綜三字 呼曰 來也 有一少年前拱手 王舉人給其題目 其

少年疾走去 似去借他處也 其人卽還 跪告曰 無有 奇公又喚人 給其題目 卽還
有所云云 王擧人曰 塞外元無書肆 余曰 敝邦李達 號蓀谷 而錄李達詩又別錄
蓀谷詩 是認號爲別人姓名也 而各錄之 三人者皆大笑 相顧曰 是也 是也 鴟夷
陶朱 故是一范 尹公忽有忙意 起抽紅刺三片及所製九如頌予余曰 替勞尊體轉
謁令兄大人 他人皆起曰 尹大人方赴班也 改日再會 尹公已帽服掛珠 隨余而出
踉至正使炕前 此出門歷路而余亦未識頭緒 他人者皆言尹公方赴班云 而尹之傳
刺如其簡率 余實未料其踉余直來也 正使晝夜撼頓之餘 纔得卸卧 副使書狀
亦非余所可通謁 且我東大夫生貴甚矣 見大國人 無滿漢一例以胡虜視之 驕倨
自重 本自鄕俗然也 當不察彼是何許胡人 何等官階 而必無款接之理 雖相接
必以犬羊待之 亦必以我爲不緊矣 尹公住躕而庭立 事甚難處 余入告正使 正使
曰 事不當獨見 將若之何 余甚悶久庭立老客 出而辭曰 大人晝夜原隰 不勝撼
頓 有失恭接 改日謹當躬造候謝 尹公卽曰 是也 一揖而出 察其色似憮然者 飄
然乘轎而去 其轎裝嚴輝煌 眞貴者所乘也 從者十餘人 皆祫服繡鞍 簇擁而去
香風馥郁 通官問於任譯曰 爾國敬佛乎 國內寺刹可有幾處 首譯入問使臣曰 通
官此語非出渠意 何以對之 三使相議 令答以國俗本不崇佛 寺刹則外邑有之而
都城則無有

少焉 軍機章京素林馳到館中 三使下炕東面坐 因地勢也 素林口宣皇詔曰
朝鮮正使 班立二品之末 蓋敕陳賀日班序 此乃無前寵禮云 素林翩然回身而去
又禮部送言館中曰 使臣之陞叅右班 恩禮曠絕 當有叩謝之節 以此意呈文於禮
部 則當爲轉奏皇上 使臣對曰 陪臣奉使 雖蒙被皇上曠世之殊遇 私自稱謝 所
不敢也 其禮如何 禮部曰 無傷也 連加催督 蓋皇帝春秋高 御宇之日久 權綱
在手而聰明不衰 氣血逾旺 然海內昇平 君道日亢 猜暴嚴苛 喜怒無常 其廷臣
皆以目前彌縫爲上策 以悅豫帝心 爲時義 則今此禮部之迫令呈文 蓋曲意承奉
之事 而微覘擧措 則其旨意亦專出於禮部云 任譯曰 往年瀋陽使時亦有呈文鳴
謝之擧 今此事例似無異同 於是副使書狀相議 構草送呈禮部 卽奉知道 禮部
又知委明日五更入闕恭謝皇恩云 蓋謝二品三品右班叅賀之恩也

夕飯後又往尹公所寓 則王君已移他炕 奇公寓中堂 與尹公同話奇公所 尹公
愷悌樂易人也 曰 俄刻甚忙 未畢塵談 願聞詩綜闕謬 以補先輩遺略 余曰 敝邦
先輩 生老病死不離海陬 螢飄菌萎 僅以寂寥詩篇見收大邦 榮且幸矣 然而墮井

之毛遂 驚座之陳公 不幸甚矣 敝邦先儒有李先生珥號栗谷 而李相公廷龜號月
沙 詩綜誤錄李廷龜號栗谷 月山大君 公子也 以其名婷而疑女子 許篈之妹許氏
號蘭雪軒 其小傳以爲女冠 敝邦元無道觀女冠 又錄其號曰景樊堂 此尤謬也 許
氏嫁金誠立 而誠立貌寢 其友謔誠立 其妻景樊川也 閨中吟咏元非美事 而以景
樊流傳 豈不冤哉 尹奇兩公皆大笑 戶外僮僕莫知何故 皆來列立而笑 此所謂聞
笑而笑 未知僮僕所笑何事 余亦不耐笑 永突來召 故辭起 兩公隨出戶外相送

時月色滿庭 隔牆將軍府 已打初更四點 刁斗木柝之聲四動 入上房 則下隸
爛宿帳外 正使已人寢睡 而隔一短屏設余寢 一行上下五日不睡 今乃眞得睡矣
正使枕邊有兩瓶 搖之則一空一滿 月明如此 不飲而何 遂潛瀉滿酌 吹燭而出
獨立庭中 仰看明月 有聲圓圓牆外 此駝鳴將軍府也 遂出明倫堂 提督通官輩
各聯兩卓 寢臥其上 彼雖胡人 無識甚矣 其所寢臥乃先聖先賢釋奠釋菜所供之
卓 豈敢爲榻也 豈忍寢臥哉 卓皆紅漆 有百餘副 入右廊 三譯四裨同宿一炕
交頸連股 不掩下體 無不雷軒 或如倒壺水咽 或如引鋸齒澀 或嘖嘖叱人 或唧
唧埋怨 萬里同苦 宿食與共 想應情同骨肉 死生以之 而同牀異夢 楚越肝膽矣
爇烟而出 犬聲如豹 出將軍府 刁斗如深山子規 徘徊庭中 或疾趨或矩步 與影
爲戲 明倫堂後老樹重陰 涼露團團 葉葉垂珠 珠珠映月 牆外又打三更二點 可
惜良宵好月 無人共翫 是時何獨我人盡睡 都督府將軍睡矣 吾亦入炕 頹然抵
枕矣

初十日丙辰 晴 永突請起寢 任譯及通官齊會戶外 連催時晚 余纔得接目 又
因喧醒 更鼓尙鳴矣 神倦睡甘 無意起動 而早粥已到枕頭矣 强起從行 有光被
四表牌樓 燈影下有見左右市廛 不及皇城遠甚 亦不及瀋陽遼東 至闕外 天猶未
曙 通官引使臣入憩一大廟堂 去歲新刱關帝廟也 重閣邃殿 回廊疊廡 雕鏤神巧
金碧奪目 闍人緇徒爭來圍觀 廟中處處京官來寓 而諸王大多寓是中云 任譯來
言 昨日禮部知委 只擧正 副使謝恩 蓋以皇帝敕諭正使 副使右班陞叅 故謝其
恩也 書狀似無謝恩之擧云 書狀姑留關廟 正副使入闕中 余亦隨入 殿閣不施
丹雘 門上扁以避暑山莊 右廂有禮部朝房 通官導入朝房 則漢尙書曹秀先下椅
迎之 執正使手 大致款曲之意 請大人坐著 使臣擧手讓曹先坐 曹公亦擧手連

請大人坐著 使臣力辭至四五次讓其先坐 則曹亦牢讓 正副使不得已 上炕而坐
然後曹始乃踞椅 彼此略敍寒喧 我使衣冠譬彼帽服 可謂燁如仙人 而言語莫通
揖揚未閒 周旋之際齟齬木強 不比彼練熟慇懃 其所生澀 自然爲簡重之態 正
使問書狀去就 則曹公曰 今日謝恩未可混雜 而後日賀班不妨同進云 言訖起去
通官又言滿尙書德甫入來 使臣出戶迎揖 德甫亦答揖 住躅而立曰 行李無恙乎
昨日皇上異數知之乎 使臣答曰 皇恩逈絶 極爲榮感 德甫笑語云云 而語音類
咀嚼者 貯在喉間 甕盎不暢 大抵滿人類多如是 語後卽轉身忙去 有內饔官宣
饌三器 雪糕也 豬炙也 菓品也 糕與菓盛以黃楪 豬盛銀楪 禮部郎中在傍 以
爲此皇上朝饌 撤賜三器云 少選 通官導使臣詣殿門外 行三拜九叩 禮畢回出
有人前揖曰 今番皇恩曠絶 又曰 貴國當有加送禮單 而使臣及從官 亦當有加
賞矣 其人乃禮部右侍郎阿肅 滿人也

　使臣還入朝房 余先出來 闕外車馬簇立 馬皆面墻櫛比 不繫不繫 有若木造
門外忽見左右辟易 肅然無譁 皆曰 皇子來也 有一人乘馬入闕 從騎皆下馬步隨
所謂皇六子永瑢也 面白而痘瘢狼藉 鼻梁低小 煩輔甚廣 眼白而眶紋三圍 肩巨
胸闊 體軀健壯而全乏貴氣 然而能文章 工書畫 方今四庫全書總裁官 輿望所屬
云 余嘗入姜女廟 見壁間坎置皇三子 皇五子詩 皇五子號藤琴居士 詩酸寒 筆
又削弱 才則有之 乏皇王家富貴氣像 藤琴居士卽戶部侍郎金簡之甥 簡乃祥明
之從孫 祥明之祖義州人也 入大國 祥明官禮部尙書 雍正時人 簡之女弟入宮爲
貴妃 有寵 乾隆屬意在第五子 而年前夭殁 今永瑢專寵 去年佯西藏迎班禪 其
殁者詩意酸寒 其存者又乏貴氣 陞下家事未知如何 嘉山人得龍者 以馬頭爲燕
行四十餘年 善漢語 是日在人叢中遙呼余 余排辟衆人往觀 則方與一老蒙古王
兩相執手 言語區區 帽頂紅寶石 懸孔雀羽 蒙王年八十一 身長幾一丈而磬曲
面長尺餘 黑質而灰白 身顫頭筯 似無景況 如朽木之將顚 一身元氣都從口出
其老如此 雖冒頓 無足畏也 從者數十 而猶不扶擁 又有一蒙王魁健 與得龍徃
與之語 則指余氊帽而問語末可解 翩然乘轎而去 得龍遍向貴人一揖而語 則無
不答揖而回話者 得龍勸我效渠之爲 而非但吾初學生澀 且不會官話 無可奈何
乃入闕廟 則使臣已出而改服 遂同還館

　飯後入後堂 王擧人民皥迎揖 王擧人號鵠汀 與山東都司郝成同炕 成字志亭
號長城 鵠汀問我東科擧之制試取何樣文字 何樣製作 余略對梗槪 又問婚嫁之

典 余曰 冠婚喪祭皆遵朱文公家禮 鵠汀曰 家禮乃朱夫子未定之書 中國未必專

倣家禮 鵠汀曰 貴國佳處 願聞數事 余曰 弊邦雖僻居海陬 亦有四佳 俗尙儒教

一佳也 地無河患 二佳也 魚鹽不藉他國 三佳也 女子不更二夫 四佳也 志亭顧

鵠汀 有相語云云者久之 鵠汀曰 樂國也 志亭曰 女不更夫 豈得通國盡然 余曰

非謂擧國 下賤氓隷豈能若是 名爲士族 則雖甚貧窮 三從旣絶而守寡終身 以至

婢僕皂隷之賤 自然成俗者四百年 志亭曰 有禁否 余曰 無著令 鵠汀曰 中國此

俗亦成痼弊 或有納采而來醮 合巹而未嬿 不幸有故 終身守寡 此猶之可也 至

於通家舊誼 指腹議親 或俱在髫齓 父母有言 不幸而至有飮鴆投繯 以求殉祔

非禮莫大 君子譏其尸奔 亦名節淫 國憲申敕 父母有罪而遂以成俗 東南尤甚

故有識之家 女子及笄然後始通媒妁 此皆叔季事也 余曰 留溪外傳所有孝子 至

有割肝療親 趙希乾之剜胸探心 誤傷其腸尺餘 烹而療母 瘡合無恙 由是觀之

斷指嘗糞 儘是疎節 氷筍凍魚 乃爲笨伯 鵠汀曰 如此者多 志亭曰 卽今山西孝

子旌郷可 可異也 鵠汀曰 氷筍凍魚 已是天地之氣一番澆漓也 相與大笑 志亭

曰 陸秀夫之負帶赴海 張世傑之瓣香覆舟 方孝孺之甘湛十族 鐵鉉之翻油爛人

不如是不足以爲快 後世之爲忠臣烈士 其亦難矣 鵠汀曰 天地之生久矣 非狠

快無以成名 南華老仙之謂豈太息而言孝者是也 余曰 王先生一番澆漓之論極是

醴變爲燒則未可論醇 口能吸烟則非復語辣矣 此等若索言深論 排節義論復作於

世矣 鵠汀曰 是也 貴國婦人衣冠之制如何 余略對上衣下裳及髫髻之法 如圓衫

唐衣 略畫其製於卓面 兩人皆稱善 志亭辭以先與人有約 當蚤還陪席 請先生復

坐一坐 因起去 鵠亭盛稱 志亭雖武人乎 文學富贍 當世罕儔 方今四品兵官 又

曰 貴國婦人亦纏脚否 曰 否也 漢女彎鞋不忍見矣 以跟踏地 行如種麥 左搖右

斜 不風而靡 是何貌樣 鵠汀曰 獻賊京觀 可徵世運 前明時至罪其父母 本朝禁

令至嚴 終禁他不得 蓋男順而女不順也 余曰 貌樣不雅 行步不便 何故若是 鵠

汀曰 恥混韃女 卽抹去 又曰 抵死不變也 余曰 三河通州之間 白頭丐女滿鬢揷

花 猶自纏脚 隨馬行丐如鴨飽食 十顚九仆 以愚所見 還不如韃女遠甚 鵠汀曰

故是三厄 余曰 何謂三厄 鵠汀曰 南唐時 張宵娘俘入宋宮 宋宮人爭效其小脚

尖尖 勒帛緊纏 遂成風俗 故元時漢女以小脚彎鞋自爲標異 前明時禁他不得 韃

女之嗤漢女纏脚以爲誨淫 則冤矣 這是足厄 洪武時 高皇帝微行 至神樂觀 有

一道士結綱巾 便於韜髮 太祖借他一著 照鏡大悅 遂以其製令天下 其後漸以變

綱代絲 緊箍猿纏 瘡痕狼藉 名虎坐巾 謂其前高後低如虎蹲踞 又名囚巾 當時
亦有譏之者 謂天下頭額盡入綱羅 蓋多不便之矣 筆指余額曰 這是頭厄 余笑指
其額曰 這個光光 且是何厄 鵠汀慘然點頭 即深抹天下頭額以下字 又曰 這烟
萬曆末遍行兩浙間 猶令人悶胸醉倒 天下之毒草也 非充斥飽肚 而天下良田利
同佳穀 婦人孺子莫不嗜如芻豢 情逾茶飯 金火迫口 是亦一世運也 變莫大焉
先生頗亦嗜此否 余曰 然 鵠汀曰 敝性不喜此 嘗試一吸 便即醉倒 嘔噦幾絕
這是口厄 貴國計應人人喫烟 余曰 然 但不敢喫向父兄尊長之前 鵠汀曰 是也
毒烟向人已是不恭 況父兄乎 余曰 非但如此 口含長竿以對長者 己慢無禮 鵠
汀曰 土種否 抑自中國貿回否 余曰 自萬曆間從日本入國中 今土種 無異中國
皇家在滿洲時 此草入自敝邦 而其種本出於倭 故謂之南草 鵠汀曰 此非出日本
本出洋舶 西洋亞彌利奢亞王嘗百草 得此以醫百姓口瘇 人脾土 虛冷而濕 能生
虫 口蠹立死 於是火以攻虫 剋木益土 勝瘴除濕 即收神效 號靈草 余曰 吾俗
亦號南靈草 若其神效如此 而數百年之間舉天下而同嗜 亦有數存焉 先生世運
之論極是 誠非此草 四海之人安知不舉皆口瘡而死乎 鵠汀曰 敝不嗜烟 行年六
十未有此病 志亭亦不嗜烟 西人類多誇誕 巧於漁利 安知其言之必信然否也 已
而志亭還視敝不嗜烟 志亭亦不喫烟 大加墨圈曰 他有毒 相與笑 余因辭起還寓
　軍機大臣奉皇旨來傳曰 西番聖僧欲往見乎 使臣對曰 皇上字小 視同內服 中
國人士不嫌往復 而至於他人 不敢相通 自是小邦之法也 軍機去 而使臣皆面
帶愁容 任譯邊邊奔走 如未解宿酲者 裨將輩公然發怒曰 皇帝事怪惡矣 必亡必
亡 兀良哈事也 大明時豈有是也 首譯百忙中向裨將而言曰 春秋大義 非此處所
俄有軍機又飛鞚而來 口宣皇旨曰 是與中朝人一體 即可往見 使臣相議 或曰往
見終涉重難 或曰呈文禮部 據理爭之 任譯則順口隨對而已 余以閒散從遊 凡於
使事得失毫無關涉 而亦未嘗謀諏相及 是時 余腹裏暗自稱奇曰 此好機會也 又
以指尖圈空曰 好題目也 是時使臣若復呈一疏 則義聲動天下 大光國矣 又自語
曰 加兵乎 曰 此使臣之罪也 豈可移怒於其國乎 使臣滇黔雲貴不可已也 吾義
不可獨還 蜀江南地 吾其踐兮 江南近矣 交廣距燕京萬餘里 吾遊事豈不爛漫矣
乎也哉 余暗喜不自勝 直走出外 立東廂下呼二同(乾糧馬頭名) 趣買沽酒來
爾無慳錢 從此與爾別矣 飲酒而入 議猶未決 而禮部催督急於星火 雖夏原吉勢
將蹢躅趦承 而整頓鞍馬之際自致遲延 日已昃矣 自午後極熱 歷行在門 循城西

北行 未及半程 忽有皇敕曰 今日則已晚矣 使臣須回去 以待他日 於是相顧愕
然而還 所謂聖僧者 西番僧王 號班禪佛 又號藏理佛 中國人擧皆尊信 皆稱活
佛 自言四十二世轉身 前身多生中國 年方四十三 去五月二十日迎來熱河 別
築宮師事之 或言其儔徒衆入徹後稍稍落留 而隨至者猶不下數千人 皆暗藏器
械 獨皇帝不覺云 此言近繹騷 又街兒市童所唱黃花謠 此其驗云 其詩郁離子
所製也 紅花落盡黃花發 紅花指紅帽 而蒙古西番皆著黃帽 又謠云 元是古物
誰是主 觀此二謠俱應蒙古 而蒙古四十八部方强 其中吐番尤强悍 吐番 西北
胡 蒙古之別部 皇帝之所尤畏者也 朴寶樹徃探禮部而回 爲言皇上謂 該國知
禮 而陪臣不知禮 寶樹及諸通官皆搥胸涕泣曰 吾等死矣 此乃通官輩本習云
雖毫髮微細事 若係皇旨 輒稱死煩冤 況此中路罷還 似出未安之意乎 又禮部
所傳不知禮之旨 尤帶不平 則通官之搥胸涕泣 似非嚇喝 而其擧措凶悖 令人
絕倒 我譯亦毛耗輂見 毫無動焉 夕後 禮部知委 明日食後或再明當有賜對之
擧 使臣當早進 勿爲遲誤

飯後訪尹亨山 方獨坐喫烟 手自裝爇以勸余 且問 令兄大人尊體佳好 對曰
憑托皇麻 尹公問鷄林類事 余曰 此如洌水之間方言也 尹公曰 貴國有樂經云
然乎 語間 奇公至 視樂經字 亦問 貴國有顏夫子書 入中國者 載此二書則不能
渡鴨綠江 然乎 余曰 子在 回安敢著書 且秦焚詩書 寧得樂經獨漏哉 奇公曰
信然乎 余曰 中國文明之所萃 若敝邦眞有此二書 載以行者尤百靈呵護 寧不利
涉 尹公曰 是也 高麗志出日本 余曰 高麗志幾卷乎 尹公曰 是蘭畹武公璉所抄
蜻蜓瑣語 有高麗書目 奇公携余出同看月 時月色如畫 余曰 月中若有一世界
月而望地者 倚立欄干下 同賞地光滿月邪 奇公拍欄稱 奇語

十一日丁巳 晴 昧爽 使臣詣闕 德尙書與使臣略叙寒暄曰 明日當有引對之
旨 而今日亦難保其必無 請坐朝房少候 使臣齊入朝房 則皇帝又賜御饌三器
如昨所賜 余出闕門外閒步觀玩 視昨朝尤不勝紛遝 緇塵漲空 沿道茶房酒肆
車馬鬧熱 余早起 亦覺腸虛 獨自還館 道中一少年僧 騎駿馬 冠黑緞方冠 衣
貢緞道袍 面貌美麗 冠袍俱雅 而可惜其僧也 意氣翩翩而去 有一人騎絕大騾
子而來 馬上相逢 欣然握手 而僧忽帶怒色 已而兩相高聲 仍於馬上相毆 僧猛

睜雙眼 一手把胸 一手劈頭 騎騾者側身一躲 帽落掛頸 騎騾者亦體幹健壯 鬢髮略白 而觀其氣色小絀於僧 兩相抱持 摘鞍雙下 初則騎騾者跨僧 少焉僧翻騎彼 各以一手扼胸 不能相拳 只相唾面 騾馬相對 植立不少移動 兩人圍橫官道 而無圍觀者亦無勸解者 仰看俯視 念喘號嘆而已

入一菓肆 時新者頹積如邱 以老錢一陌(十六葉用如我東一錢)買兩梨而出 對樓酒旗飄颺檻前 銀壺錫瓶舞蹲檐外 綠欄行空 金扁映日 左右青帘題 神仙留玉佩 公卿解金貂 樓下車騎若干 而樓上人聲如蜂鬧蚊沸 余信步而上 則胡梯十二級矣 圍卓坐椅者 或三四 或五六 皆蒙古回子而無慮數十對 蒙古所戴 如我東錚盤而無帽 上施羊毛而染黃 或有著笠者 制如我東氈笠而或藤或皮 表裏塗金 或以五采錯畫雲物 皆黃衣朱袴 回子衣朱 亦多黑衣 以紅氈作弁 而帽子太長 只有南北兩簷 形如出水卷荷 又如研藥鐵 兩端尖銳 輕佻可笑 余所著笠如氈笠(所謂笠範巨只) 飾鏤銀 頂懸孔雀羽 頷結水精纓 彼兩虜眼中以為如何 無論滿漢 無一中國人在樓上者 兩虜皆獰醜 雖悔上樓而業已喚酒矣 遂揀一好椅而坐 酒傭問 飲幾兩酒 蓋秤酒重也 余教斟四兩酒 傭去湯 余叫 無用湯湯 生酒秤來 酒傭笑而斟來 先把兩小盞鋪卓面 余以烟竹掃倒其盞 叫持大鍾來 余都注一吸而盡 群胡面面相顧 莫不驚異 蓋壯余飲快也 大約中國飲法甚雅 雖盛夏必湯飲 雖燒露亦湯 杯如杏子 掛齒細呷 留餘卓上 移時更呷 未嘗健倒 諸胡虜飲政大同 俗所謂大鍾大椀 絕無飲者 余叫斟生酒 一吸四兩 所以畏彼 特大膽如是 眞怯而非勇也 吾叫生酒時 群胡已驚三分 及見一吸乃大驚 反似怕吾者 余囊出八葉錢 計與酒傭 方起身 群胡皆降椅頓首 齊請更坐一坐 一虜起自虛其椅 扶余坐 彼雖好意 余背已汗矣 余幼時見儓隸群飲 其令有過門不入 七十生男子 汗出沾背 吾性不耐笑 三日腰酸 今朝萬里塞上 忽與群胡飲 若為觴令 當曰汗出沾背矣 一胡起斟三盞 敲卓勸飲 余起潑椀中殘茶於欄外 都注三盞 一傾快嚼 回身一揖 大步下梯 毛髮淅淅然 疑有來追也 出立道中 回望樓上猶動喧笑 似議余也

歸館 食時猶遠矣 歷尹亭山所 赴班矣 轉徃奇按察 亦不在寓矣 又訪王鵠汀 鵠汀出示毬亭詩集序一首 文未能佳 而通篇全述康熙及今皇帝盛德大業 比隆堯舜太繁絮矣 讀未卒 昌大來言 俄者皇上引接使臣 又令徃見活佛云 余促飯 與灣裨入闕尋覓 使臣已赴班禪所矣 卽出闕門 皇六子當門下馬 馬亦止門外

從者簇圍 促步而入 昨日乘馬直入 今則下馬 是末可知也 循宮城左轉而行 西
北一帶山脚 宮觀寺利 面面入望 或有四五層樓閣 所謂帆隨湘轉 望衡九面 所
在軍鋪 宿衛壯士皆出覘 方余獨自彷徨 則爭爲遙指西北 遂挾河而行 河邊白
幕數千帳 皆蒙古戍守之兵也 又北轉 遙望天際 雙眼忽瞑 蓋半空金屋縹緲入
望 閃閃羞明而然也 跨河浮橋幾一里 橋施欄干 紅綠相映 數人行坐其上 渺若
畫中 欲由此橋 則沙上有人急來揮手 若禁止之狀 心忙意促 而馬百鞭猶遲 遂
棄騎 循河而上 有石橋 我人多往來其上 入門 則奇巖怪石層疊成級 奇巧神出
使臣及任譯自闕直來 未及通 方以爲惜 見余至自意外 皆嘲余癖於觀光 皇城
樹林中 出紫紅綠碧瓦甍 而或亭閣頂兜金胡盧 未見屋上黃金瓦 今此殿屋所覆
金瓦 雖未知純鑄鍍造 而二層大殿 二樓一門 三其他亭閣 諸色琉璃瓦皆奪顔
色 無復可觀 銅雀瓦徃徃採爲古研 而窯造 非琉璃也 琉璃瓦未知始於何代 而
詩人所謂玉階金屋 眞如今日所覩否 其見於史傳者 漢成帝爲昭儀治舍 砌皆銅
沓冒 黃金塗 顔師古曰 砌 門限也 以銅冒頭而金塗其上 又壁帶徃徃爲黃金缸
函藍田璧明珠翠羽飾之 服虔曰 缸者 壁中之橫帶也 晉灼曰 以金環飾之也 伶
佞孟堅輩 努力加數番黃金字 而千載之下 一臨古紙 猶令眼光閃爍 然而此不
過爲壁帶門限鋪張震耀耳 誠使昭儀姊弟觀此者 必自投床啼哭不食 帝雖欲爲
之 安昌武陽之徒皆儒者也 必傅經反覆 而帝之力量不能爲耳 設亦就之 未知
孟堅筆力將何鋪張 其曰金殿縹渺耶 當抹之矣 又書曰 金闕湧空耶 一吟又抹
矣 曰起二層大殿 瓦黃金塗 或曰 帝起黃金殿耶 雖兩漢文常從小題起大鋪敍
此千古作家遺恨 界畫巧於宮室 而宮室有四面 又有內外 又有複疊之勢 雖西
洋巧寫 只畫一面則其三面不能畫也 畫其外而室之內不能畫也 其複殿疊榭 回
廊重閣 只摹其飛簷翬甍而已 其雕鏤之工 細入秋毫 畫者不能也 此千古畫家
遺恨 吾夫子先已歎息於此二者 曰書不盡言 圖不盡意 海內寺觀可以萬計 而
惟山西五臺山有金閣寺 唐代宗大曆二年 王縉爲相 給中書符牒 令五臺僧數十
人散之四方 求利以營之 鑄銅爲瓦而塗金 費鉅萬 其閣至今猶在云 今此瓦亦
當銅鑄金鍍耳

余少憩遼陽 市中爭問 有黃金帶來否 余對曰 金非土産 人皆哂之 及歷瀋陽
山海關 永平 通州 莫不問金 余對如初 則輒自指其帽頂曰 這是東金 余家燕巖
近松都 故數客遊中京 乃所養燕商之處也 每年七八月至十月 金價驟騰 一分售

錢四十五葉或五十 國中無所用金 計文武二品金圈金帶 非所常造 多相假借 新
婚婦女之指環首飾 計應無多 則金可使賤如糞土 而其貴如此者 何也 余未渡江
時 至博川郡下馬 路傍納涼柳樹下 男負女戴而行者 所在成群 皆携八九歲男女
如饑歲流離 怪而問之 則曰往赴成川金穴云 視其器械 一木瓢 一布帒 一小鑿
而已 鑿 所以掘也 帒 所以盛也 瓢 所以淘也 竟日淘土一帒 則不勞而能食 小
兒女尤善掘善淘 眼明尤善得 余問 竟日所得金幾何 曰 此係福祿 或一日得十
餘粒 無福則得三四粒 有福則片時為富者 粒形如何 曰 大約類稷穀 勝於農利
一人一日所得金雖微 猶不下六七分 則售錢二三兩 非但農戶太半離壠畝 四方
無賴遊手 自成邨落 無慮十餘 萬米穀百物 湊集沽賣 酒食餅飴 彌滿山谷云 吾
未知此金歸於何地 其採彌多而其價彌貴 則今此屋瓦所塗 安知非東金耶 清初
歲幣首鑞黃金 為非土産也 若有奸商冒法潛賣 或為大國朝廷所覺 則非特生事
可慮 皇帝既以黃金塗屋 安知不設礦於我國乎

　臺上小亭小閣 牕戶所塗皆我紙也 穴牕視之 或無一物 或排設椅卓香爐花觚
魚魚雅雅 使臣落留下隸於門外 嚴飭其毋得闌入 而少焉盡為上臺 我譯及通官
大驚 叱令還出 則以為非渠輩所敢闌入 守門者猶恐我人之不入 為導之上臺云
別有所記札什倫布及班禪始末 正使言朝者賜饌 後少為遲留 因有引對之命 通
官導至正門前 其東夾門侍衛諸臣或立或坐 德尚書與郎中數人來立 指揮使臣出
入周旋之節而去 良久 軍機大臣以皇旨問曰 爾國有寺刹乎 又有關帝廟乎 已而
皇帝出自正門 而仍坐門中甎上 不設椅榻 只設平牀 鋪黃褥 左右侍衛皆衣黃
佩劍者不過三四雙 黃繖分立者只二雙 肅然無譁 先令回子太子進前 未數語而
退 次命使臣及三通事進前 皆進前長跪 長跪者 膝地也 非貼尻坐也 皇帝問
國王平安 使臣謹對曰 平安 皇帝又問 有能滿洲話者乎 上通事尹甲宗以滿話
對曰 略解 皇帝顧視左右而喜笑 皇帝方面白晳而微帶黃氣 鬚鬢半白 貌若六
十歲 藹然有春風和氣 使臣退立班次 武士六七人鱗次進射 發一矢則輒跪 高
聲唱喏 其中者二人 其的如我東蒭革 而中畫一獸 射畢 皇帝即還內 侍衛皆退
出 使臣亦退出 未及一門 軍機出傳皇旨 使臣直往札什倫布見班禪額爾德尼云
按西番在四川雲南徼外 所謂藏地 蓋在番外 益遠中國 康熙五十九年 策妄阿
喇布垣誘殺拉藏汗 占據城池 毀其廟堂 逐散番僧 於是以都統延信為平逆將軍
噶爾弼為定西將軍 將兵送新封之達賴剌痲 藏地悉平 振興黃教 所謂黃教 未

知何道　而蒙古諸部之所崇信　故藏地或被侵擾之患　則自康熙時親統六師至寧夏　遣將援救　爲定其亂　非一再也　乾隆乙未年　索諾木叛金川　則帝恐梗藏路命阿桂爲定西將軍　豐昇額明亮爲副　海蘭察舒常爲叅贊　福康安奎林等爲領隊進兵討平之　是役亦爲西藏也　其地　皇帝之所私護　而其人　天子之所師事　以黃名其敎者　意者黃老之道耶　西藏之人冠服皆黃　蒙古效之而亦尚黃　則以皇帝之猜暴　何獨不忌此黃花之謠耶　額爾德尼非西僧之名　西番之地亦有此號　鬼怪荒唐　難得要領矣　使臣雖勉强就見　內懷不平　任譯則猶恐生事　以急急彌縫爲幸下隸則莫不心誅番僧　腹誹皇帝　爲萬邦共主　弗可不愼其一擧措也　及還館中中原士大夫皆以余得見班禪　莫不榮羨　亦莫不極口贊美其道術神通　其希世傅會之風如是夫　終古世道之汚隆　人心之淑慝　莫不由上導之也　小飮郝志亭所是夜月益明(話載黃敎問答)

　　十二日戊午　晴　曉　使臣入班聽戲　余睡甚倦　仍臥穩睡　朝飯後　徐行入闕　則使臣久已叅班　任譯及諸裨皆落留宮門外小阜上　通官亦坐此不得入　樂聲出墻內咫尺之地　從小門隙窺之　無所見矣　循墻十餘步有一小角門　門扉一掩一開　余略欲入立　則有軍卒數人禁之　只許門外張望　門內人皆背門而排立　不少離次　不搖身　如植木偶　無片閒可窺　又從人頂開空處　隱隱見一座靑山　翠松蒼柏　轉眄之頃　倏忽不見　又彩衫繡袍者　面傅朱粉　腰以上高出人頂　似乘軒也　戲臺相距不遠而深邃陰森　如夢中盛饌　喫不知味矣　門者丐烟　卽給之　又一人見余久翹足而立　提一凳子　令我登其上望之　余一手托其肩　一手拄楣而立　呈戲之人皆漢衣冠四五百迭進迭退　齊唱樂歌　所立凳子如臬乘架　難久立矣　還坐小阜樹陰下　是日極熱　環觀如堵　其中多晶頂　未知何許官員也　有一少年出門而去　人皆辟易　其少年乍停武　有所言於從者　顧視甚猛　皆肅然慴伏　有二卒持鞭來辟人　回子坐者勃然起立　唾二卒面　一拳打倒少年官　流眄而去　問之　晶頂者乃戶部尙書和珅也眉目明秀　俊峭輕銳　而但少德器　年方三十一云　珅本起自鑾儀司衛卒　性狡黠善迎合　五六年間驟貴　統領九門提督　與兵部尙書福隆安常侍左右　貴振朝廷　發李侍堯納海明賄金　籍于敏中家　出阿桂視河　皆和珅有力焉　今歲春夏間事也　人皆側目而視云　皇帝方以六歲皇女　約婚於珅之幼子　皇帝春秋高　多躁怒　左右數

被鞭撻 而最愛此女 故帝方盛怒時 宮人輒抱置幼女於帝前 帝爲霽威怒云 是日宣賜在班茶饌三次 使臣亦與朝紳一例得餉餅一器 黃白二層 四面方正 色如黃蠟 堅密細膩 不入刀剄 上層尤溫潤如玉 餅上立一仙官 鬚眉生動 袍笏華鮮 左右又立仙童 雕刻奇巧 皆麨利蔗造成 作俑且不可 況人可食乎 糖屬十餘種 合貯一器 羊肉一器 又賜朝紳等綵緞 繡囊諸物 而正使緞五疋 囊六對 鼻烟壺一個 副使書狀各減有差 夕小陰 無月色

　　十三日己未 曉 少灑雨 朝快晴 使臣爲叅萬壽節賀班 五更赴闕 余得穩睡 朝起 徐行至闕下 覆黃褓者七架子 置門下休息 皆玉器玩 金佛一座 大可如中人坐者 皆戶部尙書和珅所進云 是日宣饌三巡 又賜使臣瓷茶壺一 茶鍾具臺一 藤絲結檳榔囊子一 刀子一 紫陽茶錫壺一 夕間 小黃門臨宣一錫方壺 通官曰 茶也 黃門卽馳去 以黃絹封壺口 於是解其封 則色黃而微赤 如酒 書狀曰 故是黃封酒也 味甘氣香 全無酒意 盡瀉 則有荔支十餘個浮出 僉曰 此荔支所釀也 各飮一杯 皆曰 好酒也 遂及裨譯 則有不飮者 不敢一呷 恐致大醉 通官輩亦延頸流涎 首譯爲丐餘瀝以給之 則輪嘗之 莫不稱贊曰 好宮釀也 久之 一行相顧曰 醉也 及夜訪奇公 以一盞示之 奇公大笑曰 此非酒也 乃荔支汁也 遂出燒酒五六盞以和之 色淸味冽 異香自倍 蓋香乘酒氣 尤發蘊馥 向之飮蜜水而論香 嘗荔汁而言醉者 卽何異聞鍾揣日 望梅止渴耶

　　是夜月益明 余携奇公出明倫堂 步月欄干下 余指月而問曰 月體常圓 環受日光 由此地觀 有盈虧乎 四海今宵 一齊看月 隨地測影 月膚肥瘦 有淺深乎 星大於月 日大於地 視有鉅細 由近遠乎 信茲說也 日地月等 浮羅大空 勻是星乎 目星望地 亦若是乎 其將地線絡日聯月 耿耿三星如河鼓乎 地膚所傳種種萬物 形皆團圓 無一方者 獨有方竹及益母草 雖其四楞 方則未乎 求物之方果無一焉 何獨於地議其方乎 若謂地方 彼月蝕時 闇虛邊影胡成弧乎 謂地方者 諭義認體 說地毬者 信形遺義 意者大地其體則圓 義則方乎 日月右旋 翻轉如輪 圈有大小 周有遲疾 歲朞月朔各有其度 左旋繞地 匪井觀乎 地之本體團團掛空 無有四方 無有頂底 亦於其所旋如楔乎 日初對處爲朝暾乎 地毬益轉 與初對處漸違漸遠 爲中爲昃 爲晝夜乎 譬諸牕眼 漏納陽光如小荳子 牕下置磨 對光射處以

墨識之 于是轉磨 墨守其陽不遷徙乎 抑相迤迂不相顧乎 及磨一周 復當其處
陽墨纏會 瞥然復別 地毬一周而爲一日亦若是乎 又於燈前試觀紡車 紡車轉處
面面受明 非彼燈光繞此紡車 地毬晦明亦若是乎 然則日月本無昇沈 本無住來
篤信地靜 謂無動轉 乃其惑乎 求說不得 則謂此地春夏秋冬各隨方游 謂其游者
謂有進退 謂有昇降 與其游方 寧無轉乎 彼其惑者謂地轉時 凡載地者莫不顚倒
傾覆墮落 如其墮落 歸何地乎 信若是也 則彼麗空星辰 河漢隨氣轉者 何不顚
倒墮落乎 有不動轉 塊然死物 安得不且腐壞潰散而常住乎 地之皮殼 生物傅焉
緣毬合武 莫不戴天 譬諸蜂蟻 或有緣行 或有仰棲 誰爲橫縱與竪倒乎 今此地
底 應亦有海 若疑生物傾覆墮落 彼地底海誰爲堤防而常盈乎 彼列星者 其大如
許 亦有皮殼如地毬乎 既有皮殼 其傅生物亦若是乎 其有生 物各開世界相子牧
乎 地毬團圓 本無陰陽 珠日而火 鏡月而水 猶彼家生 求火東鄰 資水西舍 一
火一水 爲陰陽乎 強名五行 相生相剋 大海風浪 炎火煽爐 其何故乎 氷有蠶焉
火有鼠焉 水有魚焉 彼諸蟲者 皆以所處各爲其地 若謂月中亦有世界 安知今夜
不有兩人同倚欄頭 對此地光論盈虛乎 奇公大笑曰 奇論奇論 地毬之說 泰西人
始言之 而不言地轉 先生是說 自理會歟 抑有師承乎 余曰 不知人 焉知天 僕
素昧度數之學 雖漆園翁之玄妙曠達 至於六合之外則存而不論 吾非心得 乃是
耳剽 吾友洪大容 號湛軒 學問奸 不局滯 嘗與我對月戲作此語 大約荒唐難稽
雖有聖智 未可難倒 奇公大笑曰 他人夢中 不可去走一遭 貴友湛軒先生有著書
幾卷 余曰 敝友未嘗著書 先輩金錫文先有三丸浮空之說 敝友特演說以自滑稽
亦非見得委實如是 又不曾要人委實信他 吾亦於是刻對月偶思吾友 特又演說一
番 如見吾友 麗川異於漢人 故不敢道 湛軒 杭士 舊遊 奇公曰 金錫文先生 可
聞一二佳句 余曰 未諳他曾有佳句 奇公携余入其炕 己張四枝燭 大卓設饌 甚
盛 爲余專設也 香饌三器 雜糖三器 龍眼荔支落花生梅子三四器 鷄鵝鴨皆連嘴
帶足 全猪去皮 錯以龍荔棗栗蒜頭胡椒胡桃肉杏仁西苽仁 爛蒸如餅 昧甘膩而
太羶 不堪食矣 餅菓盛皆高尺餘 良久 盡撤去 復設蔬菓各二器 燒酒一注子 細
酌穩話(話載黃敎問答) 鷄已二唱 乃罷還寓 轉輾不能寐 而下隷已請起寢矣

十四日庚申 晴 三使未明赴闕 獨自爛宿 朝起 訪尹亨山 轉訪王鵠汀 遂與之

入時習齋閱樂器　琴瑟皆長而且廣　以紅色紋緞挾纊爲囊　外裹猩猩氈子　鍾磬皆懸架　而亦覆以厚錦　雖柷敔之類　皆異錦制室　大約琴瑟之屬　其制太大　漆亦太厚　笙簫之類　皆櫃藏堅鎖　不可見矣　鵠汀曰　藏樂甚難　忌濕惡爆　琴上塵謂之獅子瘡　絃上手澤謂之鸚鵡瘴　笙簧吹窩乾津謂之鳳凰過　鍾磬蠅矢謂之賴和尙　有一美少年　忙入齋內　瞋目視余　奪手中小琴　急急粧裹　鵠汀大恐　目余起出　其少年忽笑而挽余　請淸心丸　余答以無有　卽起出　其人色甚愧　余果有十餘丸係在腰帶　而惡其無禮　不給之　其人一揖鵠汀而去　余問　彼是何人　鵠汀曰　是尹大人跟帶　從京裏來者　余曰　彼管樂器甚事　鵠汀曰　毫無干此　專一探討高麗丸子　不顧大體　欺負先生　先生休掛

余偶出門外　有馬群數百匹過門而去　一牧童騎絶大馬　持一蜀黍柄而隨之　又有牛三四十頭　不穿鼻　不羈角　角皆長尺餘　牛多靑色　驢數十頭隨之　而牧童持大杖如杵者　盡力一打在前者靑牛　牛犇突騰踏而去　群牛皆隨此牛　如隊伍行陣蓋朝日放牧也　於是閒行察之　則家家開門　驅出馬驢牛羊輒不下數十頭　回看館外所繫我東驘者　可謂寒心　余嘗與鄭石癡(名哲祚　官正言　善飮酒　工書畫)論土産馬價貴賤　余曰　不出數十年　當喂唇枕邊　以火鐵筒爲槽　石癡曰　何謂也余笑曰　以季秋之鷄遞相取種　則四五年之後有鳴于枕中者　謂之枕鷄　馬亦種小則安得不漸小爲枕馬耶　石癡大笑曰　吾輩年加老　曉益無眠　聽鷄枕中　又騎枕馬如厠　無妨　但俗忌馬風字　馬至老死貞牡貞牝　國中馬不下數萬匹　不令風字馬何由蕃　是國中歲失馬數萬匹　不出數十年　將倂與枕馬而絶種矣　相與爲笑謔蓋余之所取乎燕巖者　嘗有意于牧畜也　燕巖之爲區　在萬山中　左右荒谷　水草最善　足以養馬牛羸驢數百　嘗試論之國俗所以貧者　蓋由畜牧未得其道耳　我東牧場惟耽羅最大　而馬皆元世祖所放之種也　四五百年之間不易其種　則龍媒渥洼之産　末乃爲果下款段　理所必然　以果下款段給宿衛壯士　古今天下　寧有壯士騎果下款段上陣赴敵者乎　此寒心者一也　自內廐所養至武將所騎無土産　皆遼藩間所購　一歲中所出者不過四五匹　若遼藩路斷　馬何由來　此寒心者二也陪扈之班　百官多相借騎　又乘驢從駕　不成儀典　此寒心者三也　文臣乘軺以上無所事騎　又難喂養　已去其騎　子弟代步　僅養小驢　古百里之國　其大夫已備十乘　則環東土數千里之國　其卿相可備百乘　今吾東大夫之家　雖數乘安從出乎此寒心者四也　三營哨官　此百夫之長也　貧不能備騎　月三操習　或有臨時貰騎

者 賃馬赴陣 不可使聞於隣國 此寒心者五也 京營將官如是 則八道所置騎士
其名存實無從可知也 此寒心者六也 國中所在驛置 皆土産之所優者 一經使客
馬不死則病 何也 使客所坐雙轎已重 而必四隷護杠 左右載身 以防簸搖 馬之
所載旣重 則其勢不得不快走 逾壓逾馳 所以不死則病 馬死日多而馬價日增
此寒心者七也 馬背載物 天下無是也 然而吾東旣車不行域中 則公私委輸只恃
馬背 而不量馬力 貪載重物 勢不得不多喂熱粥以資食力 故脛脆蹄軟 一風則
失後 而俗乃禁其風字 馬何由生乎 此無他 職由牧御乖方 喂養失宜 産非佳種
官眛攻駒 然而執策而臨之曰 國中無良馬 豈眞國中無馬耶 此寒心者不可以指
屈也 何謂牧御乖方乎 曰凡物之性亦與人同 勞則思逸 鬱則思暢 曲則思舒 痒
則思劅 雖飮吃待人 亦有時乎自求愉快 故必時解其羈紲 放之水澤之間 以散
其愁鬱之氣 此所以順物之性而適其意也 吾東牧馬之法 惟恐絆繫之不固 馳驟
之時不離牽控之苦 休息之際未獲 驟劅之樂 人與馬不相通志 人輕呵叱 馬常
怨怒 此其牧御乖方者也 何謂喂養失宜乎 曰渴之思水 有甚於饑食 吾東之馬
未嘗飮冷 馬之性最忌熟食 爲其病熱也 荳菽灑鹽令醎 欲其飮水也 飮水 欲其
利溲溺也 利溲溺 欲其瀉熱也 飮冷 欲其脛勁而蹄堅也 吾東之馬 必爛荳烹粥
一日馳走已自病熱 一站闕粥 平生虛勞 行旅遲頓 寔緣熱喂 至於戰馬喂粥尤
爲非計 此其喂養失宜者也 何謂産非佳種乎 馬要大不要小 宜健不宜弱 求駿
不求駑 不欲任重致遠則已 如將任重致遠 則土馬如此 不可一日爲家也 不屑
武備軍容則已 如將講武修戎 則土馬如此 不可一日爲軍也 及今兩國昇平之日
誠求牝牡數十匹 大國必無愛此數十匹 若以外國求馬私養爲嫌 則歲价潛購 豈
無其便 擇郊甸水草之地 十年取字 漸移之耽羅及諸監牧 以易其種 其蕃孳之
法 富以周禮及月令爲率 周禮 凡馬 特居四之一 注曰 欲其乘之性相似也 物
同氣則心一 鄭司農曰 四之一者 三牝而一牡 按月令 季春之月 乃合累牛騰馬
游牝于牧 秦蕙田曰 庚人伕特 用之不使甚勞 所以安其氣血 校人夏攻特 以牝
馬方孕 故攻去其特 勿使近牝 以爲蕃馬之本 皆先王順時育物 能盡物性之義
今中國每春和草靑 則懸鈴于牡 縱而風之 牡之主受銀五錢 馬及驟生而雄駿者
再受銀五錢 馬驟生而不駿 且毛色不佳 性不馴調 則必攻去其睪子 令母得易
種 且獨令特大而性易調良 我東監牧不此之思 惟以土産取種 彌出彌小 雖駄
滷載柴猶恐不堪 況堪爲軍國之需乎 此其産非佳種者也 何謂官眛攻駒乎 曰我

東士大夫不親庶事 古有衆會 戒僕益馬荳 見枳於銓郎 近有一學士 性頗癖馬
其相馬之術無異伯樂 論之者以爲 古有爛羊都尉 今有理馬學士 其嚴如此 不
慮有國之大政而以爲羞恥 付之僕隸之手 雖職居監牧 人是流品 而固不識牧馬
之方 非不能 乃不肯學也 此其官昧攻駒者也 昔唐初得馬牝牡三千匹於赤岸
徙之隴右 使太僕張萬歲掌之 自貞觀至麟德 馬蕃息爲七十萬匹 武后時馬潛耗
明皇時猶有馬二十四萬匹 以王毛仲張景順爲閑廐使 十餘年之間 有馬四十三
萬匹 開元十三年 明皇東封泰山 以馬數萬匹從色爲隊 望之如錦 此官得其人
也 誠得癖於馬而曉其牧養之方者 任之以攻駒之政 則雖被論于學士 而於太僕
可謂得人矣

有一人問 燕巖朴老爺誰也 奇公傔人指余 其人向余揖 容色欣欣 如逢舊要
曰 俺乃廣東按察使汪老爺管幹也 俺老爺向日遇老先生 不勝之喜 明日午刻當
再來陪歡 自有浙扇泥金書畫帶來要獻 余對曰 向者過蒙汪公錯愛 未將不腆之
儀而先受珍貺 於義未可 其人曰 俺此來不曾賚携 汪老爺來時自當陪送 明日午
刻 老爺切勿他駕 余首肯曰 謹當如約 老相公係是何地方人 貴姓尊名 其人曰
俺江蘇人 姓厲 賤名一旺 號鴛圩 從汪老爺入廣東 先生離貴國幾歲 余曰 本年
五月離國 厲曰 比俺廣東 猶門庭耳 又曰 貴國皇上元號云何 余問 甚麼話 厲
曰 元年紀號 余曰 小邦奉中國正朔 那得紀元 當今是乾隆四十五年 厲曰 貴國
豈非中國對頭的天子麼 余曰 萬方共尊一帝 天地是大清 日月是乾隆 厲曰 然
則那得寬永常平年號 余曰 云何 厲曰 海上見貴國海舶漂到 滿載寬永通寶 余
曰 此日本僞號 非敝邦也 厲點頭 余察厲動止言語 貌雖豐雅而似無知識者 當
初所詰非有深意 錢是禁物 而彼所問之者 非詰禁物也 眞認我國爲天子之邦 故
問當今年號 其曰貴國皇上 已判其無識 雖以寬永常平認爲我國年號 似非爲僞
稱者 我人漂船之載錢 無甚怪事 而亦豈有滿載寬永通寶之理 彼必見寬永通寶
或又見常平通寶 混認爲我國錢爾 彼實不識我中國正朔 見錢而認我亦有紀年
非詰姦之意也 厲茶罷 申囑明日切勿他駕 余點頭 則厲眷眷有惜別之意 一揖而
去 余問首譯曰 何爲禁錢 首譯曰 無約條 但禁唐錢 且小邦私鑄 當爲非法 余
曰 齊太公立輕重九府 周天子未嘗禁之 且錢始行於我肅廟庚申 今爲一百一年
則似不入淸初彼此約條 我國錢一鑄於世宗朝 行七八年 民間不便之 故復用楮
貨 仁祖朝再鑄 而旋鑄旋罷 皆因民不便 非忌大國 今北道禁錢 因行布幣 爲其

近邊也 而關西至義州諸江邊邑未嘗禁錢 此爲斑駁 且我國漂船錢何由禁 諸譯曰 然 目今譯院數歲救急之道 莫如通用唐錢 我國銀日貴 唐物亦日貴 由此譯院失利 今銀一兩售唐錢七鈔 若通用 則我國除鑄錢之弊而錢自賤 利莫大矣 周王簿曰 朝鮮通寶高於漢五銖錢 最久通神 故爲古錢 余曰 何爲最久通神 周曰是箕子時錢 中原人若見之 當以爲寶 惜乎不能得帶來余曰 此世宗時所鑄也 箕子時安有楷字 宋董逌錢譜載海東蕃錢凡四樣 曰三韓重寶 三韓通寶 東國重寶東國通寶 而朝鮮通寶譜不載焉 推此可知其非久錢也

午後 三使臣人謁大成殿 朱子陞享殿內十哲之下 神位皆紅漆光潤 金字書位版 旁書滿字 大成門外壁坎置烏石 刻康熙雍正及今皇帝訓諭 又刻御撰學規 庭中立碑 昨年所建 亦御製 大成殿庭中置香鼎高丈餘 刻鏤神巧 殿內每位前各置小香爐 刻乾隆己亥製 每位前垂紅雲紋緞帳 兩廡神位前所設制同 殿內崇嚴典麗 未暇名狀 三使歸次 各送淸心元數丸 扇子數柄於鄒學人舍是 王學人民皥崇禎甲戌六月二十日 詔使盧有齡來 乃宦官也 二十四日 盧詣成均館謁聖 館學儒生例叅班 盧出贈白金五十兩 今我使得謁大國聖廟 彼藏修兩學人 僅贈些略丸扇 中心可愧 余自往兩生所 諭以此來猝遽 行李不會有帶 奉遺扇丸 慚愧些略 兩生俯躬謝曰 地主前導 有何微勞 而枉費諸大人如此珍饋 中心貺之 不翅百朋 夕飯後 王鵠汀送學徒小兒持小紅紙帖來 書王民皥請燕巖朴老先生替勞轉買一丸淸心 天銀二兩 余還其銀 卽送二丸眞藥

黃昏時 皇旨令使臣撥還皇城 一行騷擾 達夜治行 夜別奇麗川 麗川言 十八日發熱河 二十五日入京 六日七日八日歷辭 九月初六日上先墓 九日還家 十一日當發貴州之行 前一日當在家專等尊駕 余許諾 轉辭王鵠汀 鵠汀流涕曰 千古訣別 只在此宵 況奈來夜月明何 蓋前日約十五日 中秋月夕會話明倫堂故也往志亭所 志亭出他宿 極可悵惜 又往別尹亨山 亨山拭淚曰 吾年老 朝暮草露先生方盛齡 設再至京裏 當不無此夜之思 把杯指月日 月下相別 他日相思萬里 見月如見先生也 觀先生飮戶能寬 且應壯歲好色 願從今從戒入丹 敝十八回京 先生伊時若未還國 情願再得相訪 東單牌樓第二衚衕第二宅 門首有大卿扁第 卽是鳩棲 遂握手而別

還燕道中錄

起辛酉止丙寅凡六日

　　秋八月十五日辛酉　晴　乍涼　使臣相議曰　今當還皇京　而禮部之不通我使　潛改呈文　非但大駭於目下之事　此而不卞　則大關方來之弊　事當更爲呈文於禮部　以詰其潛改　然後可以發程　遂使任譯呈文於禮部　則提督大懼　蓋已先通於德尙書矣　尙書等大爲恐脅曰　是將委罪於禮部耶　禮部獲罪　使臣亦安得但已　爾們所請轉奏呈文　辭旨糊塗　全沒叩謝之實　吾爲爾們備爲周全　據實暢陳　以伸榮感之意　而乃反如此　提督之罪尤重　初不坼視呈文而郤之　使臣邀見提督　備問禮部說話　則其所爲說張皇不可曉　而久已䩱魄矣　又禮部使人立促登程　使臣發行時辰卽當具奏云　如是催發者　蓋爲其不得復呈文也(本事行在詳見雜錄)

　　朝飯後卽爲登程　已過午刻矣　桑下三宿亦猶作戀　況吾瞻依吾夫子已六宿者乎　況又所處堂宇新鮮淨麗　尤自依依　吾廢科頗早　不成進士　雖欲藏修國學　不可得也　今忽於去吾東萬里絶塞之外輿處六日　若固有焉　此豈偶然之事哉　且東方之士　能遠遊於中國之中者　如新羅之崔孤雲致遠　高麗之李益齋齊賢　雖歷踏西蜀江南之地　至於塞北則無因而至也　嗣此千百載間　未知幾人復作此行　而今吾此行也　泝鄭穎濱之車塵馬跡　森然在目　噫　人生世間　其無定期若是夫

　　過廣仁店　三岔口　至雙塔山　立馬一望　儘爲奇絶　石膚巖色類我東洞仙館舍人巖　而塔勢如金剛山中證明塔　矗然對峙　上下無殺　不倚不扶　不偏不側　正直端嚴　巧麗雄特　日烘雲蒸　錦絢綺繡

　　渡灤河　宿河屯　是日行四十里

　　十六日壬戌　晴　平明發行　到王家營　中火　過黃鋪嶺　有少年貴人年可二十餘　帽戴紅寶石　懸翠羽　騎驪馬翩翩而去　只一騎在前而從者三十餘騎　皆金鞍駿馬　帽服鮮侈　或佩弓箭　或負鳥銃　或捧茶鎗　或擎燕爐　馳驟如電而不除辟呵喝　但聞馬蹄之聲　詢于從騎　曰皇帝親姪　號豫王者也　太平車隨後而去　駕健騾三匹

綠氈爲障 四面附琉璃爲牕 其屋覆以青絲網 四觚流蘇 凡貴人所乘轎與車皆施此爲等威也 車中隱映有婦人聲 已而彼驟停而溺 我馬亦溲 車中婦人推開北牕爭出首面 寶髻云嶟 明璫星搖 金花翠璣 綴絡如夢 妖冶妙麗 如洛川驚鴻 窈窕掩窗 倏忽以逝 共計三人 豫壬宮姬云

至馬圈子 止宿 是日行八十里

十七日癸亥 晴暖 曉發過青石嶺 皇帝將徃薊州東陵 故已修治道路 橋梁正中築爲馳道 郡縣先期發丁 鏟高塡深 碾轉鏝塗 如鋪匹練 樹標準繩 無少屈曲 無少偏頗 馳道廣二丈 左右夾路廣各一丈餘 詩云 周道如砥 今治道眞求如砥 其煩費廣矣 畚土擔水 所在成群 隨毀補土 一經蹄痕 已圬之矣 又木維繩 禁人不得行馳道上 而我人必仆叉絕繩而行 余則躬率夫行馳道下 不敢耶 亦所不忍也一邊必數步一垜 高可及肩 廣可六尺 如城之有雉堞焉 橋梁皆有欄干 石欄則天祿 狻猊之屬呀口如生 木欄則丹碧璀璨 河廣處則笋木如筐 圍幾一間 長可一丈盛以河邊亂磧 安挿水中以爲橋柱 如灤河 潮河則皆沈數十大船以爲浮橋

朝炊三間房 我行入店房 而昨日所逢豫王入於關廟 與店房上下家也 其從騎皆散處他店房 買啖餅肉酒茶 余偶爲觀玩廟堂 徐行入廟則門無闔者 庭內寂無人焉 余初不識豫王在其中也 庭中石榴磊垂 矮松虯蟠 徘徊周瞻 欲拾級上堂之際 一美少年脫帽光頭 走出戶外 見余 笑迎曰 辛苦 蓋勞苦之語也 余應曰 好阿 如吾東問安之語也 階上雕欄 欄下有兩椅 中設紅卓 請余坐著 主人見客 或稱請坐請坐 或稱坐著坐著 或稱請請請 連呼者 鄭重款曲也 沿路每入人家 則其主人莫不如此 蓋待客之禮也 其少年脫帽便衣 故余初認主僧 諦視之 似是豫王也 余不必識認 視若尋常 彼亦不示驕倨貴重之態 而紅潮漲面 多飲卯酒矣手自注酒二盞以勸余 余連傾兩盞 問余會滿洲話否 余對不會也 彼忽俯欄一喀酒湧如瀑 回顧戶內曰 涼阿 一老閽持貂裘自堂中出 覆其背 手麾余出 余卽起去 回顧欄頭 猶自據欄而俯矣 舉止儇輕 容貌淸弱 全無威儀 類市井子

飯後卽發行數十里 背後百餘騎遙馳山下 臂鶻者十餘騎 散行山谷間 一騎臂大鷹 其脚如狗脛 黃鱗遍脚 以皂皮裹頭蔽眼 鷹鸇之屬皆蔽眼者 令毋視物 妄翻傷脚 且銷膽也 且爲其養目全意也 余下馬沙中坐 敲鐵吸烟 一騎佩弓箭者亦

下馬裝烟求爇 遂問其人 曰 皇侄豫王與十五歲皇孫 十一歲皇孫自熱河還京 沿
道打圍 余問 所獲幾何 答曰 三日圍獵 得一鶉鶉 背後蜀黍鳴折 一騎飛出田中
注矢伏鞍而馳 面如玉雪 爇烟者指謂曰 此十一歲皇孫 逐一冤馳射 冤走沙上
仰臥湊蹄 馬走快射不中 冤復起走山下 百餘騎馳圍 平原塵土蔽天 砲聲迭發
忽解圍而去 塵影中一團旋轉 渺然不見其蹤跡 未知逐獲冤子否也 然馳馬之法
無壯幼 皆天性也 人抵入柵至連山關多崇山峻嶺 樹木叢密 時有禽鳥 自入遼東
以至燕京二千里之間 上絶飛鳥 下無走獸 時當潦炎而不見蟲蛇 行林莽中而不
聞蛙聲 亦未見蟾躍 禾稼登黃亦無野雀 河洲水嶼之間亦未見一水鳥 夷齊廟前
灤河始見二雙白鷗 烏鵲鳶常聚都邑之中 而燕京亦稀見 固不似我東蔽天而飛也
意謂塞外蒐獵之地必多禽獸 今見塞上諸山益重濯 益不見一禽 胡虜以畋獵爲性
命 信如此也 將何所馳逐耶 盡取絶種 無是理也 抑別有藪澤所歸之地耶 康熙
皇帝二十年遊五臺山 有虎躍出灌莽中 帝自射 立斃之 當時山西都御史穆爾賽
按察使庫爾康奏名其地爲射虎川 留虎皮於大文殊院 至今存 又親發三十矢 獲
冤二十九 其打圍松亭也 射殪三大虎 皆有圖畫 民間相賣買 可謂神射 今見諸
公子圍場 馳驟如此其輕豪 蓋其家法也 當是時 如有蜀黍田中一虎跳出 非但彼
爲得意 萬里遊客可以一快 是可恨也

行至長城外 緣山爲城 參差曲折 其衝處建空心敵臺 高可六七丈 廣十四五丈
凡衝處或四五十步一臺 緩處或二百步一臺 每臺百總守之 十臺千總守之 每一
二里間 鈴鐸相聞 一人有警 左右擧烽分傳 數百里間皆見 應速而備豫 皆戚南
宮遺策云 六國時亦有長城 趙李牧大破殺凶奴十餘萬騎 滅襜襤 破林胡樓煩 築
長城 自代並陰山下至高闕爲塞 而置雲中鴈門代郡 秦滅義渠 而始於隴西北地
上郡築長城以拒胡 燕破東胡 卻地千里 亦築長城 自造陽至襄平 置上谷漁陽右
北平遼東郡 秦與燕趙俱邊三垂 則久已築長城 而聯三國所築 則北東西延袤亦
可萬里 及秦兼諸侯 一統爲天子 則使蒙恬築長城 因地形 用險制塞 起臨洮 至
遼東 廷袤萬里 意者恬因故城而增修之耶 抑夷燕趙古城而新築之耶 恬言起臨
洮 屬之遼東 城塹萬餘里 此其中不能無絶地脈 司馬遷適北邊 觀恬所爲秦築長
城亭部 塹山塡谷 責其輕用民力 然則此城眞蒙恬所築 而非燕趙古城耶 城皆甎
築 而甎皆一范所搨 厚薄大小無毫髮差等 城底址臺鍊石而築 入地五帶 出地三
帶云 間有頹圮處 量其厚可五丈 而似不夾土 全以甎間石灰而築 灰薄如紙 僅

令黏甋 如木之用膠合縫 城外內如繩削 而下豐上殺 雖大礮衝車猝難破碎 蓋其
外甋雖落 而裏築自在 痰核治法 用千年石灰和醋作餅以傅之 灰之陳久莫如長
城也 故例於使行求之 余少時嘗見灰塊如拳大者 今驗之 決知其非 沿道城制盡
如長城 安得拳大灰塊 且安能迂行出塞外以求也 此我東過路崩蝶所得耳 選人
古北口 余出塞時值夜深 未得周覽 今正值晌午 與首譯小憩沙邊 遂入關 有馬
群數千匹塡門而入 第二關有軍卒四五十佩劍羅立 又有兩人對椅而坐 余與首譯
下馬緩步 兩人欣然疾趨至前 鞠躬作揖 勞苦甚勤 一晶頂 一瑚頂 俱守禦參將
云 石晉開運二年 契丹主德光入寇 還虎北口 聞晉取泰州 復擁衆南下 契丹主
坐奚美中 命鐵鵑騎 四面下馬 拔晉軍鹿爲而人 蓋環長城稱口者無慮數百 而太
原汾水之北亦有地名虎北口 時德光兵自祈景北去 非其路也 乃幽檀之虎北口
卽此關也 唐之先諱虎 故唐改虎爲古北口 宋人使還行程錄云 自檀州北行八十
里 又行八十里 至虎北口館 則檀州之古北口亦名虎北口也 宋宣和三年 金人敗
遼兵於古北口 嘉定二年 蒙古侵金 兵至古北口 金人退保居庸關 元致和元年
泰定帝子阿速吉八立於上都 遣兵分道討燕鐵帖木兒於大都 時脫脫木兒守古北
口 與上都兵戰於宜興 皇明洪武二十二年 命燕王出師古北口 襲大顔不花於迄
都 永樂八年 塞古北口小關口及大關外門 僅容一人一馬 今關五重門而無昕塞
也 大約此關千古戰伐之場 天下一搖則白骨如山 眞所謂虎北口也 今昇平百餘
年 四境無金革戰鬥之聲 桑麻菀然 鷄狗四達 休養生息乃能如是 漠唐以來所未
嘗有也 未知何德而能致之 崇極而前圮 物理所然 民不見兵久矣 土崩瓦解 吁
可慮哉 關在山上 雖千嶂周遭 而大漠猶可望也 按金史 貞祐二年 潮河溢 漂古
北口鐵裏門關 蓋胡膚之憑 陸中州者 以其地據上流 勢如建瓴故也 中原大患二
卽河也胡也 伯鯀才力人智足以知胡虜之悤陵 則疏幽冀而鑿恒代 引九州之水而
灌之沙漠 使中國反據上流而制胡虜 當時四岳亦可其議而欲一試之 所謂試可乃
已者是也 堯雖不以倒流爲是 而鯀之辯說甚强 莫能難也 禹亦不以逆行爲當 而
鯀之才智甚高 莫敢諫也 所謂方命圯族者是也 蓋鯀之爲入悖直自用 必信已見
惟以胡虜之患爲中國萬世慮 而乃將懷襄之憂 爲目下第二義 不度地形 不惜工
費 必也倒鑿而逆流之 所謂水逆行謂之洚水 洚水者 洪水也 然而鑿之 塹之 疏
之 瀹之 地勢漸高 不期湮而自湮 所謂鯀湮洪水者是也 自非然者 鯀獨何心 湮
此巨浸 自底罪戾 而當時岳牧亦何必交口力薦 堯亦何忍九載坐視 以待其敗績

哉 噫 若緜此功能成 中國防胡防河一擧兩得 萬世永賴 其鴻功偉業當在禹上 余幼時 有一長者辨緜湮洪水 證說如此 今視其地形 大不然矣 李白詩云 黃河之水天上來 蓋言其地形西高 河若從天也

中火於關內店房 其壁上懸皇帝御筆七絶一首 以賜孔敏者也 皇帝南巡 直北還熱河 曲阜諸孔挈族迎謁 帝作詩慰奬以賜 孔氏門長孔敏撰跋 盛稱恩渥 鋪張寵靈 已爲刻石廣印 償店主一本而去云 詩拙而筆則工矣 店主要余買去 試問其價 乃呼 三十兩銀子 飯後卽發 入第三關 兩崖石壁削立千仞 中通一車 下有深磵 巨石磊砢 王沂公曾富鄭公弼使契丹亦由斯逕 其行程錄曰 古北口兩傍峻崖中有路 僅容車軌 可徵其經此也 憩一蕭寺 刻蘇穎濱轍詩 亂山環合疑無路 小徑縈回長傍溪 彷佛夢中尋蜀道 興州東谷鳳州西 按宋史 元祐間 轍嘗代兄軾爲翰林學士 尋權禮部尙書 使契丹 其館伴侍讀學士王師同能誦洵軾之文 及轍所著茯苓賦 是詩乃文定奉使時道此所題也 所居僧只二人 庭欄下方曬乾五味子數斛 余偶拾數粒納口 一僧熟視 忽大怒 瞋目呵嚷 擧止凶悖 余卽起 倚立欄邊 行中馬頭春宅適爲爇烟而入 見其狀大怒 直前罵曰 吾們的老爺 暑天裏思喫凉水 這一席東西狠多 不過嚼數粒 自然生津止渴 儞這賊光頭無良心 天有天之高 水有水之深 這賊驢不辨高低 不量淺深 如此無禮 儞賊驢 甚麽貌樣 其僧脫帽提之 口漲白沫 側肩鵲步而前曰 儞們的老爺 關我甚麽天之高 儞雖怕也 吾則不怕也 甚麽關老爺顯聖 太歲臨門 怕他恁地 春宅一掌打頰 亂加以我東無理之辱 其僧扶頰搶入 余高聲責春宅 使不得作鬧 春宅氣憤憤然 直欲卽地鬪死也 一僧則立廚門 惟含笑 不助勢 亦不勸解 春宅又一拳打翻 罵曰 吾們的老爺奏聞萬歲爺 儞這賊腦剮也賴不得 這廟堂蕩蕩的淨做了平地 其僧起振衣 罵曰 儞們的老爺白賴他五味子 更要幇子還俺如鉢兒暴拳 是甚道理 看其氣色 漸漸沮死 春宅益肆憤罵曰 甚麽白賴這個 卽呷下了一斗麽 一升麽 眼眵似一粒 羞殺我老爺邱山的 皇上若聞這貌樣時 儞這顆光頭快快的開開也 吾們的老爺去奏萬歲爺時 儞雖不怕吾老爺 還不怕萬歲爺麽 其僧氣益死 不復敢回話 春宅則無數亂罵 倚勢占强 動賣萬歲爺 萬歲爺是辰是刻 想應兩耳癢癢 春宅之言言稱皇帝 可謂怙勢虛張聲氣之狀 令人絶倒 彼頑僧則眞切畏慑 聞萬歲爺三字 如雷霆鬼神 春宅拔一甎欲打之 兩僧都笑走匿 卽持兩個山楂 陪笑來獻 且求淸心元 當初起鬧 蓋討淸心元也 究厥心術 可謂無良 余卽與一丸 其僧叩頭無數 無恥甚

托矣 山楂之大如杏子 太酸 不堪食矣 聖人謹於辭受取與之間 非其義也 一芥
不以與人 非其義也 一芥不以取諸人 夫一芥者 天下至微至輕之物 不足與數
於萬物之中 世豈有以一芥爲辭受取與之理哉 然而聖人爲此已甚之論 有若大
廉防 大義關存乎其間者 今吾驗之五味子 聖人一芥之論 果非已甚之語 嗚呼
聖人豈欺余哉 數粒之五味子 眞一芥之微 而彼頑僧之加我無禮 可謂橫逆 然
因此起爭 至於拳毆 方其鬪爭也 不忍憤憤之心 彼此生死未可知也 當此之時
雖數粒之五味子 禍若邱山 不可謂天下至微至輕之物矣 春秋時 鍾離女子與楚
女爭桑 遂致兩國之兵 較之此事 數粒之五味子已多於聖人之一芥 爭辨曲直無
異楚女之爭桑 若令是時有鬪毆致命之變 則安知無興師問罪之舉乎 余學問鹵
淺 初未能謹之於整冠納履之嫌 自取白賴之辱 曷勝懆懼哉

沿道空車之入熱河者 日閱千萬 皇帝將徃遵化易州等地 故爲載輀重徃也 橐
駞載物而出者千百爲群 大抵一樣無大小 色皆淡白微黃 毛淺 頭類馬而小 目如
羊 尾如牛 行必縮其頸而仰其首如飛鷺 膝二節而蹄兩跂 步如鶴而聲如鵝 昔哥
舒翰在西河 其奏事官之至長安 常乘白橐駞 日馳五百里 石晉開運二年 符彦卿
大破契丹鐵鷂軍 契丹主乘奚車走 時追兵急 德光獲一橐駞 乘之而走 今視其行
遲鈍 難免追騎 抑其中亦有駿於乘如石季倫之駕牛耶 高麗太祖 時契丹送橐駞
四十頭 太祖以爲無道之國 繫之橋下十餘日 皆餓死 契丹雖無道 橐駞何罪 此
食鹽數斗 費蒭十束 國圉貧儉 牧奴短小 實難豢畜 雖欲載物 邑屋低狹 門巷猥
窄 難以容之 儘爲無用之物 至今名其橋曰橐駞 距留守府三里 橋傍堅碣 題曰
橐駞橋 土人不言橐駞橋 皆稱若大多利 方言大者 橐駞也 多利者 橋梁也 又
訛爲野多利 余初遊中京 問橐駞橋 則不識在何處 甚矣 方言之無義也若是夫
是日行八十里

十八日甲子 晴 晚微雨 卽止 午後大風雷 驟雨 平明發行 過車花莊 獅子橋
有行宮 至穆家谷 中火 飯後卽行 過石子嶺 至密雲 宗室諸王 輔國公及千官之
散回皇京者 連絡于道 至白河津渡 喧爭莫可卽涉 方造浮橋 船皆運石 只有一
艇濟人 向時徃也 軍機道迎 郎中護涉 黃門探程 提督通官氣勢堂堂 臨河舉鞭
有摧山塡河之形 今玆還京 旣無近臣之護送 皇帝亦無一語勞勉之諭 蓋由使臣

不肯見佛 而有此不承權輿之歎 察其氣色 來徃頓異 彼白河 向日所渡之水也
彼沙岸 去時所立之地也 提督手中之鞭 汎彼河上之船 一也 然而提督無聲 通
官垂頭 江山不殊 舉目有炎凉之異 嗟夫 勢之不足恃如是 而勢之所在 奔騖苦
狂 轉眄之頃 時移事冷 無所憑倚 泪然如泥牛之入海 渙然若氷山之遇日 千古
滔滔 豈不哀哉 忽有愁雲四壓 風雷大作 猶不若去時之怖懍 來徃之際皆如此
甚可異也 皇明天順七年 密雲懷柔大雨 白河溢數丈 漂密雲軍機庫及文書房
意者此古戰場 風盲雨怪 發作無時電怒雷憤 煩冤尚結耶 沿路河津 船制不一
此河船制有如我國津船 而或有鋸截船腰 乃還繩縛爲一船者 一猶怪矣 乃有三
焉 造字者多象形 如舟傍曰舠 曰艓 曰舴 曰舸 曰艋 曰艇 曰艦 曰艨 隨形錫
名 物物皆然 我國小船曰傑傲 津船曰捏傲 大船曰漫藏伊 漕船曰松風排 出海
曰唐突伊 上流曰物漫排 關西稱船曰馬上伊 制雖各異 只一字曰船而已矣 雖
借用舠舸舴艋等字 而名實無當耳 有四五十騎旋風而來 氣勢驕桀 其視我國罷
隸殘黎蔑如也 一擁登船 後有一騎 臂蒼鷹 揚鞭一躍而登 馬之後蹄失虛 連鞍
帶鷹翻顛落水 一滾一撲 欲起復汎 轉輾無力 良久乃得出水 圍圍上船 鷹也如
投缸之蛾 馬也如落渡之鼠 錦衣繡鞭 可憐淋溜 置身無所 公然鞭馬 鷹益驚蠢
誇己侮人 果報立至 足可爲戒 旣渡 詢其從騎 馬上傾身 以鞭畫字泥上曰 四
川將軍 爲人老 不甚雄猛 到駙馬莊 止宿 店在城底 城乃懷柔縣也 夜出門便
旋 或二三十騎 或百餘騎 團馳而過 每隊前導一燈而已 想皆貴人也 車馬之聲
終夜不絶 是日行六十五里

十九日乙丑 晴 或灑雨 晚益晴 極熱 曉發懷柔縣 至南石橋 中火 始食紅柹
形四溝而有臺 類我國所謂鏡柹 甘脆多水 柹出薊州盤山 遍山皆柹梨棗栗 過
林溝 至淸河止宿 此卽大路 非去時道也 入一廟堂 康熙皇帝御書金扁曰 左聖
右佛 左聖者關雲長也 左右柱聯盛述其道德學問 蓋崇奉關公始于明初 至諱其
名 稗官奇書皆稱關某 明淸之際公移簿牒至稱關聖關夫子 因謬襲陋 天下之士
大夫眞以學問歸之 蓋所謂學問者 愼思明辨 審問博學也 德性不足以徒尊 則
乃復道之以問學 雖以大禹之拜昌惜陰 顔子之弗貳弗遷 猶議其心麤 則其於學
問之極功 猶有些客氣存焉耳 除此客氣 須用克己復禮 己者人欲之私也 若一

毫著於己則聖人視之若仇讎盜賊　必欲剪剔殄滅而後已　書曰　戎商必克　易　高
宗伐鬼方　三年克之　用兵至於三年之久而必克乃已者　誠以不克則國不可以爲
國矣　克己然後禮始得而復焉　復者無一毫未盡之辭也　如日月之蝕而復其圓　還
推既失之物錙銖不減　若非三達德　未有能成此學問　雖公之義勇　不待克己而禮
已復　然但今之稱公以學問者　以公之明於春秋　公既嚴於吳魏之僭賊　則亦安可
自安於妄尊之帝號哉　公之精靈千載如生　必不受此匪分　如其無靈　佞之何益
五經博士皆襲聖賢之後　故東野氏孔氏顏曾孟氏皆稱聖裔賢裔　而關氏博士亦稱
聖裔　列於東野孔氏之間　甚無謂也　滇有文廟　主祀王羲之　書聖筆宗　所以訛也
聖道益遠　夷狄迭主中夏　各以其道交亂天下　正學茫茫　不絕如帶　安知千載之
後　不以水滸傳爲正史耶　或曰　南蠻北狄常帝中原　則主祀王右軍　可也　雖以水
滸傳爲正史　可也　雖黜孔顏而祀釋迦　吾無憾焉　相與大笑而起

　　回京官員至此益盛　空車之入熱河者晝夜不絕　馬頭驛子輩有曾徃西山者　遙指
西南一帶石山曰　此西山也　雲靄中百千螺髻出沒隱映　而山上白塔矗立雲霄間
屛岑滴翠　畫巒繚青　聽其兩相酬酢　曰水晶宮　鳳凰臺　黃鶴樓　皆倣寫江南　蕩漾
湖心　白石爲橋　曰繡綺　曰魚帒　曰十七空　廣皆數十步　長百餘丈　矯矯如偃虹
左右周以石欄　龍舟錦帆出入橋下　蓋引水四十里爲湖　泉噴石竇　是爲玉泉　皇
帝雖巡遊江南　駐蹕漠北　必飲此泉　味爲天下第一　燕都八景　玉泉垂虹　卽其一
也　馬頭翠萬前已五徃　驛子山伊再徃云　遂約此二隷同遊西山

　　二十日丙寅　晴　曉灑雨　卽止　日氣乍涼　平明發行　行二十餘里　至德勝門　門
制一如朝陽　正陽諸門　蓋九門制度皆同　泥淖尤甚　一陷其中　力難自拔　有羊數
千頭塞道而行　惟牧童數人驅之　德勝門　元之建德門也　皇明洪武元年　大將軍
徐達改今名　門外八里有土城舊址　元之築也　正統十四年十月己未　也先奉上皇
登土城　以通政司叅議王復爲左通政　中書舍人趙榮爲太常寺少卿　出見上皇于
土城　卽此地也　按明史　也先挾上皇破紫荊關　直入窺京師　兵部尙書于謙與石
亨率副摠兵范廣武陣德勝門外當也先　以部事付侍郎吳寧　悉閉諸城門　身自督
戰　下令曰　臨陣　將不顧軍先退者　斬其將　軍不顧將先退者　後隊斬前隊　於是
將士知必死　皆用命　庚申　寇窺德勝門　謙令石亨設眼伏空舍中　遣數騎誘敵　敵

以萬騎來薄 伏起 也先弟孛羅中礮死 相持五日 也先邀請既不應 戰又不利 和終不可得志 遂擁上皇北去 今此門外閭里市廛 繁華富麗一如正陽門外 昇平日久 到處皆然

留館驛官裨將及行中下隸齊待于路左 遂下馬 爭來執手 為致勞苦 燭不見來源 蓋為遠候 獨先早喫 已誤出東直門 故相遠云 昌大見張福 不敍其間離索之苦 直言 汝有別賞銀帶來 張福亦未及勞苦 笑容可掬 問 賞銀幾兩 昌大曰 一千兩 當與爾中分 張福曰 汝見皇帝否 昌大曰 見之 皇帝眼似虎狼 鼻如火爐 脫衣赤身而坐 張福問 所冠何物 曰 黃金頭盔 招我 賜酒一大杯 曰 汝善陪書房主 不憚險而來 奇特矣 上使道一品閣老 副使道兵部尚書 無非荒話 非但張福受誑 下隸之稍知事理者莫不信之 卞君與趙判事來迎 歡甚 遂相携入路傍酒樓 青帘書 相逢意氣為君飲 繫馬高樓垂柳邊 今繫馬垂柳 高樓飲酒 益知古人作詩不過拈用卽事 而眞意宛然 樓上下四十餘間 雕欄畫棟 金碧輝映 粉壁紗牕 渺若仙居 左右多張古今法書名畫 又多酒席佳詩 蓋廷紳罷衙歸路 及海內名士 夕陽湊集 車馬云屯 銜杯賦詩 評書論畫 竟夕流連 爭留其佳句書畫 日日如此 昨日所留 今日已盡售賣 此酒家奇羨 故爭侈其椅卓器玩 盛排花艸 以供題品 精墨佳紙 寶硯良毫 盡在其中 昔楊無咎遊娼館 作折枝梅於短壁 往來士大夫多為觀此歷訪 娼藉此以壯門戶 其後有竊去者 從此車馬頓衰 張逸人嘗題崔氏酒鑪云 武陵城裏崔家酒 地上應無天上有 雲遊道士飲一斗 醉臥白雲深洞口 自是沽者益眾 大約中國名士大夫 不以娼館酒肆為嫌 故呂氏家訓所以戒行步出入於茶酒之肆也 東人飲酒毒於天下 而所謂酒家皆甕照牖繩樞 道左小角門 藁索為簾 筳輪為燈者 必酒家也 詩人之用青帘 皆非實 未嘗有一竿旗幅挑出屋頭 然而飲戶太寬 必以大椀甕額一倒 此灌也 非飲也 要飽也 非要趣也 故必一飲則醉 醉則輒酗 酗則輒致鬪毆 酒家之瓦盆陶甌盡為踢碎 所謂風流文雅之會 非但不識為何狀 反嗤此等為無飽於口腹 雖移設於鴨水以東 不能竟夕已打破器玩 折踏花草 此為可惜 李朱民 風流文雅士也 平生慕華如饑渴 而獨於觴政不喜古法 無論杯之大小 酒之清濁 到手輒倒 張口一灌 同人謂之覆酒 以為雅謔 是行也 既定伴當 而有讒之云 使酒難近 余與之飲十年矣 面不潮楓口不噀杮 益飲益莊 但其覆法少疵 朱民常抵賴曰 杜子美亦覆酒耳 呼兒且覆掌中杯 豈不是張口而僵臥 使兒童覆酒耶 嘗大笑閙堂 萬里他鄉 忽思故人 未

知朱民今辰此刻坐在何席　左手把杯　復能思此萬里遊客否　還寓舊棲　壁上所付數聯及座右所留笙簧鐵琴俱無恙　却望幷州是故鄉　正道此也

旣夕飯　趙主簿明渭自詫其炕中陳設異翫　余卽同赴　戶前列十餘盆花草　俱未識名　白琉璃甕高二尺許　沈香假山高二尺許　石雄黃筆山高尺餘　復有靑剛石筆山　有棗根　天成魁罡　以烏木爲跗座　價銀爲花銀三十兩云　奇書數十種　知不足齋叢書　格致鏡源　皆値太重　趙君燕行二十餘次　以北京爲家　最嫺漢語　且賣買之際未甚高下　故最多主顧　例於其所居爲之陳列　以供淸賞　而前年昌城尉(黃仁點)正使時　乾魚衕衕朝鮮館失火　諸大賈之預入物貨者盡爲灰爐　而趙炕比他尤酷者　賣買物件之外　凡遭回祿者俱是稀奇器玩書冊　兌撥則可値三千兩花銀　皆隆福寺及琉璃廠中物　而諸主顧旣爲借設　則無所徵價　然亦不以此爲戒　今其借排　又復如昔爲娛心目　足見大國風俗不龌龊如此

夜　留館諸譯盡會余炕　略有酒饌　而行役之餘　全失口味　諸人者皆睨坐石封裹意其中有物　余遂令昌大解褓細檢　無他物　只是帶去筆硯　埒然者　皆筆談胡草遊覽日記　諸人者俱釋然解頤曰　吾果怪其去時無裝　歸橐甚大也　張福亦憮然謂昌大曰　別賞銀安在

傾蓋錄

余從使者北出長城至熱河 地本王庭所居 民雜胡虜 無可與語 既入太學爲寓館 則中原士大夫亦多先寓太學者 爲參賀班來也 同寓一館 晝宵相從 彼此羈旅互爲客主 凡六日而散 古語有之 白頭如新 傾蓋如舊 自一語以上 收爲傾蓋錄

王民皡 江蘇人也 時年五十四 爲人淳質少文 去年以承德府太學 一如皇京今年春 功告訖 皇帝親釋菜 王君以舉人 方藏修此中 今年四月 不赴會試 八月中 皇帝以七旬大慶 特命重會 而亦不赴 余問 緣何廢舉 曰 年老矣 白頭荆圍士之恥也 王君長者 號鵠汀 別有鵠汀筆談忘羊錄 身長七尺餘 頗有窮愁之態坐間頻發歎息之聲 獨有一僕相守 一日請余共飯

郝成 歙人也 字志亭 號長城 見任山東都司 雖武人乎 博學多聞 身長八尺紫髯炯眸 骨相精緊 與余語 晝夜不倦 所著書皆詩話

尹嘉銓 直隷博野人也(古趙地) 號亨山 通奉大夫 大理寺卿致仕 時年七十今年春 上章謝事 皇帝特賜二品帽服以寵之 工詩 善書畫 詩多載于正聲詩删纂大清會典時翰林編修官 皇帝同庚 故尤被眷遇 特召赴行在聽戲 時進九如頌皇帝大悅 八十一本首演此頌 蓋皇帝平生詩朋云 送余九如頌一本 蓋已自刊印一日 篋中出一扇 卽席爲怪石叢竹 題五絶於其上以與余 又書柱聯 一日 燕全羊 請王舉人及余共啖 他餌果竟日雜陳 爲余專設也 身長七尺餘 姿貌雅潔 雙眸炯然 不施䰋鬣 能作細書畫 強康如五十餘歲人 然鬚髮盡白 大率簡易和樂人也 囑余還京必來相訪 書指其家在 又戒余斷酒遠色 余還燕 聽之物議 時人方之白傅 時扈駕易州 久不還 竟未相逢 別有所論古今樂律 歷代治亂 俱載忘羊錄

敬旬彌 字仰漏 蒙古人也 見任講官 年三十九 身長七尺餘 白晳 修眼濃眉手如葱根 可謂美男子 同寓六日 未嘗一參談筵 無論滿漢莫不與人款曲 而獨其爲人頗似簡傲

鄒舍是　山東人也　舉人　與王鵠汀藏修太學小　時皇京有重會　藏修之士七十人　盡赴京師　而獨王鄒兩生未赴也　為人多慷慨　不避忌諱　形貌古怪　舉止矗厲　人皆目之以狂生　多厭之者

奇豐額　滿州人也　字麗川　見任貴州按察使　年三十七　本我國人　入中國為四世　不知本國門望所自出　但記其木姓黃氏　身長八尺　白晳　美姿容　善修威儀　博學能文　善諧笑　斥佛甚峻　持論頗正　然為人驕矜　眼空一世　太學士李侍堯為雲貴總督時　貴州按察使海明賂金二百兩　事發　侍堯因而海明減死配黑龍江　麗川代海明　余偶巡其所寓炕後　有黃漆櫃子數十對　皆空無物　壽節貢獻　想盡輸納　與余語到別離　輒流淚　或云豐額附和珅　發海明而代之　余還燕尋其家　為別貴州之行

汪新　字又新　浙江仁和人也　見任廣東按察使　聞余姓名於麗川　約麗川訪余來也　相晤麗川座　一見輒傾倒如舊　身長七尺餘　疎鬆　面色黑　寢陋無威儀　不修邊幅　與吾同年月　少余十一日　余問　吳西林穎芳無恙否　汪曰　吳西林先生　吳中高士也　年八十餘尚康強　不廢著書　問　陸篠飲飛無恙否　汪驚曰　不識尊兄何從識吳陸耶　余曰　篠飲　乾隆丙戌春赴試在京　吾邦之士有得遇旅邸者　其詩文書畫膾炙東韓　汪曰　篠飲奇士　今年回甲　落魄江湖　以詩畫為性命　山水為友朋　益飲大醉　狂歌慎罵　余問　何所慎而罵耶　汪不答　問嚴九峯果　曰　吾離鄉久　不識下落　陸是弟至歡　時人號陸解元　此之唐伯虎徐文長　不出西湖三十年　富貴極矣　弟離鄉十年　但有聲風寄　然茶鎗酒椀　槩知其得意人也　不比弟乾沒風塵　汪約再明再來極歡　麗川謂注曰　朴公善飲酒　須購椰子釀　汪點頭　又曰　燕巖性不嗜羊　喜食落花生　汪又點頭　遂送之門　麗川顧余曰　這是海量　謂飲戶寬也　次日　汪送傔申囑　明日切勿他駕　相等　明日遄發還燕　不復相見

破老回回圖　蒙古人也　字孚齋　號華亭　見任講官　年四十七　康熙皇帝外孫　身長八尺　長髯郁然　面瘦黃骨立　學問淵博　余遇之酒樓中　為人頗長者　所帶僮僕三十餘人　衣帽鞍馬豪侈　似是兼兵官也　貌亦類將帥

胡三多　承德府民家小兒也(漢人稱民家)　日常早朝　挾冊而來　受學于王鵠汀　年方十二歲　清秀無塵埃氣　禮度閒熟　舉止詳雅　副使命賦桃　諸韻立就　詞理俱圓　賞二筆　又請韻立賦　具述謝意　一日　使臣皆早入班　炕空　余獨在　三多來語余　適脫綱巾而臥　三多持巾詳閱　究詰甚煩　余因戲曰　一胡尚多　況三乎　三多卽

應之曰 地無二王 何謂一少 蓋謂王逸少也 中原人音同則用如字 語雖未暢 可
謂警敏夙慧矣 通官朴寶樹鬚子絶大 逸出匝跑庭中 三多疾走 逆其領下 持其
胡而去 騾低頭受轡 正使嘗凭欛而坐 三多趨過 正使招賜丸藥扇子 三多拜謝
因問正使姓名官品 其唐突類此

曹秀先 江西新建人也 字地山 見任禮部尚書 年可六十餘 昨日 余隨使臣見
曹朝房 次日 余偶至一新刱關侯廟 其東廡有一學究 教授四五童子 余問曰 是
中寬暢 來寓卿大夫幾人 學究曰 見有禮部曹大人在此 余借其紙墨 書刺使通
學究卽起忙去 余遙望學究出立階上 手招余進 余進至階下 曹公出戶外相迎 身
自扶余坐椅 余逡巡固讓 曹公固請坐 余曰 公貴人 遐陬鄙人 不敢抗客主之禮
曹曰 你以公事來耶 余曰 否也 爲觀光上國來也 曹曰 儞官居幾品 余曰 秀才
從使者而來 自無職係 曹忙扶余坐椅 旣無職係 先生卽吾之尊賓 敝自有待客之
禮 先生不必固讓 因問曰 貴團選舉之制如何 大此之科取幾人 試取者何樣題目
曹方書此 自出眼鏡 一邊掛耳 一邊疾書 俄有三十餘人 猝入閣中 一字排立 其
中一人品頂者 跪一膝奏事惟謹 相距十餘步 語必以手遮口 曹不省也 忙書筆談
而口酬彼奏 晶頂者乍起乍跪 奏旣畢 自拖一椅 遠坐東壁下 排立者一時退去
須臾 奏事者亦不辭而起 閣中又寂然無人矣 余對曹而坐 學究隅坐 年可五十餘
頭戴草帽子 視筆談 忽有一入謁刺 乃新授湖南 袖掩幾字 御史尹繽也 曹擲筆
起 疾走出 學究引余 似令少避者 余隨學究出 復至其炕 少待 尹繽與曹同入
未久 尹繽在前 曹公隨後而出 余意謂送客當還 當從容久 久俟不還 怪而詢之
學究 已赴闕矣 曹公容貌老 寢陋無威儀 爲人愷悌樂易 余旣還燕 中原士大夫
多譽曹公地山先生 文章學問當世冠首 以比歐陽永叔 張廷玉纂修明史 曹亦叅
史局 蓋舊人也 其後又歷關廟 則學究亦不在矣 學究姓名忘未之記 蓋漢人也
頗短於文墨 僅爲筆話 然久視尋繹 然後纔可辨爲何語

王三賓 閩人也 年二十五 似是尹亨山僕從也 或奇麗川僕也 貌美而能解書
工畫

黃敎問答

入他邦者曰我善覘敵 曰我善觀風 吾必不信矣 入人之國 安有執塗之人而遽
有所詢訪哉 此一不可也 言語相殊 造次之間無以達辭 二不可也 中外旣異 自
有形迹之嫌 三不可也 語淺則無以得情 語深則恐觸忌諱 四不可也 問所不問
則跡涉窺偵 五不可也 不在其位 不謀其政 此居其國之道也 況他國乎 問其大
禁 然後敢入 居他國之道也 況大國乎 此其不可者六也 況其將相賢否 風俗淑
慝 滿漢用舍 皇明故實 尤不可問 非但此不可問 所不敢也 彼不宜答 亦所不敢
也 至如錢穀甲兵 山川形勝 似無甚關係 而非但此不宜言 彼必疑怪 何者 錢穀
關虛實 甲兵係强弱 山川形勝有關阨險要之勢 此所以不宜問答也 彼古人者常
得之言語問答之外 如橋梁更皷 執玉高卑有所占矣 如陳詩閱樂 市價貴賤有所
徵矣 旣無古人之識慧才智 而徒欲得之於毫墨立談之間者 其亦難矣 又況四海
廣大 不見涯涘乎 余至熱河 有以默審天下之勢者五 皇帝年年駐蹕熱河 熱河乃
長城外荒僻之地也 天子何苦而居此塞裔荒僻之地乎 名爲避暑 而其實天子身自
備邊 然則蒙古之强可知也 皇帝迎西番僧王爲師 建黃金殿以居其王 天子何苦
而爲此非常偕侈之禮乎 名爲待師 而其實囚之金殿之中 以祈一日之無事 然則
西番之尤强於蒙古可知也 此二者 皇帝之心已苦矣 觀人文字 雖尋常數行之札
必鋪張列朝之功德 感激當世之恩澤者 皆漢人之文也 蓋自以中國之遺民 常懷
疢疾之憂 不勝嫌疑之戒 所以開口稱頌 擧筆諛佞 益見其自外於當世也 漢人之
爲心亦已苦矣 與人語 雖尋常酬答之事 語後卽焚 不留片紙 此非但漢人如是
滿人爲尤甚 滿人皆職居近密 故益知憲令嚴苛 然則非但漢人之心苦矣 天下法
禁之心苦矣 市肆所售 一硯之値無不百金者 噫 天下有事則珠玉宛轉而不收 海
內昇平則瓦甒埋沒而必採 富貴者適然取視 貧賤者努目收藏 淸賞者偶一摩挲
椎魯者繭足奔趨 於是乎鋤犂所起 鉤罱所登 屍氣所漬 紛然爲寶於天下 天下珍
玩之心又苦矣 然則一片之石足以占天下之大勢 而況天下之苦有大於石者乎 今
錄其爐餘談屑之係班禪者 爲黃敎問答

余自札什倫布先還寓　志亭(郝成字　號長城)迎問曰　先生俄見活佛　狀貌何如
余對曰　公未之見否　志亭曰　活佛居在深巖　非人人所可得見　況有神通法術　洞
見人臟腑　掛一寶鏡　人懷姦淫　必靑色照　人懷貪賊　必黑色照　人懷危禍　必白色
照　維忠孝一心敬佛人至　必紅霞帶黃　如慶雲曇華絪縕鏡面　此五色鏡可畏　余曰
此倣始皇照瞻鏡以神其說　然照瞻鏡亦非正史所傳　則安足信也　志亭曰　壁間曾
無此鏡否　余圈五色鏡可畏字曰　公自無靑黑白三心　何畏此鏡　志亭曰　法華楞嚴
諸經偈俱嚇人　不敬此書　卽有是禍　反復證難　怖畏衆生　勒歸善道　大類此鏡　鏡
是不字之經　經是非銅之鏡　吾十日食淡　十日洗沐　或肝頭肺葉有一毫不齊　安知
無三色發現乎　卽裂其紙投火中　又曰　果眞切神通也　拜佛者脫帽叩頭　活佛親手
摩頂　含笑則大蒙福祐　不笑則福祐不廣　合眼則其人太懼　燒香懺悔　冤痛刻骨
自然罪過消滅　再無不善　此活佛不消言談敎訓　一伸手間　功果如此　和碩親王
和碩額駙常常朝拜叩頭　外人庶品眞實難見　余因問其來歷　志亭曰　乾隆四十年
間　西方人藉藉言活佛法王現世　或言法王能知四十世前身事　卽今蒙古四十八部
方強　而最畏西番　西番諸國最畏活佛　活佛乃藏理大寶法王　自前明時　楊三寶僧
智光吾鄕霞客諸人遍行西域諸佛國　烏斯藏去中國萬餘里　有大寶法王小寶法王
投胎奪舍　遞相輪換　俱有道法　生卽神聖　卽今活佛　乃古代時西天佛子　大元帝
師　去歲　內閣永公陪皇六子備法駕儀仗徃迎活佛　活佛已知皇帝貴臣當來迎我
離京日子及貴臣名某(名永貴　現任內閣學士　寵臣云)　所居皆黃金屋　其侈麗更盛
於中國　在道多有神通　所經諸國番王　至有熱體焚頂　斷指刻膚　愚民有不孝其
父母者　一見活佛　忽生悲心　父有奇疾　此子刀剔左脅　割肝頭小片燒進　病卽瘳
不孝子左脅立完　轉爲孝子　已奉玉音　旌鄕復身　山西有一鄙夫巨富　平生性吝
一金　在途拜望　轉生悲心　遂銷十萬金　建成一座浮圖　此活佛功德大略也　遇水
不橋不舵　跣足履水　波不沒踝　先在彼岸　又有大虎　伏道搖尾　皇子抽矢欲射
活佛止之　降輿慰虎　虎銜其衣裾　若有所訴　仍南去　活佛隨去　有大石竇　虎方
乳　有大蛇兩頭　圍繞虎穴　欲呑其子　一頭拒乳虎　一頭拒雄虎　虎牙距無所入
悲號氣盡　活佛拄杖說呪　蛇兩頭自觸石碎死　腦中俱有大珠　光明不夜　一珠獻
予皇子　一珠獻予學士　虎護駕十日　甚爲恭順　皇子欲與偕行　納圈中　活佛不可
乃止　遂戒虎有所云　虎叩頭乃去　此其法術神通也　兩珠奉獻爲乘輿物　水旱瘟
疫爲秘幣　無不靈應　余問　活佛前生事　譬如槐葉靑蟲截入蜜房爲蠮子　大松蝗

斑毛若豹 蛻爲鬼車蝶 蠶爲蛾 蠐爲蟬 鳩爲鷹 鷹爲雉 雉爲蜃 雞爲蛇 蛇爲龜
莫不變化 俱有覺性 據此化身 能知前形否 若遽周栩蝶 夢醒各異 不相關屬
則無關輪轉 若其洞知 果如活佛宿世 此身爲某地某氏子 今生此身復爲某所某
姓兒 宿世父母 今生爺孃 如今無恙 俱大慈慈 歷歷識認 各各號喚 將誰怨恩
哀樂何居 志亭忽瀉淚數行 加圈哀樂何居字

　　忽有引戶響 志亭急擦紙在握中 及開戶 乃同舍王民皥也 繼有入者 亦王君同
舍 鄒舍是也 俱舉人 客游口外 去歲新刱熱河太學 制視京師 二人者方蔵修此
中 爲訪余來也 志亭向二客縷縷說 音若誦書 二客且聽且指圈卓上 似誦傳吾語
也 王舉人書吾姓名字號 示鄒舉人 王有宿面 而鄒乃初見也 鄒生曰 貴國佛教
始於何代 余曰 蕭梁大通中 僧阿道始入新羅 又問 貴國士大夫於三教中最崇何
教 余曰 粤在羅麗時 士族雖賢者不無習西教 至敝邦立國四百年 士族雖愚者但
知誦習孔子 方内名山 雖有前代所刱精藍名刹而皆已荒頹 所居緇流皆下賤無賴
維業紙屨 名雖爲僧 目不識經 不待辭闢而其教自絕 國中元無道教 故亦無道觀
所謂異端之教 不期禁絕而自不得立於國中 鄒生曰 可謂天下中樂國矣 異端之
害 聖人已憂其人將相食 使當時聽之者必以爲過矣 今山中徃徃有吃人道士 養
小兒尤艱 純陽童子最好蒸啖 至有夜藏櫃中 猶患失之 所在省府另行逐捕 焚毀
道觀 則乃反竄名僧籍 庇身佛寮 而至於房中秘術 惡瘡奇方 皆貪道士所製 故
人多樂從之游 潛學其術 幻怪難名 中國禪釋已乖本旨 仰漏所謂僧名道實之言
是也 仰漏者 蒙古人敬旬彌字 與余言 有僧名道實之論 前此余言之志亭 此刻
語次 志亭似誦之也 又曰 貴國古亦有神僧 願聞其名 余曰 敝邦雖在海隅 俗尚
儒教 徃古來今 固不乏鴻儒碩學 而今先生之問不及於此 乃反神僧之是詢 弊邦
俗不尚異端之學 則固無神僧在 固不願對也 王君曰 異端之中亦有異端 反有以
害其道 乃者鄒敝友正欲知貴國儒釋同異也 鄒生亦曰 然也 余曰 雖聞僧名 安
能辨儒釋同異哉 鄒生曰 儒門中亦有道學理學之號 貴國儒門中亦有是科否 余
曰 聖門設教只是四科 一道之遺只是此理 學此問此 是爲學問 豈得儒門另設他
科 有此兩號 鄒生曰 是也 先生言之極是 孔門七十子之徒 所問於師 不過曰仁
曰孝 後世不然 弟子初來 開卷便講理氣 先生整襟陞座 輒道性命 今之學者 學
貫天人而不能治一郡 理察鳶魚而莫能辦一事 此個學問 謂之理學先生 鄉塾之
間 棄質固滯 動止迂怪 略習經傳 粗通訓詁 未嘗不專席開講 味陳腐爲菽粟 穩

補綴爲裘褐 子莫執中 反爲守經 胡廣處世 自謂中庸 此個學問 謂之道學君子
此猶無足道也 昔之異端逃墨歸儒 逃儒歸楊 反日分背 越肝楚膽 今之儒者亡不
出境 兜攬采地 益築六經以堅其壁壘 時換群言以新其旌旗 半朱半陸俱爲迤主
頭沒頭出遍是水泊 養蠱魚爲狐鼠 則敀證爲其城社 抑騏驥爲駑駘 則訓詁爲其
鉗櫪 或有懸軍深入 反遭攻劫 其勢不得不下馬受縛 雙膝以跪 今之儒者 絶可
畏也 怕也怕也 敝平生不願學儒也 有能張目開口倡爲異端之學者 敝將不遠千
里 贏糧徃徃 今見先生之論 確然守正 還令小人之腹一喜而一悵 觀鄒生容貌磊
砢 言辭放蕩 似譽似嘲 變幻譎詭 全事侮弄 余曰 俄承先生闢異之論 不勝欽服
反爲此乖剌之語 何也 鄙人生於海陬 聞見謏寡 學殖鹵莽 見笑大方 固其宜也
嘉善而矜不能 君子德義正當如是 且足下身居聖廟 欲學異端 使其言眞也 不意
上國首善之地有似此言議也 如其假也 譏嘲外國一腐儒 恐非柔遠之德義也 慚
愧請退 鄒生謝曰 非敢如是 敝適有激于中 不覺話頭橫縱到此 乃先生如此見罪
僕不敢是侍足下也 鄒生離椅叩頭 此乃致謝之意也 王君曰 敝友老實人 旨意本
不如此 乃先生錯疑 欲前異端 乃欲居九夷之意也 相與大笑 余亦隨笑 然意思
竟未快暢 欲居九夷之論 尤令入愧恨也 鄒生曰 先生此來 專爲拜望西佛來耶
爲賀聖誕來耶 坐間志亭少出戶外 余曰 專賀皇上七旬慶節 若無詔旨 安得前來
熱河 昨見活佛 亦被皇詔也 王君曰 朴先生非使臣也 從其族兄大人觀光上國來
也 鄒生熟視余良久 曰 先生此來 不畏噬人乎 余問 甚麼噬人 鄒生曰 楊璉眞
珈復生於世 王君色變 若爭言狀 余雖不識其爲何語 而但兩人氣色不好 似責讓
鄒生 此際志亭還坐 視其紙 急手裂 納口嚼之 且目鄒生 久無所語 偸余不視
撮嘴指余 且目鄒生 偶敵余眼 甚有愧色 因呼茶而曰 貴國馬生得何宵 余曰 馬
生時辰何以知之 諸人皆大笑 志亭曰 小宵之宵 蓋音同則用 余曰 國小 故畜産
亦隨而小也 余甚欲詳得班禪來歷 鄒生所說甚有蹺蹊 而兩人者似深諱 故未敢
造次扣問 鄒生茶後卽辭去 志亭亦有他擾 余亦起 王君隨余出

一日 余訪亭山 赴闕未出(亭山名嘉銓 姓尹氏 今年七十 亦寓太學中 官大理
春致仕) 轉歷志亭炕 空無人 方旋出戶 志亭出他方還 見余歡甚 握手入其炕
卸帽掛壁上 且呼茶且言 鄒學人 狂士也 先生切勿再見 余問 何謂狂士 志亭
曰 這一肚皮都裹慷慨 與人商論 不肯下 輒善罵 或恐老爺不識他疎戇 喫他老
拳 余笑 其狂不可及 志亭曰 如成者 其愚不可及 相與大笑 余曰 活佛係是

楊璉後身 今將軍何故深諱也 志亭曰 這是鄒生狂也 借他辱他 余謬問 楊璉是
何等辱也 志亭慘然曰 不忍言 不忍聞 余曰 如王八馬泊六等最狠耶 志亭搖手
曰 否也 楊是番僧 元時入中國 都發宋朝陵寢 毒於兵禍 積聚寶玉如邱山 他
有秘術 有開山寶劍 念咒一擊 雖南山石槨下錮三泉無不立開 金晁玉魚托地自
跳 珠襦玉匣狼藉開剝 甚至懸屍瀝汞 批頰探珠 江南人相詛盟 稱粲獻麻楊 今
活佛番入故 所以借他一罵 非爲後身也 余問 這何故肆罵 志亭曰 這是業儒
故不服他 余曰 這若業儒 前者何又罵儒 志亭曰 這狂也 不怕天雷 不畏王法
罵聖罵佛 惟意所欲 痛罵一頓 便下頂氣 志亭曰 貴國寢墓之制何如 余曰 雖
倣古禮 國俗尚儉 不殉寶玉 自公卿貴人下至匹庶 喪葬之制皆用文公家禮 且
壤地僻隅 兵禍不頻 自無此患 志亭歎曰 樂園樂土 樂生樂死 周公制禮 啓萬
世盜賊之心 匹夫無罪 懷璧是罪 況帝王家乎 不以天下儉其親 禍千古帝王之
語 是以一經喪亂 無不被發 京師琉璃廠中所售古玩 皆歷代陵寢中物 即埋旋
發 其埋愈久 其發愈頻 而愈稱寶器 多有十日出地者 目今雖使釋之秉鍤 劉向
操鍤 以葬楊侯 盜且不信 余曰 墓中器玩凶冥臭穢 不祥甚矣 何寶之有 志亭
曰 是也 殷敦周彝 流毒萬古 而後世好事者 書冗畫廚 尊位嚴閣 非此等不祥
之器 莫可排當 鑑賞家方以歷歷識別爲博 收藏家亦以孜孜鳩集爲趣 余問 將
軍宅裏亦有古器可玩否 志亭曰 成武人 不能收買 祖世農家 無有舊物 只賸得
如掌古硯 世傳東坡手製 有元章款識 又有元豐銅造綠觚 余求一玩 志亭曰 這
是不難 此來寄寓 實不携帶 余曰 愚聞吳中所出書畫器玩多巧匠贗造 然否 志
亭曰 是也 成家所有兩器 安保非闔門濫手 成鑑識本淺 未免凝闇 余因問 活
佛眞有是行否 志亭曰 甚麼行 余書楊字 志亭搖手曰 否也 他眞切神通 且囑
曰 愼母再訪 他意邪是危妄人也 余對以領戒 又問 所謂喇嘛何種 皆蒙古別部
耶 志亭曰 否也 喇嘛 西番道德之稱 所謂喇嘛者 皆僧也 目今蒙古爲僧則皆
喇嘛服 京裏雍和宮所居僧皆稱喇嘛 滿漢人投喇嘛爲僧者多矣 以其衣食裕厚
大約元明時 番王或身朝使貢 儻帶不下三四千人 入徼常得厚利 或留塞下不還
洪武初 嘗敬重番王 寵錫無比 自永樂至武宗時尤盛 留養京師諸寺 本年春間
爲瓶金宮 迎來活佛居之 然比諸古元前明時則 其供億殆不如也 西番諸法王
其所居殿黃金瓦 白玉階 牕櫺欄檻皆沈香降眞烏木 水晶玻瓈爲牖戶 而壁皆飾
火齊瑟瑟 今其所居殿屋 視該土製作猶土階茅茨也 不樂久留 請還甚固 車駕

約明歲遊五臺山 當親送之山西 已有定期 善諳音占八風 能十方語 余曰 果能
十方語 則何以重譯 志亭曰 雖然諳音 安能立地通義 且其來時 聞香叢薄中拔
一靈樹 盆栽而來 余問 甚麼靈樹 曰 此名天子萬年樹 交柯布枝皆成天子萬年
字 莊周所謂三千年爲春 三千年爲秋 或曰卽此樹冥靈也 余曰 如今閣裡梅花
結勒柔條爲橫斜影 此係人巧 豈由天造 志亭曰 否也 葉側理皆成天子萬年字
因畫示其葉 余問 公曾見此樹否 志亭曰 未見其形 只聞其名 堯
庭之蓂 楚樹之靈 四海播馨 萬國成寧 四時長華 花十二瓣 花萼始吐則知朔月
載生明 日開一瓣 全開則知望月 載生魄 日掩一瓣 蒂落則知晦矣 故名蓂樹
又名靈樹 嘗對皇上喫茶 忽南向洒之 皇上驚問 聖僧恭對 力見七百里外大火
延燒萬家 纔得送雨救火 翌日 部臣遞奏 正陽門外琉璃廠失火 延燒譙樓 火勢
浩大 非人力可止 時方晌午 天晴無雲 忽有猛雨從東北來 卽刻滅火 蓋洒茶送
雨 正值火時 余曰 僕未入京師 已多道聽此說 然此有欒巴噀酒已例 曷足奇哉
自皇城到此爲四百餘里 何謂七百里 志亭曰 是也 此足驗其神通 大約口外去
京七百里 仁祖常常駐蹕口外 和碩親王閣部大臣皆憚跋涉 仁祖時特爲剪站爲
四百餘里 常得馳馬奏事 此聖人安不忘危之意也 余語志亭 每頌東漸之化 訖
四之文敎 是故樂與款語 而鄒生有所妄發 則故爲張皇 以愚余聽也

一日 自闕下獨步歸 偶登一樓 樓上獨有一人 方飯 見余 捨箸 如逢舊識 降
椅笑迎握手 請坐其椅 自拖他椅對坐 各書姓名 及見其名 乃破老回回圖 字孚
齋 號華亭 職居講官 意其爲滿洲人 問之 則乃蒙古也 觀其操紙疾書 筆法精敏
余問 君知博明乎 曰 與弟一樣 知潘庭筠乎 曰 曾一晤武英殿矣 博明博識工書
余數十年來多見其筆跡 爲其同是蒙古 故問之 且彼云職居講官 故問潘消息 欲
知其家住何坊 似未相親矣 余問 世有三敎 貴國最崇何敎 孚齋曰 豈以中國之
大而獨有三敎 行其道者皆得稱敎 余曰 貴國是蒙古 非中國之謂也 孚齋曰 弟
生長中華 不識沙漠 然彼亦大國之餘 吾道宜盛 貴國凡有幾敎 余曰 只有儒敎
孚齋曰 人生何莫非儒也 稱儒 則已退居九流之列 以吾道之廣大無外 反自狹小
於三敎之中 以一儒字磨勘 滋所以長異端也 方有回子數人來飲 余問 彼亦西番
部落耶 曰 否也 回子卽唐時回紇 有功於唐 亦大爲中國患 亦名回鶻 五代時西
侵突厥 遂據漢西域故地 行其所謂淸眞敎 是亦異端中一敎也 天地間只有吾道
而已 得吾道之一端者 自爲一敎 吾人之學道者 直曰吾道而已矣 不可名儒敎

余曰 不然 稱己曰吾 對彼之辭也 以吾對彼 物我相形 非獨吾己自小 已不勝其
私於物我之間矣 道是天地間至公之理 亦惡得把作吾一己中物 不容他來窺 愚
則以爲 吾道二字亦非廓然大公之號也 儒則已聞命矣 至於敎 豈不曰修道之謂
敎乎 曰文敎 曰聲敎 曰名敎 皆聖人之敎化也 此曰敎 彼亦曰敎 則恥混異端
將廢敎字 今曰吾道 彼亦來號其敎曰吾道 則悻悻然並將吾道而削之耶 孚齋曰
非謂其然也 世儒不知異端卽吾道中一事 紛紛然排擊之 彼始昂然舉頭 與吾道
對峙矣 楊墨老莊之言 皆吾道所有 至於佛氏因果之說 吾道之所深斥 而其實吾
道先言之矣 余問 因果非輪回耶 曰 非也 因果只是緣此事有此功 譬如耕田 種
者爲因 生者爲果 耘者爲因 穫者爲果 種樹亦然 其華者爲因 實者爲果 如曰惠
廸吉 從逆凶 乃吾道之因果也 其廸逆 因也 吉凶 果也 言吉凶之不足 曰猶影
響惠從之間 其孚應之驗若斯其捷也 如曰積善之家必有余慶 積不善之家必有餘
殃 此吾道之因果也 言殃慶之不足 曰必有餘 見此必有者誰也 爲佛者初言因果
則極高明矣 觀於吾道報應有跡 乃爲輪回之說以實之 實吾道病之也 如曰作之
善降之百祥 作不善降之百殃 此吾道之因果也 第其降之者誰也 泰西人居敬甚
篤 攻佛尤力 而猶爲堂獄之說 彼見吾道之一心對越 曰臨曰監曰視曰聽 明有主
宰 則得一降殃祥之字以自罔也 大約佛家並無輪回說 中原人飜經時言殊文異
難以形容 乃繹爲報應輪回之說 並與因果而累之 後世禪說者且恥言因果 以爲
佛氏之糟粕 此不可不察也 余曰 目今法王投胎奪舍之法 非輪回之證耶 孚齋曰
否也 投胎奪舍者 非輪回也 所謂輪回者 卽此有猛獸忽懷佛性 異日嘉應必爲善
人 今日衆生乃有禽行 他生報應當爲業畜 不過譬說蠡蠡淺近耳 詩云 孝子不匱
永錫爾類 輪回之證 本自如此 至若法王奪舍 乃轉身換骨 如今衣裘垢弊 更換
他服 余問 眞有是理否 孚齋曰 其持咒運氣之術 似涉道家 而其實禪家所稱魔
禪爾 大約此事在若有若無之間 旣不身自爲僧 安能知其眞僞 昔在滇南 公暇時
嘗以此事問於今太學士阿公桂 曰 所見入藏地者 智不足以知此 將軍明哲人也
其事究竟如何 公曰 不必問此事實有實無 設如我輩家生一極聰明之子 自四五
歲時不令知一毫世事 日使老師宿儒不離於座 惟以聖賢之言灌漑其心 卽長而又
衣食無憂 金玉錦繡人間可欲之物 過目不使留 敬之如神明 日起惟知向道 安得
不爲聖爲賢 此輩甚幼 維令老僧育之 日說法 知作功矣 卽使督作功尊敬之極
自幼至長 不以世法嬰其心 亦安得不爲佛乎

夕訪亨山 問 法王投胎何異輪回 亨山曰 這個一樣轉身 但此肉身既爲風雨寒
暑所侵鑠 鶴髮雞皮 不禁耄老 則土水風火 自付造化 維此光明信識金剛寶體
固無童耄 薪盡火傳 譬如適千里者 未有負家而行 必遞宿傳舍 雖天下有情人
未聞顧戀傳舍 爲此淹留 火緣薪起 聊覼相悅 去緣他薪 不復戀灰 法王投胎只
自如此 輪回之說 乃佛家律書也 昔漢竇太后讓趙綰王臧安得爲司空 城朝書亦
以儒家言爲律書也 彼言輪回如時王制典 五服五刑 俱有憲章 慶賞威殺 各得攷
文 如此照勘 未見功罪 先有其具 爲佛者見世間功罪不當 刑賞未信 足蹈目視
人所易忽 則移之幽冥不測之地 趨避勸戒於不聞不觀之中 古人所謂陰操世主之
權是也 雖然 吾儒家亦不必專攻如讐敵 聖人神道設教亦有如此 且天地許大 風
俗各異 氣有正偏 理亦隨寓 如水在器 圓方從形 古宙今宇 亦不無輪回 亦不
無投胎奪舍 亦不無斷火食 亦不無長生久視 且謂之全無此理者 惑也 謂之俱
有此理者 惑也 第是理也徃徃而有 以徃徃之事 思所以貫萬理 易天下 則尤惑
也 余曰 秦漢以來 爲天下者皆異端也 秦之刑名猶能兼幷 漢之黃老足以富庶
聖人雖憂異端充塞仁義 然使今法王投胎之術爲之天下國家 則還將依附吾道
周旋于仁義禮樂之間 行立乎民彜物則之內 要之不可與入於堯舜之道也 亨山
瞑目良久 口中邑邑若念佛者然 乃開眼微笑曰 先生言之極是 異端之於吾道
雖有邪正粹駁之別 其設心以爲興利行仁 除殘去殺 未始不同也 余問 法王法
術是名何道 亨山曰 所謂黃教 余曰 黃教乃黃老之道耶 抑亦黃白飛昇之術耶
亨山曰 天地間別界別人 其道貴無名 清眞安樂 其生也 順時歸化 其死也 其
生無樂 其死無怛 遞相投轉 萬劫不壞 不樂爲侯牧 其知如寐 其寐如覺 昏昏
屯屯 法天無言 不喜兵殺 夢幻此世 以事物爲妖妄 以言語爲邪佞 以成住爲虛
誕 以愛慕爲障礙 非釋非禪 無思無慮 是所謂天地間別部世界 一別種學問 古
之至人神人之道 無己無功之學 子休所謂其神凝 則民不疵癘而年穀登 堯觀於
姑山汾水 而窅然自喪其天下者 卽如是道也 非獨西番諸國咸服其教 卽亦大漠
諸部莫不崇信 本朝治化上軼唐虞 聲教所訖 咸維順寧 而徼外風塵常淸 蓋其
鬪殺寇盜 番俗所忌 則抑亦黃敎與有補於中國聖化之萬一云爾 適有他擾 卽起
轉徃麗川所寓(麗川　奇豐額字　滿洲人) 麗川出示四川御史端禮詩七絶五十首
咏皇賜孔雀羽詩也 武官四品以上懸羽帽頂 文官受賜乃得懸 故爲榮也 詩纖巧
妙麗有絶響 晚唐胡元時體 麗川屬余批評 余固讓 麗川亦固請 蓋欲觀吾才識

余亦不欲露拙 竟辭焉 麗川卽點其違簾三處 已復摺置卓上 出示亨山一律 筆
拈其頷聯所對燕毛熊掌以示 微笑曰 狗屎 此公政事糊塗 大類其詩 余曰 何乃
輕薄 麗川卽裂狗屎二字嚼之 余大笑曰 譏切長者 好自喫罰 麗川亦大笑 俄而
亨山來坐 鼎話卽去 相視而笑

一日 麗川散步明倫堂 一人奉盌隨行 麗川立頰面 持帨拭且行 見余 遙呼朴
公 余卽赴 麗川曰 俄刻御賜黃封 願得少嘗 余卽返 傾壺視之 只餘一觴 余手
自持徃 麗川笑曰 此荔汁也 荔支離樹一日 卽變色香 萬不一來 故沈之蜜中 猶
失色味十九 若離樹之初 雖十口干手 實難形容 弟到都 受賜非一 而昨日亦得
賜此 因出一盞 和燒酒五六盞以勸余 余飲一盞 清香滿口 甘冽無比 余回勸麗
川飲 麗川掉頭固辭 余怪而問之 對曰 弟已從佛戒 斷飲久矣 日食荔支三百顆
不妨常做嶺南人 這是東坡詩也 又曰 弟今居臬司 常常喫此 又曰 嶺南 古謫戍
地 一日 夜中月明 同徘徊臺上 夜深露涼 麗川請入其炕 問曰 使臣不肯見佛
何也 余曰 使臣奉詔徃也 麗川曰 使臣下馬 坐路中不肯去 因詔賜罷 何故遲遲
其言頗有關係 類欲鉤探情實 故未及遽對 麗川曰 班次藉藉也 余曰 道中下馬
非不肯去也 通官言軍機大臣當來 可俟偕徃 故蔽宮城樹陰 下馬避暑 所以遲待
軍機之來也 俄有詔旨 故中道罷還 非故自遲遲也 麗川曰 使臣幾被糾叅 禮部
諸大人以此悸憽廢食 昨日更奉皇上恩旨 此曠世盛典也 高麗當益堅事大之誠
兩大人相寵賀 俄刻廟中唔德大人 不勝其喜 余不覺驚怪 徐對曰 弊邦之於大國
事同一家 今吾與公旣無內外之別 而至於法王 係是西番之人 則使臣安敢造次
相見乎 此固人臣無外交之義也 然屢奉聖詔 則使臣亦安敢不徃見乎 麗川曰 固
當也 昨日使臣拜彼佛乎 拜皇旨乎 使臣實未嘗拜佛 而所詰轉深 故不敢明言不
拜 把筆趑趄 麗川先曰 奉詔徃 當肅聖恩也 又曰 尊兄亦拜佛耶 余曰 只得望
見 麗川指望見二字曰 望見已是俀佛 尊兄旣非被旨 則何必顚倒衣裳 余不覺媿
服 因謝曰 耽嗜觀光 義不出此 麗川又大笑曰 然也 固是責備賢者 萬乞恕罪
余曰 吾旣萬里爲觀光來 不者 安從見此金殿玉階 麗川曰 固也 又曰 弟前身固
僧也 後未嘗 一題下云云數十字焦黑疾書 語未了 余適就燭熱烟 末及諦視
方欲再見 已引燭焚之投炕下 因曰 弟固有髮老比邱也 余問 公曾拜彼佛乎 麗
川曰 非覩王額駙及蒙王 不可得見也 又曰 我是衣儒冠儒矣 平生不拜泥身古佛
何乃肉身假佛乎 余視有髮及冠儒等語 不覺失笑 乃大加墨圈 麗川似未解余旨

亦大笑不已 即燒投炕下 余曰 公自言儒者 又言言稱老比邱有髮僧 何也 責人
佞佛 而以吾觀之 公可謂假佛弟子 勉强學佛 麗川大笑 大加墨圈於假佛弟子曰
使兄多財 吾必爲之熟主顧 余問 甚麼 笑曰 善償債 又曰 韓昌黎暮境竟悅禪旨
余曰 陽明學問雖偏 固不似昌黎依俙 麗川曰 新建伯名理頗勝 其斥佛深次肌骨
然其快人心目 竟未似昌黎壯猛 又曰 嶺雲思家 關雪念馬 已是追悔 余問 當今
文章鉅公 亦有兩老子比乎 麗川不對 因漫書曰 空則是色 色則是空 余曰 我則
是爾 爾則是我 麗川前執余手 良久 自指其心 又指余胸 因問曰 彼僧狀貌何如
余曰 類如來尊者像也 麗川曰 當如也 大書貪字 曰 無不求 無不取 余曰 不像
出家 不甚持戒否 麗川曰 無不嗜者 馬牛駝羊 狗豬鵞鴨都喫 能喫全驢 故肥也
問 貪色否 曰 此一字竟不犯 問法術神通 曰 都無 又曰 阮籍後身爲顏太師 顏
太師後身爲包閣羅 包閣羅後身爲岳武穆 此姦細人導之也 問志亭所言五色鏡
麗川曰 果有此云 此火齊鏡也 問萬年樹 曰 未之聞也 甚麼樣 余略擧所聞於郝
成者曰 若果如此也 眞靈樹也 麗川大笑曰 尊兄安從得此佞樹 又曰 彼佛自言
其學問 臨終時當傳一句云

余旣還入皇京 與士大夫游者多 然未見深言斥佛如麗川者 一日 余當戶而立
麗川持鏡自照 因來照余面 又戲摸余所佩囊 有聯珠 笑曰 此非儒家應有之物
余曰 此笠纓也 麗川曰 究須借觀方信 余卽出諸囊中而示之 麗川大笑 蓋初意
其爲念珠也 余指壁上所掛朝珠曰 這是甚麼東西 麗川曰 此是國家名器 不得不
爾 蓋朝衣則頸掛念珠 故謂之朝珠 或價至千萬 于閣老敏中 字耐齋 今年歿 七
月籍其家 縣官方斥賣其朝珠四個 價銀爲三萬七千兩 以其價重 故無敢售者云

燕巖曰 天下雜種落多矣 余至熱河 以王會至者余多見之 蒙古之人之生長中
華者 其文章學問等夷滿漢 然其容貌魁健 殊爲不類 況其四十八部之酋長乎 酋
長各擁王號 如左賢谷蠡 莫相臣屬 勢分力敵 未敢先動 此固中國所以晏然而無
事者也 蒙王二人 吾見之札什倫布 又見二人於山莊門下 其老王年方八十一歲
腰腎罄僂 皮骨鷙朽 然面長如驢 身幾一丈 其少者如魁罡 鍾馗圖也 西番尤獰
猛醜惡 類怪獸奇鬼 怖哉 回子 古之回鶻 尤爲獷悍 土司比西番回鶻 雄健大同
鄂羅斯者 黑龍江部落也 居必擁一犬 犬皆大可如驢 項環十餘小鈴 頷胡飾繁纓
以駕車 犬大如此 況其人乎 行必携犬 側目吹篦 其冠服形以類分 故易以爲辨

也 蓋滿洲雖蕃息 不能半天下 其入中原已百餘年 所以胞養水土 培習風氣 無
異漢人 清汰粹雅 已自文弱 顧今天下之勢 其所畏者 恒在蒙古而不在他胡 何
也 其強獷莫如西番回子 而無典章文物可與中原相抗也 獨蒙古壤地相接 不百
里而近 自匈奴突厥沿至契丹 皆大國之餘也 自衛律中行說已爲逋逃之淵藪 況
其典章文物猶存故元之遺風乎 兼以土馬強壯 固自沙漠之本俗 則天下綱維一弛
呼吸乍急 其四十八部之王亦安得徒擁控弦 馳逐兔狐於塞下而已 吾所見酋長既
如彼 所與談論者如孚齋仰漏 皆文學之士也 昔劉淵之居塞內 幽冀名士多徃歸
之 淵之子聰 博涉經史 弱冠游京 名士莫不與交 噫 天下一搖 草動風起 安知
淵聰之徒不在其中乎 是吾所目見者適然數人耳 況乎吾所未得以見者 未知有幾
人哉 今吾察熱河之地勢 蓋天下之腦也 皇帝之逈北也 是無他 壓腦而坐 扼蒙
古之咽喉而已矣 否者 蒙古已日出而搖遼東矣 遼東一搖則天下之左臂斷矣 天
下之左臂斷 而河湟天下之右臂也 不可以獨運 則吾所見西番諸戎始出而闞隴陝
矣 吾東幸而僻在海隅 無關天下之事 而吾今白頭矣 固未可及見之 然不出三十
年 有能憂天下之憂者 當復思吾今日之言也 故併錄其所見胡狄雜種如右

仲存氏曰 五妄 六不可 俱不必曲禮三千所禁止 然知禮者 自然不犯 非但入
他邦者爲然 居家待一人接一物時 莫不皆然 所謂言不忠信 行不篤敬 雖州里
行乎者 此也 不知者 以爲是燕巖敎人行世譜 愚則曰 凡一切人治心正己之法
本當如此

又曰 一班禪也 而叛聞叛覩 鬼怪莫測 言之不能勘其狀 視之不能定其色 諸
人者所言 又非一日一席 各就其所聞所傳聞 而淺深詳略之不同如此 大抵皆是
可驚可異 似譽似嘲 瑰奇譎詭 莫可盡信 而第爲之牽聯而書之 叢雜而述之 便
成一篇靈幻鉅麗 空明纖妙異樣文字 不特所謂活佛者法術來歷可以鉤距探取 卽
晤語諸人之性情學識 容貌辭氣 躍躍然都顯出來

班禪始末

班禪額爾德尼 西番烏斯藏大寶法王 西番在四川雲南徼外 烏斯藏蓋在青海之
西 經唐吐蕃故地 去湟中五千餘里 或曰 班禪乃藏理佛 所謂三藏乃其地也 班
禪額爾德尼 番語猶云光明神智法僧 自言其前身巴思八 其言多誕怪不經 然道
術高明 時有徵驗云 蓋巴思八者 土波女子曉出汲 見尺帕浮水 撈取爲佩 久之
漸化爲凝脂 有異香 食而甘美 遂有人道之感 生巴思八 生卽神聖 元世祖在沙
漠 聞其幼誦楞伽諸經至萬卷 遣使迎之 慧旨圓朗 法身全香 步合天神 音中鍾
呂 帝大悅 如見如來 當時姚史諸賢皆自以不及也 能諧聲造蒙古新字 頒示天
下 賜號大寶法王 乃佛之尊號 非有土王爵 蓋法王之號始此 及歿 賜號皇天之
下一人之上宣文大聖至德眞智大元帝師 後有請徹壓魔之戲 發卒數萬 皆執袴
繡袍 車騎幡旛寶蓋 皆飾以金珠寶玉 錦繡綾彩圍列皇城 游歷四門 復導以蕃
漢細樂 迎繖入宮 謂之巴思八敎 然已與本敎旨意大乖 梵糅幽怪 雜以鬼道 帝
及后妃公主俱素食 迎繖膜拜 與億兆導福 所謂打斯哥兒 値巴思八遊日 至有
破家傾産 萬里來觀者 終元之世 歲以爲常 其崇奉其敎如此 同時有澹巴 後有
珈璘眞 皆番僧 善秘密法 然皆異巴思八敎 能通他心 微中帝心內事 帝皆師之
而當時亦未有投胎奪舍之說

洪武初 廣諭西番諸國 於是烏斯藏先遣使朝貢 其王蘭巴珈藏卜者 僧也 猶自
稱帝師 是時諸番帝師及大寶法王已爲有國之號 如漢唐時單于可汗之稱 帝悉
改帝師爲國師而賜玉印 帝自審玉理 更製美玉 其文有出天行地 宣文大聖等號
爲史者省之也 印此所賜璽書 雙螭結鈕 其後 西番諸國稱法王帝師 益遣使達
名號於天子之庭者無慮數十國 則悉改封國師 或加大國師以寵異之 成祖時 遣
駙馬迎番僧嗒立痲 賜法駕半仗 僭儗天子 宴賚金銀寶鈔綵緞 不可記億 爲高
帝高后建齋薦福 於是獲卿雲甘露之祥 鳥獸花菓之瑞畢現 成祖大悅 遂封嗒立
痲萬行俱足十方最勝等如來大寶法王 賜織金絡珠袈裟 悉封其徒爲大國師 其
梵秘神通類多幻術 能役使小鬼 頃刻立致萬里外非時難得之物 變眩怪妄 非人
思慮所可測度 當時諸藏之得大乘大慈等法王號 又有闡敎闡化等五敎王 五敎

王貢使羅絡西寧洮潢之間　而中國亦嘗苦其煩費　然實愚之以優禮　廣錫封號　使各自通貢入朝　以陰分其勢　番人不覺也　亦貪中國賞賚　以貢爲利　正德中　遣中官迎烏斯藏活佛　悉斂中黃金爲供具　帝后及妃主爭發奩裝首飾璣琲以爲旛幢費萬萬計　以十年爲徃返期　既至　活佛避匿不可見　盡喪其寶玉　徒手遁還　萬曆時　又有神僧鎖蘭堅錯亦通中國　稱活佛　此其西蕃大略也　翰林庶吉士王晟嘗爲余言其始末如此

晟家寧夏　本蔡氏子　自言其叔父嘗販茶　數徃來徼外　習番事　且王氏世世西陲吏目　晟自其幼時頗詳烏斯諸藏始末　晟今年初　生平始入京師　四月中會試第幾名　殿試中十三名　博洽經史　强記絶人　偶逢余琉璃廠中　察其意　頗自爲奇遇且其初來京師　交游未廣　不識忌諱　明日　訪余天仙廟　語番僧事甚詳　筆語如流頗示博雅　然攷據史傳　此似爲實錄　自巴思八入中國者　或賢或否　而未有號活佛　活佛之稱始於中明　雖名僧王　皆有妻子　以子爲嗣　特未嘗要妻詰封於中國中國禮遇雖無所不至　而特不及此　蓋爲其王皆僧也　獨烏斯藏法僧相繼　自王其地　自中明以後久不煩中國封號　常有大小二法王　大法王死時囑其小法王　某地某人家兒生有異香　即我也　大法王已死　而某地所囑兒亦已生矣　驗兒肌膚果香即具旛幢寶蓋珠繖玉犛金輦徃迎兒　以尺帕裹至　以巴思八感香帕而生故也　遂儲養爲小法王　前小王爲大法王　即今班禪　乃其大寶法王　已十四世投胎　元明間所有神僧皆其前身　在道歷歷言元時打斯哥兒故事　乃迎繼巴思八敎　今來迎我　細仗鼓吹　不成儀衛　於是悉發雲麾使鑾儀　十二司駕仗　太常法樂　清眞樂黑龍江鼓吹　盛京鼓吹郊迎　余問法樂　對未之詳也　問清眞樂　對回子七十絃大瑟　問黑龍江鼓吹　曰十二孔龍笛　刺窩哥登　未詳其器　問雲麾使鑾儀　曰不齒路馬　時周舉人在旁　列書訓象　訓馬　靜鞭　骨朵　櫻薦　篦頭扇　手班劍　其目無數隨卽墨抹　殊未可曉也

王翰林字曉亭　曉亭又言　班禪在道　對內閣言　趙王在寶雲殿東廂下爲我書金剛經　纔書二十九字　時嘉慶門焚　趙王驚　意遂散　不能復書　然爲天下寶　今書安在　學士以聞　趙王者　趙孟頫也　貝葉漆書廿九字　世不知爲何只有此廿九字　初藏聖安寺佛腹中　明天啓中　江南大賈祝姓改塑佛偶　得書　潛持歸　本朝康熙中巡南方　者儒李果持獻此書　遂爲秘府珍藏　懋勤殿具有御摹及予滄亭臨書　乃以搨本示之　曰　非也　初書力又羅也　遂示貝葉眞蹟　喜曰　此書眞切是也　又言　永

樂天子與我燒香靈谷寺 天子美鬚髯 攬鬚納懷中 觸斷瓔珞 逸二珠 天子怒 詰太監魏芳庭 時琉璃國師騎白象 後至 以六環杖擊寺門揭諦 揭諦戰慄泣 國師以掌承淚 還得二珠 太監由是免究 我殊知狀 此在劉傑五雲秘記 有歷代災祥 帝王壽夭 皆讖緯言 爲禁書 民間不得收 獨藏秘府 班禪安從知此 班禪又言 正德天子會我豹房 正德時 所謂活佛未嘗入中國 而其事俱有徵 多前輩傳記中語 然邈絕數百年間 殊爲悅惚 以此謂班禪乃巴思八後身 或爲嗒立麻 或言前代所有活佛皆此輪轉 未可臆斷其眞否也

余在熱河時 蒙古人敬旬彌爲余言 西番 古三危地 舜竄三苗于三危 乃其地也 其國有三 一曰衛 達賴喇嘛所居 古之烏斯也 一曰藏 班禪喇嘛所居 古亦曰藏 一曰喀木 更在西 無大喇嘛 古曰康國 其地在四川馬湖之西 南通雲南 東北通甘肅 唐元裝(玄奘)法師入三藏 乃其地也 元裝(玄奘)去時 其地無人 乃大水 及回時 卽水淌而有聚落 至中唐時輒成吐蕃大國 爲中原患 然未知奉佛 元初佛教北流 有蕃僧曰巴斯巴(巴與八同音 乃巴思八也) 亦號 非名也 其大神通 元初封爲帝師 大寶法王 皆身歿 以姪爲嗣 明初 諸法王來朝 成祖有鑑于唐 皆優禮之 其僧亦皆有幻術 益見尊禮 今之喇嘛 大約始於明之中葉 有異僧曰宗喀巴 來亦遠方 入西藏 有異術 一見卽令人傾倒 且有投胎奪舍之說 諸法王皆以爲師而自甘退就弟子之列 宗喀巴傳有二弟子 長曰達賴喇嘛 次曰班禪額爾德尼 達賴喇嘛目今投胎七世 班禪喇嘛投胎四世 本朝天聰時 班禪越過大漠遣使來貢 知東方之生聖人 自是年年遣使入貢 康熙時 仁祖欲其入朝而未嘗來 去年萬壽節(自註 卽今本年) 乃請入覲 故優禮之 大約其教僧名而道家實也 其觀想運氣持咒與道家相類 而其書之博深夸大亦過道家 此二人外又有胡圖克圖者 皆其弟子也 亦能投胎奪舍 有五六世者多矣 國王之師無神通 但善言禪理 又曰僧名道實之說卽此 其爲說頗不分明 與王晟所言大有異同 其言曰 明之中葉有異僧曰宗喀巴 其弟子長曰達賴喇嘛 次曰班禪額爾德尼 又曰 天聰時班禪越過大漠來貢 天聰距中明可百餘年 今距天聰又百餘年 以一人而常住至今耶 抑投胎四世而常襲其一名耶 所謂胡圖克圖者 又誰弟子也 余又詢國王之師善言禪理者 又指誰也 旬彌皆不對 竟爲他語也

還入塞時 與一客語長城下 詢西番事 客對曰 西番 故吐蕃地也 奉藏教 亦名黃教 本自其國俗然也 非另立僧名 而中國人謂之僧 其實大異佛教 目今中

國佛致廢久矣　在熱河時　雖朝貴　反問余班禪狀貌　蓋非親王額駙及朝鮮使者
未之得見故也

　既還燕　日與俞黃圍陳立齋諸人游　而諸人者未嘗一言及班禪　卽余有所詢　輒
曰　有元明閒已例　又曰　吾輩所不能詳　竟莫肯一言　一日　余與高太史栻生飮酒
段家樓　高太史言班禪事　方發端　座有馮生者目止之　余甚怪之　久之　聞山西布
衣有以七條上疏者　其二盛論班禪　帝大怒　命剮之　我東驛夫多見之宣武門外云
自是不敢復詢班禪事　雖相歡如俞陳兩生　又不得山西布衣姓名　或曰上疏者　擧
人張自如云

　西番始末　大抵莫詳於王曉亭所言　如洒茶滅火　凌波渡河　俱有欒巴　達摩徃
蹟　故不著於此

　竊嘗論之　古之帝王　能學焉而後臣之　故益聖　以天子而友匹夫　不貶其尊　故
益大　後世無是道也　獨胡僧方術　左道異端之流　不恥以身下之者　何也　余今日
擊其事　彼班禪　若果賢者也　黃金之屋　今皇帝之所不能居也　彼班禪何人者　乃
敢晏然而據之乎　或曰　自元明以來　懲唐吐蕃之亂　有來輒封　使分其勢　其待之
以不臣之禮者　亦不獨今時爲然也　此非然也　當時天下初定　意未嘗不出於此　然
元之號帝師曰皇天之下一人之上宣文大聖至德眞智　一人者天子也　爲萬邦共主
天下豈有復尊於天子者哉　宣文大聖至德眞智　孔子也　自生民以來豈有復賢於夫
子者哉　世祖起自沙漠　無足怪者　皇明之初　首訪異僧　分師諸子　廣招西番尊禮
之　自不覺其卑中國而貶至尊　醜先聖而抑眞師　其立國之始　所以訓敎子弟者　又
何其陋也　大抵其術有能長生久視之方　則乃是投胎奪舍之說而僥倖世主之心耳
或曰梁陳之帝捨其身爲佛家奴　則僧之高於天子久矣　特未聞爲黃金殿云

　仲存氏曰　大抵皆傳疑之筆　然異時修一代之史　不得不爲班禪立傳　而時移事
徃　未易如此篇之詳備　但恐外國私記　無緣爲汗靑人所據　是則可惜也

札什倫布

　　見班禪額爾德尼於札什倫布　札什倫布者　西番語　猶言大僧居也　自避暑山莊循宮城右望盤捶山　益北行十餘里　渡熱河　依山爲苑　鑿岡斲麓　呈露山骨　自爲裂崖斷壁　磊砢錯落　狀十洲三山　獸呀禽翹　雲崩雷鬱　有五空橋　自橋道皆城　其平皆刻龍鳳　緣道白石欄　曲折抵門　又有二角門　皆蒙古兵守之　入門鋪甎　爲地階三道　白石欄刻皆雲龍　會一橋　橋五空　臺高五丈　周以欄干　皆文石雕海馬天祿　角端鱗角鬐蹏　皆從石膚爲色　臺上置二殿　殿皆重檐黃金瓦　屋上起行六龍皆黃金軀　其圓亭曲榭　複樓重閣　危軒層寮　皆覆靑綠紫碧琉璃瓦　工費千億百萬萬　釆色吼咬蜃　雕鏤耽鬼神　虛靈逼雷霆　渺漭若昏晨　苑中新栽幼松　連絡山谷皆矯直丈餘　繫紙爲標　計日前所植也　雜植奇花異草皆初覩　不識其名　時方竹桃盛開　喇嘛數千人　皆曳紅色襌衣　戴黃左髻冠而袒臂跣足　駢闐匝杳　面皆戌削紫黑色　高鼻深目　廣頤卷髭　手脚皆鑲兜脫　耳穿金環　臂刺紋龍　殿中北壁下設沈香蓮榻　高及肩　班禪跏趺南向坐　冠黃色氆氌　有鬣　狀似靴　高二尺餘　披織金襌衣　無袖　袪掛左肩　圍裹全軀　衽右腋下露垂右臂　長大如腿股而金色　面色深黃　圓幾六七圍　無髭鬚痕　懸膽鼻　眼眉數寸　晴白　瞳子重暈　陰沈窅冥　左有二低床　二蒙古壬聯膝坐　面皆黑赤色　一鼻銳額隆　無髭　一削面虯髥　衣黃衣　喥喥相視語　復仰首　若有所聽　二喇嘛立侍于右　軍機大臣立喇嘛下　軍機大臣侍皇帝則衣黃　侍班禪則易喇嘛服　余俄視金瓦日烘　入殿中　宇閣沈沈　其所披著皆織金故肌肉色奪深黃　類病疸者　然大抵有金色而膿腫蠢蝡　肉多骨小　無淸明英儁之氣　雖穹峙滿屋　不見所畏　鴻濛如水　神海若圖也　皇帝使內務官詔傳玉色綾緞一匹　執見班禪　內務官手自分截三段　給與使臣　名在哈達　蓋班禪自言前身巴思八　巴思八母吞香帕而生　故見班禪者必執帕爲禮　而皇帝每見亦執黃帕云

　　軍機大臣初言皇上也叩頭　皇六子也叩頭　和碩額駙也叩頭　今使臣當行拜叩使臣朝旣　爭之禮部曰　拜叩之禮行之天子之庭　今奈何以敬天子之禮施之番僧乎爭言不已　禮部曰　皇上遇之以師禮　使臣奉皇詔　禮宜如之　使臣不肯去　堅立爭甚力　尙書德保怒　脫帽擲地　投身仰臥炕上　高聲曰　亟去亟去　手麾使臣出　今軍

機有言 而使臣若不聞也 提督引使臣至班禪前 軍機雙手擎帕 立授使臣 使臣受
帕 仰首授班禪 班禪坐受帕 略不動身 置帕膝前 帕垂褥下 以次盡受帕 則還
授帕軍機 軍機奉帕立侍于右 使臣方以次還出 軍機目烏林哺止使臣 蓋使其爲
禮 而使臣未曉也 因邃巡郤步 退坐黑緞繡綑 次蒙古王下 坐時微俯躬擧袂仍
坐 軍機色皇遽 而使臣業已坐 則亦無如之何 若不見也 提督得分帕時 所餘帕
尺餘 進帕叩頭惟恭 烏林哺以下背叩頭恭順 茶行數巡 班禪發聲問使來由 語
響殿宇 如呼甕中 微笑頻首 左右周視 眉間皺疊 瞳子半湧 睫裏細開深流 類
視短者 睛底益白而曖霾益無精光 喇嘛受語傳蒙古王 蒙古王傳軍機 軍機傳烏
林哺以傳我譯 蓋重五譯也 上判事趙達東起扼腕曰 萬古凶人也 必無善終理
余目之 喇嘛數十人 擔紅綠諸色氆氇 猩猩氈 藏香 小金像 分賜有差 軍機以
所捧帕裹佛 使臣以次起出 軍機開錄所賜諸物奏帝 馳馬去

使臣出門 行五六十步 負斷麓蔭松樹沙上 環坐且飯 議言 吾輩見番僧 禮殊
疎倨 違禮部指導 彼乃萬乘師也 得無有生得失乎 彼所給與物却之不恭 受又無
名 將奈何 當時事旣倉卒 辭受當否未暇計較 而凡係皇帝詔旨 彼所擧行爀爀倏
忽 如飛星流電 我使進退坐立只憑彼導 已類土塑木偶 且又重譯 彼此通官反成
聾啞 如行曠野猝逢奇鬼 莫測何狀 使臣雖有妙辭嫺令 無所張皇 而彼亦所未能
詳 固其勢然也 正使曰 今所寓館 太學也 不可以佛像入 令我譯覓厝佛之所

是時番漢環觀者如堵 軍牢揮棍逐之 散而復合 或有頂水晶者 或翠羽雜立其
中 未悟其內臣來覘也 永突高聲呼余曰 使臣色不榮樂 久露坐 囁嗳議短長 獨
不念致怪彼人乎 余顧視 則前所傳詔素林立余背後 素林因透衆出 上馬疾馳去
衆中二人又上馬疾馳去 察視之 皆小黃門也 自朴不花入元 元內侍多習東國語
皇明時 選朝鮮俊俏火者 敎習黃門高麗語 今來覘二官 安知不嫺東話也 素林又
與翠羽者來 立馬頗久而去 其往來迅疾 勢如飛燕 使臣及任譯輩方覺其來覘也
所受金佛未及厝置 故未得罷還 皆默然而坐

皇帝放梅花砲於苑中 召使臣入見 殿重簾 中庭黃幄 殿上日月龍鳳屛 陳設寶
屣甚嚴 千官班立 時班禪獨先至 坐榻上 一品輔國公輩及廷紳貴顯者 多趨至榻
下 脫帽叩頭 班禪皆親手爲一摩頂 則起出向人擧有榮色 良久 天子乘黃色小輦
侍衛只佩釰五六雙 導駕鼓吹 觱篥一雙 龍笛一雙 金鉦一雙 琴瑟笙簧琵琶笳歐
邏巴鐵琴二三對 檀板一雙 無儀仗 從者百餘人 乘輦至 班禪徐起 移步立榻上

東偏 笑容欣欣 皇帝離四五間降轝 疾趨至 兩手執班禪手 兩相搐搦 相視笑語 皇帝冠無頂紅絲帽子 衣黑衣 坐織金厚褥 盤股坐 班禪戴金笠 衣黃衣 坐織金厚褥 跏趺 稍東前坐 一榻兩褥 膝相聯也 數數傾身相語 語時必兩相帶笑含懽 數數進茶 戶部尚書和珅進天子 戶部侍郎福長安進班禪 長安 兵部尚書隆安弟也 與和珅俱侍中 貴震朝廷 日旣暮 皇帝起 班禪亦起 與皇帝偶立 兩相握手久之 分背降榻 皇帝還內 如出儀 班禪乘黃金屋轎 還札什倫布

仲存氏曰 自穆天子傳以下 如漢東方朔飛燕外傳 西京雜記 〇〇〇等書 類非外廷所預 肜筆所書 故一切歸之稗官 然皆足以見有代帝王之志尚擧止 若此篇所記 何以稱焉

又曰中原士大夫未有得見班禪者 還向我人間其何狀 此其意不欲塗人耳目 而我乃爲其所私褻無所憚 是則可恥之甚也

行在雜錄

嗚呼 皇明 吾上國也 上國之於屬邦 其錫賚之物雖微如絲毫 若隕自天 榮動
一域 慶流萬世 而其奉溫諭 雖數行之札 高若雲漢 驚若雷霆 感若時雨 何也
上國也 何爲上國 曰中華也 吾先王列朝之所命也 故其所都燕京曰京師 其巡
幸之所曰行在 我效土物之儀曰職貢 其語當寧曰天子 其朝廷曰天朝 陪臣之在
庭曰朝天 行人之出我疆場曰天使 屬邦之婦人孺子語上國 莫不稱天而尊之者
四百年猶一日 蓋吾明室之恩不可忘也 昔倭人覆我疆域 我神宗皇帝提天下之師
東援之 竭帑銀以供師旅 復我三都 還我八路 我祖宗無國而有國 我百姓得免死
雕題卉服之俗 恩在肌髓 萬世永賴 皆吾上國之恩也 今淸按明之舊 臣一四海
所以加惠我國者亦累葉矣 金非土産則蠲之 綵馬襄小則免之 米芧紙席之幣 世
減其數 而比年以來 凡可以出勅者 必令順付以除迎送之弊 今我使之入熱河也
特遣軍機近臣道迎之 其在庭也 命班于大臣之列 其聽戲 得此廷臣而宴賚之 又
詔永蠲正貢外別使方物 此實曠世盛典而固所未得於皇明之世也 然而我以惠而
不以恩 以憂而不以榮者 何也 非上國也 我今稱皇帝所在之處曰行在而錄其事
然而不謂之上國者 何也 非中華也 我力屈而服 彼則大國也 大國能以力而屈之
非吾所初受命之天子也 今其賜賚之寵 蠲免之諭 在大國不過爲柔小柔遠之政
則雖代蠲一貢 歲免一幣 是惠也 非吾所謂恩也 噫 戎狄之性如谿壑 不可厭也
皮幣之不足而犬馬焉 犬馬之不足而珠玉焉 今乃不然 慈諒而款至 體恕而委曲
不施煩苛 無所違拒 雖吾事大之誠足以格彼而馴其性 然彼其意亦未嘗一日而忘
吾也 何則 彼寄居中國百有餘年 未嘗不視中土爲逆旅也 未嘗不視吾東爲鄰比
也 及今四海昇平之日 所以陰狃我人者多矣 遇之厚 欲其市德也 結之固 欲其
弛備也 他日歸巢 壓境而坐 責之以舊君臣之禮 饑瘵焉求其周 軍旅焉望其助
安知今日區區紙席之蠲 不爲異時犬馬珠玉之需乎 故曰可以憂而不榮者 此也
今皇帝之意未必專出於此 而吾東之爲大國所私厚者有年 則人心之所晏然而易
忽者也 吾於是幷錄其奏單及勅諭 以俟夫先天下之憂而憂者

禮部諭大使張(會同四譯館大使張文錦 字煥然 順天大興人也 爲人短小精悍) 今
奉旨 朝鮮所來正副使 著來熱河行禮 欽此 即將此旨傳諭該國使臣 將帶徃熱
河 官並從人開寫姓名清單 即刻送至精饍司 明日撥上發往 爲此特諭 八月初
四日起更時

禮部諭大使張 奉旨 將朝鮮使臣等帶徃熱河行禮 已令即將使臣姓名 隨徃官
役姓名並開寫清單 即行送部 等候封報 至今尚未送到 事關奉旨 何得短稽緩
即速開寫清單送部 立等 并此次派出隨徃通官烏林哺 四哥(徐宗顯) 保壽(朴寶
樹)等三員 即將此諭傳知該員等 令其明日巳刻帶同朝鮮使臣等徃宿林溝 特諭
並諭大使張 明日卯刻在衙門伺候 有面交事件 特諭 八月初四日

朝鮮國進賀兼謝恩使前徃熱河行在清單 正使錦城尉朴明源 副使吏曹判書(權
衙) 鄭元始 書狀官兼掌令趙鼎鎮 大通官洪命福 趙達東 尹甲宗 從官周命新
(正使裨將) 鄭昌後 李瑞龜(副使裨將) 趙時學(書狀裨將) 從人六十四名 已上
共七十四人 馬五十五疋

臣曹 臣德(滿尙書德甫 漢尙書曹秀先 六部皆置滿漢爲尙書侍郎)奏 爲奏聞事
所有朝鮮國來使慶賀萬壽節 令該使錦城尉朴 吏曹判書鄭及從人等 於本月初
九日來到熱河 臣等派另照料妥插外 爲此奏聞 乾隆四十五年八月初九日奏 奉
旨 知道了

臣曹 臣德奏 爲據情代奏 恭謝天恩事 據朝鮮國使臣錦城尉朴 吏曹判書鄭等
呈稱 伏以國王恭遇皇上七旬萬壽 不勝歡忭 使職等賚表來賀 得赴熱河行禮 已
屬榮幸 又蒙聖旨 令小國陪臣等得附天朝二品 三品大臣之末行禮 恩施格外 事
曠千古 謹當歸啓國王 感戴皇恩 所有職等忭舞之忱 呈請禮部大人代爲轉奏 等
情 具呈前來 爲此謹具奏聞 乾隆四十五年八月十日奏 奉旨 知道了 欽此

禮部謹奏 爲奏聞事 本月十二日 臣等遵旨派員會同理藩院司員等 帶領朝鮮
使臣正使朴 副使鄭 書狀官趙等 前詣札什倫布 拜見額爾德尼 行禮後 令坐吃

茶 詢問該國遠近 幷入貢緣由 該使臣答以 因皇上七旬大慶 進表稱賀 幷恭謝
天恩 額爾德尼聞之甚喜 卽囑令永遠恭順 自然獲福 仍給以使臣銅佛藏香氌氌
等 該使等當卽叩謝 所有給與使臣銅佛等物件 開單呈覽 爲此謹具奏聞 乾隆四
十五年八月十二日奏 奉旨 知道了 欽此

使臣見班禪事 余具載之札什倫布記 及見禮部奏聞 其稱拜見額爾德尼 給與
使臣等物件 該使臣等卽當叩謝云者 皆妄也 然而奏語事勢不得不爾 第據吾所
目擊者詳錄之 以資山中曝背一粲 覽者當有以察之

正使銅佛一尊 氌氌十八 哈達一介(哈達者 猶云幣帛) 猩猩氈子二匹 藏香二
十四把 計夾片一帒(不識爲何物)
副使銅佛一尊 氌氌十四 哈達一介 猩猩氈子一匹 藏香二十把
書狀官銅佛一尊 氌氌十 哈達一介 猩猩氈子一匹 藏香十四把

所謂銅佛 高尺餘 此護身佛也 中國例相贈遺 遠游者必持此朝夕供養 藏俗年
例進貢 首以佛一尊爲方物 今此銅佛 乃法王所以爲我使祈祝行李之上幣也 然
而吾東一事涉佛 必爲終身之累 況此所授者乃番僧乎 使臣旣還北京 以其幣物
盡給譯官 諸譯亦視同糞穢 若將浼焉 售銀九十兩 散之一行馬頭輩 而不以此銀
沽飮一盃酒 潔則潔矣 以他俗視之 則未免鄕闒

禮部爲公務事 所有外撥朝鮮國公文一角 相應咨送兵部轉撥可也 主客司呈
爲知照事 準行在禮部咨 稱本部具奏朝鮮使臣來到熱河一摺 又具奏朝鮮使臣
恭謝天恩一摺 又具奏班禪額爾德尼給與使臣物件奏聞一摺 相應抄錄各具奏底
知照等 因前來相應抄錄各原奏幷欽奉諭旨 移咨上謝事件處 稽察房 禮科 浙
江幷知照

禮部謹奏 爲禮儀事 恭照乾隆四十五年八月十三日皇上七旬萬壽聖節行慶賀
禮 是日 鑾儀衛預陳皇上法駕鹵簿於淡泊敬誠殿庭 設中和韶樂於淡泊敬誠殿簷
下兩旁 設丹陛大樂於二宮門內兩旁亭內 俱北向 扈從之和碩親王以下八人 分

公以上及蒙古王公 上爾扈特等 俱蟒袍補服 至淡泊敬誠殿前 按翼排立 文武大臣暨朝鮮國正使土司等 在二宮門外 各照品級 按翼排立 三品以下各官暨朝鮮副使番子頭人等 在避暑山莊門外 各照品級 按翼排立 禮部堂官奏請皇上御龍袍袞服 陞淡泊敬誠殿寶座 巾和韶樂作 奏乾平之章 皇上陞座 樂止 鑾儀衛官贊鳴鞭 階下三鳴鞭 鳴贊官贊排班 丹陛大樂作 奏慶平之章 鴻臚寺官引諸王文武官各排班立 鳴贊官贊引贊跪 王以下眾官進跪 贊叩頭興 王以下眾官行三跪九叩頭 鳴贊官贊退 王以下眾官俱復原位立 樂止 鑾儀衛官鳴鞭 階下三鳴鞭 禮部堂官奏禮成 中和韶樂作 奏太平之章 皇上鑾駕還宮 樂止 王公以下眾官俱出內監奏請皇上御內殿陞座 妃嬪具龍袍袞服於皇上前行六肅三跪三拜禮 禮成 皇上起座 妃嬪等還宮 皇子皇孫皇曾孫等行禮 爲此謹具奏聞

主客司呈 爲知照事 準行在禮部咨 稱乾隆四十五年八月十二日內閣奉上諭 朝鮮世守藩封 素稱恭順 歲時職貢 祇愼可嘉 間遇特頒敕諭及資送歸國等事 如琉球等國 亦俱章陳謝 惟朝鮮國必備具土物 附表呈進 以藉悃忱 向因專使遠來 若令賫回 徒滋跋涉 是以歷次留作正貢 以示優郵 而該國恪供職守 屆應正貢時 仍復備物呈獻 徃來煩複 轉覺多一儀文 我君臣推誠孚信 中外一體 又何必爲此繁縟之節耶 今歲朕七旬萬壽 該國具表稱賀 業已宣命來使前赴行在 隨朝臣一體行禮宴賚 其隨表貢物 此次卽行收受 以伸該國慶祝之誠 嗣後除歲時慶節正貢仍聽其照例備進 其餘陳謝表章 所有隨表貢物 概行停止 母庸備進 副朕柔惠遠人以實不以文之至意

臣德 臣曹奏 爲據情代奏 恭謝天恩事 據朝鮮國使臣錦城尉朴 吏曹判書鄭等呈稱 伏以恭遇皇上萬壽節屆 九域慶溢 本國不勝歡忭之祝 略效進賀之忱(禮部添 瞻望聖僧 獲沾福佑) 乃者格外恩賞 特沾小邦 至及於陪臣之賤(禮部改 加賞國王陪臣并從人等緞匹銀兩) 榮光所被 曠絕前後 謹當歸奏國王(禮部添 另行具表陳謝) 感戴皇恩 呈請禮部大人代爲轉奏 等情 具呈前來 爲此謹具奏聞 乾隆四十五年八月十四日奏 奉旨 知道了 欽此

筆帖式所持文簿中 有此旨下呈文而與原本大異 蓋禮部轉奏時添改也 使臣

大駭之 令任譯先往禮部朝房詰其由 曰 何故潛改呈文而不令相知 郎中大怒曰
儞們呈文全沒事實 故禮部大人爲你國周旋 已稟下 儞們不知爲德而乃反盛氣
來詰 何耶

六部中 禮部最多擧行 自天地郊廟 山川祠典 皇帝起居 四海萬國 莫不關由
余在熱 河視禮部擧行之關我國者 有以占天下事矣 皇帝有特恩於使臣 則禮部
隨卽迫令呈文 爲之轉奏 此在使臣義分 其叩謝當否 自由使臣 在大國體統 雖
外國陪臣私自鳴謝 以要轉奏 事當退卻 以煩屑瀆擾爲辭 乃今不然 惟恐呈文之
後時 轉奏之不及 甚至於不詢使臣 潛改句語 不顧大體 只要一時悅豫之資 自
陷罔上之科而甘取外國之侮 禮部如此 諸部可知矣 且使臣不日當還 則咨文自
可受去 而急先轉撥 有若委巷小人衒功德色者然 大國事何其淺淺然無足法於天
下也 又有所深可憂者 禮部之所以奔趨我事 非畏我也 特畏皇帝之嚴急也 使臣
之坐督禮部 事無難易 惟期速成 此無他 自不覺其有恃乎接遇之厚也 比年以來
已成規例 通官序班無所操縱於其間 久已積不平於我使矣 若皇帝一朝不視朝
而禮部之假借承奉少有差池 則一序班足以制我使之進退矣 又況禮部所以奔趨
者 本出於悅豫彌縫之事乎 爲使臣者 不可以不察也

凡使事進退 專關禮部 使臣之所以督成 不過任譯而已 任譯不過圖囑通官 通
官不過圖囑衙門 所謂衙門 卽四譯提督及大使也 提督大使之於禮部堂官 等威
截嚴 非可造次干托也 然而使臣之疑怒恒在譯官者 蓋由言語莫能自通而只憑彼
此譯舌故也 使臣旣疑其受欺 而任譯常怨其難明 上下情地否隔 不得相通 使臣
之督責任譯逾急 則序班通官之操縱逾甚 進退緩急 始在掌握 動輒索賂 歲增年
加 遂成前例
今其所被操縱 不過回期之暫滯 文書之差退而已 萬一有事且急 而大國之所
以慰接使臣者 未保其恒如前日 則深坐館中者 不過外國之陪臣耳 將誰恃乎 惟
得仰成於序班 而凡係禮部者 始得沛然而公行其操縱矣 爲使者不可以不慮也
清興百四十餘年 我東士大夫夷中國而恥之 雖電勉奉使 而其文書之去來 事
情之虛實 一切委之於譯官 自渡江入燕京 所經二千里之間 其州縣之官 關阨之
將 不但未接其面 亦不識其名 由是而通官公行其索賂 則我使甘受其操縱 譯官

遑遑然承奉之不暇 常若有大機關之隱伏於其間者 此使臣妄尊自便之過也

使臣之於任譯 太疑則非情 而過信亦不可 如有一朝之虞 則三使者其將默然相視 而徒仰任譯之口而已哉 爲使者不可以不講 燕巖識

仲存氏曰 俱是深憂遠慮 此編及原集中所論銀貨一段 有司者宜熟講

審勢編

燕巖氏曰 遊中國者有五妄 地闊相高 本是國俗之陋習 有識之居國也 且恥言
兩班 況以外藩土姓 反陵中州之舊族乎 此一妄也 中州之紅帽蹄袖 非獨漢人恥
之 滿人亦恥之 然其禮俗文物 四夷莫當 顧無寸長可與頡頏中土 而獨以一撮之
髻自賢於天下 此二妄也 昔月汀尹公根壽奉使皇明 道逢御史汪道昆 屛息路左
瞻望行塵 猶以爲榮 今函夏雖變而爲胡 其天子之號未改也 則閣部大臣乃天子
之公卿 未必加尊於昔而有貶於今也 奉使者自有見官之禮 而恥其公庭拜揖
輒圖寬免 遂成規例 時有接遇 率以亢簡爲致 恭謙爲辱 彼雖不與苛責 安知不
侮我之無禮乎 此三妄也 自知文字以來 莫不借讀于中州 談說歷代 無非夢中占
夢 乃以功令之餘習 强作無致之詩文 忽謂中土不見文章 此四妄也 中州之人士
康熙以前皆皇明之遺黎也 康熙以後卽淸室之臣庶也 固將盡節本朝 遵奉法制
若造次談論 輸情外藩 是固當世之亂臣賊子 然而一遇中州之士 見其誇張休
澤 則輒謂一部春秋無地可讀 每歎燕趙之市未見悲歌之士 此五妄也 中州之士
有三難 一爲擧人 則全史全經 隨事辨證 百家九流 略涉源委 酬答如響 不如是
未足以爲士也 此其一難也 寬雅嫻禮 休休有容 不施驕倨 虛懷接物而不失大國
之體 此其二難也 小大遠近 莫不畏法 畏法故愼官 愼官故制度如一 而四民分
業莫不自修 此其三難也 東人有五妄 實由中土之自侮 然其自侮之實 亦非中土
之罪 而其固有之三難 又非東人之所可得以侮之也

　　昔陳慶之自魏南還 甚重北人 朱异怪而問之 慶之曰 自晉宋以來 號洛陽爲荒
中 此謂長江以北盡是夷狄 昨至洛陽 始知衣冠士族幷在中原 禮儀富盛 人物殷
阜 耳目所識 口不能傳 由是觀之 望洋發歎 今古同情 余在熱河 與中州士大夫
遊者多矣 尋常談討 雖日知其所不識 而至若時政之得失 民情之向背 無術而可
識 傳曰 觀其禮而知其政 聞其樂而知其德 由百世之後等百世之王 莫之能違也
旣無子貢之藝 季札之智 則雖使笙鏞干羽曰陳於前 固莫識政德之所出 況泛論
上世之律呂 而惡能識當時之汚隆哉 然而不避其支離煩複之嫌 而故爲此迂闊誕
漫之問者 何也 蓋中州之士 性喜矜誇 學貴該洽 出經入史 揮塵風發 然我人類

多未閑辭令 或急於質難 逕談當世 或自誇衣冠 觀其愧服 或直門思漢 使人臆
塞 此等非但彼所忌諱 在我疎失亦自不細 故將要得其歡心 必曲贊大國之聲敎
先安其心 勤示中外之一體 務遠其嫌 一則寄意禮樂 自附典雅 一則揚扢歷代
母逼近境 遜志願學 導之縱談 陽若未曉 使鬱其心 則眉睫之間誠僞可見 談笑
之際情實可探 此余所以略得其影響於紙墨之外也 嗚呼 中州道術陵遲 天下之
學不出於一 而朱陸之分皆將數百年 互相訾謷 疾如仇敵 至皇明季世 天下學者
莫不宗朱 而爲陸者鮮矣 及淸人入主中國 陰察學術宗主之所在 與夫當時趨向
之衆寡 於是從衆而力主之 陞享朱子於十哲之列 而號於天下曰 朱子之道 卽吾
帝室之家學也 遂天下洽然悅服者有之 緣飾希世者有之 所謂陸氏之學 幾乎絶
矣 嗚呼 彼豈眞識朱子之學而得其正也 抑以天子之尊 陽浮慕之 此其意 徒審
中國之大勢而先據之 鉗天下之口而莫敢號我以夷狄也 何以知其然也 朱子尊中
國而攘夷狄 則皇帝嘗著論而斥宋高宗不識春秋之義 討秦檜主和之罪 朱子集註
群書 則皇帝集天下之士 徵海內之書 爲圖書集成 四庫全書 率天下而唱之曰
此紫陽之緒言而考亭之遺旨也 其所以動遵朱子者 非他也 騎天下士大夫之項
扼其咽而撫其背 天下之士大夫率被其愚脅 區區自泥於儀文節目之中而莫之能
覺也 或曰 淸人旣尊向中土之儀文 而不變滿洲之舊俗 何也 曰此足以見其情也
彼將曰 吾非利天下也 吾爲明室復大仇 雪大恥而天下無久曠之理 則吾爲天下
守 中土有主 則吾亦將卷而東歸 故不敢變祖宗之舊制也 或曰 彼所以自因舊俗
則當矣 奈之何擧天下而强循其法也 曰 此足以見其情也 彼將曰 帝王者 同文
軌 一制度而已矣 爲淸之臣子者當遵時王之制 不爲淸之臣子者不遵時王之制度
爾 東南開明 必先天下而有事情 喜輕浮而好議論 則康熙六巡淮淛 所以陰沮豪
傑之心 而今皇帝踵而五巡矣 天下之患常在北虜 則迫其賓服 自康熙時築宮於
熱河 宿留蒙古之重兵 不煩中國而以胡備胡 如此則兵費省而邊防壯 今皇帝身
自統禦而居守之矣 西藩强悍而甚畏黃敎 則皇帝循其俗而躬自崇奉 迎其法師
盛飾宮室以悅其心 分封名王以析其勢 此淸人所以制四方之術也 獨於中土似若
無所用心 然其心以爲 天下之小民 薄其賦歛則安矣 安知不反便乎我之帽服而
不欲變我之制度乎 但天下之士大夫顧無可安之術 則姑尊朱子之學大慰遊士之
心 其豪傑敢怒而不敢言 其鄙佞因時義而爲身利 一以陰弱中土之士 一以顯受
文敎之名 非秦之坑殺而乾沒於校讐之役 非秦之燔燒而離裂於聚珍之局(乾隆以

四庫全書板名之曰聚珍板) 嗚呼 其愚天下之術 可謂巧且深矣 所謂購書之禍甚
於焚書者 正指此也 故中土之士徃徃駁朱而不少顧憚 如毛奇齡者 或有謂之朱
子之忠臣 或又謂之有衛道之功 或有謂之恩家作怨 此等皆足以見其微意也 噫
朱子之道如日中天 四方萬國咸所瞻睹 皇帝私尊 何累朱子 而中州之士如此其
恥之者 蓋有所激於陽尊而爲禦世之資耳 故時借一二集註之誤以洩百年煩冤之
氣 則可徵今之駁朱者 果異乎昔之爲陸耳 然而吾東之人不識此意 乍接中州之
士 其草草立談 微涉朱子則瞠然駭聽 輒斥以象山之徒 歸語國人曰 中原陸學
大盛 邪說不熄 聽之者又不究本末 若見此等談論 先怒於心 噫 斯文亂賊之討
雖莫遠施於中土 容默異端之過 固難見恕於士林 黿溪花下少飲 閱次忘羊錄及
鵠汀筆談 因滋筆花露爲此義例 使後之遊中國者 如逢肆然駁朱者 知其爲非常
之士 而毋徒斥以異端 善其辭令 徵質有漸 庶幾因此而得覘夫天下之大勢也哉

忘羊錄

朝日 隨尹亨山嘉銓 王鵠汀民皥入修業齋閱祖樂器 還過亨山所寓 尹公蒸全
羊 為余專設山 方論說樂律古今同異 陳設頗久而未見勸餉 俄而尹公問 羊烹未
侍者對曰 嚮設已冷 尹公謝耄荒憒憒 余曰 昔夫子聞韶不知肉味 今鄙人得聞大
雅之論 已忘全羊 尹公曰 所謂臧穀俱忘 相與大笑 遂次其筆語 為忘羊錄

余曰 五音為正名 六律為虛位 聲出而度之 其中者為律 不中者非律 則宜無
古今之異 雅俗之別 而代各殊樂 風雅變遷者 何也 抑製器有古今之異 而聲律
隨變歟

鵠汀曰 否也 敝素昧是學 而第不無一二管窺 常欲一正於大雅之君子矣 聲之
出乎喉舌唇齒者各殊其形 則音亦隨異 故強起號名 逐聲分配 惟其有定名 然後
可以知所變 惟其知所變 然後吹萬不同者可以按名取準 此五音之名所由立也
然自其變者而觀之 則音何必五 雖謂之百音可也 律者 法律之律也 聲之出乎口
者 既有高低清濁巨細之分 則耳力所及 始乃製器而律之 譬如文法之有差等 各
當其律 惟其待聲 然後始可以擬而準之 故六律為虛位 然自其差等而度之 律豈
止六 雖謂之千律可也 敝雖不知何者是宮羽 何者是鍾呂 而若其切切于秬黍辨
尺 紛紛然葭灰候氣 則亦見其惑也

余曰 器譬則谷也 聲譬則風也 知谷之不可改 則風之出也無變 特有㿔風和風
焱風冷風之異耳 由是論之 律之有古今之殊者 無其器改而聲變歟

鵠汀曰 然 律聯而為調 調諧而為腔 腔合而為曲 律無姦聲而調有偏音 果是
一谷之風 有㿔和焱冷之不同 曉夜朝晝之變焉 此其腔曲之所以情變聽移 隨時
聱泪 而始有古今之異 正蛙之別爾 唐虞之世 民俗熙皞 其悅耳者韶濩之聲 則
又其所黜可知也 幽㿔之時 民俗淫靡 其悅耳者桑濮之音 則又其所黜可知也 如
近世雜劇 演西廂記則倦焉思睡 演牧丹亭則洒然改聽 此雖閭衖鄙事 足驗民俗
趣尚隨時遷改 士大夫思復古樂 不知改腔易調 乃遽毀鍾改管 欲尋元聲 以至人

器俱亡 是何異於隨矢畫鵠 惡醉强酒乎

余曰 鄙人至瀋陽 有吹笙簧者 取而一吹 果合鄉音 聯音起調 亦諧土律 既入皇城 至琉璃廠 又一吹之 未知卽今笙簧 其律瓠吹窩金葉 能不變女媧之舊制否 鵠汀曰 此係工造 敝未曾接手細玩 亨山曰 如何不變 八音之匏 笙簧也 久已削竹根以代匏

鵠汀曰 律呂之變 非樂器之罪 桑濮之間 其所吹者非管簫則已 如其所吹必管簫也 其制宜唐虞之舊 其所考者非鍾磬則已 如其所考必鍾磬也 其律宜韶濩之遺也 然其起之調出自某音 而連音和律 然後正姦始分 所合之腔感于何心 而緣心成曲 然後古今逈異 其翕純皦繹者 正音也 淫靡哀厲者 姦聲也 方其單音單律之時 何論乎韶濩 而亦奚有乎桑濮也

余曰 五音之聲可得聽乎 鵠汀曰 敝口不能鳴之 其形則有聞焉 廣大雄深者 古所謂宮音也 高亮而嘹煞者 古所謂商音也 確而止者 古所謂角音也 嘌疾而激揚者 古所謂徵音也 沈而細者 古所謂羽音也 聲之發也 莫不由七情之所宣也 又有變宮變商變角變徵變羽之聲律 則依聲而和之 心之所感有偏正 而音隨以動 律隨以諧 調隨以成

余曰 五音還有善惡否 鵠汀曰 何謂也 余曰 如宮音之廣大雄深者 是善也 如商音之嘹煞 徵音之嘌疾 是不善也

鵠汀曰 否也 五音皆正聲 所謂廣大雄深 嘹煞嘌疾 只是形容各聲之體 而其德則莫不正 非宮非商非角非徵非羽 是謂閒音 爲閒於五音之閒 是乃姦聲也 五音則變而爲半音 又截而爲半之半 不失本律 則淸濁相和 高低相應 故連音起調而後善惡可論 有一事可證 宮乃首出之正音而爲君之像 然而琵琶新聲 宮聲徃而不返 則王令言獨知煬帝之不返 宮豈有不善哉 其徃而不返者 連音起調之罪也 王莽獻新樂於明堂 其聲哀而厲 聽之者謂非興國之音 陳後主作無愁之曲 聞之者莫不哀怨隕涕 隋開皇初新樂旣成 萬寶常以爲淫厲 而哀天下不久盡矣 蓋樂之成 在旋宮起調 旋宮起調者 如音起於商則商爲宮 音起於角則角爲宮 音起於徵則徵爲宮 音起於羽則羽爲宮之類是也

亨山曰 劉宋順帝時 尙書令王僧虔奏言 今之淸商 實由銅爵三祖 風流遺音 洋洋盈耳 中庸和雅 莫近於斯 十數年閒 亡者將半 民間競造新聲雜曲 煩淫無極 宜命有司悉加補綴 大約魏承漢 漢承秦 秦都咸陽 距周鎬京不遠 況秦聲之

夏 冠於列國 則宜其流風餘韻猶有存者 晉志所稱鞞舞 漢時用於宴饗 江左舊無

雅樂 楊泓云初到江南 見白符舞 或言白鳧鳩舞 蓋吳人患孫皓虐政 其曲有 白

鳩濟濟 獨祿碣石 或言白符舞乃伯符舞槍 莫能當 江東民聞孫郎至皆褫魄 事定

江東小兒遂傳歌謠云 銅爵三祖者 魏武起銅爵臺於鄴 自作樂府 被之管絃 文明

之間 遂置清商 令以掌之 雖未必中庸和雅如僧虔所稱 然去古未遠 其遺音盈耳

者是也 自晉氏播遷中原 古樂流離 苻堅得漢魏清商之樂 傳于前後二秦 宋武帝

定關中 收其工器 悉遷于江南 及隋平陳 悉獲之 復入于中原 此其古今沿革也

隋人謂江南所獲工器本是華夏正聲 而乃沿清商之舊號而置署焉 摠謂之清樂 吾

故友太山費黻 字雲起 號魯齋 妙精律呂 有三籟精義三十卷 清商理董三十卷

僕忝修大清會典時 黻抵纂局書 兼進其所著樂學諸書 俱論聲器 繪之書 歷代

雅樂變置纖悉無遺 如數掌紋 然唯渠獨能自知 他人不甚理會 又其書中多觸忤

大臣 又有不悅費君者 其書不果上 識者至今惜之 僕年少時一覽 猶未能曉解

邇來年久 都忘了 尤爲可惜(亨山書此 兼示鵠汀 鵠汀連點頭 兩人酬酢頗久 似論

費黻事也)

余問 歐邏銅絃小琴行自何時 鵠汀曰 不知起自何時 而要之 百年以外事也

亨山曰 明萬曆時 吳郡馮時可逢西洋人利瑪竇於京師 聞其琴 又有所持自鳴鍾

已自有記 蓋萬曆時始入中國也 西人皆精曆法 其幾何之術爭纖較忽 凡所製造

皆用此法 中國累黍反屬麤莽 且其文字以聲爲義 鳥獸之音 風雨之響 莫不審

於耳而形于舌 自謂能識八方風 能通萬國語 亦自號其琴爲天琴 問其紅籤所書

是何所標 鵠汀曰 這是調絃 工工尺尺 貴國亦有是琴否 余曰 自中國貿歸 初

不識諧律 但其絲絲丁東 聲如盤珠 最宜老人少睡 小兒止啼 二人皆大笑 問

貴國琴瑟如何 余曰 琴瑟俱有 敝友洪大容 字德保 號湛軒 善音律 能鼓琴瑟

敝邦琴瑟制異中國 彈弄之法亦殊 古新羅時製此琴 有玄鶴來舞 故號玄琴 又

有伽倻琴 剖大瑟之半 爲十二絃 其彈弄類中國彈琴之狀 湛軒始解調銅絃琴

能諧伽倻琴 今則諸琴師多效之 都能和絲竹諸器

余問 中國還有韶濩遺調否 亨山曰 都無 鵠汀曰 且道韶濩之時 是何等世界

也 其民彝物則 時尚俗好可知也 以堯爲君 以舜爲臣 以皋陶爲師 妙選當時士

大夫極聰明才俊之胄子以入于學宮 所謂居移氣而養移體也 其所以敎之者 又

何等事業也 寬簡溫直 陶鑄性情 鼓舞神氣 而心靈耳神 弱齡開悟 則又有如夔

之審音通理者爲典司之官　率天下素敎之子弟　造成一代之樂　象其君之德政　合其民之趨向　以之殷薦上帝則天神饗　以之祼獻宗廟則祖考格　以之風動四方則百姓悅　無一事捍逆　無一物屈抑　充塞兩間者都是一團太和元氣　宜乎其樂之至於斯也　千百載之下　得如吾夫子者　一聽其音調之架領　節奏之餘韻　而渺然像想　自不覺其三月忘肉　而況當時親見其儀鳳者乎　其手之舞之　足之蹈之　從可知矣　武王之時　又何等世界也　拔斯民于酒池脯林之中　一洗其巫風　而其舊染汙俗猶有存者　則痛革宿習　誠非一朝一夕之故　總干山立　旣遜於揖讓垂拱　而發揚蹈厲　又非寬簡溫直之比也　由是論之　大武之成當在成康之世　而猶以一武字名之　則不待夫子之評而其未能盡善可知矣　當周之盛　雖使后夔典樂　其所成就不過如斯而止耳　然而皇祐元豐之間　范馬諸君子未能曉解固有之律呂　而依俙談說於古樂之理　欲復簫韶九成之舊　未知當時德政能合天人之心否　尤有可笑者　蔡氏新書以元聲爲必可得　未知可得之元聲　舍其本律　更在何處　設如蔡氏之說　尋得元聲　依樣九成之製　時君世主苟無中和之德　位育之功　則譬如無題之功令　無尸之飣飯耳

余曰　禹　聲爲律　身爲度　古者太子生而太史吹律　使瞽審之　倘成一代之樂　必以君聲爲律歟　聖人元氣之會也　聲音之發宣必廣大和平　莫不中律　則古昔聖王宜亦與禹同律　而獨稱禹聲　何也　鵠汀曰　帝王之家天下久矣　落地豺聲　當屬何律　斯干之喤喤　夏啓之呱呱　必皆中律而爲侯爲王歟　亨山曰　記云　凡音之起　由人心生也　大約極貴遐壽之人　聲如洪鍾發舒雄暢　或有中乎黃鍾之律　然至若身爲度　聲爲律　極贊神禹之言行毫無過差　動合律度也　非其聲音之淸濁合于律呂　身材之長短中于尺度　身先天下而標準於民彝物則之中　自爲四方億兆之所取法也　鵠汀曰　尹大人說得極是

亨山曰　貴國樂律如何　倘有聖神作爲君師　竭其心思耳目之力以造律歟　抑爲依倣中華否　宗廟之祭　方內山川　亦皆用樂否　舞用幾佾　余曰　東方三國時　雖不無聲樂　皆東夷之里音　唐中宗時　有新羅樂府　則天時　楊再思反披紫袍　爲句驪舞　想必鄙俚不雅　宋徽宗時　賜高麗大晟樂　並皆世遠不可攷　前明洪武時　賜敝邦八音　舞用六佾　以備先君之祭祀　其樂器始出自中國　其後多方內倣造　然鄉音易訛　古尺難準　先君莊憲王有聖德　獲黑黍古玉之瑞　以定雅樂　第未知當時中國樂器盡合古律　而以土出秬黍準之　則果無差謬於書記所傳　亨山離椅俯躬曰　東

方聖德之君 願聞貴邦樂歌數章 余於夢金尺龍飛御天諸歌 未能倉卒誦對 且未
知忌諱與否 因爲他話 則亨山亦不更問

　鵠汀問曰 貴國音調如何 先生能形容否 余曰 僕本無口才 未能形容 但知其
音調舒長 節奏希闊 亨山曰 眞君子之國也 余曰 鄙人初入遼東 聞路傍歌吹
尋聲入聽 觱篥一 管一 橫吹一 琵琶一 月琴一以和歌 鼓椀大鼓子以應節 觱
篥聲類嗩吶 橫吹類敝邦羽調 倍淸 鵠汀曰 甚么 余曰 所謂羽調 非五音之羽
乃調名 故亦號雨調 敝邦俗樂 又有界面調 乃羽調之翻音也 倍淸者 凡言律皆
稱淸 又非淸濁之淸 倍淸云者 如言倍高於本律也 鵠汀曰 這是本律之半也 余
曰 昨聽皇上御前鼓樂 則亦類遼東所聽 又有鉦鉢以節之 未知是雅樂耶 何其
音調之太高而節奏之太數也 亨山曰 先生昨日入班乎 余曰 不入班 但於墻外
聽之 亨山曰 此非雅樂 乃聽戲時一本樂也 雅樂無鉦鉢

　余問 雅樂如何 亨山曰 槪沿前明之制 大朝會 用樂工六十四人 引樂二人 簫
四人 笙四人 琵琶六人 箜篌四人 秦六人 方響四人 頭管四人 龍笛四人 杖鼓
二十四人 大鼓二人 板二人 協律郎先期陳懸於丹墀 鑾駕將出 雲麾仗動 則協
律郎擧幣 唱 奏飛龍引之曲 俟五雲駕座 常偃樂止 鳴贊官唱 鞠躬 協律郎唱
奏風雲會之曲 樂作 百官拜叩 畢 輿 樂止 和碩親王陞殿 國公閣輔隨陞 協律
郎唱 奏慶皇都喜昇平之樂 今其號名雖殊 工器不易 音調無改 余問 樂工服色
如何 亨山曰 曲脚幞頭 紅羅生色畫花大袖衫 塗金束帶 紅羅擁頂 紅結子 皂皮
靴 余問 此似漢兒制度 亨山曰 否也 雅樂不用綾緞錦繡蟒袍 亦不戴蕃帽 太常
雅樂凡四等 曰九奏 曰八奏 曰七奏 曰六奏 禁糾淫過凶慢之聲 大祀 樂生七十
二人 舞生一百三十二人 先期演肄神樂觀 太和殿 漢時甚重太常官 凡大政下
丞相列侯九卿議博士未嘗不預焉 如公卿將相列名上請太后廢昌邑王 奏曰 臣敞
等謹與博士議云云 此天下何等大事 而必先依據博士之言 位卑人微而其重如此
蓋爲其典祀天地神祇 宗廟禮樂之本 前明之贊禮 卽宋之大祝 宋亦重其官 必以
宰相之任子爲之 亦是古之選致冑子之遺意也 明初亦處以文學之士 後乃以黃冠
羽流充之 非矣 古者官不易方 材不兼授 夷禮夔樂 各效一職 專精會神 講習有
素 以此終身 非特夷夔之終身於厥官 唯可以世其職者 獨太史與領樂之官爲然
然而後世不常厥職 上不及后夔 下不及伶人 倉卒擧職如新婦初來 姆保是憑 執
旂丹墀如省曹階前樹 最爲可笑 貴國典樂之官亦當如此也 余曰 鄙人此來 愧乏

季札觀周 亨山曰 敝故友陶達章 齊人也 嘗官太常 遺僕赤蹄 爲詼語自嘲曰 竊
愧奚唐之云立 每疑田父之給左 所謂林蛙論樂 樛燕誨知 相與笑鬨一堂

亨山曰 洪武初 置神樂觀于天壇之西 教習樂舞 高皇帝自製圜邱方澤分祀樂
章 後定合祀 更撰合祀樂章 禮成 歌九章 識者已病其音律之未復于古也 詔尚
書陶凱與協律郎冷謙定雅樂 又命學士宋濂爲樂章 凡園陵之祀無樂 凡郊廟樂器
不徙 洪武六年 以祀後還宮時 宜用樂舞生前導 命翰林儒臣撰樂歌 以存敬愼鑑
誠之意 有曰 朕嘗慮後世樂章虛辭頌美 此倭神乎 諂其時君乎 于是儒臣承旨分
撰甘酒峻宇色荒禽荒諸曲 凡三十九章 名曰回鑾歌 此可謂知樂之本 而猶未免
應文之歸 至於聲律 則當時識者猶謂之全未全未也 又十二年詔曰 朕起自寒微
君臨天下 以奉上下神祇 若或不誠 非所以爲生民祈福 且無以延保靈長之景命
也 昔成肅公受脤而惰 君子知其不終 故動作威儀之則所以定命也如此 而況音
聲之所由起 莫不感乎至誠而發乎 謂無神而不信者 誣也 倭神而禱福者 惑也
朕設神樂觀 備樂以祀享天地神祇 宗廟之靈而已 非苟倣前代帝王矯飾荒誕 以
邀長年之道 此道設或有之 不過修心清淨 速去疾疢 使無艱阻而已 若果有長生
之道 殷周之父老何去 漢唐之耆宿安在 因爲刻石 立于觀中 觀乎此碑 可謂明
樂之理而達道之論 然以道流提點 終非古意 則我聖祖仁皇帝以禮祀天地之備樂
協和萬方之盛典 非可使黃冠羽士所宜管領 乃悉歸之太常 且以鄭世子之精於審
音而當時不能用 深加慨惜 今其律呂精義等書是也 大聖人建中和之德 樂人本
朝始正大雅

鵠汀曰 貴國樂器 樂工 當仍高麗之舊 是必崇寧所頒大晟樂也 余曰 即今敝
邦所用 乃洪武所賜 鵠汀曰 洪武所賜 其實大晟之遺也 朱子謂崇寧之季 姦諛
之會 黥涅之餘 惡足語天下之和哉 然宋旣南渡 而金太宗悉取汴京樂器樂工 遷
之北去 改號太和樂 其實大晟樂也 及金喪亂而又復南遷汴蔡 及汴蔡陷沒而中
原舊物悉入于元 元人吳萊以爲 太常所用樂本大晟之遺法 令舊工教習 以備太
祀 故元之樂戶子孫 猶世籍河汴 及明逐元 悉得其工器 故太常雅樂及樂官所肄
猶稱大晟樂 以至隊舞百戲 率皆元舊 高皇帝一革元政 而至於大晟樂 則謂金沿
宋元沿金 其來已久 必中國之遺 故不復改剙 以是知洪武所頒 本一大晟樂也

余問 舊說以天子中指寸爲律 埋之土中以候氣 此理如何 鵠汀曰 此乃方士魏
漢津取徽宗之指 以造大晟樂也 漢津 本蜀之黥卒 漢津謂聖王之稟賦 與天地陰

陽爲一體 聲爲律 身爲度 乃請徽宗中指三節 以定黃鍾之律 以合天地之正 以備陰陽之和 蔡京獨奇其說 諂佞附會 說帝先鑄八鼎 此最可笑 古昔首出之聖王 初作斛尺 無所憑據 則適以指寸爲之律 納幾顆秬黍以準之 又當世四時之氣不失其候 所謂風不鳴條 海不揚波 其候得四時之氣 理或無怪 至若後世不念中和位育之功 只欲以指律葭灰迎致好氣 是不識繪事後素之義 而所謂不揣齊末 假令候得氣至 未知所至之氣果爲何氣 況人之指節長短不齊 則崇寧指尺既長 而樂律遂高 漢津大懼 潛謂其徒任宗堯曰 律高 是北鄙之音也 鎮北鼎溢 天下其將有變乎 樂既成而遂有靖康之禍 聲之不可誣也如此 漢津小人 雖有審音之才而無作樂之德 當時士大夫又無漢津之才而顚倒阿附 則朱子斥以姦諛之會 黶涅之餘者 是也

亨山曰 不然 冷謙所定樂舞在洪武六年 與大晟律大相不同 大晟迎神 初奏爲南呂之角 是大呂之變調也 洪武所製爲太簇之羽 是中呂之羽也 冷謙七勾 自太簇夷則 夾鍾 無射 中呂皆正調 而惟淸黃鍾 淸林鍾爲變調 本聲重大 爲君爲父應聲輕淸 爲臣爲子 故曰四淸聲 苟不用四淸聲 是無感應 君德尢而臣道絶 父政竭而子職闕 漢津之律每下古製二律 其林鍾爲宮者 商角爲正調 其餘皆屬變調 南呂爲宮者 惟商一音爲正調 其餘皆屬變調 是七勾之中 變者居五 論者以爲 君道微細而民神事物靡然不振 是眞亡國之音 哀淫怨咽 不堪久聞 宋潛溪謂漢津製樂 爲亂世之音者 是也 朱子稱建陽蔡元定勻調候氣之法 縝密通暢 其攷證禮書樂制 樂舞 鍾律等篇 大率本之蔡氏新書而互演之 然朱子於音律不甚明白曉解 專信蔡氏 所謂先入之見 其斥漢津 亦非審音而知其善否 但爲其蔡京之所主張 故攻之不遺餘力 元定書未能驗之行事 漢津樂皎然驗之當世 後之論說者易以指摘也 其實蔡氏曉律勝於考亭而末免穿鑿執拗 漢津審音精於元定而出於附會諛佞 及冷謙定樂 雖曲襲其舊而其聲則非宋元之律也 敝衆修會典時 攷究諸家 洪武所定實與大晟大異 王老爺所論貴邦洪武所頒爲大晟之舊者 說得非是 鵠汀曰 豈其然 亨山笑曰 卽然

亨山曰 大率中原樂工亡於晉 樂器亡於隋 雜劇百戲之亂雅樂 唐玄宗當爲罪魁 余曰 願聞其說 亨山曰 春秋之世 天下雖喪亂 去古未遠 秦漢以來 雖大難數起 禍自中作 工器未遷 典刑猶存 有國者捨干戈則先索笙鏞 故伶官瞽師必與代俱興 風塵甫淸競抱其器就廩于官 子孫傳業 手口從心 見聞習熟 及晉氏播遷

五姓交亂 四海分崩 太樂細伎流離塗炭 而石氏據鄴 則銅爵清商飄零已盡 慕容
超獲李佛太樂 贖母於姚秦 而舊工已亡 宋武入關 其所收可知 而又其蹱跟跟東
還 其所遷亦可知也 故敞嘗謂中原樂工亡於晉

隋書所載歷代銅尺十有五 周尺漢之劉歆銅斛尺 東漢建武時銅尺 晉苟勗律
尺 祖沖之銅尺 莫適所用 所謂周尺 最不可信 新莽十五年中 凡所制作 必倣
周爲名 已多虛僞 而又復師心 朝作夕毀 尺度無常 後世名爲周尺者 佺佺歆
芬輩僞造 而宇文氏又一假周 則其所寶藏旋歸隋有 文帝本不好學 性又不善音
樂 既得天下 不可不勉强立樂 而當時沛國公鄭譯妙能知音 言古樂十二律旋相
爲宮 各用七聲 世莫能通 先是 周武帝時白蘇祇婆 龜茲人也 善琵琶 一句之
中 間有七聲 所謂婆陀力者 華言宮聲也 雞識者 華言南呂也 娑識者 華言角
聲也 侯加藍者 華言應聲 卽變徵也 沙獵者 華言徵聲也 般瞻者 華言羽聲
也 利箠者 華言變宮也 譯乃推演其法爲十二句八十四調 又於七音之外 更立一
音謂之應聲 譯本無賴傾巧之士 賣國反覆 文帝始悅而終惡之 譯之法雖似得之
然本出彝樂而翻之 故律稍高廣 萬寶常所造諸器率下鄭譯二律 其聲淡雅 則又
不爲俗耳所悅 故二人者俱不能以其術得志於當世 何妥蘇夔牛弘輩各立朋黨
而何妥阿帝 言黃鍾者象人君之德 帝悅其言 止用黃鍾一宮而不假餘律 牛弘等
復附順帝意 不用旋宮 又並毀銷前世金石 由是而歷代樂器典刑無徵 敞以爲中
原樂器亡於隋

唐初 命祖孝孫定雅樂 孝孫嘗與何蘇輩議不合 紐於隨而伸於唐 則與張文收
等議定 頗號典雅 然太宗急於功利 雅不喜樂 謂無關治理 此似質而實鄙 殊不
識禮樂爲致治之本 而認作俳優悅耳之具 張文收又阿世 作河淸景雲歌 倣朱雁
天馬名 燕樂元會 而唐世雅樂 不過應文備數而止耳 及玄宗 善曉音律 則更置
左右敎坊 謂之皇帝梨園弟子 身率樂工宮女自敎之 天寶盛際每酺宴 雜陳高昌
高麗天竺疏勒諸部 以至舞象舞馬 于是歷代相沿之法部架領 掃地盡矣 未幾 祿
山之禍 遂令塗炭 此唐玄宗曉音之罪也

余問 霓裳羽衣曲如近日所觀西廂雜劇耶 亨山曰 然 霓裳羽衣十二遍 世傳河
西節度使楊敬述所獻 帝得之甚喜 遂自演之 是爲後世雜劇之始 其聲緩哀靡靡

余曰 宋以仁厚立國 崇寧以前 雅樂當有可觀 亨山曰 此和峴所定雅樂 宋太
祖時 以周王朴所定律尺較西京古石尺差短 故樂聲高 不合中和 乾德四年 詔峴

倣古制造尺 史言和峴雅樂 音調和暢 然此阿世附時之言也 得國纔閱歲耳 有何
深仁厚澤 光被四表 致其民物之雍熙乎 和峴所謂以揖讓得天下 爲玄德升聞之
舞 一行十六人 爲八行 以倍八佾 尤爲可笑 玄德升聞 則虞賓何在 鵠汀亦大笑
援筆疾書曰 在于房

亨山曰 大抵帝王不可不曉樂 亦不可曉樂 不曉樂則如隋文帝唐太宗 可謂致
治之主 而雖勉强立樂 其本領陋甚 如唐之明皇宋之道君 素號知音 而天寶靖康
之亂 所召者何等也 大約樂之德如候虫時鳥 樂之才如市井 樂之事如史 樂之名
如謚 余曰 何爲是虫鳥 亨山曰 螽斯沙鷄本爲一虫 黃鳥倉庚元是單禽 隨時變
化 鳴聲各異 何謂是市井 曰 市可以觀和 井可以觀序 以物交賢 兩意相當 市
道也 後至者不怨先來 列器待次 滿志則止 井道也 夫史體質直 謚者褒貶

亨山起 開小皮箱 出黑紙小扇以示余 意像陶然 又出小小瓷盒 列置卓上 莫
曉其意 逐盒開視 滿貯石綠 水碧 乳金 泥銀 據卓展箋 畫老石釋竹 余曰 鄙人
不料先生有龍眠高手 亨山曰 聊以寓意耳 何如 余曰 自蛇蚹蜩翼 便有千尋之
勢 亨山大笑 因自題 綠竹瞻君子 卷阿矢德音 揮毫開便面 握手得同心 四句
又印名字小印於他紙 割付左傍 摺疊以贈余

余曰 古樂終不可復歟 鵠汀笑曰 先生壹好泥古之論也 大約世之論樂者 論律
不論詩 論詩不論德 論德不論世 論世不論風 論風不論運 紛紛然徒尋上黨羊頭
山黑黍 秦淮葭灰 而樂終不可得以古雅矣 旋宮起調之法 前說已略陳鄙見 而至
於歌詩 古人由中之語 不得已之事也 如歡愉者之不得不笑 悲慽者之不得不哭
饑者之不得不號食 渴者之不得不喚水 無虛僞假飾 無勉强苟且 其感於心者 雖
不無樂極則淫 哀過則疚 然亦莫不由中而出 所謂詩三百 一言而蔽之 曰思無邪
者 是也 尹大人市井之喩 深獲樂情 兩相貿遷 爭其錙銖 有不滿志則交易不成
未有脅人勒市者 和之至也 故三百篇 皆交感之所由作也(以上論詩) 雖然 維天
執競此之敷天膚載 則眞樸少遜 辭華太勝 至若漢魏樂歌 自安世房中 朱鴈 天
馬 三祖詞章 其極意鋪述 果如維天執競之比乎 譬如聽訟 理直者貌毅而氣充
辭簡而音暢 理曲者容忸而色廣 語絮而聲哮 後世詞臣之杜撰專 出乎矯誣諛佞
則已不勝其德之慙而聲之屈矣 無論神格人和 其工歌之際 無異不歡强笑 不悲
强哭 其感乎心而發於聲者 謂當和暢乎 愧屈乎 其詠言者如此 則其依永之聲
可知也 依永之聲如此 則其和聲之律可知也 愚且未知西山蔡氏所謂元聲 將何

從憑尋　將亦在律乎　在德乎　此爲德爲木而詩配之　聲爲主而律次之也(以上論德)　君子剙業垂統　未嘗不建萬世不拔之基　如周公之治魯　太公之治齊　然亦無奈乎末孫之不肖　則二公俱有所論　其世旣坐致百世　則樂亦將不勝其變遷矣(以上論世)　至於風　四方各異　所謂百里不同風　千里不同俗者是也　故刑政之所不及　口語之所難喩　惟樂能宣　幾之神而用之妙　風動而光被之　鼓舞於不知不覺之中　其功化之速　至如兩階舞羽　七旬格苗　雖謂之移風易俗　一變至道可也　然其實南方之柔　北方之强　不可易也　鄭聲之淫　秦聲之夏　不可變也　是乃土之聲而氣之稟　則聖人亦無奈乎風之所異　故曰放鄭聲而已矣(以上論風)　聖人之所未可能者　運也　盈虛消長者　天之運也　孤虛旺相者　地之運也　久則思變　舊則思窮則思通　此運之際也　佛氏所稱七日劫　吾儒謂之五百年之期　聖人生値其際則順其時運而財成輔相而已　夏之尙忠　殷之尙質　周之尙文　嬴氏之罷封建壞井田　爲千古罪案　然其實　時運之所不得不然　夠詠　人之所同嗜也　至於久病之人雖全鼎大美　問臭虛嘔　雖草根木實　欣然接味　雖有善唱　一曲恒歌則座者皆起法久弊生　不知更張者謂之膠柱鼓瑟　此乃人情之所同然　故治非堯舜　則雖有韶舞　嚮背之間　神人難和　此聖人無奈乎世運之循環也(以上論運)　且夫文字之生久矣　夫子之刪述　卽天地時運之一大變　固夫子不得已之事也　自夫子歿而百家之言紛然雜出乎其間　其書滋多而人自師心　雖五尺之童　徑造乎天人性命之窟而六藝之學視爲卞髦　則師道逡廢　師道廢　而古之司徒之職　典樂之官　爲虛位癢曠　苟然徒說而已　由是而樂歸於伶人賤工子弟之聰明秀俊者　虛度其舞勺　舞象之年　雖上弦下管　八音克諧　固不識何者爲宮羽　何者爲鐘呂　閭里之間　設有耽嗜音律　彈弄琴簫　率不免浮浪破落之歸　則子弟之所恥　父兄之所禁　鄕黨之所賤　古聖人陶鑄至治之神機妙用　專責於伶人賤工　萬萬無此理也　亨山曰　說得是　周時以舞敎國子　令大胥正舞位　小胥正舞列　此法至漢猶存　卑者賤者之子　不得舞宗廟之酬　凡取舞生皆二千石至六百石　關內侯至大夫之適子　是猶去古未遠　故其選之精而敎之豫也如此　　余問　七勻十二勻　何謂也　亨山曰　勻者齊也調也　如言韻也　如作詩者之言四韻　八韻　十韻　七勻者　七聲之一韻訥　十二勻者　十二律之一韻也　古無韻字　故稱勻　亨山問曰　貴國有樂經云　然乎　答曰　此齊東之語也　中國所無　豈合在外　鵲汀曰　此未可以有書　世恨樂書入秦火然愚謂中國初無樂經　　余曰　史傳箕子避地朝鮮　携詩書禮樂醫巫卜筮工伎之流

五于人從之 與俱東出 固謂六藝全部

獨漏秦焰而流傳敝邦也 鵠汀笑曰 是本中州好奇之士傅會爲說也 如馮熙之古
書世本 是也 所謂箕子朝鮮本者 其子封於朝鮮 而傳書古文 自帝典 至微子 其
下祇附洪範一篇 而八政之下添多五十二字 顧亭林日知錄據王秋潤中堂事記 已
辨其僞撰 余曰 鄙人自入瀋陽 逢秀才問輒問敝邦古文尚書 蓋爲箕子東出時所
携 或衛滿所持 衛滿雖自椎結爲蠻夷服 亦自豪傑 其黨數千人亦不無儒士避秦
抱經而從者 理或無怪 然高句麗本尙武力 喜鈔略 設有遺徑 不知尊尙 且屢經
喪亂 東方千餘年來未聞有古文尙書 鵠汀曰 先輩朱錫鬯辨之矣 周書 孔安國
序曰 成王既代東(一點 夷字 對余故諱之 而大約盡諱胡虜夷狄等字) 肅愼來賀
王俾榮伯 作賄肅愼之命 其傳曰 海東諸夷 句驪扶餘軒貊之屬 武王克商皆通
道焉 朱以爲周書王會篇始見稷愼濊良 未有句驪 扶餘之號 引東國史 句驪
建國 始以漢元帝建昭三年 孔氏承詔時 何驪扶餘未通中國 況克商之初乎 朱
子以爲 人生八歲皆入小學 教之以禮樂射御書數之文 此論上世學校 上世安德
有其文 所謂灑掃應對卽是禮 咏歌舞蹈卽是樂 射御書數 推此可知 謂之教六
藝之事則可也 謂之教六藝之文 則此由後世臆說 上世侯以明之 撻以記之而已
孔子曰 游於藝者是也 又自十有五年 則自天子之元子衆子以至公卿大夫元士
之適子與凡民之俊秀 皆入大學 說得是 其吉教之以窮理正心 修己治人之道
此由後世臆說 講習六藝 是皆窮理正心之事 古人篤於躬行則自然心得 十五以
前安可草草學六藝之文 十五以後便捨六藝 徑先理會於修己治人之道乎 未知
上世 何許道學先生坐在州校里塾 開何等理學全書 教如此是形而上者 如此是
形而下者 十三舞勺 十五舞象 二十舞大夏 恐是上世小大學次第不過如此 後
儒不識上世元無六藝之文 開口罵秦 輒疑火前全經流落海外 好個歐九日本刀
歌 尤爲可笑 大約盈天地間事物 不離形色情境也 試以六藝觀之 禮者 履也
履必有迹 正己而發 此射之形也 執轡如組 兩驂如舞 此御之法也 一與二爲三
自此以往 千歲之日至可致 此數之術也 書之六義 象形爲多 惟樂也者 有情有
境 獨無其形 凡有形者 粗迹也 皆可以言語形容 文字記述 而無形者 神用也
風謐於渺莽之際 動蕩於慌惚之中 其藏也寂然 其發也翕然 嘉會似禮 命中似
射 調匀似御 假借似書 加倍似數 繚繞乎毛髮之林 經行於血脈之膝 其來也優
然欲迎 其去也杳然難追 摸之而無得也 視之而無見也 使人筋骨酷悲 臟胃甘

悅 往而復返 如有所戀 斷而更續 如有所謀 .至清故無香 至微故無影 至密故
無間 至大故無外 至和故無散 至雅故無色 至神故無心 至妙故無言 夫以言語
之輕敏而所不能形 而況文字之糟粕乎 故敝以爲 三代以來 初無樂經 亨山無
數打圈 曰 發前人所未發 樂記一篇 反屬笨伯 樂記本是漢儒浮浪之文

余曰 聖人著書 所以繼前聖 開來學也 夫子自衛反魯 制詩正禮 何獨於樂而
無所述乎 鵠汀沈吟良久 曰 斷無所述 夫子刪詩正禮 是個樂學 樂之體寄乎詩
樂之用寓乎禮 夫以言語教人者 其物情矯 以文字教人者 其天機淺 夫樂也者
其感人速而不迫 顯而不露 深而不幽 婉而能毅 直而能曲 俯仰感慨 欷歔懇切
其人人之際 悚然以懼 慄然以警 怳然以虛 回然以思 是吉語文字之外 別開難
言之語 不字之文 崇高配天 卑下配地 屈伸配鬼神 循環配歲時 其潤物也 不
借雨露之澤 其曉人也 不待配日月之光 其鼓動也 不爭風霆之疾 其漸漬也 不
效江河之浸 金石絲竹匏土革木之聲 非孝悌忠信禮義廉恥之行 而口之所吹 指
之所彈 臂之所揚 脚之所踏 四端油然 七情汗然 是孰使之然哉 故人之四肢百
體 不言而論者 此之謂也 蓋上世文書未廣 街歈巷謳 收入學宮 字而句之 被
之絲竹 故古者大學教人 未必方珊味歌舞蹈乃是學問 點瑟回琴 遺像獨存 清
廟三嘆 文王可見 故五音者 聲之文理也 六律者 聲之志意也 異體而同歸者
聲之德行也 純一無雜 粹然彰外之謂雅 雅也者 聲之光輝也 故聖人獨留此不
著之書 不言之旨 使人自得之 上者知德 下者知音 是乃聖人繼往開來之意也
敝以爲初無樂經

余曰 六藝之無樂書旣聞命矣 還有其譜否 亨山曰 可惜 盡焚之 古譜今無傳
焉 余問 秦火乎 亨山曰 否也 隋萬寶常撰樂譜六十四卷 具論八音旋相爲宮之
法 改弦易柱之變 爲八十四調 一百四十四律 終於千百聲 當時士大夫擯斥之
寶常竟餓且死 慎而悉焚其書 明嘉靖時太偉丞張鶚所著樂書 一曰 大晟樂舞圖
譜 自琴瑟以下諸樂逐一作譜 一曰 古雅心談 同時有遼州同知姚文察所著樂書
四聲圖解 樂記補說 律呂新書補注 興樂要論 其後有律呂精義 五音正義 樂學
大成旨訣等目 皆聲器度數之論也 琴譜有調弦 弄弦 手法 手勢 有蟷螂捕蟬 平
沙落雁 一竿明丹 感君恩 是皆琴師口訣 鵠汀曰 大約樂可無譜 窮神知化 則一
部義易 樂之譜也 樂可無訣 觸類引長 則一部虞韶 自在於天地之間矣 古人疊
字書盡是樂訣 如風之習習 雨之淒淒 鹿之呦呦 鳥之嚶嚶 雁之嗈嗈 狐之綏綏

雎鳩之關關　蟲之薨薨　羽之肅肅　盧之令令　鶯之將將　鑿泳沖沖　伐木丁丁　皆可
按而爲訣也　余問　中國樂聲　一字一律否　鵠汀曰　否也　一字有淸濁按擧之法　平
上去下之異　況歌是永言　永言爲咏也

　　余曰　子謂伯魚　汝爲周南召南矣乎　由後世論之一朝可誦　不必有問於賢子　然
而不曰　讀而曰爲　則爲是弦歌之事否　鵠汀曰　先生說得是發前人所未發　古之
弦歌　卽後世之讀書也　上世書籍　不過易書詩禮　皆藏於天子之都　夫子適周　問
禮於老聃者是也　雖以夫子之聖　五十而始讀易　七十子之徒未嘗有談易者　所言
不過詩禮　而皆口授　非若後世之日增繁文　當時所習　不越乎籩豆尊俎之間　俯
仰揖讓之中　文羽武戚　朝絃暮歌而已　子曰　夏禮吾能言之　杞不足徵也　殷禮吾
能言之　宋不足徵也　文獻不足故也　其流來口授可知也　所謂學而時習者是也
故子謂伯魚下章禮云樂云　又諷其本之有在乎俎豆絃歌之外也　關雎之爲詩也
丁寧反復　誠懇惻怛　流出於心之德而愛之理者　蓋其辭旨也　樂而不淫　哀而不
傷者　蓋其聲音也　故曰　師摯之始　關雎之亂　洋洋乎盈耳者是也　後世之爲詩也
廢絃歌而臨方冊　由是而聲與詩判而爲二　則朱子註詩　鄭衛之風盡歸之淫奔之
科　此論義而不論聲之過也　男女私悅　惟恐人知　豈有沿道歌呼　自述其醜亂之
行乎　然則夫子之答顏淵　何不曰放鄭詩而曰放鄭聲　故若以鄭聲歌之　則標梅
野麇當屬淫詩也　且夫聲　審之目乎　審之耳乎　學士大夫究竟本原　邂逅彷像於
作樂之理　則乃復特地尋律於目劌之中　古之聖人竭力於耳　今之君子乃欲一朝
得之於目　是不識朝絃暮歌之爲何等工夫　而閣廢聲律　徒讀於紙上　此有宋諸大
儒開口談律　不識審音　反爲樂工之所笑　卒不免固陋之歸耳

　　余曰　秦漢以來　非但難復古樂　雖時運好還　亦無作樂之人乎　鵠汀曰　何爲其
然也　當周之衰　文之弊極矣　及諸侯強大　爭尙武力　所以虛館設席　分庭抗禮者
皆權謀智術之士　由是而百家之言縱橫雜沓　各是其說　各私其學　然要其歸趣
未嘗不本之仁義　假經術而爲說　身離校宮　扮紛攘攘禮樂之理　徒設於口而不習
於體　尊俎之容日去於前　笙鏞之音日遠於耳　不可斯須忘身之實　徒爲虛器不復
服習　此浮文明理者之過也　人情不得不厭文思質　惡華取實　疾奢尙儉　憎繁想
簡　則爲天下者使其黔首之民　驅而納之黑闇愚樸之域　未必非古聖人致治之要
其燔燒坑殺　在秦則固不免失策　而在漢則儘爲幸矣　又劉項之間　天下之子弟肝
腦塗地　其幸而得脫於鋒鏑之下者　始能人含其聰明　擧全固有之天常　是乃時運

一大好還之期會也 當此之時 刑不過三條之約 則法不甚密矣 爭功者擊柱醉呼
則臣不甚抑矣 朝廷之上多木訥長者 恥言人過失 則俗不甚薄矣 豪右兼幷者死
亡流離 土無常主 則天下之田始可幷矣 文景之際 漢興四十餘年 休養生息 阡
陌之間馬畜成群 太倉之米陳陳相因 則郡縣之學校可以設矣 學士大夫猶能屈
首於博士之家 則容有可教之地 此無他 漢初挾書之律久猶未除 滅天下圖籍都
在相府 百姓徵信縣官而處士莫敢橫議 余笑曰 此乃段師遺康崐崘十年不近樂
器 使忘其本領 鵠汀曰 是也 希世之如叔孫通者流 當在遠佞之科 年少聰明更
得如鼂錯賈誼等百十輩 塞其目不令見他書 乃以律呂像文學 絃歌諭行誼 一揚
手而遠之事君 一跼足而邇之事父 夫然後立魯之兩生爲司徒之職 未必非作樂
之人 而復使兩馬輩列之學宮 未必非作頌之才耳 第未知何功可紀 何德可述
而猶賢乎唐宋之作 全無可像也 余曰 兩馬取其文辭否 賈誼鼂錯亦豈下於兩馬
哉 鵠汀曰 非但取其文章也 古者律曆皆隷太史 漢律書其始不言律而言兵 不
言兵之用而言兵之偎 樂之於兵亦遠矣 然以爲天下富庶 百姓嬉遊 此和樂之本
也 蓋亦深達制樂之意

余曰 漢之有天下 若是其盛乎 鵠汀曰 先生是何言也 何先生之小覰漢家也
敝以爲漢高功不讓武王 德不愻周室 但所少者 西伯之世家 周公之叔父 召公之
大臣 天祿之八百 仲尼之遺民耳 夫三代之際 天子之所以制治者不過千里 千百
諸侯各治分地 自非大姦宄 無所關於天子 天子五載一巡狩 同律度量衡而已
自非大不軌 靑陽左个 穆然垂拱 夫復何爲哉 上下維持 强弱牽制 所謂虫之百
足 至死不僵也 秦漢以來 提封萬里 匹夫匹婦之饑飽寒煖 都係天子之一念 一
念之差 土崩瓦解 會無門庭之限 雖以苻堅之强 竇建德之量 得天下半 而一朝
身擒 興滅勃忽 尺土一民必歸一人 自非大歷數無以享延 自非大制度莫能鎮壓
其難易之驗 古今之勢異也 當周之興 前乎夷齊者太伯仲雍 後乎夷齊者管叔蔡
叔也 漢家之起亦有是否 第高帝有其功而無其心 文帝有其德而無其學 武帝有
其志而無其識 可惜未央宮 全不築址 不揀面勢 土一團 石一塊 且不任工手 忙
築數仞糞土墙 刓圖耐住四百年 譬則田舍翁 黃虀麥飯適口充腸 都不聞紅雲社
中風味也 雖然 三老董公賢於呂尙 縞素一檄勝於泰誓 余曰 先生所論漢功過矣
初無拯救斯民之心 乘醉妄呼 不過見阿房宮起意 乃群盜之桀黠者 安可與周德
比隆哉 若執成跡而論功 則古來亂世之姦雄 皆可有辭於後世矣 天下旣定 雖不

無一二可像 亦不過推時利害 占得便宜而已 所謂侯門仁義 曷足貴哉 項羽之爲
漢驅除 放殺義帝 天也 若使項羽留此一段難處之事 漢王遠能三分有二 俯首屏
氣 執玉帛死生之物於義帝之庭乎 鵠汀大笑曰 請先生息怒 余大笑曰 鄙人元無
可怒之事 鵠汀曰 使漢王服事義帝 此先生充類至義之論也 三代以上不可不論
德 三代以下不可不論功 觀乎天命所篤短長 可占周漢之德 雖未可同日而語 若
又較之欺孤寡取天下 豈非霄壤之分乎 故歷祚短長 視功多少 魏晉報復 固有先
輩之論 而唐宋之有天下曾不數傳 祿去王室 大亂輒生 自天寶以後可謂國不國
君不君矣 較之兩漢 若哀若靈猶能君綱在手 金甌無缺 是在得國之正與不正 而
天命之篤與不篤 足可驗矣 且義帝存 然後漢之功德當益光顯 當時援立 不過項
氏一時之權宜 適出居巢老人之拙計 則風塵之際 造次名分 非可論於草昧英雄
其縞素聲討 譬如兩造對訟 分外瑕謫 假令漢高敗死濰水 不過綱目書例稱 義帝
元年 漢王劉邦起兵討項羽 不克 死之 充類至義 則立箕若微 退處藩服 不害爲
殷室之純臣 寢處淚痕 終畏天威 不害爲更始之賢宗 然而不詰淸宮之興居 反遜
移罪於成濟 平心徐究 則項家所尊 於漢何有 卽義帝在 封之江湘百里之國 爲
賓於漢 不害爲四百年第一盛德事 其處義帝亦何難之有 且後世君子立論務高
恥言漢唐 漢德逾卑 無人咏歎 然漢世諸帝率能傳家孝友 用人則先循吏 導民則
獎力田 此三者 天下之大本而歷代之所罕也 汲黯之守正 霍光之輔幼 子陵之高
尙 黃憲之範俗 諸葛之出處 河間之好禮 東平之樂善 天下之元氣而歷代之所不
及也 凡此數事者 質直忠懇 眞意藹然 所謂能合心之德而不失乎愛之理也 是皆
作樂之實 而有足以咏歌感歡 立一部大雅 宜無愧色也 天下生靈習熟於漢 故久
而能思 劉淵假漢 繼安樂而立宗廟 劉裕入關 父老說其十陵 劉知遠劉龑 猶藉
金刀以立大號 此雖不足有無於前漢 而民彝(缺)不似他家一敗塗地也

是時日已向夕 而盡日所飮 各已十餘盃 亨山自午於椅上熟寐 鵠汀頻拔刀割
羊大嚼 又數勸余 而余甚嫌其臊 惟餤餠果 鵠汀曰 先生不嗜齊魯之大邦耶 余
笑曰 大邦羶臊 鵠汀有愧色 余亦覺其觸犯 卽墨抹之 因謝曰 鄙人愛非子貢 情
同王肅(齊王肅初八魏不食羊肉 常飯鯽魚 高祖問 羊肉何如魚羹 肅對曰 羊比
齊魯大邦 魚比邾莒小國 彭城王勰曰 卿不重齊魯大邦 愛邾莒小國 明日爲卿設
設邾莒之食 鵠汀見余不食羊肉 本譏余出自小邦 不識大邦之味 及大邦羶臊之
對 還觸所忌 故有愧色

鵠汀曰　高麗公案　公知之乎　余曰　此載東坡志林　高麗無罪而東坡最憎之　高麗名臣有金富軾富轍慕蘇爲名　而坡殊不知也　鵠汀曰　子瞻上箚論高麗入貢　無絲髮利而有五害　請勿許買書籍　然冊府元龜其時所出　貴邦廣爲繡印否　余曰　東坡箚論未免失言　小國慕華而來　大邦何必曰利　鵠汀曰　然宋政和中　升高麗使爲國信　禮在夏國上　改引伴押伴　稱接送館伴　而高麗事遼臣金　多負中國禮意　宋高宗甚恨之　高麗貢路常由明州　明越困於供給　中國所以館遇燕賚之費以鉅萬計　淮淛之間騷然　昔荊南高季興　五代時節鎮也　當時雄據一州者　無不自霸一方　而高氏謙卑　利其錫賚　遍向稱藩　故時人目之爲高無賴　宋時　淮淛亦號高麗爲高無賴　蓋苦之也　蘇氏五害之論有以也　故御史胡舜陟及侍御吳芾皆論之　非但以靡弊爲言　蓋憂其窺覘虛實　爲金之間也

余曰　是誠冤枉　東方慕華　卽其天性也　攷究二十一代史　號爲新羅高麗　上下數千年間　有夫一驚邊上之塵者乎　朝鮮殺漢使者　卽衛滿朝鮮　非箕子朝鮮也　隋唐拒命　卽高氏之高句驪　非王氏之高麗也　中國史傳輒皆去句省馬　通稱高麗　是王氏立國之前　已有其號也　後先倒置　名實混淆　足爲寒心　我東三國時　新羅最先慕唐　以水路通中國　衣冠文物悉效華制　可謂變夷爲夏矣　王制東方曰夷　夷者柢也　言仁而好生　萬物柢地而生　故天性柔順者是也　高麗繼新羅　延歷五百年間不無六七之作　雖其繼體時有粃否　然不替慕華之誠　至發於夢寐　得中州好文　必盥手而讀之　二醫之還　密輸陰雨之戒　凡此數款　史不絶書　其乃心中華　誠切尊攘　足可表見矣　當時士大夫不諒高麗之本心　反疑強隣之間諜　不亦冤乎　建炎天子　自昧復雪之大義　輕信應誠之迂計　欲借捷路　潛圖竊負　而卒符翟帥之先見　則乃及致憾於弱國　愚謂此非高麗公案　乃高麗冤案　王氏本爲契丹所隔斷　通貢無路　雖不來庭　亦非汴京聲敎所能坐致　然而梯航萬里　不憚險遠　尋新羅之舊跡　履不測之鯨鱷　前檣摧覆　後棹繼至　達其忱誠於萬死之餘　此乃陪臣之常職　豈敢規利於大邦哉　不腆之土物　不足以備天子之庭實　然以今想古　侯度不愆　何黃何纁　筐之包之　拜送于庭　悃愊無華　此乃慕華之誠　豈爲要寵於上國哉　高麗雖國小民貧　其紅稻香粳足以供粢盛　其絲麻足以備祭服　鼓山煮海　不藉他邦　安敢饕冒上國之饎廩　瀆擾天子之有司哉　宋之諸帝　不惜館穀之費　所以柔嘉勞徠之意有加他邦　爲其久傳箕聖之敎　素號禮義之邦　而接遇甚盛　可見中州藪藏海納　萬物攸歸也　安有四海之富而惜費於一介之使　天子之尊而計利於玉帛之會哉　子瞻

學識淺短 不知厚往薄來之意 遞發絲利五害之論 有若商賈互爭長短 是以市道
交於四方 而絶萬國來王之心也 鄙人嘗謂 軾之此箚 羞辱當時之朝廷也

鵠汀曰 先生說得是 雖然 由後世論則大體卻乖 自當時計則慮得深長 朱子
以蜀洛之故 其極詆子瞻 有甚於孔文仲之謗程子爲五鬼之魁 秦觀李廌之徒目
之爲浮誕輕佻 以南軒交誼推尊張浚 君子之不黨亦難矣 今先生挾朱子定論 其
斥蘇更嚴於朱子 未免爲高麗逞憾 因大笑 余亦大笑曰 訟冤則有之 何爲逞憾
鵠汀曰 聊相戲耳 千古公是公非 人情大同 孰令勸之 孰令沮之 余笑曰 黨同
朱子 固所甘心 而對面錯過 蜀黨儼臨 鵠汀大笑曰 不是不是 民蟑 朱門之子
路 余曰 在門墻則麾之 鵠汀曰 黨同朱子 漢兒希世 漢兒文弱 朱子分過 余曰
朱子千古義理主人 義理勝處 天下莫强 何憂文弱 鵠汀裂漢兒希世投爐中 曰
不必索言 自當理會

鵠汀曰 弘簡錄群書目 列鄭麟趾所撰高麗史 先輩顧寧人稱其得史家體 而恨
吾未之得見 無錫王晏所抄高麗紀略 斥外國不識大一統之義 其建國之始 紀年
係事 首揭賊梁僞號 余曰 高麗初興 實在朱梁貞明四年 中國既無一統天子 則
外國紀年將於何附見 鵠汀曰 亂臣賊子何代無之 而其僞定一時者 猶皆依倣先
王 而朱溫本末純是盜賊 以其篡奪次序尊爲帝統者 獨司馬光一人 以孔明正大
光明之識 謂劉豫州帝室之胄 則當時聞見之確 豈適後世圖譜之比哉 後之作史
者 不徵信於孔明而將安所取義 寇者 潛入他人之室而竊偸之謂也 孔明 帝室之
宗臣 自入其室逐捕他盜 天下何人道個不字 若諸葛子爲寇者 天下文書雖剔盡
義字 不妨喫著 其言昭烈 雖云中山靖王之後云者 尤令人氣短 雖云者 塗聽途
說 邂逅未定之辭也 有誰云之 朱溫云然乎 李昇本是權臣之假子 巧圖楊徐之基
業 及其得志也 又恥篡奪之跡 背義父於既骨 托鼻祖於文皇 天下姓李非獨隴西
柩前稱嗣邈佶猶然 乃爲予統於賊梁 援而比之於堂堂帝室之胄 抑何肝膽 以爲
朱氏代唐 四方幅裂 朱邪入汴 比之窮新 致恨於運歷年紀之不數 綱目書例雖
是大居正 猶不若益都鍾尚書(羽正)得其權衡也 其正統論峻斥司馬歐陽之非 以
爲三代及漢唐宋正統也 正而不統者 東周君 蜀漢昭烈帝 晉之元帝 宋之高宗
也 統而不正者 秦始皇 晉武帝 隋文帝也 雖非正統 而天下無久虛之理 則作
史者不可不予帝 至若曹丕王莽朱溫 義既不正 勢又不一云云 而猶不若長洲宋
實穎黜梁紀年之嚴 以爲王莽不得書新 祿山不得書燕 則全忠凶逆 誰得書梁

況當時晉岐吳蜀移檄興復　則唐室未亡也　共稱天祐至於二十年之久　則唐室猶
存也　晉雖唐室之賜族　乃以諸侯之宗盟　君讎國賊　手自誅剿　則是天下未嘗有
全忠之梁也云云　當時外藩不識中州共主之眞僞　或由慕華誠切　或由自衛境土
或由援結大國　以自鎭衆　扶服稱藩　奉其年號　事理無怪　但由後世作史者論之
眞僞較然　得失著明　中土文書　歲渡鴨水　敎遵太師　學宗紫陽　禮義著稱　由來
千載　春秋之義　責備賢者　余曰　雖以溫公之賢　黜陟之際猶有此失　況外國乎
敝邑雖同內服　而猶於中州無異穿壁借照　隔面模眞　又況見識夫曾到此乎　今聞
先生黜梁之論　不覺爽然自失　然則麗史王正　當係何處　鵠汀曰　此有當時晉岐
吳已例攷之則易定耳　遂起　開卓上小皮箱　亨山齁息如雷　時時頭觸屛風　鵠汀
笑而大聲高咏曰　木枕十字裂　亨山齁息卽止　須臾更齁　余乃大咏　木枕十字裂
鵠汀手拿小冊　瞠曰　會也　謂能爲漢語也　小冊卽擧子抄集便覽歷代紀年　鵠汀
披閱後唐莊宗紀年　自同光元年甲申　逆數至梁均王友貞貞明四年　曰　高麗建國
似在唐昭宣帝天祐十五年戊寅也　天祐四年全忠廢帝爲濟陰王　明年戊辰被弑
而唐之正朔猶寄於當時之諸侯者十六年　是亦公在乾侯之義也哉

余曰　卽今海內學問　朱陸何尙　鵠汀曰　都尊紫陽　如毛甡之逐字駁朱　這是天
性不畏王法　駁朱　合處少　拗處多　其合處未必有功於儒門　其拗處乃反有害於世
道　欲殺者爲知己　不打則不識情　罵祖罵佛　還是愛根　毛之駁朱　雖曰自居以功
臣　打得見血　孰信其愛　朱門結鄰宜不得不忙投臨安府　告了一道狀　包閻羅不問
曲直　拿了毛甡　先賞了三十竹篦　這毛甡忍過了　一看不攢　都呼打得好　包公大
怒　更喚壯健做公的加力猛下　這毛甡終不承了　毛甡平生自認　知我罪我在駁朱
朱子獨於春秋都不著手　大是通曠　補亡一章　消受了小兒輩許多利嘴　盡去小序
未免毒遭老拳　參同契註(日暮罷起　未了其說)

宋高宗二年　浙江路馬步都摠管楊應誠上言　由高麗至女眞　路甚捷　請身使三
韓　結雞林　以圖迎二帝　乃以應誠假刑部尙書　充國信使　浙江帥臣翟汝文言　若
高麗辭以金人亦請問津　以窺吳越　將何以爲對　既至　果對如汝文言

鵠汀筆談

昨日語尹公所 不覺竟日 尹公時時睡 以頭觸屏 余曰 尹大人倦矣 請退 鵠汀
曰 睡者睡 語者語 不相干 尹公微聞其語 向鵠汀數轉云云 鵠汀首肯 卽收談草
揖余同出 蓋尹公老人 因余早起 過午酬酢 其昏倦思睡無足怪也 鵠汀約明日設
朝饌 要余共飯 余曰 每談席常苦日短 明當早赴 鵠汀唯唯 次日五更 使臣起趨
班 余同起 因赴鵠汀 明燭而語 郝都司成相會 而尹公曉已赴朝也 且飯且語 易
數三十紙 自寅至酉凡八時 而郝公晚會先罷 故閱次談草 爲鵠汀筆談

余曰 尹大人昨日甚倦 客心不安 得無有視日早晚意乎 鵠汀曰 無是 尹公每
值午刻輒爲龍虎交 不欲令人見他熊鳥小數 並無倦客意 鵠汀問 尹公何如 余曰
神仙中人 先生與他舊契否 鵠汀曰 蓬簫桃李 門逕懸殊 此來證交一旬之上
鵠汀曰 公子當精幾何之學 余曰 何以知之 鵠汀曰 頭炕奇按司盛言高麗朴公
子精通幾何(稱我東曰高麗 如東人之稱中國曰漢 曰唐 諸人又或稱余爲公子) 言月
中有世界 當似此地 言地在太空 當一小星 言地當有光 遍滿月中 皆奇論 可
謂經緯天地 余曰 鄙人老 實未曾窺幾何半個字 前夜偶携奇公賞月前堂 不覺
奇興悠然 因此縱談不顧 乃一時談語 況此臆致 非幾何所推 鵠汀曰 不必過謙
願聞地光 此倘有光 未知受日爲光否 抑自發光色否 余曰 如夢讀綠字書 此刻
並已忘之 鵠汀曰 愚有平生獨見之語 而亦不敢向人說道 恐令海內諸公大驚小
怪 因此胎得痞結伏積證 冬夏苦劇 正恐先生感此證 余曰 不如此刻道破 收
幾年勿藥之效 鵠汀搖手笑曰 否否 余曰 客不先擧 禮也
少頃飯至 先置菓蔬 次茶酒 次餅餌 次豬炒卵 煮飯 最後至粳白而羹羊肚也
中國飲食皆用箸 無匙 勸酬留連 細酌佐歡 無長匙摶飯一飽卽撥之法 時用小勺
斟羹而已 勺如匙而無柄 如爵而無足 形類蓮花一瓣 余持勺試一舀飯 深不可舀
余不覺失笑 忙招越王來 志亭問何爲 余曰 越王爲人長頸鳥喙 志亭扶鵠汀臂
噴飯嗢噢無數 志亭問 貴俗抄飯用何物 余曰 匙 志亭曰 其形如何 余曰 類小茄

葉 因畫示卓面 兩人尤爲絶倒 志亭曰 何物茄葉匕 鑿破混沌竅 鵠汀曰 多少英
雄手 還從借箸忙 余曰 飯黍毋以箸 共飯不澤手 自入中國未見匙 古人飯黍 將
以手抔乎 鵠汀曰 卽用匕 不若是長 飯黍飯稻慣用箸 所謂操成習 古今亦自不同

余曰 鵠汀先生滿腹輪囷 定然難産 志亭問 甚麼 余曰 大驚小怪胎 鵠汀笑曰
合用兜羅綿湯 志亭曰 可謂囫圇吞棗 余曰 若非安期棗 無乃魏王瓠 鵠汀大笑
曰 是也 余曰 還不禁遍身燥癢 鵠汀曰 何處更請麻姑爪 志亭更請地光之說 余
曰 鄙人第以妄言之 先生以妄聽之否 鵠汀曰 不妨

余曰 畫則萬物照耀 夜則羣品黯黑 何也 鵠汀曰 此受日爲明 余曰 萬物自無
明體 其本質則莫不黯 譬則昏夜對鏡 頑然與木石無異 雖含照性 其不能自具明
體可知也 借日然後乃發光色 其反射處還生明影 水之於明亦猶是也 今夫地外
環海 譬則大玻瓈鏡也 若自月中世界望此地光 亦當有弦望晦朔 其面面對日處
大水大土相涵相映 受照反射遞寫明影 如彼月光遍此大地 其未及受日處 自當
黯黑如弦前初月 留掛虚魄 其土膚厚處 當如月中黶影扶疎 鵠汀曰 敝亦嘗妄意
地有光影 與先生所論稍異 余曰 不必相似 願聞其說

志亭顧鵠汀 連道幾句山河影云云 鵠汀掉頭連稱否否 余問 甚麼否否 鵠汀曰
先生纔說地光 郝公錯認山河影 余曰 佛說以月中婆娑爲山河影 是認月爲一圈
虚明 如鏡照物 俯寫大地 所謂凸凹形 亦爲山河隆窊 如畫副本 仰渲月中 皆非
地月本分 鄙說月中世界者 非謂眞有世界 本欲辨說地光 而無地可見則設爲月
中世界 如云易地而處 設使吾人易處月中 仰看地輪 應似地上望彼月明 鵠汀
曰 是也 先生此說 愚已明白會聽 旣有月中世界則自當有山河 有山河則自富
有凸凹 至遙相望 自應如此 不借大地寫得影子 第此地光云云 妄謂此非借日
出影 自有本分輝映 大凡物大則神守 物久則精凝 老蚌吐珠 光能不夜者 神精
所聚故也 地是可大可久 嵌空寶珠 則許大神精 自應光明 譬如君子 和順積中
英華發外 視彼滿天星河 都有出身光耀 志亭且讀且笑 打圈于月中世界 望此
地光 又打圈于地是 嵌空寶珠 曰 兩個先生當不免月中一走 訟明于姮娥娘娘
是時無追郝成作證 鵠汀大笑 打圈于訟明姮娥句

鵠汀曰 月中若有世界 世界如何 余笑曰 旣未及月宮一走 則安能知何樣開界
但以吾等塵界想彼月世 則亦當有物積塵凝成 如今大地一點微塵之積也 塵塵相
依 塵凝爲土 塵麤爲沙 塵堅爲石 塵津爲水 塵煖爲火 塵結爲金 塵榮爲木 塵

動爲風 塵蒸氣鬱 乃化諸蟲 今夫吾人者 乃諸蟲之一種族也 若使月界以陰爲地 則水其塵也 雪其土也 氷其木也 其火水晶 其金琉璃 未必月世眞切如是 雖鄙 人情量設辭 然亦安有許大成形 比德於陽 配體於日 而獨無一物氣聚蠕化乎 今 夫吾人者 入火則焦 入水則溺 然亦未嘗離火離水 以他界視此 則雖謂之居水居 火可也 今夫諸蟲水居 不獨魚鼈 雖鱗介爲主 亦有羽毛之族種種爲賓 雖魚鼈置 陸則死 亦有時乎深藏淤泥 是鱗介之族亦未嘗離土也 敢問職方之外 定有幾個 世界 志亭曰 以西人所紀爲信 則果有狗國 鬼國 飛頭 穿胸 奇肱 一目 種種奇 怪 非情量所及 鵠汀曰 不特西人所紀 於經有之 余問 何經 鵠汀曰 山海經 余 曰 環此大地 定不知幾處鱗皇 幾位毛帝 則以地料月 其有世界 理或無怪 鵠汀 曰 月世有無 不涉塵寰 則所謂越人肥瘦 無關秦人 前聖之所不論 今見先生之 言 使我塵煩頓除 如坐廣寒宮 衣氷紈 飮氷漿 與伯夷 於陵揖讓先後之也 乘桴 浮海 乃夫子別界妄想 若先生冷然御風 嘷也不敢後仲由氏 志亭打圈于別界妄 想 曰 吾不辭趦趄爲兔 躍躍爲蟾 相與笑哄一堂

鵠汀曰 吾儒近世頗信地球之說 夫方圓動靜 吾儒命脈而泰西人亂之 先生何 從也 余曰 先生則何信 鵠汀曰 雖未能 手拊六合之背 頗信球圓 余曰 天造無 有方物 雖蚊腿蚕尻 雨點涕唾 未嘗不圓 今夫山河大地 日月星宿皆天所造 未 見方宿楞星 則可徵地球無疑 鄙人雖未見西人著說 嘗謂地球無疑 大抵其形則 圓 其德則方 事功則動 性情則靜 若使太空安厝此地 不動不轉 塊然懸空 則乃 腐水死土 立見其朽爛潰散 安能久久停住 許多負載 振河漢而不洩哉 今此地 球面面開界 種種附足 其頂天立地 與我無不同也 西人旣定地爲球而獨不言球 轉 是知地之能圓而不知圓者之必轉也 故鄙人妄意以爲 地一轉爲一日 月一匝 地爲一朔 日一匝地爲一歲 歲(歲星)一匝地爲一紀 星(恒星)一匝地爲一會 看 彼貓睛 亦驗地轉 貓睛有十二時之變 則其一變之頃 地已行七千餘里 志亭大笑 曰 可謂兔嘴乾坤 貓眼天地 余曰 吾東近世先輩有金錫文 爲三大丸浮空之說 敝友洪大容又刱地轉之論 鵠汀停筆 向志亭云云 似傳洪字與號也 志亭問 湛軒 先生乃金錫文先生弟子否 余曰 金歿已百年 非可師授 鵠汀曰 金先生字號並有 著書幾篇 余曰 其字號並不記憶 亦未曾有所著 洪亦未曾著書 鄙人嘗信地轉 無疑 亦嘗勸我代爲著說 鄙人在國時 卒卒未果 前夜偶同奇公賞月 對月思朋 因境起興 不知所以裁之 大約西人不言地轉者 妄意以爲若一轉地 則凡諸躔度

尤難推測 所以把定此地 妥置一處 如插木橛 然後便於推測也 鵠汀曰 敝素眛
此學 曾亦一二窺斑 如服七椀茶 不復勞精 今先生所論 亦非西人所發 則吾不
敢遽信爲然 亦不敢遽斥爲非 要之渺茫難稽 而先生辯說甚精 如高麗磨衲 鍼孔
線蹊一一明透

志亭曰 如何是三大丸 如何是一小星 余曰 浮空三丸者 日地月也 今夫說者
曰星大於日 日大於地 地大於月 信斯言也 惟彼滿天星宿都不與此地相干 獨此
三丸自相隣比 爲地所私立 號曰月 資日爲陽 資月爲陰 譬如人家求火東鄰 丐
水西舍 自彼滿天星宿視此三丸 其羅點太空自不免瑣瑣小星 今吾人者 坐在一
團水土之際 眼界不曠 情量有限 則乃復妄把列宿分配九州 今夫九州之在四海
之內者 何異黑子點面 所謂大澤礨空者是也 星紀分野之說 豈非惑哉 志亭自信
斯言至瑣瑣小星亂圈之 鵠汀甚稱奇論快論 發前人所未發

余曰 鄙人萬里開關 觀光上國 敝邦可在極東 歐羅乃是泰西 以極東泰西之人
願一相逢 今遽入熱河 未及觀天主堂 自此奉勅東還 則不可復入皇都 今幸忝遊
大人先生之間 多承教誨 雖適我大願 然於泰西遠人無路相尋 是爲鄙人所恨 今
聞西人從駕亦在是中云 願蒙指敎 或有相識 幸爲紹介 鵠汀曰 此等元係監中奉
勅 道不同不相爲謀 且駐蹕之地 摠是日下 人山人海 尋覓自難 不必枉勞 志亭
辭晚問有冗 先起 收談草五六頁而去

鵠汀曰 洪湛軒先生頗能曉占乾象否 余曰 不是不是 曆象家與天文家不同 夫
以日用暈珥 彗孛飛流 芒角動搖預斷休咎者 天文家也 如張孟庾季才是爾 在璿
璣玉衡 曆象日月星辰以齊七政者 造曆家也 如洛下閎張平子是爾 漢書藝文志
有天文二十餘家 曆法十數家 判然爲二 敝友頗能留心幾何 欲識躔度遲疾而未
能也 嘗斥宋景三言熒惑退舍 處士加足 客星犯座爲史家傳會 鵠汀曰 古之號精
渾儀者 閎張以外 有蔡伯喈 吳之王番 劉曜 光初中有孔定 魏太史令晁崇 皆得
機衡遺法 而宋元祐中 蘇子容爲宗伯時 衆效古器 數年而成 及西術之來 中國
儀器盡屬笨伯 但其學術淺陋可笑 耶穌者 如中國之語賢爲君子 番俗之稱僧爲
喇嘛 耶穌一心敬天 立敎八方 年三十遭極刑而國人哀慕 設爲耶穌之會 敬其神
爲天主 入其會者必涕泣悲痛 不忘天主 自幼立四條信誓 斷色念 絕宦慾 有數
敎八方願 無更還故土戀 名雖關佛 篤信輪回 明萬曆中 西土沙方濟者 至粵東
而死 繼有利瑪竇諸人 其所爲敎 以昭事爲宗 修身爲要 忠孝慈愛爲工 務遷善

改過爲入門生死大事 有備無患爲究竟 西方諸國奉教已來千餘年 大安長治 其
言多夸誕 中國人無信之者 余曰 萬曆九年 利瑪竇入中國 留京師二十九年 稱
漢哀帝元壽二年 耶蘇生于大秦國 行教於西海之外 自漢元壽至明萬曆一千五百
餘年 所謂耶蘇二字 不見於中國之書 豈耶蘇出於絶洋之外 中國之士未之或聞
耶 雖久巳聞之 以其異端而史不之書耶 大秦國一曰拂菻 所謂歐羅巴 乃西洋摠
名耶 洪武四年 捏古倫自大秦國入中國 謁高皇帝而不言耶蘇之教 何耶 大秦國
未始有所謂耶蘇之教 而利瑪竇始託天神 以惑中國耶 篤信輪回 爲天堂地獄之
說而詆排佛氏 攻擊如仇讐 何耶 詩云 天生烝民 有物有則 佛氏之學以形器爲
幻妄 則是烝民無物無則也 今耶蘇之教 以理爲氣數 詩云 上天之載 無聲無臭
今乃安排布置 爲有聲臭 這二教孰優也 鵠汀曰 西學安得詆釋氏 釋氏儘爲高妙
但許多譬說 終無歸宿 纔得悟時 竟是一幻字 彼耶蘇教 本依俙得釋氏糟粕 旣
入中國 學中國文書 始見中國斥佛 乃反效中國斥佛 於中國文書中 討出上帝主
宰等語以自附吾儒 然其本領 元不出名物度數 已落在吾儒第二義 彼亦不無所
見於理者 理不勝氣者久矣 以堯霖湯旱爲氣數使然 敝友介休然先生 頗信氣數
之論 以爲氣數如此 本一理也如此 介號希菴 字太初 又字北宮翁伯 學貫天人
有翁伯談藪一百卷 北里齊諧一百卷 又有羊角源五十卷 今年六十餘 尙不廢著
書 羊角源一書 尤深天根月窟之理 地轉之說 如或有之 否也 其解說之如鳶飛
戻天 信足握固 魚躍于淵 恃膠弸漲 萬物莫不附地重心 地重心者 如電自包 其
不動處如輪有軸 此等皆其玅處 敝年少時 不肯細心一讀 只觀其多少題目 到今
亦忘其大旨 余曰 介希菴先生願於此刻拜謁 幸藉先生爲蟠木之容 鵠汀曰 介
非在是間 本蜀人 今在易州李家庄 販茶爲生 此距京師二百餘里 敝亦相見已
七年以外 余曰 希菴先生相貌何如 鵠汀曰 窈月高顴 閣老兆公(惠)薦介經行
于朝 特授江西教授 稱疾不起 介甞美鬚髥 一朝自斷其鬚 以明兆誤薦 仍授七
品帽服 有一達官 將薦其所著諸書 介欣然諾之 一夜廬舍失火 書皆燼 未果奏
余曰 先生疙證可以道破 鵠汀曰 僕元無此證 老革多姦 烹魚洋洋 何損君子
相與大笑 鵠汀曰 太初著書 實未曾燒 秘在其友董程董穡所 必傳於後無疑 公
外國人 僕所以暢襟一洩 余曰 介先生著書 多忌諱否 鵠汀曰 並無忌諱 余曰
然則何故秘之 鵠汀曰 比歲禁書 該有三百餘種 並是他君公顧廚 余曰 禁書何
若是夥耶 摠是崔浩謗史否 鵠汀曰 皆迂儒曲學 余問禁書題目 鵠汀書亭林 西

河 牧齋等集數十種 隨卽裂之 余曰 永樂時 蒐訪天下群書爲永樂大全等書 賺
人頭白無暇閒筆 今集成等書 並是此意否 鵠汀忙手塗抹曰 本朝右文 度越百
王 不入四庫 顧爲無用

余曰 前者先生何貶趙宋 鵠汀曰 不成統 太祖無鴻功偉業 邂逅得國 不過當
時印板天子 立經陳紀 每在顧成之廟 而太宗在家 未免負心之人 余問 燭影一
案若道是眞 奚特負心而已 鵠汀曰 此誠千古誣枉 是時太祖已大漸 爭朝夕耳
何苦作此大事 迹其行事 宜招是謗 此案元出胡一桂 陳桱私史 始於李壽之長編
乃吳中僧文瑩所著湘山野錄啓之也 一緗徒何從知此嚴密 大約下語 不無用意
遙見燭影搖紅 及聞大聲好爲 不過十數字 惹千古無限疑端 燭系昏夜之具 影是
熹微之事 搖紅乃倏翁明滅之光也 大聲者 不和平之音 好爲者 無別白之辭 遙
見遙聞 又是不分不明之際 眞成千古疑案 可謂狠筆 當時士大夫 一不是於不蹯
年改元 二不是於逼嫂爲尼 死不成服 積不是於廷美 德昭之死 如何厭得天下不
是底心 六國之士積怒嬴秦 必欲先六國而亡之 巧撰呂不韋一段奇貸 又況攄毒
於焚坑之餘乎 漢之策士 一番罵秦 便成奇文 燭影一案 並是此意也 仁宗英氣
巽於漢文而學識過之 神宗圖治勝於漢武而才略不及 建炎以後 無可足論 所可
痛者 忘讐認親 旣非天倫 那得稱姪 力屈而服 是爲畏天 稱僕稱臣 無奈天何
至若稱姪稱孫 辱孰大焉 當時士大夫欲免陪臣之恥 易臣爲姪 陰納其君於蔑倫
之地 其蔑倫敗常 石晉一轍 而重貴猶能坐招翁來 臨安君臣方此厭然稱賀 無識
甚矣 不講目前之急務 空談影事 誠爲可厭 理宗四十年格致之工 博得身後一理
字 可笑可笑 未知平生所窮之理 果是何樣物事 自古人臣莫不欲其君之典學 而
千載寥寥 僅得一宋理宗 然無益於勝敗存亡之數 置之龜山門中 可稱高足 其學
問遠不及目不知書之石世龍 邈佶烈 天下未可作漂麥看 仇士良致仕 誠其徒勿
令大家讀書 然如寶慶景定之間 天地四十年昏霧四塞 坐窮今古掩書堂 二頃湖
田一半荒 正道此時也 道君皇帝儘是名士 雖乏個東坡先生松筠氣節 其風流鑑
賞 未必遽讓于陳黃諸公 亨山大笑曰 勝比諸漢成 尤是浪蕩首 夏皇上勅諭講官
有曰 朕每觀前史 臣俊主驕云云 大成門右墻張榜是也 余曰 衛武抑戒 無以加
之 鵠汀曰 儘是(昨日 余隨三使入謁聖廟 時王鵠汀及鄒擧人舍是爲主人前導 大成
門窊 置烏石于墻 刻康熙雍正及今皇帝訓諭 其右墻帖新榜 乃皇帝勅諭講臣之文 大
矜自家之學問文章 歷詆前代右文之主無實得 徒增虛僞 殿上山呼 臨朝發嘆等 皆其

詔勅之語 大抵戒群下緣飾文義以詔上 爲人辟者徒恃己長以蔑下 余與鵠汀一讀 累累千餘言 皆自矜自誇 余問 殿上山呼 鵠汀言 經筵講討 人君有得 則左右皆叩頭呼萬歲 侍講得之 而人主賜可 則左右亦呼萬歲 歸美上躬 謂從善也 又賀其得善言也 漢陸賈每前奏一篇 上未嘗不稱善 左右呼萬歲者是也) 余曰 理宗 有宋垂亡之末主 其典學與否本不足論 而至以世主好學爲作聰明之資 則先生之言誤矣 苟使漢文宋仁之美質 漢武唐宗之英資 得兼程朱學問 則眞個堯舜不足讓也 何必預憂其詞章之末藝 記誦之流弊 徑要人辟之寡學哉 鵠汀掉頭曰 做不得 吾本不論宋理宗 亦觀宋史刑法志 殊令人憒憒 愚所論典學流弊 概論前代聰明英睿之主 正爲漢武唐宗設耳 先生所謂得兼程朱學問云云者 乃是設辭 這個設辭 眞令千古志士多少悵恨 余曰 何以多少悵恨 鵠汀曰 出師未捷身先死 長使英雄淚滿襟 這是多少悵恨 余問 甚麼 鵠汀曰 若使曹孟德恫痛而死 豈不是漢家齊桓 余問 這話甚麼 鵠汀笑曰 如先生所言 苟使若使等云者 乃是假設譬諭語 非眞的也 假使諸葛亮殺得司馬仲達 長驅入中原 豈不快哉 假令唐明皇還至馬嵬驛 逢楊貴妃嫣然轉眄 豈不快哉 假令宋高宗斬秦檜頭 豈不快哉 假令程朱兩夫子臨之九五之位 當一日萬機 復有一個程朱在傍 事事以堯舜責難 還當作如何悵心 李夫人轉身一見 當又作如何悵心 大約一代人主 除極昏庸大乖謬 號稱中主 黍商較挈 還勝當世之名碩 使當世名碩易地 則還有做不得處 余曰 自古帝王好臣其所教 不能親君子遠小人 故其趨在下風者 固是耽榮冒祿之輩 其不及世主固宜 若使明良相遭 則必不如此 明明揚側 立賢無方 則板築入夢 漁約協卜 乃能同德若彼有不求之 豈應天之降才爾殊哉 鵠汀曰 不然不然 做時不如說時 旁局勝似當局 所謂孟公綽優於趙魏老而不堪作滕薛大夫 此敝看史平心究竟處 使宋仁宗降誕濂洛之間 其道學之美 富不讓諸賢 紫陽平生精力尤深於四書 而其實仁宗先已風諭之 王堯臣及第 則於戴記中另賜中庸一篇 呂臻及第 則又拈大學篇以賜之 其學識之高明 迥出世儒 其表章二篇之功 已在范文正之先 後儒責漢文帝不立賈誼作相 爲漢業作無限缺望 復以斥張釋之高論 爲文帝卑鄙斷案 然其實文帝賢於賈生遠矣 不見賈生 自以爲過之 今不及 這是文帝由中語 非自屑屑與賈生較賢否 要欲大做 故量己料彼 先帝將相大臣 如何一朝令未經事眇然一書生彈壓調伏 宣室前席 已傾倒他困廩 要將老其才而用之 彼賈生 雅量不及李鄴侯 鄴侯由白衣相左轉至江西判官 未嘗爲此自貽伊戚 賈生常鬱鬱 欲吐出胸中

許多震耀　文帝善藏用　不露許多客氣　此文帝有工夫處　封三庶孽　分天下半　當時素富貴諸公　出自推鋒排刃　方安坐享鍾鼎　孰肯出頭赫赫做事業　文帝固已先賈生痛哭太息矣　賈生不勝其躁擾　乃發憤指切　言某事作痛哭太息　所謂立談之間　遽爲人痛哭　果作如何駭惑人　梁楚之劍客　先剚袁盎之腹　河朔之死士　當碎裴度之首　文帝固已慮及於此耳　余曰　爲國譬如圍碁　人君　當局者也　人臣　傍觀者也　先生所謂旁局勝似當局是也　當局迷時　何不聽他旁局提訓　鵠汀曰　否否　馬上得之則每誇十指生血　踐阼守成則衽衣女果　若固有之　舉天下之事　盡屬之陛下家事者久矣　此千古不易之案　若消得一朕字時　便是立地堯舜　若遺不得這一字時　有誰敢伸手出袖　孔子誅少正卯　未免震主之威　周公營洛邑時　還犯東帝之嫌　三代以下　經術大臣無如王莽　王莽初非利天下　篤信聖人　要驗平生所學其自任以天下之重　何嘗以事君爲悅者　第其稟性躁擾　與其坐談堯舜之道　不若施之當世　驗之行事　必欲於吾身親見之　余笑曰　聖人何嘗教人作賊　鵠汀亦大笑曰　此論人臣做時　不如一代帝王之證　黃老治天下　或能收一代之效　經術做時未嘗不壞人國　塗炭生靈　王介甫學術　非范韓諸公所及　要之　賈誼王莽介甫方遜志　一例躁擾人

有一人衣蟒袍　掀簾入坐椅　不著補服　亦不着帽　熟視余語云云　余對不解　其人與鵠汀耳語數轉　卽起去　余問　彼是何人　鵠汀曰　這是濟南人　姓鄧名洙　見任戶部主事　這個矗莽漢子　何所見而來　何所見而去　余問　這位是先生親知否　曰否也　但知其鄧誅而已　俄刻不識貴邦爲震朝同文之國　余問　濟南尚有白雪樓否　鵠汀曰　疎舊樓初在韓倉店　後改作于百花洲上　在碧霞宮西　今趵突泉東有白雪樓　乃後人所建　非舊蹟也

余曰　先生貴黃老而賤經術　縱國賊爲篤信聖人　推王介甫賢於范文正　抑揚太過　經術爲壞天下之具　聊試鄙人否　鵠汀曰　先生如此見罪　小子何敢復言乎　余曰　先生所論皆高遠　非拘儒陋見所可幾及　不無河漢之驚　非敢以先生爲處士橫議也　鵠汀曰　可感先生納污之量　大約天下事　不可詭遇獲禽　亦不可枉尺直尋　如此處置　都無說話　仲尼之門　五尺之童羞稱五霸　如此立論　更無一事　韓昌黎所謂　人其人　火其書　還應天下太平　董仲舒所謂　正其誼　不謀其利　還應天下道不拾遺　且道先生三代已下　經術做治　還得幾人　倉公醫人　火齊湯要煎大黃四斤二百年之間　張仲景八味湯已用附子五兩　轉頭之頃　古今不同　伯夷叔齊叩馬之

時 還有扶去之太公望 若道天下無兩是雙非 則這兩老子中 一個當不免黑龍江刺配 大約天下事 譬如兩頭引緪 引緪絶處 短者先沛 更不言初時力敵 故天下有逆順而無是非 既有皎然成敗之跡 則逆順二字還爲燈後耳語 凡談道者 如烏藏肉 烏之藏肉也 望雲而識之 雲則去矣 藏失故處 天下無鑿成底義理 隨時推移 經生措事 多少望雲客 余曰 雲去肉不逃 雖時移事往 古今不同 然義理自在 特人不索之耳 鵠汀曰 都是先入定關中者王之 余曰 經術壞國 豈經術之罪也 陋儒只盜經術之名 所以亂天下者 皆經術之糟粕也 若能眞用經術 向所謂天下之田始可井也 天下之諸侯始可五等也 鵠汀曰 先生眞個認僕大膽斥經術否 古來言者未必有其心 作者未必有其言 一部虛僞世界 先生所言 還是丹家一套語 余曰 何謂丹家套語 鵠汀曰 文成將軍食馬肝而死

余曰 聖人亦不肯就小動手 此不無古今之異 湯七十里 文王百里興 孟子動引股 周以說時君 然滕文公 天下之賢君也 而作之主 許行 陳相 天下之豪傑也 而爲之民 至於班祿經界 已擧大綱 而未嘗眷戀於滕者 所謂絶長補短 將五十里不過 爲大國師 碌碌不足與着此經綸大手 齊魏之君至不肖 猶眷顧迴遑不忍去者 以其土地之廣也 人民之衆也 兵甲之利也 貨賂之多也 因其勢則易爲力焉 所謂以齊王由反手 鵠汀曰 孔子曰朞月 孟子則已言五年七年之別 道非加尊於齊而有貶於滕也 古今之形殊而大小之勢異也 孟子決不先言帝王 令人倦睡 余問 衛鞅先言是何許帝王 鵠汀曰 特假黃帝堯舜之號 謬爲汗漫沒要之語 故令人厭聽 此孫子三馴之術也(鵠汀於論辨古今人物 學術義理 類多抑揚縱橫 蓋欲有意試余 而余初不覺 猶恐見笑大方 問荅之際 僅自守樸 鵠汀每下筆數牘 而欲有所言 輒復含糊 余晚始覺之 出孟子一段以試之 鵠汀主論亦醇如也) 此下數端失之語不相屬

鵠汀曰 諸葛武侯學出申韓 却是冤 邵未嘗細心讀書 如後世經生 然其於孟子邵見得大義分明 其胸中鑄得一公字 眼中都不見成敗二字 三代以還 獨孔明一人可當大臣之責 其論治道則曰 宮中府中 俱爲一體 其勉君德則曰 不宜妄自菲薄 引喩失義 其自任以天下之重則曰 諸有忠慮於國者 但勤攻吾之闕失 此可謂萬世身死勿補大丞相 余曰 取劉璋 豈不是枉尺直尋 鵠汀曰 未必孔明教佗座中襲取 劉璋合當聲討 不宜學螳螂捕蟬 自其父焉據全蜀天府之國 不佐諸侯討國賊 此其意何在 劉表擁荊州九郡之地 興學校 陳雅樂 此何等時也 而其雍容若

是 若究其無漢之心 當先正同姓諸侯之罪 此草廬高臥之日 久已憤懣於表焉之

徒 苟有一帝室之胄 信義素著者 明目張膽 必先權操而致討 程朱每恨孔明學未

純正 爲取蜀惜 然跨有荊益 本是草廬開卷第一義 此孔明眼明國賊 學術正大處

但劉焉有可討之辭 而在璋則無詐取之義 荊州無代據之勢 而於琮則有襲奪之機

劉琮明以國士納賊 昭烈明以大義取之 則天下夫孰曰不可 抵死守信於荊州 忽

露姦雄於益州 不食嗟來 竟未免扮臂 余曰 使個鴛鴦脚 踢倒支離疏 鵠汀大笑

曰 先生亦會使官話(我東俚語 侮弱奪物謂奪小兒染涕餅 又謂踢矮座頤 余於路聞

題官雙林責其僕與人爭詰 有鴛鴦脚云云 蓋與踢頤同意而句雅 此刻語次 以華音用

此語 而口鈍不成聲 鵠汀不識爲何語 余書之 鵠汀大笑 有此譏)假使成王殺周公

召公豈敢曰在家不知 朱子答魏元履書亦論昭烈不取荊州於劉琮迎操之日 狼狽

失據 則乃出於盜賊之計 謂之經權俱失 然愚謂是時雖得荊州 亦守不得 曹公

已以八十萬壓境 焉能以區區新造之荊抵當得它 不如堅守廉讓之節 還剩得天

下信義之聲 所以不取於迎操之日 此經權俱得處 劉璋暗弱 不恤士衆 草廬初

見之日 已質其兼弱攻昧之術 當不曾教他詐取 致堂胡氏規規以玄德公從遊盧

植陳元方鄭康成 眞個以經術學問之士推之 可笑哉 這時雲蒸龍攄 啖人不俛眉

之梟雄 無事則愁欲哭 有聲則起問變 天地間獨患無身 急則棄妻子走 何有乎

劉璋小猴子 此刻孔明決不當西向呼苦 後儒徒執成跡 責備先主 遽欲出湯武之

右 此亦後世私意於湯武一二事 敢怒而不敢言 於伊呂例用庇護 滔滔千古 一

座東林 牢不可破 伯禽被撻 竟是何罪 正恐夫子未出於正 一例事功 分貳心跡

此後儒黨比之習 伯仲見伊呂 此善評也 大約千古君臣俱有斷案 一夫一婦不獲

其所 若己推而納之溝中 爲人主者舉有是心 至若推斯心加諸彼 則殺一不辜行

一不義王天下 不爲也 斷無是心 此後辟之斷案 雖暴君暗辟 猶或有納忠獎直

之舉 雖一代之賢弼 未聞甘受勤攻 自開言路 在人主 則雖雍齒之讐 或能恃而

不恐 在人臣 則雖韓富之賢 歿身不能釋憾 此千古人臣之斷案

　余與鵠汀共處五日 每談次 頻發嘆息之聲 其聲唱 古所謂唱然太息者是也 余

問 先生平居 何頻發嘆也 鵠汀曰 此吾痞證 噫氣遂成長唱也 平生讀書 千古不

如意者十常八九 安得不成此痞患 余曰 讀書時每發三嘆 則先生所嘆 當多賈傅

六萬太息矣 鵠汀笑曰 天下事每隔一水 只爭濟不濟耳 敝讀書至 夫子臨河 曰

某之不濟 命也 吾未嘗不三嘆 項羽不渡烏江 未嘗不三嘆 宗留守三呼過河 未

嘗不三嘆 只此九太息 已多賈傅六太息矣 相與大笑 余曰 頭厄已發 志士萬太
息 鵠汀色變 已而色定 裂頭厄投鑪中曰 魯人獵較 某亦獵較 豈不是時中之聖
李卓吾忽自開剃 這是凶性 余曰 聞浙中剃頭店 牌號盛世樂事 鵠汀曰 未之聞
也 是與石成金快說同意(前日與鵠汀語 有頭口足三大厄之說)

余問 明朝立國何如 鵠汀曰 禮稱勝國是也 不必論 孔子稱殷人賢聖之君六七
作 宋朝無可觀 武力不競 范韓有其責 立國規模如突世詩禮家 其子弟雍容尊俎
未嘗疾言遽色 僮僕委蛇階庭 不見急步大唾 第是揖讓未畢 釘豆已爛 寢廟方焚
祝史是招 余曰 可做禮樂否 鵠汀曰 固不乏多方依樣 漢世如飲邏羅燒酒 氣猛
酩酊大醉 歌者 哭者 舞者 罵座者 使得天眞都出來 宋朝如飲其退糟 相顧稱醇
泊然整容 雖終日不亂 眞意都喪 宗室大臣未見一河間獻王 有誰鄭載堉 余問
鄭是何代人 鵠汀曰 前明宗室鄭王之世子 名載堉 著律呂精義 前明可謂金聲而
玉振之 余問 何謂 鵠汀曰 始終本末 終是光明 無一苟且 余問 果能若是否
鵠汀曰 太祖云云(點筆而向余云云 不肯書 似是掃逐胡元 爲正大光明也) 建文大
內壽終 大奇事 唐元宗竟未免銅絲籠彼天靈蓋 余問 甚麼 鵠汀曰 李輔國椎碎
張良姊常進鷗腦酒瘖肅宗 天順復位 大是奇事 千古無雙 天子被拘 孰能免行
盃執蓋之辱 崇禎十七年 拜得五十相 用人之顚倒如此 其作事無漸可知 君子
寧有玉碎 不爲瓦全 這是大居正 其興亡可謂千古無雙 余方細書 四海遺黎 鵠
汀遽曰 本朝得國之正 無憾於天地 叛業者莫不爲仇於革命之際 國朝還有大恩
於定鼎之初 爲前朝報讎 惟我朝是已 八歲小兒渾壹區夏 自生民以來未之或有
也 我世祖章皇帝 初非有利天下之心 只爲天下明大義 復大仇 拯救斯民於血
海骨山之中 天與之民歸之 首褒殉難之臣范景文等二十人 往歲皇上追查崇禎
死事諸臣 通與忠愍 愍節等諡 一千六百餘人 大公至正 扶綱植常 自三五以還
未之或聞也 有天下者無庭內慚德 然後能享國久長 余求見乙未十一月內閣奉
諭崇禎死事諸臣獎忠詔 鵠汀許夜間謄示

余問 前者先生言 前乎夷齊者 太伯仲雍 後乎夷齊者 管叔蔡叔者 何謂也 鵠
汀微笑不答 余強之 鵠汀曰 自古義理譬如鎔金注範 金無自成 隨範爲器 又似
觀貝 自有定色 而觀者正側各自不同 決東決西 只此一水 余曰 激水在山 豈水
之性 鵠汀曰 正爲天下事多倒行 孔子曰 太伯三以天下讓 商辛之於太伯之時
未及胞胎養生 古公之於諸侯之國 不過要荒附庸 未知當時天下竟是誰家 未知

太伯三讓果向何人 朱子言季歷生子昌 有聖德 太王因有翦商之志 此謬也 可謂太早計 克昌吾家則有之 豈合因此妄希非望 朱子又謂亦出於至公之心 說得非是 未知至公 果是何心 但周家肇基之迹 必有其故 而後世無傳焉 孔子忽嘆到太伯身上 而周家肇基之迹 隱然有甚樣物事 雷公駁朱 還如刁民具控 余問 雷公誰也 鵠汀曰 毛奇齡 國初大家也 余笑曰 毛臉雷公 鵠汀曰 是也 又稱蝟公謂其遍身都是刺也 余曰 西河集愚亦曾一番驟看 其經義效證處 或不無意見也鵠汀曰 大是妄人也 卽其文章亦如刁民具控 毛蕭山人也 其地多書吏 善舞文故明眼人目毛曰蕭氣未除

余曰 文王乃太王季子之子也 見小孫聖德之時 太王壽考當不下百歲 自岐雍至荊蠻 道里不下萬里 捨百歲之親而採藥萬里之遠 所謂三年之病求七年之艾也然而孔子稱太伯爲至德 朱子稱太王爲至公 非如伯夷太公之不相悖也 由太伯而論 則太王不應爲至公 由太王而論 則太伯不應爲至德 聖賢至微至精之旨 有非膚學淺見所可窺測 而鄙人亦不能無疑於此也 鵠汀曰 先生說得是 然亦不可迫人於隘 蘇子瞻只外面看 遽斥武王非聖人 此子瞻讀書粗處 論語稱文王至德 三分天下有其二 猶服事殷 其集註以爲荊梁雍豫徐揚歸周 而屬紂者惟青兗冀 此誤也 愚謂三分 非如蜀漢吳魏之鼎峙也 如虞芮之斷訟而退 三分天下之心 二分歸周也 乃若莽操則眞據天下二分之勢而已廢服事之禮 文王則眞得天下二分之心而不知有我 不見紂惡 若子弟之服勞於父兄 夤夜自行於臣道之中 非如說者之謂眞有九州之六 其勢足可以代商而姑爲此盡臣分爲恭也 苟如說者之言 則孟德之周文王 曷足爲至德哉 三分乃分數之分 其至德正爲文王 若愚人然 都不辨是非 後世所謂天與人歸者 於我何哉 朱子以爲高於武王是也 天下有視其身爲龜毛兔角 則紛紛以天下看作大事者 不過鷦巢鼴飲而止耳 上世固不乏此個學問則孔子未必過許於太伯 而太伯是個頂天立地之漢子 太王是個強戾忍詬底爲人余曰 史記論伍子胥強戾忍詬 莊周稱殷湯強戾忍詬 鵠汀曰 是也 仁而能殺 禮而能武 智而能問 勇而能伏 信而能變 此強戾忍詬底性情 不如此 亦不能撥亂反正 大約肇基剏業者 非挾風霜 不能乾淸坤夷 天地交革 非風霜雷雹 不能成歲 十月之交 乃天地革之時也 安得無大震剝乎 周公鋪迷先懿 好作一篇神道碑玲瓏共玩中秋月 誰道前宵雨打窓 後世眞認太王無心於天下 點檢醉睡渾不知何異庖丁磨刀念經 不容榻外他人睡 肯自營中醉似泥 太伯至德不在讓天下 讓

天下 孔子倒敍將來事 其至德正在民無得而稱焉 非愚則聾 都不識商室有何許惡天子 還未省家裡生出何許聖德兒 自家未免大癡不慧人 非我太伯忘天下 天下都忘我太伯 所以民無得而稱焉 朱子以爲高於文王是也 春秋傳稱太伯不從 是以不嗣 此妄也 太王將喋喋與謀之 而太伯將侃侃然諫之乎 若使天下稱至德 時 還敗乃公事 此吾所謂頂天立地的漢子 向所謂前乎夷齊者 只從語註一番說 與今說不同 余曰 後乎夷齊者 管叔蔡叔 然則先生亦將比德管蔡於太伯乎 鵠汀 曰 敝本旨與此不同 只漢家剏業正大光明 非謂管蔡還有至德也 有稱管蔡殷室 之忠臣 文王之孝子者 此雖慎曲學之阿世 激陋儒之苟同 然如此立言 豈不悖哉 僕只惋徒看古今成敗之迹 曲成義理 義理之上疊帽義理 所謂揚之則出青天 抑 之則入黃泉 吾儒亦不無縱橫之習 抑揚太甚 亦一縱橫也 漢平始中 王莽不受新 野田 吏民守闕上書者前後四十八萬七千五百七十二人 諸侯王公 列侯宗室叩頭 請加安漢公九錫 以當日論之 則翟義陳豐 豈不是流言之管蔡 若使管蔡得行王 法於周公 公案已成 則雖有千手觀音 難扶姬某 余曰 王安石詩 假使當年身便 死 一生眞僞有誰知 不令便死 使聖姦立判 豈非天意 鵠汀曰 這非荊公詩 乃樂 天作也 周室固多變之家 周公多謗之聖 揯斗折衡 縱捨盜賊 雖是吊詭之論 而 洞照百代之弊原 孔子作春秋 自述其功罪 則周公制作 固將自傷爲禍首 近世造 墨者皆倣詹成圭製 造針者盡借李公道名 唐太宗將藉口於齊桓公 則急購副本之 管夷吾 魏徵 天下之姦人也 應聲而出 唱倡大嗃 抗顏中天下而立 曰 管仲在此 有問 爾管仲 何不死于子糾乎 魏徵仰看白日曰 聖人許我不死 問曰 何許聖人 周全汝乎 對曰 魯國之孔夫子 多聞博識 至公血誠之聖人 萬世之師表 一唾落 地 爲金爲石 質諸鬼神而無疑 建諸天地而不悖 俟百世聖人而不惑 問曰 夫子 何嘗許汝不死 魏徵揚聲曼詠曰 豈若匹夫匹婦之諒也 自經於溝瀆之間而莫之知 也 豈不是仲尼許我 此非但魏徵自解脫 所以投契太宗 平生獻媚處 若要當里保 正 飛報四隣手木 則夏侯令女恐無截耳之日 余曰 何不再問於魏徵曰 小白 兄 也 子糾 弟也 管仲 子糾之不成臣 鵠汀曰 是也 魏徵與秦王世民 俱是大唐太 子建成之臣 魏徵發迹黃冠 乃是米道 其十漸之疏 若耳提面命 市門謎語 千古 無殺死之仲父 則貞觀天子不須殺我田舍翁 君臣駈儈 上下征利 此今古成敗之 一大斷案 成敗二字 非可形於儒者口角 侯之門仁義附焉 帝範一書 眞是摹堯裝 舜 吾儒所說天命 跳不出氣數二字 這個氣數 還是成敗之迹 常時說天與之人

歸之 這是一套笨話 古來逆取順守者 何莫非天命所篤 誕后稷之穡 有相之道 何莫非神享民安 日聞漢民頌莽功德 未見虞神吐晉馨香(鵠汀此語陰有所指 非泛論歷代也 雖極口每誦清得國之正 談說之際 時露本情 特借歷代逆順成敗之迹以俯仰感慨)

余曰 但說氣數 則天地間都無著手處 聖人罕言命 所以爲世立敎不得不如此 然時來風送滕王閣 運去雷轟薦福碑 天地間都是時來運去 鵠汀曰 然 所謂財成輔相 天工人代 自世敎看 雖云順理 自天意看 還有傷巧悖拂 余曰 人有恒言 天不容僞 而方其興也 王霸之詭言氷堅 天亦從僞 至誠禱祝 未必遂願 而方其亡也 張世傑之瓣香祝天 快副其誠 天下之至公莫如鷄鳴 使孟嘗得脫虎口 則一人戞口 萬鷄隨唱 天下之大信莫如潮汐 使宋朝莫能復延 則錢塘江潮三日不至 興亡之際 鬼神造化之迹 亦有僞信互用 誠詭並行 其所欲與者 未必天之所說 而潛扶默護 曲有恩意 其所欲奪者 未必天之所憎 而殘忍慘毒 若報深仇者 何也 鵠汀曰 我朝貝勒博洛統兵趨浙營於江岸 而是時江潮又連日不至

余問 中國所稱攝政王 誰也 鵠汀曰 這是睿親王諱多爾袞 我皇清之一個周公 順治元年四月 賜睿親王御前纛纛 自盛京統領大軍 方進向寧遠 而流寇已碎皇城 則平西伯吳三桂迎我師入關 復讐除凶 睿親王諭示官民 取殘不殺 共享太平之意 民大悅 五月 睿王進朝陽門 御輦陳明鹵簿 受明文武衆官朝賀武英殿 余曰 是時天下都是睿親王得之 何不遂自做天子 鵠汀曰 故是我聖清之周公 當時事亦還有做不得處 當時諸親王個個英勇 人人豪傑 我世祖九月入京師 外則江左未平 內則親賢翊輔 余曰 當時諸親王 功德如攝政王者幾人 鵠汀曰 列聖實錄未及遍班中外 則宜先生未知也 明亡後 福王稱尊江寧 改元弘光 順治二年五月 豫親王統師南下 乘勝渡江 直抵江寧 福王遁入蕪湖 六月 爲總兵田雄馬得功所縛降 余問 豫親王名爲何 曰 多鐸 其英武不下睿親王 英親王名阿濟格 追剿自成 肅親王剿擊張獻忠 親射殪之 快雪神人之憤 肅王名豪格 天所建也 孰能當之 余曰 弘光若斥馬士英輩而全伏史可法諸賢 則江南之地如之何不世守也 鵠汀喟然歎曰 天所廢也 孰能興之 迹其行事 幽厲桓靈曾所未見也 睿親王遺史可法書 引春秋大義君弑不討賊不當立君以責之 且說之曰 闖賊手毒君親 中國臣民未加一鏃 朝廷除棄宿嫌 爰整虎旅 掃滌凶穢 爲天下復君親之讐 首崇懷宗帝后 咸如典禮 國家之定都燕中 乃得之闖賊 非得之明朝也 宜削尊歸藩 永綏

福土 朝廷待之虞賓 史可法答曰 國破君亡 社稷爲重 迎立今上(鵠汀自註 謂明
福王) 天與人歸 殿下入都 爲我帝后發喪成服 凡爲大明臣子者 孰不感激圖報
而乃欲引春秋來相詰責 若坐昧大一統之義 將何以維繫人心 莽移漢祚 光武中
興 丕廢山陽 昭烈踐阼 懷愍北轅 晉元嗣基 徽欽蒙塵 康王纘統 是皆亟正位
號於國讐未報之日 而紫陽大書綱目不斥爲非 云云 皇上御製書事一篇 明定是
非 又御批通鑑輯覽 大公至正 欽許 福王稍能奮志有爲 則未嘗不可同宋之高
宗南渡偏安 乃任用馬阮奸黨 是非顚倒 雖史可法力矢孤忠 無奈乎一木傾廈
欽此 聖諭可與天地同大 自古廢興 有數如此 柰何奈何 柰日 史可法書又曰
貴國夙膺封號(余亦自註 貴國 原書謂今皇淸) 今驅除亂逆 可謂大義 乃反因以
規此幅員 爲德不卒 是所謂以義始而以利終也 其書可與日月爭光 鵠汀大驚曰
公外國人 何從讀此(兩書俱載李玄錫明史綱目 而鵠汀之意 似以余爲外國人 當未
能詳知明淸之際 故爲之備說史之答書 而截註下段夙膺封號等語 其意以攝政王入關
事爲與國之救災卹難 故余爲繼誦 則鵠汀驚其能備知此書) 余曰 史公此書亦系禁
書否 鵠汀曰 不是禁書 皇上手親載之御撰諸編 我朝寬大不諱 前代所稀 余曰
這兩書義理孰是 鵠汀微笑曰 互引春秋而斷爛已久 俱稱天命而孰聞諄諄 隨卽
抹去 余問 睿親王身後緣何被籍 鵠汀搖手曰 多少說得長 鴟鴞之詩所以作也
程子稱金縢如近世祝文 當焚埋而重其事 故藏之金縢 此巧就周公 若然 則李
宸妃水銀殯歛 亦一金縢 華林鳴蛙 爲公乎 爲私乎 大約爲世敎立言 不得不爲
之遷就 則各尊所聞 又從而爲之辭 宋之士大夫喜談理學 然心與佛敎者有之
躬行道敎者有之 廿一代全史 都是演義 十三經注疏 太半傅會 諸子百家之語
多少寓言 此等區區自得 不可獻諸君上 不可傳與子孫 不可輒向同懣强辨 今
逢海上異人 畢生無再會之地 又安得不激我衷情 因潸然淚下 又大笑曰 邵堯
夫每事分作四柱 大是局滯 余問 如買盆 占其成毁否 鵠汀曰 如春夏秋冬 仁
義禮智 皇王帝伯 金木水火 其學術無活機 似精而實粗 朱子評康節不及張子
房 又評其姦雄手段不及莊周十倍 逃不得朱夫子光明眼 朱子評莊周 其論道體
甚好 其名理非後儒所及 此朱子公明處 余曰 盈天地間萬事萬物 非朱子勘定
便似贋本 鵠汀熟視余 良久曰 後朱子而生者 皆土木形骸否 偏聽陳亮 則按唐
仲友 恐傷於刻 誤解通書 則抵史局書 似涉於誣 所謂無極而太極 不知怎地話
一筆句之可也

余曰 上國文敎訖于四海 敝邦雖被東漸之化 而中外旣殊 則卽如立國規模 傳受心法 莫得而知也 鄙人不無悵恨於同文之域 鵠汀曰 立國規模指得甚麽 余曰五帝不同樂 三王不同禮 卽如夏尙忠 殷尙質 周尙文 鵠汀曰 觀其所因 則雖百世 可知其損益 昔人以天下比之金甌 今日金甌卽如善熟之西瓜 余曰 金甌無缺而西瓜易破 鵠汀搖手曰 否也 西瓜外靑內黃 多仁爽利 所謂藏天下於天下 徵前朝流寇之患 凡賑貸之政靡不用極 外兼三王而內濟二敎 驅策天下士大夫 囿之文敎名分之中 而小民自行乎其素 前代强本弱枝之術 不過隳名城殺豪傑 不然 則徙諸田屈昭於關中 而不識所以撫綏之方 本朝文謨武烈遠過前代 尊尙儒術 專畀中土 陰銷豪傑不逞之心 推廣封典 遍加外藩 潛分夷狄兼幷之勢 挫抑滿洲 待之以鞢韐弓馬之事 以壯根本之地 頻開河功 聚天下奇技淫巧之士 以慰游食之徒 恭己正南面而已 夫天下何思何慮 堯舜垂衣裳而天下治 蓋取諸乾坤民可使由之 不可使知之 此堯舜之意 而孔子述之而秦人用之也 余曰 又是奇論願聞其說 鵠汀曰 耕鑿隨分 帝力何有 此微服康衢暗歡喜處 自衛反魯 刪詩書正禮樂 此爲世道迫不得已處 破封建壞井田 焚詩書 坑儒生 此一統天子大有爲處 自古帝王 比德於堯舜則喜 比德於秦皇則怒 而未聞學堯舜者也 於始皇則祖述之 憲章之 未聞有一代之主 令天下曰 此堯舜之事 其議行之 此亡秦之事 其議罷之 此所謂十三經廿一史都無開卷處 宰相比之蕭曹則逡巡而不敢當 比之鞅斯則欲食肉而寢皮 然自蕭曹房杜 號稱一代之良佐者 皆鞅斯之罪人也 彼鞅斯猶能强公杜私 上下相信 然功烈如彼者 罪在所學 蕭曹元無可罪之所學 僅能自免於其身爾 得乎上則失於下 媚乎民則猜於君 未知一代之贊治何事 隔架遮欄一失手則倒撞下來

尹亨山自班出 直至談所 余與鵠汀下椅肅揖 尹公忙扶余坐椅 出懷中鼻烟壺以示之 紫瑻瑚造成也 尹公又自懷中出黃褓 裹異錦二匹 解而示余 鵠汀連稱欽賜 尹公滿面喜色 一鴉靑羽緞 繡桃花 一醬色雲紋緞 金線繡仙佛 亨山忙閱談草一頁 卽涉筆曰 建文大內壽終 元無是事 王先生傳聞之誤 鵠汀曰 傳疑亦一史家體 余曰 吳亮擲鑾故事豈不是眞 鵠汀曰 固多前輩辯說短長 此等不必索言必無 萬一眞時 豈不是千古奇事 白龍菴故事 雖係籬落臥被之書 亦一歸來望思之臺 筆筆心頭血 一落染天地 余問 史仲彬致身錄 豈後人擬作否 鵠汀曰 環佩空歸月夜魂 年年杜宇哭冬靑 此苦心人妄想也 亨山曰 昨王先生言漢輿無慚德

可興禮樂 說得非是 發號出令於朝廷之上 雷動風行 仁聲所及 四方億兆皆得以
攷其得失 其閨壺燕私之時 隱行細德 有非外庭所得而知也 故必有賢宗室如河
間獻王者 爲之歌咏敍述 又妙能審音 然後可以合其德 所謂琴瑟友而四時和 律
呂調而萬物統也 漢之樂歌 安世房中最似近之 而獨枕一宦者股 仰數未央宮椽
元首叢脞 大風之烈委地矣 至於辟陽之慚 外庭難諱 人彘之酷 神人共憤 則造
端之始 觀刑可知 薄姬 魏豹之美人 孝景王皇后奪之金王孫 陰麗華之寤寐思服
未知誰所歌咏乎 王室至親 無如河間之賢 而關雎之化 螽降之美 非所可論 故
樂自樂而德自德 從可知也 余曰 白登奇計是甚麼奇計 鵠汀曰 其計秘 世莫得
而傳焉 余曰 這條奇計 莫不是城下長跪 事不自媿 緣何秘之 尹公大笑曰 發
前人所未發 余曰 是時冒頓當不會講銜璧輿櫬許多儀注 鵠汀曰 自古中國未嘗
得志 康居授首 頡利起舞 是要啼偶打 余曰 先天下之憂而憂 則萬乘眞個苦
漢高祖枕股仰屋時 八年經營 所得何事 霜降水落 回首齒冷 想應是時天下都
似雞肋 亨山曰 宰相亦然 酒色財氣都喚不應時 想到五雲唱名 是誠何心 鵠汀
曰 老爺穎尾求田著數筆點綴 亨山大笑曰 眼前汲汲 都是身後計 蠶老自成繭
非期衣繡人 余問鵠汀 尙不廢省圍否 鵠汀曰 已付鄧禹 笑人寂寂 問 先生如
何 余曰 一樣 鵠汀曰 白頭荊圍 士之恥也 亨山把筆欲書 先自大笑 向鵠汀語
鵠汀亦大笑 余曰 兩先生如此嗢噱軒渠 當有絕奇事 鄙人不識裏面 無以捧腹
助歡 兩人尤大笑絕倒 亨山曰 康熙己卯省闈間 有百二歲擧子 姓黃名章 廣州
佛山諸生也 自言今科且未中 來壬午省闈 亦未可中 至歲乙酉 吾年百八歲 始
當獲雋 尙有許多事業爲國家効力耳 余亦不覺絕倒 問這黃章果中乙酉科否 兩
人掉頭 尤不耐笑 鵠汀曰 這簡不中時 都快留作世間缺陷事 若符其言時 都沒
味也

亨山曰 先生來時 曾游千山否 余曰 千山迂行百餘里 且緣行忙 只望天外數
點螺鬟 亨山曰 老僕曾於歲戊寅降香醫巫閭 有貴邦人墨題姓名 余曰 姓名爲誰
亨山曰 六七輩 其姓名偶未之記 余曰 敝邦先輩金昌業 字大有 號老稼齋 曾於
康熙癸巳游千山 而醫巫閭山亦當有題名處 亨山曰 千山敝無緣一見 稼齋金公
還有幾佳句作否 余曰 有敷卷文集 不能記一二佳句 金稼齋亦於暢春苑見李榕
村先生 當時閣老 亨山曰 榕邨先生 康熙癸巳間想巳南歸矣 那緣相見 余曰 榕
邨先生諱李光地也否 兩人皆點頭 亨山曰 癡欲煎膠粘日月 是時日巳暮 炕內沈

沈 故已喚燭矣 余曰 不須人間費膏燭 雙懸日月照乾坤 鵠汀搖手 又墨抹 雙懸
日月 蓋日月雙書則爲明字 余則偶對粘膠句 而雙懸日月頗諱之也

　　余曰 昨謁聖廟 朱子陞配殿上 然則爲十一哲矣 何時陞享否 亨山曰 康熙時
躋享 十哲元非孔門恰當底定論 不過一時與難於陳蔡之間爾 自唐訖今 無敢議
者 夫有若之言四見論語 以其似聖人 子夏子張之徒至欲以事孔子事之 則其賢
可知也 公西赤志于禮樂 有爲邦之才 則不亦遠優于宰我冉求乎 求予之言行 不
必徵諸史傳 攷之論語中 其優劣不可同日而語 宜進祀二子于殿上 改求予于廡
中 先輩鄭端簡王貽上論皆如此 王爲國子祭酒時 具疏欲改正 爲人所沮 疏未果
上 此可謂萬世之公論 士流至今惜之

　　亨山問 朴先生今有著書幾卷 亦有佳集携至中國否 余曰 平生學殖鹵莽 未曾
著得幾卷書 亨山曰 雖有周公才美 若涉驕吝 餘無足道 先生有如(此下未及書
畢其說 而奇豐額入 來示余皇賜鼻烟壺 遂罷起) 余所衣白紵裌 日暮稍涼 時月方
垂軒 相與散步階上 亨山摸余衣曰 坐中不勝淸癯

　　余與鵠汀談最多 蓋六日對牀 通宵會話 故能從容 彼固宏儒魁傑 然多縱橫反
覆 余離我京八日 至黃州 仍於馬上自念 學識固無藉手入中州者 如逢中州大儒
將何以扣質 以此煩冤 遂於舊聞中討出地轉月世等說 每執轡據鞍 和睡演繹 累
累數十萬言 胸中不字之書 空裏無音之文 日可數卷 言雖無稽 理亦隨寓 而鞍
馬增憊 筆硯無暇 奇思經宿 雖未免沙蟲猿鶴 今日望衡 分外奇峰 又復隨帆劈
疊無常 信乎長途之良伴 遠游之至樂 旣入熱河 先以此說贊諸奇按察豐額 奇雖
頷可而不甚理會 鵠汀志亭亦多聽瑩 然鵠汀亦不以此說爲甚非也 蓋鵠汀敏於酬
答 操紙輒下數千言 縱橫家肆 揚扢千古 經史子集隨手拈來 佳句妙偈順口輒成
皆有條貫 不亂脈絡 或有指東擊西 或有執堅謂白 以觀吾俯仰 以導余使言 可
謂宏博好辯之士 而白頭窮邊 將歸草木 誠可悲也 及入皇京 與人筆談 無不犀
利 又見所作諸文篇 則皆遜於筆語 然後始知我東作者之異於中國也 中國直以
文字爲言 故經史子集皆其口中成語 非其記性別於人也 爲之强作詩文 則已失
故情 言與文判爲二物故也 故我東作文者 以齟齬易訛之古字 更譯一重難解之
方言 其文旨黯昧 辭語糊塗 職由是歟 吾歸而徧語之國人 則多不以爲然 良足
慨然也已矣 罨溪雨屋謾書

山莊雜記

夜出古北口記

自燕京至熱河也 道昌平則西北出居庸關 道密雲則東北出古北口 自古北口循
長城 東至山海關七百里 西至居庸關二百八十里 中居庸山海而爲長城險要之
地 莫如古北口 蒙古之出入 常爲其咽喉 則設重關以制其阨塞焉 羅壁識遺曰
燕北百里外有居庸關 關東二百里外有虎北口 虎北口卽古北口也 自唐始名古
北口 中原人語長城外皆稱口外 口外皆唐時奚王牙帳 按金史 國言稱留幹嶺 乃
古北口也 蓋環長城稱口者以百計 緣山爲城 而其絕壑深磵 呿呀谽陷 水所衝穿
則不能城而設亭鄣 皇明洪武時 立守禦千戶 所關五重 余循霧靈山舟渡廣硎河
夜出古北口 時夜已三更 出重關 立馬長城下 測其高可十餘丈 出筆硯 嘆酒磨
墨 撫城而題之曰 乾隆四十五年庚子八月七日夜三更 朝鮮朴趾源過此 乃大笑
曰 乃吾書生爾 頭白一得出長城外耶 昔蒙將軍自言 吾起臨洮 屬之遼東 城壍
萬餘里 此其中不能無絕地脈 今視其壍山塡谷 信矣哉 噫 此古百戰之地也 後
唐莊宗之取劉守光也 別將劉光濬克古北口 契丹太宗之取山南也 先下古北口
女眞滅遼 希尹大破遼兵 卽此地也 其取燕京也 蒲莧敗宋兵 卽此地也 元文宗
之立也 唐其勢屯兵於此 撒敦追上都兵於此 禿堅帖木兒之入也 元太子出奔此
關 趨興松 明嘉靖時 俺答犯京師 其出入皆由此關 其城下乃飛騰戰伐之場 而
今四海不用兵矣 猶見其四山圍合 萬壑陰森 時月上弦矣 垂嶺欲墜 其光淬削
如刀發硎 少焉 月益下嶺 猶露雙尖 忽變火赤 如兩炬出山 北斗半揷關中而蟲
聲四起 長風肅然 林谷俱鳴 其獸嶂鬼魖 如列戟摠干而立 河瀉兩山間 鬪狠如
鐵駟金鼓也 天外有鶴鳴五六聲 淸戞如笛聲長嚦 或曰 此天鵞也

我東之士 生老病死不離疆域 近世先輩 唯金稼齋 吾友洪湛軒 踏中原一隅之
地 戰國時七國 燕其一也 禹貢九州 冀乃一也 以天下視之 可謂一隅之地 而自
元皇明至今清 爲一統天子之都 如古之長安洛陽 蘇子由 中國之士也 猶自幸其

至京師　仰觀天子宮闕之壯　與倉廩府庫城池苑囿之富且大　而後知天下之巨麗
況如我東之士　一得巨麗之觀　其所自幸當如何哉　今余此行　尤有自幸者　出長城
至漠北　先輩之所未嘗有也　然而深夜追程　瞀行夢過　其山川之形勝　關防之雄奇
未得以周覽　時微月斜照　關內兩崖百丈壁立　路出其中　余自幼時膽薄性怯　或晝
入空室　夜遇昏燈　未嘗不髮動脈跳　今年四十四　其畏性如幼時也　今中夜獨立於
萬里長城之下　月落河鳴　風凄燐飛　所遇諸境　無非可驚可愕　可奇可詭　而忽無
畏心　奇興勃勃　公山草兵　北平虎石不動于中　是尤所自幸者也　所可恨者　筆纖
墨焦　不能大書如椽　且未及題詩　爲長城故事也　及東還之日　里中爭以壺酒相勞
且問熱河行程　爲出此記　聚首一讀　競拍案叫奇

一夜九渡河記

河出兩山間　觸石鬪狠　其驚濤駭浪　憤瀾怒波　哀湍怨瀨　犇衝卷倒　嘶哮號喊
常有摧破長城之勢　戰車萬乘　戰騎萬隊　戰砲萬架　戰鼓萬坐　未足諭其崩塌潰壓
之聲　沙上巨石屹然離立　河堤柳樹窅冥鴻濛　如水祇河神　爭出驕人　而左右蛟螭
試其挐攫也　或曰此古戰場　故河鳴然也　此非爲其然也　河聲在聽之如何爾　余家
山中　門前有大溪　每夏月急雨一過　溪水暴漲　常聞車騎砲鼓之聲　遂爲耳祟焉
余嘗閉戶而臥　比類而聽之　深松發籟　此聽雅也　裂山崩崖　此聽奮也　群蛙爭吹
此聽驕也　萬筑迭響　此聽怒也　飛霆急雷　此聽驚也　茶沸文武　此聽趣也　琴諧宮
羽　此聽哀也　紙牕風鳴　此聽疑也　皆聽不得其正　特胸中所意設而耳爲之聲焉爾
今吾夜中一河九渡　河出塞外　穿長城　會楡河潮河黃花鎮川諸水　經密云城下　爲
白河　余昨舟渡白河　乃此下流　余未入遼時　方盛夏　行烈陽中　而忽有大河當前
赤濤山立　不見涯涘　蓋千里外暴雨也　渡水之際　人皆仰首視天　余意諸人者仰首
默禱于天　久乃知渡水者視水洄駛洶蕩　身若逆溯　目若沿流　輒致眩轉墮溺　其仰
首者　非禱天也　乃避水不見爾　亦奚暇默祈其須臾之命也哉　其危如此而不聞河
聲　皆曰遼野平廣　故水不怒鳴　此非知河也　遼河未嘗不鳴　特未夜渡爾　堂晝能
視水　故目專於危　方惴惴焉　反憂其有目　復安有所聽乎　今吾夜中渡河　目不視
危則危專於聽　而耳方惴惴焉不勝其憂　吾乃今知夫道矣　冥心者　耳目不爲之累

信耳目者 視聽彌審 而彌爲之病焉 今吾控夫足爲馬所踐 則載之後車 遂縱鞚浮河 攀膝聚足於鞍上 一墜則河也 以河爲地 以河爲衣 以河爲身 以河爲性情 於是心判一墜 吾耳中遂無河聲 凡九渡無虞 如坐臥起居於几席之上 昔禹渡河 黃龍負舟 至危也 然而死生之辨先明於心 則龍與蝘蜓不足大小於前也 聲與色 外物也 外物常爲累於耳目 令人失其視聽之正如此 而況人生涉世 其險且危有甚於河 而視與聽輒爲之病乎 吾且歸吾之山中 復聽前溪而驗之 且以警巧於濟身而自信其聰明者

乘龜仙人行雨記

十四日 入避暑山莊 望見皇帝殿中黃幄深坐 庭班甚稀 庭中獨有一老人 髻繫仙桃巾 衣黃彩 黑方領 緣袪皆黑 腰係紅羅飄帶 履赤舃 鬍鬚半白而過胸 杖端係金葫蘆及錦軸 右手持芭蕉扇 立大龜上 周行庭除 龜仰首噴水如垂虹 龜色青黑 大如盤托 初噴細雨 殿簷瓦溝淋漓 細沫飛跳 霏靄籠罩 或向花盆而噀 或向假山而灑 少焉 雨勢益壯 簷溜暴霆霖鈴殿角 斜陽如垂水晶簾 殿上黃瓦瀏瀏欲流 苑東樹葉益明麗 水滿一庭 霈然周洽 然後退入右帳中 黃門數十人 各持竹帚 掃除庭水 龜腹雖貯水百斛 不能如此滂沱也 且不令需人衣服 其行雨之功可謂神矣 若夫四海之望雲霓兒 而需澤止于一庭 則亦已矣

萬年春燈記

皇帝移御苑東別殿 千官出避暑山莊 皆騎 循宮墻行五里餘 入苑門 左右浮圖高六七丈 佛宇及牌樓彌亘數里 殿前黃幄連天 幄前皆白幕沈沈 懸彩燈千百 前立紅闕三所 高皆八九丈 樂作 陳雜戲 日旣曛 懸黃色大櫃于紅闕 櫃底忽落一燈 其大如鼓 燈聯一繩 繩端火忽自燃 緣繩而走 上設櫃底 櫃底又垂一圓燈 繩火燒其燈落地 自櫃中又垂鐵籠簾子 簾面皆篆壽福字 着火青熒 良久 壽福字火

自滅落地 又自櫃中垂下聯珠燈百餘行 一行所聯爲四五十燈 燈中次第自燃 一時通明 又有千餘美貌男子 無髭鬚 衣錦袍 戴繡幘 各持丁字杖 兩頭皆懸小紅燈 進退回旋 作軍陣狀 忽變而爲三座鼇山 忽變而爲樓閣 忽變而爲方陣 既黃昏 燈光益明 忽變而爲萬年春三字 又變而爲天下太平四字 忽變而爲兩龍 鱗角爪尾蜿蜒轉空 頃刻之間 變幻離合而不錯銖黍 字畫宛然 只聞數千靴響而已 此斯須之戱耳 其紀律之嚴有如是者 以此法臨軍陣 天下孰敢嬰之哉 然而在德不在法 況以戱示天下哉

梅花砲記

日旣黃昏 萬砲出苑中 聲震天地 梅花四散 如扇炭而火矢迸流也 窺鏡嫣然迎風敧斜 魯錢欲古 兔嘴末敷 繼以瓶史月表 女士殿最 耵綬分明 蘂醫廉纖 皆火而飛也 纖而鳥獸蟲魚之族 飛走蠕躍 成具情狀 鳥或展翅而伸 或以咮刷羽 或以爪刮目 或趁蜂蝶 或銜花菓 獸皆騰驤挐攫 呀口張尾 千態萬狀 皆爀爀火飛至半空 冉冉而銷 砲聲益大 火光益明 而百仙萬佛迸出飛昇 或乘槎 或乘蓮舟 或騎鯨駕鶴 或擎葫蘆 或負寶劍 或飛錫杖 或跣足踏蘆 或手撫虎頂 無不泛空徐流 目不暇視 閃閃羞明 正使云 梅花砲 分列左右者 其桶 或大或小 長或三四丈 短者三四尺 製類我國三穴銃 火焰之橫亘半空 如我國神機箭 火未及滅 皇帝起而顧班禪少話 乘輦還內 時方昏黑而無一燈前導 大約八十一戱以梅花砲終之 名曰九九大慶會

蠟嘴鳥記

蠟嘴鳥小於鳩 大於鶻鶉 灰色而翠羽 大嘴如蠟 所以名也 又名梧桐鳥 能曉人語 凡有指使 莫不應聲聽承 有馴而貨于市者 以骰牌三十二箇貯器中 以掌摩平 令觀者取牌一箇 識其爲某牌 然後以其牌與馴鳥者 則馴者遍以示衆 然後

還置器中 再撫摩使亂之 呼鳥取其牌 則鳥卽就器中以嘴含其牌飛上叉木 取視
之 果所識某牌也 堅五色旗 令鳥拔某色旗 則亦應聲拔以與人 紙造重簷黃屋車
駕象 令鳥驅車 鳥俛首入象腹下 以嘴含象兩股間以推之 凡轉磨馳射 舞虎舞獅
悉隨人指揮 無一錯誤者 又以紙爲小殿閣九重闉闍 令鳥入殿中取某物來 鳥卽
飛入 隨號含來 列置卓上 雖不能言語如鸚鵡 其巧慧似勝之 役使良久 鳥不勝
熱 張口吐舌 汗浹毛羽 每一使弄 輒食麻子一粒 馴鳥者每自口中出而與之

萬國進貢記

乾隆四十五年庚子 皇帝壽七十 巡自南方 直北還熱河 秋八月十三日 乃皇帝
千秋節 特召我使前赴行在祭庭賀 余從使者北出長城 晝夜兼行 道見四方貢獻
車可萬輛 又人擔駝負轎駕而去 勢如風雨 其杠而擔者 物之尤精軟云 每車引馬
騾六七頭 轎或聯杠駕四騾 上挿小黃旗 皆書進貢字 進貢物皆外裏猩猩氎 諸色
氍毹 竹簟籐席皆稱玉器 一車道蹶 方改裝 所裏籐席磨弊 稍露櫃面 櫃黃漆 可
如一間小亭 正中書紫琉璃普 一座 普下一上可有二三字 而席角小掩 不可見也
何物琉璃器 其大如許 祝此可推諸車所載 日旣黃昏 益見車乘爭道催趕 篝燈相
照 鈴鐸動地 鞭聲震野 虎豹裝檻柙者十餘乘 柙皆有牕 纔容一虎 虎皆鐵絚鎖
項 眼光黃碧轉地 狠體甚卑 而豐毫虓尾 熊羆狐鹿一類 不可殫記 鹿有紅韁 如
馬牽者 此馴鹿也 鄂羅斯犬 高幾如馬 通身骨纖毛淺 蹺桀峙立 脛瘦如鶴 尾回
如蛇 腰腹細脩 從耳至喙可尺餘 皆口也 能逐殺虎豹 有大雞 形類橐駝 高三四
尺 足如駝蹄 鼓翅日行三百里云 名駝雞 晝日所閱 皆應此類 而上下行忙 無心
而過 適日暮 下隷聞豹猶者 逐與副使書狀登虎車 始知日閱萬車 不獨玉器寶玩
亦多四海萬國奇禽怪獸也 聽戲時 有二極小馬載珊瑚樹 自殿中的歷而出 馬高
纔二尺 色黃白 然鬃鬣窣地 嘶哮騰驤 具駿馬之體 珊瑚樹枝榦扶疎 大於馬 朝
日 自行在門外 獨步歸館 道見一婦人 乘太平車而行 面施粉白 衣錦繡 車芻一
人 跣足拂鞭 驅車甚疾 髮短覆肩 而端皆卷曲如羊毛 以金環籠額 面赤而肥 眼
圓如貓 隨車行觀者雜沓 緇塵漲空 初 驅車者形殊不類 故未及察車上婦人 更
熟視之 非婦人 乃人形而獸類也 手毛如猿 所持物若摺扇 瞥視則貌似絕艷 然

視之審　如老嫗而妖廣　長纏數尺餘　車裏幨帷　左右顧眄　目如蜻蜓　大抵南方産
能解人意云　或曰　此山都也

　余與蒙古人博明問　此何獸　博明言　昔從將軍豐公昇額出玉門關　距燉煌四千
里　宿山谷間　朝起失帳裏木匣皮箱　當時同游幕侶取次見失　軍中有言　此野婆盜
之也　發卒圍之　野婆皆乘木　捷如飛猱　勢窮哀號　不肯就執　皆自經樹梢而死　盡
得所失箱篋　封鎖如舊　開視之　器物亦卒無所遺毀　而箱內悉藏朱粉　多首飾窟
裝得佳鏡　亦有針線刀尺　蓋獸而效婦人都冶自喜者也　俞黃圃問余漠北異觀　余
言馳雞　黃圃賀曰　此乃極西奇畜生中國者　聞名而未覩形　公外國人　乃能見之也
爲言山都　皆無見之者　余自熱河還時　至淸河　市中有一矮人　長才二尺餘　腹大
如鼓彭漲　類所畫布帒和尙　口眼皆尾低　無腕無脛　卽有手足　含烟昂藏而行　張
手回旋而舞　視人輒大笑　獨不薙髮　爲髻於腦後　繫仙桃巾　布袍袖闊　坦然露腹
狀貌臃腫　難以言語盡其形容之詭奇也　造物者可謂太嗜詼諧　余舉此言於黃圃
黃圃諸人皆曰　此名天生異物　人而鼈弄者也　卽今市肆間多見之云　平生詭異之
觀　無逾在熱河時　然多不識其名　文字之所不能形者　皆闕不錄　可恨也哉　平溪
雨屋燕巖識

戲本名目記

　九如歌頌　光被四表　福祿天長　仙子效靈　海屋添籌　瑞呈花舞　萬喜千祥　山靈
應瑞　羅漢渡海　勸農官　簷蔔舒香　獻野瑞　蓮池獻瑞　壽山拱瑞　八佾舞虞庭　金
殿舞仙桃　皇建有極　五方呈仁壽　函谷騎牛　士林歌樂社　八旬焚義券　以躋公堂
四海安瀾　三皇獻歲　晉萬年觴　鶴舞呈瑞　復朝再中　華封三祝　重譯來朝　盛世崇
儒　嘉客逍遙　聖壽綿長　五岳嘉祥　吉星添耀　緱山控鶴　命仙童　壽星旣醉　樂陶
陶　麟鳳呈祥　活潑潑地　蓬壺近海　福祿幷臻　保合大和　九旬移翠巘　黎庶謳歌
童子祥謠　圖書聖則　如環轉　廣寒法曲　協和萬邦　受茲介福　神風四扇　休徵疊舞
會蟾宮　司花呈瑞菓　七曜會　五雲籠　龍閣遙瞻　應月令　寶鑑大光明　武士三千
漁家歡飲　虹橋現大海　池湧金蓮　法輪悠久　豐年天降　百歲上壽　絳雪占年　西池

獻瑞 玉女獻盆 瑤池杳世界 黃雲扶日 欣上壽 朝帝京 待明年 圖王會 文象成
文 太平有象 灶神旣醉 萬壽無疆

八月十三日 乃皇帝萬壽節 前三日後三日皆設戲 千官五更赴闕候駕 卯正入
班聽戲 未正罷出 戲本皆朝臣獻頌詩賦若詞 而演而爲戲也 另立戲臺於行宮東
樓閣皆重簷 高可建五丈旗 廣可容數萬人 設撤之際 不相冒礙 臺左右木假山
高與閣齊 而瓊樹瑤林蒙絡其上 剪綵爲花 綴珠爲菓 每設一本 呈戲之人無慮數
百 皆服錦繡之衣 逐本易衣 而皆漢宮袍帽 其設戲之時 暫施錦步障於戲臺 閣
上寂無人聲 只有靴響 少焉撥帳 則已閣中山峙海涵 松矯日暠 所謂九如歌頌者
卽是也 歌聲皆羽調 倍清 而樂律皆高亮 如出天上 無清濁相濟之音 皆笙簫箎
笛鍾磬琴瑟之聲 而獨無鼓響 間以疊鉦 頃刻之間 山移海轉 無一物參差 無一
事顚倒 自黃帝堯舜 莫不像其衣冠 隨題演之 王陽明曰 韶是舜一本戲 武是武
王一本戲 則桀紂幽厲亦皆當有一木戲 今之所演 乃夷狄一本戲耶 旣無季札之
知 則未可遽論其德政 而大抵樂律高孤亢極 上不下交矣 歌清而激 下無所隱矣
中原先王之樂 吾其已矣夫

象記

將爲怪特譎詭 恢奇鉅偉之觀 先之宣武門內觀于象房可也 余於皇城見象十六
而皆鐵鎖繫足 未見其行動 今見兩象於熱河行宮西 一身蠕動 行如風雨 余嘗
曉行東海上 見波上馬立者無數 皆穹然如屋 弗知是魚是獸 欲俟日出暢見之
日方浴海 而波上馬立者已匿海中矣 今見象於十步之外 而猶作東海想 其爲物
也 牛身驢尾 駝膝虎蹄 淺毛灰色 仁形悲聲 耳若垂雲 眼如初月 兩牙之大二
圍 其長丈餘 鼻長於牙 屈伸如蠖 卷曲如蠐 其端如蠶尾 挾物如鑷 卷而納之
口 或有認鼻爲喙者 復覓象鼻所在 蓋不意其鼻之至斯也 或有謂象五脚者 或
謂象目如鼠 蓋情窮於鼻牙之間 就其通體之最少者 有此比擬之不倫 蓋象眼甚
細 如姦人獻媚 其眼先笑 然其仁性在眼 康熙時 南海子有二惡虎 久而不能馴
帝怒 命驅虎納之象房 象大恐 一揮其鼻而兩虎立斃 象非有意殺虎也 惡生臭

而揮鼻誤觸也 噫 世間事物之微 僅若毫末 莫非稱天 天何嘗一一命之哉 以形
體謂之天 以性情謂之乾 以主宰謂之帝 以妙用謂之神 號名多方 稱謂太褻 而
乃以理氣爲爐韛 播賦爲造物 是視天爲巧工 而椎鑿斧斤不少間歇也 故易曰
天造草昧 草昧者 其色皁而其形也霽 譬如將曉未曉之時 人物莫辨 吾未知天
於皁霽之中 所造者果何物耶 麵家磨麥 細大精粗 雜然撒地 夫磨之功轉而已
初何嘗有意於精粗哉 然而說者曰 角者不與之齒 有若爲造物缺然者 此妄也
敢問 齒與之者 誰也 人將曰 天與之 復問曰 天之所以與齒者 將以何爲 人將
曰 天使之齧物也 復問曰 使之齧物何也 人將曰 此夫理也 禽獸之無手也 必
令嘴喙俛而至地 以求食也 故鶴脛旣高 則不得不頸長 然猶慮其或不至地 則
又長其嘴矣 苟令鷄脚效鶴 則餓死庭間 余大笑曰 子之所言理者 乃牛馬鷄犬
耳 天與之齒者 必令俛而齧物也 今夫象也 樹無用之牙 將欲俛地 牙已先距
所謂齧物者 不其自妨乎 或曰 賴有鼻耳 余曰 與其牙長而賴鼻 無寧去牙而短
鼻 於是乎說者不能堅守初說 稍屈所學 是情量所及 惟在乎馬牛鷄犬 而不及
於龍鳳龜麟也 象遇虎則鼻擊而斃之 其鼻也天下無敵也 遇鼠則置鼻無地 仰天
而立 將謂鼠嚴於虎 則非向所謂理也 夫象猶目見 而其理之不可知者如此 則
又況天下之物 萬倍於象者乎 故聖人作易 取象而著之者 所以窮萬物之變也歟

幻戲記

朝日過光被四表牌樓　樓下萬人簇圍　市笑動地　驀然見鬪死橫道者　蔽扇促步
而過　從者後　俄而追呼　有怪事可觀　余遙問　謂何　從者曰　有人偸桃天上　爲守
者所擊　塌然落地　余叱爲怪駭　不顧而去　明日又行其地　蓋天下奇伎淫巧雜劇
皆趁千秋節待詔熱河　日就牌樓演較百戲　始知昨日從者所見　乃幻術之一也　蓋
自上世有此　能役使小鬼　眩人之目　故謂之幻也　夏之時　劉累擾龍　以豢孔甲　周
穆王時　有偃師者　墨翟　君子也　能飛木鳶　後世如左慈費長房之徒　皆挾此術以
游戲人間　而燕齊迂怪之士　談神仙以誑惑世主者　皆幻術　當時未之能覺　意者其
術出自西域　故鳩羅摩什　佛圖澄　達摩尤其善幻者歟　或曰　售此術以資生　自在
於王法之外　而不見誅絶　何也　余曰　所以見中土之大也　能恢恢焉並育　故不爲
治道之病　若天子挈挈然與此等較三尺　窮追深究　則乃反隱約於幽僻罕覩之地
時出而衒耀之　其爲天下患大矣　故曰令人以戲觀之　雖婦人孺子知其爲幻術　而
無足以驚心駭目　此王者所以御世之術也哉　遂記其所觀諸幻共二十則　將以示吾
東之未見此戲者

　　幻者盥手帨淨　整容四顧　鼓掌翻覆　遍示衆人　乃以左手拇指合其食指　摩如
丸藥　如擦蚤蝨　忽萌微物　僅如粟子　連摩漸大　漸如菉豆　漸如櫻桃　漸如檳榔
漸如鷄卵　則以兩掌疾相摩轉　益團益大　微黃淡白　如鵝卵大　纔過鵝卵　其大不
漸　倏如西苽　幻者雙跪　其胸漸仰　摩團益疾　如抱腰鼓　臂苦乃止　按置卓上　其
體正圓　其色正黃　其大如盎　可盛五斗　重不可舉　堅不可破　非石非鐵　非木非
革　非土團成　不可名狀　无臭无香　混沌帝江　幻者徐起　鼓掌四顧　復按其物　柔
團溫摩　物軟手媚　輕輕如泡　漸縮漸消　指顧之間　還入掌裏　復以兩指摩摩一彈
卽無有物

　　幻者使人到紙數卷　大桶沒水　納紙桶中　手攪其紙　如澣濯衣　紙解融混　如土
入水　遍招衆人　臨觀桶中　紙水泥濃　可謂寒心　于時幻者鼓掌一笑　卷其雙袖　據

桶撈紙 兩手汲引 如繭抽絲 紙乃相紉 如初剡時 旡有續痕 誰爲粘之 其廣如帶 數十百丈 盤委地上 風動翻颺 更觀桶中 澄清無滓 如新汲水

　幻者負柱而立 使人反接其手 縛其兩拇 柱在臂間 兩拇青黑 痛不可忍 衆人 環看 無不酸悲 於焉幻者離柱而立 手在胸前 其縛如故 未嘗解脫 指血會腫 色 益黑紫 不忍奇痛 衆乃解繩 血氣漸通 繩迹猶紅 我人驛夫注目諦視 心中自怒 義形于色 鼓囊出錢 大呼幻者 先給與錢 要再細觀 幻者稱冤 我不汝愚 汝不我 信 任汝縛我 驛夫發憤投棄其繩 自解鞭條 含口柔之 乃執幻者 背負其柱 反接 縛之 此初益急 幻者哀號 痛楚入骨 淚落如荳 驛夫大知 觀者益衆 未見脫時 已自離柱 縛竟不解 以示神通 如是三次 旡可奈何

　幻者以水晶圓珠二枚置卓上 珠比鷄子差小 乃持一枚 張口納之 喉窄珠大 未 可吞下 吐出其珠 還置卓上 復於筐裏出兩鷄子 瞑目延頸 乃吞一卵 如鷄飲蚓 如蛇吞蟾 卵滯項中 如附癭瘤 復吞一卵 果梗其喉 嘻嘻哇鳴 項赤筋立 幻者悔 恨 如不欲生 乃以竹箸搠剌其咽 箸折落地 旡可奈何 張口示人 喉露小白 扣胸 搥項 悶塞煩冤 小技浮誇 嗚呼死矣 幻者默聽 若癢耳朵 傾耳乍爬 如有所疑 以禁指尖窋其耳孔 引出白物 果是鷄子 于是幻者右手持卵 遍示衆人 納于左目 拔出右耳 納于右目 拔出左耳 納于鼻竅 拔出腦後 項邊一卵終猶滯在

　幻者以白土一塊 畫地爲一大圈 衆人環坐圈外 幻者于時脫帽解衣 以沙礦劍 發出光色 挿于地上 復以竹筋搠剌項中 欲破鷄卵 據地一嘔 卵竟不出 乃拔其 劍 左揮右旋 右揮左旋 仰空一擲 承劍以掌 又一高擲 張口向天 劍頭直落 挿 入口中 于時衆人變色齊起 錯愕無言 幻者仰面 垂其兩手 挺挺久立 不瞬雙目 直視青天 須臾吞劍 如倒瓶飲 頸腹相應 如蟾懷妎 劍環掛齒 不沒惟靶 幻者 四據 以柄築地 齒環相格 閣閣有聲 又復起立 拳擊柄頭 一手捫腹 一手握柄 亂攪腹中 劍行皮間 如筆畫紙 衆人寒心 不忍正視 小兒怖啼 背走顛仆 于時 幻者鼓掌四顧 毅然正立 乃徐拔劍 雙手捧持 通向衆人 直前爲壽 劍尖血滴 煖氣蒸蒸

　幻者剪紙如蝶翅 爲數十片 擦在掌中 誘衆中一小兒闔目張口 幻者以掌掩口 兒頓足啼哭 幻者笑而放手 兒且啼且哇 綠蛙跳出 連吐數十蛙 皆跳躍地上

　幻者淨拭卓面 振拂紅氈鋪卓上 四顧鼓掌 遍示衆人 幻者緩步至卓前 一手托 定氈心 一手拈起氈角 赤色一鳥 叫一聲爵 向南飛去 又一撩揭東方 青鳥向東

飛去 納手甑底 潛撈一雀 色白味丹 兩足爬空 握幻者鬚 幻者攬鬚 則又啄幻者
左目 幻者捨鳥摩目 鳥向西飛去 幻者憤嘆 又潛手執一黑雀 將以與人 失手放
之 雀墜地 宛轉卓下 童子爭執雀 雀決起 向北飛去 幻者發憤 撤去甑子 無數
鸜鴿一時飛起 鼓翅盤旋 集于屋簷

幻者持小錫瓶 右手酌水一椀 注于瓶中 激灩瓶口 幻者置椀卓上 持竹箸衝瓶
底 水漏瓶底 點滴良久 淋瀉如簷溜 幻者仰吹瓶底 漏水卽止 幻者向空側睨 口
中念呪 水湧瓶口數尺 放瀉滿地 幻者喝聲 掬執水腰 水中截縮入瓶中 幻者復
持其椀 還斟瓶水 多小如初 而地上水跡如傾數甕

幻者出二金環置卓上 遍招衆人視此金環 規可二圍 無始無終 團團天成 幻者
于是開張兩手 各執一環 回旋乍舞 向空飛環 以環受環 兩環相連 持此連環 遍
示衆人 旡罅旡隙 孰見連時 幻者于是開張兩手 各執一環 一離一合 一連一斷
斷之連之 離之合之

幻者鋪繡氍毹於卓上 微揭氍毹一角 拈出拳大紫石 以刀尖微刺之 承杯石底
燒酒細瀉 滿杯則止 衆人爭出錢沽飲 要飲史蕭公 則石流史蕭公 要飲佛手露
則石流佛手露 要飲狀元紅 則石流狀元紅(史蕭公 佛手露 狀元紅 皆酒名) 不
專一能 惟求輒應 一縷洌香 落胃暈頰 連瀉數十杯 忽失石所在 幻者不驚不惶
遙指白雲曰 石歸天上

幻者納手甑底 摸出蘋果三枚(蘋果卽我國所稱沙果 中國所稱沙果卽我國林檎
我國古旡蘋果 東平尉鄭國載崙奉使時 得接枝東還 公中始盛 而名則訛傳云)
連枝帶葉者一枚 指向我人請買 我人掉頭不肯買 聞汝徃日常以馬矢戲人 幻者
笑而不辨 于時衆人爭沽啖之 我人始乃請沽 幻者始靳 久乃拈出一枚與之 我人
一嚙卽哇 馬矢滿口 一市皆笑

幻者以針一握納口吞之 不癢不痛 言笑平常 噉飯啜茶 徐起捫腹 乃以紅絲摩
納耳孔 靜立良久 嚏咳數度 捉鼻出涕 以帨拭鼻 納指鼻竅 若拔鼻毛 須臾 紅
絲小見鼻竅 幻者以爪鑷抽其一端 絲出尺餘 忽有一針臥度鼻竅 貫絲嫋嫋 抽絲
益長 百十千針皆貫一絲 或有飯顆黏刺針端

幻者出白色椀子 覆示衆人 置諸地上 卽旡有物 幻者四顧 鼓掌示衆 持一楪
子覆諸椀口 四向唱詞 良久開示 有銀五片 形如白蘋 幻者四顧 鼓掌示衆 復以
楪子覆椀如初 向空側睨 喝聲若罵 良久開視 銀化爲錢 厥數亦五

幻者以銀杏一盤置地上 以一大盆覆之 向空念呪 良久開視 不見銀杏 盡是山查 復覆其盆 向空念呪 良久開視 不見山查 盡是荳蔻 復覆其盆 向空念呪 良久開視 不見荳蔻 盡是丹柰 復覆其盆 向空念呪 良久開視 不見丹柰 盡是念珠 栴檀刻成 盡像布袋 一一含笑 箇箇胖腴 一串百八 无始无終 雖有巧歷 從何數起 于時幻者四顧鼓掌 遍招眾人 誇示妙術 復覆其盆 翻置地上 盆下盤上 側目喝聲 若有所怒 良久開視 无一念珠 清水瀲灩 一雙金鮒 活潑盆中 呷水吐泥 一躍一泳

幻者置畫瓷盤經尺有咫者五枚于卓上 復以細竹數十枚置卓下 竹大小長短比箭 皆削其端令銳之 乃持一竹 置盤其端 搖竹旋之 不傾不攲 若旋少緩 則更以手擊之令疾 盤急於回旋 不念危墮 盤若小攲 則更以竹激而騰之 盤離竿頭尺餘 安下正中 回回旋旋 幻者乃挿之右脚靴中 而盤自回回 又以一竿旋盤如初 挿左靴中 又以一竿旋盤挿右領 又以一竿旋盤挿左領 復以一竿 置盤其端 搖之激之 旋旋回回 以手擊之 錚錚有聲 于時幻者以竹挿竹 次次續之 盤重竿長 竿腰自彎 全忘落碎 回旋之不止 竿至十餘續 則高出屋上 于時幻者徐拔前所挿竿盤 次第與旁人 還置卓上 于時幻者口含一竿 如橫烟竹 以其高竿立之所含竹端 垂其兩手 挺挺久立 于時眾人莫不骨酸 非爲愛盤 實所目擊危哉危哉 一瞥風動 竿果中折 于時眾人一齊驚譁 幻者亦動 疾走承盤 更一高擲 盤飛百尺 于時幻者顧眄四眾 意思安閒 輕輕受盤 不矜不誇 旁若無人

幻者置稻穀四五斗於前 兩手爭掬 如嗜芻豢 須臾盡啖 地面如舐 于時幻者據地吐糠 涎團成塊 糠盡烟繼 籠幕唇齒 以手拭脣 索水嗽口 烟竟不止 扣胸摸脣 不耐煩燥 連飲數椀 烟勢彌熾 張口一喀 赤火塞口 以箸挾出 半炭半燒

幻者以金葫蘆置卓上 又出綠銅花觚 挿孔雀羽 須臾 失金葫蘆所在 幻者指眾中一人曰 這位老爺藏棄 其人怒形于色曰 那得无禮 幻者笑曰 眞定老爺欺負葫蘆在老爺懷中 其人大怒 口中且罵 一振其衣 忽自懷中鏗然墮地 一市齊笑其人默然久之 立人背後

幻者淨拭卓面 陳列圖書 小爐爇香 白琉璃盤盛桃三枚 桃皆椀兒大 卓前置棋局及白黑子筒 設茵鋪席 端方雅魚 暫施帷幕于卓 須臾撤之 有珠冠荷衣者 有霞袂雲履者 有衣葉跣足者 或對坐擺局 或扙杖傍立 或支頤坐睡 皆美鬚鬢 形貌古奇 盤中三桃忽連枝帶葉 枝頭開花 珠冠者摘桃一枚 相與啖之 出其核種之

地中 又食他桃未半 地中桃子已長數尺 開花結子 對局者奄然班白 俄而皎雪

幻者置大琉璃鏡于卓上 設架立之 于時幻者遍招衆人 開視此鏡 重樓複殿 窈窕丹青 有大官人手執蠅拂 循欄徐行 佳人美女 四四三三 或擎寶刀 或奉金壺 或吹鳳笙 或踢繡毬 明璫云鬟 妙麗无雙 室中百物 種種寶玩 眞定世間極富貴者 于是衆人莫不羨悅 耽嗜爭觀 忘此爲鏡 直欲鑽入 于是幻者麾衆喝退 卽掩鏡扉 不令久視 幻者開步四向唱詞 又開其鏡 招衆來視 殿閣寂寞 樓榭荒涼 日月幾何 寶女何去 有一睡人側臥牀上 傍無一物 以手撑耳 頂門出氣 裊裊如煙本纖末圓 形如垂乳 鍾馗嫁妹 鵂鶹娶婦 柳鬼前導 蝙蝠執幟 乘此頂氣 騰空游霧 睡者乍伸 欲寤還寢 俄然兩腿化爲雙輪 而其輻軸猶然未成 于是觀者莫不寒心 掩鏡背走 世界夢幻 本自如此 猶於鏡裏 炎涼頓殊 一切世間種種萬事 朝榮暮枯 昨富今貧 俄壯倏老 夢中說夢 方死方生 何有何亡 孰眞孰假 寄語世間善心善男 菩薩兄弟 幻界夢身 泡金電帛 結大因緣 隨氣暫住 願準是鏡 莫爲熱進莫爲寒退 齊施錢陌 濟此貧乏

幻者置一大盆于卓上 以帨拭淨 覆以紅氈 若將有所爲術也 周旋之際 懷中一盤錚然墜地 赤棗迸散 衆人齊笑 幻者亦笑 收藏器什 因爲罷戲 非不能也 日暮將罷 故爲破綻以示衆人 本此假者

是日 鴻臚寺少卿趙光連聯椅觀幻 余謂趙卿曰 目不能辨是非 察眞僞 則雖謂之無目可也 然常爲幻者所眩 則是目未嘗非妄而視之 明反爲之祟也 趙卿曰 雖有善幻 難眩瞽者目 果常乎哉 余曰 弊邦有徐花潭先生 出遇泣于道者 曰 爾奚泣 對曰 我三歲而盲 今四十年矣 前日 行則寄視於足 執則寄視於手 聽聲音而辨誰某則寄視於耳 嗅臭香而察何物則寄視於鼻 人有兩目 而吾手足鼻耳無非目也 亦奚特手足鼻耳 日之早晏 晝以倦視 物之形色 夜以夢視 无所障礙 未曾疑亂 今行道中 兩目忽淸 瞖膜自開 天地寥廓 山川紛鬱 萬物礙目 群疑塞胸 手足鼻耳顚倒錯謬 皆失故常 渺然忘家 無以自還 是以泣爾 先生曰 爾問爾相 相應自知 曰 我眼旣明 用相何地 先生曰 還閉爾眼 立地汝家 由是論之 目之不可恃其明也如此 今日觀幻 非幻者能眩之 實觀者自眩爾 趙卿曰 然 世言飛燕太瘦 玉環太肥 凡言太者 已甚之辭也 旣論其肥瘦 而輕加以已甚之辭 則已非絕世之佳人 彼二帝之目 獨眩于肥瘦之間 世之無光明眼 眞定見久矣 太伯之文

身採藥 幻以孝者也 豫讓之漆身吞炭 幻以義者也 紀信之黃屋左纛 幻以忠者也
沛公其幻也幟 張良其幻也石 田單以牛 初平以羊 趙高以鹿 黃霸以雀 孟嘗君
以鷄 蚩尤之幻銅頭鐵額 諸葛之幻木牛流馬 王莽之金縢請命 幻之未成也 曹操
之銅雀分香 幻之破綻也 祿山之赤心 盧杞之藍面 皆幻之拙者也 自古婦人尤能
善幻 如褒姒之於烽也 驪姬之於蠱也 然聖人神道設敎 亦有然者 愚雖未敢致疑
於階草之指佞 庭鳳之儀韶 而亦未能盡信於負舟之黃龍 流屋之赤烏 自古神聖
愚凡 莫不有一番不可知之事 或有嗜瘡痂者 或有好驢鳴者 雖謂之幻 可也 雖
謂之性 亦可也 幻之爲術也 雖千變萬化 旡足畏者 天下有可畏之幻 大姦之似
忠也 鄉愿之類德也 余曰 胡廣之三公 幻以中庸 馮道之五代 幻以明哲 而笑中
之有刀 酷於口裏之吞釖耶 相與大笑而起